10|18
12, avenue d'Italie — Paris XIIIe

Sur l'auteur

Åke Edwardson est né en 1953. Diplômé de littérature, il travaille pour de nombreux journaux et enseigne à l'université. Pour son premier roman, *Danse avec l'ange*, déjà traduit en quatorze langues, il a été lauréat du Grand Prix du roman policier suédois en 1997. *Ombre et soleil*, paru aux éditions Lattès en 2004, est le troisième volume de cette série qui met en scène le commissaire suédois Erik Winter, et qui comporte déjà 7 titres.

Åke Edwardson vit aujourd'hui à Göteborg, en Suède.

UN CRI SI LOINTAIN

PAR

ÅKE EDWARDSON

Traduit du suédois
par Anna Gibson

10|18

« Grands Détectives »
dirigé par Jean-Claude Zylberstein

JC LATTÈS

Du même auteur
aux Éditions 10/18

DANSE AVEC L'ANGE, n° 3674
► UN CRI SI LOINTAIN, n° 3676

Titre original :
Rop Från Långt Avstånd
(publié par Norstedts Förlag)

ISBN 2-264-03969-8

À *Ingrid et Georg Leiftzén*

Première partie

Elle était restée longtemps dans la voiture avec sa maman. Elle avait dormi un peu à l'arrière. Puis elle s'était glissée entre les deux sièges avant. Il faisait froid. Sa maman avait allumé, puis éteint le moteur, sans répondre à sa question. Elle la répéta. « Tais-toi », dit sa maman d'une voix dure. Puis, comme pour elle-même : « Pourquoi ne vient-il pas ? Mais où il est, bon Dieu... »

Quelqu'un devait passer les chercher. Ensuite, elles rentreraient. Mais personne ne venait. Elle voulait rester avec sa maman, mais aussi retrouver son lit. Il faisait de plus en plus noir. Et il pleuvait. Elle ne voyait rien par les vitres embuées. Elle se releva à genoux et frotta la vitre avec sa manche. Des voitures passaient, leurs lumières tournaient à l'intérieur de l'habitacle.

« On y va, maman ? » Pas de réponse. Elle répéta sa question. « Tais-toi à la fin ! » Elle n'osa plus rien dire. Sa mère prononça plusieurs gros mots à la suite. Elle les avait entendus tant de fois que ça ne lui faisait rien. Elle avait dit des mots comme ça elle-même, ce n'était pas dangereux. Malgré tout, elle se doutait qu'il y avait un problème.

La pluie crépitait contre le toit. Boumbadaboum boumboum. Elle pensa à ça un long moment, tambourina sur la banquette : boum badaboum boum.

« Mon Dieu », dit encore sa maman. Plusieurs fois. Puis, ouvrant la portière : « Reste ici. Ne bouge pas, je vais téléphoner. » Elle hocha la tête, de sa place à l'arrière. Ce n'était pas vraiment le soir encore, mais il faisait tout de même très noir.

— Je te vois à peine, dit sa maman. Réponds-moi.

— Où tu vas ?

— Juste à la cabine là-bas, pour téléphoner. Je n'en ai pas pour longtemps.

— Où elle est, la cabine ? Je peux venir avec toi ?

— Tu restes ici !

La portière se referma en claquant, et elle sursauta en sentant les gouttes de pluie sur son visage.

Immobile, elle se mit à guetter les bruits. Elle crut entendre les talons de sa maman, clic clac clic clac. Mais peut-être était-ce quelqu'un d'autre ? Elle n'y voyait rien, à cause du brouillard dehors.

Elle sursauta en entendant à nouveau la voix de sa mère, qui criait presque :

— Il n'y a plus personne ! Ils sont partis !

La voiture démarra.

— On rentre maintenant ?

— Bientôt. On doit juste faire quelque chose avant.

— Mais on devait rentrer...

— On va rentrer. On doit juste faire un truc avant.

Sa maman freina, descendit de la voiture et monta à côté d'elle, à l'arrière. Son visage était tout mouillé.

— Tu es triste, maman ?

— Non. C'est la pluie. Écoute-moi maintenant. On va d'abord passer prendre quelques messieurs dans une autre maison. Tu entends ce que je dis ?

— On va prendre quelques messieurs...

— Oui. Ils vont courir en nous voyant arriver. C'est un jeu qu'on va jouer avec eux. Ils vont sauter dans la voiture sans qu'on s'arrête. Tu comprends ?

— Ils vont sauter dans la voiture ?

— On va rouler doucement, ils vont sauter dans la voiture et on va repartir.

— Et après on rentrera ?

— Un peu plus tard.

— Je veux rentrer maintenant.

— On va rentrer. Mais d'abord on va jouer.

— On ne pourra pas jouer demain quand il fera plus clair ? Je suis fatiguée. Il est bête, ton jeu.

— Non, il faut le faire maintenant. Mais le plus important, c'est que tu te caches par terre quand on jouera. Tu devras te rouler en boule quand je te le dirai. Tu as compris ?

— Pourquoi ?

Sa maman lui jeta un coup d'œil. Puis elle regarda sa montre. Plusieurs fois. L'intérieur de la voiture était comme effacé, mais sa maman parvenait à lire l'heure.

— C'est parce qu'ils vont courir très vite. Peut-être d'autres gens, qui ne font pas partie du jeu, vont vouloir sauter dans la voiture eux aussi. Ils peuvent te bousculer. C'est pour ça que tu dois te cacher par terre, derrière mon siège. Je veux que tu essaies tout de suite, pour voir.

— Mais tu as dit qu'ils...

— Allonge-toi !

Sa mère l'empoigna d'un geste brusque qui lui fit mal au cou. Par terre, ça sentait mauvais. C'était mouillé. Elle avait du mal à respirer. Elle toussa, se recroquevilla pour se protéger du froid. Son bras était douloureux.

Sa maman remonta à l'avant et démarra. Elle, derrière, grimpa à nouveau sur la banquette. Après un moment, sa maman lui ordonna de s'allonger.

— C'est maintenant que ça commence ?

— Oui. Tu es par terre ?

— Ça y est.

— Tu ne dois pas te relever. Ça peut être très dangereux.

Elle insista plusieurs fois là-dessus, le danger de ce jeu.

— Et aussi, tu dois te taire.

C'était idiot de jouer à un jeu dangereux ; mais elle n'osa pas protester.

— Silence ! fit sa maman d'une voix méchante, alors même qu'elle n'avait rien dit.

Elle resta immobile en écoutant les bruits d'en dessous. C'était presque comme d'être allongée sur la route, ram badadam, boum badaboum, elle y pensa très fort quand la voiture ralentit, boum badaboum... Soudain elle entendit un cri, puis un autre, et sa maman aussi cria quelque chose. La portière s'ouvrit à la volée. Elle sentit quelque chose de dur, de lourd ; elle voulut crier, mais c'était impossible. Ou peut-être ne le voulait-elle pas vraiment. La portière s'ouvrit, claqua, se rouvrit, claqua, et elle sentit le choc quand une autre portière à l'avant claqua, comme un feu d'artifice, le bruit, comme si la pluie crépitait brusquement très fort. Elle risqua un regard et vit que le verre de la vitre s'était brisé ; mais les morceaux restaient collés malgré tout, il n'y avait pas de débris sur elle ni sur la banquette.

Tout le monde criait. Elle ne comprenait rien à ces cris, guettait en vain la voix de sa maman. Elle tenta de s'asseoir. Impossible. La voiture faisait de drôles d'embardées, ils étaient repartis. Elle entendit comme un cri venant du dessous de la voiture. Elle l'entendit parce qu'elle était tout près, collée au sol. Il y avait un monsieur sur la banquette. On aurait dit qu'il pleurait. C'était bizarre, un monsieur qui faisait un tel bruit. Ce jeu ne lui plaisait pas du tout. Elle avait peur, mais elle ne voulait pas bouger. Elle essaya de penser à une comptine.

1

Erik Winter se réveilla tard, tout entortillé dans les draps. Le soleil était accroché à sa place habituelle de l'autre côté du balcon. Il faisait déjà chaud dans l'appartement.

Il se dépêtra des draps et s'assit sur le bord du lit en effleurant son menton mal rasé. Les yeux fermés, sans penser à rien, la tête lourde de sommeil et de veille intermittente. Il s'était réveillé d'heure en heure pour essuyer son visage en sueur, retourner l'oreiller, aérer les draps. Deux fois il s'était levé. Il avait bu de grands verres d'eau, en écoutant les bruits de la nuit. Les bruits ne cessaient à aucun moment. C'était un été comme ça.

Il traversa le parquet jusqu'à la salle de bains. Attendit à côté de la douche que l'eau ait une température douce. Mauviette ! Quand j'étais plus jeune, j'accueillais le premier jet glacé comme un homme.

Il se savonna. Sentit la peau de ses testicules se tendre et son sexe durcir dans sa main gauche.

La veille, Angela était venue après une double garde à l'hôpital. Ils avaient fait l'amour au petit matin et il s'était senti à nouveau jeune et fort. Un orgasme comme du feu, tourbillonnant si longtemps dans son corps qu'il en avait crié. L'écho avait résonné profond, longtemps, et il avait senti sur son visage la salinité d'Angela, de la même manière que lorsqu'il plongeait des rochers dans la mer, depuis le début de cet été.

Ensuite ils étaient restés étendus côte à côte. Quand il bougeait, c'était avec les gestes détendus d'un vieil homme. Elle le regardait, couchée sur le flanc. Une fois de plus il s'émerveilla de la courbe de sa hanche, comme une colline douce dans le paysage. Ses cheveux cachaient en partie son visage. Ses cheveux mouillés, d'une nuance plus sombre vers les pointes. Elle avança la main, enroula lentement quelques-uns des poils drus de sa poitrine autour de son doigt.

— Tu crois que tu m'exploites, murmura-t-elle. En fait, c'est le contraire.

— Personne n'exploite personne, ici.

— Dans ces courtes étreintes passionnées, c'est surtout de mes besoins qu'il s'agit.

— Merci de me l'expliquer, docteur.

— Mais je suis parvenue à la conclusion que le sexe ne suffit pas.

— C'est quoi, ces bêtises ?

— Quoi, que le sexe ne suffit pas ?

— Que nous ne ferions rien d'autre.

— Ah bon, que faisons-nous d'autre ? dit-elle en retirant son doigt.

— On fait plein de choses.

— Raconte-moi.

— En ce moment même, par exemple, nous avons un échange. Qui porte sur notre relation.

— C'est peut-être la première fois, dit-elle en se redressant dans le lit. Une conversation pour dix baises.

— Tu plaisantes ?

— Peut-être, mais à peine. Je veux... autre chose.

— Quoi ?

— Tu le sais, Erik. Ça, tout de même, on en a déjà parlé.

— Ma maturité.

— Oui.

— Le fait que je dois enfin mûrir en tant qu'homme et prendre ma responsabilité pour la famille que je n'ai pas encore.

— Tu m'as, moi, dit-elle en le regardant.

— Pardon, mais tu sais que je...

— Non, je ne sais pas. Tout ce que je sais, c'est que cela ne me suffit plus.

— Même si tu as le droit de m'exploiter ?

— Même.

— Même si ce sont avant tout tes besoins à toi qui sont satisfaits ?

— J'ai eu tort de plaisanter là-dessus. Ça te donne un sujet d'ironie supplémentaire.

— Allez, Angela. D'accord. Je suis sérieux maintenant.

— Dis-toi que tu ne seras pas éternellement jeune, Erik. Déjà, tu n'es plus si jeune. Penses-y.

— J'y ai pensé.

— Penses-y encore. Et pense à nous. Je vais prendre une douche.

Il avait trente-sept ans. Il était devenu commissaire à la brigade criminelle de Göteborg à trente-cinq ans, un record pour la ville et pour la Suède tout entière, mais cela ne signifiait rien pour lui, sinon qu'il n'était plus obligé d'obéir aux ordres aussi souvent qu'avant.

Il s'était senti jeune et fort dans son travail ; maintenant il ne savait plus. Comme s'il avait pris cinq ans, ou même dix, en très peu de temps. L'enquête du printemps dernier avait été si éprouvante qu'il s'était demandé, au début de l'été, s'il aurait encore la force de continuer à être flic, d'endosser cette espèce de rôle de contrepoids actif dans le cycle du mal.

Il avait demandé une semaine de congé et il avait marché dans la lumière du nord sur les immenses étendues vierges de Laponie. Ensuite il avait repris le travail, mais était-il encore le même ? Maintenant, il essayait juste de laisser l'été l'envelopper. Il ne prenait plus la peine de se raser. Ses cheveux lui couvraient la moitié des oreilles et visaient à présent les épaules. Son apparence était en train de changer. Peut-être commence-t-elle à rejoindre ma complexité intérieure ? Il s'adressa une vilaine grimace dans le miroir. Cela fera peut-être de moi un meilleur flic.

Seul à la table de la cuisine devant deux tranches de pain grillé et une tasse de thé. Angela était rentrée chez elle. À nouveau la sueur à la racine des cheveux. La chaleur du dehors filtrait par les stores baissés. Le thermomètre à l'ombre du balcon, il l'avait vérifié à l'instant, indiquait vingt-neuf degrés. Onze heures du matin. Encore quatre jours de sa deuxième tranche de vacances. Il allait continuer à se reposer.

Le téléphone sonna dans le hall. Il se leva pour répondre.

— Winter.

— C'est Steve, dit une voix écossaise. Tu te souviens de moi ?

— Comment pourrais-je oublier le chevalier de Croydon ?

Steve Macdonald, commissaire à la brigade criminelle de Croydon, au sud de Londres. Ils avaient collaboré dans le cadre de la difficile enquête du printemps, à Londres d'abord, puis à Göteborg. Ils étaient devenus amis, c'était du moins son impression. Ils ne s'étaient pas revus depuis la soirée dans l'appartement de Winter, où tous les enquêteurs s'étaient réunis en quête de réconfort après le terrible dénouement.

— C'est plutôt toi le chevalier, dit Macdonald. Armure étincelante, tout ça.

— Je crois que c'est fini maintenant.

— Quoi ?

— Je ne me suis pas rasé depuis des mois. Et je ne me suis pas coupé les cheveux.

— Tu cherches à m'imiter ? Moi, je suis allé à Jermyn Street essayer des costumes chez Baldessarini. Histoire de donner une impression plus autoritaire. Si tu étais resté plus longtemps parmi nous, je crois bien que les gars auraient commencé à obéir à tes ordres.

— Et alors ?

— Quoi ?

— Tu as acheté un costume ?

— Non. Un être humain ordinaire n'a pas les moyens de s'habiller comme toi. D'ailleurs il faut que je te repose la question : c'est vrai que tu n'es pas obligé d'attendre la fin du mois pour dépenser de l'argent ?

— D'où tu tiens ça ?

— Tu y as fait allusion toi-même.

— Ah bon ? Je devais être si concentré sur l'enquête que je ne m'écoutais plus parler.

— Alors tu dépends bien de ton salaire ?

— Qu'est-ce que tu crois ? J'ai un peu d'argent à la banque, mais pas à ce point.

— Ça me fait plaisir de l'entendre.

— Cela change quelque chose ?

— Je ne sais pas. Peut-être. Je voulais juste savoir.

— C'est pour ça que tu m'appelles ?

— En fait je voulais savoir comment tu allais. C'était lourd, ce printemps.

— Oui.

— Alors ?

— Alors quoi ?

— Comment ça va ?

— Il fait chaud. On bat de nouveaux records de température, alors que l'été devrait être fini. Et je suis encore en vacances.

— Merci pour la carte postale des Alpes.

— De Laponie. C'est encore la Suède.

— *Whatever*. Merci quand même.

Silence. Winter entendit le grésillement franchir les eaux réchauffées. Macdonald s'éclaircit doucement la voix.

— Donne-moi de tes nouvelles, dit-il.

— Je viendrai peut-être faire un peu de shopping avant Noël.

— Des cigares ? Des chemises ?

— Je pensais plutôt à des jeans.

— Prends garde à ne pas devenir comme moi.

— Je te retourne l'avertissement.

Winter raccrocha. Un brusque accès de vertige le fit s'agripper à la table. Après quelques secondes le calme revint. Il retourna à la cuisine et but une gorgée du thé refroidi. Envisagea de refaire chauffer de l'eau, puis se ravisa et alla déposer dans l'évier sa tasse et son assiette.

Il passa un short et une chemisette en coton, enfila une paire de sandales. Rangea son portefeuille dans la poche de la chemise et vérifia que le trousseau de clefs était encore dans la poche du short. Il laissa son portable sur la table de chevet.

Au moment d'ouvrir la porte, il entendit le facteur de l'autre côté ; le courrier tomba sur ses pieds. Il se pencha, écarta le journal de la police, deux enveloppes de la banque, le dernier numéro d'un magazine, un avis du bureau de poste de l'Avenue signalant l'arrivée d'un colis de plus d'un kilo. Une carte postale multicolore scintillait au milieu de toute cette blancheur. Il la ramassa. Macdonald le saluait. Il était chez lui, dans les highlands écossais. « Nous aussi, on a des Alpes », écrivait-il. Winter retourna la carte, examina le sommet neigeux surplombant un village dont les maisons semblaient très anciennes, comme surgies d'une autre époque.

La chaleur lui écrasa le visage. La place Vasa n'était qu'un scintillement de fils de verre. Quelques personnes, réduites à des silhouettes noires, attendaient le tram de l'autre côté du parc.

Il alla chercher son vélo à la cave et prit à gauche dans Vasagatan. Le temps d'atteindre la place Linné, sa chemise fut trempée. C'était une sensation agréable. Le sac à dos frottait contre ses omoplates. Au lieu de prendre la route de Långedrag, il décida de longer la piste cyclable vers le sud. Parvenu aux bains d'Askimsbadet, il marqua une pause et but une canette d'eau gazeuse. Puis il dépassa le terrain de golf de Hovås et aborda la descente vers Järkholmen. Il laissa son vélo parmi les autres, descendit jusqu'à la petite plage en s'agrippant aux rochers et entra dans l'eau le plus vite qu'il put.

Après le bain, il passa un moment à lire, allongé sous le soleil. Lorsqu'il eut trop chaud, il retourna dans l'eau. C'était ses vacances, c'était ce qu'il désirait faire de son temps cet été-là. Il aimait cette sensation sèche, essuyer le sable de ses pieds et les glisser dans les sandales à l'heure de rentrer, en fin d'après-midi, dans le soleil oblique. C'était une bonne sensation et il voulait la conserver un petit moment encore. Elle représentait la bonté de ce monde.

2

Aneta Djanali se fit démettre la mâchoire quelques minutes après minuit, alors qu'elle flânait dans Östra Hamngatan au milieu de la foule. Elle n'était pas de service, mais cela n'aurait rien changé de toute façon, puisque les inspecteurs de la brigade criminelle ne portaient pas l'uniforme.

Elle se promenait avec une amie. Les deux femmes avaient été alertées par une bagarre qui se déroulait un peu plus loin dans Kyrkogatan. Trois hommes frappaient à coups de pied une forme humaine étendue au sol. Aneta Djanali fit deux pas dans leur direction en criant quelque chose. Le trio leva la tête et se mit en marche. En passant devant Aneta, l'un d'eux la frappa au visage. Tout d'abord elle ne sentit rien. Puis la douleur envahit son crâne, irradiant vers la poitrine. Elle était à terre. Les trois hommes avaient poursuivi leur chemin – après un commentaire sur la couleur de sa peau. Aneta Djanali était noire, mais c'était la première fois qu'elle subissait des violences pour cette raison.

Elle voulut rassurer son amie, mais aucun son ne sortit de sa bouche. Lis est plus blanche que jamais, pensa-t-elle. Le choc est peut-être plus grand pour elle que pour moi.

La fête de Göteborg continuait autour d'eux. Les gens déambulaient entre les scènes improvisées et les tentes à bière. La nuit chaude était saturée d'odeurs. Ça sentait l'alcool, la viande grillée et la sueur. Les cris de l'amie d'Aneta Djanali furent noyés dans le brouhaha. C'était la troisième fois qu'elles passaient à cet endroit au cours de leur promenade. La troisième fois est la bonne, pensa Aneta Djanali en éprouvant le contact rugueux de l'asphalte contre sa joue. Elle avait un peu moins mal. Elle vit beaucoup de jambes nues, de sandales, de chaussures de marin ; soudain elle fut soulevée et transportée jusqu'à une voiture. Elle comprit que c'était une ambulance. Elle sentit que quelqu'un la touchait avec précaution. Puis elle s'évanouit.

Fredrik Halders apprit la nouvelle en arrivant au commissariat à sept heures trente le lendemain matin. Enquêteur aux cheveux ras, il adorait se prendre le bec avec les gens, de préférence avec Aneta Djanali, surtout à propos de sa peau noire et de ses origines. Il pouvait paraître stupide, se faisait souvent traiter de raciste et de sexiste, mais ça lui était égal. Depuis son divorce trois ans plus tôt, il était seul. Quarante-quatre ans, perpétuellement en colère, plein de violence et de choses pas réglées à l'intérieur, il faudrait bientôt se résoudre à aller parler à quelqu'un. Fredrik Halders chez un psy ! Plutôt se branler en public, oui. Mais l'énergie nerveuse amassée dans son corps pouvait le conduire droit dans le mur. Il le savait. Il le sentit d'autant plus fort ce matin-là en apprenant ce qui était arrivé à Aneta. Il voulait... il voulait... il aurait voulu les démolir, leur casser la tête, les réduire en bouillie, ces putain de putain de *salopards*. Tout ça en tournant en rond dans la salle de réunion où Lars Bergenhem se taisait à présent, après lui avoir tout raconté.

— Pas de témoins ? cria Halders.

— Oui, les...

— Où sont-ils ?

— L'amie...

— Amène-les ! Et puis non ! lâcha-t-il en se dirigeant vers la porte. Laisse tomber.

— Où tu vas ?

— À ton avis ?

— Elle est sous anesthésie. Du moins elle l'était, pendant qu'ils s'occupaient de lui rafistoler la mâchoire.

— D'où tu tiens ça ?

— L'hôpital m'a appelé il y a deux secondes.

— Pourquoi ne m'ont-ils pas appelé, moi ? C'est dangereux, ces trucs-là. Ça peut lui empoisonner le sang. Elle devrait être aux soins intensifs.

C'est ça, tu t'y connais sûrement mieux que les toubibs, pensa Bergenhem en silence.

— On travaille presque toujours ensemble, reprit Halders. Toi par exemple, tu n'es jamais allé sur le terrain avec Aneta, je me trompe ?

— Ils ne pouvaient pas le savoir.

— Quoi ?

— Rien.

— Alors, ces témoins ?

— Comme j'essayais de te le dire, l'amie d'Aneta doit venir – Bergenhem regarda sa montre – dans un quart d'heure.

— Elle était là-bas ?

— Oui.

— Personne d'autre ?

— C'est la fête, tu sais bien. Plein de monde partout. Dans ces cas-là, les gens ne voient rien.

— Saloperie, fit Halders. Je vais quitter cette saleté de ville.

Bergenhem resta silencieux.

— Elle te plaît, toi, cette ville ?

Halders se rassit et se releva plusieurs fois, tandis que Bergenhem réfléchissait à ce qu'il pourrait bien répondre. Fredrik était très énervé, ça n'avait rien de nouveau, mais là il y avait autre chose, comme une sainteté au cœur de la colère, qui dépassait de beaucoup la simple solidarité avec une collègue. D'un instant à l'autre, il prendrait sa voiture pour se rendre à l'hôpital, et Dieu préserve celui qui s'aviserait de traîner à un feu rouge devant lui.

— C'est une ville moderne, dit Bergenhem. Une époque nouvelle et contradictoire.

— Contradic... Qu'est-ce que ça signifie, bordel ?

— Il y a du bon et il y a du mauvais, tempéra Bergenhem, en sentant sa propre phrase éculée lui écorcher la langue. On ne peut pas demander à toute une ville d'aller se faire foutre.

— Bientôt on n'aura plus le choix. Tu te balades dans Hamngatan, et voilà qu'un connard vient te fracasser le crâne. Il n'y a plus rien à contredire. La voilà, ta ville contradictoire.

Bergenhem ne répondit pas.

— Je sais bien qu'il y a des gens gentils et des endroits sympas et tout ça, mais maintenant... maintenant...

Halders s'étranglait. Il se détourna de Bergenhem, les épaules remontées, leva la main droite et s'essuya le visage. Il pleure, pensa Bergenhem. Il y a encore de l'espoir pour Fredrik. Mais il a raison, cet été est vraiment spécial. Combien de provocations au cours du mois écoulé ? Au moins quinze. On dirait les préparatifs d'une... guerre ou quoi. Guérilla entre les différentes tribus de Göteborg. Hier...

— Qui va parler à la copine ?

La voix de Halders semblait venir de très loin.

— Moi. Et toi, si tu veux.

— Tu t'en occupes, trancha Halders. Je vais à l'hôpital. Comment s'en est tiré l'autre type, au fait ? Celui qui s'est fait casser la gueule, lui aussi ?

— Il est vivant, dit Bergenhem.

Il conduisait avec impatience, sans remarquer que l'air provenant de la ventilation était plus chaud que celui de l'habitacle. Il avait la nuque en sueur. Et alors ?

Il trouva Aneta Djanali assise, ou plutôt soutenue par une pile d'oreillers. Le visage enveloppé de bandages, les yeux injectés de sang. À ce compte-là, pensa Halders, il vaut mieux se bourrer la gueule. Elle vient de se réveiller et je ne devrais pas être ici.

À côté d'elle, un grand gobelet en plastique avec une paille pliée par le milieu. Halders regarda les dix roses placées sur une table à roulettes devant sa porte, dans le couloir. L'infirmière avait dit qu'on ne pouvait pas les mettre dans sa chambre encore, à cause du risque d'infection. Les fleurs s'inclinaient vers la tablette. Ils n'ont pas mis d'eau dans le vase ? pensa Halders. Ç'aurait pu être mes fleurs.

Il approcha une chaise et s'assit à côté du lit.

— On va les retrouver, dit-il.

Elle ne bougeait pas. Puis elle ferma les yeux et Halders se demanda si elle s'était rendormie.

— Le temps que tu te remettes, on les aura coffrés, ces salopards. Même les citoyens noirs ont le droit de marcher dans la rue après la tombée de la nuit.

Elle ne réagit pas. Halders examina la montagne d'oreillers. Ça paraissait inconfortable.

— Dans un cas comme celui-ci, on peut penser qu'il aurait mieux valu rester chez toi. À Ouagadougou.

C'était une vieille plaisanterie entre eux. Aneta Djanali était née à Göteborg.

— Ouagadougou, répéta-t-il, comme si ce mot avait eu le pouvoir de calmer son émotion. Ou de remonter le moral d'Aneta.

Silence.

— En fait, poursuivit-il, c'est une occasion unique. Pour une fois, je peux dire des choses importantes sans que tu mettes ton grain de sel avec tes airs supérieurs. J'ai du temps pour exprimer mes opinions. Je peux t'expliquer de quoi il retourne.

Aneta Djanali avait ouvert les yeux et le regardait. Halders connaissait bien ce regard. Elle est blessée, mais ça ne concerne que la partie inférieure du crâne. Quant à moi, c'est ma seule occasion d'en placer une.

— Il s'agit de garder le contrôle, poursuivit-il. Quand on aura pris ces salauds, on se contrôlera le plus longtemps possible, et ensuite on commettra une ou deux erreurs pour montrer qu'on est humains, nous aussi. Les flics sont aussi des hommes, c'est ce que je veux dire.

Comment diable s'y prend-elle pour boire avec cette paille ? Il n'y a pas d'ouverture dans les bandages. C'est pour donner le change, ou quoi ? La perfusion doit suffire à tout... Combien de temps devra-t-elle rester ici ?

— On raconte que Winter est devenu bizarre, après l'histoire du printemps, reprit-il. Il a passé toutes ses vacances dans un jean qu'il a transformé en short, avec un T-shirt marqué *London Calling*. Il serait passé prendre des papiers au commissariat, et d'après la rumeur il était mal rasé. Les cheveux longs, en plus.

Aneta Djanali ferma à nouveau les yeux.

— Je voudrais qu'on soit déjà lundi, continua Halders. On sera tous rassemblés, sauf toi, mais je peux mettre un truc sur ta chaise pour faire comme si tu étais là quand même.

Il se pencha vers elle.

— Fais ce qu'il faut maintenant, Aneta.

Il inspira l'odeur lourde de la chambre.

— Tu me manques.

Il se leva et s'affaira maladroitement pour remettre la chaise à sa place. Contournant le lit, il sortit et jeta un coup d'œil au vase du couloir. Il était plein d'eau. Pourquoi les fleurs penchaient-elles ?

Winter n'attendit pas le lundi. Il interrompit ses vacances après le coup de fil de Ringmar. Son adjoint lui avait résumé l'essentiel, et Winter prit sa décision sur-le-champ. Pas par devoir, plutôt le contraire. Dans un mouvement égoïste. Voire thérapeutique.

— On n'a pas encore besoin de toi, dit Ringmar.

— J'ai eu ma dose de sable entre les orteils.

L'après-midi même, il entrait dans son bureau et remontait les stores. Ça sentait la poussière et le travail.

Sa table était vide. C'est l'idéal, pensa-t-il. Je pourrais peut-être devenir comme le chef : pas un seul dossier sur le bureau, tout dans les tiroirs.

Sture Birgersson, patron de la brigade criminelle, avait le bon sens de déléguer les responsabilités réelles à son vicaire. En clair, Winter était à la tête de trente enquêteurs chargés de combattre le mal à l'œuvre dans la société. Vols et violences. L'appellation officielle avait changé, mais l'objectif restait le même. Les anciens « assistants » avaient à présent le titre d'inspecteur. « Enfin on devient quelqu'un », avait déclaré Halders lorsque la promotion était intervenue, en 1995. Aucune augmentation de salaire à la clef. « Ça donne quand même un niveau d'ambition plus élevé quand on se lance dans les *mean streets* de Göteborg. »

— Ferme la porte, dit Winter à Ringmar, qui venait de se matérialiser sur le seuil. Alors ? enchaîna-t-il avant même que Ringmar se soit assis.

— On s'occupe de tous les délinquants connus de la ville. Mais nos oiseaux peuvent venir d'ailleurs.

— Tu y crois ?

— Des rumeurs circulent. Et la situation est confuse en ce moment. Tu étais en vacances, mais tu regardes les informations, je suppose. Je ne sais pas si c'est la chaleur ou quoi.

— Tu penses aux manifs ?

— Oui, mais ça ne s'arrête pas là. La ville est en pleine fermentation, je ne sais pas comment dire. On a eu une douzaine de bagarres entre gangs, ou plutôt entre bandes rivales, rien qu'au cours de la dernière semaine. Plein de nationalités différentes, y compris des Suédois. C'est vraiment effrayant, Erik. Il y a quelque chose... je ne sais pas ce que c'est... de la haine ?... qui pousse les gens à se battre. À se menacer surtout, en fait, jusqu'à présent. Mais tout de même. On fait ce qu'on peut. Si ça se trouve, il y en a qui jettent de l'huile sur le feu, d'en haut. Qui l'orientent, du moins en partie.

Bertil Ringmar était le troisième commissaire de la

brigade et le chef de la cellule antigang - dix policiers dont les tentacules plongeaient dans le monde souterrain, avec pour mission de tenir à l'œil la criminalité professionnelle. Afin de « garder un peu d'avance sur l'évolution », comme l'avait exprimé Sture Birgersson au moment de la réorganisation.

— Aneta n'est pas franchement inconnue en ville, poursuivit Ringmar. Je crois qu'ils se gardent bien de s'en prendre à nous, sauf en cas de menace imminente.

— C'est peut-être le cas, fit Winter.

— Quoi ?

— Puisque nous pensons qu'ils savent que nous savons qu'ils savent que nous pensons qu'ils ne feraient jamais une chose pareille, c'est précisément ce qui s'est passé.

Ringmar ne répondit pas.

— Qu'en penses-tu ?

— Oui, c'est un dilemme classique. Si je t'ai bien compris.

— Dans ce cas, pour toi, c'est retour à la case départ, pas vrai ?

— Merci beaucoup.

Winter regardait fixement la table. Elle étincelait, comme si l'équipe de nettoyage avait agi de toute urgence en apprenant qu'il allait revenir plus tôt que prévu. Il voyait le reflet de son visage sur la surface du bois ; ses cheveux faisaient comme une couronne d'épines. Il prit la boîte de cigarillos dans la poche de sa chemise, alluma une Corps et laissa échapper l'allumette qui lui brûla la cuisse comme une piqûre d'aiguille. Ringmar avait remarqué son short, mais n'avait fait aucun commentaire. Lui-même portait un pantalon kaki, qui semblait sortir, songea Winter, d'un surplus de l'armée. De l'armée coloniale britannique.

— S'ils sont à Göteborg, ont les retrouvera, dit Ringmar.

— Tu crois aux forces du bien ? Nos informateurs ?

— Je crois que les forces du bien au sein des forces du mal nous conduiront aux forces du mal.

— Les forces du pire.

— La copine d'Aneta se prétend capable de reconnaître au moins l'un de ces trois porcs.

— Portaient-ils des emblèmes nazis ou autres ?

— Non. Pure laine vierge.

Winter fit tomber la cendre dans la paume de sa main. Le cendrier, apparemment, avait été volé au cours de ses vacances.

— D'autres témoins ?

— Un millier au bas mot, mais deux ou trois seulement ont donné signe de vie après nos appels au public. Et ils ne sont pas certains de pouvoir identifier les types.

— Pure laine vierge, disais-tu ?

— Oui.

— Il s'est passé moins de vingt-quatre heures.

— Oui.

— Tout à coup, quelqu'un va appeler...

Au même instant, le téléphone sonna sur le bureau. Winter prit le combiné et marmonna son nom. Ringmar le vit se raidir, front plissé, épaules voûtées. Après avoir écouté jusqu'au bout la communication du policier du central, Winter marmonna trois mots et raccrocha.

— Un type les aurait suivis. Il arrive.

— Par exemple ! Pourquoi a-t-il attendu jusqu'à maintenant pour nous contacter ?

— Une histoire d'enfant malade pendant la nuit.

— Où est-il ?

— En route. Il arrive directement de l'hôpital. Au fait, je suis passé voir Aneta à Sahlgrenska. J'ai croisé Fredrik qui sortait de sa chambre. Il avait les yeux rouges.

— Bien, dit Ringmar.

3

Winter s'était approché de la fenêtre. Le contact avec le dossier du fauteuil avait laissé une empreinte humide sur son dos. Il frissonna. L'air climatisé à l'intérieur de la pièce laissait croire que l'été au-dehors était froid, lui aussi. Tout gris, à travers les fenêtres verrouillées. Le ciel paraissait indécis au-dessus de la ville privée de son. On était en fin de matinée et il n'y avait pas grand monde dans les rues. L'herbe du terrain de Gamla Ullevi était bombardée par les canons à eau.

Winter pensa à Aneta Djanali et serra le poing droit à l'idée de ce qu'il lui était arrivé. Il se sentait... violent. Sensation subite. Peut-être une soif primitive de vengeance, et autre chose aussi, au-delà de la vengeance. Il était revenu à son monde violent.

Il se retourna. Ringmar, qui n'avait pas bougé, le dévisageait sans un mot. Il a quinze ans de plus que moi et il attend un monde meilleur, pensa Winter. Quand il aura fait son dernier jour ici, il prendra peut-être le bateau jusqu'à sa bicoque sur l'île de Vrångö pour ne jamais plus revenir.

— Ça signifie quoi l'inscription sur ton T-shirt ? demanda Ringmar. *London Calling.*

— C'est le titre d'un disque de rock. Macdonald me l'a envoyé.

— Du rock ? Tu n'y connais rien.

— Je connais un groupe. Les Clash. Macdonald m'a offert le disque en même temps que le T-shirt.

— Clash ? C'est quoi ?

— C'est le mot anglais pour confrontation violente.

— Je voulais dire le groupe. Tu sais faire la différence entre le hard rock et la pop music ?

— Non. Mais celui-ci me plaît bien.

— À d'autres. Ton pote à toi, c'est Coltrane.

— Ça me plaît, insista Winter. Ce disque a été enregistré quand j'avais dix-neuf ans, par là, mais c'est quand même la musique de notre époque.

— Hard rock donc, dit Ringmar.

Le témoin arriva.

L'homme parlait. La peau tendue de son visage paraissait friable après une longue nuit blanche. Ce qu'il venait de vivre avait laissé une trace d'inquiétude visible dans son regard. Son enfant avait été victime d'un choc allergique. On avait frôlé la tragédie. Winter posa une question.

— Excusez-moi, dit l'homme. Je n'ai pas bien entendu. J'ai eu un accès de vertige.

— Vous avez donc suivi ces hommes...

— Oui.

— Combien étaient-ils ?

— Trois, je l'ai déjà dit.

— Êtes-vous certain qu'ils étaient ensemble ?

— Les deux autres ont patienté pendant qu'il la frappait – le témoin se frotta les yeux – ils l'ont attendu pour repartir. Celui qui l'a frappée était un peu plus petit, je m'en souviens.

— Il était plus petit que les autres ?

— C'est ce qu'il m'a semblé.

— Et vous les avez suivis ?

— Oui. Tout est allé très vite. D'abord, on est comme paralysé par le choc. Puis je me suis dit, c'est pas possible ! Je les ai suivis pour voir où ils allaient, mais il y avait énormément de monde sur la place de Kungstorget. Ensuite, mon portable a sonné, et ma femme me criait qu'Astrid ne pouvait plus respirer. Astrid, c'est notre fille.

— Oui, fit Winter, avec un regard à Ringmar.

Bertil avait des enfants. Winter, non, mais il avait une femme dans sa vie, et celle-ci avait déclaré qu'elle ne voulait plus attendre qu'il se sente enfin prêt à assumer la responsabilité d'un petit. Angela avait posé son ultimatum la veille, avant de rendre visite à sa maman afin, avait-elle dit, de régler son horloge biologique. À son retour, avait-il pensé, j'entendrai le mouvement des aiguilles...

— Ça s'est arrangé, ajouta l'homme comme pour lui-même. Astrid s'en sortira.

Winter et Ringmar attendirent. L'air brassé par le climatiseur affluait par vagues. L'homme portait le même short et le même polo que la veille au soir. Le menton couvert de barbe et les yeux comme deux petits trous percés dans son crâne.

— Nous vous sommes reconnaissants d'être venu ici tout de suite après... l'accident, reprit Winter. Directement de l'hôpital.

Le témoin haussa les épaules.

— Il y a tant de gens qui ne font rien. Moi, de voir qu'il y a des types qui peuvent se balader et agresser qui bon leur semble, ça me rend fou.

Winter attendit la suite.

— C'est comme au boulot, ces satanées discussions sur les immigrés. Comme s'il était devenu politiquement correct de dire qu'il y a trop d'immigrés, de réfugiés et de nègres dans ce pays.

— À quel endroit précisément avez-vous perdu le contact avec la bande ? demanda Ringmar.

— Quoi ?

— Ceux qui ont frappé notre collègue. Où exactement ont-ils disparu ?

— Du côté des halles. Sur Kungsportsplatsen. Juste avant l'entrée du marché.

— Les avez-vous entendus parler ?

— Pas un mot.

— Vous n'avez pas pu vous faire une idée de leurs origines ?

— Le sud de l'enfer, en ce qui me concerne.

— Rien de plus précis ?

— Non. Mais des Suédois, ça oui. De vrais Suédois, si on peut dire.

Ringmar lui demanda de décrire les trois hommes, et il s'exécuta.

Lorsqu'il eut quitté la pièce, Winter alluma un nouveau cigarillo et fit tomber par mégarde de la cendre sur sa cuisse nue.

— Tu as remarqué qu'aux yeux de ce type, notre Aneta était une réfugiée ?

— Que veux-tu dire ?

— Il y aura toujours une différence, génération après génération. Peu importe à quel endroit on est né.

— Oui.

— Les réfugiés de l'espace.

— Quoi ?

— Les gens qui errent de pays en pays, sans être autorisés à entrer dans l'un ou l'autre paradis. On les appelle les réfugiés de l'espace.

— C'est une belle expression. Romantique je dirais. Mais elle ne concerne pas Aneta.

— Non. Mais une fois qu'ils sont entrés au paradis... Que se passe-t-il alors ?

Winter écrasa son cigarillo dans le cendrier qu'il avait découvert derrière le rideau.

La chaleur était lourde sur la place Ernst Fontell. Soleil au zénith. Winter sentit la sueur séchée se dissoudre et couler le long de son dos. Ça le grattait à l'entrejambe. Il mit ses lunettes noires et ouvrit la portière. Il avait mal jaugé l'ombre des arbres. La chaleur était insoutenable dans la voiture. Il mit le contact, inspira avec prudence, régla la climatisation.

Il prit vers l'est, longea le terrain de Nya Ullevi jusqu'au quartier résidentiel de Lunden. Il s'arrêta devant une grande villa. Le chien des voisins se mit à aboyer comme un fou en tirant sur sa chaîne.

Le perron était dans l'ombre. Winter sonna et attendit. Sonna à nouveau. Rien. Il redescendit les marches et contourna la maison. Il perçut le parfum des cassis plantés le long du mur, et un autre qu'il ne put identifier.

Derrière, une piscine scintillait au soleil. Odeur de chlore et d'huile solaire. À l'extrémité de la piscine, une chaise longue, et dans la chaise longue, un homme nu. Un corps lourd au bronzage uniforme, intense, se détachant sur le drap de bain protégeant le fauteuil. Un drap de bain blanc et bleu, sur lequel Winter lut l'inscription « Swedcon » entre les pieds de l'homme. Il toussota. L'homme nu ouvrit les yeux.

— Il me semblait bien avoir entendu sonner.

— Alors pourquoi n'es-tu pas venu ouvrir ?

— Tu vois bien, tu as trouvé le chemin tout seul.

— J'aurais pu être quelqu'un d'autre.

— Tant mieux, dit l'homme sans bouger. Son sexe rabougri reposait contre une cuisse musclée.

— Rhabille-toi et offre-moi quelque chose à boire, Benny.

— Dans cet ordre ? Serais-tu devenu homophobe, Erik ?

— C'est une question d'esthétique.

Winter chercha du regard un deuxième fauteuil. L'homme qui s'appelait Benny Vennerhag se leva et attrapa un peignoir blanc sur le repose-pieds. Il fit un geste vers la piscine.

— Nage un peu, en attendant.

Il se dirigea vers la maison. Sur la véranda, il se retourna.

— Je vais chercher des bières. Tu trouveras des maillots dans le tiroir sous le repose-pieds. Pas mal, ton T-shirt. Mais qui a envie d'aller à Londres ?

Winter ôta son T-shirt et son short et plongea. L'eau était fraîche sur sa peau. Il nagea au fond du bassin jusqu'au bord opposé, percuta la surface de l'eau, se laissa glisser sur le dos et fit la planche. L'espace d'un instant, le soleil parut s'éloigner. Il plongea à nouveau, se retourna au fond du bassin et vit la masse d'eau lumineuse au-dessus de lui comme un toit de verre liquide. Les parois carrelées produisaient une sorte de crissement, à moins que le bruit ne vînt de ses propres tympans. Il resta longtemps en apnée, se laissa glisser lentement jusqu'à la surface. Un visage papillotait au-dessus de lui. Vennerhag lui tendait une bière.

— Tu essaies de battre un record ?

Winter repoussa les cheveux de son front et prit la bouteille. Sensation froide dans sa main.

— Tu as la belle vie, dit-il en buvant une gorgée.

— Je la mérite.

— Tu parles !

— Pas d'amertume, commissaire, s'il vous plaît.

Winter se souleva hors du bassin et resta assis sur le bord.

— Se baigner en caleçon... Où sont passés ton style et ton bon goût ?

Winter ne répondit pas. Il but sa bière d'un trait et posa la bouteille sur les dalles. Puis il ôta son caleçon mouillé et enfila son short.

— Je te donnerai un sac en plastique pour ranger ton calecif, sourit Vennerhag en se laissant tomber dans la chaise longue.

Il avait enfilé un short kaki dont l'étoffe se tendait sur ses hanches. Winter se tourna vers lui.

— Qui a cassé la gueule de mon Aneta ?

— Que dis-tu ?

Vennerhag s'était redressé.

— Une femme de mon équipe s'est fait tabasser cette nuit. Si tu soupçonnes un responsable, je veux connaître son nom. Maintenant ou plus tard.

— Ça non plus, ce n'est pas ton style.

— J'ai changé.
— Ah oui, vraim...
— C'est sérieux, Benny.
Winter s'était levé. Il s'accroupit à côté de la chaise longue, le visage tout contre celui de Vennerhag. Odeur d'alcool et d'huile de coco.
— Je te tolère tant que tu restes franc avec moi. Si tu ne l'es plus, je ne te tolère plus.
— Ah bon. Qu'est-ce que ça signifie ?
Winter fit un geste englobant la piscine, la maison, toute la propriété.
— Fini tout ça, dit-il d'un ton neutre.
Vennerhag avait suivi son geste du regard.
— C'est quoi, ces menaces ? Et comment pourrais-je savoir ce qui est arrivé à ta collègue, Erik ?
— Tu connais plus de porcs que moi, sur un plan purement personnel. Ce n'est pas la première fois que quelqu'un s'en prend à des Noirs, ces derniers temps... cette fois, la femme noire se trouvait être de la police.
— J'ai bien compris.
— Tu es un criminel. Tu es raciste. Si tu as entendu quelque chose, je veux le savoir. Tu es quelqu'un à qui l'on fait des confidences.
— Je suis aussi ton ex-beau-frère, répliqua Vennerhag avec un sourire. Ne sois pas si arrogant.
Winter lui saisit la mâchoire.
— Ils lui ont arraché cette partie du visage, dit-il en resserrant son emprise. Tu le sens, Benny ? Tu sens quand j'appuie là ?
Vennerhag se dégagea d'un mouvement brusque.
— T'es complètement cinglé ! Pourquoi tu as fait ça ? Tu devrais te faire soigner, ma parole.
Winter, pris de vertige, ferma les yeux, et entendit le bruit de râpe de l'autre qui se frottait le menton.
— Merde alors ! On ne peut plus te laisser en liberté, espèce d'outsider.
Winter rouvrit les yeux et regarda ses mains. Étaient-elles à lui ? Il avait eu une sensation agréable au moment

où ses doigts s'étaient resserrés autour de la mâchoire de Vennerhag.

— C'est comme ça qu'on devrait parler à Lotta, poursuivit ce dernier.

— Ne t'approche pas d'elle !

— Elle est presque aussi folle que son frère, en tout cas.

Winter se leva.

— Je te rappellerai dans quelques jours. Renseigne-toi.

— Merci de la visite, lança Vennerhag. Bon sang, je rêve !

Winter rangea son caleçon mouillé dans sa poche, enfila son T-shirt, contourna la maison et reprit la route de la ville. Il dépassa le commissariat central et continua par Guldheden jusqu'à l'hôpital Sahlgrenska. La ville paraissait à nouveau glacée, de l'autre côté du pare-brise.

Les services municipaux avaient planté trois palmiers à l'entrée de l'hôpital. Par les vitres teintées de la Mercedes de Winter, ils semblaient frissonner sous leur écorce.

Lorsqu'il entra dans la chambre, Aneta tendait la main vers la table mobile. Son geste se figea ; il lut la surprise dans son regard. Il s'approcha très vite, sourit et lui tendit le journal.

— Je ne reste qu'un petit moment, dit-il. Jusqu'à ce que le pire de la chaleur soit passé.

4

Sa maman n'était plus là. Le monsieur avait calmé ses cris en disant qu'elle reviendrait bientôt. Depuis, elle attendait sans rien dire. Il faisait sombre dans la pièce, mais personne n'allumait. Pourquoi n'allument-ils pas alors qu'il fait tout noir ? Elle aurait voulu faire pipi, mais se retenait, n'osait pas demander. Du coup, il faisait comme encore plus froid, là, sur la chaise, près de la fenêtre.

Elle voyait par l'interstice des rideaux que la forêt était toute proche. Le vent soufflait dans les arbres. Ça sentait mauvais dans cette pièce. Son pull la grattait. Sa maman devait revenir bientôt.

Le monsieur dit quelque chose à un autre monsieur qui venait d'entrer. Elle se rapprocha du mur. Elle avait faim, mais surtout, elle avait peur. Pourquoi n'étaient-elles pas rentrées à la maison après ce truc horrible, quand la voiture était repartie ? C'était un monsieur qui conduisait, ils avaient fait des allers et retours entre les maisons, puis un deuxième monsieur avait sauté de la voiture en la tenant dans ses bras. Ils étaient montés dans une autre voiture qui avait démarré. Plus tard, rassemblant son courage, elle avait regardé autour d'elle, mais sa maman n'était plus là.

Alors elle avait crié. Maman ! Le monsieur lui avait dit que sa maman viendrait bientôt. Comme elle continuait de crier, il s'était mis très en colère et l'avait prise durement par l'épaule. Il n'était pas gentil.

Elle avait pleuré en se tenant l'épaule, assise à côté du monsieur à l'arrière de la voiture. Puis elle s'était endormie. Lorsqu'ils s'étaient arrêtés et que le monsieur l'avait portée dans la maison, elle s'était à peine réveillée.

Ce ne sont pas des messieurs, pensa-t-elle. Ce sont des bonshommes qui crient et qui sentent mauvais. Quand ils criaient moins fort, dans l'autre pièce, elle pouvait comprendre ce qu'ils disaient.

— Qu'est-ce qu'on fait de la gamine ?

Elle n'entendit pas la réponse. L'autre marmonnait, comme s'il ne voulait pas qu'elle l'entende.

— Il faudra prendre une décision cette nuit, fit le premier.

— Ne crie pas si fort !

Elle pensa que c'était bizarre de dire ça. Quand on criait, c'était toujours fort. Sinon on parlait normalement.

— On va à la cuisine.

— Et la gamine ?

— Quoi ?

— La gosse !

— Quoi, la gosse ? Où veux-tu qu'elle aille ?

Elle resta assise près de la fenêtre. Ils étaient partis. Elle entendit une chouette crier dans la forêt. Elle tira un peu le rideau pour mieux voir. Il y avait un buisson derrière la vitre. Elle vit aussi une voiture. Il faisait plus clair maintenant, par-dessus les arbres. Elle tourna la tête sans lâcher le rideau. La fenêtre faisait comme un rayon de lumière sur le sol. Comme quand on tient une lampe de poche qui ne brille pas très fort.

Elle crut voir quelque chose par terre. Lorsqu'elle lâcha le rideau, le trait de lumière disparut et elle ne vit plus rien. Elle écarta à nouveau le rideau. La lumière revint et éclaira l'objet. Ça ressemblait à un bout de papier.

Elle lâcha le rideau, descendit de la chaise et fit quelques pas. On y voyait un peu mieux que tout à l'heure.

Les bonshommes parlaient quelque part. Très loin, lui sembla-t-il. Elle s'agenouilla sur le plancher et chercha l'objet à tâtons. C'était bien un bout de papier. Elle le rangea dans la poche secrète. Elle avait choisi de mettre ce pantalon ce matin ; celui qui avait une poche secrète à l'intérieur de la poche habituelle.

Elle grimpa à nouveau sur sa chaise.

Elle tenait un secret dans sa poche. En temps normal, elle aurait trouvé ça excitant, mais là, non. Elle avait peur. Et si le bonhomme qui a perdu le bout de papier commence à le chercher et comprend que c'est moi qui l'ai pris ? Je vais le remettre par terre, pensa-t-elle. Mais les deux bonshommes entrèrent au même instant. Ils la regardèrent. Puis l'un des deux la souleva pendant que l'autre guettait par la fenêtre.

Ils étaient à nouveau dans la voiture. Elle voulait rester éveillée, mais ses paupières se fermaient toutes seules. Quand elle rouvrit les yeux, il faisait clair partout. Elle pensa à ça, puis elle demanda où était sa maman.

— On va la retrouver, ta maman, répondit le bonhomme qui conduisait.

Pourquoi disait-il ça ? Ne savait-il pas où elle était ? Et sa maman ne savait-elle pas qu'elle était là, avec les bonshommes ?

Elle fondit en larmes. L'homme assis à côté d'elle ne lui jeta même pas un regard. Elle n'avait rien à tenir dans ses bras, elle avait perdu sa poupée au moment de changer de voiture. Où est ma poupée ?

5

Ils firent lentement le tour de la place de Kungstorget. Le témoin, qui s'appelait Jöran Qvist, était accompagné de Halders et de Bergenhem. Il était vingt-trois heures, et la foule rendait leur progression malaisée. Un groupe jouait sur la grande scène. Aux oreilles de Halders c'était une musique de merde. Il le dit à Bergenhem, mais son jeune collègue feignit de n'avoir pas entendu. Bergenhem tentait de discerner des visages dans la houle mouvante des corps autour d'eux.

Les deux inspecteurs et leur témoin redescendirent vers les quais. Une musique de rock s'échappait en hurlant d'une tente de restauration. Un bateau chargé de touristes passa sur le canal. Le brouhaha était plus assourdissant que là-haut, sur la place. Cent brochettes grésillaient sur de grands barbecues. Les gens se pressaient autour des stands, gobelets de bière et assiettes en carton en équilibre instable, remplies de pain frit, de faux caviar et de crème. L'air joyeux, pour la plupart.

— Tu parles d'une fête, dit Halders. Junk food et bière hors de prix dans des gobelets en plastique. Et la bousculade.

— Les gens sont contents, répliqua Bergenhem. Il n'y a pas de mal à ça.

— C'est de la merde.

— Tout le monde ne peut pas avoir ton niveau de raffinement.

— Que dis-tu ?

— Tout le monde ne peut...

— Les voilà, l'interrompit Jöran Qvist.

Bergenhem se tut. Qvist leur indiquait discrètement une table au bord du canal, éclairée par un spot. Trois hommes assis sur des bancs, des bières devant eux, un parasol au-dessus. Le spot les éclairait comme un projecteur de scène. Connards arrogants, pensa Bergenhem. Comment osent-ils ?

Halders se tourna vers Qvist.

— Vous êtes sûr que ce sont eux ?

— Certain.

— Les trois ? Pas seulement l'un d'entre eux ?

— Non. Ils portent les mêmes vêtements qu'hier. Et le petit a gardé sa casquette de base-ball.

— On appelle une patrouille, trancha Bergenhem.

— Jamais de la vie !

— Fredrik...

Mais Halders n'écoutait plus. Il s'était mis en mouvement, fendant la foule comme au ralenti, comme vaguement en fuite. Un tueur à gages dans les secondes précédant la détonation, pensa Bergenhem.

— Et maintenant ? fit la voix mal assurée de Qvist.

Bergenhem marmonna quelque chose.

— Quoi ?

— Si je le savais, dit Bergenhem.

Puis il appela le central, décrivit la situation et rangea le portable dans sa poche.

— Attendez-nous ici, ordonna-t-il en prenant à son tour la direction de la table.

Une dizaine de mètres l'en séparait, Halders en avait déjà parcouru cinq. L'un des suspects se leva, apparemment pour aller chercher d'autres bières. Il chancela, se rassit. Les autres éclatèrent de rire.

Bergenhem transpirait. Il avait chaud depuis un moment déjà, mais là, il avait les aisselles trempées et la sensation de patauger dans ses chaussures. La sueur coulait sur son front et lui brûlait les yeux. Il se frotta les paupières et releva la tête à temps pour voir Halders qui s'asseyait sur le banc à côté d'un des trois hommes.

Halders restait assis sans bouger. Il paraissait absorbé en lui-même. Bergenhem n'était plus qu'à trois mètres de la table.

Voilà. Il s'attabla à côté de Halders. Il ne restait plus de place sur le banc. Qvist, qui avait suivi les policiers, s'assit deux tables plus loin. Bergenhem vit qu'il était prêt. Prêt au combat.

En effleurant le bras de son collègue, Bergenhem sentit la tension qui émanait de lui. Halders lui jeta un regard qui semblait aveugle.

Écoutait-il la conversation qui se déroulait à côté d'eux ? Bergenhem, pour sa part, était tout ouïe.

— Est-ce qu'on est plus schlass quand il fait chaud ?

— Non.

— Si. Et on schhhhlingue plus quand il fait chaud.

— Mais y a plus de bière.

— Où est la vodka ?

— Finie.

— Non.

— Finie, je te dis.

— Il me faut une bière, dit l'homme qui avait évoqué les effets de la chaleur.

Il se leva. Halders l'imita, en tirant son portefeuille de la poche de sa chemise. Il brandit sa carte.

— Police.

— Quoi ?

Bergenhem s'était levé à son tour.

— Police, répéta Halders. On va vous demander de nous suivre, tous les trois. Pour parler de ce qui s'est passé hier soir.

— *Quoi ?*

— Nous voulons des inform...

Tout alla très vite. L'homme lui balança un coup de pied dans les jambes et s'élança. Halders, plié en deux, poussa un cri de douleur. En voulant fuir, les deux autres se retrouvèrent empêtrés dans la foule des fêtards. L'un fit volte-face et frappa Bergenhem, qui esquiva sans reculer. L'homme semblait chercher des yeux son complice disparu. Bergenhem tourna la tête et vit Qvist penché sur une silhouette à terre. Et merde ! Qvist était un brave, mais il aurait des ennuis après.

L'homme se tenait toujours devant lui, comme paralysé, prisonnier de son regard. Surtout ne pas ciller, pensa Bergenhem.

Entre-temps, un cercle s'était formé autour des deux policiers et de leurs suspects. Le groupe, sur scène, s'était interrompu au milieu d'un accord. La fête de Göteborg retenait son souffle.

Soudain, le deuxième homme se jeta en arrière, entre deux spectateurs, et tomba à l'eau. L'autre, celui qui se tenait devant Bergenhem, se rassit et commença à vomir, la tête entre les jambes. Halders se précipita et vit le fugitif qui nageait vers le théâtre illuminé, de l'autre côté du canal. Lorsque le projecteur du bar le rattrapa, il cessa de nager et se mit à faire des mouvements de bras désordonnés.

— Il va se noyer ! cria Bergenhem.

Halders avait déjà plongé.

Les salopards étaient en garde à vue et Halders avait changé de slip, sans prendre la peine de renfiler un T-shirt. Bergenhem et lui étaient assis sur un banc devant le commissariat central. Bergenhem se sentait épuisé.

La place Ernst Fontell était paisible en l'absence des maîtres-chiens et des patrouilles, partis en mission. Trois heures et demie du matin. On était à la mi-août, le jour n'était pas encore levé, mais il faisait plus chaud que jamais.

— Quand la température moyenne se situe au-dessus de vingt et un degrés, on parle de climat tropical, expliqua Halders pour casser le silence.

— Comment le sais-tu ?

— C'est Aneta qui me l'a dit. Elle devrait le savoir.

Bergenhem lui jeta un regard. Impossible de voir s'il souriait. Il leva la tête vers le ciel, qui commençait vaguement à s'éclaircir. La lumière tombait très doucement sur la façade du bâtiment de la Sécurité sociale de l'autre côté de Smålandsgatan. Un taxi passa. Une voiture de police s'arrêta devant l'entrée du commissariat, phares braqués vers le portail et moteur éteint.

— Pourquoi n'éteignent-ils pas les phares, merde, dit Halders en inspirant par les narines.

Quelqu'un ralluma le moteur. Mais la voiture restait immobile. Après deux minutes, Halders se leva. Bergenhem entendit distinctement sa voix dans la nuit.

— Qu'est-ce que vous foutez, connards de flics ?

Bergenhem perçut un marmonnement, puis à nouveau la voix de Halders.

— Tu peux répéter ?

Nouveau marmonnement.

— Sors de la voiture !

Bergenhem se leva d'un bond et courut vers la voiture. Il empoigna Halders par-derrière juste au moment où il allait frapper le collègue.

— Il est complètement cinglé, fit l'agent.

Halders se débattit, mais Bergenhem était costaud.

— Arrête, Fredrik !

— Vous voulez qu'on l'embarque ? Il est bourré ?

— Il est fatigué, c'est tout. La nuit a été rude.

— Je le reconnais, dit l'agent. Il nous emmerde.

— Je suis là, déclara Halders, un peu calmé. Tu peux me parler directement.

Le policier en uniforme - un homme tranquille, qui approchait la cinquantaine - ne répondit pas, esquissa une sorte de salut et remonta en voiture. Son collègue n'avait pas bougé, à l'avant. Comme s'il dormait.

— À Göteborg, on a le droit de laisser tourner son moteur *une minute*, pas plus ! cria Halders vers la voiture qui faisait demi-tour en direction de Södra Vägen.

Le conducteur lui adressa un signe de la main.

— Tu as tort de te défouler sur les collègues, dit Bergenhem.

— J'étais obligé d'agir.

— Tu as pourtant gardé... ton calme tout à l'heure.

— C'était pour Aneta.

Bergenhem ne répondit pas. Rien ne dure éternellement, pensa-t-il.

L'appel parvint trois minutes plus tard au central du commissariat, à vingt-cinq mètres de l'endroit où se trouvaient encore Halders et Bergenhem.

Le corps d'une femme avait été retrouvé aux abords du lac de Delsjön. La période estivale était close, la saison commençait. Le téléphone de Winter sonna sur sa table de chevet. Pile quatre heures du matin, le jeudi 18 août. Il prit le combiné et dit son nom.

6

Winter aperçut les gyrophares tournoyant au-dessus du terrain vague dès la montée vers le croisement de Delsjön. Il ne manque qu'un hélicoptère, pensa-t-il.

Il arriva sous le viaduc, dépassa le café en plein air et le parking de la base de loisirs de Kallebäck et continua jusqu'à apercevoir le tunnel sous la route de Borås. Il laissa la voiture à l'entrée du parking, aussi loin que possible du lieu de la découverte. Il apercevait des collègues là-bas. Déjà beaucoup trop nombreux. Les deux techniciens et le responsable de la brigade technique, bon, il n'y avait rien à redire. La présence du médecin légiste pouvait se justifier, et à la rigueur celle d'un agent pris de curiosité. Mais pas plus. Combien de personnes avaient eu le temps de piétiner les lieux avant son arrivée ?

Le policier en faction aux abords du périmètre de sécurité était jeune et pâle. Winter lui montra sa carte. En tirant son portefeuille de la poche de sa chemise, il fut effleuré par une brise chaude venant du sud. Le jour n'allait pas tarder à se lever.

— C'est toi qui es arrivé le premier ?

— Oui. On a eu l'alerte, on est venu tout de suite.

— Celui qui a téléphoné... Où est-il ?

— Il est assis là-bas, dit le policier avec un signe de tête vers l'obscurité.

Winter entrevit une silhouette se détachant sur le fond clair du ciel matinal. Un panneau, non loin de là, interdisait le stationnement des caravanes.

— Tous les accès ont été barrés ?

— Oui.

— Bien. Les voitures ?

Il en avait dénombré cinq sur le parking, en plus des deux voitures de patrouille et des véhicules des techniciens.

— Pardon ?

— Vous vous êtes occupés des voitures ?

— Occup...

— Avez-vous relevé les numéros d'immatriculation, identifié les propriétaires et installé un dispositif de sécurité autour des véhicules ? demanda Winter le plus doucement qu'il put.

— Pas encore.

— Alors faites-le. Les collègues là-bas semblent en manque d'occupation.

Il indiqua la silhouette du témoin.

— Y avait-il quelqu'un d'autre ici à votre arrivée ?

— Lui, là-bas, c'est tout.

— Personne n'est parti lors de votre arrivée ?

— Non.

Winter sentit un brusque coup de froid, comme s'il venait tout juste de comprendre la raison de sa présence, et ce qui l'attendait. Il voulut allumer un cigarillo, mais se ravisa. Il avait besoin d'un café. Il sentit à nouveau le vent effleurer les poils de ses cuisses. Il portait un short, les pans de sa chemise pendaient à l'extérieur.

— Où puis-je marcher ?

— Quoi ?

— Où est le sentier ?

Le jeune agent ne parut pas comprendre. Winter regarda autour de lui. Toute l'activité était concentrée cinquante mètres plus loin, ou peut-être soixante-dix – difficile d'évaluer les distances avec précision. Il leva la main. Quelqu'un l'aperçut. Un homme se détacha du groupe et s'approcha.

— Je viens d'arriver. Elle est là-bas.

Göran Beier était le chef de la brigade technique. Winter le suivit. Ils traversèrent le parking, passèrent entre deux voitures, prirent à gauche et longèrent avec précaution le chemin forestier jusqu'à un fossé partiellement dissimulé par des bouleaux parmi lesquels se dressait un pin solitaire. Les techniciens avaient marqué, au bord du sentier, les limites d'un chemin « sûr », auquel tous les policiers étaient censés se tenir.

Winter se retourna en entendant une voiture approcher. Il vit des phares, à peine utiles maintenant que la lumière revenait. Ringmar descendit. Ce serait à lui d'interroger le témoin.

Winter jeta un coup d'œil dans le fossé. Une femme y était allongée sur le dos. Juste sous le pin. Il s'approcha pour mieux voir son visage. Elle pouvait avoir entre vingt-cinq et trente-cinq ans. Ses cheveux paraissaient blonds, bien qu'assombris par la rosée. Elle portait une jupe courte, un chemisier et un pull. Ses vêtements ne semblaient pas avoir été dérangés. Elle regardait fixement le ciel pâle. Winter, se penchant davantage, crut voir les petits points rouges sur ses oreilles, les vaisseaux éclatés dans ses yeux ouverts, et devina qu'elle avait été étranglée. Mais il n'était pas un expert. Il faisait assez clair maintenant pour voir que son visage n'avait pas une couleur naturelle et qu'il était probablement enflé. Les dents étaient découvertes, comme si elle s'apprêtait à parler.

Les techniciens avaient immédiatement appelé le médecin légiste. Winter n'y voyait pas d'inconvénient, mais Ringmar n'aimait pas ça. Selon lui, le légiste disposait sur le lieu de la découverte – qui était peut-être aussi le lieu du crime – d'une multitude d'indices superflus lui permettant de se forger une opinion préconçue. D'après Ringmar, le légiste ne devait rencontrer le corps que dans la salle d'autopsie.

Le légiste, en l'occurrence, était une femme. Il lui adressa un signe de tête au fond du fossé. Pia E:son Fröberg examinait son thermomètre. On aurait dit que la morte attendait le résultat. De fait, elle semblait avoir détourné son regard du ciel pour suivre les gestes routiniers de Pia. Elle est entre de bonnes mains, pensa Winter. Son corps est entre de bonnes mains.

Il examina les alentours. C'était le moment le plus décisif de l'enquête. Le corps gisait près d'un écriteau : « Courant électrique : danger mortel ». De l'autre côté du fossé, un enchevêtrement de broussailles. La végétation planait dans le brouillard matinal, encore dépourvue de couleurs. Le fossé se trouvait juste à gauche du sentier formant un circuit de sept kilomètres autour du lac, lui-même partie du grand sentier de randonnée de Bohusleden. Le rivage s'étendait de l'autre côté. Au-delà, sous les lambeaux de brouillard, il voyait le lac brûlant d'un éclat sombre entre les branches des bouleaux. Il pouvait apercevoir la rive opposée – le lac se resserrait à cet endroit, comme une langue insinuée dans les terres. Winter entendit le cri d'un plongeon et d'autres oiseaux de mer qu'il ne reconnut pas.

Le silence s'était fait autour de lui. Au fond du fossé, les bruits cessaient, les oiseaux s'étaient tus et il n'entendait plus que le murmure lointain des rares voitures circulant sur la route de Borås. Le trafic matinal n'avait pas encore commencé. Une voix s'adressa à lui.

— Quoi ?

— Huit ou dix heures, dit Pia E:son Fröberg. Ce n'était pas ça, ta première question ?

— Je ne l'ai pas encore posée.

— Voilà, tu as la réponse. C'est un peu approximatif, à cause de la chaleur qui accélère la rigidité cadavérique.

— Oui.

— J'essaie d'en tenir compte.

Winter regarda à nouveau le visage de la morte. Il avait une forme arrondie. Les yeux très écartés, une grande bouche. Les cheveux longs paraissaient... sans coupe, mais comment savoir ? Ce genre de chose était lié à l'âge, peut-être aussi à la mode.

— Elle n'avait rien sur elle, dit Beier en s'approchant. Aucun papier, pas de carte d'identité. Rien du tout.

Winter clignait des yeux sous les flashes des techniciens. La séance photo touchait à son terme. Ensuite on passerait aux photographies de nu, au moment de l'autopsie. Puis les professionnels du labo prendraient la relève et photographieraient tout dans le moindre détail, vêtement par vêtement, doigt par doigt.

Winter s'étonna de la puissance des flashes, alors qu'il faisait déjà jour.

— Je crois qu'on l'a déplacée, dit Pia E:son Fröberg. Le corps n'est pas ici depuis longtemps.

Winter hocha la tête. Cela n'avait pas de sens de multiplier les questions. Pia examinerait les taches blanches à l'hôpital. Le plus important, là tout de suite, était de relever un maximum d'indices. Pour l'instant, on supposait qu'elle était morte ailleurs et qu'on l'avait transportée jusque-là. Quelqu'un avait circulé dans les environs...

La femme était une inconnue. L'absence de papiers n'était pas un hasard. Winter le savait, le pressentait. Elle n'avait pas de nom, et c'était en soi un message effrayant. Il lui faudrait chercher longtemps pour découvrir son identité. Il sentit à nouveau le froid, comme un courant d'air sous son crâne.

— C'est quoi, ce symbole, sur le pin ?

— Je ne sais pas, dit Beier.

— Les Eaux et Forêts ?

— Je n'en sais rien. Mais effectivement, quelqu'un a peint un signe sur l'écorce.

— C'est de la couleur rouge ?

— On dirait. Mais la lumière...

— Il y a une inscription.

Il tenta de discerner les signes, les mots ou les lettres... Impossible.

— On prélève un échantillon, proposa Beier.

— Je vais vérifier auprès de la commune. Je peux prendre le sentier jusqu'au lac ?

Beier interrogea l'un de ses techniciens du regard.

— Marche au milieu du sentier, dit-il.

Winter longea le rivage. Le fossé sur sa gauche s'interrompait après quelques mètres. Il vit plusieurs pins, mais aucun ne portait d'inscription apparente. Winter n'aimait pas ça. Les tueurs qui peinturluraient les murs, ou les arbres.

Il parvint à une petite clairière où se dressait un pin curieusement incliné, comme bossu. Blessé dans son jeune âge, il avait poussé avec un handicap à vie.

Winter laissa son regard errer sur l'eau. Pas un mouvement, aucun cri d'oiseau. N'y avait-il pas des pêcheurs sur le lac jour et nuit ? L'auteur du meurtre était-il venu en bateau décharger sa victime avant de repartir ? Il revint sur ses pas.

— Contrôlez tout le rivage, demanda-t-il. Elle est peut-être venue en bateau.

Beier hocha la tête.

— Possible.

Winter retourna sur le parking. Un panneau fixé à la clôture, signé de l'Association des pêcheurs de la région de Göteborg et de Borås, informait les passants que la carte jaune était obligatoire pour pêcher dans le lac. Il faudrait vérifier ce point, contrôler tous les détenteurs de cette carte.

Un panneau d'information proposait des plans détaillés de la réserve naturelle et de ses environs. La circulation était à présent plus dense sur l'autoroute. Il apercevait les voitures, là-haut. Il s'approcha du bord de l'eau et vit l'écriteau qui mettait en garde contre la glace fragile.

Deux heures plus tard, les techniciens en avaient fini avec le travail préliminaire. Ils avaient couvert toutes les surfaces du corps avec de l'adhésif transparent et n'attendaient plus que le fourgon. La voiture arriva. Les hommes glissèrent le corps dans un sac en plastique et l'emportèrent sur une civière pour le conduire à l'hôpital Östra Sjukhuset. Le nouveau département de médecine légale de

Medicinarberget serait bientôt prêt, mais pour l'heure, c'était encore Östra qui se chargeait des autopsies.

Le corps de la femme se trouvait maintenant sur la table en inox. Les lampes de l'amphithéâtre remplaçaient la lumière matinale que Winter avait eue dans les yeux tout au long du trajet, en suivant le fourgon.

Ici, la mort devenait définitive. La femme mourait une deuxième fois, sous les projecteurs. Dans cette saloperie de fossé, pensa Winter, elle était encore présente au monde. Maintenant c'est fini. La peau de son visage, tendue et transparente, luisait d'un éclat obscène.

Pia E:son Fröberg et deux spécialistes du labo, Jonas Wall et Bengt Sundlöf, entreprirent de dévêtir le corps. L'adhésif mis en place sur le lieu de la découverte servait à conserver toute trace éventuelle d'un auteur : poils, fibres, peau, poussière, pierre.

Tandis qu'ils la déshabillaient, Göran Beier parlait à voix basse dans le micro de son magnétophone, enregistrant ses observations concernant les vêtements, leur état, leur apparence, d'éventuels accrocs. Les techniciens rangeaient les vêtements un par un dans des sacs en papier, avec un luxe de précautions.

Lorsque le corps fut nu, Pia E:son entama l'examen superficiel. Les techniciens prenaient des photos. Pia E:son, qui avait pris le relais au micro, faisait état des lésions visibles. Winter l'entendit décrire les ecchymoses aux avant-bras indiquant que la victime avait opposé une résistance. Il pouvait voir, au niveau du cou, les traces d'hémorragie interne à l'endroit où les vaisseaux sanguins avaient été violemment comprimés, jusqu'à faire craquer l'os hyoïde. Mort par strangulation. À supposer que ce soit bien la cause du décès. Pia parlait des atteintes à sa gorge ; la femme avait porté un polo à col montant, mais dessous, les meurtrissures étaient nettes.

Elle présentait des taches blanches sur le ventre, sur les seins et sur la face antérieure des cuisses. Or on l'avait retrouvée gisant sur le dos. Cela signifiait qu'elle avait été déplacée après sa mort. Winter ne croyait pas à l'hypothèse du suicide – que quelqu'un l'aurait assistée, après sa mort, pour transporter son corps dans le fossé. Mais pourquoi pas ? C'était une possibilité.

Ce qui était sûr, en revanche, c'est qu'elle était restée sur le ventre pendant une heure au moins après sa mort. La pression artérielle ayant cessé, le sang avait reflué à son plus bas niveau, les vaisseaux sanguins s'étaient resserrés et les surfaces d'appui étaient devenues blanches. Elles l'étaient toujours, bien visibles sous les néons.

Les techniciens relevèrent les empreintes digitales.

Pia E:son Fröberg entreprit ensuite le coûteux examen approfondi demandé par Göran Beier. Winter entendit une radio quelque part, une musique qui aurait pu être n'importe quoi. Des gens entraient et sortaient de l'amphithéâtre, mais Winter suivait le travail de Pia sans lever le regard. Il avait espéré un signe tangible susceptible d'aider à l'identification : tatouage, cicatrice de brûlure ou d'opération, piercing. Mais il n'y avait rien à voir en dehors de la peau lisse, bleutée, blanche par endroits. Il ne percevait encore aucune odeur.

— Elle ne s'est jamais teint les cheveux, dit Pia E:son.

Winter ne répondit pas. Il regardait le visage de la morte, essayant de l'imaginer en mouvement, lorsque tous les nerfs, tous les muscles nécessaires à un sourire, à une grimace, remplissaient encore leur fonction.

— Quel âge a-t-elle ?

— La trentaine. Peut-être quelques années de plus ou de moins. Il faudra attendre pour le savoir avec précision. La peau est bien. Lisse autour de la bouche et des yeux.

— Pas même les rides du sourire ?

— Elle n'avait peut-être pas beaucoup de raisons de se réjouir.

Winter fut surpris par ce commentaire.

— Maintenant en tout cas, enchaîna Pia, les choses tristes sont finies. Tu veux rester pour le bilan médical ?

— Oui, je reste encore un peu.

— Moi j'y vais, dit Beier. Je t'appellerai.

Winter hocha la tête. Son regard revint au visage de

la victime. Elle paraissait plus âgée maintenant qu'on lui avait fermé les yeux. L'éclairage jetait des ombres verticales sur son corps. Elle était transpercée de lumière.

Pia E:son Fröberg avait examiné les organes, conservé le contenu de l'estomac, prélevé un échantillon d'urine et fait une prise de sang au niveau de l'artère fémorale. Winter quitta l'amphithéâtre pour appeler son second.

— Pourquoi traînes-tu là-bas ? demanda Ringmar.

— J'ai pensé que ça pourrait nous avancer, pour l'identification.

— Peut-être. Les gens se font tatouer ou piercer aux endroits les plus bizarres. Alors ?

— Rien. Rien qu'un visage nu. Elle n'était même pas maquillée.

— Quoi ?

— Elle ne se maquillait pas.

— Et alors ? C'est si rare de nos jours ?

— Ça dépend. Dans les milieux aisés, peut-être, mais à mon avis elle n'en faisait pas partie.

— Qu'est-ce qui te fait dire ça ?

— Je ne sais pas. Les vêtements bon marché, ce genre de choses. Je pense qu'elle était pauvre. Ou alors je me trompe du tout au tout.

— Que dit Beier ?

— Rien encore.

— J'ai quelqu'un ici qui est un peu plus causant.

Winter revit la silhouette sur le parking. Il avait échangé deux mots avec l'homme avant de laisser à Ringmar le soin de l'interroger, tandis que lui-même suivait le convoi funèbre jusqu'à l'hôpital.

— Alors, qu'est-ce qu'il dit ?

— L'une des voitures du parking est à lui.

— Que faisait-il sur le parking à quatre heures du matin ?

— Il prétend qu'il revenait d'une fête à Helenevik, où il avait peut-être bu une bière de trop. Du coup, il n'avait pas osé conduire jusqu'en ville. Il aurait décidé de s'arrêter sur le parking de Delsjön et de dormir dans la voiture.

— Il a eu le temps de me raconter cette fable, du moins en partie.

— Il prétend que c'est la vérité.

— Alcootest ?

— On l'a fait dès que possible. Il n'était pas ivre. Il avait bu, mais pas assez.

— D'accord, d'accord. Qu'a-t-il vu ?

— Après quelque temps, il a éprouvé le besoin de pisser et il s'est éloigné un peu. C'est alors qu'il l'a aperçue.

— Qu'a-t-il dit ?

— Il a cru voir quelque chose dans le fossé. Il s'est approché et il a aperçu le corps. Il avait son portable sur lui et il a fait le numéro de la police.

— Il va falloir contrôler cet appel.

— Bien sûr.

— Quelle heure était-il ?

— Quatre heures moins le quart à peu près. Le central a l'heure exacte.

— Qu'a-t-il vu, à part ça ?

— Rien, d'après ce qu'il dit. Personne.

— Qu'en est-il des autres voitures ?

— On s'en occupe.

— La prière du matin est repoussée d'une demiheure.

— Tu veux que tout le monde y assiste ?

— Tout le monde.

Winter retourna dans l'amphithéâtre. La femme sur la table était toujours un corps anonyme. Dans la plupart des cas, il y avait au moins un nom qui accédait à la paix lorsque toutes les horreurs étaient terminées pour la victime et transmises aux vivants. Là, l'absence de paix planait entre les néons et la chair muette.

— Des dents correctes, dit Pia E:son. Un peu jaunes, mais en bon état.

— Ça nous aidera seulement si sa disparition est

signalée. Je veux le rapport d'autopsie le plus vite possible, merci.

— Comme d'habitude.

— Tu fais du bon travail, Pia.

— Arrête, tu vas me rendre méfiante.

Winter se dirigea vers la sortie sans répondre. L'air desséché de l'amphithéâtre l'avait fatigué et assoiffé.

— Que fais-tu ce soir, Erik ?

Il se retourna.

— Je croyais que tu étais... comment dire... remariée avec ton mari.

— Ça a cassé. Une fois de plus.

— Je ne pense pas que ce soit une...

— Non, coupa-t-elle. En effet. Ma question était d'un autre ordre. Une manière de te dire de ne pas démarrer trop fort au début de cette enquête. Tout le monde a besoin de reprendre des forces.

— Ce soir, je vais dormir, dit-il, en réponse à la question qui ne se posait plus. Et peut-être parler d'avenir avec Angela. Et penser à elle, là-bas, ajouta-t-il en indiquant la table.

— À ce propos, si tu veux un sujet de réflexion supplémentaire. Cette femme a donné naissance.

— Elle a des enfants ?

— Je ne sais pas ce qu'il en est actuellement, mais elle a enfanté. Une fois, ou davantage.

— Quand ?

— Ça, je ne peux pas le dire. Du moins pas encore. Mais ça se...

— Pas de détails, dit Winter. Du moins pas encore.

Il sentit à nouveau le frisson sous son crâne. Il y avait peut-être de petits survivants quelque part. Ce pouvait être une aide pour l'enquête, ou une source de frustration supplémentaire. Ou autre chose, de bien pire.

7

Le surveillant s'éventait à l'aide d'une feuille pliée en deux. Les mémos s'accumulaient. Quelque jours encore, et Winter en aurait des piles sur son bureau, remplis de déclarations de gens qui ne savaient rien... ou qui savaient peut-être.

Le couloir sentait la sueur et le soleil et, dans la salle d'attente à droite, ça puait la vieille gueule de bois. Un plaisantin avait punaisé une affiche représentant une plage et un palmier à côté d'un avis de recrutement de la brigade criminelle. Tout cela au-dessus d'un homme qui dormait la bouche ouverte, un filet de bave tendu entre ses lèvres et l'accoudoir de la banquette en skaï. On aurait dit un tour de magie. Il pourrait gagner de l'argent avec ça, pensa Winter en entrant dans l'ascenseur qui le conduisit au troisième étage.

Il entra dans son bureau en se frottant les joues. Il s'était un peu ranimé dans la voiture, au retour de l'hôpital. L'adrénaline courait dans son corps et la sueur coulait le long de son dos. Ce n'était pas un meurtre ordinaire. Il savait sans savoir. Il ressentait dans tout son corps la tension, qui ne le lâcherait peut-être pas avant des mois.

Il alla dans la salle de repos, remplit un gobelet de café et s'attarda quelques secondes pour observer la matinée au-dehors. La deuxième vague de banlieusards déferlait sur le croisement d'Ullevi. Le flot des voitures se répartissait entre Ullevigatan et Skånegatan. Il percevait la rumeur de la circulation. Le thermomètre extérieur indiquait vingt-sept degrés, alors qu'il était huit heures vingt à peine. Mais en ce qui le concernait, le temps des baignades était fini.

La salle de réunion se remplit peu à peu. Certains – ceux qui étaient sur l'affaire depuis le début – paraissaient fatigués. Les autres attendaient impatiemment, les fesses au bord de la chaise. Dans un autre contexte, l'atmosphère aurait pu être décrite comme pleine d'expectative, mais là, le mot semblait mal choisi. Ringmar avait noté sur le tableau blanc : « Visualisation concernant meurtre. » Winter, le stylo entre les doigts, cherchait intérieurement un mot capable de décrire l'atmosphère. Elle était... vide, une feuille de papier vierge entre des mains professionnelles. Il espérait que ce professionnalisme suffirait à éviter un trop grand nombre d'erreurs au début de l'enquête. C'était la même sensation chaque fois.

Et voilà, pensa-t-il. On se revoit après les vacances d'été.

Il dessina un X au tableau et prit la parole.

— Que savons-nous ? Une femme inconnue d'une trentaine d'années, vraisemblablement étranglée, a été découverte ce matin, entre trois heures trente et trois heures quarante-cinq, par un homme que nous entendrons à nouveau cet après-midi. Il n'existe pour l'instant aucun soupçon à l'encontre de cet homme, mais, comme vous le savez, on ne sait jamais.

— Comment a-t-il pris contact avec nous ? Il devait avoir un portable, l'alerte est partie directement.

— Un portable en effet, dit Ringmar.

— Comme tout le monde, marmonna Halders.

— On peut continuer ? demanda Winter, qui n'avait pas quitté son X du regard.

— On l'a retrouvée ici – il dessina un cercle. On regardera la carte de plus près tout à l'heure, mais je vous présente la situation schématiquement. En suivant l'ancienne route de Borås, sous l'autoroute, on arrive à la sortie vers Helenevik et Gunnebo... mais on verra ça plus tard. On l'a donc retrouvée ici, reprit-il en indiquant son cercle. Dans un fossé bordé de broussailles, qui jouxte la forêt que traverse l'ancienne route de Borås à cet endroit.

Il marqua la sortie.

— Notre cabane se trouve là-bas, dit Halders.

— En effet. Le centre sportif de la police, comme certains d'entre vous ne l'ignorent pas, est situé un peu plus loin.

— J'y ai fêté mes quarante ans. Il n'y avait pas une fête là-bas hier soir ?

— Oui, dit Ringmar. Les collègues du groupe d'investigation ont donné une petite fête dans la soirée.

— À quelle heure ?

La question venait de Möllerström.

— Le dernier est parti vers quatre heures. Plus exactement, il a pris un taxi.

— Mais que f..., commença Halders.

— On va les interroger, coupa Ringmar.

— Il n'y a pas très loin de ce fossé à notre centre, fit remarquer Bergenhem. Quelques centaines de mètres tout au plus.

— Oui, dit Winter. En tout cas, ils n'ont pas fait usage du terrain de tir.

— N'y a-t-il pas un chenil à côté ?

— Oui. Juste après le croisement. On va les interroger.

— Qui ? demanda Halders innocemment. Les chiens ?

— Si nécessaire, répliqua Winter sans broncher. Il y a pas mal de maisons le long de cette route. Le terrain de tir d'Örgryte à deux cents mètres, le club de golf de Delsjön et le centre d'entraînement GAIS. Il y a aussi plusieurs maisons d'habitation au croisement de l'ancienne route de Borås et de Frans Perssons väg.

Il dessina quelques carrés sur le tableau.

— Et une bande de flics bourrés, compléta Halders.

Winter ne répondit pas. Il termina son croquis et se retourna vers le groupe.

— Le lieu de la découverte du corps n'est pas le lieu du meurtre. La victime a été transportée dans ce fossé, une heure au moins après sa mort. À notre arrivée sur les lieux, le décès remontait à huit ou dix heures. Voilà où nous en sommes. J'attends les conclusions de l'autopsie.

— Violences sexuelles ?

Halders se sentait reposé malgré sa nuit écourtée. Quelques heures de sommeil lui avaient suffi.

— Nous n'en savons rien encore. Mais ses vêtements paraissaient intacts et Pia E:son n'a repéré aucun signe immédiat d'agression sexuelle.

— D'autres témoins ? demanda Janne Möllerström.

Möllerström était le procédurier de Winter – un inspecteur consciencieux qui veillait à ce que tous les éléments de l'enquête se retrouvent en bonne et due forme dans la banque de données de l'enquête préliminaire.

— C'est la question qui doit nous occuper maintenant, dit Winter. Nous n'avons pas pour l'instant d'autre témoin que le type qui nous attend au deuxième étage.

— On travaille sur quatre voitures. Deux d'entre elles étaient volées.

— C'est bien, fit Lars Bergenhem.

Tout le monde comprit ce qu'il entendait par là. Une voiture volée pouvait être la piste menant du lieu de la découverte au lieu du crime.

— On s'occupe des voitures aujourd'hui, ajouta Ringmar.

— Que disent leurs propriétaires ?

La question venait de Sara Helander, de la cellule antigang, qui avait rejoint l'équipe réduite de Winter au cours de l'enquête du printemps. Il souhaitait transformer sa collaboration ponctuelle en affectation permanente.

— Deux d'entre eux sont très contents qu'on ait retrouvé leur voiture, c'est du moins ce qu'ils prétendent.

Les deux autres, j'en ai peur, devront s'accommoder de la situation.

Halders leva la main.

— Pourquoi étaient-ils garés là *in the first place* ?

— Oui, ajouta Veine Carlberg. Qui va ranger sa voiture sur un parking paumé en pleine nuit ?

— C'est ce qu'on va découvrir, dit Winter.

Sara Helander changea de sujet.

— Y a-t-il des traces de lutte ? Ce n'est pas facile à voir d'après les photos que j'ai là.

— Elle semble s'être battue pour sa vie, fit remarquer Winter. À en juger par les meurtrissures sur les avant-bras. Pour en être sûr, il faudra attendre le rapport d'autopsie. Voici d'ailleurs les photos de l'autopsie, dit-il en lui tendant un mince paquet. C'est là, regarde.

— Une inconnue..., marmonna Halders.

— Elle a donné naissance à un ou plusieurs enfants, précisa Winter. Ça peut nous aider.

Personne ne fit de commentaire. Plusieurs enquêteurs semblèrent penser à quelque chose. Winter distribua les tâches. Il souhaitait abréger la réunion. Cette première journée de travail sur le terrain serait peut-être la plus importante de toute l'enquête.

Une partie du personnel était déjà attelée au fichier des personnes disparues. Depuis quelque temps, lorsqu'une disparition était signalée, la police demandait systématiquement le nom du dentiste habituel de la personne.

On pouvait contacter directement ce dentiste et transmettre le dossier à l'odontologiste du département de médecine légale. C'était le moyen le plus rapide de retrouver une identité. L'odontologiste faisait une radio des dents de la victime et comparait. Parfois, c'était suffisant.

Winter attendait les résultats de ce côté-là.

Ils avaient fait un prélèvement d'ADN.

Ils avaient commencé à interroger leur propre fichier de personnes disparues. Tout dépendait de la pertinence des questions posées à l'ordinateur, de la qualité du signalement fourni.

Ils allaient maintenant décortiquer le fichier criminel, en espérant que la femme avait été détenue au moins une fois en garde à vue, peut-être même jugée, et que ses empreintes les aideraient à retrouver le meurtrier. Mais la probabilité était faible.

Ils allaient aussi lancer une recherche interne, en espérant qu'un collègue reconnaîtrait la photo pour l'avoir déjà vue en page cinq ou sept du bulletin bimensuel de la police. Winter avait devant lui, sur la table, une photo où la mort restait discrète. La femme semblait encore appartenir à leur monde ; on aurait dit qu'elle se reposait.

D'autre part, ils espéraient qu'elle n'allait pas tarder à manquer à quelqu'un. Mais ils n'allaient pas pour autant rester bras croisés à attendre que cette personne les contacte.

Winter pensa à la morte comme à une mère.

Ils allaient frapper aux portes de tous les voisins du lieu de la découverte du corps, retrouver la trace des livreurs de journaux et de tous les autres citoyens susceptibles de se déplacer dans la nuit.

Enfin ils contrôleraient les taxis. Cette tâche particulière échut à Halders, qui fit la grimace malgré son intérêt pour les voitures.

— Je sais qu'à ton avis ça ne sert à rien, dit Winter. Mais il faut le faire.

— Cette fois, ce sera peut-être différent. Il y a dû y avoir quelques courses au centre sportif. Mais les taxis de maintenant ne valent rien. Ils ne nous appellent jamais et ils n'ont rien vu. C'était mieux avant.

Halders a raison, pensa Winter. Avant, je pouvais prendre mon téléphone et composer le 17 30 00. Aussitôt, la centrale des taxis distribuait l'info par radio : « Vous qui êtes de service cette nuit, contactez Winter... » Dans certains cas, ça simplifiait le travail.

— La libre concurrence des taxis sabote le travail de

l'enquêteur, poursuivait Halders. Toutes ces boîtes qui ont poussé comme des champignons... Combien de ces satanés chauffeurs pourraient supporter un contrôle un peu serré du service de l'immigration ? Ils ne nous appellent jamais, c'est aussi simple que ça.

Winter se retourna vers le tableau, mais Halders était lancé.

— Prenez le meurtre de Ramberget, au printemps. Combien de taxis circulaient là-bas cette nuit-là ? Vingt ? Trente ? Et combien de chauffeurs nous ont contactés ? Aucun !

Halders jeta un regard à la ronde. Ils l'écoutaient, ou quoi ?

Le service de l'immigration, pensa Winter. La femme pouvait être de nationalité étrangère. Il faudrait consulter les actes dudit service. Interpol. Du calme, Winter.

Il regarda les flèches et les chiffres au tableau. Il n'y avait presque rien. C'était un point de départ.

Il était onze heures dans le bureau de Winter. Il avait ouvert la fenêtre pour fumer, mais cela ne changeait rien, par cette chaleur. La fumée montait vers le plafond, se dissipait et retombait sur eux. Ringmar toussa. Winter posa son cigarillo.

— Eh bien, dit Ringmar, sois le bienvenu pour de bon, alors.

— Je commençais à m'ennuyer de toute manière.

— Il vaut mieux avoir un hobby pour meubler ses loisirs.

— J'ai fait du vélo et je me suis baigné. J'ai écouté du rock. Ça pourrait devenir un hobby pour moi. Le jazz, c'est du travail, mais le rock... Quoi qu'il en soit, il faut prendre son temps. Apprendre à l'écouter.

— Oui, quelle horreur.

Winter ramassa son cigarillo, mais s'abstint de le rallumer. Bruits de moteurs, au-dehors, mêlés aux rires moqueurs des mouettes qui suivaient les allées et venues des voitures de police.

— Aucun avis de disparition, dit Winter. Ce peut être une bonne comme une mauvaise chose.

— Qu'est-ce que ça peut avoir de bon ?

— Cette femme existait, bougeait, se déplaçait il y a moins de vingt-quatre heures. Quelqu'un l'a vue, lui a peut-être parlé. Et je ne pense pas à celui qui l'a tuée.

— On peut recevoir un avis aujourd'hui. Ou demain.

— Jusqu'ici, les dents ne nous ont été d'aucun secours.

— Il nous faudrait d'abord un dentiste, dit Ringmar.

— Il nous faut un nom, une adresse et une piste. J'ai l'impression... que c'est indécent de parler d'elle. Ça te fait ça, à toi aussi ?

— Non.

— Une victime sans identité. Aucune paix, tu comprends ?

Ringmar hocha la tête.

— Je voudrais attendre un jour de plus pour l'appel à témoins et les affiches, dit Winter.

— Des affiches ? On va se lancer là-dedans ?

— Oui. Les collègues de Londres travaillent comme ça, et je voudrais essayer. Au besoin.

— Ça fonctionne ?

— Quoi ?

— Ça donne des résultats, à Londres ?

— Je n'en suis pas sûr.

— Ah bon.

— Je vais faire un brouillon ce soir.

— Quelle photo veux-tu ?

— Je ne sais pas. Celle-ci ? demanda-t-il en prenant une photo sur la table. Ce n'est pas banal, mais c'est une possibilité. Nous n'avons rien d'autre.

— Fais voir, dit Ringmar.

Il examina la photo et la rendit à Winter.

— L'idée ne me plaît pas. Mais on n'a pas le choix, j'imagine, si on ne découvre rien de neuf entre-temps. La photo est correcte, on dirait qu'elle est à peine morte. Mais ce sera sans doute la première fois à Göteborg.

— Tu te souviens des Allemands ? Le dynamitage de Würtemberg ? La femme était en mille morceaux. Pourtant un chirurgien esthétique a réussi à la rafistoler et ils ont publié sa photo.

— C'est indécent.

— Le dynamitage, c'était pire.

Ringmar se leva, s'étira et gémit.

— J'ai l'impression que c'est déjà le soir, dit-il.

— Ressaisis-toi. La journée ne fait que commencer.

— Et puis il y a la conférence de presse.

Ringmar se rassit et croisa les jambes. Son pantalon kaki et sa chemisette à petits carreaux étaient infiniment plus élégants que le short et le T-shirt délavé de Winter. Il se gratta la cuisse. Il avait besoin de prendre une douche et de manger quelque chose.

— Qui a décidé d'organiser une conférence de presse ? Birgersson ?

— Non. Wellman. Il a essayé de te joindre quand tu étais à l'hôpital.

Henrik Wellman était le chef de la brigade criminelle à l'échelle régionale. Les commissaires s'adressaient à lui pour financer les déplacements professionnels indispensables, pour demander des voitures supplémentaires, ce genre de chose.

Au-dessus de Wellman, il y avait le chef de la police régionale Judith Söderberg. Au-delà, les questions reposaient dans la main de Dieu.

— Henrik a-t-il l'intention d'assister en personne à la conférence de presse ? demanda Winter avec un sourire.

— Il faut le comprendre. La saison parlementaire n'a pas commencé. Le hockey non plus. Alors une jeune femme assassinée, sans identité... il est normal que la presse se jette dessus. Meurtre estival.

— C'est ça. Nous sommes les figurants d'un meurtre estival classique. Le rêve de tous les tabloïds.

— C'est la faute de la canicule. S'il ne faisait pas une telle chaleur, ce serait différent. Pour les journalistes, je veux dire.

— Meurtre d'automne alors. Ce n'est peut-être pas une mauvaise idée de rencontrer nos amis de la presse. Je serai seul pour nous représenter, je suppose ?

— À quatorze heures.

Ringmar quitta le bureau. Winter alluma un autre cigarillo et fixa le plafond pendant dix secondes. Puis il prit le téléphone et tenta de joindre Beier, mais le chef des techniciens s'était absenté.

Il fallait maintenant dénicher une chambre. Une maison ou un appartement. À défaut d'un nom, il leur fallait une adresse. Sinon, leur marge de manœuvre se réduirait très vite.

Il ouvrit le tiroir supérieur gauche et prit l'enveloppe qui contenait plusieurs photographies du lieu de la découverte du corps. Il tenta de se représenter ce qui avait pu se produire dans les minutes précédant le moment où la femme avait été abandonnée dans le fossé. On avait pu la porter à travers la forêt. Un homme costaud en aurait été capable. Elle ne pesait pas plus de cinquante-cinq kilos. Les marques à son cou pouvaient provenir de grandes mains, de doigts épais... mais pas nécessairement.

Elle avait été portée. On n'avait pas encore retrouvé de traces sur le parking, sur le sentier ou dans l'herbe indiquant qu'elle eût été traînée jusqu'au fossé. *Le parking*. Elle aurait été conduite là en voiture, puis portée. C'était une possibilité. À bord de l'une des voitures en stationnement ? Peut-être. L'une des deux voitures volées ? Il le saurait bientôt. Quelqu'un assassine une femme, descend dans la rue, vole une voiture, fourre le corps à l'arrière et démarre... Aurais-tu fait ça si tu avais tué quelqu'un, Winter ? Aurais-tu pris la direction du lac ? Pourquoi avait-on laissé le corps à cet endroit ? Combien de nos criminels connus aiment à étrangler leurs victimes ? Ont-ils des lieux favoris ? Que savons-nous de cet endroit ? Que s'est-il passé auparavant, sur ce parking ou au bord de ce lac ? N'avait-il pas servi de lieu de rendez-vous à une bande de satanistes, quelques années plus tôt ?

Le lac. Elle était peut-être venue en bateau. Des policiers étaient déployés sur toute la longueur du rivage, soit une dizaine de kilomètres. Comment s'y prend-on pour cacher un bateau ?

Un joggeur avait-il fait le tour du lac pendant la nuit ? Ces gens-là étaient imprévisibles...

Il y a toujours un sens au choix du lieu où sera découvert le corps, pensa Winter. Même si le meurtrier lui-même n'en est pas conscient. Son choix implique un fil conducteur pour nous. Quelque chose le pousse à aller là-bas. Une raison liée à son passé.

Le lieu. Nous partons de là. Je pars de là. J'y retourne.

Il rangea l'enveloppe dans le tiroir et se leva si vite qu'il éprouva une demi-seconde de vertige.

La sensation de la faim s'était estompée après la réunion. Il devait pourtant manger. Il prit la voiture, un court trajet jusqu'au restaurant chinois de Folkungagatan, déjeuna rapidement et but un litre d'eau.

Les clients attablés portaient des chemises et des robes trempées de sueur. Personne n'avait plus la force de s'en soucier.

8

Dans la voiture, il alluma la radio pour écouter les informations locales. « La police ne dispose encore d'aucun indice. » Quelle que fût la personne qui avait fait cette confidence à radio Göteborg, c'était la stricte vérité. À quatorze heures précises, il serait personnellement chargé d'expliciter l'étendue de cette ignorance.

La climatisation était branchée au minimum, il ne voulait pas s'enrhumer. La journée paraissait sombre par le pare-brise. À nouveau, il eut le sentiment qu'il faisait froid à l'extérieur. Dès qu'il ouvrirait la portière, la chaleur le submergerait.

Il longea le parc d'attractions de Liseberg, où l'activité battait son plein. Il n'était pas allé là-bas depuis des années...

Les voitures autour de lui étaient comme gélifiées, prêtes à se dissoudre, à se répandre sur l'asphalte mou et brûlant. Il dépassa un panneau d'information routière. Trente-quatre degrés dans l'air, quarante-neuf sur la route. Bon Dieu.

En abordant la côte après le croisement de Kallebäck, il aperçut de l'autre côté de la route deux agents en uniforme. Contrôle de vitesse. L'un faisait aimablement signe aux automobilistes, tandis que l'autre, un peu en retrait, les filmait en vidéo.

Winter enregistra la présence de l'homme à la caméra – qu'il apercevait maintenant dans son rétroviseur. La bande vidéo enregistrait les voitures arrivant en sens inverse. Mais la caméra avait été dirigée vers lui. Il avait donc été filmé, tout comme les autres automobilistes de ce côté de la route, même si ce n'était pas à eux qu'on s'intéressait en premier lieu.

Au croisement de Delsjön, il tourna à droite et, passant sous l'ancienne route de Borås, longea la base de loisirs déserte. Personne sur le parking, personne sur les pelouses. La chaleur avait dû dissuader les visiteurs habituels.

Au lieu de s'arrêter, il prit soudain la décision de continuer tout droit, sous l'autoroute. Après le viaduc, il aperçut des chevaux dans une prairie sur sa gauche. Il dépassa deux fermes. Un kilomètre plus loin, il y avait un arrêt de bus. Il s'arrêta, descendit de voiture, alluma une Corps et s'appuya contre la voiture.

Il pensait à la caméra vidéo. Une ouverture possible. N'y avait-il pas eu des contrôles de vitesse nocturnes ces derniers temps ? Un test avec des caméras capables de voir dans l'obscurité ? Il lui semblait avoir vu ce sujet traité dans *Group Wise*, le courrier électronique interne de la police.

Ce test ne devait-il pas se concentrer sur le secteur est de la ville ?

Dans le meilleur des mondes, un fonctionnaire de la police routière aurait l'idée d'informer Winter qu'une patrouille avait effectivement circulé dans les environs au cours des dernières vingt-quatre heures. Mais cela pouvait prendre plusieurs jours. Problèmes de communication... Les flics, pensa Winter, sont des êtres humains comme les autres. Et la grande réforme de 1995 avait engendré une regrettable attitude de défense territoriale au sein des différents secteurs de police.

Winter détacha le téléphone de son support, sous le tableau de bord, composa le numéro de la surveillance routière et demanda le commissaire.

— Walter est occupé.

— Pour combien de temps ?

Winter crut presque *voir* le haussement d'épaules et le soupir à l'autre bout du fil : pourquoi faut-il toujours que ça tombe sur moi ?

Il répéta sa question.

— Euh... c'était de la part de qui, déjà ?

— Commissaire Erik Winter. Chef adjoint de la brigade criminelle.

— Tu ne peux pas appeler quelqu'un d'autre ?

— Que dis-tu ?

— Walter est occup...

— Je suis sur une enquête de meurtre. Et je dois parler à Walter Kronvall.

— C'est bon, c'est bon.

Winter attendit. Un avion passa, en direction de Landvetter. L'appareil planait sans bruit dans le bleu. Le vrombissement des moteurs ne lui parvint que lorsque l'avion eut disparu. Soudain il vit un cerf lever la tête à l'orée de la forêt, cent mètres plus loin, par-dessus le grillage de protection. Sa robe se confondait avec l'herbe brûlée. Lorsque l'animal s'éloigna, on aurait dit que le vent faisait onduler la prairie.

Winter entendit le crissement des sauterelles, puis un nouveau vrombissement de moteur dans le ciel vide. Il attendit. Son cigarillo s'était éteint depuis longtemps.

— Ici Kronvall.

— Erik Winter.

— J'étais occupé.

— Tu l'es encore.

— Quoi ?

— Tu es occupé par cette conversation avec moi, Walter. Je vais être bref. Je veux savoir si vous avez déployé cette nuit des caméras dans le secteur du croisement de Delsjön, sur l'ancienne route de Borås.

— Dans le cadre d'un contrôle de vitesse ?
— Tu le sais mieux que moi.
— De quoi s'agit-il ?
— On a une femme étranglée depuis ce mat...
— Je suis au courant. En dépit de l'état des communications dans cette maison.

Winter attendit. Sa joue pressée contre le combiné était moite. Il s'épongea le front.

— Tu veux donc savoir si on a filmé quelque chose dans les environs, poursuivit Kronvall. En temps normal, je t'aurais répondu non. Mais là, il se trouve qu'on est en train de tester des caméras infrarouges empruntées aux gars des hélicoptères. Je vais vérifier auprès de la police de proximité de Härlanda.
— Tout de suite, c'est possible ?
— Oui, ça vaut mieux si tu veux voir les bandes. À supposer qu'elles existent encore.
— Pardon ?
— Le commissaire n'est pas au courant ? Une fois qu'ils l'ont visionnée, nos agents remettent la bande à zéro avant de la passer à l'équipe suivante. Mais il se peut qu'ils attendent un quart d'heure de plus, cette fois-ci. Après tout, c'est un test.
— D'habitude, ils rembobinent la bande ?
— Bien sûr. Nos ressources sont limitées.
— Appelle-les tout de suite, alors !
— Où puis-je te joindre ?

Winter le lui dit et raccrocha. Il descendit de voiture, rangea le téléphone dans sa poche, fit quelques étirements. Ça craquait de partout. J'ai besoin d'exercice, pensa-t-il. Je ne serai pas toute ma vie le plus jeune commissaire du pays. Bergenhem m'a proposé de jouer au hockey avec lui. C'est de la folie, mais bon. Ou alors je pourrais aller courir deux fois par semaine. Jusqu'à Långedrag, et retour, en passant par la forêt. D'un autre côté, j'ai fait du vélo tout l'été.

Il s'approcha de l'abribus. L'arrêt portait le nom de « Helenedal ». Il consulta le tableau horaire. Le 701 faisait le trajet de Broplatsen à Frölunda Torg. Premier départ à cinq heures quinze, dernier départ à vingt-trois heures quarante-trois. À vérifier. Encore une tâche à soumettre au groupe. Une enquête était comme un gigantesque aspirateur. Tout y passait : rapports d'audition de témoins, rapports d'interrogatoire, pistes techniques, idées lumineuses, caprices délirants – et tout cela n'avait en général rien à voir avec le sujet. Mais, petit à petit, on découvre deux fragments qui s'emboîtent. Et alors, on peut formuler une hypothèse.

Le téléphone sonna dans la poche de sa chemise. Il dit son nom.

— C'est Walter. Bien raisonné, commissaire. De fait, les voitures vidéo étaient de sortie cette nuit dans le secteur est de la ville. Promotion spéciale réservée à nos clients, disponible uniquement cette semaine.

— D'accord. Ils étaient sur la route de Borås ?

— Mais oui. Et certaines caméras n'ont pas servi depuis.

— Et les autres ?

— Euh... je ne te suis pas.

— Les autres caméras ont-elles été réutilisées ?

— Pas d'après ce que j'ai compris.

— J'ai besoin de voir ces bandes.

— Où ?

— Tu peux les monter à la crim' cet après-midi ?

— Bien sûr. Par coursier spécial, aucun problème.

Winter éclata d'un rire bref.

— Merci pour ton aide.

— En cas de succès, nous voulons une reconnaissance officielle.

— Bien sûr.

— « Le commissaire Walter Kronvall de la surveillance routière a réalisé la passe décisive avant le but. » Quelque chose dans ce goût-là.

— Nous autres à la crim', nous n'oublions pas nos amis, dit Winter en raccrochant.

Puis il resta planté devant les horaires de bus. Le cerf,

entre-temps, était revenu. S'aventurant hors du bois, il décrivait un grand arc de cercle en direction d'une colline ; lorsque son corps émergea de l'herbe haute de la prairie, Winter put constater la parfaite coordination de ses muscles. Lui n'avait pas besoin de stretching...

L'animal s'était immobilisé et le dévisageait. L'espace de quelques secondes, Winter fut comme hypnotisé par ce regard. Il n'avait jamais chassé. Mais là, il crut sentir en un éclair de quoi il retournait : une proie, un chasseur, une arme, un échange de regards qui s'éternisait. Un instant suspendu avant la mort. Une arme levée. Un bruit effroyable venu de l'espace. Un corps qui explosait.

Le cerf n'avait pas bougé. Il attendait. Winter resta immobile. Il n'était pas armé, mais ça ne faisait aucune différence ; il était interchangeable. La distance entre eux... devait être une distance ordinaire au cours d'une chasse. La distance entre le chasseur et la proie. Il reconnaissait cette situation. *La distance entre le chasseur et la proie...* Il était le chasseur... c'était son travail. Mais un tueur pouvait-il être comparé à une proie ?

Il repensa à la femme, qu'on avait abandonnée dans un fossé comme un animal abattu. Une victime... était peut-être une proie. Son corps sans nom était en soi un message. Pourquoi ? Il revit la bouche entrouverte et les dents dénudées. Un cri silencieux. Un cri venu de loin.

Il ne faudrait que quelques minutes à ce cerf pour rejoindre le fossé où ils l'avaient retrouvée. S'il osait traverser le tunnel.

Winter remit le contact. La ramure au centre de la prairie n'avait pas bougé. En reprenant la route dans l'autre sens, il vit l'animal s'éloigner, en un nouvel arc de cercle, vers la forêt.

Winter laissa la voiture sur le parking, franchit le dispositif de sécurité et s'engagea sur le sentier. Au fond du fossé, l'herbe semblait encore aplatie par le poids de la femme. Il se retourna, évalua la distance. C'était un long trajet pour porter un être humain, vivant ou mort. Un cadavre pesait plus lourd. D'un autre côté, il n'opposait aucune résistance.

Mais il ne fallait pas nécessairement être un géant. La peur d'être surpris pouvait décupler les forces, si on était sensible à ce genre d'émotion. À moins qu'ils n'aient été plusieurs, dans la frêle lumière du petit matin ? Pleins de folie, de délire... ou d'adrénaline...

On avait pu la transporter à travers les fourrés, dans le brouillard. Pourquoi pas ?

Ils essayaient de ratisser un périmètre raisonnable, mais c'était extrêmement difficile. Les policiers ne pouvaient pas piétiner le terrain au hasard. Et s'ils étaient trop nombreux, tout devenait affaire de hasard.

Une détonation le fit sursauter. Puis une autre. Brisant le silence du début d'après-midi, dérangeant la rumeur des voitures au loin. L'écho se répercuta par-dessus les bouleaux, sur le lac. Le terrain de tir était à nouveau en service.

Les cassettes vidéo étaient sur son bureau. L'air stagnait dans la pièce. Ringmar frappa à la porte ouverte alors que Winter essorait sa chemise trempée.

— Et le soleil suit son cours, commenta Ringmar.

— J'aime bien le soleil.

— Ces messieurs de la presse t'attendent.

— Pas de femmes ?

— Il n'y a pas de femmes chez les chroniqueurs judiciaires.

— Si c'était le cas, remarqua Winter en coiffant ses cheveux humides avec les doigts, ça changerait beaucoup de choses.

— On y va ?

— Il faudra abréger. Je veux regarder ces cassettes le plus vite possible.

Winter s'expliqua dans le couloir. Ils prirent l'ascenseur et allèrent à la rencontre des journalistes, qui semblaient tous prêts à se rendre à la plage : des shorts, des T-shirts. L'un d'entre eux portait même des lunettes de soleil. Un type cool, pensa Winter en prenant place sur l'estrade.

— Nous n'avons pas encore identifié la femme, dit-il en réponse à la première question. Et nous aurons peut-être besoin de votre aide.

— Vous avez une photo ?

— Si on veut.

— C'est-à-dire ? demanda Hans Bülow - l'un des rares journalistes dont Winter connaissait le nom et qui travaillait pour le quotidien *GT*.

— Nous avons des photos du cadavre. Comme vous le savez peut-être, nous n'aimons pas publier ce genre d'image.

— Et si c'est nécessaire ?

— On vous le dira.

— Mais elle a bien été assassinée ?

— Je ne peux pas encore répondre à cette question. C'est peut-être un suicide.

— Elle se serait suicidée avant de prendre sa voiture et d'aller s'allonger dans un fossé ?

La question venait d'une femme de la radio locale. Winter pensa aux paroles de Ringmar concernant les chroniqueurs judiciaires.

— Qui a affirmé qu'elle était morte ailleurs ? répliqua-t-il.

La femme jeta un regard à Hans Bülow. La dernière édition de *GT* contenait un article plein de supputations quant à ce qui avait pu se produire.

— Nous n'avons pas encore établi avec précision l'enchaînement des faits précédant... la mort, ajouta-t-il.

— Quand saurez-vous s'il s'agissait bien d'un meurtre ?

— J'attends le rapport du médecin légiste cet après-midi.

— Y a-t-il des témoins ?

— Je ne peux pas encore m'exprimer à ce sujet.

— Comment le corps a-t-il été découvert ?

— On nous a alertés.

— Un témoin, autrement dit ?

Winter écarta les mains en un geste qui autorisait toutes les interprétations.

— La victime est-elle suédoise ?
— Je l'ignore.
— Mais vous l'avez vue. A-t-elle le type scandinave ?
— Je ne peux pas encore répondre à cette question.
— Si elle n'a pas le type scandinave, on devrait pouvoir découvrir où elle habitait, dit un jeune journaliste que Winter ne pensait pas avoir vu auparavant.
— Qu'entendez-vous par là ?
— Ne savez-vous pas où vivent les immigrés ?
Winter ne répondit pas. Il pensait aux banlieues nord. C'était une simplification.
— Y a-t-il d'autres questions ?
— Quel âge avait-elle ?
— Une trentaine d'années, d'après notre estimation. Là non plus, pas de certitude.
Les journalistes prenaient des notes, tendaient leurs micros. Un meurtre estival à Göteborg.
— Que faites-vous en ce moment ?
— L'enquête a démarré tôt ce matin. Nous relevons les indices sur le lieu de la découverte. D'autre part, nous travaillons à établir l'identité de la victime.
— À quel moment cela s'est-il produit ?
— Quoi ?
— Le meurtre. Ou la mort.
— Sans doute hier soir, tard dans la soirée. Je ne peux pas en dire plus pour le moment.
— Quand l'a-t-on trouvée ?
— Tôt ce matin.
— Quand ?
— Vers quatre heures.
— Avez-vous interrogé les gens qui se trouvaient dans le secteur à ce moment-là ?
— Nous essayons d'entendre tous ceux qui ont pu voir quelque chose. Toute personne détenant une quelconque information est invitée à prendre contact avec la police.
— Mobile ?
— Impossible à dire pour l'instant.

— A-t-elle été violée ?

— Je ne peux pas répondre à cette question.

— Cela vous fait-il penser à quelque chose ? demanda Hans Bülow.

— Que voulez-vous dire ?

— D'autres meurtres qui ressembleraient à celui-ci. À Göteborg ou ailleurs.

— Je ne peux malheureusement pas répondre à cette question, pour des raisons liées à l'enquête.

— Autrement dit, la victime n'est pas connue de la police ?

— Je crois avoir déclaré tout à l'heure que nous ignorions son identité.

— Est-ce habituel ?

— Pardon ?

— Est-ce habituel d'ignorer l'identité de la victime ? Après tant de temps, je veux dire.

— Il s'est écoulé... – Winter regarda sa montre – moins de douze heures depuis la découverte du corps. Ce n'est pas long.

— Bien sûr que si, dit le journaliste aux lunettes noires.

— D'autres questions ?

Le type cool avait raison, bien sûr.

9

Il avait plu toute la journée. Elle était maintenant assise près d'une autre fenêtre. Les bonshommes étaient partis. Elle avait peur, mais pas autant que lorsqu'ils étaient là. Quand elle avait crié, dans la voiture, l'un d'eux avait paru sur le point de la frapper. Il ne l'avait pas fait ; mais il avait la tête de quelqu'un qui cogne.

On l'avait changée d'endroit ; les arbres dehors étaient différents. Il n'y avait pas d'autres maisons à proximité, personne sur la route. Aucun bruit de voiture ou de train. Une seule fois, elle avait entendu du bruit au-dessus d'elle, peut-être un avion. Elle avait levé la tête, mais le plafond l'empêchait de voir.

Elle chercha un téléphone du regard, mais il n'y en avait pas. S'il y en avait eu un, elle aurait pu soulever le combiné, appuyer sur les touches et parler avec sa maman. Elle savait comment s'y prendre. On soulevait le combiné et on appuyait sur les touches.

Sa maman allait venir bientôt. Les bonshommes étaient peut-être en train de la chercher. Ils étaient partis et revenus, deux fois. Maintenant l'un d'eux était reparti, mais il n'avait pas pris la voiture. En fait, il était peut-être juste dans une autre pièce. Au même instant elle le vit approcher, dehors. Il n'y avait pas loin de la maison à la forêt, et il venait de la forêt. Il la regarda droit dans les yeux, par la fenêtre. Elle descendit de la chaise et recula, parce qu'il lui faisait peur.

Puis elle se retrouva allongée par terre. Elle était tout ensommeillée dans sa tête, et il y avait une odeur. Elle leva les yeux et vit une assiette posée à côté d'elle.

— Allez, mange !

Elle se frotta les yeux et les rouvrit, mais tout était flou. Elle les frotta à nouveau. Alors elle vit que l'assiette fumait.

— C'est de la soupe. Mange pendant que c'est chaud.

Elle voyait les chaussures et les jambes de l'homme. Elle demanda où était sa maman.

— Elle va venir bientôt.

Elle répéta sa question, mais il ne répondit pas.

— Mange ta soupe maintenant. Tiens, voilà une cuillère.

Elle dit qu'elle avait soif.

— Je vais chercher de l'eau si tu manges.

Elle prit la cuillère, mais c'était trop chaud. Elle ne sentait rien.

Elle attendit que la soupe refroidisse un peu. Ses vêtements étaient tout froissés. Elle pensa au papier caché dans sa poche secrète. Personne ne l'avait fouillée quand ils étaient partis de l'autre maison. Ils étaient très pressés, tant mieux, ils n'avaient pas eu le temps de penser au bout de papier, mais tout était tellement pressé depuis si longtemps...

— Allez, mange maintenant.

Elle regarda l'assiette, mais ça avait encore l'air trop chaud. Elle ferma les yeux.

Soudain elle sentit une douleur à l'oreille et ouvrit les yeux. Elle vit la main, tout contre sa tête.

— Je vais encore te tirer l'oreille si tu ne manges pas.

Elle plongea la cuillère dans l'assiette fumante et fondit en larmes. Il allait encore lui faire mal. Sa maman l'avait déjà frappée. Mais c'était sa maman.

10

Winter lisait le rapport d'autopsie, page par page. Pia E:son Fröberg décrivait minutieusement chaque organe. Ces rapports lui évoquaient toujours les listes d'équipement bizarres qu'il avait dû signer pendant son service militaire.

La signature de Pia s'étalait sous la conclusion d'usage : « Les constatations ci-dessus indiquent que la mort a été causée par... »

Strangulation. La femme avait été assassinée. Ses bras, sa poitrine et son visage présentaient des marques causées par un instrument pointu. Un couteau, un tournevis, n'importe quoi. Elle n'avait pas de lésions significatives sur le corps, mais certaines photographies montraient de fines éraflures. L'instrument avait-il été présent dès le départ, comme une menace ? Ou le meurtrier s'en était-il emparé par la suite parce qu'il l'avait trouvé sous la main, dans une cuisine ou ailleurs ?

Des spécialistes de la brigade technique travaillaient à identifier toutes les traces relevées sur sa peau.

Winter résuma mentalement ce qu'il venait d'apprendre. La femme avait une trentaine d'années, peut-être un peu moins. Elle avait eu un enfant, mais rien ne permettait de dater la naissance. Jardins d'enfants ? Crèches ? Écoles ? Nounous ? Des copains qui se demandaient pourquoi untel ou unetelle ne venait plus au bac à sable ? Ou n'y avait-il plus d'enfant ? L'enfant était-il un adolescent ?

On n'avait trouvé aucune trace d'intervention chirurgicale sur son corps, mais de petites cicatrices au visage, autour des oreilles. Et, à l'intérieur de la cuisse gauche, une brûlure au deuxième degré qui remontait à l'enfance. Winter ne l'avait pas remarquée dans la lumière bleutée de la salle d'autopsie.

Elle fumait. Le foie était normal. Pour le reste, il fallait attendre les résultats du labo, qui détecterait la présence dans le sang d'éventuelles traces d'alcool ou de drogue.

Il attendait aussi les résultats de la PJ de Stockholm, dont le service des personnes disparues se réduisait en fait à un seul policier. Si la femme avait été portée disparue en Suède, celui-ci serait en mesure de l'identifier.

Pour leur part, ils ne l'avaient pas trouvée dans le fichier local des personnes disparues ; pas davantage dans le fichier criminel. Son passé était sans tache. Ni arrestation ni condamnation.

Qui lui coupait les cheveux ? Combien de salons de coiffure y avait-il à Göteborg ?

Ses vêtements n'étaient pas des vêtements de marque. Winter pensa aux affiches de la chaîne H & M qu'il voyait chaque fois qu'il se promenait en ville, et à l'affiche qu'il ferait peut-être lui-même placarder sur les murs... Il posa le rapport sur son bureau.

Elle ne portait pas de chaussures. Les policiers n'avaient rien trouvé aux abords du fossé. Plus exactement, ils avaient découvert plusieurs chaussures, ainsi qu'un nombre incalculable d'objets datant de temps anciens ; mais pas ses chaussures à elle.

Ses socquettes blanches étaient mouillées, ou du moins très humides. À cause de la rosée ? L'herbe avait été relativement sèche. Il vit à nouveau un bateau glissant sans bruit à la surface du lac...

Il se leva et étira son corps fatigué par la longue station assise. Il se frotta le menton. Le bruit râpeux éclipsa un instant le bourdonnement du climatiseur.

Il prit un rasoir et de la mousse à raser dans l'armoire et se rendit aux toilettes. Il s'enduisit le visage. Dans la lumière mate, ses yeux semblaient brûler au-dessus du masque blanc. En se penchant vers le miroir, il vit qu'ils étaient striés de filaments rouges. Cela arrivait parfois lorsqu'il se concentrait pendant plusieurs heures d'affilée. Il avait eu un nouvel accès de vertige, à l'heure du déjeuner. L'espace d'une seconde, pas davantage.

Il se rasa à grands traits. C'était une sensation agréable, la peau qui se tendait, les poils qui disparaissaient.

Il se rinça le visage et le laissa sécher à l'air tout en contemplant son reflet dans la glace. Il paraissait amaigri, comme si la barbe naissante avait ajouté un kilo à sa tête. Les ombres sous les yeux pouvaient être un effet de la lumière.

La séance de rasage l'avait ragaillardi. Il retourna dans son bureau, ferma la porte, prit la télécommande, alluma le téléviseur et le magnétoscope. Les fesses contre le bord de la table, il vit la première séquence apparaître sur l'écran. L'image était floue ; il essaya de la corriger en manipulant le contraste.

L'image apparaissait en négatif. La caméra infrarouge donnait à la nuit une fausse teinte argentée. Il voyait tout, mais dans une version irréelle, comme s'il était spectateur d'un rêve.

Deux voitures passèrent au premier plan. Il tenta de discerner l'autre côté de l'autoroute. L'heure était indiquée en bas de l'écran : 02 :03. Une autre voiture passa au premier plan, en direction de la ville. Aucun mouvement dans l'autre sens. Le policier qui tenait la caméra se trouvait en haut de la côte, tourné vers l'est. Les automobilistes ne pouvaient pas le voir. Winter discernait la sortie vers le lac, mais la visibilité était mauvaise. La bande défilait ; aucun mouvement vers l'est. Soudain une voiture surgit sur la droite. Au même instant, le blanc se fit.

Il rembobina et appuya sur « lecture ». Là... la voiture. Un vague contour. Puis le blanc.

Winter visionna la séquence quatre fois de suite sans rien voir de plus. Il aurait besoin d'aide...

Il inséra la deuxième cassette dans le lecteur. Après quatre secondes, deux voitures traversèrent l'écran à toute vitesse, venant de Mölnlycke. Les conducteurs écoperaient-ils d'une amende ?

Nouvelle voiture, dans la même direction. Depuis la précédente indication horaire sur la première cassette, il s'était écoulé dix minutes.

La caméra oscilla avant de se stabiliser à nouveau. La route était déserte, des deux côtés. Puis un éclair à droite ; une voiture vers l'est. Il vit le clignotant. La voiture tourna en direction du lac. Impossible d'identifier le modèle. Les voitures récentes se ressemblaient toutes. C'était une forme de clonage. Il attendit. Une nouvelle voiture apparut et tourna elle aussi à droite. Winter crut reconnaître une Ford, mais rien n'était moins sûr.

Il attendit. L'heure tournait, en bas de l'image. Plusieurs voitures passèrent sur la gauche, en direction de la ville. La caméra était immobile. Peut-être calée sur un pied ?

Un mouvement dans la partie inférieure de l'image. Une voiture approchait, venant de la base de loisirs. Winter la regarda passer, attendit que l'écran fût vide et rembobina.

La voiture était passée à trois heures moins trois minutes, en direction de la ville. Il visionna à nouveau la séquence. Ce pouvait être la même ; celle qu'il avait vue tourner vers le lac. Quatorze minutes plus tôt. Il ne fallait pas plus d'une minute pour atteindre le parking – une minute et demie, tout au plus. Autant pour en revenir, peut-être un peu moins. Cela laissait au moins onze minutes sur place : ouvrir la portière, descendre, soulever un corps, le porter sur cinquante mètres, le déposer dans un fossé, jeter un regard circulaire, revenir sur ses pas.

Il regarda la cassette jusqu'au bout, mais rien ne retint son attention. Il revint aux séquences où la même voiture semblait quitter l'autoroute et la reprendre dans l'autre sens quatorze minutes plus tard.

— Tu es encore là ?

Ringmar venait d'ouvrir la porte.

— Viens voir, Bertil.

Winter indiqua l'écran.

— Regarde. Attends un peu... Tu vois la voiture de l'autre côté de la route ?

— C'est la cassette de Kallebäck ?

— Oui. Tu vois la voiture qui monte ?

— Je ne suis pas aveugle. Malgré cette lumière bizarre qui pourrait me faire croire le contraire.

— Maintenant... tu la vois qui tourne en direction du lac ? Je rembobine.

Ils gardèrent le silence pendant que Winter manipulait la télécommande. La voiture reparut sur l'écran.

— Tu reconnais la marque ?

— Euh... Tu peux arrêter l'image ?

Winter appuya sur « pause ». La voiture s'immobilisa sur l'autoroute, en tremblant légèrement.

— Je ne peux pas enlever le tremblement.

— C'est peut-être une Ford, dit Ringmar.

— Tu en es sûr ? Tu t'y connais mieux que moi.

— Non, je n'en suis pas sûr. Mais on dirait une... Escort. Il faudrait poser la question à Fredrik. C'est lui, le spécialiste.

— Elle va revenir, annonça Winter en faisant défiler la bande.

— Elle est plus près... mais ce n'est pas plus facile d'identifier la marque sous cet angle.

— Il y a quelqu'un dedans.

— Le contraire serait sensationnel.

— On peut presque distinguer un visage.

— Le numéro de la plaque, en revanche...

— Difficile, mais pas impossible, dit Winter.

Il se tourna vers Ringmar, qui crut voir une étrange lueur dans son regard. Ce pouvait être un reflet de l'écran.

— Quelqu'un est passé dans le secteur après que le corps y a été déposé. Ou peu avant ou... pendant.

— Il faut retrouver cette voiture.

C'était une évidence. Ringmar poursuivit :

— De quels moyens disposons-nous pour rendre ces images visibles ?

— Tu veux dire nettes ?

— Je veux dire suffisamment bonnes pour qu'on puisse discerner des chiffres, des lettres ou les traits d'un visage. Ensuite on va parler au collègue. L'homme à la caméra.

— Il faut prévenir Beier.

Le téléphone sonna. C'était Beier.

— On a quelque chose à propos du signe, dit-il.

— Quoi ?

— L'inscription sur l'écorce. La marque rouge au-dessus du corps. Le signe, quoi.

— C'est bon, je te suis.

— Vous avez contacté les Eaux et Forêts ?

— Un instant, dit Winter.

Il posa le combiné et parcourut la pile de rapports sur son bureau.

— Est-ce que quelqu'un a vérifié cette histoire de signe sur l'écorce auprès des Eaux et Forêts ?

Ringmar n'en savait rien. Winter reprit le combiné.

— On n'a pas encore reçu tous les rapports de la journée.

— Quoi qu'il en soit, l'inscription était fraîche.

— À quel point ?

— Elle peut dater de cette nuit.

— Ne me dis pas que c'est du sang.

— Non. De la couleur, de l'acrylique. L'une des cent nuances de rouge.

— Et on ne l'a trouvée que sur cet arbre ?

— On dirait.

— C'est quoi, alors ?

— Quoi ?

— Qu'est-ce que ça représente ?

— On s'en occupe. À vrai dire, je n'en ai aucune idée. Peut-être une croix, mais c'est une pure supposition.

— Combien de photos avez-vous ?

— Pas mal de copies, si c'est à ça que tu penses.

— Diffuse-les dans les brigades. Ça peut être une bande de jeunes qui l'a fait.

— Ou des satanistes. Le lac n'est pas un domaine inconnu pour eux.

— Le lac est grand.

— Rappelle-moi quand vous aurez la réponse des Eaux et Forêts.

— Envoie-moi quelques photos en attendant, dit Winter. D'ailleurs j'avais l'intention de t'appeler. J'ai quelques cassettes vidéo à te montrer.

Il s'expliqua.

— Envoie-les-moi, dit Beier.

Le téléphone sonna à nouveau. Ringmar vit Winter écouter attentivement en prenant des notes avant de raccrocher.

— Le propriétaire du chenil a été réveillé cette nuit par des aboiements. En sortant, il a vu une voiture faire demi-tour devant chez lui et prendre la direction de l'autoroute. Ou du moins de la base de loisirs.

— Qu'a-t-il vu exactement ?

— Une lanterne était allumée à côté du portail. Il est certain que c'était une Ford Escort.

— C'est notre bagnole. Que faisait-elle là ? Quelle heure était-il ?

— Quelques instants avant qu'on la voie sur la cassette, répondit Winter avec un signe de tête vers l'écran éteint. Il a même indiqué le modèle et l'année.

— Comment est-ce possible ?

— Il a vu la voiture dans la réalité, dit Winter.

— Maintenant, il pourra voir la reprise.

— Parfois, je me dis que je préférerais ça. Ne jamais voir la première prise brutale. Seulement la reprise.

11

La PJ de Stockholm avait pris contact avec Winter ; le signalement de certaines femmes disparues correspondait en partie à celui de la morte, mais les corrélations n'étaient pas suffisantes. Il pensa au labo. La charge de travail était telle, là-bas, qu'il faudrait encore attendre pour être renseigné sur ses éventuelles maladies, prise de drogues ou de médicaments. Ses habitudes ou ses abus.

Un coursier lui apporta les photographies de Beier. Winter les tira de l'enveloppe, examina le signe peint sur l'écorce en essayant d'associer des gestes à ces images. Il ferma les yeux. Des messages de ce type... ils en avaient toute une collection aux archives. Quelqu'un veut parfois nous dire quelque chose. Ou nous induire en erreur...

On frappa à la porte.

— Entrez.

Un jeune enquêteur apparut, un rapport à la main.

— Qu'est-ce que c'est ?

— J'ai appelé les Eaux et Forêts et ce signe...

— Merci, fit Winter en se levant.

Il reconnaissait le garçon. Comment s'appelait-il,

déjà ? Il était dans le service depuis un mois environ. C'était sans doute sa première enquête pour meurtre.

— Assieds-toi, je t'en prie. Raconte-moi.

Le garçon obéit en essayant de prendre un air dégagé. Il était tout rouge, la sueur coulait sous sa chemise. Il portait une veste de costume légère – une folie par cette chaleur. Le pantalon paraissait lourd et cher. Le code vestimentaire de Winter s'était répercuté jusque chez les plus jeunes. Que pensait ce garçon du jean coupé et du T-shirt qu'il portait maintenant ?

— Tu arrives à réfléchir sous cette veste ?

— Quoi ?

— Enlève ta veste et sors ta chemise du pantalon. Tu as l'air d'avoir chaud.

Le jeune homme sourit comme à une plaisanterie qu'on ne comprend pas et croisa les jambes.

— Sérieusement, insista Winter. L'avantage du statut d'enquêteur, c'est que tu t'habilles comme tu veux.

Le garçon prit son courage à deux mains.

— Ça dépend des enquêtes, non ?

— Parfois.

— Il faut savoir s'adapter aux circonstances.

— Alors c'est le moment.

Le garçon sourit et enleva sa veste.

— Il fait super chaud dehors.

— Que disent les autorités forestières ?

— Ils n'ont pas été... là-bas ces derniers temps. Le terrain appartient à la commune.

— Qu'est-ce que ça signifie ?

— Quoi ?

— Ces derniers temps. Quand ont-ils été là-bas pour la dernière fois ?

Winter se pencha et prit les deux feuillets déposés sur le bureau par son jeune collègue.

— Comment tu t'appelles, déjà ?

— Euh... Börjesson. Erik Börjesson.

— C'est ça, dit Winter en cherchant dans le rapport la réponse à sa propre question.

— Ils ne se sont pas occupés du secteur du lac depuis un mois.

— Non, dit Börjesson.

— Tu t'es demandé ce que pouvait être ce signe ?

La question prit le garçon au dépourvu. Winter l'entendit prendre une inspiration. Il voit que je vois qu'il voit que je veux son point de vue.

— Qui peut l'avoir tracé sur cet arbre, c'est ça ?

— Oui, fit Winter.

— Les pêcheurs ? Le club de pêche ?

— Tu as eu le temps de vérifier ?

— Non... pas encore.

— Une autre idée ?

— D'une autre cause... naturelle possible ?

— Oui. Sans lien avec le meurtre.

— Des enfants ?

— Y a-t-il des indices en ce sens ?

— Je... je ne sais pas.

— Ça peut valoir le coup de vérifier.

— Ou un couple d'amoureux.

— Hmm.

— Des gens qui gravent leur nom dans l'écorce, ce genre de chose.

— Oui, dit Winter. Ce secteur est apprécié des gens qui veulent être tranquilles.

— Ç'est peut être un signe comme ça.

— Dans ce cas, dit Winter en poussant une photographie vers Börjesson, que signifie-t-il ?

Il a l'air content, pensa Winter. De réfléchir en compagnie du chef. Là, il participe vraiment à l'enquête. Je devrais faire ça plus souvent. J'ai peut-être été mauvais pédagogue.

— Que signifie cette... inscription, ou ce dessin... Je ne sais pas comment il faut l'appeler.

— Je croyais que les techniciens s'en occupaient.

— Je veux ton point de vue.

Un hélicoptère bourdonna au-dehors. Winter vit l'ombre de l'appareil, s'élevant de la plate-forme à l'ouest, passer devant sa fenêtre. L'après-midi touchait à sa fin ; les files d'automobilistes pressés de rejoindre le lieu de la fête s'allongeaient. Il pensa à Aneta Djanali et eut brusquement un goût amer dans la bouche. Un goût de violence et d'alcool. Il alluma une Corps pour s'en débarrasser. S'il approchait de la fenêtre, il verrait les fêtards converger vers le centre-ville. Certains sembleraient tituber dans l'air brûlant.

Il ferma les yeux. Plus tard, la police montée pousserait les gens à coups de cravache vers les corrals de Lilla Bommen et de Kungstorget. Là, ils hurleraient pêle-mêle jusqu'à s'écrouler, ivres morts. Les policiers descendraient de cheval ; ils enfourneraient les corps inanimés dans les fourgons et ils les déchargeraient dans les cellules maculées, quatre étages en dessous du bureau où Winter songeait à présent à ses propres débuts. Juché sur un cheval, il avait vu la racaille s'escrimer sous lui, comme une houle prise de panique. C'était ce cynisme de jeunesse qu'il était si dangereux de conserver par la suite, dans le métier. Considérer les gens comme de la racaille. Éviter de voir l'évidence : tous étaient aussi apeurés, désorientés, désespérés les uns que les autres.

Tout le monde a peur. Les uns autant que les autres. Winter rouvrit les yeux. Börjesson le dévisageait. Il se leva, s'approcha de la fenêtre. Le soleil l'aveugla. Le soleil qui paraissait suspendu dans le ciel à hauteur de Långedrag. Dans quelques heures, il aurait disparu avec la promesse d'une continuation.

En plissant les yeux, il distingua les banderoles qui jetaient des ombres sur la foule. Impossible de discerner les lettres. Ces banderoles se dirigeaient vers – quoi ? une confrontation supplémentaire entre des groupes de gens d'opinions divergentes.

Il y aurait à nouveau des bagarres ce soir.

La fête continuait, les conflits aussi.

— Je crois que c'est lié, fit la voix de Börjesson.

Winter se retourna à l'aveuglette, clignant des yeux pour dissiper le soleil dans sa tête.

— Je ne sais pas ce que ça représente, poursuivait Börjesson, mais que ce signe se soit retrouvé là en même temps que... le corps ne paraît être une trop grande coïncidence.

— Bien, dit Winter qui distinguait à nouveau le visage du garçon – qui ressemblait de fait à un homme, ou à un adulte. Je voudrais savoir s'il y a eu des cérémonies satanistes dans le secteur.

— Des satanistes ? répéta Börjesson.

— Ils aiment bien la forêt. La vie en plein air.

— C'est peut-être ça.

— Regarde à nouveau le signe, dit Winter en contournant le bureau. Qu'est-ce qu'il t'évoque ?

Le jeune policier tint la photo à bout de bras. Puis il l'approcha de son visage, avant de la reposer. Le dessin lui évoquait deux lignes verticales barrées par un trait horizontal. Mais la couleur avait coulé, modifiant peut-être le message, l'intention originelle.

— Ça peut être un H, dit-il.

— Oui.

— Vous êtes du même avis ?

— Ça ressemble à un H.

— Ou à un caractère chinois.

— Bonne idée.

— Les caractères chinois ont un sens... par eux-mêmes, je veux dire. Comme des objets.

— Tu as étudié le chinois ?

— Au lycée, oui. J'étais en section humaniste.

— Et tu es devenu policier ?

— Pourquoi, ça pose problème ?

— Au contraire, fit Winter. On a besoin d'un maximum d'humanistes dans la profession.

Börjesson rit et examina à nouveau la photo.

— Je peux consulter mes livres, pour comparer.

— Combien de caractères y a-t-il ?

— Des dizaines de milliers. Mais quelques milliers seulement pour l'usage quotidien.

Winter ne répondit pas. Il regardait intensément la

photo. Il devait retourner là-bas, examiner cet arbre. On aurait dit que l'auteur avait suivi les contours de l'écorce. Le tronc semblait porter une blessure à cet endroit, peut-être une taille précoce. Une branche minuscule sortait du tronc juste en dessous. Le signe semblait faire partie de l'arbre lui-même.

Il devait retourner là-bas. Mais il se dégageait de cette image... une force brute. Une force démente émanant d'un autre monde – celui du mal. Comme un message d'un temps archaïque qui aurait trouvé son accomplissement quelques heures plus tôt, lorsque le corps de la femme avait été abandonné sous ce pin.

Winter secoua la tête. Voilà que ça recommençait. La sarabande mentale.

Ce signe ressemblait à un H. Coïncidence : lui-même avait secrètement baptisé la femme d'après le nom du hameau voisin, Helenevik.

Pour lui, elle avait été Helene, bien avant qu'il eût examiné de près l'inscription peinte sur l'écorce. Helene. Comme si ce prénom pouvait l'aider à découvrir qui elle était en réalité.

Elle était morte, et les morts n'ont pas d'amis. Mais lui, Winter, voulait être son ami jusqu'à ce qu'elle ait retrouvé son nom.

12

En se caressant le menton, Winter le trouva doux, comme enfoncé dans son visage. Il était seul dans son bureau. La lumière au-dehors était infime, en route vers une autre partie du monde.

À l'intérieur, tout était noir et blanc, sans nuances de gris. Les bouts de papier sur panneau d'affichage en face de sa table de travail étaient réduits à des rectangles vides.

Il s'attarda dans le silence. Tous les bruits avaient soudain disparu. Il se sentait fatigué – d'une fatigue qui semblait liée à l'immobilité de la pièce. On ne peut rien faire de plus maintenant, pensa-t-il. On a fait notre possible pour Helene au cours de ces premières heures.

Il ferma les yeux, ses pensées se firent plus vagues. Soudain il vit un visage d'enfant. Il rouvrit les yeux, les ferma à nouveau. Le visage était toujours là. Les cheveux n'avaient pas de couleur ; les yeux le regardaient bien en face. C'était une fille.

Il se ressaisit par un geste réflexe. Il avait failli tomber de son fauteuil. J'ai dû m'endormir...

Il ne voyait plus le visage de la fillette, mais il ne l'avait pas oubliée. Le téléphone sonna.

— Alors, tu as repris le boulot ? dit la voix de sa sœur.
— Depuis ce matin, oui.
— Que s'est-il passé ?
— *Somebody's got murdered.*
— Quoi ?
— *Somebo*... Quelqu'un a été tué. C'est la vérité. Mais c'est aussi le titre d'un morceau de musique. Que j'écoute en ce moment. Pour me retrouver moi-même.
Il crut l'entendre sourire à l'autre bout du fil.
— Coltrane, je suppose ?
— Les Clash. Un groupe de rock anglais. Macdonald, mon collègue anglais du printemps dernier, m'a envoyé quelques CD.
— Je croyais que tu n'avais jamais écouté de rock de ta vie.
— C'est pour ça.
— Quoi ?
— C'est comme un... je ne sais pas. J'ai besoin d'autre chose.
— Et maintenant un nouveau meurtre.
— Oui.
— Alors, vous avez réglé cette histoire d'agression ?
— Quelle agression ?
— Ta collègue, Agneta quelque chose. Un nom étranger.
— Aneta Djanali.
— C'est ça. Devine qui m'a appelée tout à l'heure ?
Winter vit une piscine, un homme nu, un scintillement de soleil. Il crut presque sentir l'odeur écœurante de l'huile solaire.
— Je crois le savoir.
— Comment peux-tu être bête au point d'aller chez cet abruti et de menacer de le tuer ?
— C'est ce qu'il a prétendu ?
— Il m'a dit que tu as essayé de l'étrangler.
— Ce n'est pas vrai.
— C'est ce qu'il m'a dit.
— J'avais besoin d'infos.

— Tu n'utilises pas la bonne manière.

Winter ne répondit pas. Il avait laissé cet épisode derrière lui. Il ne s'en souvenait même plus clairement.

— Je n'avais pas eu de nouvelles de Benny depuis des années, dit Lotta. Et c'est presque pareil en ce qui te concerne.

— Désolé.

— Parfois je me demande à quel moment tu as cessé d'être mon frère.

— Qu'est-ce que tu racontes ?

— Tu n'as pas été là quand j'avais besoin de toi. Non, c'est pathétique. Et brutal. Mais j'aimerais pouvoir te parler, parfois.

— J'essaie.

— Tu as une drôle de façon de le montrer.

— Ça peut changer.

— Avec les années, tu veux dire ?

— C'est important et instructif de vieillir.

— Alors nous ne pouvons que nous souhaiter bonne chance mutuellement.

— Peut-être.

— *We'll meet again, don't know where, don't know when.*

Sa sœur avait raison. Quand elle s'était trouvée en difficulté, lui-même ne pensait qu'à... sa carrière, à supposer qu'il puisse envisager son travail ainsi.

Il avait manqué de maturité. Certains aspects de lui manquaient encore de force ou de réelle compassion. Elle a raison, pensa-t-il à nouveau.

— Mais on parlait de Benny Vennerhag, dit-elle. Il a appelé pour se plaindre et me demander de t'éloigner de lui.

— Je vais lui dire deux mots.

— Pourquoi ? Ce qui est arrivé est bien suffisant.

— Tu sais pourquoi.

— La police ne peut-elle pas se débrouiller sans ses contacts douteux ? À moins que vous n'ayez pas encore retrouvé les agresseurs de ta collègue ?

— On les a retrouvés. Mais on a besoin d'aide, pour d'autres affaires. Et ce salaud ne doit pas t'importuner au téléphone.

— Bof. Ça fait toujours quelqu'un qui m'appelle.

— Tu exagères, Lotta.

— Vraiment ?

— Ça va s'arranger. Åke ne te cause plus de... problèmes ?

Le divorce de sa sœur et d'Åke Deventer avait été une longue procédure remplie d'amertume. À présent elle vivait seule avec ses deux enfants dans la maison où Winter et elle avaient grandi.

— Il ne vient jamais. Il n'y a donc pas de problème de ce côté-là. Quant à mon erreur de jeunesse, Benny Vennerhag, je l'avais pour ainsi dire oubliée jusqu'au moment où j'ai entendu sa voix, hier.

— Je comprends. Ça remonte à quand, déjà, ce mariage-là ?

— On était mariés ?

— Oui.

— Je me souviens juste d'une espèce de tornade sans fin. Et de mon soulagement quand on s'est séparés.

— Moi, je m'en souviens. Tu n'avais même pas vingt-cinq ans.

— Mince alors. On est pourtant censé être adulte à cet âge.

— Il a dû prendre peur.

— Quoi ?

— Benny. Il a dû flipper.

— Si tu as essayé de le tuer, ça se comprend.

Winter garda le silence. Quelqu'un cria quelque chose dans le couloir.

— C'était agréable ? demanda-t-elle.

— Quoi ?

— D'essayer de tuer quelqu'un.

Winter ne répondit pas. L'obscurité avait envahi la pièce. Les rectangles du panneau se discernaient à peine. Ses mains autour du cou de Benny Vennerhag... il ne se souvenait plus de la sensation. Ce n'étaient pas ses mains à lui.

— Tu es encore là ? dit-elle.

— Je suis là.

— Comment ça va, au juste ?

— Je ne sais pas. Une femme de trente ans a été tuée, et nous ne connaissons pas son nom. Ça me... déprime. Plus qu'il ne faudrait, à ce stade de l'enquête.

— Pourquoi ne passerais-tu pas à la maison ? Ça fait des mois que tu n'es pas venu.

Oui, pourquoi pas. Il regarda autour de lui. Rien n'avait bougé tandis qu'il parlait à sa sœur. Tout serait encore là à son retour. Son bureau anonyme et austère du commissariat était d'une certaine manière plus vaste que la vie elle-même. Il existait avant son arrivée, il serait encore là quand lui, Winter, n'y serait plus.

Il attendait plusieurs réponses, mais il ne les obtiendrait pas dans l'immédiat. Il n'avait nulle part où aller en cet instant.

— Tu veux dire ce soir ?

— Je veux dire maintenant, dans une demi-heure ou le temps qu'il te faut pour venir jusqu'ici.

— D'accord. Tu veux que j'apporte quelque chose ?

— Non. Tu viens, alors ?

— Tu es seule ?

— Bim et Kristina sont dehors, mais pas pour longtemps. Elles aimeraient bien te voir, Erik.

Winter pensa à ses nièces. Il était un oncle nul. Nul.

— C'est vrai, insista sa sœur. Elles ne t'ont pas oublié.

Il traversa les couloirs déserts. La lumière pâle du crépuscule balayait les derniers restes de jour à l'intérieur du commissariat. Quelqu'un avait oublié d'éteindre dans la salle de réunion. Winter approcha du tableau, regarda les flèches indécises qu'il avait lui-même tracées. Il prit le feutre de couleur sur l'appui de la fenêtre et écrivit « Helene » à côté de la croix marquant le lieu de la découverte du corps. Dans l'espace vacant, à droite, il nota le mot

« transport » et les horaires d'apparition de la voiture sur la vidéo. Les hommes de Beier examinaient les bandes en ce moment même. On n'a pas beaucoup de temps, lui avait dit Winter.

Il pensa à nouveau au lac. Combien de gens possédaient un bateau autour de Delsjön ? Cela devait pouvoir se vérifier. Quelqu'un s'était-il fait voler un bateau, ne serait-ce que quelques heures ? Le club de pêche aurait peut-être une idée là-dessus.

Les possibilités étaient innombrables, les déceptions encore plus. Il posa le feutre. Il pensait à nouveau à la petite fille qu'il avait vue en fermant les yeux. Il ne discernait plus son visage. Elle avait surgi comme d'un rêve, messagère d'un pays lointain et effrayant qu'il devait visiter le plus tôt possible. Helene, pensa-t-il. Nous devons à tout prix découvrir ton nom.

Le parking était vide, en dehors de trois motos stationnées à l'endroit prescrit. Il s'était remis à transpirer sitôt franchi le seuil du commissariat. Il eut un nouvel accès de vertige, comme une seconde d'absence entre deux pensées. Comme s'il n'était plus là.

Il mit ses lunettes de soleil. Ça le grattait à la racine des cheveux et aux autres endroits velus de son corps ; cela lui donnait la sensation d'être électrique, comme revêtu de plusieurs couches de peau brûlante.

Deux dirigeables passèrent dans le ciel, vers l'est. L'un d'eux masqua la lune, provoquant une courte éclipse. Une voiture de police s'engagea sur le parking, le conducteur lui fit un signe de tête. Winter leva la main et se dirigea vers sa Mercedes. La station Shell un peu plus loin était un parc d'attractions à elle toute seule, avec ses néons puissants qui donnaient aux alentours un air de fête. Winter perçut une odeur de saucisses grillées et de canicule de fin d'été.

En entendant un vrombissement, il leva la tête. Un hélicoptère était suspendu à l'endroit où se trouvaient un peu plus tôt les dirigeables. Les pales découpaient le clair de lune en lamelles. L'hélicoptère fit lourdement demi-tour et prit la direction de la fête. La circulation était dense, au-delà de la station-service. Toute la ville était bloquée. Il resta bêtement planté devant sa voiture, les clefs à la main. Il allait se trouver pris dans les embouteillages.

Il rebroussa chemin vers l'emplacement des vélos. Il en avait toujours un en réserve, pour faire face à ce genre de situation. Il sourit à une avocate qui sortait du commissariat après quelques heures passées auprès d'un client. Elle s'assit sur le banc. Winter devina qu'elle attendait un taxi. « Je vous emmène ? » proposa-t-il en indiquant le porte-paquets. Elle se détourna sans répondre. C'est bien elle pourtant, pensa Winter, je l'ai déjà vue au tribunal. Elle ne me reconnaît pas. C'est peut-être les lunettes de soleil, le T-shirt et le jean coupé. Pour elle, l'habit fait le moine.

Il pédala en direction du fleuve, se frayant un chemin parmi les gens qui déambulaient entre les tentes à bière. Devant l'opéra, un homme s'élança sur la chaussée, ignorant le feu rouge. Winter donna un brusque coup de guidon, perdit l'équilibre et dut se raccrocher à l'homme pour ne pas chuter sur le bitume. L'autre se mit à hurler.

— Ça va pas, non, espèce de clochard ! Ne me touche pas !

Winter sentit son haleine chargée d'alcool et vit la lueur mauvaise dans son regard.

— Tout va bien, dit-il en essayant de dégager doucement le guidon que l'autre avait empoigné.

— Tu ne vas pas t'en tirer comme ça, sale pédé à deux roues ! cria l'homme en resserrant sa prise.

Une parfaite conclusion à cette journée de travail, en somme. Winter donna un coup sec ; l'inconnu, surpris, lâcha le guidon. Mais il lui barrait toujours le chemin. Quelques personnes assistaient à la scène.

— Hardi, Cochon ! cria quelqu'un, et Winter eut le temps de penser que l'homme ressemblait en effet à un porc.

Il changea de tactique, sortit son portefeuille de la poche de son jean et exhiba sa carte. Il se revit, les mains autour du cou de Benny Vennerhag. Ça ne devait pas se reproduire.

— Je te laisse une chance, dit-il. Soit tu t'en vas, soit tu auras des ennuis.

Cochon fixa la carte du regard. Puis il se tourna vers son public.

— Allez, Cochon ! cria à nouveau son supporter.

— Va-t'en, répéta Winter. Je te donne cinq secondes.

Cochon le regardait sans bouger. Il doit être moins soûl qu'il n'en a l'air, pensa Winter. Il remonta en selle et s'éloigna en pédalant le plus vite possible. La fête de Göteborg était pleine de dangers, surtout pour les flics. Mais il s'en était mieux tiré qu'Aneta.

Ça sentait l'herbe coupée près de la clôture. Il laissa son vélo et remonta la courte allée. Des mois qu'il n'était pas venu... Il s'était interrogé là-dessus, en filant le long des rues silencieuses de Hagen. Peut-être sa sœur pourrait-elle lui donner une réponse ; mais il connaissait lui-même l'une des raisons. Il jeta un regard à la maison voisine. Pas de lumière. Six mois plus tôt, il avait enquêté sur le meurtre d'un garçon de dix-neuf ans qui avait grandi là. Il était entré dans cette maison pour parler aux parents, et cela avait été terrible.

La porte était entrebâillée. Il sonna malgré tout.

— Tu peux faire le tour !

Elle devait être sur la terrasse. Il redescendit les marches et contourna la maison. Lotta se leva pour l'embrasser. Elle sentait le crépuscule et le vin. Ses cheveux étaient plus courts que dans son souvenir, peut-être plus sombres aussi. Les lignes autour de la bouche et des yeux plus marquées, la peau plus tendue. Il la sentit frêle entre ses bras. Il savait qu'elle aurait quarante ans dans deux mois, le 18 octobre. Il n'était pas certain qu'elle organiserait une fête.

— Tu veux un verre de vin ? Froid. Blanc.

— Oui, volontiers. Et un peu d'eau.

— Je n'ai pas entendu ta voiture.

— Je suis venu à vélo.
— Ah.
— La ville est bloquée.
— La fête ?
— Oui. Tu y es allée ?
— Et toi ?
— Pas pour m'amuser, en tout cas, sourit-il.
— Toujours aussi snob. Mais du côté des fringues, il y a du laisser-aller, dis-moi.
— Je ne suis plus le même.

Sa sœur lui servit un verre de vin et alla chercher de l'eau.

— J'ai croisé Angela la semaine dernière, dit-elle lorsqu'elle fut assise sur le banc à côté de lui. Dans un couloir du service de radiologie.
— Ah bon.
— Ça faisait un moment qu'on ne la voyait plus, à l'hôpital. Elle n'a pas dit grand-chose. Comme si tu avais déteint sur elle. Cette espèce de silence... Bref, elle ne m'a rien dit.
— À quel sujet ?
— Vous deux, par exemple.

Winter attendit une suite qui ne vint pas. Sa sœur était chef de clinique dans un service de médecine interne à l'hôpital de Sahlgrenska. Angela y travaillait depuis peu, elle aussi, après avoir servi à l'hôpital de Mölndal.

— Les deux femmes les plus importantes de ma vie sont médecins, dit-il. Je me demande ce que cela signifie.
— Ça signifie que tu es un cas médical. Mais tu oublies maman.
— C'est vrai.
— Quand lui as-tu parlé pour la dernière fois ?
— Elle m'a appelé il y a deux semaines à peu près. Et toi ?
— Hier.
— Comment ça va ?
— Je crois qu'elle a réduit sa consommation à deux Martini avant le déjeuner.

Ils rirent ensemble.

— Non, sérieusement, elle boit moins. Je crois que papa lui a touché deux mots.

— Papa ? Tu veux rire.

— Quand as-tu parlé à papa pour la dernière fois, Erik ?

Winter finit son verre. Il vit que sa main tremblait légèrement, et que sa sœur l'avait remarqué.

— Quand ils ont démé... quand ils se sont enfuis en Espagne.

— Je sais.

— Voilà, tu as la confirmation.

— Deux ans. Ça fait long.

— Il avait le choix. Il aurait pu faire quelque chose avec son argent, pour les autres. Et je ne pense pas à moi, ou à nous. C'est son argent. J'ai le mien. Rien de ce que je possède n'a jamais été à lui.

Winter posa son verre.

— Il a pris la mauvaise décision.

— Ce n'est pas un peu lourd de toujours se poser en juge ?

— Je ne suis pas juge. Je suis policier.

— C'est bien ce que je disais.

— C'est lui qui a choisi.

— Maman l'a suivi.

— Elle n'est pas fiable.

— Tu es infernal, Erik. Qu'est-ce qui te donne le droit de juger tes proches ?

Il attrapa la bouteille de vin, brusquement.

— Tu en veux ?

Elle tendit son verre, presque à contrecœur.

— Ils ont le choix. Ils ont encore la possibilité de revenir ici et de payer leurs dettes.

— Qu'est-ce que ça changerait ?

— Il ne s'agit pas de... Écoute, est-ce qu'on est vraiment obligé de parler de ça maintenant ? On ne peut pas rester là un petit moment tous les deux et finir cette bouteille de vin ?

13

Ils restèrent assis sur la terrasse. La nuit s'installait autour d'eux. Winter ne pouvait plus lire l'étiquette de la bouteille. Il buvait, le vin avait goût de métal et de terre. En levant son verre, il crut qu'il allait perdre l'équilibre.

— La journée a été longue ? demanda sa sœur.

— On a démarré à quatre heures du matin.

— C'est trop.

— Les premières heures sont les plus importantes.

— Je sais. Mais si le commissaire n'a plus la force de réfléchir ?

— Les premières heures sont quand même les plus importantes.

— Maintenant elles sont passées.

— Pratiquement, oui.

— Mais la chasse continue.

— Si on peut appeler ça une chasse.

— Tu veux en parler ?

Il tendit la main, mais la reposa sans toucher son verre. Il avait l'impression qu'il ne pourrait articuler un mot de plus s'il continuait à boire.

Il se leva, s'appuya à la balustrade. Une brise montait

du jardin. La cabane de jeux était visible près de la haie, derrière l'érable. Elle était là depuis toujours. Winter y avait dormi au cours d'éternelles nuits d'aventure, lorsqu'il avait neuf ans, dix ans, peut-être onze.

Il eut envie d'y aller, mais resta immobile. S'il s'attardait suffisamment ici ce soir, il ne verrait plus la cabane dans le noir. Il ne pourrait que la deviner. La fatigue le faisait penser à l'enfance. Une sensation de manque. On devine la vie qui existait avant, pensa-t-il. Ce n'est presque rien. Très vite, tout est enfoui sous le présent.

Il se tourna vers sa sœur. Elle avait posé un châle sur ses épaules, cela lui donnait une apparence étrangère. Il sentit à nouveau la brise du jardin frôler les poils drus de ses jambes. Il n'avait pas froid.

— Il y a un enfant, dit-il. Cette femme qui a été tuée, dont nous ignorons le nom... comme je te l'ai dit au téléphone... a eu un enfant. Qui doit bien exister quelque part.

— Ça t'inquiète ?

— Cela ne t'inquièterait pas, toi ?

— Si.

— Ça me dérange. Deux ou trois fois aujourd'hui, j'ai eu du mal à me concentrer à cause de cela. La pensée que Helene avait eu un enfant.

Sa sœur le regarda.

— Tu as dit tout à l'heure que vous ne connaissiez pas son nom...

— Quoi ?

— La femme assassinée. Tu viens de l'appeler Helene.

— Ah ? Je dois faire attention. Je lui ai donné ce nom-là pour... me rapprocher d'elle. Quand je réfléchis.

— Pourquoi ce nom-là ?

— On l'a retrouvée près du lac de Delsjön, à côté de Helenevik.

— Helenevik ? Je ne connais pas cet endroit.

— Quelques belles maisons de l'autre côté de l'autoroute, avec vue sur le lac de Rådasjön.

— Helene...

— Oui. Et je pense à son enfant.

Il vit Lotta frissonner, davantage sous l'effet de ses paroles que de la fraîcheur.

— Alors il faut découvrir son identité au plus vite. Et son domicile.

Il ne répondit pas.

— N'est-ce pas ?

— Bien sûr, mais je suis pessimiste. C'est comme une nouvelle descente aux enfers qui s'amorce. Demain, j'aurai peut-être changé d'avis. Mais, là, ce soir, c'est ce que je ressens. On va peut-être devoir attendre que son propriétaire appelle en disant qu'elle n'a pas payé son loyer.

— Mais ça peut prendre un temps infini !

— Quatre mois, dit-il en se rasseyant.

— Tu plaisantes.

— Je l'espère. J'espère que je plaisante.

— Tu as eu le temps de parler de ton pessimisme à un collègue ?

— Bien sûr que non.

— N'est-ce pas un problème ? Pas seulement maintenant... Tout le temps.

— Que veux-tu dire ?

— Tu le sais très bien.

— Je parle avec mes collaborateurs. C'est évident.

— Mais tu ne dis à personne que tu es pessimiste.

— Bien sûr que non.

— Mais à moi, tu le dis.

— Où veux-tu en venir ? demanda-t-il en prenant son verre.

— Je crois que tu le sais.

Winter but une gorgée sans répondre. Le vin était froid dans sa bouche.

— La solitude peut être un fardeau, poursuivit sa sœur. Crois-moi, je suis bien placée pour en parler. Il y a une raison à ta venue ce soir, autre que le désir de revoir ta chère sœur. Tu voulais exprimer ce doute, l'expulser de toi pour pouvoir continuer à travailler.

— Une sorte de confession ?

— Pour toi sans doute, ça l'est. Quand tu doutes, c'est comme si tu avais péché.

— Bof.

— Tu as toujours été comme ça, Erik. Enfant déjà.

— Je ne sais pas quoi répondre.

— Tu devrais répondre que tu veux *aussi* avoir une vie normale. Ce qui implique d'avoir quelqu'un à qui parler de ta vie anormale.

— Pourquoi anormale ?

— Ton travail.

— Arrête, Lotta.

— Ce n'est pas possible de vivre un seul genre de vie, vingt-quatre heures sur vingt-quatre.

— Ce n'est pas le cas. Et quand ça l'est, c'est parce que je n'ai pas le choix.

— Cela arrive un peu trop souvent.

— Ce n'est pas moi qui en décide.

Il se leva et faillit perdre l'équilibre. Regarda sa montre. Cela faisait dix-huit heures qu'il était à pied d'œuvre. Les premières heures, les plus importantes...

— Où vas-tu, Erik ?

— À la cabane. Le matelas pneumatique y est encore ?

Fredrik Halders n'était pas du genre à gagner des batailles quitte à perdre la guerre. Les compromis, c'était bon pour les godiches. Celui qui voulait gagner la guerre devait se mettre dans l'esprit de *gagner la guerre*. C'était la seule chose à faire en tant que flic, en tant qu'autorité. C'était implicite dans le mot lui-même : autorité.

Il était revenu en ville après une conversation tardive avec le propriétaire du chenil de l'ancienne route de Borås. Le type était sûr de lui. À telle heure, une Ford Escort CLX Combi Sedan avait fait marche arrière et demi-tour à hauteur du croisement. Un modèle de 1992, 1993 ou 1994, blanc polaire. En était-il certain ? Oui, elle avait semblé blanche à la lueur de la lanterne, et ce modèle-là, en blanc polaire, il y en avait des millions. À se demander même s'il existait dans une autre couleur.

— Ce ne peut pas être un modèle plus ancien ?

— Éventuellement de 1991, mais pas davantage. Ils ont redessiné les Escort à partir de 1991. Plus rondes, plus joufflues. Et plus hautes qu'avant. C'était une voiture comme ça.

— Et c'était une CLX ?

— Quoi ?

— Vous avez dit que c'était une CLX. Pourquoi pas une RS ?

L'homme l'avait regardé comme s'il venait enfin de prononcer une parole intelligente.

— Alors vous vous y connaissez un peu en voitures ?

— Oui.

— Dans ce cas, vous savez que les RS ont une aile sur le coffre. Celle-ci n'avait pas d'aile.

— Et le numéro d'immatriculation ?

— Je n'avais pas de quoi noter, mais ça commençait par HE.

— HE... Pas de chiffres ?

— Il faisait assez sombre. Et on dirait que les lettres se voient mieux que les chiffres.

— Ah bon ?

— On ne s'exprime pas par chiffres, pas vrai ? C'est pour ça, je crois, qu'on voit mieux les lettres.

Complètement cinglé, mais une bonne vue et une bonne connaissance des bagnoles. Halders hocha la tête et prit note.

— Autre chose ?

— Si j'ai vu autre chose ?

— Oui. Ou entendu.

— Par quoi je commence ?

— Avez-vous vu autre chose que la voiture proprement dite ?

— Pas de conducteur, en tout cas. La lumière était orientée de telle manière qu'on ne voyait pas bien à l'avant.

— Pas de passager ?

— Je n'en ai pas vu.

— D'où venait la voiture ?

— Je n'en sais rien. Mais elle est repartie vers la ville après avoir fait demi-tour.

Halders prit note.

— Alors il devait bien venir de l'autre direction, dit l'homme. Du lac, ou de Helenevik. Pas vrai ?

Halders ne répondit pas.

— Pas vrai ? répéta l'homme. Même mes chiens seraient capables de comprendre ça.

Halders leva la tête.

— Le conducteur a pu se tromper de route ou changer d'avis ou se décider à faire un tour jusqu'à ce croisement avant de rentrer chez lui.

Abruti, pensa-t-il.

— Ha, ha, dit l'homme. Maintenant je comprends comment travaille la police.

Il fit un geste, l'index tapotant le front.

— Ça, je n'y aurais jamais pensé par moi-même, pas vrai ?

— Avez-vous entendu quelque chose ?

— À part le bruit de la voiture ?

— Oui. Avant, pendant ou après.

— Par quoi je commence ?

Halders soupira, de façon démonstrative.

— Il commence à se faire tard et on est fatigués, tous les deux.

— Je ne suis pas fatigué.

— Avez-vous entendu quelque chose ?

— Non.

— Et vous n'avez rien vu d'autre d'inhabituel hier soir, ou cette nuit ?

— Ça n'aurait pas été facile, pas vrai ?

— Je ne comprends pas.

Ils étaient debout sur le perron. Quelques chiens avaient aboyé à l'arrivée de Halders, mais ensuite le silence s'était fait. Il voyait le grillage du chenil briller à la lumière de la lanterne accrochée au mur. L'homme ne lui avait pas proposé d'entrer. Il était petit de taille, le corps plein de bosses pour ainsi dire, et il avait immédiatement pris une attitude défensive vis-à-vis du grand policier.

— Je n'ai pas bien compris, répéta Halders.

— Ça n'aurait pas été facile de voir quoi que ce soit avec toutes les allées et venues du côté de votre cabane, pas vrai ?

Halders commençait à trouver exaspérante cette façon de conclure chaque phrase par « pas vrai ? » mais il avait compris où l'autre voulait en venir.

— Vous pensez à la réunion d'hier soir au centre sportif de la police ?

— Centre de picolage plutôt. Pas vrai ?

— Cela vous a-t-il gêné ?

— Pas vraiment. Mais il y avait beaucoup de circulation.

— Des voitures ?

— C'est ce qu'on entend en général par le mot « circulation », pas vrai ?

— Personne à pied ?

— Je n'en ai pas vu. Mais il y a eu des fêtes au centre de picolage où vos invités se sont retrouvés un peu partout sur mes terres aux petites heures. Une fois c'était un agent en civil et une bonne femme à peine habillée qui ont décidé de faire leur lit là-bas, derrière le chenil.

Ça pouvait bien être la fête de mes quarante ans, pensa Halders.

— Mais pas cette nuit ?

— Je n'ai rien entendu. Vous devriez en parler à vos copains.

— C'est ce qu'on fait.

— C'est une bonne idée, pas vrai ?

— Mais vous êtes sûr de vous, pour la voiture ? demanda Halders surpris de sa propre patience.

— Je vous l'ai déjà dit. On a évoqué tous les détails, pas vrai ?

— Alors il ne me reste plus qu'à vous remercier. Si vous pensez à autre chose, contactez-nous. Même un incident qui se serait produit plus tôt, quelqu'un qui serait passé plusieurs fois. N'importe quoi. Vous voyez ce que je veux dire, pas vrai ?

Halders avait repris la direction de la ville avec un sourire torve.

Il laissa la voiture devant le commissariat et longea le canal. La ville dérapait autour de lui. Il ne trouvait pas de meilleur mot. La société dérapait autour de lui. Il y avait trop peu de policiers dans les rues, puisque les policiers voulaient eux aussi mener une vie normale. Il devrait y avoir autant de policiers que de citoyens, pensa-t-il en passant devant le Sheraton. Un policier par citoyen – à condition que le policier soit honnête et irréprochable.

Halders traversa la place de Drottningtorget. Devant la Bourse, un couple sirotait quelque chose dans des gobelets de plastique transparent. Ce n'est pas du sirop de framboise. Je devrais leur arracher les gobelets des mains et les conduire en garde à vue. Faire un raffut monstre pour des bagatelles. Tolérance zéro. C'est une expression débile, mais elle a un sens. La société devrait souligner le fait qu'elle n'accepte rien du tout. La moindre connerie qui est un délit devrait être traitée comme un délit. Celui qui roule à vélo sans dynamo devrait se faire retirer le permis. Celui qui boit sur la place publique devrait aller en prison. Un court séjour en prison, à chaque fois. Ils l'ont fait à New York. La ville devient plus calme. Le pays devient plus calme.

Tout le monde devient plus calme sauf moi. Plus je pense au calme, plus je suis en colère. Jusqu'où irais-je si la société donnait le feu vert à la tolérance zéro ? Et les collègues ? Que feraient-ils ? Certains se contentent de marquer le coup, d'autres vont jusqu'au bout. Pour eux, c'est la guerre tout le temps.

Il attendit avec un millier d'autres le feu vert pour traverser Götaleden et se retrouva soudain sur les quais au milieu de la foule. Le feu d'artifice venait de commencer. Il acheta un gobelet de bière, s'assit à l'extrémité d'une longue table et se mit à regarder fixement l'homme assis en face de lui. L'homme changea de place après quelques minutes.

Halders leva la tête vers le ciel où explosaient les gerbes de couleur. La lumière se reflétait sur le visage des gens. Leur front semblait tatoué, leurs joues et leur menton tamponnés de signes qu'il ne pouvait déchiffrer. Il vida son gobelet, ferma les yeux en pensant qu'il ne trouverait plus jamais le sommeil. Sous ses paupières, le monde était rouge et jaune à cause du ciel illuminé. Puis l'obscurité se fit, le feu d'artifice était terminé. Il ouvrit les yeux et eut brièvement mal au cœur. Il pensa à Aneta dans son lit blanc à l'hôpital. Les pensées mauvaises continuaient.

Winter s'était faufilé dans la cabane. Il s'allongea sur le matelas pneumatique à moitié dégonflé. Il sentait les veines du plancher contre son dos. Peut-être était-ce de l'air ancien, dans le matelas. Peut-être était-il allongé sur un peu d'air de son enfance. Du moins, ça sentait l'enfance là-dedans, une odeur sèche et faible, impossible à oublier. Transparente, pourtant perceptible.

Il tendit les bras, toucha les murs de part et d'autre du matelas. Puis il s'endormit.

14

Winter reprit son vélo et rentra chez lui à l'aube. Il avait fait une première tentative vers minuit, en sachant que c'était idiot.

— Va t'allonger dans la chambre d'amis, avait dit sa sœur, et il avait obéi.

Il se ranimait à présent, sous les arbres de Slottsskogen. Les rues avaient été balayées après le désordre de la nuit, de l'eau coulait sur l'asphalte et il faillit tomber de vélo en traversant la place Linné en ligne droite.

L'appartement sentait la chaleur et la poussière. Il se débarrassa de ses sandales et ramassa le journal dans l'entrée. *Göteborgsposten* traitait du meurtre avec retenue, sans se livrer à des spéculations. Il y chercha de bonnes idées qui pourraient lui servir au moment de la réunion quotidienne deux heures plus tard, mais ne trouva rien.

Helene n'avait pas de nom, c'était un corps froid sur une table réfrigérée, zippé dans un sac blanc. On était vendredi matin, vingt-quatre heures après qu'il eut vu son visage pour la première fois. Il tenta de visualiser ses traits, mais ils se confondaient avec ceux d'autres visages sans vie qu'il avait pu voir.

Il posa le quotidien dans le panier à journaux.

Il ôta son T-shirt et son short dans le hall, sans prendre la peine de les ramasser. Sous la douche, il laissa le jet d'eau marteler son crâne et ses épaules, sans penser à rien. Il se rasa dans la salle de bains embuée, s'essuya à peine et alla à la cuisine, la serviette autour des reins. Le soleil escaladait le toit des immeubles de l'autre côté de la place Vasa. Winter baissa un peu les stores, sortit le moulin à café et se mit à moudre les grains africains. Les arômes étaient intenses. Il se sentit ragaillardi avant même d'y avoir goûté.

Il prépara les deux petits pains qu'il venait d'acheter à la boulangerie, au rez-de-chaussée de l'immeuble. Le beurre était froid dans sa bouche. Il mangea le fromage à part, deux tranches épaisses. Fracas des tramways, en bas. Une mouette atterrit sur le balcon. Il la voyait par la porte ouverte. Elle s'envola avec un cri, et passa devant la fenêtre de la cuisine où Winter buvait son café en écoutant le battement d'ailes dans le silence du matin.

La réunion serait brève. Winter suspendit sa veste au dossier de sa chaise, retroussa les manches de sa chemise et épousseta son pantalon.

Cerrutti, pensa Sara Helander. La qualité garante de fraîcheur.

— Nous ne savons donc toujours pas qui elle est, commença Winter. Stockholm n'a pas établi son identité, et nous non plus.

— On va s'occuper du hameau aujourd'hui, dit Halders. Comment s'appelle-t-il déjà ?

— Helenevik, dit Bertil Ringmar.

— Vous serez sept.

— Mince alors.

— C'est tout ce qu'on peut faire. Et il faut s'occuper du village entier.

— Non, insista Halders. Sept, c'est beaucoup. *I am impressed.*

Winter le dévisagea, mais ne dit rien. L'attitude de

Halders devenait de plus en plus problématique. Il allait falloir lui parler. Était-ce ça, l'effet du vieillissement ? Franchir le sommet magique à quarante ans, et entamer la longue descente...

— Combien d'entre nous vont interroger les collègues ? demanda Bergenhem.

— Quoi ?

— La petite fête du groupe d'investigation, dit Sara Helander.

— Il ne peut pas investiguer là-dessus tout seul ?

Möllerström se tourna vers Halders.

— Qu'est-ce que c'est censé signifier ?

— Le groupe d'investigation. Investiguer.

— Détends-toi, Fredrik, dit Winter.

— Qu'est-ce que tu v...

— J'ai dit *détends-toi*.

Winter se pencha pour prendre un document, comme si l'incident était clos. C'était la meilleure façon de formuler une critique tout en épargnant à la victime une suite pénible.

— Birgersson et toi vous occupez des fêtards, dit Ringmar à Bergenhem.

— Certains sont sans doute un peu fatigués.

— Ils ne sont pas les seuls, dit Sara Helander.

Tout le monde dans la pièce pensa soudain au week-end qui s'annonçait. Il y avait vingt-quatre policiers dans la pièce. Pour beaucoup d'entre eux, le grand festin annuel des écrevisses était programmé pour le soir même, ou pour le samedi soir. Auraient-ils la force de s'amuser ? Rentreraient-ils chez eux, après ? Combien de temps libre la direction était-elle prête à leur accorder ?

— Personne n'est fatigué ici, dit Winter en bâillant.

Le groupe se leva. Un embouteillage se forma du côté de la porte.

Winter descendit l'escalier et franchit les doubles portes qui protégeaient le département technique des visiteurs importuns. Beier et sa bande ne prenaient pas de risques. Celui qui franchissait la première porte du sas se retrouvait devant un guichet où il devait préciser le but de sa visite et abandonner tous ses effets personnels. Beier n'acceptait que les objets emballés dans des sacs ou des cartons. Il y avait maintenant des sacs en papier de la brigade technique dans toutes les voitures. Pourtant, des inconscients continuaient d'envoyer leurs trouvailles par le courrier escargot.

On le laissa franchir la deuxième porte. Sur la droite s'ouvrait la section labo, où travaillaient un expert des armes à feu ainsi qu'un chimiste spécialisé dans l'analyse des stupéfiants, l'examen des vêtements et le traitement chimique des empreintes. Deux policiers et un civil s'occupaient exclusivement des empreintes digitales dans un labo spécial. Il y avait aussi trois photographes, qui travaillaient presque à plein temps sur les empreintes.

En tout, la brigade technique comptait treize policiers de terrain et de labo, en plus des deux commissaires et des deux préposés à l'accueil.

Quelques hommes étaient attablés dans la cafétéria toute neuve. Le Laboratoire national de Criminalistique avait alloué *in extremis* une forte somme au département, alors que les locaux venaient d'être déclarés vétustes, et Beier avait eu la possibilité de rénover tout son service. Auparavant, il ne disposait que d'un seul laboratoire pour tous les types d'expertises. Maintenant il y avait un premier labo chargé de trier les éléments à analyser, une salle réservée aux vêtements et aux fibres, un laboratoire chimique, un labo pour les empreintes et une salle d'isolement – afin que les affaires des victimes et celles des suspects ne prennent pas le même chemin, pour éviter toute confusion de fibres. Dans le meilleur des cas, les analyses elles-mêmes étaient effectuées par des personnes différentes.

I am impressed, pensa Winter. Il n'était pas venu depuis un bon moment. Beier apparut dans le couloir.

— Tu veux un café ?

— Volontiers.

— Il est prêt. Dans mon bureau.

Ils longèrent le couloir. Beier ferma la porte derrière eux.

— Par quoi on commence ?

— La voiture, dit Winter.

— Les images sont floues.

— Mais c'est bien une Ford ?

— C'est ce que nous pensons.

— Escort CLX...

— Peut-être. Sans doute.

— Tu as parlé au groupe ITV ?

— Ils n'ont pas d'expert pour ce genre d'analyse. Mon regard vaut le leur. Ou le tien.

— Peut-on distinguer le conducteur ?

— Jensen essaie en ce moment même de percer le brouillard sur l'écran, mais il n'a pas grand espoir, et moi non plus.

— Est-ce un homme ?

Beier écarta les mains.

— Parfois c'est impossible à déterminer même quand l'image est nette.

— Comment cela ?

— Les femmes peuvent être aussi belles que les hommes.

— Je comprends.

— Dans ce cas, on ne peut pas voir la différence.

— Bien sûr que non.

Winter pianotait sur la table.

— Autre question. Le numéro d'immatriculation.

— On a peut-être trouvé quelque chose. Trois lettres. HEL, ou HEI.

— C'est une certitude ?

Beier écarta à nouveau les mains.

— On continue, dit-il. Mais tu peux t'y mettre, toi aussi. Si tu as les ressources.

Il servit le café et Winter but une gorgée sans en sentir le goût.

— Nous savons que cette voiture se trouvait peut-être sur les lieux au moment où le corps y a été laissé, dit-il.

— C'est exact.
— C'est une piste.
— Tout ce qui te reste à faire alors, c'est pister toutes les Ford Escort de Göteborg. Ou de Suède.
— CLX.
— Ça, tu n'en sais rien.
— Non, mais je commence par là. L'enquête sur laquelle j'ai travaillé au printemps, à Londres... Le collègue là-bas m'a parlé d'une affaire où ils avaient retrouvé une voiture dont ils ne connaissaient que la couleur, et peut-être la marque. Nous sommes mieux placés.
— Peut-être.
— Bien sûr que oui, Göran. Je sens mon optimisme croître rien qu'à discuter avec toi.
— Alors je vais y mettre un bémol.
— Quoi ?
— Je n'ai rien de neuf concernant ce symbole bizarre sur l'arbre.
— Un gars de chez moi pense qu'il s'agit peut-être d'un caractère chinois.
— Oui, ça nous simplifierait le travail.
— Exactement.
— Dans ce cas, il n'y a qu'un milliard de Chinois à interroger.
— Tu oublies les étrangers qui parlent le chinois.
— Je propose que tu commences par là, dit Beier.

Ils burent leur café en silence, en écoutant le raffut du climatiseur. Winter avait presque froid. Beier portait une veste de costume, une chemise blanche, une cravate sang de bœuf. Nous sommes probablement les deux seuls policiers de la maison à porter une cravate aujourd'hui, pensa Winter en desserrant le nœud de la sienne. Il avait à nouveau endossé son blindage, son uniforme personnel. Beier n'avait pas fait de commentaire.
— Je suis certain que c'est lié au meurtre, dit Winter.
— Pourquoi ?
— Une intuition. Forte.
— Méthode Coué, si je comprends bien.

— La coïncidence est trop frappante. Que quelqu'un ait peint un signe sur cet arbre, la nuit même...

— Cette personne nous contactera peut-être aujourd'hui, quand on aura lancé un appel en ce sens.

— Je préfère attendre un peu.

— Pas trop longtemps, commissaire.

— Tu sais bien que c'est dangereux. On s'en servira peut-être bientôt dans le cadre d'un interrogatoire.

— Mouais.

— Ça peut être décisif.

— Elle était peut-être impliquée dans une... cérémonie.

— Non.

— Ah ?

— Les abords du lac ont peut-être été un repaire pour les satanistes, ils le sont peut-être encore, mais elle n'était pas impliquée dans ce genre de truc.

— Elle n'a peut-être pas eu le choix.

— Non, dit Winter. Ça ne colle pas. Ça se serait remarqué. Quelqu'un aurait entendu quelque chose.

— Le gars du chenil par exemple ?

Fredrik en avait parlé à Winter, qui avait répété l'histoire à Beier. Winter sourit et prit sa tasse – mais le café était froid.

— Ou tes collègues du groupe d'investigation ?

— On trouve dans ce groupe certains des policiers les plus vigilants de la corporation.

— Dans tous les états ?

— Un policier est toujours prêt.

— À quoi ?

— Au pire.

Beier cessa de sourire. Winter poursuivit :

— Un lieu est rarement choisi au hasard. On l'a souvent constaté. Le meurtrier le choisit. Surtout dans un cas comme... celui-ci.

— Je suis d'accord. Je crois.

— Nous devons nous demander pourquoi elle a été retrouvée à cet endroit précis. Au bord du lac. À *cette* extrémité du lac.

— La proximité de la route ?

— Peut-être. Ensuite nous devons nous demander pourquoi elle était là précisément, pas cinq mètres plus loin.

— Tu penses que ce détail a de l'importance ?

— Peut-être. C'est une orientation pour la pensée.

— Tu aimes bien les orientations.

— Oui. C'est le contraire de l'immobilité.

— C'est bien dit, commenta Beier.

Halders préférait marcher seul. Il se serait volontiers baigné dans le lac, mais au lieu de cela, il continua vers l'ouest jusqu'à retrouver la petite route de Rådavägen. Les villas dormaient, tranquilles et réservées, au sommet des collines.

Ces maisons lui rappelaient qu'il était un pauvre enquêteur qui ne deviendrait jamais autre chose que cela. Il ne serait jamais commissaire par exemple. Cela lui inspirait-il de l'amertume ? Pas vraiment. Quelque part en lui, un message l'attendait, disant qu'il n'était pas fait pour ce métier-là ; mais il ne voulait pas encore découvrir ce message.

S'il pouvait juste se trouver au bon endroit au bon moment, sa chance serait au rendez-vous. Elle le prendrait par la main. Ensemble, ils retourneraient place Ernst Fontell, et le grand chef le recevrait en criant à Winter : « Tiens, tu peux laisser l'affaire au commissaire Halders ici présent... »

Il commença par une maison au hasard, près d'une école dont il ignorait le nom. Il sonna à la porte et attendit, pendant que la sonnerie se répercutait à l'intérieur de la grande villa. Il enfonça à nouveau le bouton. Une marquise l'ombrageait ; du coup, la sueur coulait plus lentement et s'attardait sur ses paupières. Il cligna les yeux et pencha la tête. Au même instant, une femme en peignoir de bain ouvrit la porte. Elle avait les cheveux sombres – à moins que ce ne soit un effet du contre-jour filtré par les portes-fenêtres ouvertes derrière elle. Il y en avait au moins trois. Il apercevait le jardin comme dans un film, vu à travers un tunnel d'au moins vingt mètres de long. La maison devait être plus grande encore à l'intérieur qu'à l'extérieur.

— Désolé pour le dérangement. Je suis de la police, dit-il en extirpant sa carte de son portefeuille. Police criminelle.

— Oui ?

— Nous enquêtons sur...

— Le meurtre de l'autre côté de la route de Borås ? Je viens de lire l'article dans le journal. Nous en parlions à l'instant, dit la femme.

Un homme en maillot de bain venait de surgir derrière elle. Halders ne l'avait pas vu venir dans le tunnel.

— Simple mesure de routine. Nous devons interroger tous les voisins, au cas où ils auraient vu ou entendu quelque chose au cours des dernières vingt-quatre heures.

— À partir de quelle heure exactement ? s'enquit l'homme. Au fait, mon nom est Petersén.

Il tendit la main à Halders, qui la serra.

— Moi aussi, déclara la femme avec un sourire.

Halders lui serra également la main.

— Denise.

— Halders.

— Entrez, je vous en prie.

Halders s'enfonça dans le tunnel lumineux, ressortit de l'autre côté et suivit le couple jusqu'à un patio couvert de mosaïques.

— Vous voulez boire quelque chose ?

— Volontiers.

— Gin tonic ?

— Hélas.

— Une bière ?

— Volontiers.

L'homme retourna dans la maison, la femme se laissa glisser dans un fauteuil pliant qui paraissait compliqué. Elle posa des lunettes de soleil sur le bout de son nez et dévisagea Halders, qui lui rendit son regard. L'une de ses sandales se balançait en équilibre au bout de son pied. La sandale était rouge, comme une flamme dans le soleil.

— Je suis à votre service, dit-elle.

Arrête de fantasmer, Halders. Essaie de garder un peu de sang dans le cerveau.

L'homme revint avec un plateau et trois bouteilles de bière.

15

Benny Vennerhag au téléphone. Winter l'avait oublié. Il était en train d'examiner des photographies.

— J'ai entendu dire que vous aviez résolu l'énigme.

Winter garda le silence. Il regardait la photo d'un être humain caché par l'ombre d'un arbre. Mort. On ne voyait pas le corps, mais on savait.

— L'agression de votre collègue, poursuivit Vennerhag. Ça c'est arrangé, paraît-il.

— Qui te l'a raconté ?

— Le commissaire serait-il devenu naïf ?

Winter pensa en silence à ses mains autour du cou de Vennerhag.

— J'ai encore mal, déclara celui-ci.

— Quoi ?

— Suite aux brutalités policières. Ce que tu m'as fait l'autre jour. J'aurais pu...

— J'aurai peut-être bientôt besoin de ton aide à nouveau, dit Winter d'une voix mielleuse.

— Je n'aime pas ce ton. Et si tu veux que je t'aide, ça se fera au téléphone.

Silence.

— Alors, de quoi s'agit-il ?

— Je ne sais pas encore, mais je te rappellerai peut-être bientôt.

— Et si je quitte la ville ?

— Ne le fais pas.

— Je n'ai pas le droit de quitter la ville ?

— Quand as-tu quitté la ville pour la dernière fois, Benny ?

— C'est hors sujet, commissaire.

— Tu n'as pas quitté la ville depuis quatre ans.

— Comment le sais-tu ?

— Le maître truand serait-il devenu naïf ?

Vennerhag éclata d'un rire bref.

— D'accord, d'accord. J'ai compris. Je sais lire. Mais en quoi je peux vous être utile, je n'en ai aucune idée. Qui est-elle ?

— Qui ça ?

— La morte, parbleu. Le cadavre. Qui c'est ?

— On ne sait pas.

— Allons, Winter. Des cadavres non identifiés, ça n'existe plus.

— Peut-être pas dans ton monde.

— Qu'est-ce que ça signifie ?

Winter en avait assez de la voix de Vennerhag. Il voulait raccrocher. La chaleur de la pièce et celle du téléphone contre son oreille lui donnaient des démangeaisons.

— Je ne sais pas qui elle est. Sincèrement. J'aurai peut-être besoin de ton aide. Et dans ce cas, tu m'aideras, n'est-ce pas Benny ?

— Seulement si tu es gentil.

— La police est toujours gentille. C'est le plus important. Les gens doivent savoir que la police est gentille.

À nouveau le rire de Vennerhag.

— Et tous les autres sont méchants. Comment va Lotta, au fait ?

— Elle m'a dit que tu t'étais plaint au téléphone.

— Je ne me suis pas plaint. Et c'était pour ton bien.

Ce que tu as fait est inadmissible. Même quand il fait chaud, on doit garder le contrôle de ses émotions.

— Ne l'appelle plus. Garde tes distances avec elle.

— Quelles distances ? Je croyais que je ne devais pas quitter la ville.

— À bientôt, Benny.

Winter raccrocha. Sa main était poisseuse. Il se leva, ôta sa veste et la suspendit au dossier du fauteuil. L'étoffe, fraîche tantôt encore, était devenue un fardeau. Il enleva aussi sa cravate, la lova comme un serpent brillant par-dessus la veste.

Il retroussa les manches de sa chemise blanche, en pensant avec regret au T-shirt et au jean coupé. Ce matin, il avait décidé que c'était fini, qu'il avait repris le travail et que cela requérait la cuirasse hors de prix dont il s'enveloppait toujours. Sa protection. Elle émettait des signaux. Lesquels ? Il en avait parlé avec sa sœur, cette nuit. Des signaux de faiblesse, avait-elle dit. Celui qui a besoin de s'abriter derrière un costume de chez Armani ou Boss n'est pas vraiment à l'aise dans son propre corps. Baldessarini, avait-il répliqué. Ou Cerrutti. Pas Armani, ça c'est bon pour quand je répare ma voiture. Hou là, avait fait Lotta, c'est encore plus grave que je ne le pensais. Et alors ? Ne peut-on pas voir les choses simplement ? Que j'ai envie d'être bien habillé, sans plus ? Non, il y a autre chose, avait-elle dit.

Alors il lui avait parlé. De la peur qui s'emparait de lui lorsqu'il approchait le cœur du mal. Cette peur avait grandi. Sa fragilité était de plus en plus grande, une bulle d'air qui se dilatait. Le fait de savoir qu'il ne pouvait rien faire d'autre de sa vie, qu'il ne *voulait* rien faire d'autre, devenait un fardeau parce qu'il en connaissait les implications. Il ne pouvait pas se débarrasser de la journée, le soir venu, l'accrocher à un cintre, enfiler un survêtement et penser à autre chose. Le maudit costume Cerrutti l'accompagnait jusque dans son lit.

Mais il y avait aussi autre chose. La réponse était peut-être là, du moins en partie. Ses beaux vêtements étaient une sorte de protection contre l'inquiétude qui menaçait sans cesse d'envahir son propre corps. C'est une interprétation possible, avait-elle dit. Le problème est que l'extérieur aide rarement l'intérieur. Penses-y en repassant tes chemises blindées, avait-elle dit dans la nuit claire qui filait vers le matin.

L'eau ressemblait à une couche d'argent brillante étalée à la main à la surface du lac. Winter sentit qu'elle lui piquait les yeux, quand il regardait vers le nord. La lumière étincelait dans les bandes plastique délimitant le secteur où ils avaient trouvé Helene. Le soleil était faux, il jouait avec tout ce qu'il croisait, même ce plastique étranger à la nature qui marquait un lieu de mort.

Il longea le sentier jusqu'à l'arbre. Les sauterelles crissaient. C'était le bruit de la chaleur dure, prolongée. La brise lui apportait l'odeur humide des marais. Winter ne distinguait aucune silhouette dans le terrain broussailleux, mais il savait que des policiers s'y déplaçaient à la recherche de traces de gens qui vivaient à proximité du lac.

Il était presque midi. Peu de voitures sur l'autoroute. Il se tenait au pied de l'arbre. Il aurait pu dénombrer une vingtaine de nuances de vert. Même la lumière du soleil était verte ; le ciel à l'est était vert entre les feuillages. Seul le symbole tracé sur l'écorce à vingt centimètres de lui possédait sa couleur propre. Rouge. Winter le voyait comme un symbole. De quoi ? Il voyait un H, mais peut-être seulement parce qu'il *voulait* le voir. Il sentait que ce signe était lié à cet endroit et à ce qui s'y était produit, et c'était une sensation effrayante.

Lorsqu'il regarda à nouveau le lac, le reflet d'argent avait disparu ; il vit une lourde masse verte flotter à la surface de l'eau. Illusion d'optique, sans doute – mais cela aussi était lié à l'arbre, au fossé tout proche, à ce qui s'était passé, au silence qui était comme épinglé à ce symbole.

Winter sourit presque. S'ils parvenaient à décrypter

le code, les cris retentiraient par-dessus le lac et le marécage, noyant le bruit des détonations qui lui parvenait maintenant du terrain de tir des collègues. Le marécage contenait les traces de milliers de pas, mais enfouies, inaccessibles. Impossible de ratisser un terrain qui se dérobait, se remodelait sans cesse. Les traces visibles un instant plus tôt glissaient vers le bas, vers le côté, disparaissaient dans l'herbe, sous terre.

Il se retourna, alerté par le bruit. Une silhouette avançait vers lui. Lorsqu'elle quitta la lumière du soleil, Winter reconnut Halders.

— Alors, le chef a le temps de venir traîner ici ?

Les pans de sa chemise dépassaient du pantalon. Son visage était dans l'ombre, mais Winter vit la pellicule de sueur sur le front haut que prolongeait le crâne rasé.

— C'est un endroit frais, poursuivit Halders. Tranquille, je dirais.

— Tu viens de Helenevik ? Je n'ai pas entendu de voiture.

— La voiture est là, dit Halders, en indiquant une direction derrière lui, comme s'il voulait prouver qu'il n'avait pas marché cinq kilomètres sous la canicule. Je suppose que j'ai eu la même idée que toi. Je voulais voir l'endroit, tant que j'étais dans les parages.

— Oui.

— C'est la première fois, dit Halders.

On aurait dit une accusation. Winter ne répondit pas, se retourna vers l'arbre. Halders approcha.

— Voilà donc le fameux signe. Ce ne sont pas des gamins qui l'auraient gribouillé ?

— Mais si. Il faut juste en obtenir la confirmation.

— Et on est sûr que c'est de la peinture ?

— Oui.

— Pas du sang ?

— Non.

— Mais c'est peut-être exprès. Que ça ressemble à du sang, et qu'on y pense comme à du sang.

— C'est possible.

— Est-ce qu'on a vraiment raison de faire un lien avec le meurtre ? Avec la femme ? – Halders leva la main – Tu n'as pas besoin de me répondre, je réfléchis à haute voix. J'imagine des gamins en train de jouer, de gribouiller sur un arbre. Puis ils découvrent qu'ils n'ont plus de peinture... non, quelqu'un les surprend... non, ils veulent dessiner un seul signe, pour que ça ait l'air plus mystérieux... et maintenant ils se demandent si la police l'a vu... et pourquoi on n'en a rien dit aux journaux.

— Les gamins d'aujourd'hui comprennent sûrement que les flics ne diffusent pas tous leurs indices.

— Je n'y avais pas pensé, dit Halders en se frappant le front.

— Comment étaient les habitants de Helenevik ?

— Gentils, aimables.

— Mais encore ?

— Un couple dans une méga villa m'a proposé un gin tonic.

— Très aimable à eux. Ils t'ont convaincu ?

— J'ai dit que j'étais de service.

— Tu as peut-être manqué l'occasion d'apprendre quelque chose d'essentiel.

— À quel sujet ? Tu veux que j'y retourne ?

Winter haussa les épaules et sourit.

— Il y avait autre chose, dit Halders... mais je crois que c'est mon imagination. J'ai sans doute mal compris.

— Ah ?

— Laisse tomber. Pour le reste, la tournée des voisins ne donne rien, comme on pouvait s'y attendre. Personne n'a vu ou entendu quoi que ce soit.

— Le type du chenil avait vu et entendu des choses, dit Winter.

— Il est cinglé.

— C'est parfois ces gens-là qui nous aident le mieux.

Tous deux tournèrent la tête en entendant du bruit sur le lac. Un bateau en plastique avec un moteur hors-bord de dix chevaux se dirigeait vers le rivage, à une cinquantaine de mètres de l'endroit où ils se tenaient. Le moteur fut coupé et le bateau glissa sur le sable. À l'extérieur du périmètre. Puis des voix sans paroles, portées par la brise.

Deux garçons débarquèrent. Halders s'éloigna le long du sentier. Cinq minutes plus tard il était de retour avec les garçons. De jeunes adolescents, qui portaient chacun deux cannes à pêche, à croire qu'ils avaient refusé de les laisser dans le bateau. Winter avait entendu la première question de Halders : pourquoi avaient-ils laissé le bateau à cet endroit ? Et leur réponse : c'était leur endroit habituel.

— Où était le bateau cette nuit ? demanda Winter quand ils furent à portée de voix.

— Quoi ?

— Il est de la police, lui aussi, expliqua Halders.

— Il n'y avait pas de bateau à cet endroit hier matin, dit Winter.

— Non, il avait disparu.

— Que dis-tu ? s'exclama Halders.

Les garçons frissonnaient sous leur gilet de sauvetage.

— Quand le bateau a-t-il disparu ? demanda Winter avec un signe d'avertissement discret à Halders.

— Ce matin, répéta le premier.

— Vous êtes venus ce matin et vous avez découvert que le bateau avait disparu ?

— Oui.

— À quelle heure ?

— Hui... huit heures et quart, par là.

Winter regarda sa montre. Cela faisait exactement quatre heures.

— Qu'avez-vous fait alors ? demanda Halders.

Les garçons échangèrent un regard.

— On... on l'a cherché bien sûr.

— Avec tout votre attirail ?

— Quoi ?

— Votre attirail de pêche. Vous l'avez traîné avec vous pendant que vous cherchiez le bateau ?

— On a laissé les affaires ici, dit le porte-parole à voix basse.

— Ensuite ?

— On a fait le tour du lac.

— Où était le bateau ?

— De l'autre côté, dit le garçon, avec un geste vague en direction de l'eau.

— Vous nous montrerez l'endroit précis.

— C'est... Bon, d'accord.

— Alors, il était là ? poursuivit Halders. Avec le moteur et tout ?

— Non. Le moteur, on le garde.

— Et les avirons ? Vous les gardez aussi ?

L'autre garçon, qui n'avait encore rien dit, rit nerveusement.

— Alors vous avez pu repartir à la rame ?

— Oui.

— Mais il devait être enchaîné ?

— Le cadenas avait été forcé, dit l'autre garçon, qui avait retrouvé la parole.

— Forcé, répéta Halders. Ça arrive souvent ?

— Jamais à nous. Mais c'est arrivé à d'autres.

Le garçon fit un geste qui englobait apparemment tous les propriétaires de bateaux du lac.

— Qu'avez-vous fait ensuite ? demanda Winter.

— On est revenu ici à la rame, on a mis le moteur et on est parti pêcher.

— Quand était-ce ?

— Quand quoi ?

— Quand êtes-vous repartis pêcher ?

Le garçon regarda sa montre.

— Il y a deux heures.

— Quand vous avez retrouvé le bateau, dit Halders, vous n'avez rien découvert à l'intérieur ?

— Non. Ça aurait été quoi ? dit le garçon, mais Winter pouvait lire dans ses pensées.

— Quelque chose qui n'aurait pas dû y être, dit Halders.

— Je ne crois pas.

— Des saletés, des feuilles, des taches, ce genre de chose.

— On n'a pas bien regardé. Mais le bateau est là-bas, si vous voulez le voir.

— Vous comprenez, je suppose, que nous devons vous emprunter le bateau pour l'examiner.

Winter pensait à tout le temps perdu. Pourquoi n'avait-on pas découvert ce bateau plus tôt, de « l'autre côté » ? Ne s'était-il pas trouvé là-bas la veille ? Ou bien avaient-ils fait preuve de négligence ? Un collègue avait-il pu ne pas le voir, ou le voir et ne pas s'en préoccuper ? C'était possible. Tout était possible dans une enquête pour meurtre.

— Aucun problème, dit le garçon avec enthousiasme, comme si une grande aventure se proposait à lui.

Ils s'approchèrent du bateau. Il y avait un décimètre d'eau au fond de la coque en plastique.

— Vous avez écopé ? demanda Halders.

— Non.

— C'est bien. Où sont les poissons, au fait ?

Les garçons échangèrent un regard.

— On les a relâchés pour cette fois. On a eu pitié.

— C'est bien.

Les pêcheurs ont mille manières de mentir, pensa Halders. Même les très jeunes sont pleins de ressources.

Il s'était penché pour examiner les flancs du bateau.

— C'est quoi ça, sous le tolet ? Approchez, sinon vous ne verrez rien. Là, celui de gauche, dix centimètres au-dessus du niveau d'eau.

Les garçons regardèrent, mais ne dirent rien.

— Vous le reconnaissez ?

— Ça ressemble à un signe, dit le garçon en examinant la petite tache de couleur rouge sur le jaune sale de la coque. Je ne sais pas. En tout cas, il n'y était pas avant.

16

Il n'y avait pas de fenêtre dans la cave ; elle ne savait plus si on était le soir ou le matin. Un peu de lumière tombait sur elle, mais elle voyait à peine sa main. Elle plia le poignet dans un sens et dans l'autre, le plus loin possible vers l'arrière, puis vers l'avant. Puis elle essaya de tendre un doigt à la fois en pressant les autres contre sa paume. Le plus difficile était le quatrième, elle devait se servir de l'autre main pour maintenir les autres doigts repliés.

Elle n'avait plus froid, parce qu'on lui avait donné deux couvertures et de l'eau chaude avec du sucre. Après avoir bu l'eau sucrée elle s'était endormie, mais au réveil elle ne savait plus si elle avait dormi. C'était bizarre, mais bien en même temps, parce qu'elle n'avait pas peur quand elle dormait. On ne pouvait pas avoir peur quand on n'était plus là.

Maintenant elle était de nouveau là. Un bruit venant du plafond lui fit peur. Elle aurait voulu crier « je veux ma maman » mais elle n'osait pas. Peut-être le bonhomme reviendrait-il avec de l'eau sucrée, et alors elle pourrait encore dormir. Mais il ne venait pas. Pourtant le bruit lui avait fait croire qu'il viendrait.

Plus personne ne l'avait frappée. Elle n'y pensait plus du tout. Maintenant elle pensait à l'été, à la chaleur sous les pieds quand on marchait dans la rue ou dans le sable. Ils avaient marché dans le sable après la traversée en bateau. Il y avait eu un bruit effrayant quand ils étaient montés à bord avec la voiture, et des messieurs en combinaison leur avaient fait signe d'avancer plus profond dans le ventre du bateau. Puis elle avait marché dans le sable, c'était tout juste après, sa maman était restée un moment avec elle. Elle s'était baignée, sa maman était restée au bord de l'eau, puis elle lui avait acheté à boire. Une jolie bouteille, toute petite, ça avait un goût de citron, ça s'appelait de la citronnade. Pas limonade. Citronnade. Le bonhomme qui vendait les bouteilles sur la plage l'avait dit d'une drôle de façon quand elle avait suivi sa maman pour en acheter une deuxième.

Elle ferma les yeux, ça devint tout noir sous ses paupières. Elle ferma les yeux plus fort ; ça faisait tout rouge, à l'intérieur de la tête, avec des étoiles, comme si elle voyageait dans l'espace entre les planètes qui brillaient et faisaient des éclairs. C'était mieux de fermer les yeux et de partir dans l'espace. C'était moche ici, elle le voyait bien, il n'y avait ni table ni chaise, et elle était assise sur un matelas qui sentait mauvais. Elle avait essayé de lever le nez, mais c'était fatigant et maintenant elle ne sentait plus l'odeur. Elle l'avait comme oubliée ; l'odeur ne revenait que quand elle y pensait.

Elle toucha le bout de papier dans son pantalon. Elle n'osait pas le regarder. Mais elle l'avait dans sa poche, comme un secret qui lui faisait peur ; mais c'était bien, aussi, de l'avoir. Elle pensait que les bonshommes se mettraient en colère s'ils savaient qu'elle l'avait, et ça lui faisait peur, mais c'était bien aussi. Elle avait un secret qu'ils ne connaissaient pas. C'était comme si elle partageait le secret avec sa maman. Elle lui en parlerait dès qu'elle viendrait.

Puis elle pensa que sa maman était morte. Elle est morte et je ne la reverrai plus jamais. Sinon, elle serait revenue. Sa maman ne serait jamais partie si longtemps sans rien dire, sans lui téléphoner ou lui écrire un mot que les bonshommes auraient pu lui montrer et lui lire...

Elle sursauta de tout son corps lorsque la porte là-haut s'ouvrit en grinçant. La porte était au-dessus de l'escalier dont elle ne voyait qu'un tout petit bout, parce que la lumière n'allait pas plus loin. Elle crut qu'on allait lui donner encore de l'eau chaude. Elle prit la tasse vide et la posa à côté du matelas, où elle avait déjà posé d'autres tasses auparavant.

Elle voyait maintenant les jambes de l'homme qui descendait l'escalier. Elle baissa la tête, et continua de ne voir que ses jambes alors qu'il était déjà debout à côté du matelas.

— On va partir. Lève-toi.

Elle leva la tête mais ne put voir son visage. Elle essaya de dire quelque chose. Impossible. Sa voix faisait comme un bruit de corbeau.

— Lève-toi.

Elle repoussa les couvertures, se mit à genoux. Puis elle se leva. Ça lui fit mal à la jambe, parce qu'elle l'avait gardée repliée sous l'autre trop longtemps. Ça faisait comme plein d'aiguilles dans toute la jambe, à partir du ventre ou presque, jusque dans le pied.

Elle essaya à nouveau de dire quelque chose.

— On va chez... maman ?

— C'est pas la peine d'emporter celle-là, dit le bonhomme en lui prenant l'une des couvertures qu'elle tenait sous le bras. On y va maintenant.

Il montra l'escalier. Elle se mit en marche, il la suivit. Elle ne se rappelait plus que les marches étaient si hautes, elle devait presque les escalader. La lumière qui tombait droit sur elle de là-haut lui fit mal. Elle ferma les yeux, les rouvrit. Elle y voyait mieux maintenant, parce que quelqu'un s'était mis devant la lumière, dans l'ouverture de la porte.

17

Sture Birgersson était resté discret, à l'arrière-plan comme d'habitude, le regard tourné vers le haut – contact vertical avec le pouvoir suprême. À présent, le chef de la brigade criminelle convoquait son vicaire.

Winter savait que Sture avait repoussé ses vacances ; son voyage annuel vers une destination mystérieuse que nul ne connaissait. Beaucoup de gens s'interrogeaient là-dessus, au commissariat, Birgersson lui-même n'en disait pas un mot. Winter avait un numéro de téléphone, mais il ne lui serait jamais venu à l'esprit de s'en servir.

Le chef fumait, fenêtre ouverte ; la fumée s'échappait, empoisonnant l'atmosphère jusqu'au terrain de Heden. Le visage de Birgersson était comme découpé dans du carton, taché par le soleil qui l'éclairait de biais. La surface de sa table de travail était vide, à l'exception du cendrier. C'est aussi fascinant à chaque visite, pensa Winter. Pas un bout de papier en vue. L'ordinateur jamais allumé. Quant à l'armoire... elle paraît de plus en plus difficile à ouvrir. Sture fume et réfléchit. Ça l'a mené loin.

— J'ai fini de lire, dit Birgersson.

Il écrasa son mégot et regarda sa main. Puis il tira le paquet de la poche intérieure de la veste claire de son costume et alluma une autre cigarette.

— Ça fait beaucoup de pistes.

— Tu sais ce qu'il en est, Sture.

— Je ne me souviens que d'une seule affaire où l'identité de la victime n'a pu être établie dans les vingt-quatre heures.

Winter sortit ses cigarillos, en alluma un et tira la première bouffée pendant que Birgersson semblait fouiller parmi les dossiers archivés dans son cerveau. À d'autres, pensa Winter. Tu sais exactement de quelle affaire il s'agit.

— Tu es peut-être plus au fait que moi ?

Birgersson regardait son premier subordonné droit dans les yeux. Winter sourit, se pencha et fit tomber sa cendre.

— Une seule affaire.

— Je pensais à l'époque contemporaine, dit Birgersson.

— Si nous pensons tous deux au type de la jetée de Stenpiren, j'espère que ça ne se reproduira jamais.

Un homme s'était noyé en tombant de la jetée ; en tentant de l'identifier, la police avait découvert que nulle part dans le pays il n'était porté disparu. Il était habillé d'un survêtement. Rien dans les poches, pas de clefs, pas de carte d'identité, aucune bague gravée, rien du tout. Après le temps qu'il avait passé dans l'eau, on avait tout juste été en mesure de relever ses empreintes, mais ça n'avait servi à rien. Il était encore inconnu, enterré à présent.

— En plus, ça s'est passé pendant la fête de Göteborg, dit Birgersson. Rien que ça, ce serait une bonne raison de cesser d'organiser cette saloperie de fête. Arrêter la folie galopante.

— Certains voient dans cette fête un plaisir dont ils n'aimeraient pas être privés.

— Arrête, Erik. Tu es le premier à détester les gens qui boivent de la bière dans des gobelets en plastique en essayant de croire qu'ils s'amusent. Ou à qui on essaie de le faire croire. Et regarde ce qui est arrivé à notre Aneta. La fête de Göteborg ! Comment va-t-elle, au fait ?

— Elle a un peu de mal à mâcher.

Winter avait tenté d'éloigner la pensée d'Aneta. Mais ce n'était pas la bonne manière de s'y prendre.

— Je vais lui rendre visite le plus vite possible.

— Mouais. J'espère qu'elle sera bientôt de retour, pour le moral. Son moral à elle, je veux dire. Et elle me plaît. C'est une femme qui n'a peur de rien. Même pas de moi. Ça montre un peu de quelle étoffe elle est faite.

— Oui, tu es terrifiant, Sture.

Birgersson changea de sujet.

— C'est quoi cette histoire de symbole mystérieux ?

— Il y a...

— Oui, je sais. Mais qu'en penses-tu ?

Winter esquissa un geste dans le vide. Le cigarillo devint un encensoir dispensant dans le bureau des senteurs aromatiques.

— Ça pue, dit Birgersson. Arrête d'agiter la main. Penses-tu que ce soit un fil conducteur digne de notre réflexion ? De la mienne, plus exactement. Toi, c'est déjà fait.

— Je ne sais pas, dit Winter en posant le cigarillo au bord du cendrier. C'est la vérité. J'avais laissé ce détail en suspens, mais ensuite je suis retourné au bord du lac avec Fredrik et... bon, tu as pu lire la suite par toi-même.

— Ça a dû renforcer ta conviction. L'importance de l'intuition dans le travail d'enquête, etc. Que tu te sois trouvé sur place au moment où les garçons ont surgi.

— Mais c'est vrai ! L'intuition m'a fait aller là-bas, et elle m'a conduit au bon endroit au bon moment.

— Alors comment expliques-tu que Halders s'y soit trouvé, lui aussi ? À mon avis, le bon Fredrik n'est même pas capable d'épeler le mot *intuition*.

— Ce n'est pas un mot facile à orthographier. Tu as déjà essayé ?

— Si j'avais un papier et un crayon, je pourrais te montrer. Mais il n'y a rien de tel ici, pas vrai ?

Ha ha, pensa Winter. Il n'a pas de stylo dans son bureau parce qu'il ne veut pas risquer d'être piégé par des mots difficiles. Maintenant je vais tendre la main vers la poche intérieure de ma veste comme si je sortais un bloc-notes... le crayon, il peut déjà le voir, dans ma main.

Birgersson sourit et fit un geste de dénégation.

— Tu étais donc sur place. Mais à quoi bon ?

— Que veux-tu dire ?

— La tache de couleur retrouvée dans le bateau ne prouve rien.

— Bien sûr que non. Mais c'est la même peinture que sur l'arbre.

— Les garçons l'ont peut-être gribouillée eux-mêmes.

— Dans ce cas, ce sont des menteurs hors pair.

— De plus en plus de gens mentent de mieux en mieux, répondit Birgersson. C'est, entre autres, ce qui rend le travail de police si varié et si fascinant. On reste en haleine, toujours contraint de faire de son mieux. Qu'en penses-tu ? On ne peut plus se fier à quiconque. Tout le monde ment, dès que l'occasion s'en présente.

— Comme toi tout à l'heure, quand tu as prétendu connaître l'orthographe du mot intuition.

— Tu es un fils pour moi, Erik. Mais n'abuse pas de ma patience.

Winter alluma une autre Corps.

— Les garçons ont pu le faire. Ou d'autres garçons, ou quelqu'un qui aurait eu envie de laisser une trace de son passage. Ou alors quelqu'un qui se moque de nous.

— Ou alors, c'est bien pire.

— Oui.

— Ce sera très lourd, ou très léger, dit Birgersson. Tu comprends ?

— Un malade.

— Un malade avec un objectif, qu'il a peut-être

atteint, qui en a marre et qui nous attend. Ou alors, un malade qui vient à peine de s'y mettre.

Winter ne répondit pas. Il n'entendait pas un bruit, ni dans la cour, ni dans le bâtiment de la police. Le visage de Birgersson était dissimulé par un mélange d'ombres et de contre-jour.

— Je ne peux assez souligner l'importance d'une identification rapide, dit Birgersson.

Helene, pensa Winter. Meurtre d'une mère.

— Et où diable est l'enfant ? poursuivit Birgersson, comme s'il lisait dans ses pensées. À supposer qu'il y en ait un...

Winter s'éclaircit la voix, brusquement écœuré par le goût du tabac, comme si la fumée s'était changée en gaz dans sa bouche.

— Wellman est nerveux, observa Birgersson. C'est la presse, ou les médias comme on dit maintenant. Il voudrait qu'on ait un peu de résultats à leur montrer.

— Je peux leur montrer des photos de son visage mort. D'ailleurs j'envisage de le faire.

— Comment ça ?

— Un avis de recherche par voie d'affiches.

— Avec son visage mort ?

— Nous n'avons rien d'autre.

— C'est hors de question, répliqua Birgersson. De quoi aurait-on l'air ? Que diraient les gens ?

— Quelque chose qui pourrait peut-être nous aider.

— On va la retrouver sans affiches, trancha Birgersson. Vous devez découvrir qui elle est.

— On fait notre possible.

— Je sais, je sais. Mais... il me semble, Erik, que tu as un peu trop de pistes d'emblée. Trop de chemins.

— Que veux-tu dire ?

— Eh bien... Parfois tu es peut-être un peu *trop* fort, Erik. Tu vois trop de solutions possibles dès le... la phase liminaire. Ton cerveau se met à crépiter, tu disperses tes bonshommes...

Liminaire, pensa Winter. Encore un mot difficile.

— Si je te comprends bien, tu préférais un responsable d'enquête plus obtus ? fit-il, en croisant les jambes pour la première fois au cours de cet entretien.

— Je n'ai pas dit ça.

— Quoi, alors ? On suit la piste de la voiture, celle du symbole sur l'écorce, on interroge les voisins, on contrôle les véhicules qui stationnaient là-bas pendant la nuit, on met toutes nos ressources à contribution pour retrouver le nom de cette femme. Voilà.

— Oui, oui.

— Je propose de lancer un avis de recherche, mais tu trouves cela inconvenant.

— Il ne s'agit pas de moi en premier lieu.

— Non. Il s'agit en premier lieu du fardeau le plus lourd de ce foutu métier. Des chefs qui ont les jetons, qui ne savent rien, qui ne comprennent rien. Et je ne pense pas à toi en disant ça.

— Toi aussi, tu es chef. Prince héritier, même, selon certains.

— Ça ne va pas durer. Je ne suis pas assez obtus.

— Oublie ça, Erik. Ce que je veux te faire comprendre, c'est qu'on doit avancer, tout simplement. Tu as dit quelque chose à propos des voitures. C'est bien ça. C'est du concret.

— Cent mille Ford identiques. Oui, c'est du concret.

Birgersson ne semblait plus l'écouter. Peut-être la visite était-elle terminée en ce qui le concernait.

— C'est une bonne idée que tu as eue. La caméra nocturne, la vidéo.

— N'en rajoute pas, Sture.

— Ça peut donner quelque chose.

— On fait de notre mieux. D'une manière ou d'une autre, on va y arriver. Je le sens. C'est intuitif.

Birgersson tripotait son paquet de cigarettes. Il leva la tête.

— Les collègues du groupe d'investigation, qui ont fait la fête dans la cabane. Aucun d'entre eux n'a vu ou entendu quelque chose ?

— Bergenhem ne m'a pas encore remis son rapport. Mais si ça avait été le cas, j'imagine que le collègue en question se serait déjà manifesté.

— N'essaie pas de me faire croire que tu serais devenu naïf, Erik. Quand retrouve-t-on la mémoire après une soirée agréable entre collègues ?

— Je n'en sais rien. Je n'ai jamais connu cela.

18

Bergenhem avait écouté et interrogé les collègues, mais personne n'avait eu les oreilles ou les yeux pointés vers le marécage au cours de la fête. De la petite réception, plutôt. Pas d'alcool, ou à peine. Les collègues avaient été aussi surpris que tout un chacun en apprenant la nouvelle. Bon sang de bonsoir, un meurtre estival juste à côté. Comment imaginer une chose pareille alors qu'on était à table en train de manger, ou dehors en train de prendre l'air ?

On avait trouvé quatre voitures sur le parking du lac. Deux d'entre elles étaient volées. Les vols semblaient avoir été commis dans les règles de l'art, sauf que le lieu de dépôt était plutôt inhabituel. Les propriétaires légitimes, de leur côté, affirmaient n'avoir aucun lien avec l'est de Göteborg. Ce qui pouvait en revanche être le cas des voleurs. Il n'y avait plus d'essence dans les réservoirs. Les propriétaires avaient des alibis.

Restait le problème des deux autres voitures. Le propriétaire de l'une d'elles s'était manifesté.

Bergenhem s'apprêtait à rencontrer le deuxième. Il

s'était arrêté devant l'hôtel de la zone industrielle de Högsbo. Ouvrant la portière, il laissa entrer la chaleur du début d'après-midi. Sa chemise était collée au dossier du siège. Ça le grattait à l'entrejambe. Il souleva les fesses et tira sur son pantalon jusqu'à ce que ça aille mieux.

Un peu plus loin, la boulangerie industrielle Pååls dégageait une odeur de farine brûlée. Il pensa à un café avec une viennoiserie, eut un bref malaise et essaya de se concentrer sur la vision du paysage qui paraissait flotter dans la chaleur. Nick Cave chantait dans le radiocassettes. *People ain't no good.* Bergenhem posa le pied sur l'asphalte et battit doucement la mesure. Il vit un homme sortir du bâtiment et descendre les marches du perron en direction du parking.

Bergenhem s'extirpa de la voiture et enleva ses lunettes de soleil. Le visage de l'homme pâlit, comme tout le reste dans son champ de vision. L'odeur de pain, à nouveau. Comme collée entre ses doigts. Ils se serrèrent la main. L'homme, qui s'appelait Peter von Holten, était un peu plus âgé que Bergenhem. La trentaine, des traits accusés, mais ça pouvait être la lumière.

— C'est moi qui vous ai appelé, annonça Bergenhem.

— On y va ? Il y a un petit parc du côté de la brasserie Pripps.

Von Holten avait précisé qu'il ne voulait pas recevoir de visite sur son lieu de travail. Bergenhem avait accepté. Parfois, on pouvait faire des concessions.

— Montez.

Ils s'arrêtèrent près d'un groupe d'arbres en bordure de la rue. Von Holten avait gardé le silence pendant le court trajet, en tambourinant sur la boîte à gants au rythme de la musique de fin du monde qui sortait du radiocassettes.

Ils s'assirent sur un banc. Ça sentait la bière, maintenant. Bergenhem se demanda quelle odeur était la pire.

Il eut soudain la nostalgie du parfum de sa fille. Ada aurait bientôt cinq mois.

— Alors, commença-t-il, vous n'avez pas signalé la disparition de votre voiture.

— Qui aurait pu imaginer une chose pareille ? Que ma bagnole se retrouverait impliquée dans une enquête pour meurtre...

— Que faisait-elle là ? Ou plus exactement, pourquoi l'y avez-vous mise ?

— C'était une erreur, dit von Holten, et je peux m'en expliquer. Mais c'est un peu... euh... délicat.

Bergenhem attendit la suite. Une douzaine de mouettes passèrent au-dessus de leurs têtes en formation dispersée, comme grisées par les relents de bière portés par la brise.

— En fait, reprit von Holten, je suis très surpris que la voiture soit encore là. Ce n'était pas mon intention.

Bergenhem hocha la tête.

— Voilà. J'ai une copine que je vois de temps en temps. Avant-hier soir, on est allé au bord du lac. C'est bien, là-bas, les soirs d'été quand il fait chaud. Et puis... après, on a décidé que c'était elle qui repartirait avec la voiture.

Von Holten se frotta les lèvres.

— Je suis marié, ajouta-t-il, comme si cela expliquait tout.

— Votre... copine devait donc repartir avec la voiture. C'est bien cela ?

— Oui.

— Comment s'appelle-t-elle ?

— Est-ce bien nécessaire ?

— Bien sûr que oui.

Von Holten dit un nom. Bergenhem le nota dans le cahier relié de toile noire qu'il avait empoché avant de descendre de voiture.

— Où habite-t-elle ?

Von Holten indiqua une adresse.

— Elle vit seule, précisa-t-il.

— Comment êtes-vous reparti, de votre côté ?

— J'ai marché.

— Sur l'autoroute ?

— Il y a des chemins. Et je n'habite pas très loin. Une heure et demie à pied, pas plus.

— Je sais. Mais pourquoi devait-elle prendre votre voiture ?

— On fait ça, parfois. Elle n'en a pas, et moi... j'en ai une autre. Ça, c'est la voiture de fonction, que ma... femme n'a pas trop l'occasion de voir, de toute manière.

People ain't no good, pensa Bergenhem. Mais qui était-il pour en juger ? Lui-même avait péché, cette année même. Ça avait failli lui coûter la vie.

— Mais elle n'a pas pris la voiture, dit Bergenhem.

— C'est insensé !

— Pourquoi ? Vous avez bien dû lui parler, depuis ?

— C'est ça, le truc. Je n'ai pas réussi à la joindre ces derniers jours. Personne ne répond. J'y suis allé, j'ai laissé un message dans la boîte aux lettres, mais elle n'a pas...

Bergenhem sentit le sang affluer à ses tempes.

— Pouvez-vous me décrire – il jeta un coup d'œil à son cahier – Andrea ?

— Elle a les cheveux châtain, châtain foncé. Des traits... normaux, je suppose. Moi, je la trouve belle évidemment, mais c'est difficile de décrire quelqu'un... Un mètre soixante-dix, par là...

Il regarda soudain Bergenhem.

— Vous ne croyez tout de même pas que...

— Quoi ?

— Qu'And... Qu'Andrea puisse être celle qui... qui est morte là-bas ?

— Pourquoi n'avez-vous pas pris contact avec nous ?

Von Holten fondit brusquement en larmes. Il se frotta la bouche.

— Ce n'est pas possible, murmura-t-il en fermant les yeux.

— Vous avez dû lire le journal ou regarder la télé.

Von Holten rouvrit les yeux, regarda les arbres, ou les mouettes dont Bergenhem percevait le rire moqueur. *Birds ain't no good*.

— Je n'ai... sans doute pas voulu comprendre, ou réfléchir. J'ai une famille, c'est très important pour moi.

Bergenhem ne dit rien.

— Je sais ce que vous pensez, mais... vous comprenez bien qu'on y réfléchit à deux fois, dans ce genre de situation.

On doit réfléchir avant d'enlever son pantalon en compagnie d'une inconnue, songea Bergenhem. N'importe quoi peut arriver. Il avait déjà vu pas mal de choses au cours de sa courte carrière, dans la rue d'abord, à la crim', ensuite. Un type mort d'une crise cardiaque alors qu'il était encore à moitié enfoui dans sa maîtresse. Un accident de la route en mauvaise compagnie. Un bonhomme enfermé à double tour dans un appartement où il n'aurait pas dû se trouver. Un autre encore, victime de mauvais traitements dans un lieu où il n'avait rien à faire. Le mauvais endroit au mauvais moment – mais cette expression était trompeuse. On pouvait être au bon endroit au mauvais moment... ou au mauvais endroit au bon moment. Le mieux étant d'être au bon endroit au bon moment. Toujours. C'était peut-être son cas en ce moment même. Peut-être était-il en train de mener à bien un travail de police qui allait faire avancer l'enquête.

— C'est bien cela, dit Bergenhem. Il faut réfléchir.

— J'ai eu tort, continua von Holten d'une voix lasse. J'aurais dû signaler son absence, mais je pensais qu'elle... qu'Andrea finirait bien par m'appeler. Elle met parfois du temps à le faire. Et je ne pouvais pas savoir que la voiture était restée là-bas !

— Combien de temps était-elle censée la garder ?

— Elle devait partir quelques jours dans le sud...

Le visage de von Holten s'éclaira.

— C'est peut-être ce qu'elle a fait, d'ailleurs !

— Mais pas avec votre voiture, dit Bergenhem. Votre voiture est encore sur le parking.

— Doux Jésus...

Dans le bureau de Winter, ils montrèrent les photographies à von Holten, qui vomit sur la table. Winter eut tout juste le temps de sauver les photos.

— Va chercher un seau et une serpillière, dit-il à Bergenhem.

Il se leva, prit la carafe d'eau sur l'armoire et remplit un verre. L'amant vomissait derechef, dans son dos ; la veste de Winter, heureusement, était à l'abri sur le dossier de son fauteuil. Il offrit en silence le verre à von Holten. Bergenhem revint avec la serpillière, et les deux policiers épongèrent calmement le bureau. Ce n'était pas la première fois. Ces gestes posés, accomplis comme s'ils faisaient partie du quotidien de la police, répondaient à une intention délibérée. Pendant ce temps, le témoin se ressaisissait. Quant à la puanteur, personne n'y songeait plus après un moment.

— Quelles images horribles, dit von Holten lorsqu'il eut retrouvé l'usage de la parole.

— Reconnaissez-vous ce visage ?

— Non.

Il détourna le regard de la photographie que lui tendait à nouveau Winter.

— Quelle horreur... Qui peut reconnaître un tel visage ? Ce n'est pas... humain.

— C'est un être humain qui est mort. C'est le visage d'une femme morte.

— Je ne pense pas que ce soit... Andrea.

— En êtes-vous sûr ?

— Sûr de quoi ?

Von Holten était sur le point de se sentir mal une fois de plus. Ils attendirent. Il ferma les yeux. Soudain il vomit à nouveau. Il s'était penché, et presque tout atterrit dans le seau que Bergenhem avait laissé par terre.

— Je ne suis sûr de rien, dit-il avec des larmes dans les yeux. Auriez-vous une serviette ?

Bergenhem alla en chercher une. Von Holten s'essuya la bouche.

— Je ne pense pas que ce soit elle, mais comment savoir ? Je ne sais pas quoi dire.

— Andrea... Maltzer présentait-elle des signes distinctifs ? Des marques de naissance, des cicatrices... après un accident par exemple.

— Pas à ma connaissance. Devrais-je le savoir ?

Winter fit un geste évasif.

— Nous n'étions pas int... intimes à ce point. On ne se montrait pas... tout. Je ne pourrais pas vous dire si elle avait une marque de naissance, ou un truc comme ça.

On reparlera de l'intimité plus tard, pensa Winter. Il ne dit rien des petites cicatrices près des oreilles. Il n'a pas soulevé ses cheveux, ou il ne veut rien savoir. Et la brûlure sur sa cuisse... il n'en connaît peut-être pas l'existence.

— Nous voudrions que vous nous accompagniez à la morgue, reprit Winter avec toute la douceur dont il était capable. C'est important, vous le comprenez sans doute.

— Est-ce vraiment indispensable ?

— Bien entendu.

— Puis-je me rincer le visage ?

Winter fit un signe à Bergenhem, qui conduisit le témoin aux toilettes.

La lumière était bleue. Même la blancheur était bleue. L'épiderme de Winter se rétracta au contact du froid qui régnait là-dedans. La sueur se figea en une mince pellicule sur sa peau. Il aurait dû avoir froid intérieurement aussi, mais ce n'était pas le cas.

Des tables roulantes portant des cadavres passaient dans le couloir avec un bruit métallique. Il y avait plus de morts que de vivants ici. C'était une antichambre du cimetière. Les morts étaient là, mais ils ne trouvaient pas le repos. Ils attendaient.

Le visage de Helene luisait d'un éclat mat sous les néons. Cette nuance n'avait pas d'équivalent dans le monde des vivants. Von Holten s'était mis à trembler à l'approche du chariot. Il claquait des dents. On l'aurait dit transformé en glaçon.

Winter l'observa attentivement tandis qu'il baissait le regard vers la morte. Son expression se transforma. Il semblait soudain heureux – un soulagement irrépressible, bien qu'il fît de son mieux pour le dissimuler.

Helene était encore Helene. Winter vit la couleur revenir dans le visage de von Holten.

— Ce n'est pas elle.

Bergenhem et Winter échangèrent un regard.

— J'en suis tout à fait certain.

Winter regarda le visage de la morte, sous la forte lumière blanche qui éloignait toutes les ombres. C'était la physionomie d'un être humain qui n'avait ni nom ni passé. Peut-être un avenir, pensa Winter. Ça dépend de moi. Elle peut rester là un an encore, ou recevoir une sépulture digne de ce nom. Dieu que je hais cet endroit.

Dehors, le soleil fit fondre la croûte de sueur glacée ; la peau redevenait douce et humide. Du coup, le blanc des yeux de Holten se veina de rouge. On aurait dit qu'il venait de se prendre un coup violent en plein visage.

— Nous devons tout savoir sur Andrea Maltzer, reprit Winter.

— Faut-il que ma femme l'apprenne ?

Winter ne répondit pas. Ils étaient à l'arrêt devant un feu rouge, en route vers la ville.

— Je suis prêt à collaborer, dit von Holten. Je ferai tout ce que vous voudrez.

— Racontez-moi, alors, proposa Winter.

— Quelle crapule, fit Ringmar.

— Un parmi des milliers.

— L'humanité est faible.

— En attendant, on a une disparition liée à un meurtre.

Ils étaient dans le bureau de Ringmar et buvaient du café noir qui leur brûlait les lèvres. Ringmar avait sous les aisselles des auréoles de la taille de ballons de foot, mais Winter ne sentait aucune odeur. Lui-même transpirait tout autant, mais sa chemise n'en laissait rien paraître.

— A-t-elle pu voir quelque chose ?

— A-t-elle pu voir *ça* ? dit Winter.

— A-t-elle pu surprendre quelqu'un ?

— A-t-elle pu rester dans la voiture à réfléchir à son avenir ?

— Quelqu'un a-t-il pu s'arrêter sur le parking si elle s'y trouvait déjà ?

— Peut-on voir quelqu'un assis dans une voiture, la nuit ?

— A-t-elle eu envie de fuir, sans oser le faire ?

— La curiosité a-t-elle pris le dessus ?

— A-t-elle été surprise à son tour ?

— A-t-on pu la frapper ?

— A-t-on pu la kidnapper ?

— Peut-elle être impliquée ?

— Peut-elle être responsable ?

— A-t-elle fait du stop sur l'autoroute ?

— A-t-elle pris le premier bus ?

— Pouvait-elle avoir d'autres raisons de ne pas repartir en voiture ?

— Est-ce une chimère ?

— Une invention de von Holten, tu veux dire ?

— Peut-on s'en assurer en moins d'une demi-heure ?

— Oui, dit Winter. C'est déjà fait. Il y a bien une Andrea Maltzer à l'adresse indiquée par von Holten. Personne ne répond au téléphone. Personne n'ouvre quand on frappe à la porte. Birgersson y est déjà allé.

— Alors on entre.

— Je veux attendre jusqu'à demain. À supposer qu'elle ne nous ait pas rappelés d'ici là, évidemment.

— Pourquoi ?

— Il y a quelque chose qui cloche, dans cette histoire.

— C'est le moins qu'on puisse dire.

— Elle n'a rien à faire là-dedans, dit Winter. Nous devons nous concentrer.

— Comment pourrait-on appeler ça ? Le contraire d'un vœu pieux ?

— Je relis tout le dossier de l'enquête. Elle nous donnera de ses nouvelles demain au plus tard.

— Comment peux-tu en être aussi sûr ?

Winter ne répondit pas. Il changea de sujet.

— A-t-on fini de relever les empreintes dans la voiture de von Holten ?

— Non. Plusieurs personnes en ont fait usage. Il prêtait sa voiture de fonction à d'autres gens.

— D'autres femmes ?

— Pas d'après ce qu'il prétend, dit Ringmar. Il a évoqué des collègues. Sur son lieu de travail.

19

De l'endroit où elle était allongée, derrière les vitres teintées, le monde paraissait lointain. Rien ne bougeait, de toute la journée, mais le soir tombait plus vite. En l'espace d'une demi-heure, la grisaille devenait plus légère. La lumière déclinante entrait dans sa chambre et embrasait le mur, un court instant, avant de se fondre dans le papier peint sans laisser de trace. Ainsi, c'étaient de belles soirées. Aneta Djanali commençait à se sentir à nouveau entière. Les longs moments d'absence, les heures où elle passait comme en flottant d'un rêve à l'autre, s'espaçaient peu à peu. Elle avait envie de voix. Elle écoutait la femme de service, qui parlait un intéressant mélange de langues.

Assise dans le lit, elle montra le mur à Winter et murmura quelque chose.

— Oui, dit-il. C'est beau.

Elle hocha la tête et indiqua le lecteur portatif posé sur le lit. Winter tira un paquet de sa poche.

— Ils n'avaient pas le disque de Dylan que tu m'avais

demandé, alors j'ai pris la liberté d'en choisir un autre. Un nouveau groupe, qui me plaît bien.

Aneta Djanali extirpa *London Calling* de l'emballage et jeta un regard interrogateur à Winter.

— Euh Ach ?

— Oui. Les Clash.

— Ouho oup ?

— Ce n'est pas un nouveau groupe ? fit Winter en souriant.

Aneta Djanali ramassa son bloc, écrivit quelque chose et le tendit à Winter. « 1979 ! »

— Ah bon ? Le temps passe. Mais pour moi c'est nouveau. Macdonald m'en a parlé – non, il m'a envoyé le disque. Il a dû penser qu'on n'avait pas ça dans nos igloos.

Aneta Djanali avait glissé le disque dans le lecteur et placé le casque sur ses oreilles. *London calling to the underworld*. Elle se balança d'avant en arrière en frappant le rythme contre la couverture, pour montrer à Winter qu'elle trouvait ça très bien et qu'elle était très heureuse de cette occasion de retrouver ce qu'elle avait laissé derrière elle des siècles auparavant. Si Erik plaisantait, il n'en laissait rien paraître. Mais elle ne pensait pas que ce soit une plaisanterie. Il avait découvert le rock et, dans ce cas, pourquoi pas les Clash ? Il ne s'aventurerait guère au-delà, pensa-t-elle, le volume à fond. *London calling to the zombies of death*, il y avait largement de quoi satisfaire un commissaire ayant le goût de la mélancolie et de la terreur, *a nucleor error but I have no fear*.

Elle reprit le bloc-notes et écrivit : « Tu as écouté un autre morceau ? »

— Pas encore, répondit Winter. Celui-ci demande déjà une longue analyse.

« Il y en a un qui s'appelle *Jimmy Jazz* », écrivit Aneta.

— Que dis-tu ? Fais voir.

Elle lui tendit le casque et écrivit : « Ça devrait te convenir. »

— Mais ce n'est pas du jazz ! s'exclama-t-il après avoir écouté un instant.

Aneta Djanali dut se cramponner aux barreaux pour ne pas éclater de rire et risquer de déboîter son fragile maxillaire tout neuf.

— Tu n'as pas regardé l'autre disque que je t'ai apporté, dit Winter. C'est du jazz, un bon disque pour quelqu'un qui n'a pas beaucoup écouté jusqu'ici la musique du monde d'en bas.

La pochette du CD représentait un visage noir en gros plan. Elle prit le bloc et écrivit : « Ouh, un miroir de poche ! »

Winter éclata de rire. Aneta tenait le CD à bout de bras en feignant d'admirer son reflet.

— Lee Morgan, dit Winter. *Search for the new land.*

Aneta Djanali posa son miroir et écrivit : « Comment va Fredrik ? »

— Pas très bien sans toi. Vous entretenez apparemment une sorte de relation chimique à base de répulsion mutuelle.

« C'est tout à fait ça, écrivit Aneta Djanali. Relation chimique entre une nègre et un skinhead. »

— Fredrik est bien.

« Surveille-le. »

— Quoi ?

« Il peut péter les plombs. Il ne va pas bien. »

— Il n'est pas le seul, au commissariat.

« Je ne devrais pas écrire ça. Mais il est – le stylo resta un instant en suspens – nerveux... désespéré. »

— Tu connais Fredrik.

Va savoir, pensa Aneta Djanali. Et maintenant, j'ai mal à la main. Pas la peine d'être assistante sociale pour voir ce qu'il en est de Fredrik. Erik le voit, mais il attend. Il vient ici, je ne sais pas si c'est bon pour lui, ni pour moi. C'est bien, mais tout finit par se confondre en un seul enfer qu'on a juste envie de quitter. Je pourrais devenir standardiste, fréquenter les malades de loin. Il y en a partout, mais ce n'est pas une raison pour les pratiquer personnellement, au boulot. Me traiterait-il de lâche ? Non, Erik ne dirait jamais ça. Chacun est libre de ses décisions. Un être humain est jugé d'après ses actes. Aristote. J'ai bien appris ma leçon.

Elle s'adossa à la pile d'oreillers et ferma les yeux.

— Tu es fatiguée.

Il se leva et rajusta la couverture.

— N'oublie pas Lee Morgan.

Une fois dehors, il inspira l'air du soir. Une odeur de sel, et de sable qui aurait cuit au four pendant des mois. Ce n'est pas une odeur nordique, pensa-t-il. Du moins pas à cette époque de l'année. Que vont dire les touristes ? Ce n'est pas ça qu'ils viennent chercher ici. Et moi, j'en ai assez de la chaleur, parce que je suis suédois. Je veux être un Suédois fort tourné vers l'avenir. J'en ai marre de la violence. Cette ville n'a pas une infrastructure adaptée à la violence, contrairement à d'autres, où l'on n'est pas spécialement surpris quand les gens se montrent moins bons qu'on ne l'espérait...

Winter se dirigea vers le parking de l'hôpital. Une ambulance venait de s'arrêter devant l'entrée des urgences. Deux employés avancèrent une civière. Un être humain fut extirpé de la voiture, et disparut par les doubles portes qui ressemblaient à un portail illuminé dans l'obscurité subite. Le puissant système de ventilation soufflait autour du bâtiment comme un vent du désert.

Winter rentra chez lui et laissa sa voiture au parking. Puis il s'installa à la terrasse de Wasa Källare et but une bière en écoutant vaguement les conversations aux tables voisines.

Les tramways vides passaient avec fracas sur la place Vasa. Il aperçut un visage qu'il lui sembla reconnaître, comme un lointain souvenir. Le serveur lui demanda s'il voulait une autre bière. Il répondit non et alluma un cigarillo. La fumée s'envola vers le parc. Un petit groupe passa devant lui, se dirigeant vers l'université. De la musique se déversait d'une fenêtre. C'était du rock, mais pas les

Clash, lui sembla-t-il. Serais-je en train de naître une nouvelle fois ? Est-ce que ça recommence ?

Il sentit qu'il avait besoin d'Angela ce soir. Quand devait-elle rentrer de chez sa maman ? Comment serait-elle à son retour ?

Il alluma son portable. Il y avait trois messages, dont un d'Angela. *Here I come*, pensa-t-il en composant son numéro.

20

Il avait pris son vélo jusqu'au quartier de Kungshöjd, où vivait Angela. Son appartement se trouvait au cinquième étage. Ils étaient assis sur le balcon. Les toits semblaient jonchés de cendre sous le clair de lune ; la mer se découpait en noir sur fond d'espace plus clair. À son arrivée, Angela s'était serrée contre lui pendant une seconde, avant d'indiquer le balcon. Sur la table, il y avait de l'eau, du vin, et une préparation qui dégageait un parfum d'herbes et de sel.

— Alors tu es rentrée hier ?

— Je te l'ai dit au téléphone.

Elle portait un T-shirt doux, un short, les cheveux en queue de cheval, pas de maquillage. En voyant son profil découpé contre la chaux claire du mur, Winter pensa aux traits fins des femmes. Tout était plus petit chez elles, plus net, plus... idéal. Rien dans le visage d'Angela n'avait besoin d'être souligné. Ni couleur ni contour.

— Et que fais-tu, depuis hier ?

— J'ai passé beaucoup de temps sur ce balcon. Hier on voyait jusqu'aux bancs de pêche, les bateaux qui emmènent les pêcheurs de plaisance là-bas. Je les voyais se balancer sur la mer.

— Arrête, j'ai le mal de mer.

— Pas moi, dit-elle, en buvant une gorgée d'eau. C'était apaisant.

— Ça me paraît merveilleux.

— Et je pensais à nous.

Here it comes, pensa Winter. On aura eu droit à quelques minutes de conversation anodine et agréable.

— Comment allait ta maman ?

— Parfaitement bien. Jusqu'au moment où on a parlé de... nous.

— Ce n'est quand même pas une tragédie ! Et était-ce bien nécessaire ?

— Quoi donc ?

— De parler de ça avec ta maman. On peut discuter entre nous.

— Quand as-tu envie de discuter, toi ?

— On me considère en général comme quelqu'un avec qui l'on peut discuter.

— *On* ? *En général* ? Les personnes présentes dans la salle pourraient-elles se lever et...

— Arrête, Angela.

— Nous parlons de toi et de moi.

— C'était juste une formule.

— Une formule ? Il y a des formules, maintenant, pour décrire Erik Winter ?

Il trempa une tige de céleri dans la sauce à base d'anchois et d'olives noires. Le goût était salé, amer, raffiné.

— C'est très bon.

Elle le regarda sans rien dire. Il aurait bien aimé être là tout entier, mais en cet instant c'était impossible. En se penchant à nouveau vers les bols, il vit le visage de Helene tel qu'il lui était apparu dans la lumière bleue de la morgue.

— Pardonne-moi, reprit-il comme si elle avait pu lire ses pensées.

— C'est toujours pareil. Et je ne dis pas ça pour jouer à l'épouse de policier qui passe ses nuits à attendre.

— C'est plutôt moi qui attend, dans ce cas.

Elle prit sa main alors qu'il s'apprêtait à boire un verre d'eau.

— Qu'attends-tu, Erik ?

Qu'attendait-il ? Grande question. Tout, depuis le nom d'une victime et d'un assassin, jusqu'à la paix éternelle de l'âme. La victoire du bien sur le mal. Et Angela.

— Aujourd'hui je t'ai attendue, dit-il.

— Surtout mon corps, je pense.

— C'est un peu insultant, répondit-il en lui prenant la main. Je te veux tout entière.

Elle retira sa main et but une gorgée d'eau. La brise souleva une serviette sur la table et l'emporta vers l'abîme sous le balcon. Winter la vit disparaître en voltigeant comme un papillon dans les ombres lunaires.

— Il faudra trouver une meilleure façon de me le montrer, poursuivit-elle.

— Je te le montre. Ou j'essaie, à ma manière.

— Tu es presque toujours ailleurs.

— Je sais. C'est vrai, mais pas toujours.

— Maintenant, par exemple.

— C'est cette affaire...

— Il y a toujours une affaire. Tu sais que je ne te demande pas de changer de travail. Mais ton travail est... partout, il se dépose sur nous comme... comme une couche de poussière...

— Non, pas ça. La poussière, je passe mon temps à essayer de la remuer. Je veux bien n'importe quelle comparaison, mais pas celle-là.

— Tu vois ce que je veux dire.

Winter vit bouger les cheveux d'Angela, et posa instinctivement la main sur l'autre serviette. Le vent emporta alors celle qui recouvrait le pain. La méthode de la nature pour trier les déchets, pensa-t-il.

— Je n'y peux rien, Angela. Ça fait partie de... moi. Et du boulot ou... je ne sais pas comment il faut l'appeler.

Il lui raconta ce qu'il venait de voir. Le visage de Helene, qui était apparu sans crier gare, en plein apéritif.

Il ne le faisait pas exprès. Il ne le recherchait pas. *Ça* venait le chercher. Elle ne posa aucune question sur Helene. Il savait qu'elle ne le ferait pas. Tant mieux. Plus tard, peut-être, mais pas maintenant.

— Toi aussi, tu trimballes parfois des images de tes patients.

— Ça n'a rien à voir.

— Je n'y peux rien, insista-t-il. Et ça m'aide.

— Vraiment ? Le grand commissaire magicien ? Méfie-toi. À la longue, ça peut prendre le dessus. De plus en plus.

— À la longue, je deviens fou ? Je le suis peut-être déjà. Suffisamment fou pour continuer à être flic.

— La lutte contre le mal, dit-elle. Ton sujet favori.

— C'est pathétique, je sais.

— Non, Erik, ce n'est pas ce que je pense. Mais c'est parfois trop lourd, trop grand, trop... comment dire ?

Qu'aurait-il pu répondre ? Le crime était une armée. Il était policier, mais il n'était pas cynique. Il croyait à la force du bien, et c'était pour cela qu'il parlait du mal. Le mal était impénétrable. C'était comme d'observer l'ennemi par une vitre blindée. Il était là, parfaitement visible, mais on ne pouvait l'atteindre. C'était un monstre, impossible à comprendre. Celui qui tentait de le circonvenir par la raison se faisait détruire. Il commençait à l'apprendre, mais il lui restait encore un très long chemin à parcourir. Il voulait s'approcher du monstre pour le vaincre. Son travail consistait à suivre le mal à la trace, à forcer le blindage et à le terrasser. Pour cela, il ne disposait que de sa raison. Mais si le mal ne se laissait pas approcher par la raison, ni par la bonté, comment fallait-il s'y prendre ? Cette pensée l'avait effleuré. Cette pensée creusait comme un trou noir dans la réalité : le mal ne pouvait être combattu que par... le mal.

Bergenhem souffla sur le cou d'Ada, juste derrière l'oreille, et elle poussa un hurlement – de joie, il fallait l'espérer. Leur univers ressemblait à un nuage de poudre depuis qu'il avait heurté du coude la boîte de talc ouverte sur la table à langer.

Il souffla à nouveau. Un peu de talc s'envola du lobe de son oreille. Elle parlait sans arrêt, un gazouillis plus riche d'enseignement que tout ce qu'il avait pu entendre au cours de la journée. Elle aurait bientôt la moitié d'une année. Chaque fois qu'il la tenait ainsi dans ses bras, il pensait aux voies étranges de la vie.

Il avait failli mourir. Il avait oscillé entre la vie et la mort, pratiquement au moment même où Ada naissait. Il y avait beaucoup repensé. Certaines nuits, ces pensées lui faisaient comme une couche de sueur supplémentaire, par-dessus l'autre, celle qui tenait à la chaleur accumulée dans les murs de la maison.

Bergenhem descendit l'escalier avec précaution, sa fille dans les bras. Il la déposa sur une couverture posée à même le parquet du séjour. Il s'assit devant elle, le visage à la hauteur du sien, et ils continuèrent leur conversation. Martina sortit de la cuisine.

— Je me disais qu'on pourrait manger sur la terrasse.

— Oui, la chaleur est la même partout.

— Il fait plus frais dehors.

— Je vais mettre la couverture là-bas.

Il prit Ada sous un bras, la couverture sous l'autre et ouvrit la porte-fenêtre.

— J'ai assisté à un truc effrayant aujourd'hui, dit-il pendant que Martina mettait la table.

— Oui ?

— Un homme s'est réjoui en voyant une morte.

— Ah ?

— Il pensait découvrir quelqu'un qu'il connaissait. Il y croyait dur comme fer. Moi aussi, ne me demande pas pourquoi. J'ai cru que tous les morceaux se mettraient en place, qu'on allait enfin savoir qui elle était.

En regardant sa fille, il regretta soudain d'avoir dit ça. Comme s'il avait prononcé des paroles laides, abîmé l'instant présent. Martina lut dans ses pensées.

— C'était une réaction naturelle.

— Oui. Mais c'était tellement... déplacé. De manifester de la joie dans un endroit pareil.

— Le propre d'une réaction spontanée, c'est qu'on ne peut pas la contrôler.

— Tu parles comme un livre.

— Je sais.

— Comment fait-on ?

— Quoi ?

— Comment fait-on pour devenir si sage ?

— Je vais te le dire. Tout d'abord, on s'arrange pour naître femme...

Bergenhem voulut féliciter sa première-née en lui soufflant à nouveau derrière l'oreille. Elle poussa un hurlement – de joie, espérait-il.

— Il n'y a rien à attendre, dit Angela quand leur respiration fut un peu calmée.

Il avait senti sa tête exploser dans une lumière blanche. Une fois de plus, il avait fait cette expérience, senti son corps et son âme se dissoudre, toute distance abolie, dans les longues secondes de la lumière blanche. Il n'avait soudain plus conscience de ce qui appartenait à la réalité ou au rêve.

Puis l'exquise fatigue. Puis, à nouveau, la voix d'Angela.

— Qu'attendons-nous ? J'ai envie de jeter ces satanées pilules.

Il ne pouvait pas répondre. Tout ce qu'il aurait pu dire aurait été mal compris. Il s'extirpa du lit.

— Je vais chercher quelque chose à boire.

— Reviens ici, espèce de lâche !

— Il me faut quelque chose à boire.

Il enfila son short à cloche-pied et retourna sur le balcon. La brise de tout à l'heure avait disparu. Il faisait presque plus chaud encore que dans la chambre. Pas une ombre dans la rue en bas. Quelques cris, mais au loin, vers l'est.

Il leva la tête. Le ciel était vide. Il devait être une ou

deux heures du matin. Il aurait pu prétexter du travail et rentrer chez lui. Prétendre qu'il voulait passer une heure sur son Powerbook, dans l'agréable reflet de la lumière électronique. C'était vrai, d'une certaine façon, mais elle l'aurait pris pour un malade.

Il remplit deux verres d'eau et de vin blanc à parts égales. Il n'y avait plus de glaçons dans le congélateur. Il retourna dans la chambre, tendit un verre à Angela, qui l'accepta.

— Alors, reprit-elle. Dis-moi ce que nous attendons. J'en ai assez de cet... arrangement.

— Quel arrangement ?

— Tout. Je ne veux plus qu'on habite séparément.

— C'était ton idée, au départ.

— Je m'en fiche. Et c'était il y a des années, quand on était encore des yuppies tous les deux.

— On l'est encore.

— Tu as trente-sept ans, Erik. Bientôt quarante. J'en ai trente. C'est fini de jouer.

Il entendit une voiture lancée à toute vitesse dans Kungsgatan, en direction de Rosenlund. Peut-être un taxi, ou alors un particulier pressé de rejoindre le coin des prostituées, derrière la halle aux poissons. Certains soirs, la circulation était dense sous les fenêtres d'Angela, mais pas ce soir. Pourquoi ? Les conditions étaient pourtant idéales.

— Cela peut te paraître ridicule, poursuivait-elle, mais c'est comme ça. Tu sais que je n'ai pas posé de conditions jusqu'à présent. Maintenant je le fais.

— Oui.

— Où est le mal ? On est ensemble depuis près de deux ans, ce qui est long à notre âge, surtout pour des gens qui ne vivent pas ensemble.

— Peut-être.

— Tu dois prendre tes responsabilités à la fin, Erik.

Il ne dit rien. Qu'aurait-il pu répondre à cela ?

— Autrement, je ne peux plus te faire confiance. Cet... arrangement te convient peut-être, mais moi, il ne me suffit plus. Plus du tout.

— Tu veux que nous... emménagions ensemble ?
— Tu sais ce que je veux. Mais ce serait déjà un début.
— Toi et moi... dans un appartement ?
— C'est ce qu'on entend en général par le fait d'habiter ensemble.
— Oui.
— Tu n'en as jamais entendu parler ?
Il pouffa de rire malgré lui, comme un adolescent. La situation était intenable, affreuse. On lui demandait de rendre des comptes, de se justifier – de quoi ? de son désir de vivre seul, de garder Angela à une distance confortable de manière à pouvoir prendre son vélo et la rejoindre par les soirs de canicule. Elle avait raison. Le jeu était fini.
— Il faut choisir, dit-elle avec douceur, comme à un enfant qui ne parvient pas se décider. Ce n'est tout de même pas une surprise, Erik.
— On peut se voir davantage...
— Donc, tu n'es pas prêt ?
— Je n'ai pas dit ça.
— Je te laisse une seule chance, dit-elle et il comprit, tout au long du trajet jusqu'au séjour où il ouvrit le lecteur de CD, s'agenouilla devant le présentoir vertical, choisit un disque sans le voir, retira celui qui était sur la platine, mit l'autre et appuya sur « Play ». La pièce se remplit d'une voix nasale qu'il reconnut vaguement, un blues éraillé, un homme qui chantait qu'il ne pouvait plus attendre, *I can't wait, wait for you to change your mind, it's late, I'm trying to walk the line.*
— Mince alors, déclara-t-elle depuis le seuil, je ne savais pas que tu connaissais si bien le nouveau disque de Dylan. Ni Dylan tout court, d'ailleurs.
Elle s'approcha et indiqua la stéréo.
— C'est censé nous concerner ?
Winter se retourna vers elle avec une expression de désarroi.

21

Winter quitta le quartier de Kungshöjd sous le soleil. Il s'était réveillé avec un mal de tête qui ne passait pas, malgré deux comprimés d'Alvedon. Les lunettes noires soulageaient un peu la pression sous son crâne ; et il avait pensé à emporter du change, la veille au soir.

Angela, du haut de son balcon, lui fit un signe de la main. Elle lui avait accordé un « délai de réflexion », mais l'expression était mal choisie. Il ne trouvait pas les mots justes. Il ne parvenait pas à se concentrer sur sa vie privée en ce moment. *Sa vie privée*. Il sentait bien qu'il ne maîtrisait pas du tout les implications de ce mot-là.

La poussière s'élevait en tourbillonnant des étendues de Heden. Quelques hommes jeunes jouaient au foot, et le terrain de gravier n'était plus qu'une mer houleuse. Des étudiants, pensa Winter. Au cours de son unique année d'université, section sciences sociales, il avait été arrière centre dans deux équipes, dont la meilleure s'appelait « Ça a Saigné au Travers ». Ils avaient perdu en finale de la coupe, peut-être sur ce même terrain, contre l'équipe « Per Rectum » des étudiants en médecine. Winter s'était fait sortir dans la deuxième mi-temps. L'arbitre était un imbécile, d'un manque de jugeote tragique.

— Elle n'a pas donné de ses nouvelles, déclara Ringmar après la prière du matin. On y va ?

Winter réfléchit. Un mandat du procureur n'était pas nécessaire dans ce cas précis. En tant que responsable de l'enquête, il pouvait prendre l'initiative d'une « convocation pour audition ». Il ne pouvait pas s'introduire de force chez quelqu'un ; mais si un témoin important pour l'enquête préliminaire ne se manifestait pas de son plein gré, il pouvait aller le chercher. Il consulta ses notes. Andrea Maltzer habitait Viktor Rydbergsgatan. Une adresse chic.

— D'accord. On y va.

Ils prirent par Korsvägen. Quelqu'un avait été un peu trop pressé d'entrer sur le rond-point ; les deux voitures endommagées formaient un angle plutôt méchant. Un policier en uniforme démêlait la question des responsabilités en compagnie des conducteurs. Winter aperçut l'expression de l'un ; il paraissait à la fois énervé et embarrassé. Les visages étaient toujours ainsi dans les accidents qui n'avaient abîmé que la carrosserie. L'inspecteur de police, un homme d'une cinquantaine d'années, leva la tête à leur passage, et Ringmar lui fit un signe de la main par la vitre baissée.

— C'est Sverker, commenta Winter.

— Oui. On a fait bien des missions ensemble. La douce jeunesse en uniforme...

— Ça fait un moment que je ne l'ai pas vu.

— Il était malade. Un cancer. Dans la jambe, je crois.

— Il me semble que j'en ai entendu parler, dit Winter en tournant dans Eklandabacken.

— Il n'a rien dit à personne. Tout est allé très vite, puis il est sorti de l'hôpital. Comme si de rien n'était. Et il a encore ses deux jambes.

Winter dépassa l'église et s'arrêta en face de l'immeuble d'Andrea Maltzer. La rue était dans l'ombre. Ils franchirent un grand portail austère. Fraîcheur dans le hall, de pierre et de marbre. La statue au pied de l'escalier représentait une femme nue, l'index pointé vers le plafond. Une fenêtre colorée à trois mètres du sol laissait filtrer des portions choisies du jour. Cela sentait la richesse et autre chose – savon noir, peut-être.

— C'est encore plus joli que ton immeuble à toi, remarqua Ringmar.

Le serrurier les attendait, assis dans un fauteuil en rotin. Il se leva à leur entrée.

— Deuxième étage, indiqua Winter. On prend l'escalier. Je ne veux pas attendre l'ascenseur.

Ils montèrent. Entre le bois tropical poli et les plantes au feuillage dense disposées sur des piédestaux, on se serait cru en balade dans une jungle apprivoisée.

L'ascenseur était à l'arrêt au deuxième. Le serrurier ouvrit sa mallette.

— Je commence par sonner, dit Winter.

On ne savait jamais. Il sonna une première fois, puis une deuxième. En entendant un bruit de pas, il pensa : ça vient d'ailleurs. La porte était massive, il paraissait impossible de l'ouvrir à coups de hache. Il aurait fallu au moins une tronçonneuse et un bélier – auquel Fredrik aurait servi de tête.

Bruit de chaîne. La porte s'ouvrit sur une femme qui pouvait avoir l'âge d'Angela.

Elle regarda les trois hommes. L'un, très grand, vêtu d'un costume d'été gris bien coupé, le deuxième un peu plus petit, en bras de chemise et pantalon de coton beige ; le troisième, vingt-cinq tout au plus, T-shirt et bermuda affreux, un trousseau de clefs à la main. C'était peut-être lui qui semblait le plus idiot des trois, mais c'était une question de nuance.

Elle est calme, pensa Winter. Notre visite est une surprise pour elle. Elle a juste fait usage de son droit à la vie privée pour disparaître quelques jours.

— Oui ? fit la femme.

— Andrea Maltzer ?

— De quoi s'agit-il ? Qui êtes-vous ?

— Police, dit Winter en montrant sa carte.

Elle l'examina. Le serrurier jeta un regard à Winter, qui hocha la tête. Le serrurier redescendit l'escalier, son bermuda redessiné par les arabesques de la lumière tombant des fenêtres multicolores.

— Que voulez-vous ? répéta Andrea Maltzer.

— Pouvons-nous entrer un instant ?

— Vous êtes de la police, vous aussi ?

— Pardon, dit Ringmar en sortant sa carte.

Elle y jeta un rapide regard, avant de se retourner vers Winter. Son visage était parsemé de taches de rousseur, qui avaient dû se multiplier au cours de l'été. Elle est plutôt pimpante, pensa Winter, à peu près comme Peter von Holten quand il ne vomit pas sur mon bureau. Elle ne peut pas trouver mieux qu'un type marié ? Elle paraît fatiguée, mais pas usée.

— D'accord ? fit-il en indiquant l'intérieur de l'appartement. Le vestibule était dans l'ombre, mais on devinait la lumière au-delà.

— C'est... Bon, d'accord.

Elle les précéda dans un séjour qui ressemblait beaucoup à celui où Winter passait une partie de sa vie. Des moulures, du blanc, des portes-fenêtres donnant sur un balcon qui semblait déjà incandescent dans la lumière matinale. Winter aperçut une table en fer forgé sous un parasol.

Andrea Maltzer portait un petit haut en lin et un bermuda qui paraissait confortable. Vêtements d'été, bien qu'on fût presque en septembre.

Demain je remets mon short, songea Winter. Ça ne sert à rien de vouloir se protéger, de toute façon. Il pensa à sa sœur, qui lui avait laissé un message la veille pour l'inviter à nouveau. En quel honneur ? Il la rappellerait quand il en aurait le temps.

— Je devrais peut-être vous proposer un café, dit Andrea Maltzer, mais je veux d'abord savoir de quoi il s'agit.

Ils lui demandèrent ce qu'elle avait fait au bord du lac de Delsjön. Quand ? Ils furent aussi précis qu'ils l'osaient. Après le départ de Peter ? Elle s'était promenée. Pourquoi ? Elle avait besoin de réfléchir. Winter crut entendre la voix d'Angela.

Andrea Maltzer avait eu besoin de réfléchir à la raison pour laquelle elle fréquentait un homme marié « en catimini », pour reprendre son expression. Prendre sa voiture aurait été « compromettant ». Après un moment, elle avait rejoint la buvette pour attendre le taxi qu'elle avait appelé sur son portable. Winter jeta un coup d'œil à Ringmar. Aucune information du côté des sociétés de taxis ne confirmait cette affirmation. Rien d'étrange à cela, comme l'avait fait remarquer Halders tout au début de l'enquête. Les chauffeurs de taxi fermaient leur gueule. Pas tous, mais presque.

Ils notèrent les détails. Avait-elle demandé un reçu ? Elle secoua la tête. Qu'importe, ils étaient en mesure de retracer cet appel. Mais Winter la croyait. Les gens faisaient des choses étranges et naturelles en même temps. Adieu von Holten, peut-être. Tant mieux, pensa-t-il.

— Avez-vous remarqué quelque chose de particulier ?

— Après le départ de Peter ?

— Oui.

Il pouvait garder pour plus tard la question de ce qu'ils avaient fait ensemble tous les deux, et de ce qu'elle avait pu observer à ce moment-là.

— C'est important. Tout peut servir.

— Je peux préparer un café pendant que je réfléchis.

— Auparavant, intervint Ringmar, pouvez-vous nous préciser où vous étiez ces derniers jours ?

— Ici, dit-elle. Et à un autre endroit, mais surtout ici.

— Nous avons cherché à vous joindre.

— Je ne voulais pas être jointe. J'ai débranché le répondeur et éteint celui-là.

Elle indiqua le portable posé sur la table basse.

— Je n'ai pas lu les journaux, ni écouté la radio. Je n'ai pas regardé la télévision.

— Pourquoi ?

— Je pense m'être déjà expliquée.

— N'avez-vous pas entendu sonner à la porte ?

— Non. Je devais être sortie.

— Pas de message ?

— Peter a glissé une enveloppe sous la porte, mais je l'ai jetée.

— Que vous écrivait-il ?

— Je ne sais pas. Je l'ai jetée sans la lire.

— Quand ?

— Hier. Elle a disparu en même temps que le sac poubelle, si vous voulez le savoir.

Winter hocha la tête en silence. Rien de plus facile que de se rendre inaccessible si on le souhaitait. En exerçant simplement son droit à la vie privée.

— J'avais quelques jours de congé à prendre.

Winter hocha à nouveau la tête. Il voulait partir, mais ils n'avaient pas encore fini.

— Autre chose ? demanda-t-elle devant le silence des deux policiers.

— Ce que vous avez vu, à supposer que vous ayez vu quelque chose.

— Je croyais que je devais y réfléchir à la cuisine.

— Mais oui, fit Winter.

Elle se leva et quitta la pièce. Winter regarda autour de lui. Deux photographies encadrées étaient posées sur un secrétaire. Il s'en approcha. Pas de Peter von Holten. La première montrait de jeunes mariés, qui pouvaient être les parents d'Andrea ; la photo semblait avoir été prise une trentaine d'années plus tôt. Le couple était en habits de noces classique. Aucun flirt avec le *flower power* de l'époque. La photographie sentait l'argent, tout comme l'appartement, l'immeuble, la rue et le quartier tout entier.

La deuxième photo avait été prise dehors. Aucun être humain en vue. Une maison, quelque part dans l'archipel. La photo était en noir et blanc. La maison, qu'on devinait rouge, avait été construite à distance des rochers. Au premier plan, l'amorce d'un ponton. Pas un nuage dans le ciel. Des marches maçonnées, creusées à même la roche, semblait-il, menaient du ponton à la maison.

Winter reconnaissait cet endroit. Il lui semblait avoir déjà vu cette maison depuis la mer. En contournant la pointe, à gauche, on pouvait accoster dans une crique, trois cents mètres plus loin, et gravir une colline plantée d'ifs malmenés par le vent. Derrière la colline, il y avait une maison abritée, qui avait appartenu à ses parents lorsqu'il était petit. Il avait douze ans quand ses parents l'avaient vendue. Il était passé quelquefois au large, à la voile, mais sans mettre pied à terre. Le regret le rattrapait maintenant.

Andrea Maltzer était revenue. En le voyant regarder la photo, elle prononça le nom de l'île.

— C'est bien ce que je pensais, dit Winter. Mes parents y avaient une maison, autrefois.

— Les miens ne l'ont que depuis quelques années.

— C'est sans doute pour cela que je ne vous ai pas reconnue.

Elle lui jeta un regard.

— Je veux dire, il n'y avait pas de petits enfants là-bas à l'époque.

Elle sourit, mais ne dit rien. Winter s'assit en face d'elle. Ringmar servit le café. Winter se sentit soudain impatient, plus agité que d'habitude. La photographie de l'île l'avait distrait. Or il n'avait pas de place en ce moment pour les souvenirs personnels. *Quelque chose* l'avait conduit dans cet appartement. Il ne croyait pas au hasard, n'y avait jamais cru. Beaucoup d'affaires criminelles se résolvaient par ce qu'il était convenu d'appeler des coïncidences, mais Winter n'y croyait pas. Le hasard avait un sens.

— C'est mon oasis, dit-elle. C'est là que je vais quand je ne suis pas ici. Hier, par exemple.

— Avez-vous repensé à la nuit que nous évoquions tout à l'heure ? coupa Ringmar.

— Je me souviens d'avoir vu un bateau sur le lac.

— Un bateau ?

— Il était blanc, ou beige. En plastique, je suppose.

— Loin ?

— Assez, oui. Je l'ai vu en descendant de voiture... après être parvenue à la conclusion que j'avais emprunté la voiture de Peter pour la dernière fois.

— Racontez-nous ce que vous avez vu, demanda Winter. Avec le plus de détails possible.

— Je vous l'ai dit. Un bateau, qui paraissait immobile. Je n'ai pas entendu de moteur.

— Avez-vous *vu* un moteur ?

— Non. Il faisait nuit. Même s'il y avait eu un moteur hors-bord, je ne l'aurais pas vu.

Elle reposa sa tasse.

— Vous n'avez rien entendu ? Un bruit de rames, par exemple ?

— Non. Mais il y avait quelqu'un dans le bateau.

— Une personne seule ?

— Il me semble, oui.

— Vous n'en êtes pas sûre ?

— Il faisait trop sombre.

— Cette personne a-t-elle pu vous voir ?

— Comment pourrais-je le savoir ?

— Reconnaîtriez-vous ce bateau si vous aviez la possibilité de le revoir ?

— Bof... je ne sais pas. Mais je me souviens de la forme, de sa taille approximative.

— Qu'avez-vous fait ensuite ?

— Comment cela ?

— Combien de temps êtes-vous restée là ?

— Cinq minutes peut-être. Je n'y ai pas vraiment prêté attention. Il doit y avoir des gens qui pêchent aussi la nuit.

— Je ne sais pas, fit Ringmar. Je ne suis pas pêcheur.

— Et le bateau est resté là pendant tout le temps que vous étiez près de la voiture ? reprit Winter.

— Il paraissait complètement immobile.

— Pourriez-vous, une fois de plus, nous indiquer l'heure le plus précisément possible ?

22

L'appel à témoin donnait des résultats. Les gens téléphonaient, et Möllerström était l'un de ceux qui réceptionnaient les appels. Beaucoup de gens avaient vu quelque chose, mais personne n'avait été dans les parages immédiats. C'était ainsi. « Quelque part, il y a quelqu'un », selon le résumé de Möllerström. Winter appréciait ce genre d'optimisme. C'était tout à fait dans son esprit. Je suis fier quand j'entends Janne, pensa-t-il. Tellement fier...

Winter avait formulé le texte de l'affiche qui avait été placardée dans tous les quartiers de la ville. « Appel à témoin ! Le corps d'une femme assassinée a été retrouvé le jeudi 18 août à 4 heures au bord du lac de Delsjön. » Suivait le signalement de la femme. « La police souhaite entrer en contact avec toute personne qui, etc. » Puis : « Si vous détenez d'autres informations, appelez le numéro ci-dessous. » Enfin : « Laissez à la police le soin de déterminer ce qui est important ou non. » Drôle de phrase, si on la sortait de son contexte, mais Winter avait choisi de la conserver malgré tout. Pour éviter les malentendus, il avait signé : « Groupe d'enquête de la brigade criminelle de Göteborg. » Enfin, au bas de l'affiche : « Tout renseignement est le bienvenu ! »

Cette prose avait un côté scout qui lui déplaisait. Cela signifiait peut-être qu'elle serait efficace. Il pensa aux affiches du même acabit qui battaient au vent dans les gares des banlieues de Londres.

— Vous avez trouvé quelque chose dans le bateau ? demanda Halders.

— D'après Beier, c'est le même type de peinture, dit Börjesson. Et elle a pu apparaître dans le bateau à peu près au même moment.

— « Apparaître » ?

— Être peinte, alors.

— Autre chose ? coupa Winter.

— Pas une seule empreinte dans la gadoue, mais en revanche une tonne d'empreintes digitales dans le bateau. Il faudra du temps pour les analyser. Et c'est un euphémisme, à en croire Beier.

— L'empreinte de nombreuses mains ?

— Les garçons ont l'habitude de prêter leur bateau. De le louer, plus exactement, mais ça, ils ne le disent pas.

— Je vais leur reparler.

— Il y avait aussi beaucoup d'écailles, dit Halders. Apparemment le lac ne manque pas de poisson.

— Pas d'empreintes de pieds sur les bords du bateau ?

— Comment cela ? fit Börjesson.

— Quand on saute à terre, on commence par grimper sur le bord. Parfois.

— Beier a sûrement vérifié ce point.

— À propos de point à vérifier, dit Halders. On n'a pas de nouvelles des tocards de Toc-holm ? *Missing persons* ?

— Rien qui puisse coller, répondit Ringmar.

— Il devrait pourtant y en avoir des tonnes, en ce moment. Des femmes au foyer trentenaires qui jettent l'éponge.

— Pardon ? fit Sara Helander.
— Qui ont quitté leur fourneau. Qui sont parties découvrir le sens de la vie.

Winter et Ringmar parlaient voitures, assis dans le bureau de Winter. Ford Escort 1.8 i CLX Combi Sedan trois portes, de 1992 ou 1993. Ou peut-être de 1994. Ou de 1991. Une 1.6 i.

La surveillance routière avait fait une recherche informatique concernant toutes les Escort dont le numéro d'immatriculation commençait par HEL ou HEI. Cela avait pris vingt-quatre heures. Ils avaient maintenant la liste de toutes les Escort présentant ces deux combinaisons de lettres, ainsi que des modèles précédents, plus carrés, qu'on avait arrondis et embellis à partir de 1991. Ils avaient aussi commandé une recherche informatique concernant les Escort ne présentant pas cette combinaison de lettres. Beier avait parlé à ce propos d'une possible « illusion d'optique ». Personne n'était sûr, pas même le gars du chenil, après vérification.

Si on limitait la zone de recherche à l'agglomération de Göteborg, avec Kungsbacka au sud, Kungälv au nord et Hindås à l'est, il y avait deux cent quatorze Escort fabriquées entre 1991 et 1994. Deux cent quatorze voitures très semblables. Ça faisait beaucoup.

— Comme toujours, déclara Ringmar, il faut savoir où on met nos priorités.

— Tu veux dire que ce n'est pas notre priorité numéro un ? Merci, je le sais.

— Mais elle te tient à cœur.

Winter leva la tête de ses listes.

— C'était une bonne idée, avoue-le.

— Oui, ça aurait pu être pire. Une Volvo.

— Ou mieux. Une Cadillac Eldorado.

— Pourquoi pas une Trabant ?

— Je veux bien.

— On peut mettre deux bonshommes là-dessus, dit Ringmar après un silence. Deux policiers chargés d'obtenir le nom de tous les propriétaires. En commençant par les voitures volées.

— Qui vole une Escort de nos jours ?

— Pose la question à Fredrik. Les voitures volées, c'est sa spécialité.

— On peut commencer par les voitures de location.

— Et les voitures de fonction.

— Ford Escort ? Tu plaisantes.

— Petits entrepreneurs, précisa Ringmar et Winter sourit.

— Ensuite les particuliers.

— On peut faire un premier tri.

— On y colle deux enquêteurs, conclut Winter. D'accord. On les fait commencer tout de suite.

Winter avait encore un rendez-vous avant la fin de la matinée. Il ne pensait à rien lorsqu'il frappa un coup léger à la porte du bureau du grand chef. Wellman resta assis comme un supérieur, en agitant la main vers le fauteuil en face de lui. Derrière sa tête ronde et douce, Winter pouvait voir par la fenêtre les terrains de foot de Nya Ullevi.

Devant Ullevi, l'asphalte était un lac noir désert ponctué par le reflet brillant des détritus jetés par les automobilistes le long de Skånegatan. Wellman suait à grosses gouttes et buvait de l'eau minérale. Il porte un costume trop épais, pensa Winter, et il se demande pourquoi je ne transpire pas autant que lui.

— Chaud, fit Wellman en continuant de boire.

— Tu trouves ?

— Et toi ? La chaleur te convient ?

— Elle peut être stimulante. Les soirées sont agréables, même si je n'en ai sans doute pas profité comme il faut.

— Je voulais juste savoir comment ça allait. Ce qu'il en est, plutôt.

— Nous faisons tout ce qui est en notre pouvoir, répondit Winter en se demandant s'il allait évoquer la recherche en cours du côté des voitures.

— Le fait que personne n'ait signalé sa disp...

— Oui.

— Tu as lu ça ? s'exclama Wellman en brandissant l'un des quotidiens posés devant lui. « La police n'a aucune piste. »

— Tu sais ce qu'il en est, Henrik.

— Mais vous en avez... des pistes ?

Winter vit un bus traverser le lac d'asphalte et stopper inopinément.

— Erik. Vous avez bien plusieurs pistes ?

Le bus resta immobile, personne ne descendit. Impossible de savoir si le moteur tournait ; il ne pouvait pas voir si les feux étaient allumés ou non.

— Mais oui. Tu ne veux tout de même pas que je te fasse le compte rendu. Pas toi !

— Non, non. Mais on a une conférence de presse cet après-midi.

— Comme si je ne le savais pas.

— Et puis c'est de la merde de toute façon, lâcha Wellman. Toute cette agitation.

— Que veux-tu dire ?

— Je n'aime pas ça. Quand on a un nom, c'est beaucoup plus facile. La solution est pour ainsi dire donnée d'avance. Un règlement de compte lié à la dope, des coups ayant entraîné la mort, quelqu'un qui s'est enfui...

— Tu préfères cela ?

— Préférer, c'est un grand mot. Tu vois ce que je veux dire.

— Quand on a plusieurs réponses d'emblée, c'est plus facile de trouver des pistes.

— Quoi ?

— C'est plus facile quand tout est plus facile dès le début. Ce n'est pas ce que tu voulais dire ?

— Tu te paies de mots, Erik.

— Autre chose, Henrik ?

— Non, non. Tu connais ton job.

— À condition de ne pas être dérangé à tout bout de champ.

Winter était resté debout, le regard rivé au bus. Personne n'était descendu. Il vit une femme approcher et s'immobiliser sous la vitre du conducteur. On aurait dit qu'elle lui parlait. Il la vit reculer d'un pas avant de se retourner et de se mettre à courir, tout droit vers le bâtiment où il se tenait, d'où il pouvait voir ses traits de plus en plus nettement jusqu'au moment où elle disparut de son champ de vision. Elle semblait paniquée.

— Excuse-moi, dit Winter.

Il sortit et prit l'ascenseur jusqu'au rez-de-chaussée.

23

Un grand remue-ménage régnait dans le hall d'accueil du commissariat central. La femme que Winter avait vue traverser la rue en courant était à présent agrippée au comptoir de l'accueil. Winter vit le chef des gardiens de l'ordre entouré de cinq ou six de ses hommes, prêt à donner l'assaut. Quelques enquêteurs traînaient à côté. Pour le reste, c'était le mélange habituel de coursiers, d'agents en uniforme, de personnel d'accueil, d'avocats et de leurs clients, qui présentaient à leur tour un mélange de positions sociales variées : des toxicos en voie de s'en sortir ou de plonger, des prostituées, des voleurs de voitures, des voleurs de toutes conditions, de petits délinquants à moitié éméchés, des assistants de direction qui avaient été expulsés d'un bar et qui étaient revenus un peu plus tard avec un pied de biche, des femmes d'affaires en proie à la gueule de bois et qui, par frustration, avaient opposé une résistance violente aux représentants de la loi. Et puis des gens qui venaient remplir un formulaire. Des gens qui souhaitaient renouveler leur passeport et s'étaient trompés d'endroit. D'autres qui n'avaient plus de nouvelles de quelqu'un depuis suffisamment longtemps. Ou qui étaient simplement entrés là, Dieu sait pourquoi.

La femme pointait du doigt le bus stationné devant Ullevi. Winter approcha. Dans l'immédiat, il n'avait rien de mieux à faire.

La femme expliquait qu'il y avait dans le bus un homme et un petit garçon. L'homme menaçait de tuer l'enfant, de se tuer lui-même et de faire exploser le bus. Il lui avait montré son arme et puis une espèce de ficelle, en disant que, s'il tirait sur cette ficelle, le bus exploserait.

— Périmètre ! cria le chef des gardiens de l'ordre à une femme en uniforme debout à côté de lui.

Winter vit l'alerte se propager d'un policier à l'autre. Le remue-ménage devint soudain intense dans l'espace étroit devant le guichet, tandis que ceux qui s'apprêtaient à sortir étaient rejoints par d'autres qui revenaient de mission. Winter voyait le bus dans une perspective différente, ici au rez-de-chaussée. Il paraissait plus petit, comme si le soleil l'avait rétréci alors qu'il était exposé sans défense sur l'asphalte.

— Appelle Bertelsen de l'immigration ! cria le chef dans le brouhaha à quelqu'un qui s'éloignait déjà.

Winter en avait assez entendu pour savoir qu'il y avait dans le bus un homme aux abois qui avait choisi... alors qu'il n'avait plus le choix. Winter devina que c'était encore quelqu'un qui n'était pas le bienvenu en Suède. Un homme qui s'apprêtait à repartir en orbite autour du monde – à supposer qu'il vive assez longtemps pour cela –, encore un réfugié de l'espace, l'un de ces individus sans patrie tournant autour de la planète à bord de bateaux rouillés qui n'accostaient jamais, à bord de fourgons à bestiaux cahotant dans les marécages et les déserts du monde sans jamais s'arrêter dans une oasis. Il va peut-être se tuer et tuer le garçon, pensa Winter. Ça s'est déjà vu.

En peu de temps, la rue fut barrée et une déviation installée. Des badauds s'étaient attroupés, comme si la tragédie avait déjà été ébruitée par les médias les plus rapides. Ce qui était peut-être le cas. L'élégant hall d'accueil du commissariat grouillait de reporters, du moins à en croire Wellman. C'était bien possible ; Winter voyait moins de policiers autour de lui que de gens en civil. Un journaliste pouvait fort bien avoir fait son métier et colporté la nouvelle.

Il sortit. Les spectateurs affluaient de partout ; il fallait les repousser de force, car on n'avait pas fini d'installer le dispositif de sécurité. La fête de Göteborg est relayée par un nouveau spectacle et moi, pensa-t-il en reprenant l'ascenseur, je ne vaux pas mieux que ces gens-là.

Son bureau donnait sur le canal. Par la fenêtre, il vit la foule converger en empruntant les pelouses. Comme un brusque afflux de matière, là où ne régnaient auparavant que le vent et la chaleur. Comme lorsque on émiette un bout de pain en pleine mer et qu'un millier de mouettes fondent soudain du ciel en criant.

Le téléphone sonna sur le bureau.

— Oui ?

— C'est Bertil. Il y a des gens qui se tirent dessus du côté de Vårväderstorget.

— Quoi ?

— Le témoin qui a appelé il y a trois minutes dit que c'est la guerre des gangs. On a une voiture là-bas qui confirme la fusillade.

— Il se passe beaucoup de choses aujourd'hui.

— J'ai raté quelque chose ?

— Un détournement d'autobus devant nos portes.

— J'étais au téléphone, mais... qu'est-ce que tu racontes ? Un détournement ?

— Laisse tomber. Tu as eu le temps d'envoyer quelqu'un... où ça, déjà ?

— Vårväderstorget. His...

— Je sais où c'est.

— Il y a une patrouille sur place, mais personne de chez nous. C'est un désert ici.

— On y va. Tu as une voiture prête ?

— Oui.

Ils quittèrent le commissariat par Smålandsgatan. En entendant les porte-voix, Winter pensa au garçon qui se trouvait dans le bus avec l'homme qui était peut-être son père. Il éprouva une soudaine colère, ou peut-être une nausée – une douleur au niveau de la poitrine.

— Que se passe-t-il ? fit Ringmar, le regard rivé au rétroviseur.

— Je n'en sais pas beaucoup plus que toi. Il y a un homme dans le bus. Il a l'intention de se tuer et de tuer un garçon qui est avec lui. Peut-être y a-t-il d'autres personnes encore. Peut-être aussi une charge de dynamite.

— Et nous voilà, nous, en route vers un autre coin du centre des événements.

Winter lui jeta un regard oblique. La radio grésilla ; un policier résumait la situation à Vårvaderstorget. Quatre coups de feu avaient été tirés du haut des toits des immeubles entourant la place. Deux hommes, semblait-il. Ils avaient disparu. Les recherches se poursuivaient, sur les toits et au sol.

— Merde... ça tire à nouveau !

Le contact fut coupé.

— Bon sang de bonsoir, dit Ringmar en tapotant la radio d'où ne sortait plus qu'un grésillement. Je crois bien que c'était John Stålnacke.

En approchant de la place, Winter découvrit deux voitures de police et des gens allongés au sol. Il comprit que ces gens cherchaient un abri ; il ne voyait aucune trace de sang.

Winter et Ringmar s'élancèrent, pliés en deux, vers les policiers réfugiés derrière leur voiture. L'un des deux tenait un micro. C'était Sverker. Quelques jours plus tôt, ils l'avaient vu s'occuper d'un accident sur le rond-point de Korsvägen.

— Bande de gangsters ! Est-ce qu'on doit tolérer ça ?

— Que s'est-il passé ?

— Quelqu'un tire, voilà ce qui se passe !

Soudain il y eut une déflagration, toute proche. Sensation extrêmement désagréable. Sverker bondit.

— C'est la guerre, merde !

Ils entendirent quelqu'un crier. Silence. Puis le même cri, plus faible cette fois.

— Qu'est-ce que c'est que ça ? demanda Ringmar.

Winter se redressa avec précaution et jeta un coup d'œil à travers les vitres de la voiture. Trente mètres plus loin, un policier en uniforme était étendu sur le bitume. C'était lui qui criait – qui appelait, maintenant. Il ne semblait pas pouvoir bouger. Ou alors il préférait rester immobile. Winter ne vit pas de sang, mais sa jambe formait un angle étrange par rapport au reste du corps. Soudain il leva le bras, comme un salut. Le silence se fit.

— Mince, c'est Jonne ! dit Sverker qui regardait lui aussi par les vitres. Il s'est avancé quand les tirs ont cessé. C'est Jonne Stålnacke.

— Tu as un porte-voix ?

— Dans la voiture.

Sverker ouvrit lentement la portière.

— Il est resté là après un accident de la route, l'autre jour. On devrait toujours en avoir un dans les voitures.

Winter prit le porte-voix.

— Police ! Il y a un blessé à terre. Il peut y avoir d'autres blessés. Déposez immédiatement vos arm…

Au même instant une détonation retentit. Winter se jeta à terre, écorchant sa main qui tenait le porte-voix. Le coup de feu venait d'en haut, et de plus loin que le précédent. L'ennemi se retire, pensa Winter. Ou peut-être l'un des deux seulement.

En levant à nouveau le porte-voix, il vit que les phalanges de sa main droite étaient en sang.

— C'est la police. Déposez immédiatement vos armes ! Il y a des blessés. C'est la police qui vous parle. Déposez immédiatement vos armes ! Il y a des blessés qui doivent être secourus. Déposez immédiatement vos armes !

Il fallait rester simple. Il aurait pu dire : c'est la Suède qui vous parle, et nous ne tolérons pas ce genre de chose dans ce pays, mais il n'était pas certain que le message aboutisse. Les tribus rivales qui se tiraient dessus du haut des toits n'étaient pas nécessairement d'origine étrangère. Ce pouvait être des citoyens suédois en proie à la confusion, des jeunes en pé...

Une ambulance approchait, sirène hurlante. Non, deux ambulances. Il se retourna. Les voitures s'étaient arrêtées vingt mètres plus loin. Il y avait du monde en face, des milliers de gens, semblait-il. Autour de lui, à terre, des policiers et des civils qui s'étaient trouvés au mauvais endroit au mauvais moment. Ou au bon endroit, mais au mauvais mo...

À nouveau un coup de feu, mais au loin, comme un pétard de nouvel an dans un autre quartier. Le policier blessé marmonna quelque chose. Il est sous le choc, pensa Winter. Il peut mourir.

— On doit aller chercher Jonne, dit Sverker. Et il y en a peut-être d'autres.

— C'est la police ! Déposez vos armes ! Nous devons soigner les blessés. Nous allons intervenir *maintenant*. C'est la police. Déposez vos armes ! Il y a beaucoup de monde ici. Nous devons laisser passer l'ambulance. Il y a des blessés.

Les ambulances klaxonnèrent, appuyant ses paroles. Les gens tout autour le regardaient, regardaient la place, longue et étroite, les toits, les devantures des magasins. Sverker avait dégainé.

— Range ça, ordonna Winter.

Jonne cria de nouveau. Personne ne tirait plus. Winter tenta de discerner une silhouette sur les toits, mais le soleil lui brûlait les yeux. Les bâtiments semblaient corrodés par une lumière d'un blanc de craie.

— C'est la police. Nous avançons maintenant. Nous nous engageons sur la place. Une ambulance va nous suivre. Nous avançons maintenant.

Il se leva, contourna lentement la voiture, le porte-voix à la main. Brave idiot. Il fit quelques pas comme sur la glace et se dirigea vers le policier blessé. Jonne Stålnacke était immobile, mais Winter l'entendait marmonner tout seul.

Il regarda autour de lui. Des gens étaient à terre, sur la place et sous les arcades ; impossible de voir s'il y avait des blessés parmi eux. Il entendit la voix de Sverker et se retourna. L'ambulance était là, Ringmar aussi.

Winter s'agenouilla près de Jonne. Son visage était blanc comme le ciel. On ne voyait plus ses lèvres. Son bas-ventre – ils n'avaient pas pu le voir de leur position derrière la voiture – était inondé de sang. Winter pensa en un éclair que les chaussettes et les chaussures de Jonne étaient propres. Le cuir brillait comme un miroir. Sverker fit un geste brusque en direction de l'ambulance, qui démarra aussitôt. Ce fut le signal. Les gens à terre se relevèrent, mais certains tremblaient si fort qu'ils durent se rasseoir. Winter entendit des pleurs. Une place entière en état de choc. Une odeur de merde parvint à ses narines. D'autres ambulances arrivaient. Un tramway passa, comme surgi d'un autre monde. Des agents en uniforme s'occupaient des gens et recherchaient d'éventuels blessés avec l'aide des brancardiers et des médecins. Stålnacke fut transporté jusqu'à l'ambulance, qui démarra. Winter avait terriblement soif.

Il faisait chaud. C'était étrange que la fillette ne sorte pas pour se baigner dans le petit bassin. Il faisait chaud depuis très longtemps, mais elle ne savait plus quand elle l'avait vue pour la dernière fois. Et sa maman non plus. S'il y avait une chose qu'elle savait, dans sa vieille cervelle, c'est qu'elle n'avait plus une notion très exacte du temps. Elmer n'était plus là pour remonter la pendule et lui dire quand le soir approchait. Difficile de savoir quelle heure il était quand la nuit mettait si longtemps à tomber. Maintenant, ça allait plus vite, car le ciel allait vers l'automne.

Ester Bergman entendait les voix des enfants par la fenêtre entrouverte. Elle n'ouvrait jamais sa fenêtre en grand quand il faisait chaud. Ça ne faisait qu'augmenter la chaleur à l'intérieur. Là, la température était agréable.

Les enfants sautaient dans l'eau – si on pouvait appeler ça de l'eau. Si près de la mer, pourtant ils ne pouvaient pas y aller. Ils n'en avaient peut-être pas envie, mais elle comprenait bien qu'ils n'auraient pas pu, de toute façon. Tous ces petits enfants à la peau sombre et leurs mamans, ou leurs tantes, ou quoi, assises à l'ombre. Peut-être n'y avait-il pas de mer, là d'où ils venaient. Un désert peut-être, des montagnes. Ce genre de chose.

La fillette n'avait pas les cheveux noirs. Elle n'était pas la seule, d'ailleurs, dans cette cour. La cour était immense ; même avec ses nouvelles lunettes, elle ne voyait pas l'autre côté. Parfois, le fait même de se rendre là-bas à pied paraissait une entreprise insurmontable. Par chance, le grand portail qui permettait de sortir de la cour était tout près de son appartement, elle pouvait aller au magasin toute seule.

Ester Bergman enleva ses lunettes, les nettoya et les remit. Elles ne semblaient pas tout à fait propres pour autant. Ou alors, c'était ses yeux. Pas de quoi se plaindre. À quatre-vingt-cinq ans, elle pouvait presque voir l'autre côté de la cour, lire le journal un moment avant que la fatigue ne prenne le dessus, et regarder la télévision s'il y avait quelque chose à voir. Ou les panneaux, les affiches. Ça lui changeait les idées. Les gens voulaient toujours acheter ou vendre quelque chose. C'était une lecture distrayante.

Elle croyait que la fillette habitait vers la gauche, à l'angle du bâtiment, mais elle ne l'avait jamais vue entrer ou sortir, à cause de l'angle justement. Elle était rousse. C'était peut-être pour cela qu'elle l'avait remarquée. Les enfants de la cour qui n'avaient pas les cheveux noirs étaient blonds. Celle-ci était la seule à avoir des cheveux roux.

La fillette passait sous les fenêtres d'Ester pour rejoindre l'aire de jeux. Elle ne courait jamais.

Sa maman était blonde et restait toujours assise à l'écart. Elle ne parlait à personne. C'était peut-être aussi pour cela qu'Ester les avait remarquées. Elles ne restaient jamais très longtemps dans la cour. Après un moment, la maman récupérait sa fille. Elles rentraient chez elles, ou elles sortaient. Où allaient-elles ? Elle s'était plusieurs fois posé la question. Mais ça ne la regardait pas.

La maman fumait ; ça ne lui plaisait pas, à Ester, de voir ça. Il n'y avait pas beaucoup d'autres mamans qui fumaient, dans la cour. On remarquait ce genre de chose quand on habitait au premier étage.

Deux ou trois fois au cours de la dernière semaine, elle avait cru voir la fillette. Mais ce n'était jamais elle. Elle ne connaissait pas le son de sa voix. Elle n'avait jamais entendu sa maman lui parler ; pourtant elle avait bien dû le faire.

Je crois bien qu'elle me manque, cette petite. Elles ont dû déménager. Mais je n'ai pas vu de camion de transport dans la cour.

24

Le bonhomme lui apporta des vêtements ; elle refusa de les mettre. Il lui dit alors qu'elle pourrait se changer quand il serait sorti. C'est ce qu'elle fit. Elle enleva ses vieilles affaires qu'elle portait depuis très longtemps. Elle toussa. Elle avait chaud au visage et au corps.

D'où venait cette robe ? Ce n'était pas la sienne, mais elle ne paraissait pas neuve. Elle n'avait pas d'odeur particulière.

Elle tenait le bout de papier à la main. Était-ce pour cela qu'il voulait qu'elle enlève son pantalon ? Il n'avait rien dit. Elle regarda autour d'elle, mais il n'y avait aucun endroit où cacher le papier. Elle tâta la robe et découvrit une poche, comme il y en avait presque toujours. Elle avait déjà eu des robes, alors elle savait.

Elle enfila la robe par-dessus sa tête. Si elle chiffonnait un peu le papier, il entrait dans la poche et elle pouvait fermer le rabat de tissu. Elle toucha avec la main, mais on ne sentait pas le papier.

Elle avait l'impression qu'ils étaient retournés dans la maison où ils étaient avant. Il faisait assez sombre. Il lui semblait que c'était la même pièce, mais pas tout à fait.

La fenêtre avait bougé. Est-ce qu'on pouvait déplacer une fenêtre comme on déplaçait une table ou une chaise ?

Sa maman était loin. Dehors. Elle pensait à elle, mais c'était difficile d'y penser sans être triste. Elle se tapota les bras et la joue. Elle mit sa main autour de son visage, tout le bras autour du visage comme si elle se tenait elle-même, et elle était dans cette position quand le bonhomme revint avec quelque chose qu'il voulait lui faire manger. Elle prit peur à nouveau, et enleva sa main.

— Tu as dormi ?

Elle essaya de dire oui, parce que c'était sans doute ce qu'il voulait entendre. Mais aucun son ne sortit, elle dut recommencer et cette fois, ça lui réussit. Elle toussa. Silence. Puis elle toussa à nouveau. Elle transpirait. Ça avait commencé un peu avant l'arrivée du bonhomme, elle ne pouvait rien faire contre ça. Il la regarda, elle voulut tout arrêter. Elle avait chaud. Elle toussa à nouveau. Le bonhomme approcha, ça la fit sursauter.

— Reste tranquille.

Il la prit par l'épaule et posa la main sur son front. Il marmonna quelque chose. Puis il dit un vilain mot.

— Tu as chaud, remarqua-t-il.

Elle toussa à nouveau. Il cria quelque chose à quelqu'un, et elle entendit la réponse.

— La gamine a de la fièvre.

— Quoi ?

— Je te dis qu'elle est malade !

Elle entendit à nouveau quelque chose qui ressemblait à un gros mot.

— Je vais te donner un truc chaud à boire, dit le bonhomme.

Mais elle avait déjà trop chaud.

Il partit. Elle pensa au fait que la robe était un peu mouillée aux bras et sur le dos, parce qu'elle avait tellement chaud. Elle s'allongea sur le matelas, c'était agréable. Elle toussa à nouveau. Elle ferma les yeux. Le bonhomme revint, mais elle ne voulait pas le regarder. Il la prit par le bras. Elle ne voulait pas ouvrir les yeux, ni s'asseoir.

— Tu dois t'asseoir et boire ça.

Elle ne voulait pas, mais il la souleva. Elle ouvrit les yeux et vit la tasse.

— Tu dois boire pendant que c'est chaud. Ensuite tu pourras te rallonger.

Le bonhomme sentait la fumée. Les bonshommes avaient presque toujours de la fumée autour d'eux.

Elle but un peu, et ça lui fit mal à la gorge. Puis ça alla un peu mieux, mais quand elle avala à nouveau, la douleur revint.

— Tu as mal ?

Elle fit oui de la tête.

— Tu as mal à la gorge ?

Oui à nouveau.

— Ça ira mieux après.

Elle dit qu'elle voulait s'allonger. Il la relâcha et emporta la tasse. Elle ferma les yeux et se mit à rêver.

25

Ringmar sortit du bureau de Bertilsson, alla à la cafétéria et s'assit à une table. Un porte-voix s'égosillait dehors. Puis le son fut coupé. La foule paraissait plus imposante qu'elle ne l'était en réalité. Effet de perspective.

Halders entra, se servit une tasse de café, s'assit à la table de Ringmar et regarda par la fenêtre.

— Tu parles d'un cirque.

— C'est comme ça que tu vois les choses ?

— Tu penses que le mot est mal choisi ?

— Bof...

— Je pensais surtout aux spectateurs.

C'était le deuxième jour de ce qui avait reçu, entre autres, l'appellation de *terreur* dans le journal du soir. Il avait vendu à deux cent mille exemplaires et cela n'avait rien d'étonnant. Göteborg *avait* explosé, du moins certains quartiers de la ville. Les forts en thème disaient qu'on pouvait s'y attendre. Bertilsson l'avait dit, à sa manière, sans être fort en thème.

— Et nous qui étions censés anticiper, reprit Ringmar.

— Quoi ?

— La cellule antigang... On est censé avoir des tentacules et des antennes, être au courant de la situation un peu avant les autres.

— Qui aurait pu prévoir un truc pareil ? rétorqua Halders en indiquant d'un geste vague Ullevi et le drame qui s'y jouait encore.

— Je pense surtout à Vårväderstorget.

— Comment va Stålnacke ?

— Il a perdu beaucoup de sang, mais il s'en sortira. Il pourra remarcher.

— Mais est-ce qu'il pourra pisser ? Pour ne pas parler de...

— On ne peut pas avoir du personnel partout, coupa Ringmar.

— Qui peut garder une longueur d'avance par les temps qui courent ?

— Il le faut bien.

Halders parut renifler.

— Alors on est à nouveau en sous-effectifs ?

— On va retrouver ceux qui ont tiré. On va les retrouver le plus vite possible.

— Ça, au moins, c'est du concret. À bras-le-corps.

— Que veux-tu dire ?

— Le meurtre de Delsjön refroidit. C'est la vérité, tu le sais aussi bien que moi, peu importe ce qu'en pense Winter. On n'a toujours pas son identité, et ça, pour moi, ça signifie qu'on s'enlise.

— Ne le dis pas à haute voix.

— Je le dis maintenant. Tu n'es pas d'accord ?

Ringmar ne répondit pas.

— Écoute-moi, Bertil. Je pense la même chose que tout le monde ici. Ce sera une sacrée défaite si on ne réussit pas à avancer dans l'élucidation de ce meurtre. Avancer, au moins. On va peut-être le résoudre. Je ne sais pas. Mais il nous faut un élément nouveau maintenant.

— Les voitures, dit Ringmar. C'est quelque chose.

— *Shot in the dark*, mais soit. Ford Escort. C'est du concret. C'est surtout beaucoup de travail.

Ringmar parut prêter l'oreille au porte-voix qui rugissait à nouveau, dehors.

— C'est épouvantable, dit-il.
— Quoi ?
Ringmar fit un geste vers la fenêtre.

La tragédie devant Ullevi continuait. Le match amical Suède-Danemark qui devait se dérouler le soir même avait été reporté. La direction de la fédération suédoise de football avait discrètement questionné la direction de la police. Pensait-on que « l'incident » puisse être clos à temps ? On n'avait obtenu aucune garantie. Beaucoup de gens étaient déçus.

L'homme du bus était kurde, et le garçon était effectivement son fils. Ils devaient être expulsés, après sept ans passés en Suède. Le garçon était dans le pays depuis six ans, il s'exprimait avec l'accent du Dalsland. Les services de l'immigration affirmaient que l'homme et sa famille étaient originaires du nord de l'Iran, et c'était là-bas qu'on avait l'intention de les renvoyer. La Turquie était une autre possibilité. L'homme affirmait qu'il risquait la prison et peut-être la mort dans les deux pays, de différentes manières, pour différentes raisons. Aux mains de différents bourreaux. L'organisme officiel qu'un nombre croissant de citoyens appelait le « service de l'émigration » faisait preuve d'orgueil et d'un sentiment aigu de la justice. À son arrivée en Suède, l'homme avait donné un faux nom et une fausse nationalité, de peur d'être renvoyé là-bas. Il avait menti, c'était pourquoi il fallait l'expulser.

Toutes ces informations étaient disponibles dans les journaux. Dans une dernière tentative désespérée, l'homme menaçait de se tuer et de tuer son fils si sa famille n'obtenait pas le droit de rester. Sa femme et leurs deux filles se trouvaient dans un centre de rétention dans le Dalsland. Elles devaient être transférées à Göteborg avant d'être expulsées. On attendait l'issue. L'homme devait se montrer raisonnable et déposer son fusil. Les forces d'assaut discutaient pour savoir si l'arme était réelle, ou si c'était un fusil à eau. Personne ne l'avait vu. Devait-on lancer un assaut ? Était-ce dangereux ? Pouvait-on mourir ?

Winter se tenait en lisière de la foule des badauds. Peut-être aurait-il fallu bricoler des gradins, faire payer l'entrée. C'était une représentation publique, après tout. Un divertissement. Il va y en avoir de plus en plus, pensa-t-il. Il faut tenir compte du confort des spectateurs qui attendent de voir comment les choses vont tourner.

Il savait que l'homme retranché dans le bus cent mètres plus loin avait menti par nécessité. Peut-être avait-il quitté un emploi de consul et une villa de sept pièces, à Diyarbakir ou à Tabriz, seulement parce que l'envie l'avait pris de vagabonder à travers la Syrie avec sa famille avant de prendre la route du Nord. Peut-être ladite famille avait-elle seulement du mal à expliquer pourquoi elle ne désirait pas retourner dans le beau pays qu'elle avait quitté. Ici en tout cas, il n'y avait pas de place. On manque d'espace vital ici, pensa Winter. La Suède souffre d'une densité de population beaucoup trop élevée, les forêts sont pleines de villes et de villages surpeuplés.

Il ferma les yeux et vit une forêt. L'eau scintillait entre les arbres. Tout était vert dans sa vision aveugle. Il vit un sentier et quelqu'un qui y marchait. C'était lui. Il tenait un enfant par la main.

Il rouvrit les yeux sur un décor en noir et blanc. Le bitume noir à ses pieds devenait de plus en plus blanc lorsqu'il levait le regard vers le bus, qui se trouvait en plein cagnard. Il devait faire cinquante degrés là-dedans. Personne, pas même un homme ayant grandi dans le pays le plus chaud de la terre, ne pouvait endurer plus longtemps une chaleur pareille. C'était une question d'heures, peut-être de minutes. Que cela se termine, par pitié.

Une petite délégation de négociateurs avançait vers le bus. La foule était très silencieuse. Un hélicoptère bourdonnait au-dessus. Des reporters de la radio et de la télévision travaillaient un peu plus loin. Les événements que voyait Winter lui étaient décrits en temps réel. Comme s'il regardait un film, ou un écran de télévision. Les événement n'existaient qu'à condition d'être commentés. Il ferma les yeux et sentit à nouveau le bref vertige, comme une chute interrompue en plein vol.

Ça ne va pas, songea-t-il. Je dois parler à un médecin. Angela. Ou Lotta.

Ringmar était sorti du commissariat et l'avait rejoint. Il dit quelque chose.

— Quoi ?

— Je crois que c'est bientôt fini, répéta Ringmar.

— Oui.

— On a peut-être un indice, pour les tireurs de Vårväderstorget.

— On m'a dit ça.

— Qui ?

— Bertilsson.

Ringmar éclata de rire.

— Je viens juste de l'en informer.

— C'est ton secteur, Bertil. C'était quoi, alors ? Un règlement de compte ?

— Ça dépend comment on envisage les choses. Au fond, c'est sans doute le même genre de désespoir qu'on peut observer ici. Nous allons vers la fin du siècle, et de la civilisation telle que nous la connaissons.

— Mais nous allons tout de même vers la vie et l'avenir.

— Bien entendu.

— Nous allons vers la vie où que nous allions.

Son portable vibra dans sa poche lorsqu'il sortit de l'ascenseur.

— Oui ?

— Eeeerik ! J'ai pensé que...

— Bonjour, maman.

— Qu'est-ce qui se passe ? On a reçu les journaux de Suède, c'est terrible.

— Oui.

— D'abord ce meurtre. Et puis quelqu'un qui tire des coups de feu dans la ville. Et maintenant un kidnapping !

— Ce n'est pas un kidnapping.

— Ah bon ? Quelqu'un a kidnappé un garçon et...

— C'est son fils.

— Son fils ? Je ne comprends rien.

— Non.

— Un père et son fils ? C'est terrible.

Winter ne répondit pas. Il était arrivé dans son bureau. Le téléphone sonnait sur la table.

— Un instant, maman, fit-il en posant le portable.

Il prit le combiné.

— Winter.

— C'est Janne. On a eu quelques lettres et coups de fil supplémentaires concernant l'affiche. Tu veux les transcriptions tout de suite, ou tu passes les prendre ?

Winter regarda son fauteuil. Il sentait qu'il avait besoin de temps pour réfléchir. Möllerström ferait un joli paquet de toutes les déclarations des témoins.

— Envoie-les-moi.

Il raccrocha et reprit le portable.

— Ça y est, dit-il à sa mère.

Elle se trouvait dans une maison à Marbella. Il n'entendait pas son père, mais il devinait sa présence à l'arrière-plan, un verre à la main, promenant un regard las sur les palmiers poussiéreux et le vent étranger. Winter ne savait pas à quoi ressemblait l'endroit, en dehors des quelques photographies envoyées par sa mère. Une maison blanche parmi d'autres du même style ; sa mère sur une terrasse en pierres blanches. Impression de solitude. Un ciel si bleu qu'il paraissait noir contre toute cette blancheur. Son père avait pu prendre la photo, puisqu'il n'y figurait pas. Sa mère semblait chercher quelque chose dans l'objectif. Elle souriait, mais Winter avait suffisamment regardé cette photo pour voir que ce n'était pas un sourire heureux. Elle avait l'air de quelqu'un qui aurait atteint un but, mais récolté de la confusion, ou de la déception. Winter avait pensé à un homme aperçu un jour en ville. Cet homme avait l'air triste malgré son postiche de qualité qui ressemblait presque à de vrais cheveux. Cet homme avait gagné des cheveux, mais il n'était pas heureux pour autant. Sa mère était au paradis, mais elle ne resplendissait pas sur cette terrasse.

— J'ai appris par Lotta que tu étais passé la voir, dit-elle. Je suis tellement contente. Et elle aussi, tu dois le savoir.

— Oui.

— Ça compte énormément pour elle. Elle est plus seule que tu ne le crois.

Pourquoi ne rentrez-vous pas alors ? pensa-t-il.

— Elle vient nous voir en octobre avec les filles.

— Elle peut en avoir besoin.

— Elle aura quarante ans. Imagine ça.

— Un grand jour.

— Ta grande sœur.

— Maman, je...

— Je n'ose plus te demander de venir. C'est une honte, Erik. Nous aimerions tant que tu viennes. Ton père surtout.

Il ne répondit pas. Il crut entendre une voix près d'elle, mais ce pouvait être le vent espagnol, ou les oiseaux de mer espagnols.

— Je ne sais pas quoi faire, dit sa mère.

— Ce n'est pas nécessaire de faire quelque chose.

— Je ne peux pas en faire plus.

— Ce n'est pas nécessaire d'en parler.

— Tu ne pourrais pas me rappeler ? Ce week-end ?

— Je vais essayer.

— Tu n'appelles jamais. Ça ne sert à rien que je te le demande. Ce sera moi, comme d'habitude. Comment va Angela ?

La question était venue très vite. Il resta muet.

— Vous... vous voyez toujours ?

— Oui.

— Ce serait une telle joie de la rencontrer pour de vrai.

Ester Bergman, devant le magasin, regardait le grand panneau d'affichage. Il était là depuis peu. C'était le seul dans le secteur.

Son cabas était lourd ; elle avait fait les courses pour

plusieurs jours. C'était difficile de s'y retrouver maintenant, dans le magasin, depuis qu'il y avait tant de choses qu'achetaient les gens venus d'autres pays. Des légumes étranges, des conserves étranges. Elle ne mangeait pas beaucoup de légumes. Certains d'entre eux semblaient n'avoir ni queue ni tête. Comment s'y prenait-on pour les couper, pour les faire cuire ?

Elle essaya de lire les annonces. La chorale de la paroisse allait chanter. Elle irait l'écouter si elle en avait le temps. L'office des HLM organisait une fête pour certaines cités, mais pas toutes apparemment. Pourquoi ? La police avait mis un papier, quelqu'un avait disparu. Les gens disparaissaient souvent, semblait-il. Elle pensa à la fillette aux cheveux roux et à sa maman blonde et silencieuse. Où sont-elles maintenant ? Elle me manque, cette petite. J'aimais bien la regarder jouer dans le sable.

Où avaient-elles déménagé ? Elle regrettait de ne pas avoir parlé à la fillette. C'est le genre de chose qu'on regrette, pensa-t-elle. On a beaucoup de regrets quand on vieillit. Ça rend difficile le fait de vieillir. Les très vieux ont des regrets par rapport à ce qu'ils ont fait, qu'ils auraient préféré ne pas faire. Pour moi, c'est le contraire. Je regrette de ne pas avoir eu d'enfant. C'est bizarre de penser à ça. On ne pouvait pas en avoir, et ce n'était peut-être pas à cause de moi. C'était peut-être Elmer, mais il n'a pas voulu se renseigner et je l'ai laissé décider. Je le regrette maintenant. Si j'avais pu savoir que je serais vieille un jour et que je regretterais tout ça. Tous les péchés jamais commis.

Elle se concentra sur l'affiche. Ils auraient pu écrire plus gros. S'ils veulent que les gens lisent, ils pourraient faire un effort.

Sur le chemin du retour, elle repensa à la fillette silencieuse. Pourquoi est-ce que je réfléchis tellement à ça ? Ça fait plusieurs jours maintenant.

En retournant chez elle, elle passa devant le local de l'office des HLM. « Bo-service. » Une nouveauté ? Un panneau indiquait en lettre lisibles que le bureau d'information était ouvert du lundi au vendredi de huit heures à neuf heures et le mardi de seize à dix-huit heures. On pouvait rencontrer un responsable de quartier à ces heures-là. C'était quoi, un responsable de quartier ? Elle l'ignorait, mais ce devait être quelqu'un qui savait des choses sur la cité. On était mercredi. Le lendemain, elle pourrait écouter la radio pour savoir quand il serait huit heures, passer voir le responsable de quartier et lui poser la question. On ne peut pas passer son temps à réfléchir. Elle lui demanderait à quel moment la maman et la petite fille étaient parties, et peut-être même où elles étaient allées.

26

La température avait chuté au cours de la nuit. Au réveil, Winter sentit que l'air était différent. La chaleur de la veille au soir ne s'était pas attardée dans l'appartement. L'odeur était différente ; de blanche, elle était devenue verte. Il faisait plus froid, plus sombre, comme un reste de tristesse après ce long été, décédé à un âge canonique.

En touchant le parquet, il sentit une fraîcheur, une douceur nouvelle sous la plante des pieds. Il bâilla – vestige du travail de la nuit, la tête inclinée sur le Powerbook qu'il voyait à présent par la porte entrebâillée, encore ouvert sur la table de travail dans un coin du séjour. L'appartement n'était plus le même. Winter s'était habitué à quatre mois de soleil permanent et à un domicile où l'on ne pouvait se protéger de la lumière.

Il lui sembla qu'il avait déménagé. Tout avait changé de nuance, même de contours. Les ombres nettes étaient parties. Cela faisait du bien à ses yeux de se reposer dans la douceur d'un ciel fermé.

Il alla à la cuisine et remonta les stores sans être aveuglé par la lumière. Ciel fermé, en effet, sans la moindre ouverture. Une pluie invisible faisait reluire les marquises de l'autre côté du parc. Les tramways passaient en bas avec un bruit qui rappelait les navires sur la mer. Un enfant promenait un chien sur la pelouse. Un garçon ou une fille ? Difficile à dire, sous le ciré jaune brillant et le chapeau de la même couleur. Le chien se roula dans l'herbe, se secoua, fit trois bonds jusqu'à l'enfant et lui lécha la main.

Winter enfila un peignoir et ouvrit la porte du balcon. Les bruits mouillés se firent plus nets, comme s'il était sorti d'une cabine de bateau et se retrouvait en pleine mer. C'était un autre monde dehors. La tiédeur s'attardait, mais il avait vu le thermomètre de la cuisine ; la température était tombée à moins de vingt degrés.

Il inspira très profondément. Sensation bonne. Il allait bien. La fatigue de la nuit avait cédé. Il s'aperçut que la lourde chaleur des semaines précédentes avait eu une incidence négative sur son travail.

Comme une dépression, cette chaleur, pensa-t-il. Tout s'effritait. On en voyait les preuves. Des choses explosaient. Les gens devenaient fous et se tiraient dessus. Un homme et son fils avaient failli mourir.

Le drame du parking d'Ullevi s'était résolu sans heurt une semaine plus tôt. Au bout de vingt-quatre heures, l'homme avait laissé son arme dans le bus et était sorti en tenant son fils par la main. Winter n'avait pas assisté à la scène, mais il avait entendu dire que le garçon paraissait content et en pleine forme. Il avait fait un signe de la main à sa mère, qui était venue implorer son mari.

La famille était encore en Suède. L'avocat avait déposé une nouvelle demande d'asile. Winter ne pensait pas qu'elle aboutirait. Le gouvernement suivait une ligne dure. Le désespoir était considéré comme menace et chantage. Il touchait peut-être le cœur des faibles, mais il n'influençait pas la jugeote des autorités.

Winter laissa errer son regard vers l'ouest, par-dessus les toits mats, et lorsqu'il le tourna à nouveau vers le parc, l'enfant avait disparu. Il était neuf heures du matin. Samedi. La veille au soir, il avait décidé qu'il resterait chez lui aujourd'hui. Le vertige était revenu deux fois au cours de l'après-midi et il avait résolu de passer au moins une journée parmi les ombres.

Les ombres avaient disparu, ainsi que la sensation légère et sournoise de perdre pied. Il comprit qu'il n'aurait plus d'accès de vertige avant longtemps. Je suis plus nordique que je ne le crois, pensa-t-il. Je dois m'entourer de fraîcheur. Je fonctionne mieux ainsi. Mais c'était bon, dans l'eau, à Järkholmen.

Il alla à la salle de bains et se rinça les yeux à l'eau froide. Même ici, la lumière paraissait autre, malgré l'absence de fenêtre. C'était peut-être ses yeux, plus clairs maintenant, débarrassés des filaments rouges qui avaient été le signe extérieur du mal de crâne et des vertiges.

Il retourna dans le séjour, regarda l'écran de l'ordinateur sans l'allumer. Au cours de la nuit, il avait tenté de faire un tri parmi les pistes de l'enquête préliminaire, comme un aiguilleur de chemin de fer. Il avait suivi les pistes dans différentes directions jusqu'à ce qu'elles s'égarent, puis il était revenu sur ses pas pour voir si quelque chose avait pu tomber en cours de route, dans le fossé ou dans l'herbe.

Il avait consacré beaucoup de temps à lire les observations du public concernant des femmes blondes d'une trentaine d'années aperçues à des endroits « mystérieux », qui avaient semblé désorientées, ou suspectes de façon générale. Ils avaient examiné quelques avis de disparition, mais aucun ne concernait... Helene. Winter avait envoyé les documents à Interpol. C'était un pas, mais il n'avait encore rien obtenu d'utilisable. Il ne pensait pas qu'elle fût originaire d'un autre pays. Ses dents avaient été soignées en Suède, y compris quand elle était petite fille. Elle avait pu vivre à l'étranger, mais c'était une autre affaire.

Il avait lui-même pris contact avec des collègues dans tout le pays. Il avait communiqué avec cent personnes sur le réseau de Group Wise. Le courrier électronique pouvait être une bénédiction, mais aussi une source de stress. Tous ces messages...

Ils avaient continué à interroger les garçons à propos du bateau, et les garçons disaient la vérité. Mais leur bateau avait été utilisé par quelqu'un d'autre. Peut-être était-ce celui qu'Andrea Maltzer avait vu sur le lac. À supposer qu'elle ait vu un bateau. Winter avait réfléchi à son sujet. Quelque chose – quoi donc ? – faisait qu'il n'ajoutait pas entièrement foi à son témoignage. Le fait que son amant soit rentré à pied... c'était une chose. Mais elle... Pourquoi n'avait-elle pas appelé un taxi tout de suite ? Avait-elle eu, malgré tout, le projet d'emprunter la voiture ?

Était-elle seule ? Winter avait noté cette question sur l'écran dans la nuit, avant que la température ne commence à chuter au-dehors.

Deux policiers avaient passé près d'une semaine devant l'ordinateur pour obtenir le nom de tous les propriétaires de Ford Escort dans l'aire géographique à laquelle ils avait choisi de se cantonner. Ils commenceraient par ceux dont la plaque d'immatriculation portait la lettre H. Là non plus, pas de certitude, mais c'était un début. En attendant, avait-il pensé, le visage baigné par la lumière bleue de l'écran, je ne sais pas où ça nous mène. Est-ce une thérapie ?

Il avait repensé à la victime. Helene, qui n'avait pas de nom. Tant qu'ils ne connaîtraient pas son identité, ils n'avanceraient pas. Et il savait que les autres le savaient aussi.

Il laissa le Powerbook, retourna dans la cuisine, fit chauffer de l'eau dans la bouilloire électrique, versa des feuilles de thé dans la théière et fit griller deux tranches du pain blanc qu'il avait acheté dans une boutique en rentrant chez lui, tard dans la soirée. Il aurait pu enfiler un pantalon et se rendre à la boulangerie de l'autre côté du parc. Pourquoi pas ? Maintenant qu'il avait retrouvé des forces... Il retourna dans la chambre, ôta son peignoir, enfila un short et une chemise.

Il acheta des petits pains frais et une brioche. En traversant la pelouse, pieds nus dans ses sandales, il sentit la rosée sur ses orteils. Il évita de justesse une crotte de chien qui paraissait fraîche. Il pensa à l'enfant au ciré brillant, et au chien qui avait semblé heureux dans l'herbe mouillée.

La pluie invisible continuait de couler. Elle ne tombait pas, elle coulait en un voile dense qui était de l'air. Il y avait autour de lui des odeurs merveilleuses, de la vie. Deux choses qu'il avait presque oubliées. La place Vasa, hier encore brûlante et jaune, paraissait transformée.

Il reprit l'ascenseur, se prépara un café au lait à la place du thé, pressa trois oranges et versa le jus dans un verre. Il mangea le pain encore chaud avec du beurre et de la confiture de cerises, puis un œuf dur écaillé, coupé en deux et parsemé de poivre noir. Il but deux tasses de café et lut le journal. Il se sentait prêt à tout.

Ester Bergman glissa doucement la main par la fenêtre et tâta l'humidité. C'était agréable. Elle resta si longtemps ainsi que de minuscules gouttes d'eau apparurent entre les plis de sa peau. Sa main paraissait sombre, maintenant que le soleil n'était plus là pour tout pâlir.

Elle était restée chez elle plusieurs jours, parce qu'elle ne se sentait pas bien. En revenant du magasin, elle avait senti ses jambes se dérober. Elle s'était allongée, et ne s'était pas réveillée avant l'obscurité. Il avait été difficile de se lever, de se préparer, mais elle avait fini par le faire. Le lendemain matin elle n'avait pas eu la force de se rendre chez le responsable de quartier. Il faudrait qu'elle y aille un autre jour. Puis l'employée municipale était venue – une nouvelle, dont elle ne connaissait pas le nom – et elle s'était activée comme si elle faisait le ménage. Mais Ester savait bien que ce n'était pas vrai. L'aspect de l'appartement ne changeait pas. Elle lavait un peu la vaisselle, mais c'était tout. Parfois elle lave la vaisselle alors que je l'ai déjà fait. Quand elle croit que je ne la vois pas, elle sort les verres et les lave à nouveau, comme si je n'étais pas capable de m'occuper de mes affaires. Je me suis toujours occupée de mes affaires, et d'Elmer par-dessus le marché ! Avec l'employée de la commune, elle prenait une voix chevrotante, pour paraître encore plus vieille et plus faible qu'elle ne l'était en réalité.

— Qu'est-ce qu'elle fait ?

— Je range un peu, expliqua l'autre, comme si elle s'adressait à une attardée.

C'était ainsi. Les vieux n'avaient rien à dire.

— Ensuite nous allons manger un peu.

Pourquoi ce « nous », alors que l'employée ne parlait à l'évidence que d'Ester ?

Alors elle avait agité la main, comme les vieux sont censés le faire. Ester rendait parfois visite à une amie qui avait perdu toute sa raison dans cette affreuse maladie de l'oubli, et cette amie bougeait la main comme ça.

— Elle peut venir ?

L'employée municipale s'était dressée au pied du lit. Elle était peut-être gentille, mais elle n'était pas de la famille. Ester avait eu ce genre de pensées, parfois, mais ça ne servait à rien. Aucune famille ne viendrait lui rendre visite, malgré tout le désir qu'elle en avait. C'était ainsi. Une vieille ne pouvait pas avoir de famille, après avoir eu un bonhomme qui ne voulait de personne dans la maison. Elle avait son amie, même si celle-ci lui disait : « J'ai connu Ester autrefois, tu la connais ? » Ester lui rendait visite, s'asseyait à côté du lit et la regardait au fond de ces yeux où personne ne répondait plus présent depuis des années. Ester allait la voir, même si son amie avait depuis longtemps quitté le domicile de sa tête et emménagé ailleurs.

— Elle est là ?

— Je suis là. Comment va Ester aujourd'hui ?

— On va le lui demander. Je crois qu'elle se cache quelque part dans ce lit.

— Ester a un peu de fièvre, on dirait, dit la femme en posant la main sur son front.

— Ça fait du bien, votre main.

— Ester veut-elle une tasse de thé ?

— Je vais le lui demander.

— Je vois qu'on est d'humeur à plaisanter aujourd'hui.

— Elle dit qu'elle veut du café.

Elle commençait à en avoir assez de ce dialecte qu'elle empruntait à la télé, aux films adaptés des livres pour enfants d'Astrid Lindgren.

— J'ai réfléchi à quelque chose, reprit-elle.

— Oui.

— Vous connaissez un peu les gens de la cité ?

— Comment cela ?

— Vous devez les connaître, vous qui travaillez chez les vieux du quartier.

— Ester veut savoir si nous reconnaissons nos petits vi... ceux chez qui nous allons ? Bien sûr que oui.

— Non, non. Je veux dire d'autres gens. D'autres habitants de la cour.

— Quels autres ?

— Les enfants dans la cour. Les enfants et leurs mamans.

— Euh... je ne sais pas.

— Ah.

— Ester pense-t-elle à quelqu'un en particulier ?

Ester par-ci, Ester par-là. Ça lui donnait mal au crâne d'entendre son nom prononcé à tout bout de champ.

— Il y avait une petite fille, avant, avec des cheveux rouge vif. Elle était parfois assise avec sa maman, dehors, ou alors elle jouait un peu plus loin. Elles ne sont plus là.

— Ester ne les voit plus ?

— Pas depuis longtemps. Je me demandais juste si vous les aviez vues.

— Une petite fille rousse ? Quel âge ?

— Je ne sais pas. Une petite. Cinq ans, par là.

L'employée municipale parut réfléchir. Elle fait semblant, pensa Ester. En fait, elle voudrait sortir d'ici et aller fumer dans la cage d'escalier.

— La maman fumait, elle aussi.

— Que dit Ester ?

— Que la maman de la petite fumait. Si c'était sa maman.

— À quoi ressemblait-elle ?

— Elle était blonde et ressemblait aux autres jeunes d'aujourd'hui.

— Elle était jeune ?

— Tout le monde est jeune pour moi.

La femme sourit. Elle parut réfléchir à nouveau.

— Je ne vois pas, dit-elle ensuite. Mais je ne fais pas attention, dans la cour. Je prends l'escalier, c'est tout.

— Ester aimerait bien boire son café maintenant.

La femme posa à nouveau la main sur son front.

— Ester doit rester bien tranquille, déclara-t-elle.

— Je ne vais nulle part.

Après le départ de l'employée, elle s'était retrouvée seule. Elle pensa à cela, pendant que sa main se mouillait de plus en plus. Ça faisait du bien, la pluie. Les vieux ont du mal, avec la chaleur. Même les vieux des autres pays ne restent pas dehors quand il fait chaud.

Elle retira sa main, mais laissa la fenêtre entrebâillée. Il y avait des traînées sur la vitre. Une odeur comme quand elle était petite. Elle pouvait voir les enfants dans la cour.

Soudain son cœur se serra. Il lui avait semblé voir une tête rousse. Elle se pencha et ouvrit davantage la fenêtre. Mais il n'y avait personne. Quelques enfants jouaient plus loin, mais aucun d'entre eux n'avait les cheveux roux. Je deviens bizarre, pensa-t-elle. Je vois des fantômes.

Aneta Djanali revint chez elle avec l'automne. L'appartement sentait l'immobilité. Elle ouvrit une fenêtre et vit un peu de poussière tourbillonner vers l'intérieur de la pièce. Puis elle mit un disque. Ce n'était pas du jazz.

On était en début d'après-midi, mais on aurait dit le soir, maintenant que la lumière ne transperçait plus les objets. Cette lumière-ci restait à sa place. Une lumière discrète, sans soleil, reposante pour le crâne, pensa-t-elle en se versant un whisky de la bouteille presque pleine sur le plan de travail. La dernière fois qu'elle en avait bu, c'était le soir où elle s'était fait tabasser. Sensation étrange. Elle avait goûté le whisky avec Lis, elles étaient sorties. Maintenant elle était de retour et elle buvait un autre whisky, comme si l'intervalle n'avait été qu'une petite parenthèse dans le temps. C'est comme ça qu'il faut voir les choses, j'imagine. Mais j'aurais préféré être de service. Ç'aurait été mieux. Elle but et fit la grimace – sans excès, compte tenu de sa mâchoire rafistolée. L'alcool se transforma en un petit feu de joie qui se mit à flamber en tournoyant dans ses circuits nerveux. Bien mieux que les antalgiques de l'hôpital, pensa-t-elle en laissant le whisky couler doucement dans sa gorge. Nick Cave chantait comme s'il s'était posté dans un coin de la pièce assombrie. *People ain't no good.* Mais elle n'écoutait pas les paroles, elle était juste assise là, les pieds sur la table à respirer les odeurs de sa maison. Je me sens assez bien, constata-t-elle.

27

Ester Bergman avala un peu de café, mais ses pensées étaient ailleurs. Le jeune homme de la radio venait d'annoncer huit heures. Elle était debout et habillée. La femme municipale ne viendrait pas aujourd'hui, tant mieux.

Il pleuvait. Tant mieux, là aussi. L'air devenait plus facile à respirer, même si elle n'avait pas de problème de ce côté-là, contrairement à d'autres vieux. C'était une pluie agréable, qui lui donnait la sensation de mieux voir. Comme des lunettes sales qu'on frotte soigneusement avec un chiffon et qui retrouvent leur transparence.

Elle s'attarda devant la porte du bureau et déchiffra la plaque, par mesure de sécurité. Elle était un peu nerveuse. Parler à un étranger de... de cette petite fille et de sa maman. Ça lui paraissait idiot, maintenant. En quoi est-ce que ça la regardait ? Il valait mieux rentrer chez elle et refaire du caf...

— Mme Bergman ne doit pas rester là sous la pluie, dit une fille qui venait de sortir du bureau. Mme Bergman a-t-elle besoin d'aide ? Puis-je aller lui chercher quelque chose au magasin ?

— Non merci.

Elle reconnaissait cette fille. Elle l'avait vue quelquefois dans la cour, elles s'étaient saluées.

— Vous connaissez mon nom...

— Mme Bergman habite ici depuis longtemps. Nous avons déjà parlé ensemble. Je m'appelle Karin Sohlberg.

Longtemps ? Oui, c'était vrai. Depuis la construction de la cité. Ils avaient emménagé en 1958, quand tout était encore neuf et plein de lumière. Elmer ne lui avait jamais dit où il avait trouvé l'argent. Elle ne lui avait pas posé de questions. C'était bête. Elle aurait dû l'interroger là-dessus, et sur un millier d'autres choses.

— Mme Bergman va être toute mouillée.

— Puis-je entrer un moment ? Je voudrais vous demander quelque chose.

— Bien sûr. Venez, je vais vous aider à monter l'escalier.

Là-haut, une lampe était allumée sur le bureau encombré de papiers. Ignorant la sonnerie du téléphone, la fille aida Ester à s'asseoir. J'aurais pu le faire toute seule, mais pourquoi pas. La chaise était confortable.

Quand la fille décrocha enfin, il n'y avait plus personne au bout du fil. Elle reposa le combiné et regarda sa visiteuse. Ça pouvait prendre du temps, et ça ne faisait rien.

— La chaleur est partie, dit-elle.

Ester Bergman ne répondit pas, tout occupée à se demander comment elle allait formuler sa question.

— C'est agréable, ajouta Karin Sohlberg.

— Je voulais vous parler d'une maman et de sa petite fille qui habitaient dans un immeuble de la cour.

La fille la regarda comme si elle n'avait pas entendu. Avant, pensa Ester Bergman, c'était les vieux qui aimaient parler de la météo. Maintenant ce sont les jeunes.

— Elle était rousse, précisa-t-elle.

— Pardon ?

— Je n'ai pas vu depuis longtemps une petite fille rousse et sa maman. C'est pourquoi je vous pose la question.

— S'agit-il de... connaissances de Mme Bergman ?

— Non. Est-ce nécessaire ?

— Non, non.

— Est-ce qu'elle les connaît ?

La fille se leva, ouvrit une armoire et fit coulisser un tiroir à roulettes. Ester crut qu'elle allait se le prendre dans le ventre. Karin revint avec une liasse de papiers qu'elle posa sur la table.

— Ce sont les listes des appartements, du numéro 326 au numéro 486.

— Ah.

— Une petite fille rousse... Mme Bergman pourrait-elle me décrire la maman ?

— Je ne sais pas si c'était sa maman, mais on peut le penser. Elle était blonde. Je ne peux pas vous en dire plus. Je ne lui ai jamais parlé.

— Je crois que je m'en souviens. Il n'y a pas tellement d'enfants roux.

— Pas dans notre cour, en tout cas.

— Une femme seule avec une petite fille..., répéta Karin Sohlberg en feuilletant ses papiers.

— J'ai vu l'affiche de la police, dit Ester Bergman soudain.

La fille leva la tête.

— Qu'avez-vous dit ?

— Il y a une affiche de la police dehors, sur le panneau. Ils recherchent une jeunesse.

Elle n'y avait pas pensé auparavant. Ça lui était venu d'un coup.

— Une femme blonde, dit-elle.

— Ah ?

— La police ne vous a pas donné une affiche ? Ils auraient dû.

— J'étais en vacances. Le bureau a été fermé pour travaux. Mme Bergman sent peut-être l'odeur de la peinture...

— Non.

Karin Sohlberg regarda à nouveau ses papiers.

— Nous avons plusieurs mères seules. Mme Bergman n'a vu qu'une seule petite fille ?

— La maman était blonde et la petite fille rousse...

— Je veux dire, avait-elle d'autres enfants ? Ou un mari ?

— Pas d'après ce que j'ai vu.

— Et Mme Bergman ne sait pas quel immeuble elles habitaient ?

— Non. Mais c'était un peu plus loin, dans la cour.

La fille feuilletait encore ses papiers. Tout est sur papier par les temps qui courent, pensa Ester.

— D'après les numéros d'apparte... ça pourrait être... – La fille leva la tête. – Je cherche des appartements possibles sur la liste, expliqua-t-elle.

Ce n'était pas la première fois qu'un habitant du quartier venait s'enquérir d'une personne absente depuis quelque temps. Au printemps, un voisin avait commencé à s'interroger en ne voyant plus le vieux monsieur de l'appartement du dessous, alors que la lumière restait allumée nuit et jour. Après une semaine, ce voisin s'était adressé à elle. Karin Sohlberg y était allée, personne n'avait ouvert. Par la fente de la boîte aux lettres, elle avait vu une pile de courrier. Comme ce monsieur n'avait pas de famille et qu'elle-même n'avait pas le droit d'entrer dans l'appartement, elle avait contacté la police. Le vieux était mort dans son fauteuil. Après coup, elle s'était étonnée de n'avoir senti aucune odeur.

Elle continuait de suivre ses colonnes du doigt.

— Elle trouve quelque chose ? demanda Ester Bergman.

— Il s'agit peut-être de Helene Andersén. Elle habite deux numéros plus loin.

— A-t-elle une petite fille rousse ?

— Ce n'est pas noté ici. Mais je me demande si elle n'est pas... Attendez, dit-elle en regardant à nouveau sa liste. Elle a une petite fille qui s'appelle Jennie. C'est écrit là.

— Jennie ?

— Oui. Mais je ne suis pas sûre de... Il faudrait que je les voie.

— Mais elles ne sont plus là ! Elles sont parties.

— Quand Mme Bergman les a-t-elle vues pour la dernière fois ?

— Je ne pourrais pas vous le dire au juste, mais ça doit faire un mois, par-là. Quand il faisait chaud. Et la chaleur est restée longtemps, après. Et là, il pleut depuis un moment déjà.

— Elles ont pu partir en vacances. Ou rendre visite à quelqu'un.

— Pendant tout ce temps ?

La fille fit un geste vague. Comme pour signifier que ça n'avait rien d'impossible.

— J'ai pensé qu'elles avaient peut-être déménagé, dit Ester.

— Non. Elles n'ont pas déménagé.

— Ah bon. En tout cas, elles ne sont plus là.

— Voici ce que je vous propose. Je vais y aller et sonner à la porte. On verra bien s'il y a quelqu'un.

— Et que dira-t-elle si on lui ouvre ?

— Je trouverai bien quelque chose, sourit la fille.

Ester Bergman n'avait pas souhaité l'accompagner. Karin Sohlberg entra dans le hall de l'immeuble et monta l'escalier jusqu'au deuxième. Elle sonna et attendit. L'écho se répercuta à l'intérieur de l'appartement. Il résonnait encore lorsqu'elle ouvrit la boîte aux lettres et vit le petit tas de publicités et d'enveloppes. Impossible de voir combien il y en avait.

Elle redescendit. Une minute plus tard, elle sonnait à la porte d'Ester Bergman. La vieille femme ouvrit tout de suite, comme si elle l'attendait.

— Il n'y avait personne.

— C'est bien ce que je vous disais.

— Il y avait du courrier à l'intérieur, mais il peut y avoir plusieurs explications à cela.

— Une seule me suffit.

— Je peux faire encore quelque chose pour Mme Bergman.

Et pour moi, pensa-t-elle. Moi aussi je veux savoir.

— Je peux aller au bureau de district et vérifier si le loyer a bien été payé.

— Elle peut voir ça ?

— Le mois de septembre est assez avancé. On peut voir si le loyer a été payé ou si une lettre de rappel a été envoyée à Helene Andersén.

— Je pense surtout à la petite.

— Mme Bergman comprend-elle ce que je viens de dire ?

Je ne suis pas bête et je ne suis pas sourde. Qu'elle aille donc à ce bureau. C'est bien.

Karin Sohlberg se rendit au bureau de district situé dans la vieille chaufferie de Dimvädersgatan et consulta l'ordinateur.

Le loyer de Helene Andersén avait été payé au début du mois. Avec un jour de retard, mais il y avait eu un jour férié. Quoi qu'il en soit, le loyer avait été réglé moins de deux semaines auparavant, de la manière habituelle. Helene Andersén avait apparemment l'habitude d'apporter elle-même son avis de loyer au bureau de poste de Länsmanstorget. Beaucoup de gens faisaient ça, dans le quartier.

Ester Bergman avait prétendu que la mère et la fille étaient absentes depuis longtemps. C'était tout relatif. Les vieilles personnes pouvaient dire une chose et en signifier une autre. Comme tout le monde, peut-être. Mais, pour eux, une semaine pouvait paraître un mois. Le temps avançait à la fois lentement et bien trop vite. Il lui était arrivé de penser aux vieux, assis toute la journée tout seuls avec leurs pensées. Tant de choses en eux qui avaient besoin de sortir – ou au contraire, de rester cachées.

Karin Sohlberg était de nouveau devant son bureau. L'heure de l'accueil était passée. Elle revit intérieurement la porte de Helene Andersén et tenta de se rappeler le visage associé à cet appartement. En vain. Elle ne voyait pas de femme blonde. Peut-être une fillette rousse, mais elle n'en était pas sûre. Elle avait eu de longues vacances et beaucoup de visages autour d'elle.

Ester Bergman n'était pas en proie à la confusion. Sa vue était peut-être défaillante, mais restait aiguë, à sa manière. La vieille dame n'était pas du genre à bavarder pour rien. Cela avait dû lui prendre du temps de se décider à venir au bureau. Si elle affirmait que la petite famille n'était plus là depuis longtemps, cela pouvait être vrai. Et alors ? Le loyer était payé. Cela ne signifiait pas que les occupants devaient être chez eux tous les jours.

Elle a peut-être rencontré quelqu'un, songea Karin Sohlberg. Elle a rencontré un homme et elles ont emménagé chez lui. Et elle n'ose pas encore lâcher l'appartement. C'est tout récent. Elle ne fait pas confiance aux hommes, parce qu'il lui en a déjà coûté de le faire. Peut-être. Sans doute. Elle jeta un regard à son annulaire gauche où la marque d'une bague de fiançailles était encore visible sous le hâle.

Brusquement, elle repensa aux paroles d'Ester Bergman, à propos de la police, et se rendit au magasin. L'affichette était plastifiée ; la police voulait apparemment s'assurer qu'elle résisterait au mauvais temps. La pluie fine faisait briller le plastique, l'isolant des autres bouts de papier punaisés sur le tableau de bois. L'avis avait attiré son regard. Je ne la vois que maintenant, quand il pleut, pensa-t-elle. Avant, tout disparaissait dans la lumière.

Elle lut le texte. Ce n'était pas possible... Elle repensa au loyer.

La jeune femme était à nouveau devant son bureau. Elle ne devait pas rester là. Si elle restait, quelqu'un viendrait, et elle aurait encore moins de temps.

Elle retourna dans la cage d'escalier de Helene Andersén et sonna à la porte. Écho interminable. Elle souleva le rabat de la boîte aux lettres et tenta de discerner l'intérieur de l'appartement. Elle ne voyait que les couleurs des réclames et quelques enveloppes brunes et blanches. On aurait dit des factures. Tout ce que je sais, c'est que l'occupante de cet appartement n'a pas ouvert son courrier depuis longtemps.

Elle n'apercevait pas de journaux, ce qui ne signifiait rien. Beaucoup de gens dans le quartier n'avaient plus les moyens de s'offrir un abonnement, ou préféraient dépenser leur argent à autre chose.

Soudain, elle se sentit mal à l'aise. Comme si, d'un instant à l'autre, elle allait voir des pieds approcher de la boîte aux lettres. Elle recula vivement.

Elle redescendit l'escalier, sortit dans la cour et leva la tête vers la fenêtre de la cuisine de Helene Andersén. Le store était baissé, contrairement à ceux des voisins. Pendant la canicule, tous les stores avaient été baissés, mais là, il était pratiquement le seul.

Karin retourna dans le hall, sortit de l'autre côté – celui de la rue – et tenta de repérer les fenêtres de Helene Andersén. Ce n'était pas difficile : là aussi les stores étaient baissés. Normal, si elle était partie en voyage. Au bout de trente secondes, elle eut la même sensation... sinistre que tout à l'heure. Craignant de voir une ombre surgir derrière le store, elle ferma les yeux. Je perds la boule, pensa-t-elle. Elle se détourna. Soudain elle fut submergée d'effroi. Une sensation inouïe, comme si on la dépouillait de sa peau. Cela n'avait duré qu'un instant.

Karin Sohlberg se sentit idiote en sonnant chez la famille Athanassiou. Ce fut le père qui ouvrit la porte. Visage familier. Elle l'interrogea le plus simplement possible sur la femme et la fillette qui vivaient dans l'appartement du dessus. L'homme secoua la tête. Il ne les avait pas vues depuis un certain temps. Non, il n'avait rien entendu. Ou peut-être si, la fillette, une fois ou deux, en train de courir. C'est normal, mon plafond est leur plancher, dit l'homme à la peau mate en pointant l'index vers le haut ; Karin Sohlberg eut une pensée fugitive pour les philosophes grecs.

Elle voulait revoir l'avis de la police. Cette affichette l'attirait comme un aimant. En passant sous la fenêtre d'Ester Bergman, elle l'aperçut. Ester ouvrit sa fenêtre. Karin Sohlberg ne lui dit pas que le loyer avait été payé. Pourquoi ? Peut-être voulait-elle entretenir le mystère. Préserver le suspense, par égard pour la vieille dame. Et pour moi aussi, peut-être, pensa-t-elle.

Devant le panneau, elle nota le numéro de la brigade criminelle.

Mme Bergman avait dit qu'elle voulait écrire une lettre à la police. Elle avait réfléchi, elle avait pris sa décision. Karin Sohlberg pouvait-elle l'aider ?

— Si Mme Bergman veut prendre contact avec la police, elle peut leur téléphoner. Je veux bien l'aider.

— Je n'aime pas le téléphone. On n'arrive pas à se faire comprendre.

28

La pluie cognait au carreau de la cuisine. Karin Sohlberg songea que là était le monde de la vieille femme – à moins que ce ne soit un préjugé ? Mais elle se tenait souvent ici, à sa fenêtre. Forcément, elle remarquait des choses. La disparition de certains visages, par exemple. Son monde était fait de visages, et peut-être de voix, qu'elle voyait et entendait, mais qu'elle ne connaissait pas.

Les cris des enfants devaient lui parvenir comme de très loin. Tout était là, derrière cette vitre à présent embuée et striée de gouttelettes. Les enfants bougeaient comme de petites taches floues et colorées du côté de l'aire de jeux. Les couleurs étaient revenues avec la pluie... Elle se détourna de la fenêtre et indiqua le papier à lettres qu'Ester Bergman était allée chercher dans le beau secrétaire du séjour.

— Que dois-je écrire ?

— Écrivez qu'on se demande où sont passées la petite fille et sa maman.

— On devrait peut-être évoquer l'affiche.

— Écrivez qu'on a regardé le panneau. Et que la maman est blonde.

— Oui.

— N'oubliez pas de préciser de quelle cour il s'agit.

— Non.

— Ce n'est pas nécessaire d'indiquer mon âge.

Karin Sohlberg sourit.

— Mais précisez bien l'âge de la maman et de la fillette. C'est important, pour qu'ils ne confondent pas avec quelqu'un d'autre.

— D'accord.

— N'oubliez pas de dire qu'elles ont disparu depuis longtemps. Bien avant qu'il commence à pleuvoir.

— On n'est peut-être pas tout à fait sû...

— Je comprends. Mais je sais ce que je dis.

— Oui.

Karin Sohlberg réfléchit. Quel droit avait-elle au juste de se mêler de la vie privée d'une autre ? Helene Andersén voulait peut-être avoir la paix. C'était normal. Et la fillette n'avait pas encore l'âge de la scolarité obligatoire.

Elle pensa soudain qu'elle pouvait se renseigner. La petite allait peut-être à la crèche, ou au jardin d'enfants. Mais était-ce vraiment son travail ? N'était-elle pas simplement curieuse ?

— Elle peut signer de son nom, si elle veut, annonça Ester.

— Pourquoi cela, madame Bergman ?

— Elle saura mieux s'y prendre pour parler à la police.

— Mais c'est Mme Bergman qui est certaine de... ne pas les avoir vues depuis longtemps.

— Elle sait mieux parler, c'est ce que je dis. Et je n'aime pas avoir affaire à trop de monde à la fois, quand ils débarqueront avec leurs chiens et leurs voitures. Ou leurs chevaux.

— Je pense qu'ils ne seront pas très nombreux. Un ou deux policiers, qui voudront poser quelques questions. Mais ça peut prendre du temps. D'ailleurs, ils ne viendront peut-être pas.

— Ah ? Et pourquoi pas ?

Karin Sohlberg ne sut que répondre. Elle regarda par la fenêtre, comme dans l'espoir de voir passer la maman et la fillette rousse, main dans la main.

— Il vaut peut-être mieux ne pas écrire de lettre, reprit Ester Bergman.

— Mais on l'a déjà écrite !

— De ne pas l'envoyer à la police, alors.

— Mme Bergman ne veut-elle pas l'envoyer ?

— Si.

— Alors on le fait.

— Mais il vaut mieux que ce soit elle qui leur parle, quand ils viendront.

— On pourra peut-être le faire ensemble ?

— Si vous voulez. Peut-être.

— Alors je la mets dans une enveloppe et je l'expédie.

— Relisez-la encore.

Karin Sohlberg obéit, en pensant qu'il devait parvenir des centaines ou des milliers de lettres semblables à la police, sans parler des coups de téléphone. Certains allaient peut-être en personne au commissariat pour signaler une disparition. Comment la police s'y prenait-elle pour faire le tri ? On ne pouvait pas tout prendre au sérieux.

Les rapports de l'enquête préliminaire s'amoncelaient sur le bureau de Winter. Il avait gardé sa veste de costume et travaillait fenêtre ouverte. La pluie avait cessé au cours de la nuit. Les bruits de la rue étaient à la fois plus lourds et plus assourdis ; l'air à la fois plus épais et plus facile à respirer. C'était un paradoxe sur lequel il avait brièvement médité tout à l'heure, sur son vélo.

Les communes de Göteborg, de Kungälv, de Kungsbacka et de Härryda comptaient en tout cent vingt-quatre Ford Escort 1.8 CLX trois portes Combi Sedan blanches de 1991 à 1994, dont la plaque d'immatriculation commençait par un H. Aucune ne commençait par HE. C'était étrange.

Winter avait passé un long moment, une fois de plus,

devant la vidéo. L'image était floue, mais il était certain d'une chose. La première lettre était un H.

L'une des voitures de cette liste était celle de la vidéo. Que faisait-elle à cet endroit ? Cent vingt-quatre, ce n'était pas un nombre facile. Il fallait du temps pour parler à cent vingt-quatre personnes, même en connaissant leur nom et leur adresse.

Deux de ces voitures étaient déclarées volées au moment du meurtre. C'était un problème, mais peut-être aussi une aide. Ils avaient commencé par elles. L'une avait été retrouvée, mal garée, la jauge à zéro, sur le parking de Swedish Match. L'autre demeurait introuvable. C'était une complication – ou une avancée – supplémentaire. Tout était une question d'élimination. Il fallait interroger les gens sur leurs agissements à certaines heures précises, écouter attentivement leurs réponses et en tirer les conclusions justes : qui mentait, jusqu'à quel point, et pourquoi.

Les menteurs problématiques étaient ceux qui, sans enfreindre la loi, avaient simplement commis un acte immoral, inesthétique ou faux vis-à-vis de leurs proches, et qui ne voulaient l'avouer à aucun prix – quitte à ce que des assassins restent en liberté pendant ce temps.

Il attendait le résultat d'autres auditions – des interrogatoires baptisés « conversations », pour ne pas effrayer les gens.

Son agitation intérieure reprenait le dessus. Il aurait voulu sortir, aller sur le terrain. Coltrane jouait dans le Panasonic portable posé sur l'appui de la fenêtre, mais *Trane's Slo Blues* ne lui apportait pour une fois aucun répit. Il battait le rythme sur le bureau, feuilletait les documents pendant qu'Earl May cognait son solo de contrebasse dans un studio de Hackensack, New Jersey. Le 16 août 1957. Winter n'était jamais allé là-bas. On doit garder certains plaisirs en réserve.

Ses pensées divaguèrent un instant, captées par la puissante mélodie de *Lush Life*. Janne Möllerström entra au moment où Red Garland entamait son solo au piano.

— Bonne ambiance, dit-il.
— Ça fait partie du boulot.
— Pour les chefs, oui.
— Oui.
— C'est quoi ?
— Les Clash.
— Quoi ?
— Les Clash. Un groupe angl...
— Tu te fous de moi ?
— Je plaisantais. Tu ne reconnais pas cette musique ?
— J'entends juste un beau piano. Et maintenant une... trompette. Ça doit être Herb Albert.
Winter rit.
— Tijuana Brass, dit Möllerström. Mon père aussi l'aimait bien.
— Ah.
— Je plaisantais. Vu que c'est toi qui l'écoutes, je devine que c'est John Coltrane.
— Bien sûr. Mais ce n'est peut-être pas pour ça que tu es venu ?
— J'ai une lettre pour toi.
— D'accord.
Winter prit la copie, la lut, et regarda son procédurier. Möllerström paraissait alerte, comme toujours. Winter savait qu'il lisait attentivement tout ce qui lui parvenait avant d'en éliminer la plus grande partie. Möllerström avait une sorte de sixième sens qui s'était maintes fois révélé pertinent.
— Qu'est-ce qui te fait croire que c'est intéressant ?
— Je ne sais pas. Peut-être parce qu'elles sont deux... Cette dame âgée et l'autre qui écrit en son nom, pour ainsi dire.
— Il y a quelque chose d'hésitant dans cette lettre.
— Oui. De retenu, comme si elles faisaient leur devoir. Elles ne cherchent pas à produire un effet.
— Donc, ce ne sont pas des pipelettes ?
— Non.

— Celle qui écrit... Karin Sohlberg... ajoute qu'on peut l'appeler si on pense que cela mérite une élucidation. Ce sont ses propres termes. Si ça mérite une élucidation.

— J'ai vu.

— Qu'en penses-tu, Janne ?

— Quoi ?

— Cette lettre mérite-t-elle d'être élucidée ?

— C'est pour ça que je suis venu.

— Bien, dit Winter, en prenant le téléphone.

Ce n'était pas la première fois au cours de cette semaine. Plusieurs fois, ils s'étaient rendus ici ou là pour parler à des proches, mais ils avaient toujours découvert une explication naturelle à ces « disparitions ». La plus naturelle étant que personne n'avait disparu. Dans le pire des cas, une jeune femme s'était retrouvée à l'hôpital sans que ses voisins soient au courant.

— Elle écrit juste qu'il s'agit d'une femme et de son enfant, dit Winter en composant l'un des numéros figurant dans la lettre. Aucun nom.

— Par discrétion, peut-être.

— Exactement ce que je pense... Allô ? Karin Sohlberg ? Ici le commissaire Erik Winter de la brigade criminelle de Göteborg.

Il fit signe à Möllerström de baisser le volume de la musique.

— Oui, nous avons bien reçu votre lettre. C'est pour cela que je vous appelle... Laissez-nous le soin d'en décider. La vigilance n'est pas un défaut, au contraire. C'est avant tout... Ester qui est inquiète ? Peut-être bien... Oui... Il faut toujours se soucier des autres, ajouta Winter en faisant signe à Möllerström de couper complètement le son.

— Voilà, disait Karin Sohlberg au téléphone depuis Hisingen. On n'a pas vu Helene Andersén depuis un bon moment.

Winter crut d'abord qu'il avait mal entendu. Il voyait *son* Helene, son visage dans la lumière obscène de la salle d'autopsie.

— Pardon ? Vous pouvez répéter ?

— Helene Andersén. C'est d'elle qu'il s'agit, mais je ne voulais pas l'écri...

— La femme que vous n'avez pas vue depuis quelque temps s'appelle Helene ?

Il avait parlé d'une voix épaisse, la gorge complètement nouée. Möllerström lui jeta un regard étrange. Winter sentit qu'il commençait à transpirer.

— Quelque chose ne va pas ? fit la femme. C'était une erreu...

— Non, non. C'est parfait. Nous aimerions passer vous voir pour parler un peu de tout cela. Peut-être – il regarda sa montre – dans une demi-heure ? À l'adresse que vous indiquez dans la lettre ?

— Je ne sais pas si j'ai le tem...

— Ça peut être important.

— Vous faites toujours comme ça ?

— Pardon ?

— Vous agissez toujours... sur-le-champ ?

— L'important c'est que nous puissions nous voir et en parler, répondit Winter.

— Dans ce cas, on peut le faire dans mon bureau. Il est tout à côté. Vous le verrez en arrivant sur le parking. Dois-je demander à Mme... Ester Bergman de venir ?

— Non. Nous passerons d'abord chez vous. Ensuite nous pourrons aller chez elle.

Winter réfléchit.

— Pouvez-vous la prévenir que nous voudrions lui poser quelques questions ? Ce ne sera pas long.

— Elle est un peu inquiète, je crois. À l'idée que vous veniez à plusieurs, par exemple.

— Je comprends. Mais il n'y aura que moi.

— Elle s'imagine des uniformes et des chiens.

— Il n'y aura que moi, insista Winter. Un jeune homme sympathique, qui prendra volontiers un café.

Sa voix s'était stabilisée, mais le sang cognait à ses tempes. Tout a un sens, pensa-t-il.

Halders regardait l'homme assis en face de lui en essayant de deviner s'il mentait parce qu'il était nerveux de façon générale, ou parce qu'il avait quelque chose à cacher. Rien d'énorme, juste de petits mensonges qui scintillaient au coin de ses yeux chaque fois qu'il déplaçait son regard. C'était facile à repérer. À chaque petit mensonge, il détournait les yeux. Il aurait peut-être fallu mener un interrogatoire plus clair, avec une intention plus nette.

— Je n'ai pas fréquenté cette bande depuis... dix ans, poursuivit l'homme qui était venu directement de son atelier de mécanique.

Il avait des saletés grasses sous les ongles, et c'était sympathique. Le gars tout entier était sympathique, mis à part le regard fuyant. Il portait une chemise blanche et un pantalon kaki. Comme ceux de Bertil, pensa Halders.

— Quelle bande ?

— Vous le savez. Vous en avez déjà parlé.

— Je n'ai rien dit à propos d'une bande.

— Alors, c'était quelqu'un d'autre. Mais je suis *clean*. Je me tiens à distance.

— Est-ce possible de se tenir à distance ?

— Bien sûr. Il ne faut pas croire la propagande.

— Vous appelez cela de la propagande ?

— Je dis que ce sont des exagérations, répliqua l'homme qui s'appelait Jonas Svensk.

— Pourtant, vous préférez rester à distance.

— Quoi ?

— C'est ce que vous avez dit. Que vous vous teniez à distance.

— C'est une façon de parler.

— D'accord.

— Il semblerait que l'on me soupçonne de quelque chose.

Halders resta silencieux.

— Suis-je soupçonné ?

— Je veux juste que vous me parliez de Peter Bolander.

— Il est employé dans mon garage. C'est tout ce que je peux dire de lui. Vous n'avez qu'à l'interroger.

— Lui, fit Halders, en revanche, il est soupçonné.

— Je sais qu'il est en garde à vue pour la fusillade de Vårväderstorget. Pourtant, il affirme qu'il n'y était pas.

— Il a été reconnu sur les lieux. Avec un fusil dans les mains. Lorsque nous lui avons rendu visite chez lui, son Remington avait disparu.

Jonas Svensk haussa les épaules.

— Les fusils, ça se vole. Et Peter ressemble à des milliers d'autres types. Je ne suis pas en train de le défendre. Je ne sais rien. Il était de congé, je vous l'ai déjà dit. Moi, en tout cas, je n'étais pas à Vårväderstorget. J'ai un alibi.

Halders ne répondit pas.

— Ce n'est pas un crime d'employer les gens.

— Non.

— J'ai fait partie des Hell's Angels, et Peter aussi, peut-être, mais ce n'est pas une raison pour m'accuser. C'était un péché de jeunesse, comme on dit.

— D'accord.

— Et si vous croyez que c'est un règlement de compte entre bandes, vous vous trompez.

— Pourquoi le croirions-nous ?

— Ce n'est pas le cas ?

— Un règlement de compte entre bandes ?

— Oui.

— Ou un règlement de compte interne ?

— Je ne sais pas.

— Même quelqu'un qui se tient à distance ne peut ignorer qu'il y a eu récemment des règlements de compte chez les Hell's Angels de Göteborg.

— Ce n'était pas plutôt les bandidos ?

Halders se demanda à nouveau pourquoi il jouait à l'imbécile.

— Allez voir les Arabes, poursuivit Svensk.

— Les Arabes ?

— Les islamistes. Je crois que ce sont eux qui se tiraient dessus. Il y a eu de l'agitation de leur côté, cet été, vous le savez aussi bien que moi. Et regardez ce qui se passe maintenant en Algérie.

29

Ringmar traversa le pont de Götaälv. Dans le port de Frihamnen, on voyait les wagons de marchandises enveloppés de brume.

— J'ai l'impression qu'on est déjà passé par ici, dit-il.

— Il n'y a pas longtemps.

Winter pensait à ce qui les attendait dans quelques instants. Son corps était tendu. Il avait besoin d'un cigarillo. Il glissa une Corps entre ses lèvres sans l'allumer.

— Ce jour-là, on voyait à peine sa main devant soi à cause du soleil, et maintenant c'est pareil, pour des raisons inverses.

— Le tramway ! Fais gaffe !

Le cigarillo lui tomba de la bouche. Le tramway passa à quelques centimètres de la voiture.

— Ils croient qu'ils sont tout seuls, fit Ringmar.

— Techniquement, c'est le cas. Sur leurs rails.

— Dans la rue, alors.

On est aussi nerveux l'un que l'autre, pensa Winter. Bavarder, c'est bon pour la nervosité. Mais un choc frontal avec un tramway, ce n'est pas bon.

Ils approchaient de Vårväderstorget. Les champs au-delà de Rambergsvallen semblaient flotter à quelques centimètres du sol. Tout ce qu'il voyait était fermé, enfermé, comme si d'énormes murs d'eau, à peine retenus par les nuages, étaient descendus du ciel pour cerner son champ de vision.

La place de Vårväderstorget était à peine visible dans le brouillard.

— On dirait l'éternité, reprit Ringmar. Une autre époque. Un autre pays.

— C'est presque ça.

— La piste est vague.

— Ils se sont bien tenus pendant longtemps. Il faut bien que la pression s'échappe.

— C'était peut-être la canicule.

— Le cuir, ça tient chaud par trente degrés à l'ombre.

— Ils s'affichent en costume maintenant, dit Ringmar avec un coup d'œil à Winter, qui arborait un costume couleur de fusain de chez Corneliani. Son pardessus Oscar Jacobson était posé sur ses genoux.

— Quand ils s'affichent, répliqua Winter. C'est comme les hooligans anglais.

— Quoi ?

— Ils ne sont plus visibles. Mais ils restent là.

— On les a à l'œil, nos anges. Du moins, on le croyait.

— Les anges ne sont plus ce qu'ils étaient.

Winter se tourna vers Ringmar.

— Et je ne parle pas seulement du foot.

Ils s'engagèrent dans Flygvädersgatan et s'arrêtèrent devant une carte du quartier de Norra Biskopsgården. Winter apercevait sur sa droite des tours immenses, dont les étages supérieurs disparaissaient dans le ciel bas. Quant aux barres, elles étaient si longues qu'elles semblaient en fuite vers le nord, à travers le brouillard. Leurs flancs étaient couverts de grandes paraboles. Comme des yeux tournés vers l'espace. Ou des oreilles qui se seraient déployées pour capter les voix et les gestes des pays dont rêvaient les habitants d'ici. Ou des bouches ouvertes qui criaient, quémandaient une réponse.

— Je n'ai jamais vu autant de paraboles au même endroit, fit observer Ringmar.

Winter regarda le tableau.

— Ça s'appelle « Bo-service », reprit-il. Ça se trouve dans Dimvädersgatan.

— Un nom sur mesure, répondit Ringmar. Rue du brouillard...

— Il n'y a pas de hasard. Allez, monte.

Karin Sohlberg les attendait devant son bureau. Brune, de taille moyenne, vêtue d'une veste et d'un pantalon imperméables. Winter s'étonna de sa physionomie asiatique. Chinoise peut-être, ou Coréenne. Au téléphone, on aurait pu croire qu'elle avait passé toute sa vie à Göteborg. C'était peut-être le cas. Il eut une pensée pour Aneta et s'étonna de son propre étonnement.

Ils montèrent l'escalier. Elle leur proposa de s'asseoir, mais Ringmar préféra rester debout. Elle aussi. Voyant qu'il était le seul assis, Winter se leva.

— Le loyer de l'appartement a donc été payé en septembre.

On peut se demander pourquoi nous sommes là, pensa-t-il.

— Le premier du mois, avez-vous dit.

— Oui. Juste après le week-end.

— Il n'y a donc pas eu de rappel ?

— Non... mais ce n'est pas moi qui... Ça prend du temps. On commence par pointer les retards. Les lettres de rappel sont envoyées au bout de cinq ou six jours.

— Et vous n'avez pas vu... Helene Andersén et sa fille depuis un certain temps.

— Non. Pour être franche, je ne serais pas certaine de les reconnaître. Ça ne fait pas très longtemps que je suis là.

— Comment s'appelle la petite ? intervint Ringmar.

— Jennie.

— Comment le savez-vous ?

Karin Sohlberg montra les listes sur son bureau.

Aucune loi n'oblige un locataire à payer lui-même son loyer, songea Winter. Quelqu'un d'autre a pu le faire. Si je ne le pensais pas, je ne serais pas ici.

— Il y a en tout trois cents appartements répartis entre ces deux ensembles. Et pas mal de déménagements dans le secteur. Le bâtiment de Helene Andersén est celui qui compte le plus de logements, ajouta Karin Sohlberg.

— C'est là qu'habite la vieille dame ?

— Oui.

— Alors on y va. Pouvons-nous appeler le serrurier maintenant ? Il est dans les parages ?

Karin Sohlberg hocha la tête.

Impossible de dire si la pluie avait cessé ou non. Le brouillard ensevelissait tout. Winter distinguait le bâtiment le plus proche, l'une des interminables barres en briques rouges qui formaient le cœur du quartier de Norra Biskopsgården. Les tours se dressaient comme des murs défensifs autour des barres, qui encadraient de grandes cours carrées avec des aires de jeux et des allées de promenade. Winter entrevit un terrain de foot. Un drapeau suédois flottait au vent. Il vit passer quelques personnes ; aucun blond parmi elles. De l'autre côté du parking, il y avait un magasin. Une camionnette stationnait devant. Avec une inscription : Simmo Gross.

Ils s'engagèrent dans le passage conduisant à la cour. Il était plus long que ne l'avait imaginé Winter ; les appartements devaient être tout en longueur.

La cour était grande. Dans le brouillard, impossible d'apercevoir l'autre côté. Peut-être est-ce toujours ainsi pour Ester, pensa Karin Sohlberg. Je vois comme elle maintenant.

Quelques enfants escaladaient une structure au centre de la cour. Deux femmes assises sur un banc, avec une bâche au-dessus de leurs têtes, comme une tente. Elles étaient vêtues de noir. Un enfant hurla quelque chose. Le cri ne portait pas. Peut-être étouffé par toute cette brique.

Ils prirent à gauche et entrèrent dans la deuxième cage d'escalier. Winter lut les noms des locataires : Sabror. Ali. Khajavi. Jülmer. Sanchez. Et Bergman. Deux appartements par étage. Ils montèrent au premier, Karin Sohlberg sonna. Winter remarqua le visage grave de Ringmar. Ça lui fait le même effet qu'à moi. Merde, j'avais dit que je viendrais seul, pensa-t-il au moment même où la vieille femme ouvrait la porte, comme si elle avait attendu derrière, guettant la sonnerie.

Ils burent une tasse de café filtre qui agressait les boyaux. Winter en accepta une deuxième, ce qui lui valut un regard de Karin Sohlberg. Il flottait dans cette cuisine une odeur poussiéreuse et sucrée, comme chez les vieux. *Home sweet home*, pensa Winter en remuant son café et en déchiffrant sur le mur deux messages réconfortants brodés au point de croix. Par la fenêtre entrouverte, on entendait des cris d'enfants.

— Ainsi donc, commença-t-il d'une voix qu'il s'efforçait de rendre douce, Mme Bergman n'a pas vu Helene et sa fille depuis longtemps...

— Je ne sais pas comment elle s'appelait.

— La petite s'appelle Jennie, dit Winter.

— Elle est rousse.

— Oui.

— Que leur est-il arrivé ?

— Nous n'en savons rien. C'est pour ça que nous sommes ici.

— Mais il leur est arrivé quelque chose. Sinon vous ne seriez pas là, n'est-ce pas ?

Ringmar jeta un coup d'œil à Winter. Karin Sohlberg regardait par la fenêtre. Ça ne sert à rien de lui parler maintenant, pensa Ringmar. Après, peut-être.

— Nous avons reçu votre lettre, c'est pourquoi nous sommes ici, expliqua Winter.

Ester Bergman le considéra en plissant les yeux.

— Il est vraiment policier ?

— Oui, répondit Winter en reposant sa tasse.

— Il est un peu jeunot.

Ça y est, songea-t-elle, je me remets à parler comme une vieille. Ça doit être la nervosité. Une chose est sûre, c'est que ce jeune homme n'est pas allé chez le coiffeur depuis longtemps. Et il est habillé comme pour un mariage. La police doit avoir les cheveux courts, non ? L'autre a des cheveux courts. Mais il est plus vieux. Et il ne dit rien.

— Il n'est pas beaucoup plus âgé qu'elle.

— Pardon ?

— Elle. La maman blonde.

— Alors, vous ne les avez pas vues dans la cour depuis que... le temps a changé ? Depuis la fin de la chaleur ?

— Elles n'étaient déjà plus là quand il a fait chaud, dit Ester Bergman. J'étais ici à ma fenêtre, et je ne les ai pas vues.

Ils se retrouvèrent à nouveau dans la cour. Les enfants avaient disparu. Dehors, il faisait plus sombre.

— Alors, on y va, dit Winter. Mais on sonne d'abord.

Karin Sohlberg prit son portable et appela le serrurier. Pendant qu'ils attendaient, Winter aperçut Ester Bergman et lui fit un signe de la main.

— Elle est toujours à sa fenêtre ?

— Souvent, je crois. Elle n'est pas la seule.

— Vous habitez ici, vous aussi ?

— Je... ça a une importance ?

— C'était seulement pour savoir si... vous connaissiez le quartier. En dehors de votre temps de travail. Pendant la journée, je veux dire.

— J'habite place Wieselgren.

— Ah.

— Ce n'est pas loin, avec le tramway.

— J'ai vu sur la plaque de votre bureau que vous étiez là tous les matins.

— De huit à neuf.

— Tous les appartements sont gérés par le même office ?

— Tout ce que vous voyez.

— Je ne vois pas grand-chose, dans ce brouillard.

— Même par temps clair, il n'y a pas grand-chose à voir, insista Karin Sohlberg. Moi, je trouve que c'est bien ici, mais si on en croit les gens de la ville... de l'autre côté du fleuve, je veux dire... c'est Stalingrad.

— Je trouve que ça ressemble davantage à Lützen.

— Ou pourquoi pas à Göteborg, ajouta Ringmar. Tiens, voilà quelqu'un.

— C'est le serrurier, annonça Karin Sohlberg.

La cage d'escalier était propre, comme si le ménage avait été fait récemment. Une odeur de savon. De la brique et du crépi jaune. Winter lut les noms : Perez. Al Abtah. Wong. Andersén. Shafai. Gustavsson.

Andersén. Deuxième étage. Ses tempes cognaient. Bertil ignorait qu'il avait prénommé la morte Helene, mais il comprenait. Il n'avait pas posé de question. Bertil s'accrochait, lui aussi, à la moindre bribe d'indice dans cette enquête.

Le serrurier lui dit quelque chose. Ses oreilles bourdonnaient. Il cligna les yeux.

— Quoi ?

— Deuxième étage. C'est bien cela ?

Il hocha la tête. Ils montèrent l'escalier. Un dessin d'enfant était punaisé au-dessus de la plaque « H. Andersén ». Winter se pencha. Le dessin représentait un bateau sur l'eau. Le ciel était divisé en deux. À droite il pleuvait, à gauche un soleil. Dans l'un des hublots, on distinguait deux yeux, un nez et une bouche, réduite à un trait. Dans l'eau, la fillette avait écrit « jeni ».

Winter se redressa, enfonça le bouton. Il sursauta. La sonnerie était incroyablement stridente. Ou était-ce un effet de ses propres pensées ?

Il sonna à nouveau. L'écho semblait se perdre dans le brouillard de l'autre côté de l'appartement. Ringmar se pencha, souleva le battant de la boîte aux lettres d'une main gantée. Il aperçut des publicités colorées et l'ombre d'une enveloppe.

Winter sonna une troisième fois. Encore le même bruit. Soudain, il aurait voulu être ailleurs. Comme s'il avait peur de ce qu'il allait découvrir. Comme si le plus atroce l'attendait à l'intérieur. Il ferma les yeux, avala sa salive. Puis il fit signe au serrurier, qui engagea sa clef. Il n'y avait pas de verrou.

La porte s'ouvrit vers l'extérieur. Ils découvrirent le petit tas de courrier sur le tapis, et la pénombre du hall d'entrée. Une fenêtre se découpait, tout au fond de l'appartement, comme un vague rectangle de lumière. Winter demanda aux autres d'attendre. Il enfila les surchaussures en plastique prises dans la poche de son pardessus et traversa lentement le vestibule. Il entendit le faible bourdonnement du réfrigérateur qu'il voyait à présent sur sa gauche, par la porte ouverte de la cuisine. Il savait que la cuisine donnait sur la cour, comme chez Ester Bergman. Odeur de silence, et de poussière accumulée. Atmosphère confinée. Il continua. À droite, une porte fermée. Droit devant, une pièce qui devait être le séjour. Winter sentait la concentration comprimer son cerveau, tel un étau de fer. Son holster lui rabotait l'aisselle. Forte envie de dégainer. Il regarda la porte fermée, puis entra dans le séjour. Il vit un canapé, une table, des fauteuils. Une petite vitrine et un téléviseur. Un secrétaire. Des plantes mortes posées sur deux étagères étroites sous les fenêtres. Un tapis. Au-dessus du canapé, un tableau représentant une femme indienne. La lumière tombant des fenêtres était maintenant un danger plutôt qu'un guide. Winter recula et tira son arme. Il se plaça à côté de la porte fermée, posa la main sur la poignée. Puis il l'abaissa brusquement, en se plaquant contre le mur de l'entrée. Il attendit. Rien. Il n'entendait que la respiration des trois autres, sur le palier. Il jeta un regard. La pièce était longue et étroite. Il aperçut deux lits – le plus petit contre le mur du fond. La fenêtre donnait sur la cour. La porte de la penderie était ouverte. Au-dessus du petit lit, le mur était couvert de dessins. Le grand lit faisait un angle par rapport au mur, élargissant la pièce. Il y avait des plantes sur l'appui de la fenêtre, mais impossible dans le contre-jour de savoir si elles étaient vivantes ou mortes. La fenêtre était fermée. Il faisait chaud. L'été s'était attardé dans cette chambre. Le soleil brillait encore à plusieurs endroits au-dessus du lit de la petite. Sur certains dessins, il pleuvait. Sur d'autres, il y avait à la fois de la pluie et du soleil. Pourquoi ? Winter se tourna vers le lit plus grand. Une petite table de chevet. Un téléphone, un verre vide, un journal. Une photographie en couleurs. Une femme blonde et une petite fille rousse. Winter approcha. La femme souriait, d'un petit sourire qui découvrait à peine ses dents, et c'était Helene. La mort n'avait pas beaucoup modifié son visage.

Helene était Helene. Ils venaient de faire un grand pas, dans la traque de son meurtrier, mais il ne ressentait encore rien de la satisfaction du chasseur. L'enquête s'ouvrait à peine. C'était maintenant que tout commençait. Bientôt, il reprendrait le travail avec une énergie renouvelée, mais pour l'instant, il ne ressentait rien d'autre qu'une tristesse assortie à la pénombre de ce pauvre appartement, et une tension à la mesure de son effroi en regardant la photographie. Helene avait retrouvé son nom. La petite fille souriait sur la photo, un grand sourire, plus ouvert que celui de sa maman. Elle s'appelait Jennie et elle n'était pas dans l'appartement. Winter avait tout d'abord été soulagé de ne pas déc... mais cette pensée, qu'il n'avait pas osé suivre jusqu'au bout, cédait à présent la place à une autre, presque aussi indicible, inenvisageable. Dans leur traque du tueur, ils allaient maintenant aussi devoir rechercher l'enfant. Winter sentit une douleur dans la main droite et baissa le regard. Il était agrippé à son arme.

Ils avaient eu un corps sans nom. Maintenant, ils avaient un nom sans... corps. Cette pensée rebondit en lui, brutalement, pour ne plus le lâcher.

30

Trois policiers et un photographe de la brigade technique étaient à pied d'œuvre dans l'appartement de Helene Andersén. Science, gestes précautionneux, procédures. Ils avaient vaporisé de ninhydrine le journal posé sur la table de chevet. Cette méthode permettait d'identifier des empreintes anciennes. Le laboratoire de Linköping avait ainsi relevé des empreintes digitales utilisables sur des documents vieux d'un siècle. Les sels et les protéines de la sueur humaine imprégnaient le papier de façon durable, comme une main tendue à travers l'Histoire.

Les techniciens avaient rangé un certain nombre d'objets dans des sacs scellés. Le verre sur la table de chevet, par exemple. Ou les jouets. C'était plus facile de s'en occuper au laboratoire.

Ils avaient traité les portes, les interrupteurs, les tables et autres surfaces avec la poudre de charbon que Beier n'aimait pas. Le fer contenu dans la poudre rouillait par temps humide et laissait de vilaines marques. Indirectement, c'étaient les empreintes qui abîmaient un appartement.

Les techniciens passaient la poudre au pinceau, attendaient qu'elle pénètre dans l'empreinte et la retiraient ensuite avec de l'adhésif. Mais l'empreinte était parfois trop incrustée pour que ça marche. À certains endroits de l'appartement, on n'avait pas voulu prendre de risque. Dans ce cas, on commençait par photographier l'empreinte. On procédait souvent ainsi, pour les crimes graves. Le photographe utilisait toujours une pellicule noir et blanc.

Karin Sohlberg pleurait dans son bureau. Winter était assis en face d'elle.

— Ester avait raison.

— Oui.

— Que dit-elle ?

— Je vais lui parler dans un petit moment.

— C'est épouvantable, fit Karin Sohlberg en se mouchant. La petite fille...

— Vous ne vous souvenez pas d'elle ?

— Là tout de suite... C'est un tel choc.... Plus tard peut-être.

— Oui. Nous aurons malheureusement besoin de votre aide pour l'identification.

— Je dois aller à la morgue ?

— Oui, malheureusement. Il nous faut une certitude, le plus vite possible. Nous devrons aussi demander à la vieille dame de venir. Je suis désolé.

Elle réfléchit en silence.

— Ça peut paraître bizarre que je ne me souvienne pas d'elle. Mais je ne suis pas là depuis longtemps. Et peut-être était-elle du genre à se tenir dans l'ombre.

— Dans l'ombre ?

— Certains sont un peu... discrets. On ne les voit pas beaucoup.

Winter comprit. La solitude pouvait conduire quelqu'un à se tenir dans l'ombre. La solitude, et la pauvreté. Winter était né dans une famille pauvre. L'argent était arrivé d'un coup, plus tard. Il avait vécu les premières années de sa vie dans une tour de la banlieue de Göteborg. C'était un monde dont il avait gardé le souvenir. Un jour, alors qu'il était encore petit, il avait pris le tramway vers le sud. Il lui avait fallu une demi-journée pour arriver à bon port.

— Ils ne se mêlent pas aux autres, dit-il.

Karin Sohlberg se moucha à nouveau. Un petit groupe s'était formé cinquante mètres plus loin pour suivre un match de foot opposant deux équipes de filles. Des gens passaient. D'autres attendaient devant le magasin. Une voiture de police stationnait près du terrain de foot, au pied du drapeau suédois. Il faut éloigner cette voiture, pensa Winter. Et le drapeau devrait être en berne.

— Son loyer a été payé, reprit-il. Savez-vous quelque chose à ce sujet ?

— Non. J'ai simplement consulté l'ordinateur au bureau du district.

— Vous avez pu voir que le loyer de cet appartement précis avait été payé ?

— Oui.

— Au moyen d'un avis pré-imprimé ?

— Ou d'un formulaire vierge. Manuellement, autrement dit.

— Où les trouve-t-on ?

— Quoi donc ?

— Ces formulaires.

— À la poste centrale de Stockholm, je suppose. Ensuite je crois qu'il en existe des copies au bureau de district...

— Le loyer de Helene a donc pu être payé soit au moyen de l'avis pré-imprimé, soit avec un formulaire vierge ?

— Oui.

— Vous ne savez pas s'il s'agissait de l'un ou de l'autre ?

— L'ordinateur ne le précise pas.

— Mais si quelqu'un remplit un formulaire... la copie se trouve bien chez vous ?

— Je crois.

— Ce quelqu'un est-il tenu d'indiquer son nom ?

— Le numéro de l'appartement suffit.

— Numéro qui figure aussi sur l'avis pré-imprimé ?

— Oui.

— Y a-t-il quelqu'un au bureau de district en ce moment ?

Karin Sohlberg regarda sa montre.

— Oui... je crois. C'est Lena qui s'en occupe, elle devrait être là. Je vais vérifier.

Elle composa un numéro sur le poste fixe. Winter attendit.

— Elle est là, déclara Karin Sohlberg en raccrochant.

— Pouvez-vous m'accompagner ?

— Je ne sais pas si je...

Ses yeux devaient être tout rouges, mais quelle importance, par rapport à ce qui était arrivé à cette femme, pas beaucoup plus âgée qu'elle. Et l'enfant... Il y avait urgence.

— Je vous accompagne.

Winter appela Ringmar sur le portable. Il fallait commencer l'audition du témoin Ester Bergman. Et faire disparaître la voiture de police.

Dehors, un autre attroupement s'était formé, plus près. Des visages sombres, peut-être originaires du sud-est de l'Asie. Comme la femme qui marchait près de lui. Il ne l'avait pas interrogée à ce sujet.

— Il y a beaucoup de nationalités dans le quartier, dit-il.

— À peine une petite moitié de Suédois.

Winter la regarda. Elle lui arrivait à l'épaule.

— Mais moi je le suis, répondit-elle. Suédoise.

— Ce n'était pas le sens de ma remarque.

— Corée du Sud. Adoptée. Kidnappée, diraient certains.

Winter ne fit pas de commentaire.

— Je sais qui sont mes vrais parents.
— Vous êtes retournée... là-bas ?
— Pas encore.

Lena Suominen les attendait au bureau du district. Elle avait retrouvé la copie du formulaire qui avait servi à payer le dernier loyer de Helene Andersén. Quatre mille trois cent cinquante couronnes pour un trois pièces de 69,9 mètres carrés.

Winter regarda le papier.

— C'est donc une copie ?

— Oui. Le bureau principal nous les envoie... après les avoir reçues de la poste, je suppose.

— Et vous les archivez ?

— Oui.

— Où sont les originaux ?

— À Stockholm, j'imagine. Comme les avis de loyer.

Winter examina la copie. Quelqu'un avait noté, d'une écriture droite, le numéro de CCP de l'office des HLM, 882000-3, et trois chiffres, 375, dans la case réservée aux messages. Il n'y avait ni nom, ni adresse.

— Est-ce le numéro de l'appartement ? demanda-t-il en indiquant les trois chiffres.

— Oui.

— On n'est pas tenu de préciser son nom ?

— Non.

— Est-ce habituel de régler son loyer de cette manière ?

Lena Suominen parut sourire, mais c'était peut-être une illusion.

— Il y a ceux qui égarent leurs avis et qui nous téléphonent pour qu'on leur donne le numéro de CCP. Mais ce n'est pas le même.

— Pardon ?

— Pour le virement manuel, c'est-à-dire sur un formulaire vierge, c'est un autre numéro.

Winter regarda la copie.

— Celui-ci ? 882000-3 ?

— Non. Ça, c'est le numéro habituel.

— Alors ça fonctionne quand même ?

— Oui.

— Mais dans ce cas, on doit le connaître. Par exemple pour l'avoir lu sur un avis pré-imprimé... Ce numéro vaut-il pour tous vos appartements à Göteborg ?

— Oui.

— Combien y en a-t-il dans le quartier de Norra Biskopsgården ?

Lena Suominen réfléchit. Elle avait une cinquantaine d'années, un visage large, intelligent. L'accent finlandais rendait plus doux son ton officiel.

— Environ mille deux cents.

— Et beaucoup de personnes paient leurs loyers à la poste, si j'ai bien compris. Même avec les avis pré-imprimés ?

— Oui.

— Et d'autres par virement bancaire ?

— Oui. Et certains n'utilisent pas les avis puisqu'ils ne peuvent pas payer l'intégralité du loyer en une fois. C'est malheureusement le cas, ce qui est ennuyeux à la fois pour eux et pour nous...

— Ils obtiennent un étalement des paiements ?

— Oui, tout du moins un premier échelon. Parfois il n'y en a pas d'autres.

— Est-ce... habituel ?

— De plus en plus.

Winter pensa à nouveau à la solitude et à la pauvreté. Comment se sentait-on quand on n'avait pu payer qu'une partie de son loyer ? Renonçait-on à entrer au salon ?

— Dans certains cas, on ne peut même pas lire le nom, ni l'adresse, ni le numéro de l'appartement. Mais l'argent arrive.

— Où atterrit cet argent ?

— Sur un compte spécial. Je l'appelle le compte poubelle.

Winter regarda à nouveau la copie. L'original pouvait donc se trouver à la poste centrale de la capitale. Il faudrait leur demander de le retrouver et de le leur envoyer dans un sac plastique. C'était un indice. Sans aucun doute possible.

— Je suppose que la plupart des gens paient leur loyer dans le bureau de poste le plus proche.

— Je le suppose aussi. Ou plus exactement, je le sais. Ils vont au bureau de poste de Länsmanstorget.

— Vous ne pouvez pas le voir sur l'ordinateur ? demanda Winter en indiquant l'imposant PC posé sur le bureau.

— Non.

Winter considéra à nouveau la copie. Tout en bas, il y avait une série de chiffres. Il put identifier la date du paiement. Comme l'avait dit Karin Sohlberg, quelqu'un avait payé le loyer le premier jour ouvrable de septembre. À ce moment-là, Helene Andersén était morte depuis... treize ou quatorze jours.

— Et ça ? fit-il en lui montrant la rangée de chiffres.

Lena Suominen prit le papier et le regarda. Karin Sohlberg était debout à côté d'elle.

— C'est le code de la poste. Je crois qu'on retrouve les mêmes chiffres sur le reçu que reçoit la personne au moment du paiement.

Winter lut les chiffres après la date : 01-22370030. On devait pouvoir vérifier... Peut-être était-ce ce qu'il commençait à deviner.

— Vous n'auriez pas le numéro de téléphone du bureau de poste ?

— Non.

— Passez-moi l'annuaire. Les pages jaunes.

Il le feuilleta, trouva le service clientèle de la poste et composa un numéro qui commençait par 020. Un message le pria d'attendre, il raccrocha. Il trouva le numéro du bureau de poste de Länsmansgården, et une femme répondit au bout de deux sonneries.

— Bonjour, mon nom est Erik Winter, je suis commissaire à la brigade criminelle de Göteborg. Nous enquêtons au sujet d'un meurtre, et j'aurais besoin d'un renseignement... Non, un simple rens... Non, je pense que vous pouvez m'aider... Il s'agit du code sur le reç... Oui, c'est cela... Non, je veux juste vous poser une question à partir d'un exemple... *S'il vous plaît*, écoutez-moi, j'ai une question concernant les chiffres suivants.

Il parvint à lui énoncer les chiffres, et à lui préciser d'où il les tenait. Il écouta la réponse.

— Les deux premiers chiffres concernent donc le type de service ? 01 signifie paiements et virements ? Merci. Les quatre suivants... Oui, juste après. Numéro postal ? Le bureau où le règlement a été effectué ? Oui oui, j'ai le numéro ici... Je répète... Pouvez-vous me dire où c'est ? Mais allez le chercher alors ! J'attends.

Il écarta le combiné de son oreille.

— Les quatre premiers chiffres indiquent l'endroit où le paiement a été effectué, dit-il aux deux femmes. Elle va chercher un dossier.

— Oui ? 2237, c'est bien cela... Mölnlycke ! Vous en êtes sûre ?... Oui, ce sont ces chiffres-là. Et ensuite... Le guichet, dites-vous ? Je résume. Cette combinaison de chiffres signifie que le paiement du loyer de cet appartement a été effectué le 2 septembre au bureau de poste de Mölnlycke à tel guichet, c'est bien cela ? Merci.

Il raccrocha et se tourna vers les deux femmes.

— Bon, vous avez entendu.

Winter s'apprêtait à retourner dans la cour lorsque le portable vibra dans sa poche intérieure.

— Winter.

— Bertil. Où es-tu ?

— Je retourne dans la cour. Et toi ?

— Je suis devant l'appartement.

— J'arrive.

Ringmar l'attendait dans l'escalier.

— Les gars de Beier prétendent que quelqu'un est entré dans l'appartement il n'y a pas si longtemps.

— C'est-à-dire ?

— Au cours des dernières semaines. Après sa mort.

— Comment peuvent-ils le savoir ?

Ringmar haussa les épaules.

— Ce sont des sorciers. Mais je crois qu'ils ont découvert un truc à propos de la poussière. On en saura bientôt plus. Il semblerait aussi que quelqu'un ait déplacé des affaires.

— Ça ne me paraît pas très adroit.

— C'est peut-être une fausse piste. Ou une fausse impression, malgré tout. La fem... Helene Andersén avait peut-être une méthode de rangement un peu particulière.

— Ou alors, quelqu'un est venu fouiller chez elle sans trop se soucier d'une éventuelle découverte.

— Pas trop, mais un peu quand même.

— Tu as parlé à la vieille dame ?

— Oui. Elle est bouleversée. Elle m'a demandé de tes nouvelles, au fait.

— Raconte-moi ce qu'elle t'a dit, j'irai la voir après.

— Elle parle de la petite. Ça l'obsède.

— Moi aussi, je crois. C'est difficile de ne pas y penser.

— Ça va faire un raffut monstre quand l'histoire sortira.

— Alors il ne faut pas qu'elle sorte.

— Quoi ?

— Quelqu'un va peut-être se pointer à la poste de Mölnlycke pour payer le loyer d'octobre. Il faudra être sur place.

— Bon sang de bois !

— Si on lance un avis de recherche national en divulguant le nom de Helene, on sabote nos chances.

— Je ne sais pas quoi dire.

— C'est un projet délirant, mais réaliste.

— Oui, sans doute. Alors... couvre-feu d'ici là ?

— Non. On continue le travail, avec nos connaissances supplémentaires.

— Je me demande si c'est possible, fit Ringmar. Je

suis presque surpris de ne pas voir les bus de la télévision dans la cour.

Ils lancèrent une nouvelle recherche informatique, à partir du nom de Helene Andersén. Tous les fichiers, y compris le fichier criminel. On reprenait tout à zéro, mais avec un nouveau point de départ. Dans quelques jours, pensa Winter, on fera circuler son visage de femme vivante. Et la photo de la petite. Toute seule, et avec sa maman. Si on n'obtient aucun résultat, on pourra dire que ces deux-là étaient sans doute les personnes les plus seules de l'univers.

Il fallait prendre contact avec les services sociaux. Winter n'avait pas examiné le courrier entassé dans l'entrée ; les techniciens de Beier, eux, l'avaient fait, mais ils n'avaient encore rien trouvé. Peut-être des documents avaient-ils disparu en même temps que les avis de loyer. Ils apprendraient néanmoins, tôt ou tard, si elle touchait des allocations, ou un salaire. Bientôt ils le sauraient.

Elle avait un téléphone. Winter le revoyait, sur la table de chevet. Maintenant qu'ils avaient son identité, ils pouvaient éplucher les relevés et obtenir un historique des communications. Elle avait choisi d'avoir le téléphone parce qu'elle parlait avec quelqu'un.

31

Winter appela la poste centrale de Stockholm, qui disposait d'un service spécial pour les « affaires de police ». Un homme lui répondit, à contrecœur. Winter s'expliqua.

— C'est foutu, coupa le fonctionnaire de la poste.

— Pardon ?

— Les avis sont pilonnés après deux semaines. Vous n'avez pas dit que ce loyer avait été payé il y a plus de trois semaines ?

— Oui.

— Alors c'est foutu. On pil...

— Que signifie pilonner ?

— Dans une certaine mesure, le papier cesse d'exister.

— Vous vous foutez de ma gueule ! Je travaille sur un meurtre, et je veux une réponse. Je reprends : comment les formulaires sont-ils pilonnés ?

— Ils sont réduits en bandelettes.

— Après deux semaines ?

— Parfois après quelques jours. Ça dépend de la charge de travail.

— Alors à quoi ça sert de vous les envoyer ?

— Je ne sais pas. Je me suis posé la question. C'est vrai qu'on n'a pas assez de place, ici.

— Il est donc possible qu'un envoi d'un bureau de poste reste en souffrance ?

— Pas pendant trois semaines. À moins de se trouver en bas de la pile, ou si on est en sous-effec...

L'homme se tut, comme si une pensée venait de lui traverser le crâne. Winter écouta le bruit du vent entre Stockholm et Göteborg. La première tempête d'automne, prudente, venait d'arriver du nord-ouest.

— On a manqué de personnel ces dernières semaines. C'est possible qu'on n'ait pas eu le temps de s'occuper de tout. Où c'était, déjà, ce paiement ? Göteborg, je sais, mais quel bureau de poste ? Vous pouvez me redonner le numéro de CCP et le montant ? Et le numéro de l'appartement.

Winter comprit que, depuis le début, il parlait à quelqu'un qui n'écoutait rien. Il reprit tout à zéro. Combien d'impasses dans d'autres affaires à cause de gens qui n'avaient pas la force d'écouter ? Ou d'enquêteurs qui n'avaient pas la force de se répéter...

— Bougez pas, fit la voix traînante.

Winter pensa au jazzman de Stockholm qui venait parfois faire un bœuf au Nefertiti. Il jouait mieux qu'il ne parlait.

Fracas dans le combiné. La voix revint.

— Vous pouvez attendre ? J'ai peut-être un truc pour vous.

— Quoi donc ?

— Comme je le disais tout à l'heure. Manque de personnel ces derniers temps. Il reste peut-être quelque chose dans les archives.

— J'attends.

Il y avait donc des archives – si ce nom pouvait convenir à des documents qui devaient être détruits dans les plus brefs délais. Peut-être serait-il aidé, pour une fois, par l'esprit de rationalisation à l'œuvre dans la société.

Tant de gens s'étaient fait virer que les rares rescapés ne trouvaient plus le temps de pilonner au rythme voulu. Ou alors, c'était simplement l'effet de la première vague de grippe sur la capitale.

— Je l'ai, fit la voix dans son oreille.

— Vous l'avez trouvé ?

— Eh oui. Je suis surpris.

Ce n'était donc pas foutu, pensa Winter.

— Je veux que vous rangiez immédiatement ce formulaire dans une enveloppe neuve et que vous la déposiez dans un endroit sûr. Dans une armoire fermée à clef.

— D'accord.

Winter consulta sa montre.

— Vous serez encore là dans deux heures ?

— Oui.

— Un collègue va passer chercher l'enveloppe dans les deux heures. Il vous demandera, ajouta Winter en regardant le nom qu'il avait noté. Dites-lui de vous montrer sa carte.

— D'accord.

— Merci pour votre aide. Désolé d'avoir été grossier. Salut.

Il raccrocha avec le doigt, attendit la tonalité et rappela la poste de Stockholm, un service baptisé « Section affaires », cette fois. On lui passa un conseiller en sécurité qui demanda à le rappeler.

Winter se leva. Il avait mal à l'épaule gauche d'être resté longtemps crispé au téléphone. Une grande partie de son temps se passait dans cette position inconfortable. Son dos finirait courbé, comme un combiné peut-être. Il devrait faire de la gymnastique dans son bureau. Ce soir, s'il en avait le temps, il irait à Valhalla. Un sauna, puis une bière à la maison, dans le silence de ses pensées. Il devait appeler Angela. Il dev...

Sonnerie stridente. Il aurait pu l'entendre du couloir.

— Bon, commença le conseiller en sécurité. Ce n'est pas évident. Nous avons des procédures pour les retraits sur des comptes bloqués... Mais pour un paiement, je dois dire que c'est une nouveauté.

— Que pouvez-vous faire ?

— Si j'ai bien compris, vous voulez qu'on se débrouille pour surveiller un paiement qui devrait être effectué au bureau de poste de Mölndal à la fin de cette semaine... euh... jusqu'au deuxième jour ouvrable d'octobre.

— Mölnlycke.

— Quoi ? Oui, Mölnlycke. D'accord. Mais le délai est trop court pour équiper les ordinateurs d'un signal spécifique à l'écran. Et c'est impossible de toute façon, puisque notre seule donnée est le numéro de l'appartement.

— Ça ne suffit pas ?

— On ne peut pas l'entrer dans l'ordinateur. Et si on se fonde sur le numéro de CCP, la recherche concernerait dans les cinq mille personnes.

— Je comprends.

— Je peux cependant vous aider, à titre tout à fait exceptionnel. Il m'est possible d'envoyer un message à tous les bureaux de poste, pour les alerter à propos de cette combinaison de chiffres.

— Comment vous y prendrez-vous ?

— Je préfère ne pas entrer dans les détails.

— Vous pouvez l'envoyer directement ?

— Oui. Mais c'est exceptionnel. La dernière fois remonte à plusieurs années. On essayait d'empêcher un échange de devises. Vous comprenez bien que ce genre de message doit être réservé aux cas très graves.

— C'est le cas.

— J'ai bien compris. Voilà, c'est tout ce qu'on peut faire.

Winter vit intérieurement des millions d'écrans accueillant le message électronique du conseiller en sécurité. Il pensa au bureau de poste de Mölnlycke. Il n'y était jamais allé. Avait-il même jamais mis les pieds à Mölnlycke ? Ce n'était pourtant qu'à dix kilomètres de Göteborg... En attendant, il y avait une toute petite possibilité que quelqu'un revienne dans ce bureau de poste pour payer le loyer... s'ils parvenaient à garder le secret quelques jours encore. On pouvait organiser une surveillance discrète. Un ou deux policiers. En plus du système de sécurité de la poste. À supposer qu'un tel équipement existe à Mölnlycke. Une caméra... Il griffonna deux mots sur son bloc-notes.

— Mais il y a d'autres moyens, reprit le conseiller. Vous pouvez demander au chef du bureau de poste de Mölnd... Mölnlycke... de distribuer un petit mot aux employées des guichets. Si elles ont le numéro, elles peuvent réag...

— Oui, je comprends. J'y ai déjà pensé.

— Euh... d'accord. Mais il nous faut une demande formelle de la part du procureur.

— Ou du responsable de l'enquête. C'est moi.

— Bien sûr. Il est donc possible de surveiller ce paiement si les employées du bureau de poste savent de quoi il retourne.

— Je vous remercie de votre aide.

— Alors j'envoie mon message. Au cas où il se passerait quelque chose ailleurs qu'à Mölndal.

Winter raccrocha à nouveau avec le doigt, tout en feuilletant l'annuaire de la main gauche. Il appela le service de sécurité de la poste de Göteborg. Un homme répondit.

— Bengt Fahlander.

— Erik Winter de la brigade criminelle. Je travaille sur un meurtre.

— Bonjour.

Winter s'expliqua.

— On a une caméra à Lindome, répondit Fahlander. Mais à Mölnlycke, il n'y en a plus depuis longtemps.

— Pourquoi ?

— Bof, l'histoire habituelle. L'équipement va aux bureaux les plus menacés. Il y en a une quinzaine dans la région. Lindome par exemple. Il y a eu plusieurs cambriolages là-bas, et nous avons pris l'initiative d'installer une caméra.

— Mais pas à Mölnlycke.

— Non. Ça ne changerait rien, de toute façon.

— Quoi donc ?

— La vidéo. Dans certains cas très graves, on peut obtenir l'autorisation de conserver la bande pendant un mois ; sinon, elle est presque toujours effacée après deux semaines. « Pilonnée », si on veut.

Ce pilonnage de malheur. Bientôt il n'y aurait plus rien pour les aider à remonter le temps. Deux semaines maximum. Ensuite, le trou noir.

— Autrement dit, même s'il y avait eu une caméra à Mölnlycke, la vidéo de ce jour-là serait déjà effacée, continua Fahlander. Je sais qu'il y avait autrefois une caméra là-bas. Elle est restée en place assez longtemps, d'ailleurs. Ensuite les choses se sont calmées. Les délinquants ont déménagé, si je puis dire.

— À Lindome. Mais maintenant, ils sont revenus, et je veux une caméra.

— Tout de suite ?

— Aujourd'hui, si possible.

— Il faut une demande of...

— Je sais, et je sais aussi à qui l'adresser. Mais c'est extrêmement important. Et urgent.

— Il s'agit de surveillance d'un lieu public. Ça suppose des affiches, pour informer le public de la présence d'une caméra.

De quel côté es-tu ? pensa Winter. Mais l'homme avait évidemment raison.

— Bien entendu. Les anciennes affiches sont peut-être encore en place. Sinon, on s'en occupe.

— Avec discrétion, si possible, dit Fahlander.

Il y avait plus de policiers dans la salle de réunion qu'au début de l'enquête, deux siècles plus tôt. Il faisait chaud et humide. Ringmar ouvrit une fenêtre. Winter suspendit sa veste au dossier de la chaise pivotante et se tourna vers le groupe.

— Nous allons donc nous livrer à un exercice extraordinaire durant les trois prochains jours. Il y aura une tournée discrète des voisins de Norra Biskopsgården, mais ça, ça fait partie de l'enquête préliminaire. Pour le reste, motus.

Ringmar se leva et enchaîna.

— Si quelqu'un vous interroge, il suffira de répondre que nous ratissons la ville pour découvrir l'identité de la victime.

— Oui. Nous devons saisir cette chance, à Mölnlycke, si infime soit-elle. C'est peut-être une décision délirante de ma part, mais le projet n'est pas irréaliste.

— La clef, dit Bergenhem. La personne qui a payé le loyer doit détenir une clef de l'appartement.

— Oui. Il semblerait d'ailleurs que quelqu'un y soit passé après la mort de Helene Andersén.

— On n'a pas retrouvé de clefs dans l'appartement ?

La question venait de Bergenhem.

— Non.

— Combien en avait-elle demandé à l'office des HLM ?

— Deux.

— Elle ne peut pas en avoir laissé une à une amie ?

— C'est possible, dit Winter. Mais jusqu'à présent, à notre connaissance, c'était la personne la plus seule de l'univers.

— Y a-t-il d'autres objets disparus ? demanda Sara Helander.

— Les quittances de loyer.

— Et on doit garder le silence ? fit Halders.

— On va essayer.

— Tout en cherchant discrètement la petite, alors qu'on aurait déjà dû lancer un avis de recherche national ?

— Comme je le disais, c'est peut-être une décision délirante. Mais la possibilité existe. Par ailleurs, on reprend tout depuis le début, à partir des dernières informations.

C'était comme un deuxième démarrage de l'enquête,

pensa-t-il. C'*était* un deuxième départ. Ils allaient tout reprendre à zéro, y compris sur le lieu de la découverte du corps.

— Le... meurtre... n'a donc pas été commis dans l'appartement ? demanda Sara Helander.

— Pas d'après ce que les gars de Beier ont pu voir jusqu'à présent.

— Est-ce réaliste, compte tenu de la distance jusqu'au lac ? demanda Birgersson.

— Quoi donc ?

— Qu'elle ait été tuée chez elle et transportée jusque là-bas ?

— Ça peut coller du point de vue des horaires, mais on n'a pas trouvé dans son appartement de traces le confirmant.

— Ça n'a pas fait du tintoin quand on a découvert son adresse ?

— Il y avait quelques curieux, mais une visite de la police n'a rien d'inhabituel là-bas, répondit Ringmar. Pour ma part en tout cas, je n'ai rien dit à personne.

Il regarda Winter qui secoua la tête.

— Et j'espère que nos... témoins respecteront leur promesse de silence.

— Et la presse alors ? insista Halders. Ce serait étrange qu'ils n'aient pas reniflé la piste.

— Je n'ai encore rien entendu.

— Étrange, répéta Halders.

— Je m'occupe de tous les contacts avec la presse, reprit Winter. J'ai parlé à Sture et à Wellman.

Wellman est-il capable de se taire ? pensa Halders. Quand, au bout de trois jours, on n'aura retrouvé ni le meurtrier ni la fille, et qu'on lancera l'avis de recherche, alors, ce sera le déluge. Wellman pourra-t-il supporter l'idée de ne pas avoir lancé les recherches immédiatement ? Peut-être est-il plus résistant que je ne le pense...

— C'est une super bonne idée, fit-il en regardant Winter. J'aurais pris la même décision, à ta place.

Il parlait sérieusement. Qui ne tente rien n'a rien. Les

trouillards ne parvenaient jamais à embrasser les jolies filles.

— Alors ? s'enquit Sara Helander.

— Je suis en contact avec le bureau de poste de Mölnlycke, dit Winter. Ils sont en train d'installer une caméra, peut-être même deux, le plus vite et le plus discrètement possible. On va tâcher de donner l'impression qu'elles sont là depuis toujours.

— Qui va faire le planton là-bas ? demanda Bergenhem.

— Je pensais te le proposer.

— Moi ?

— Oui, dit Halders, il faut quelqu'un qui ait un physique passe-partout.

— C'est vrai, répliqua Bergenhem en se tournant vers lui. On ne peut pas mettre quelqu'un qui ferait peur aux clients. Quand dois-je y aller ?

— Maintenant, déclara Winter. Je te vois tout de suite après la réunion. Et tu auras quelqu'un pour te relayer.

— Bientôt, ce genre d'opération deviendra très facile, dit Halders.

— Pourquoi ? demanda Sara Helander.

— Les bureaux de poste ferment plus vite que les voitures ne se font voler. Bientôt, il n'y aura plus qu'un seul énorme bureau de poste dans la plaine au sud de la ville, et un seul gigantesque parking devant, et alors, ce sera encore plus facile de voler les voitures. Ce sera très pratique.

— Trois jours donc, dit Sara Helander. Qu'est-ce qui nous prouve que la personne en question n'a pas déjà payé le loyer ? Ou qu'elle n'a pas l'intention de le faire ?

— Si quelqu'un se présente au bureau de poste, rétorqua Ringmar, on en est informé immédiatement. Ce n'est pas arrivé, du moins pas aujourd'hui. Et... bon, on ne sait si le paiement va avoir lieu.

— Et elle ? demanda Sara Helander. Payait-elle régulièrement son loyer ?

— Les derniers jours du mois, précisa Winter. Ou le premier du mois suivant si la fin du mois tombait pendant le week-end.

— En septembre, par exemple.

— Oui.

— Ce peut donc être quelqu'un qui connaît ses... habitudes, observa Sara Helander.

Winter acquiesça en silence. Il revit le visage de Helene, puis celui de sa fille. Ils avaient retrouvé d'autres photographies dans l'appartement.

— Comment vont les fichiers ? demanda Bergenhem.

— Rien encore, dit Möllerström. Elle ne figure pas dans les nôtres, et on n'a pas fini d'éplucher le fichier central.

— Ça n'existe pas, une chance pareille, marmonna Halders.

— Quoi donc ?

— Qu'elle soit dans les fichiers. Ce serait un pur coup de chance, et ici, à la brigade, on n'a pas de chance. Tout est une question de tal...

— C'est bon, Fredrik, coupa Winter. On sait. Mais il se peut qu'elle ait fait quelque chose dans sa jeunesse dans une autre ville et que ce soit fiché. Ça, ce n'est pas de la chance.

— Péché de jeunesse, fit Möllerström.

— Pourquoi pas, approuva Bergenhem.

— Et la cellule antigang ? demanda Halders. Est-ce qu'elle travaille sur nos dernières informations ?

— Bien sûr, dit Ringmar.

— Il y a toujours un informateur qui est au courant de quelque chose. Regarde la fusillade de Vårväderstorget. Ton mouchard va peut-être résoudre l'affaire. Quelqu'un qui connaît quelqu'un qui sait quelque chose...

— Mais oui.

— Nous attendons d'un moment à l'autre la liste de toutes les personnes à qui elle a téléphoné.

— Et après, fit Halders, on pourra refermer le dossier.

Elle a peut-être juste téléphoné pour commander une pizza, pensa Sara Helander.

Winter percevait l'impatience du groupe. L'envie de travailler, la frustration de devoir attendre des documents, des listes, des résultats susceptibles de leur donner une petite orientation. Un nom supplémentaire. Une nouvelle adresse. Une empreinte. Il pensa aux techniciens, penchés sur leurs instruments.

— Comment ça se passe, à l'appartement ? demanda Bergenhem. Les empreintes ?

— On a trouvé celles de sa fille, du moins on le suppose, ce sont celles d'un enfant. Et au moins deux empreintes inconnues. En dehors de celles de Helene.

— Au moins ?

— On n'en sait pas plus pour le moment. Il y a aussi un fragment d'empreinte. Mais ils n'ont pas encore fini d'explorer l'appartement. Et il reste la cave.

— Deux personnes différentes, répéta Halders. Inconnues pour nous, je suppose ?

— Oui.

— J'en étais sûr.

— Pas de chance, dit Sara Helander.

— Un fragment, intervint Bergenhem. Qu'est-ce que ça signifie ?

— Selon Beier, ils ont trouvé... sur le tiroir d'une commode, je crois... le fragment d'une empreinte. Je ne sais pas si on peut l'utiliser pour établir une identité. Les techniciens eux-mêmes ne le savent pas encore. Mais elle existe.

— Un gant troué ? avança Sara Helander.

— Sans doute, dit Winter avec un hochement de tête approbateur. Il y avait une fibre juste à côté, qui peut provenir de n'importe où, mais peut-être bien d'un gant, en effet. On peut imaginer un accroc contre le bord du tiroir. C'est là qu'on a retrouvé l'empreinte.

32

Winter laissa la voiture près de Friskväderstorget. Des bouts de papier voltigeaient sur la place. Il ne pleuvait plus, ce matin. Le brouillard s'était éclairci et le ciel s'était levé d'un mètre. Devant la supérette Ica, trois bouteilles décapitées. Quelqu'un avait renversé une poubelle. Le vent emportait les détritus. Il entendit un échange de paroles dans une langue inconnue.

Il ressentait la tension dans tout son corps. C'était une agression, une incitation à se concentrer sur les quelques pensées nettes qui subsistaient encore dans son cerveau. Le plus important, dans l'immédiat, était de se déplacer dans le quartier, et dans l'appartement. Poser à la vieille dame les rares questions qui s'imposaient.

Deux policiers qu'il connaissait à peine se tenaient devant le magasin. Ils faisaient partie de l'équipe chargée d'interroger les voisins. Ils ne portaient pas l'uniforme, mais détonnaient dans le paysage, comme des étrangers dans un autre pays. C'est pareil pour moi, pensa Winter. Peut-être encore plus.

Il les salua. Devant la supérette, il remarqua les restes d'un petit feu d'artifice, des papiers rouges et jaunes aux bords déchiquetés, noircis, que mangeait peu à peu le vent du nord-ouest. Des pétards explosés roulaient de-ci de-là. L'un d'eux heurta la chaussure de Winter.

— Une ethnie quelconque a célébré un nouvel an de mes fesses, ironisa le premier policier.

L'autre laissa échapper un rire.

— Ou alors, ils font cramer des pétards tous les jours, pour se rappeler le bon vieux temps au Kurdistan.

— C'était quoi, ça ? fit Winter.

— Quoi ?

— Ta remarque sur le nouvel an. Et sur le Kurdistan.

— Et alors ?

— Qu'est-ce que tu voulais dire, en parlant d'ethnie ?

— C'était une plaisanterie.

Il se tourna vers son collègue.

— Ce n'était pas une plaisanterie ?

Il se retourna vers Winter.

— Ça te pose un problème ? On ne peut pas dire...

— Ce n'est pas drôle. Je ne peux pas avoir des gens qui travaillent ici avec plein de préjugés contre les habitants du quartier. Cette enquête est beaucoup trop importante.

— Qu'est-ce qui te prend, merde ?

— Je ne veux pas de vous ici, rétorqua Winter. Disparaissez.

— Mais t'es complètement...

— C'est moi qui décide. Je vous ordonne de retourner place Fontell et de vous présenter au commissaire Ringmar. Il vous donnera autre chose à faire. Je l'appelle.

Les deux policiers échangèrent un regard. Pour qui se prenait-il, ce connard ?

— Pour qui tu te..., commença le premier, tandis que l'autre le prenait par l'épaule.

— Viens, Gusse. On discutera de ça au poste.

Winter s'était déjà éloigné avec le portable. Ringmar décrocha après deux sonneries. Winter s'expliqua.

— Tu ne peux pas faire ça, Erik.

— C'est fait. Envoie deux autres bonshommes. On en a besoin.

Il crut entendre Ringmar soupirer.

— Et qu'est-ce que je vais leur raconter, à ces abrutis, quand ils reviendront ?

— Donne-leur autre chose à faire, c'est tout. Mets-les sur les voitures.

— Oui, ça leur conviendra peut-être mieux. À condition qu'ils ne tombent pas sur un conducteur étranger. Ils pourraient être tentés de se défouler sur lui.

— Pose-leur la question.

Winter poursuivit son chemin. Il entendait des voix d'enfants. La température avait chuté au cours de la nuit. Il remonta la fermeture Éclair de sa veste en cuir, repoussa ses cheveux en arrière et entra dans le magasin qui se trouvait à une centaine de mètres du bureau de Karin Sohlberg.

À l'intérieur, il fut assailli par des parfums d'épices et d'herbes peu communes. À droite, des étagères chargées de bocaux de verre, de conserves, de boîtes en aluminium. Des denrées orientales, méridionales.

Une pancarte « Halal » était fixée au-dessus du comptoir de charcuterie où s'étalaient des saucisses et des panses d'agneaux. Deux têtes de mouton dans un coin. Winter pensa aussitôt aux deux policiers devant la supérette.

Du côté des légumes, il vit des poivrons de dix formes différentes, de grandes tomates tachetées, des tubercules étranges, des bouquets de coriandre et d'autres herbes. L'offre était plus variée et plus intéressante que dans n'importe quelle boutique spécialisée du centre-ville, ou du grand marché couvert de Göteborg.

Helene était-elle venue ici ? Combien de Scandinaves du quartier faisaient leurs courses chez Simmo ?

Il n'avait pas encore vu la liste du contenu du réfrigérateur de Helene.

L'un de ses enquêteurs viendrait ici dans la journée interroger le gérant. Winter décida de ressortir. L'homme assis derrière la caisse lui jeta un regard. Winter le salua d'un signe de tête.

Le bureau de Karin Sohlberg était fermé. Elle s'était mise en congé maladie. Il la comprenait. Malheureusement, les policiers n'avaient pas cette possibilité. Après une intervention particulièrement éprouvante, on leur donnait quartier libre pour le reste de la journée, mais ce n'était pas suffisant. Leur seul recours était Hanne. Winter eut soudain la nostalgie de sa voix, ou peut-être de ses paroles.

Hanne Östergaard était pasteur à Skår et travaillait à temps partiel pour la police de Göteborg. Elle écoutait les hommes et les femmes qui avaient été confrontés sur le terrain à des situations difficiles, ou qui en avaient vu les conséquences. Les policiers étaient aussi vulnérables que tout un chacun. Dans la plupart des cas, ils gardaient leurs blessures longtemps. À vie, en fait, avait souvent pensé Winter.

Hanne essayait de leur offrir un petit fragment de consolation. Elle était quelqu'un à qui l'on pouvait parler. À qui l'on pouvait dire quelque chose, simplement, pendant une heure, une heure et demie. Winter lui-même faisait partie de ses... clients. Il n'était pas moins fragile que les autres.

Hanne avait enchaîné un congé simple et un congé d'études ; elle n'était plus au commissariat depuis la fin du printemps. Winter lui avait parlé deux fois au cours de l'été, mais seulement au téléphone. La première fois, c'était elle qui l'avait appelé, la deuxième fois, c'était lui. Il n'avait pas rencontré son remplaçant. Certains l'avaient fait, et disaient qu'il était bien. Mais d'autres, pensait-il, attendaient le retour de Hanne. La pression serait énorme, pour elle, à son retour. Sûrement. Une seule femme attentive à mi-temps et des centaines de policiers angoissés. Et un commissaire qui redoutait le pire pour les semaines à venir. Il pensa à la fillette, Jennie Andersén. Impossible de repousser les pensées atroces. Il pouvait essayer, sous couvert d'appellations banales et neutres comme « soupçon de crime violent » mais sous ce mince bouclier, l'inquiétude subsistait.

Il se tenait dans la cour, tourné vers le bâtiment de Helene. L'appartement avait été placé sous surveillance discrète. Aucun signe d'intérêt visible pour son domicile. La fenêtre de la cuisine était un carré sombre incrusté dans la brique. Des pigeons noirs s'agrippaient au-dessus et au-dessous, comme un signal que le silence à l'intérieur était définitif. Les pigeons étaient rassemblés autour de cette fenêtre-là, se déplaçaient accrochés au mur, comme des rats ailés, pensa Winter. Il avait froid sous son cuir. Le vent dans la cour changea de direction, souleva ses cheveux longs et s'empara de quelques pigeons qui lâchèrent le mur avec un cri et disparurent par-dessus le toit. Winter entra dans la cage d'escalier et se retrouva devant la porte de l'appartement. Le dessin de Jennie, avec la pluie et le soleil, était toujours là. Comme une image des dernières six semaines. Winter ne voulait pas y songer, mais c'était impossible. L'enquête sur ce qui était arrivé à sa maman s'était déroulée sous la pluie et le soleil, bientôt à parts égales. Le dessin représentait un navire. Il pensa au bateau du lac. Ils n'avaient pas avancé de ce côté-là. Ils supposaient avoir le nom de tous les propriétaires de bateaux des environs, mais comment en être sûr ? Helene Andersén et sa fille avaient-elles eu accès à un bateau ? Pourquoi la petite avait-elle fait ce dessin ? Il y en avait plusieurs semblables au-dessus de son lit. Lorsque les hommes de Beier avaient fouillé l'appartement, ils avaient trouvé une multitude de dessins d'enfant. De quoi remplir un grand sac en papier.

Winter ouvrit la porte et s'immobilisa dans l'entrée. Quelqu'un était venu après la mort de Helene. Ce quelqu'un devait chercher quelque chose. S'agissait-il uniquement des avis de loyers ? Savait-il ce qu'il cherchait ? On n'avait pas retrouvé de lettres personnelles. Ce n'était pas une surprise. Personne n'avait essayé de prendre des nouvelles de Helene Andersén depuis sa disparition. Pas davantage de la petite. Cette évidence-là était encore plus douloureuse. Jusqu'où pouvait aller la solitude ? Comment une mère et sa petite fille pouvaient-elles disparaître sans manquer à qui que ce soit ? Comment était-ce possible ? Winter trimbala cette pensée d'une pièce à l'autre. Des pièces saturées d'un chagrin muet.

Ils savaient que le meurtre n'avait pas été commis à l'appartement. Mais où, dans ce cas ? Près du lieu de la découverte ? Elle avait fait un voyage depuis les quartiers nord-ouest jusqu'au lac de Delsjön, à l'est, bien au-delà des limites de la ville. Plusieurs dizaines de kilomètres. L'avait-elle fait seule ? Était-elle déjà morte ? C'était possible. Ou bien s'y rendait-elle souvent, seule ou avec sa petite fille ? Ils avaient commencé à interroger les conducteurs de bus et de tramways, et les chauffeurs de taxis, officiels ou non. Quelqu'un serait-il en mesure de la reconnaître ? Voyageait-elle avec sa fille ? Où était la petite lorsque sa mère faisait quelque chose seule de son côté ? À supposer qu'elle l'ait jamais fait... Ils n'avaient pas trouvé de voiture enregistrée à son nom.

Debout dans la cuisine, il entendait le roucoulement des pigeons au-dehors. Un dessin d'enfant était fixé à la porte du réfrigérateur par un aimant en forme de voilier. Les techniciens avaient choisi de l'y laisser. Pourquoi ? Peut-être n'avaient-ils pas fini d'explorer la cuisine.

Le dessin représentait une voiture blanche. On distinguait un visage à l'avant et un autre à l'arrière. La voiture était blanche. Il pleuvait dans une moitié du ciel, l'autre moitié était ensoleillée. Winter y avait jeté un bref coup d'œil la veille, à sa première visite. Il vit maintenant que le profil, à l'avant, avait une drôle de barbe, comme un bouc.

Seigneur Jésus, pensa-t-il en sentant le sang affluer à ses tempes.

Il regarda le visage. Le nez, la barbe noire qui sortait tout droit du menton. Sur la tête, un bonnet.

Le visage à l'arrière était encadré par deux tresses rousses.

Un barbu conduit une voiture qui transporte la fillette. Il pensa à tous les dessins qu'ils avaient emportés au commissariat. Mon Dieu. La petite a dessiné tout ce qu'elle a vu. Les enfants dessinent, certains plus que d'autres. Ils dessinent ce qu'ils vivent, puisqu'ils ne peuvent pas l'écrire.

Ces dessins sont le journal de Jennie. Nous avons son journal intime.

Du calme. Ce n'était qu'une piste parmi d'autres. Peut-être pas même une piste. Mais l'excitation était bien là. *Il* n'était pas venu chercher les dessins. Ce n'est pas une chose à laquelle on pense en premier lieu, surtout si on a vu un enfant dessiner de nombreuses fois, et qu'on ne veuille pas montrer qu'on est entré dans un appartement qui semblerait... tout nu sans ces dessins.

Il l'a vue dessiner, pensa Winter. Il la connaît. Il connaît cette petite famille. Du calme. Pense aux paroles de Sture sur le niveau d'ambition. Le barbu peut être un... ami. Ou un chauffeur de taxi, ou un simple bonhomme de son imagination. Je dois regarder ces dessins, un par un. Combien y en a-t-il ? Cinq cents ? Est-ce habituel d'en garder autant ? Ce n'est pas moi qui pourrais répondre, je ne sais rien des enfants. Au même instant, il vit le visage d'Angela.

Il se tenait immobile dans la cuisine. Il pouvait y en avoir d'autres à la cave. Helene Andersén avait un emplacement au sous-sol, sans numéro d'appartement, ni nom. Cela n'avait rien d'inhabituel. Ils l'avaient découvert après quelque temps, fermé par un petit cadenas. Il n'y avait pas de clef. Celui qui était venu à l'appartement ne connaissait pas l'existence de la cave, ou n'avait pas osé s'y rendre. Elle contenait quelques caisses de vêtements, une paire de skis d'enfant, et une chaise.

33

Quand elle prêtait l'oreille, c'était comme si le coucou l'appelait. Plusieurs heures aujourd'hui, et hier aussi. Hou hou hou hou, comme de très loin, de l'autre côté des arbres.

Ses cheveux étaient mouillés. Ses habits aussi. Elle avait étendu la robe sous elle comme un drap. La robe était devenue toute mouillée. Parfois, quand elle avait froid, elle l'enfilait par-dessus son pantalon et son pull, puis, quand elle avait trop chaud, elle l'enlevait. Elle avait cru qu'ils lui prendraient la robe, mais non, ils la lui avaient laissée. Les bonshommes venaient la regarder quand ils croyaient qu'elle était endormie, mais elle ne dormait pas, même si c'était tout comme. Elle avait le vertige sans arrêt. Sa peau était tout hérissée, sur tout le corps, comme quand on s'est baigné dehors et qu'on sort de l'eau et que le vent souffle, avant qu'on ait attrapé sa serviette.

Le bonhomme, toujours le même, lui apporta des comprimés qu'il lui demanda d'avaler, mais c'était impossible. Elle ne pouvait pas avaler des médicaments comme ça. Il appela l'autre.

— Elle n'avale pas.

— Dis-lui qu'elle doit le faire.

— Ça ne marche pas.

— Écrase-les.

— Quoi ?

— Écrase-les dans de l'eau, ce sera plus facile à avaler. Ou mets la poudre dans la tasse avec du sucre et de l'eau chaude.

— Tu crois qu'elle les prendra ?

— Essaie.

Le bonhomme se pencha et lui posa la main sur le front.

— J'ai l'impression qu'elle a moins chaud, cria-t-il.

— C'est peut-être pas nécessaire.

— Quoi donc ?

— Les médicaments, merde.

— Je crois que oui.

— Alors fais ce que je t'ai dit.

Elle essaya d'avaler. L'eau avait mauvais goût. Puis elle s'assoupit et entendit les bruits du dehors, comme du tonnerre ou des grognements, et elle guetta l'appel du coucou, qui était peut-être toujours là.

Elle pensa : je ne vais pas rester ici longtemps. Je vais rentrer dans ma nouvelle chambre où il y a écrit Helene sur la porte. Je m'appelle Helene. Les bonshommes ne l'ont jamais dit, alors je dois le dire moi-même. Elle chuchota, ça lui faisait mal à la gorge, mais elle murmura « Helene » encore une fois et alors, ça lui fit comme plus clair et rouge dans les yeux et il lui sembla entendre à nouveau le coucou.

DEUXIÈME PARTIE

Il entendait les bruits de la forêt, mais ce n'était plus comme avant. Rien n'était plus comme le calme d'avant. Tout juste s'il entendait encore le vent dans les feuillages.

Elle avait surgi du passé comme une messagère du diable. La première fois, au téléphone, il s'était défendu. Vous avez fait un faux numéro, mademoiselle. Essayez ailleurs.

Sa voix. Comme un souvenir très lointain, qui ne devait plus exister. Qui ne devait plus s'entendre.

Il avait fait ce qu'il pouvait pour l'oublier. Et les autres, ceux qui auraient pu parler, avaient disparu.

Ensuite, en entendant à nouveau sa voix, il avait regardé ses mains. Ces mains qui avaient... qui avaient... Il avait fermé les yeux et les jours de malheur étaient revenus. La maison, le vent de la mer qui soufflait dans la putain de baraque et l'homme qui... qui... Puis il l'avait fait. Il n'avait pas le choix. Il avait tout prémédité. Au début, pourtant, il avait cru que ce ne serait pas nécessaire... Puis il l'avait fait. Ses mains l'avaient fait.

La voiture roulait entre les arbres. Il n'y avait pas de lumière. Il pleuvait et le ciel était pour l'instant fermé au trafic de l'espace. Il allait les chercher à l'arrêt du bus. Ce n'était pas le plus proche, mais elle comprenait ses raisons. Peut-être même était-ce elle qui l'avait proposé.

Il avait peur maintenant. Quand elle l'avait rappelé, il n'avait pas réussi à raccrocher. Maintenant, c'était la deuxième fois qu'il allait les chercher. Viens seule, avait-il dit. Elle avait refusé.

C'est insensé, avait-il répondu. Qui a dit ça ? Elle l'avait regardé. Une folie dans ce regard... Il la reconnaissait. C'était aussi la sienne. Il avait atrocement peur de ce qui allait arriver. Il avait regardé le toit de l'habitacle, pensé... pensé... qu'il y avait une issue. Présente depuis le début. Une possibilité. La peur l'avait arrêté.

Ça criait au-dessus de leur tête. Elle était seule. C'était la deuxième fois qu'elle venait seule. Il ignorait si elle savait... tout. Ils avaient traversé la prairie jusqu'à l'autre clairière. Les animaux s'étaient cachés parmi les arbres. Elle avait tourné son visage vers lui. Il ne voulait pas la regarder dans les yeux. Un cri leur parvint, de très loin. Soudain, il aurait voulu que l'enfant soit là. La prochaine fois, elle emmènerait la petite.

La sueur coulait dans ses yeux et le rendait aveugle. Il n'entendait aucune voiture sur la route. Il ne faisait jamais complètement nuit à cette époque de l'année. Il essaya de faire partir la sueur en clignant les yeux. Ses bras à elle...

En se retournant, il vit un bateau blanc planer à la surface de l'eau, sans bruit. Comme en attente. Elle avait la tête tournée dans cette direction, on aurait dit qu'elle le regardait. Le bateau était immobile, il semblait captif du brouillard. Il ne distingua personne à bord. Il baissa le regard. Lorsqu'il se retourna à nouveau, une dernière fois, la surface de l'eau était vide et noire.

34

L'appartement se trouvait dans Flygvädersgatan. Un immeuble avec vue sur la forêt. Rien ne signalait l'existence d'une crèche privée à cet endroit.

Les barres de Flygvädersgatan constituaient la muraille ouest du quartier de Norra Biskopsgården. Au-delà, la nature s'étendait sur soixante-dix kilomètres vers le nord. Le silence était tangible, comme un chant d'automne montant de la terre retournée.

Cette architecture évoquait pour Winter une musique pétrifiée ; des accords d'une beauté âpre, mais qui retenaient toutes choses captives. La nature, pourtant très proche, n'avait aucun lien avec ces constructions.

Karin Sohlberg lui avait indiqué le chemin, mais elle avait refusé de l'accompagner. Winter monta au premier et sonna à la porte de gauche – couverte de dessins d'enfants disposés en cercle autour d'un panneau « Le Vieux Village ». Un homme qui pouvait avoir soixante-dix ou quatre-vingts ans lui ouvrit. Il portait une chemise kaki et un ample pantalon gris retenu par de larges bretelles. Avec sa moustache et son épaisse crinière blanche, il ressemblait à un Père Noël qui aurait rasé sa barbe et décidé de rejoindre les humains pour de bon. Il tenait par la main un petit garçon qui suçait son pouce tout en dévisageant le policier aux longs cheveux blonds et à la veste en cuir noir.

— Bonjour, dit Winter en se penchant vers le garçon, qui fondit aussitôt en larmes.

— Allons, Timmy, fit l'homme.

Le garçon pressa son visage contre le pantalon gris. Son visage disparut dans l'étoffe. Il portait un bonnet jaune à pompon, tout de travers.

— Bonjour, répéta Winter.

Il se présenta. Il recherchait une personne disparue. Deux disparus, pensa-t-il. Un enfant et un assassin.

— Ernst Lundgren, déclara l'homme.

Il était de haute taille, un peu voûté. Il avait dû mesurer deux mètres dans sa jeunesse.

— Puis-je vous parler un moment ?

Ernst Lundgren s'effaça. Winter, qui avait entendu un brouhaha à l'arrière-plan, vit maintenant plusieurs personnes âgées qui aidaient des enfants à s'habiller. Le sol était jonché de vestes et de bonnets.

— On sortait, comme vous pouvez le constater, dit Ernst Lundgren. Dans dix minutes, avec un peu de chance, on sera au calme. Si vous avez le temps d'attendre.

— Bien sûr.

Devait-il proposer son aide ? Il ne savait pas comment on habille un enfant, mais ce ne devait pas être trop... Une femme, qui ressemblait étrangement à Ernst Lundgren, était en train d'enfiler une botte en caoutchouc sur un petit pied. Ça paraissait terriblement difficile. Pour finir, la femme renonça et laissa l'enfant sortir avec une seule botte. Elle fit une nouvelle tentative sur le palier. En se retournant, il vit qu'elle avait réussi.

L'homme âgé le regardait.

— Ça prend du temps, dit-il.

— C'est ce que je vois.

— Vous avez des enfants ?

— Non.

Il recula pour laisser passer trois copains d'un mètre de haut, qui avançaient de front vers l'extérieur.

— On ne pouvait pas rester les bras croisés, en voyant dans quelles difficultés elles se débattaient. Les jeunes mères, je veux dire.

Winter hocha la tête. Ils étaient dans la cuisine. Par la fenêtre, il vit la petite troupe traverser la route et s'enfoncer parmi les arbres. Une dizaine d'enfants et quatre adultes.

— Il y a beaucoup de mères seules ici, reprit Lundgren. Elles n'ont pas de travail et presque pas de relations. Beaucoup d'entre elles vivent enfermées dans leur solitude et n'en sortent jamais.

Winter acquiesça à nouveau.

— C'est dangereux, poursuivit le responsable de la crèche. Personne ne peut vivre comme ça, à la longue.

— Vous fonctionnez comme ça depuis combien de temps ?

— Un an, à peu près. On va bien voir si on nous laisse continuer. Ce n'est pas une crèche officielle.

— Qu'est-ce que c'est, alors ?

— En clair, la tentative de quelques vieux pour aider des jeunes en détresse.

Il indiqua la cafetière.

— Vous en voulez ?

Winter accepta. Ernst Lundgren se leva, prépara deux tasses et revint s'asseoir.

— Certaines de ces pauvres filles ne savent pas où se tourner. Elles ont besoin d'être... déchargées, pourrais-je dire, faute de mieux. On essaie de les soulager un peu au quotidien.

— Hmm.

— Ça veut dire qu'elles peuvent laisser leur enfant chez nous pendant quelques heures et aller chez le coiffeur, ou faire un tour en ville. Ou juste rentrer chez elles et se reposer.

— Oui. Je crois que je comprends.

— Être seule un petit moment, au moins une fois dans la semaine. Vous savez ce que ça signifie, de ne jamais pouvoir être seul ?

— Non. J'ai surtout l'expérience du contraire.

— Que dites-vous ?

— Le contraire. Trop de solitude.

— Ah oui. Mais c'est aussi le problème de ces filles-là, voyez-vous. Elles n'ont pas l'occasion de rencontrer d'autres adultes.

Ernst Lundgren retroussa une manche de sa chemise kaki, et Winter vit que les poils faisaient comme une mousse blanche jusqu'aux phalanges.

— Certaines ont plusieurs enfants, d'ailleurs.

— Et il y en a beaucoup qui veulent venir chez vous ?

— Pas mal, mais on ne peut pas accueillir d'autres enfants. Il faudrait un appartement plus grand, et davantage de bénévoles, mais sous sa forme actuelle, déjà, notre activité est à peine tolérée. La commune nous considère comme des pirates. Ça ne me dérange pas.

— C'est un beau travail, dit Winter.

— On peut bien faire quelque chose avant de mourir. Et c'est amusant. C'est la chose la plus amusante que j'ai faite depuis longtemps.

— Y a-t-il d'autres initiatives comme la vôtre, dans le quartier ?

— Non. J'ai entendu dire que quelques vieux de Gårdsten envisageaient de faire pareil. À moins que ce ne soit à Rannebergen.

Winter finit son café. Il était encore chaud.

— On raconte un tas de bêtises sur les banlieues, reprit Ernst Lundgren. Mais une chose est vraie : il y a beaucoup de solitude dans les cités. Les personnes modestes et seules sont reléguées à la périphérie. C'est tordu. Les familles d'immigrés ont des liens communautaires, même si l'on peut s'interroger parfois, mais bon. Et, au milieu des immigrés, il y a les jeunes mamans suédoises avec leurs enfants. Presque jamais de garçons. Des jeunes filles, et leurs enfants. Ça fait un drôle de mélange.

— Oui.

— Je parle beaucoup. C'est peut-être le fait de recevoir la visite des autorités.

— Je préfère que l'on ne m'appelle pas ainsi, dit Winter en souriant.

— Si. Vous ne portez pas l'uniforme, mais vous avez du pouvoir.

Winter ne répondit pas. Ernst Lundgren regardait par la fenêtre. Winter l'imita. Les enfants et les retraités, à l'orée de la forêt, ressemblaient à des taches de couleur sur une feuille de papier rugueux.

— Et beaucoup d'entre elles redoutent le contact, dit Ernst Lundgren sans quitter la petite troupe du regard. C'est peut-être pour cela que je n'ai jamais vu cette femme dont vous me parlez. Helene, c'est cela ?

— Oui. Helene Andersén. La petite fille s'appelle Jennie.

— Ça ne me dit rien. Mais je peux évidemment questionner mon... personnel.

— Je vous en serais reconnaissant.

— Je peux interroger les gens du quartier. J'en connais pas mal.

— Je n'en doute pas.

— Ce serait bizarre que personne ne les ait vues. Les enfants sont peut-être au courant, aussi. Pouvez-vous me décrire la fillette ?

— C'est possible, dit Ringmar en regardant la pile de dessins sur la table provisoirement installée dans le bureau de Winter.

— Un journal intime. On peut le voir comme ça.

— Ce serait un coup de chance.

— La chance revient souvent à reconnaître une possibilité quand elle se présente.

Ça, c'est vraiment une réflexion de premier de la classe, pensa-t-il.

— La possibilité serait donc ici...

Ringmar souleva un dessin qui représentait un arbre

solitaire au milieu d'un champ. L'image était coupée en deux. Pluie. Soleil.

— Il y a à la fois de la pluie et du soleil.

— C'est le cas sur plusieurs dessins, d'après ce que j'ai pu voir, dit Winter.

— Ça signifie quelque chose ?

— Je ne sais pas.

— Il faudrait poser la question à un psychologue pour enfants.

— J'y ai pensé.

— Et puis il y a les paysages...

— Et les personnages.

— Il y a de quoi prendre peur. Je pense aux dessins de mes propres gosses. À ce qu'ils peuvent signifier.

— Les enfants dessinent beaucoup, n'est-ce pas ? Et que dessinent-ils ? Ce qu'ils voient. On a ici ce qu'elle a vu.

— Pluie, soleil, arbres, énuméra Ringmar. Un bateau et une voiture. Où ça nous mène ?

— On peut quand même les regarder. Beier n'a pas encore fini avec les images, là-haut.

— Que dit-il, à part ça ?

— Qu'il est stressé.

— Ah bon ? Dans ses beaux locaux tout neufs ?

— Ils sont en train de tirer dans le tank à eau.

— Ah. C'était le bon fusil ?

— Il ne le sait pas encore.

Ils avaient quelques douilles de la fusillade de Vårväderstorget, et une arme suspecte. Beier s'était procuré des munitions de même calibre, et récupérait les balles déchargées dans la cuve pour les comparer avec les douilles, sous un microscope spécial. Depuis l'assassinat du Premier ministre, le laboratoire de Linköping exigeait de recevoir un exemplaire de balle et de douille de toute arme susceptible d'être impliquée dans un crime. Dans le cas d'un lien possible avec les gangs de motards, les laboratoires criminalistiques d'Oslo, de Helsinki et de Copenhague demandaient eux aussi qu'on leur envoie du matériel. Cela rend le test balistique de Göteborg encore plus intéressant et Beier encore plus stressé, songea Winter.

— À quoi penses-tu ? demanda Ringmar.

— Là tout de suite ? Je vois une balle traversant une masse d'eau et un motard pulvérisant un barrage routier quelque part en Scandinavie.

— Moi je pense à la petite, dit Ringmar. Et à sa mère.

— J'attends encore les rapports des services sociaux. Et des hôpitaux.

— Elle semble avoir eu ni famille ni amis.

— Si. On s'en approche. On les trouvera bientôt.

Il prit sa veste sur le dossier de la chaise.

— Où vas-tu ?

— Il m'a semblé opportun d'accepter enfin un rendez-vous avec un reporter. Tu n'es pas d'accord ?

— Tu pourras garder le masque ?

— Quel masque ?

— C'est une expression. Pourquoi cette manie de toujours couper les cheveux en quatre ?

— Quels cheveux ?

— Va chez le coiffeur avant ton rendez-vous. Birgersson a marmonné quelque chose ce matin. Il était question de perruque de Beatles.

— Il vit encore dans le bon vieux temps.

Winter se dirigea vers les ascenseurs.

Hans Bülow attendait dans un bar du centre-ville. La nuit tombait. Des bougies étaient déjà allumées sur les tables. Les gens marchaient vite le long de l'Avenue, la grande artère du centre de Göteborg, comme pressés de rentrer chez eux ou de se rendre à une invitation. Winter arriva enfin.

— On peut t'offrir une bière, maintenant que tu as enfin trouvé le temps de me voir ? dit Bülow.

— Un Perrier, ce sera très bien.

— Tu ressembles de plus en plus à un *straight edge*.

— Pourquoi ? Ils boivent du Perrier ?

— De l'eau. Pas d'alcool.

— *Straight edge* ?

— Oui.

— Ça me paraît parfait, dit Winter en allumant une Corps. Un bon *sound*.

— Et ils ne fument pas.

Winter considéra son cigarillo.

— Alors, autant que je prenne une bière. Hof pression, s'ils en ont.

Bülow se dirigea vers le comptoir et revint avec deux grands verres. Il adressa un signe de tête à une connaissance et se rassit.

— C'est un collègue à toi, pas vrai ?

— Qui ?

— Derrière moi, sur ta droite. Celui que j'ai salué.

Winter regarda par-dessus l'épaule du reporter et reconnut la tête rasée de Fredrik.

— Tu connais Halders ?

— Tu plaisantes ? En tant que reporter spécialisé, on est forcément en contact avec les forces du bien.

— Tu comptes Halders parmi les forces du bien ?

— Il a meilleure réputation que vous tous.

— Auprès de qui ?

— De la presse, bien sûr. Il n'en rajoute pas. Il se tait quand il n'a rien à dire.

Winter goûta la bière.

— Que se passe-t-il ? reprit Bülow sur un autre ton.

— On cherche encore l'identité de la victime. Et peut-être aussi un enfant, mais on n'en est pas sûr. Ça me fait peur.

— Si je te dis que vous l'avez trouvée...

— Dis ce que tu veux... Et nous l'avons trouvée, que je sache.

— Son identité. Vous savez qui c'est. Mais vous ne voulez pas lâcher l'info.

— Je t'écoute.

— Pourquoi ? fit Bülow gravement.

Winter resta silencieux. Il but une gorgée de bière,

pour s'occuper. Le barman passait de la musique à volume moyen. Ça ressemblait à du rock.

— Pourquoi, Erik ?

— J'ai accepté de te voir parce que je veux élucider certaines choses. Mais il y a des réponses que je ne peux tout simplement pas te fournir.

— Pour des raisons techniques liées à l'enquête ?

— Oui.

Halders était toujours assis au même endroit. C'est peut-être son double, pensa Winter.

— Articles 5-1 et 9-17 du code pénal, dit Bülow.

— Tu es juriste aussi ?

— Chroniqueur judiciaire, ça suffit.

— Ah.

— Alors ? Qu'est-ce que tu *peux* me raconter ?

35

Il était de retour dans son bureau. Bülow était prêt à attendre. Winter le croyait capable de garder le silence. *Not publish and not be damned*, avait-il dit, et Winter avait cru comprendre ce qu'il entendait par là. Tu me dois un service, avait dit Bülow au moment de prendre congé. Réponse de Winter : je viens de te le rendre.

Il ouvrit la fenêtre. Bruissement de feuilles sèches dans les arbres. Bientôt, il aurait une meilleure vue sur le nord, par-delà le fleuve et les immeubles muets de l'autre rive. Ces immeubles avaient été construits au cours des dernières années, tandis que lui-même, assis dans son fauteuil, lisait des récits d'actes maléfiques. Il lui semblait que ces tours manquaient de flexibilité dans leur structure. Le présent finirait par les effriter. En attendant, elles étincelaient comme des mirages au soleil.

La musique du lecteur de CD était plus forte que les autres bruits de la pièce et du commissariat tout entier. Mikael Brecker, *Tales from the Hudson*. Notes du saxophone ténor pétrifiées dans *Naked Soul*. Âme à nu. Il pensa au visage et au corps de Helene. Son âme avait quitté son corps. Le fait d'évoquer son nom lui faisait encore le même effet qu'au début. Il avait su qu'elle s'appelait ainsi. Comment le lui avait-elle dit ? Comment lui avait-elle communiqué son nom ?

Il prit le premier dessin de la pile posée sur la table. Pas de ciel. Un personnage, qui pouvait être un enfant, les bras levés. Pas de sol. Le personnage planait dans les airs.

Winter regarda l'image suivante. Soleil à gauche, pluie à droite. Au même instant, il entendit la pluie contre la vitre. Un coup de vent s'empara des dessins.

Il alla fermer la fenêtre et se rassit face au dessin. Au centre, une voiture sur une route serpentant entre les arbres. Pas de visages ; la voiture n'avait pas de vitres. Elle n'avait pas non plus de couleur ; elle était blanche comme le papier. Les arbres étaient verts, la route marron. Winter prit le dessin suivant, qui montrait lui aussi une voiture. Cette fois, elle roulait entre des immeubles – de grands rectangles aux fenêtres irrégulières. La route était noire. Winter feuilleta les dessins jusqu'à en trouver un autre qui représentait lui aussi une voiture. Sur une route marron. Cinq dessins plus loin, la voiture roulait sur une route noire. Les voitures étaient blanches, comme le papier. Sur l'un des dessins, il vit derrière la vitre un personnage aux cheveux rouges. Aucun conducteur.

Il cherchait des lettres, des chiffres sur les voitures. Elle avait écrit son nom, « jeni ». Elle était capable de reconnaître et de dessiner une lettre. Certains enfants ne savaient-ils pas lire et écrire à cinq ans ?

Il ferma les yeux. La musique était un élément de sa concentration.

Il rouvrit les yeux et rangea les dessins de voitures à droite. Il y avait d'autres images de véhicules. Des tramways, peut-être. Des rectangles, avec des fenêtres, comme les immeubles qu'il venait de voir, mais à l'horizontale. Un dessin montrait quelque chose qui pouvait être un tramway vu de devant. Le chiffre 2 figurait tout en haut, au-dessus d'une grande fenêtre.

Winter posa le dessin et chercha d'autres images de tramway. Il finit par en trouver un. Il n'avait pas de chiffre. Il feuilleta la pile et retrouva le chiffre 2, cette fois sur le flanc du véhicule. Un personnage aux cheveux rouges derrière une vitre. Les yeux, le nez, la bouche.

Winter regarda sa montre. Il prit l'annuaire et chercha la régie des transports urbains. Le bureau de Drottningtorget était encore ouvert. Il composa le numéro et attendit. Quel était le trajet de la ligne 2 ? Il raccrocha après avoir obtenu la réponse.

Ça correspondait. Le 2 passait par Norra Biskopsgården. De toute évidence, elles l'avaient pris. Peut-être quotidiennement. Ou encore le 5, qui, il venait de l'apprendre, passait aussi dans le quartier. Peut-être verrait-il un 5 sur d'autres dessins... Il s'aperçut qu'il transpirait, de la racine des cheveux aux sourcils. Il se leva, entra aux toilettes sans allumer et se rinça le visage à l'eau froide. Son visage dans le miroir formait un ovale sombre qui se découpait dans la lumière du couloir. Il prit une serviette jetable, s'essuya les yeux et retourna dans son bureau. Les dessins étaient sur la table et il allait continuer à y chercher des traces de vie.

Le téléphone sonna.

— Winter.

— C'est Beier. Je pensais bien que tu serais encore là.

— Et toi, où es-tu ?

— Encore là. J'ai peut-être quelque chose pour toi.

— Quoi donc ?

— Je ne sais pas. Un bout de papier vieux de plusieurs siècles. Assez vieux, en tout cas. Il porte une inscription. On a tout pris, à la cave, il y avait entre autres deux cartons d'habits. Dans l'un, il y avait quelques vêtements d'enfant, dont une robe avec une poche, et dans la poche il y avait ce bout de papier.

— Ah.

— C'est une vieille robe et un vieux papier.

— Tu en es sûr ?

— Oui. Mais on n'a pas encore commencé à travailler dessus. On ne sait pas à quand ça remonte.

— Tu parles comme un archéologue hésitant.

— Mais oui. C'est très difficile de donner une date. Alors, tu viens ? Je m'en vais bientôt.

Winter regarda les dessins qu'il avait commencé à trier. Il se sentait pris de court.

— Je devrais ?

— Fais comme tu veux. Les affaires ne vont pas bouger. Mais... c'est un peu étrange. Je sens comme une vibration.

— Intuition.

— Pressentiment.

— Alors, il vaut mieux que je vienne.

Il éteignit le lecteur de CD avant de quitter son bureau. C'était comme si les pensées liées aux dessins cessaient en même temps que la musique. Provisoirement.

— Qu'en dis-tu ? fit Beier.

— Il n'y a pas grand-chose à dire.

Winter regardait la robe et le bout de papier posés côte à côte sur la table d'examen éclairée. La robe pouvait être à Jennie, mais elle avait un air... désuet. Quelle époque ? Winter n'aurait su le dire, mais ce genre de doute était facile à dissiper.

La feuille – un carré de dix centimètres sur dix – semblait avoir été pliée mille fois. Le papier avait jauni et paraissait infiniment fragile. Un rouleau de la mer Morte, pensa Winter.

— En effet, ça paraît vieux. Tu as une copie ?

Beier la lui tendit.

— On peut encore le déchiffrer, dit-il.

— C'est de l'encre ?

— Du feutre, sans doute. Mais ne me pose pas de questions trop difficiles pour l'instant. On va vérifier, comme pour le reste. Si ça vaut le coup.

— Oui, dit Winter. Les gens gardent leurs vieilleries, parfois. En soi, ça n'a rien d'étrange.

— Non.

— Puis ils se font assassiner, ou ils disparaissent, et soudain, on se retrouve à examiner leurs affaires.

— Alors une robe d'enfant devient intéressante. Ou un message mystérieux sur un bout de papier.

Comme un appel du passé, pensa Winter en regardant la copie. Trois chiffres : 20/5. Ligne suivante : un trait horizontal suivi de 16.30. Troisième ligne : 4-23 ? Puis un espace de quelques centimètres et les lettres L.v – H, F, le F étant entouré d'un cercle. En dessous, à droite, des lignes qui évoquaient une carte géographique. À gauche de ces lignes, quelque chose qui pouvait être une croix, ou des traits courts.

— Ça pourrait être une carte.

— La ligne horizontale commence près du F.

— C'est peut-être une rue, indiqua Winter. Ou une route de campagne. Ou juste... une ligne.

— Ça peut être n'importe quoi.

Winter regardait les chiffres et les lettres.

— 16.30. C'est un horaire.

— Et le 20/5 est peut-être une date, ajouta Beier. Le 20 mai.

— Le 20 mai à seize heures trente. Que s'est-il passé alors, Göran ? Peux-tu rendre compte de tes agissements à cette date ? Bon. Il faudra y réfléchir. Peut-on établir leur âge ? Celui de la robe et celui du papier ?

— Ça dépend. Plus un papier est ancien, plus il est facile de le dater. Mais celui-ci n'a pas cent ans, ce qui réduit notre marge. Les méthodes de fabrication du papier n'ont pas eu le temps de changer tant que ça. Il faudra consulter les fabricants pour établir la marque, la qualité, etc.

— C'est tout ?

— On ne peut pas utiliser de méthode chimique, si c'est à cela que tu penses. Empreintes, oui, peut-être. Âge, non. Ou alors il faudra transmettre à Linköping. Et eux ne pourront remonter que dix, vingt ou trente ans en arrière. Sinon, il existe peut-être d'autres experts.

— Je comprends.

— Si ça vaut le coup.

— Oui.

— Pour les vêtements, c'est un peu différent. On a par exemple une étiquette ici, ce qui nous simplifie beaucoup le travail. Je ne connais pas cette marque de prêt-à-porter, mais à supposer qu'elle n'existe plus, ce n'est pas un problème. Et il est plus facile de dater des tissus. On devrait y arriver.

— Le papier date peut-être de la même époque.

— Peut-être. Mais on n'en sait rien.

— Et les empreintes ?

— Il y en a, c'est tout ce que je peux dire pour l'instant.

Winter regardait les petites affaires éclairées par la forte lumière. Sensation de chagrin. C'était naturel. Il pensa à ce qu'il avait dit tantôt sur les archéologues. Quelle était leur peine lorsqu'ils se tenaient au-dessus d'un tombeau ouvert et manipulaient des objets ayant appartenu à un mort ?

La robe pouvait être à la petite, Jennie, mais il ne le pensait pas. Sans le dire à Beier, il était convaincu qu'elle avait appartenu à Helene. Elle l'avait portée à l'âge qu'avait sa fille maintenant. Vingt-cinq ans plus tôt. La robe date de cette époque-là, pensa Winter. Début des années soixante-dix. Le début de mon adolescence à moi. Elle avait porté cette robe, et elle y avait peut-être caché le bout de papier un jour. Ou quelqu'un d'autre l'avait fait, à une autre époque. Peut-être sa fille. Mais pourquoi ? Cela a-t-il une importance pour moi ? Je le crois. Oui.

— Si tu peux dater ce bout de papier de façon approximative, dit-il, ça nous aiderait.

— Tout dépend de ce qu'on entend par approximatif.

— Bonne remarque.

— Je te rappelle, fit Beier en éteignant la lumière. Je dois rentrer faire mes bagages.

— Tu t'en vas ?

— Demain. À Sundsvall. Juste pour la journée. Une conférence.

— Est-ce vraiment nécessaire ?

— Arrête de geindre, Erik. D'autres gens ici travaillent sur ton... sur notre affaire. Et il n'y a pas que la police de Göteborg qui a besoin d'entendre la bonne parole.

— C'est donc toi qui vas parler ?

— Bien sûr.

— De quoi ?

— Comment constituer une équipe technique efficace digne de ce nom.

— Et nous ? On va l'apprendre quand ?

36

Winter laissa la voiture devant le supermarché Konsum de Mölnlycke et prit à pied l'étroit passage bordé de boutiques. Vidéo, librairie, papeterie, et une quatrième qui combinait la vente de parfums et de produits diététiques. Bouillie d'avoine au musc, pensa-t-il.

Le passage débouchait sur une grande place. La lumière balayait l'espace dur, lui donnait une apparence aiguë, stylisée, à deux dimensions, comme une image taillée dans la pierre. Au nord, un ciel bleu, limpide et froid. L'interstice entre été et automne s'était enfin rempli de givre et de bruits nets, comme lorsqu'on casse une brindille et que le son porte au loin.

Winter étudia la disposition des lieux. Sur sa droite, l'entrée du bureau de poste. En face de la poste, sur sa gauche, un pub. Jacky's Pub. Droit devant, l'étendue de la place, vaste comme un parc... soixante-quinze mètres, peut-être. Des arbustes badigeonnés de soleil. Du côté nord, un immeuble de huit étages dont le rez-de-chaussée était occupé par un horloger et une boutique de cadeaux. À côté du bureau de poste, une arcade s'ouvrait vers l'est. Il aperçut une enseigne de Caisse d'épargne et une enseigne de fleuriste. Il fit quelques pas et se retourna. Les fenêtres de la poste occupaient une vingtaine de mètres de façade. Il s'assit sur un banc, d'où l'on avait une bonne vue sur le bureau de poste. Il se dirigea vers le pub, se retourna. Bonne visibilité, là encore. Le pub était fermé. Il ouvrirait dans trois heures. Derrière la vitre, il entrevit un banc et des tabourets de bar. Il devait être possible de surveiller l'entrée du bureau de poste de l'intérieur du pub. Il revint sur ses pas.

En entrant, il se retrouva tout d'abord dans un espace réservé aux boîtes postales. Il y en avait deux cent cinquante-sept. C'était comme un petit hall. Il fallait pousser une autre porte pour parvenir aux guichets. Bien, pensa Winter. Cela impliquait plus de temps pour entrer, mais aussi pour ressortir.

Personne n'avait encore payé le loyer d'octobre. À moins que le paiement ne soit intervenu au cours de la dernière heure – auquel cas ils auraient échoué.

Le centre du local était occupé par une table. Trois personnes y remplissaient des formulaires.

L'un des trois était Bergenhem, qui jeta un regard indifférent à Winter, avant de se replonger dans sa tâche.

Au fond du local se trouvait le « service bancaire de la poste », un comptoir spécial dépourvu de vitre. Derrière ce comptoir, on avait reconstitué en partie une petite maison de bois peinte en rouge.

Fixée au mur, à quatre mètres du sol, entre le service bancaire et la caisse n° 1, il vit une caméra. Elle était bien placée et discrète, grise comme le mur, à l'exception de l'œil noir qui se déplaçait lentement. Parfait.

La deuxième caméra était placée au-dessus de la caisse 3, à côté d'une pancarte : « Un conseil ne coûte rien. »

Winter n'avait pas remarqué à son entrée l'affiche signalant que le local était sous surveillance. Bien, pensa-t-il à nouveau.

Soudain, il perçut le brouhaha autour de lui, pour la première fois depuis son entrée. Son corps s'était détendu. Ça bruissait subitement de vie, là-dedans. Comme si quelqu'un avait tourné le bouton du volume. Il entendit deux enfants chanter. Les gens allaient et venaient. Bergenhem s'était approché du rayon libre-service et examinait un paquet de format A5. Il ressemblait à quelqu'un qui aime à choisir soigneusement ses enveloppes. Le regard de Winter s'attarda, mais Bergenhem ne faisait pas attention à lui.

L'épais tapis bleu-gris placé devant la sortie formait un léger pli en son milieu ; il savait que ce pli était l'œuvre de Bergenhem.

Les gens étaient absorbés dans leurs occupations. Deux femmes parlaient, des enfants dans leurs jambes. D'autres écrivaient ou regardaient droit devant eux. Il y avait à peu près autant de femmes que d'hommes. Aucun barbu, parmi les adultes, aucun individu regardant les caméras d'un air méfiant.

Pourtant, pensa Winter, tout se joue peut-être *maintenant*. En cet instant. S'il s'en tient à la règle, il ne viendra que demain, mais tout le monde peut changer d'habitude.

Les employées travaillaient avec calme et professionnalisme derrière les guichets. Des femmes, sans exception. Veste bleu marine de la poste et chemisier à fines rayures. Il y avait une file devant chaque caisse, alors même que chaque client disposait d'un numéro d'attente.

Les caissières avaient toutes un papier sur lequel était notée la fameuse série de chiffres. Auraient-elles le temps de réagir si... Cela avait fonctionné par le passé. Elles étaient prévenues. Aucun client n'essayait d'accélérer le mouvement, d'exiger un service rapide susceptible de les distraire. Si cela se produisait, elles avaient des consignes. Vigilance accrue.

Winter écoutait le bruit des conversations. Il lui semblait que le volume sonore avait encore augmenté. Il pensa soudain à la muette Helene, étendue sur la table de l'amphithéâtre. Le brouhaha finit par se confondre avec l'air ambiant. Comme si les paroles étaient des cailloux, et les voix un vent courant sous les néons.

Winter reprit la route de la ville en faisant un crochet par Helenevik. Il emprunta le tunnel sous l'autoroute, descendit jusqu'au parking. Il y avait deux autres voitures. Il entendit un bruit de moteur, mais ne vit aucun bateau. Le ciel se reflétait sur toute la surface du lac. Il n'y avait plus de ligne de démarcation. La lumière l'aveuglait.

Ils avaient une fois de plus ratissé le secteur, sans découvrir de nouveaux indices. En fait, ils recherchaient un autre corps. Personne n'en avait parlé, mais chacun savait ce qu'ils risquaient de trouver, caché sous les arbres.

Sous les arbres ou dans l'eau, pensa Winter. On va bientôt commencer à draguer le lac si on ne trouve... rien sur la terre ferme. Ce bateau qu'Andrea Maltzer prétend avoir vu. Peut-être celui des garçons. On y a retrouvé mille empreintes de cinq cents personnes différentes. Le bateau était très apprécié, apparemment, les garçons devaient en tirer un bon bénéfice. Mais aucune empreinte n'était celle de Helene. En tant que pièce à conviction, ce bateau ne valait rien pour l'instant. Mais il y avait la petite tache de peinture rouge.

Il y pensa en approchant de l'arbre. Le « caractère chinois », qui ressemblait à un H, était encore là.

Les bandes de plastique scintillaient dans la lumière. Déchiquetées par endroits, comme si des animaux étaient venus les grignoter. Winter se pencha et vit de fines empreintes de sabots dans l'herbe douce, le long du sentier. Quelques crottes aussi – lièvre ou phacochère, en ce qui le concernait, ça revenait au même. Je ne suis pas un adepte de la vie au grand air, pensa-t-il. Sauf dans le cadre de mon travail.

Le bruit de moteur s'amplifia. Winter se redressa et épia le lac, entre les branches. Un bateau approcha de la baie avant de repartir dans l'autre sens, en décrivant un grand arc de cercle. Winter distingua deux hommes, dont l'un portait une casquette. Il tenait une canne à pêche. Winter crut voir la ligne mouillée étinceler l'espace d'un instant à la lumière du soleil, qui paraissait maintenant venir d'en dessous.

— Ils n'ont pas fini d'analyser le formulaire, dit Ringmar en se grattant le nez. Stockholm nous l'a expédié par voiture, comme tu l'avais demandé.

— Pas demandé. Ordonné.

— Ils devaient de toute façon nous envoyer une voiture aujourd'hui, ont-ils dit.

— C'est leur manière de mitiger la honte de recevoir un ordre de Göteborg.

— Tu as des complexes ?

— Moi non. Stockholm, oui.

Ringmar continuait de se gratter. Son nez était tout pâle, comme si la circulation était bloquée à cet endroit.

— En tout cas, il y a des empreintes. D'une trentaine de personnes au moins. Et on ne parle que de celles qu'on a réussi à relever.

— Ils ne les ont pas encore proposées à AFIS ?

— Ils s'en occupent.

Bientôt, les empreintes circuleraient dans le nouveau système informatique AFIS. *Automatic Finger Identification System*. Peut-être le formulaire avait-il été manipulé par une personne connue des services de police. Celui qui avait payé avait probablement mis des gants. Mais on ne savait jamais. Peut-être étaient-ils bien plus proches du meurtrier qu'ils ne le soupçonnaient.

Ce qu'ils découvriraient avec certitude, c'était la trace des doigts innocents du personnel de la poste.

— Au fait, il y a eu un incident dans une ferme appartenant à un gang de motards.

— Ça se durcit, dit Winter.

— Je me demande de quoi il s'agit. Nous qui pensions que la paix était revenue.

— Nous qui faisions confiance à la jeunesse motoportée.

— La plupart sont plus vieux que toi.

— D'entre eux.

— Quoi ?

— Surveille ta grammaire. Il faut dire la plupart *d'entre eux*.

— Va te faire voir.

Ringmar se gratta à nouveau.

— Quelque chose a suscité une inquiétude.

— C'est un euphémisme.

Ringmar comprit qu'il faisait allusion à la fusillade de Vårväderstorget.

— On n'a pas complètement fini.

— Presque, dit Winter.

— Il nous manque juste les coupables. Ensuite on pourra refermer le dossier.

— Et poser la question habituelle : « Pourquoi ? »

— Ce n'est pas la première fois que les Anges de l'Enfer se tirent dessus au milieu de nous autres habitants du plancher des vaches. Ça fait partie de leur idée du business.

— Tu veux di...

— Leur idée du business, c'est la terreur. Répandre l'effroi, c'est un bien.

— Sauf pour celui qui se fait tirer dessus.

— Jonne va s'en sortir, Dieu merci.

— On va voir si on arrive à retrouver Bolander.

— Il a disparu sous terre.

— Un Ange souterrain, dit Winter. Comme le diable.

— À propos de fusillade, le Kurde a été renvoyé chez lui aujourd'hui. On a donc fini par mettre en œuvre la bonne décision étatique.

— Je sais.

— Pauvre bougre. Tu penses qu'il espérait être inculpé ?

— Je ne sais pas. S'il avait mis sa menace à exécution, il aurait peut-être eu une chance de rester.

— Dans ce cas, on l'aurait pris au sérieux.

Ou s'il avait bénéficié d'un très bon avocat, qui aurait pu invoquer des troubles psychiatriques, pensa Winter. Mais il n'y avait rien de tel, bien entendu. L'homme s'était comporté le plus normalement du monde. Un peu stressé peut-être, mais il pouvait avoir ses raisons.

— Il sera sûrement heureux chez lui, dit Ringmar.

Aneta Djanali tâta l'asphalte avec précaution. Pendant un moment, il lui avait semblé devoir réapprendre à marcher. Peut-être était-ce le holster qui la déséquilibrait.

— Tu as le vertige ? demanda Halders.

Ils s'éloignaient de la voiture. Bientôt ils parleraient au propriétaire d'une Ford Escort dont le numéro d'immatriculation commençait par un H.

— Quoi ?

— Tu as le vertige ? J'ai cru te voir trébucher. J'essaie de faire au mieux...

— Le mieux que tu puisses faire, c'est te taire.

— Bien, chef.

— J'aurais pu me charger toute seule de cet entretien.

— Winter a dû penser que tu avais besoin d'être soutenue.

— Pourquoi m'aurait-il collée avec toi, dans ce cas ?

— On est arrivé, dit Halders. Je vais frapper à la porte.

Le téléphone sonna alors que Winter travaillait à ses piles de dessins. Il décrocha tout en regardant une image de forêt clairsemée.

— Tu n'es plus jamais chez toi, dit la voix de sa sœur.

— Salut, Lotta.

— Tu as fait installer un lit dans ton bureau ?

— On n'en est pas encore là.

— Tu peux te libérer quelques heures samedi prochain ?

— Quand ?

— Samedi prochain. Le 8.

— En quel honneur ?

— En l'honneur d'un chiffre pair beaucoup trop élevé. Je croyais que tu étais au courant. Je donne une petite fête.

— Tu ne devais pas aller à Marbella ?

— Tu as parlé à maman, à ce que je vois.

— Ou le contraire.

— J'irai plus tard. Alors, qu'en dis-tu ?

— C'est où ?

— Ici, chez moi. Pourquoi, ça change quelque chose ?

— Samedi soir ?

— Oui. À partir de dix-huit heures. Apéritif et dîner. Sans placement à table. Si tu veux, tu pourras te mettre dans la cuisine.

— Dans ce cas...

— Bien. Je note ton nom sur ma liste.

— On sera combien ?

— Deux cents invités, choisis parmi mes amis les plus proches. Non, sérieusement. Une trentaine. Des gens sympathiques sans exception.

— Je ne sais pas, Lotta...

— Ah. C'était trop beau pour être vrai.

— C'est juste... le travail. Je viendrai si je peux, mais... ça va être difficile. Peut-être.

— Tu ne peux tout de même pas enquêter vingt-quatre heures sur vingt-quatre, y compris quand tu dors ?

— Je ferai de mon mieux pour être là samedi soir. À dix-huit heures.

— Tu peux venir plus tard si tu veux.

— D'accord.

— L'invitation vaut aussi pour Angela, bien entendu.

— Angela...

— Ta petite amie. Tu te souviens d'elle ?

37

Beier revint de Sundsvall avec le rose aux joues.

— Il y avait un parfum de neige dans l'air, dit-il à Winter, qui était passé le voir dès l'annonce de son retour.

— Tu n'étais tout de même pas à Kiruna.

— Ça reste le Norrland. Ils sont très à cheval là-dessus, là-haut.

— Tu en as parlé avec Sture ?

— Je rentre à peine. Et Sture, comme tu le sais, n'aime pas trop évoquer son passé lapon.

— Il cache peut-être quelque chose.

— N'est-ce pas notre cas à tous ?

— Cela me conduit au but de ma visite.

— Tu es rapide. C'est toujours la même histoire, avec vous autres, de la crim'. « Tu as bien quelque chose pour moi ? » Alors que je n'ai pas eu le temps d'échanger deux mots avec mon équipe.

— Tu préfères que je repasse ?

— Oui. Je suppose que tu as de quoi t'occuper en attendant.

— Quand ?

— Laisse-moi une heure.

Winter sortit. Son portable sonna alors qu'il franchissait le sas de sécurité de la brigade technique.

— Winter.

— Eeeeerik !

— Bonjour, maman.

— On a lu dans le journal que des fous se tiraient dessus sur une place de Hisingen.

— C'était il y a longtemps.

— On est allé au Portugal avec des amis. On n'a lu les journaux qu'en rentrant. C'est pour ça que je t'appelle. Tu étais impliqué ? Ils n'en disent rien, dans les articles.

— Je n'étais impliqué d'aucune manière.

— Ah, je suis soulagée.

Winter descendait l'escalier. Au quatrième étage, Il croisa Wellman, qui hocha la tête avant d'entrer dans l'ascenseur.

— Tu es là, Erik ? fit la voix maternelle.

— Je suis là.

— Où ?

— Ici.

— Je veux di...

— Je suis au commissariat et je me rends dans mon bureau.

— Sale histoire, cette femme qui a été tuée.

— Oui.

— Vous ne savez toujours pas qui c'est ?

— Non.

— C'est terrible.

— Je crois que je dois...

— Lotta a reporté son voyage.

— Je sais.

— Tu lui as parlé ?

— Oui. À l'instant.

— Tu l'as vue ?

— Je lui ai parlé au téléphone.

— Elle aimerait que tu lui rendes visite un peu plus souvent. Mais je te l'ai déjà dit.

— Oui.

— Ce n'est pas facile pour elle.
— Non.
— En tout cas, maintenant, elle a décidé de donner une petite fête pour son grand jour. Tu ne peux tout de même pas ne pas y aller ?
— Non.
— Tu me le promets ? Lotta a besoin de son petit frère.
— Je sais. Il faut bien qu'on s'occupe l'un de l'autre, vu que vous n'êtes pas là.
— Ne sois pas comme ça, Erik. On en a déjà parlé. Papa a essayé...
Winter était arrivé dans son bureau. Il regardait le lecteur de CD et les tables couvertes de dessins. Silence.
— Quelqu'un essaie de me joindre sur le téléphone fixe.
— Je n'entends pas de sonnerie.
— Ça clignote. Au revoir, maman.
Il coupa la communication, prit un disque sur l'étagère et l'enfonça dans le lecteur.

Aneta Djanali frappa à la porte. Rien. Elle sonna à nouveau.
— On a d'autres gens à voir, dit Halders.
— Cette adresse-ci est la plus éloignée.
— C'est pas nous qui payons l'essence.
— Je pensais à la compagnie. Si on doit y retourner ensemble.
— C'est un plaisir de t'avoir à nouveau parmi nous, Aneta.
— Il ne doit pas être chez lui. Je ne vois pas de voiture.
— On peut faire un tour. C'est joli, par ici.
— Parfait pour des vacances, pour ceux qui en ont encore à prendre.
Ils contournèrent la maison. Un pré s'étendait derrière, éclairé par le soleil de fin d'après-midi. Deux chevaux broutaient tranquillement. L'un des deux leva la tête.

— T'imagines ce que ce serait d'habiter ici ?

— Tu veux rester encore un peu ?

— Non, dit Halders. Ça va me déprimer. On reviendra demain, ou après demain.

Coup de fil de Beier.

— Viens tout de suite, s'il te plaît.

— Que se passe-t-il ?

— Viens, c'est tout.

Winter franchit le sas. Beier et Sundlöf l'attendaient dans le labo réservé au traitement des empreintes. Sur une table, il reconnut le bout de papier avec la carte – s'il s'agissait bien d'une carte – et les codes – si c'était bien un code.

— Une chose est sûre, dit Beier. Il y a sur ce bout de papier les empreintes de Helene Andersén en deux versions.

— Que veux-tu dire ?

— Version enfant, et version adulte.

— Des empreintes d'enfant ?

— Oui. Ce sont les mêmes lignes, en plus petit. Elle a tenu ce bout de papier quand elle était petite... à l'âge de quatre ou cinq ans.

— Tu es sûr que ce sont les siennes ?

— Ne m'insulte pas, s'il te plaît.

— Pourquoi a-t-elle gardé ce bout de papier ?

— Ça, c'est ton boulot, Erik, pas le mien.

— On peut donc le dater ?

— Je n'ai pas dit ça. Tout ce qu'on sait, c'est qu'elle l'a eu entre les mains il y a environ vingt-cinq ans.

— Y a-t-il d'autres empreintes ? demanda Winter en regardant le papier qui paraissait plus jeune à présent qu'il en savait plus sur son histoire.

— C'est là que ça se complique, fit Beier. On a des fragments d'empreintes, mais c'est tout. Je ne peux pas t'aider pour l'instant.

— D'accord.

— Tu veux qu'on continue ?

— Avec quoi ?

— Ce bout de papier. Il est si important que ça ?

Winter réfléchit. Il regardait l'écriture et les traits pâles.

— Elle avait peut-être une vraie raison de le garder... Je ne sais pas. C'est la vérité, Göran. Je ne sais pas.

— Je te le demande parce qu'on n'a pas fini d'analyser l'appartement et la cave. Et cette affaire n'est pas la seule à laquelle nous travaillons.

— Alors occupez-vous du bout de papier s'il vous reste un moment. Mais que peux-tu faire de ces fragments d'empreintes ?

— Pour établir une identité, il nous faut douze points de concordance. Tu es au courant ?

Winter l'était, en théorie. Il savait qu'une empreinte digitale se composait d'une infinité de lignes enchevêtrées, qui formaient tantôt des cercles, tantôt de petites fourches. Chacun de ces « points » caractéristiques était examiné, puis comparé avec ceux de l'empreinte d'un suspect. Douze points concordants étaient nécessaires pour affirmer l'identité complète. Le travail était évidemment plus facile si l'empreinte provenait de la pulpe du doigt ; mais c'était de toute façon un travail d'expert. L'ordinateur, lui, ne savait pas à quoi ressemblait une empreinte digitale ; il se contentait d'enregistrer les cercles et les fourches.

Il existait en tout vingt experts en Suède, dont deux à Göteborg. L'un des deux s'appelait Bengt Sundlöf, et il se tenait présentement entre Beier et Winter.

— Ça me démange un petit peu, dit-il, si vous me passez l'expression.

— Un défi, dit Beier.

— On passe son temps à regarder dans les deux loupes, à chercher, à faire des croquis...

— Pendant des jours d'affilée, compléta Beier. On a terriblement mal au dos à force de rester courbé comme ça dans un état de concentration intense.

— Pourtant on continue, enchaîna Sundlöf. Et

quand enfin on a trouvé douze points, fit-il en se tournant vers Winter, tu sais ce qu'on dit ?

— Bingo !

— C'est cela, dit Beier. Si on y arrive. Tu vois le travail que ça représente.

— Pour ne pas parler du talent.

— Nous allons t'aider, dit Sundlöf. Tu es quelqu'un qui respecte le savoir et l'expérience, malgré ta jeunesse et tes longs cheveux.

— En France, on exige quatorze points pour l'identité, dit Beier. On prend peut-être un risque ici, dans le Nord.

— D'un autre côté, dit Sundlöf, on a l'exemple des États-Unis. Le plus grand fichier au monde se trouve évidemment là-bas. Le FBI a plusieurs millions d'empreintes. Une fois, ils ont trouvé sept points de concordance. Mais c'était des gens différents !

— Je ne te suis plus.

— C'est pourtant simple, dit Beier. Ils devaient comparer deux empreintes. Ils ont trouvé sept points concordants. Complètement identiques. Pourtant il s'agissait de deux personnes différentes. On n'a jamais trouvé autant de points concordants pour deux personnes différentes. Jamais.

— Alors, avec douze points, on a une marge de sécurité largement suffisante, c'est cela ?

— Tu peux être tranquille.

— Il faudrait faire la même chose avec le fragment d'empreinte qu'on a retrouvé sur le tiroir de la commode dans l'appartement de Helene.

— C'est une empreinte périphérique, dit Sundlöf. Et floue, sans doute à travers un doigt de gant troué, si on en croit l'analyse de la fibre. On est en train de vérifier en ce moment.

— Difficile, donc ?

Beier et Sundlöf hochèrent la tête ensemble.

— Qu'en est-il des autres empreintes de l'appartement ?

— Les deux inconnues ? Elles sont nettes, mais AFIS ne nous a pas donné d'identité.

— Vous avez déjà proposé les nouvelles empreintes à AFIS ?

— On s'en occupe, commissaire. Il peut y avoir encore d'autres empreintes dans son appartement, après tout.

— Je suis convaincu que vous les trouverez toutes. Et merci pour la leçon.

Winter franchit le sas dans l'autre sens. Il voulait retourner dans son bureau pour continuer à trier les dessins.

Il voulait aussi examiner sa copie du bout de papier. En le regardant tout à l'heure au laboratoire, les chiffres, les lettres et les traits lui étaient soudain apparus plus nets. C'était bien une carte. Elle avait signifié quelque chose pour Helene. À moins qu'elle n'ait juste oublié ce bout de papier vingt-cinq ans plus tôt dans sa poche... après un jeu. C'était possible, pour celui qui croyait aux coïncidences.

Mais elle n'avait pas écrit les chiffres et tracé les traits elle-même. C'était une main adulte qui tenait le crayon.

Il avait trop chaud. La tête enflée de l'intérieur. Il aurait eu besoin de prendre une douche froide.

38

La lumière était toujours aussi dure sur la place, mais le temps s'était réchauffé. Winter était assis sur un banc depuis une demi-heure, le regard rivé à l'entrée du bureau de poste. Midi quarante-cinq. Beaucoup de gens franchissaient la double porte. C'était le jour des salaires et des retraites, et des factures à payer. Beaucoup de gens ne se fiaient pas au courrier, encore moins aux prélèvements automatiques. Ils préféraient se déplacer.

Il n'était pas seul. Les gens marchaient entre les magasins ou se reposaient sur les bancs, comme lui. Un groupe d'hommes attendait devant le pub l'heure de l'ouverture. Il irait là-bas tout à l'heure.

Les gens dans la force de l'âge devraient être au travail, pensa-t-il. Ceux-ci avaient été libérés et se déplaçaient sur la place éclairée par la lumière oblique.

Sara Helander avait relevé Bergenhem une heure et demie plus tôt. Assise sur un banc près de la fenêtre, elle examinait une brochure consacrée à l'art de l'emprunt. Il y avait plus de monde que prévu. Elle tenait son numéro d'attente bien visible dans la main droite. Peut-être auraient-ils de la chance.

Elle baissa le nez vers sa brochure tout en restant attentive à ce qui se passait du côté des guichets. Fallait-il se lever ? Bon je me repose encore une minute, pensa-t-elle. Je peux peut-être apprendre quelque chose dans cette brochure, tant que j'y suis.

Elle lut. On pouvait emprunter tout l'argent qu'on voulait, à condition d'avoir de l'ordre dans ses finances. Elle tomba sur une rubrique étrangement intitulée « promesse d'emprunt ». On pouvait obtenir cette promesse d'emprunt après une étude préliminaire d'endettement, pour s'acheter un logement ou une maison secondaire. Elle aurait bien aimé avoir une maison de vacances, en plus de l'appartement où elle passait ses loisirs.

En levant la tête, elle vit une caissière lui faire signe. Guichet n° 3, à droite. Sara Helander se leva très vite. La femme derrière la vitre paraissait pâle, comme si elle allait perdre l'équilibre sur sa chaise pivotante. Elle indiquait la sortie. Mon D...

Sara Helander vit le voyant lumineux clignoter au-dessus du guichet comme un rappel de sa négligence.

Un homme, large comme l'affiche au-dessus de lui, s'était déjà carré devant le guichet, attendant d'être servi. Sara Helander le bouscula. Elle avait la nausée.

— Que sign..., protesta l'homme.

— Il était là ! dit la femme derrière la vitre. J'ai essayé de vous faire signe, mais vous ne m'avez pas vue. Il était là il y a trente secondes. Le voyant n'a pas clignoté ?

Sara Helander jeta un regard réflexe au vilain signal d'alerte installé au-dessus du guichet. Mon Dieu, je vais me faire virer, mon Dieu, mon Dieu, je n'ai pas pen... Elle rassembla ses esprits.

— C'était le même numéro ?

La femme paraissait sous le choc. Elle lui montra le formulaire, qu'elle tenait à bout de bras, comme s'il dégouttait de sang.

Sara Helander prit sur la tablette du guichet le petit panier tressé rempli de tickets d'attente.

— Sauvegardez-les ! cria-t-elle en essayant de fourrer la coupelle dans la fente trop étroite sous le guichet. Ouvrez donc ! Gardez-les !

— Il est so... orti, dit la femme au chemisier à fines rayures. Sa voix se brisa.

Tu m'étonnes, pensa Sara Helander en courant vers la double porte. Elle trébucha sur le pli du tapis et faillit se fracturer le nez contre la vitre incassable.

Winter venait d'allumer une Corps lorsqu'il vit Sara Helander débouler en courant du bureau de poste, l'air hagard.

Ça s'était mal passé. Il jeta le cigarillo et courut vers elle.

— Il est venu ! cria-t-elle, hors d'haleine. La caissière a pris son paiem...

— Dans quelle direction est-il parti ?

— Je ne sais pas.

— Quand ?

— À l'instant. Je suis dés...

— Laisse tomber. À quoi ressemble-t-il ?

— Je ne sais pas. Ça s'est passé tellement vite...

— Bergenhem est au pub en train de manger. Vas-y, demande-lui de revenir avec toi. Appelle d'abord Bertil. Demande-lui d'envoyer deux voitures. J'appelle les gars sur les parkings.

Il composa le numéro de la première voiture, sur le parking ouest, et dit quelques mots dans le portable.

— Ils sont prêts. On va voir si on peut le rattraper.

Et merde, pensa-t-il. Maintenant il s'agit d'être calme et rapide.

— Je vais regarder la vidéo. Rejoignez-moi le plus vite possible. Quelle caisse ?

— La trois.

Il entra dans le bureau de poste où la vie continuait comme d'habitude. Le chef du bureau l'attendait.

— Je vais regarder la vidéo, dit Winter. Il est venu. Libérez l'employée du guichet trois. Envoyez-la-moi tout de suite.

— Qui va la remplacer ?

— Ça va pas, non ? On est sur un meurt...

Du calme, Winter.

— Fermez le guichet. Ou remplacez-la vous-même. Je veux qu'elle vienne immédiatement.

La caméra était directement reliée au magnétoscope, lui-même relié à un moniteur dans une pièce dépourvue de fenêtres. Winter arrêta l'enregistrement et regarda sa montre. Il rembobina la bande. Trente secondes avant le moment où Sara avait noté la présence de l'homme. L'employée entra. Winter enfonça la touche de lecture. Le film démarra avec un raclement. Le bureau de poste apparut. Winter avait choisi la caméra la plus proche des guichets. Il semblait y avoir mille personnes sur l'écran. Il reconnut le profil de l'employée qui venait de le rejoindre. Une femme quitta le guichet. Un homme portant une casquette de base-ball et une longue veste approcha. Winter le vit déposer son ticket d'attente dans le panier d'un geste automatique. Il était filmé de trois quarts dos. Winter ne voyait pas son visage.

— C'est lui, dit la caissière.

— Vous en êtes sûre ?

— Bien sûr. Il a même la casquette, dit-elle, comme si la séquence était filmée en direct.

Winter vit l'homme tendre un papier à la caissière. Après l'avoir regardé un instant, elle leva la tête vers l'homme, puis vers quelque chose derrière lui. Winter suivit son regard, traversant le local jusqu'à Sara Helander, assise sur une banquette, en train de lire une brochure.

La lampe au-dessus du guichet se mit à clignoter. La femme disait quelque chose à l'homme.

— J'ai essayé de le retenir, dit-elle. Mais il ne voulait pas de reçu.

L'homme à la casquette quitta le guichet et se dirigea vers la sortie. L'employée fit un geste de la main, tandis qu'un autre homme s'avançait. Winter vit Sara Helander se lever d'un bond et approcher du guichet. L'homme à la casquette franchit la double porte sans trébucher sur le pli aménagé par les soins de Bergenhem.

Bergenhem et Sara Helander étaient entre-temps entrés dans la pièce.

L'idiote est filmée, pensa-t-elle en se voyant.

Winter appuya sur Stop et rembobina la bande. L'homme à la casquette reparut.

— C'est lui, dit Winter.

Il n'est pas seul à porter ces satanées casquettes, pensa-t-il. Celle-ci a une inscription devant.

— Oui, c'est lui, dit la caissière.

Winter parla dans son portable, donna le signalement.

— Ils commencent les recherches, dit-il à Sara Helander et à Bergenhem sans lâcher le téléphone.

— Allô ? Oui, un barrage du côté ouest, et à l'est aussi, si possible... Quoi ? Non, pas de sirène, tu es malade ? Et n'oubliez pas le terminal des bus. Oui. Le terminal. Il faut envoyer quelqu'un maintenant.

Il raccrocha et se dirigea vers la porte.

— Bertil est en route ?

— Oui, dit Bergenhem. Qu'est-ce qu'on fait ?

— Vous savez à quoi il ressemble – Winter regarda sa montre – et il ne s'est pas écoulé dix minutes. Il a pu prendre une voiture et partir, mais il y a une chance qu'il soit encore dans les parages. Les grands parkings et le terminal des bus sont surveillés. Je ne pense pas qu'il se doute de quelque chose. Rappelle Bertil tout de suite.

— D'accord.

— Il est encore là, dit Winter. Je crois qu'il est encore là. Une fille de chez nous est postée devant les portes de Konsum. Je veux que tu entres dans le magasin. Vois si tu peux le trouver. S'il y est, tu ressors, tu attends avec la collègue et tu m'appelles.

Il regarda Sara Helander.

— Toi, tu viens avec moi.

Elle le suivit sans un mot. Ils sortirent du bureau de poste et prirent à droite.

— Longe la place par la gauche. On se retrouve de l'autre côté.

Il entra dans le bureau de la Caisse d'épargne. L'homme à la casquette n'y était pas. Pas davantage chez le fleuriste ni à la banque, ni à la pizzeria Bella Napoli.

— Rien, dit Sara Helander en le rejoignant à l'autre extrémité de la place.

Ils empruntèrent le passage. À gauche, le parking. Winter aperçut une voiture de police. La deuxième était en faction devant Konsum. Pas de Bertil en vue, mais il pouvait être de l'autre côté.

Ils dépassèrent le nouveau lycée et se retrouvèrent devant la Maison de la culture. À gauche, le pont enjambant le fleuve. Au-delà du pont, la route se scindait en deux, puis en quatre, puis en huit. Winter pensa aux empreintes digitales. Son cœur cognait.

Ils entrèrent dans la maison de la culture, traversèrent la bibliothèque et les autres salles accessibles au public. Ils virent deux adolescents avec des casquettes.

— Il avait au moins quarante ans, dit Sara Helander.

— Oui.

Ils ressortirent. Le vent d'ouest les cingla. Ils continuèrent, contre le vent, en courant presque. Le parking s'étalait en contrebas, vers la route. Fredrik et Aneta se déplaçaient entre les voitures. Le crâne de Halders était phosphorescent.

Il y avait des policiers du côté des bus. Winter aperçut Ringmar, qui parlait à Birgersson. Bergenhem émergea du passage. Winter l'interrogea du regard. Bergenhem secoua la tête.

On est tous là, pensa Winter, toute la belle équipe laborieuse, mais à quoi bon ?

Il continua vers l'ouest. Sur sa droite, de l'autre côté de la route, le dispensaire. Droit devant, un autre grand parking. Des voitures passaient en tous sens. Trente mètres plus loin, un homme s'apprêtait à ouvrir la portière d'une Volvo 740 rouge. Il portait une casquette noire avec une inscription blanche, et une veste cirée verte dont Winter ne voyait que le haut, puisque l'homme se tenait de l'autre côté de la voiture. Winter se mit à courir.

L'homme leva la tête, casquette noire enfoncée au ras des yeux. Son écharpe était rouge. Comme un film en noir et blanc qui serait soudain passé à la couleur.

Il fit volte-face. D'autres gens s'étaient mis à courir. Une voiture de police démarrait en hurlant du côté des autobus. Le blond à la veste de cuir arrivait à toute vitesse en criant quelque chose. Il s'engouffra dans la Volvo, enfonça la clef dans le contact, le moteur rugit. Il avait déjà enclenché la marche arrière et desserré le frein à main. La voiture bondit. Il passa en première, le mec blond accroché à la portière fit un vol plané. La manœuvre aurait réussi si l'autre connard de flic n'avait pas surgi comme une bombe à la sortie du parking. Bang, en plein contre le pare-brise, sous ses yeux, le flic agrippé au capot, il le traîne jusque dans la rue et là, il cale, impossible d'ouvrir la portière, il se jette de l'autre côté, se retrouve debout sur le bitume, et c'est là qu'il voit débouler le putain de skinhead, tête de mort la première, en plein dans le ventre, plus un gramme d'air dans le corps, il fait deux pas et s'effondre et là, le skinhead lui vole à nouveau dans les plumes.

— Comment ça va ? dit Halders.

— Juste une égratignure, dit Winter en regardant son coude par la manche trouée de sa veste en cuir. Bien joué, Fredrik.

— Alors c'est lui, dit Halders en regardant l'homme assis à l'arrière de l'une des voitures de police.

— C'est lui qui a payé le loyer.

— Il a l'air d'un voyou.

— Je crois qu'il l'est.

— Il a dit quelque chose ?

— Pas un mot.

— Il faudra le torturer. Ce n'était qu'un début. Tu n'es pas heureux, Winter ?

— Heureux ?

— Ça aurait pu foirer, mais on a eu de la chance.

— On verra.

— Tu rigoles ? C'est un énorme succès. Regarde-le. Il sait qu'il ne pourra rien nous cacher.

— Bonne intervention, répéta Winter. Je vais dire deux mots à Sara.

Halders acquiesça et rejoignit Aneta dans la voiture. On aurait dit qu'il flânait.

Sara Helander attendait Winter devant la station de bus.

— J'ai été distraite. Négligence criminelle.

— On aurait dû s'entraîner un peu. Mais ce n'est pas sûr que ça aurait marché pour autant. Il y avait beaucoup de monde, et il était rapide.

— Blabla.

Winter alluma une Corps. Elle avait bon goût.

— D'accord. Mais le groupe a fonctionné.

— Il n'était pas méfiant, dit Sara Helander. Même quand tu as foncé sur lui en courant. Ça ne te paraît pas bizarre ?

— On verra bien ce qu'il dit. S'il a le même nom que celui qui figure sur son permis de conduire. S'il a un permis de conduire.

Il tira une bouffée et observa le mouvement ascendant de la fumée vers le ciel.

— C'était quoi, au fait, la brochure que tu lisais ? Tu paraissais très absorbée.

— Mon Dieu, oui. Mon crime est filmé.

— C'était quoi ?

— Maintenant tu joues au père bienveillant qui pardonne.

— Non, ça m'intéresse.

— Il s'agissait de différentes sortes d'emprunts. Tous meilleurs les uns que les autres.

— Ah.

— Ce n'est pas pour toi.

— Quoi ?

— Les emprunts. Tu as plus d'argent qu'il ne t'en faut, non ?

— Qui t'a raconté cela ?

— Ce n'est pas un secret, il me semble.
— Les rumeurs exagèrent.
— Ça ne me regarde pas, de toute façon.
— L'argent n'est pas une source de joie, dit Winter. Prends-le comme un bon conseil. L'argent n'entraîne que des malheurs.

39

L'homme s'appelait Oskar Jakobsson et il était connu des services de police. Les empreintes du ticket d'attente avaient été proposées à l'ordinateur, qui avait réagi. Oskar Jakobsson avait un passé. Rien de considérable. Vols, mauvais traitements infligés à des copains, vols de voiture et autres bricoles qu'ils ignoraient encore, pensa Winter, assis en face de lui. Il songea aussi que la marque de son pardessus, Oscar Jacobson, ne s'orthographiait pas de la même manière. Winter respirait profondément, mais sans bruit. Jakobsson paraissait inquiet, mais pas désespéré. Il était prêt à rester en garde à vue le temps des douze heures réglementaires. Peut-être un peu plus, mais pas beaucoup plus. Il affirmait savoir ce qu'il avait fait, mais pas pour quelle raison.

— C'est clair qu'on rend service, quand on vous le demande. C'est clair qu'on le fait.

Sous la casquette de base-ball, les cheveux étaient noirs et mal coiffés. Il n'avait pas voulu du peigne qu'on lui proposait. En revanche, il avait accepté le café. Il avait une cicatrice sur la joue, comme un vrai criminel habitué à se prendre des tessons de bouteille dans la figure. Il parlait distinctement, sauf à la fin des phrases, où les mots se dissolvaient comme le texte d'une page de journal sous la pluie. Ses cordes vocales n'obéissaient plus tout à fait aux ordres du cerveau. À moins que ce ne soit l'inverse, pensa Winter. De longues années d'abus variés ont fini par lui dissoudre la cervelle.

Le regard de Jakobsson était comme son langage, aigu et vague en même temps, comme concentré sur des détails situés dans un horizon lointain.

— Vous êtes serviable, dit Winter.

— Bah, on rend service, quoi.

— Alors on va reprendre depuis le début.

— Quel début ?

— Depuis le moment où l'on vous a demandé votre aide.

Le magnétophone tournait sur la table. À côté de Winter, le responsable d'interrogatoire, Gabriel Cohen, gardait le silence. Personne d'autre dans la pièce dépourvue de fenêtres. Le ventilateur sifflait. Jakobsson avait demandé s'il pouvait fumer, Winter avait dit non.

— Je venais de garer la voiture, dit Jakobsson.

Winter se demanda comment ce type avait pu conduire pendant tout ce temps sans être arrêté. Il n'avait jamais eu de permis. La voiture appartenait à son frère, qui avait le permis, mais conduisait rarement.

— Quand était-ce ?

— Le mois dernier évidemment. Ou peut-être la fin du mois d'avant. Au même endroit du parking.

— Qu'alliez-vous faire ?

— Des courses.

— Où ?

— Mon frère voulait du tabac à chiquer, moi aussi, et puis du pain et des patates.

— D'accord, dit Winter. Vous garez la voiture. Qu'est-ce qui se passe ensuite ?

— Elle vient vers moi.

— Vous ne l'aviez pas vue avant ?

— Avant de descendre de voiture ?

— Oui.
— Non.
— Ou au moment de vous garer ?
— Qu'est-ce que ça change ?
— Répondez à la question.
— C'était quoi déjà, la question ?
— Avez-vous vu cette femme au moment de vous garer, avant de descendre de la voiture ?
— Non. Pas dans mon souvenir.
— Donc vous êtes sorti de la voiture. Que s'est-il passé alors ?
— Ce que j'ai dit. Elle est venue vers moi avec l'enveloppe.
— Elle tenait une enveloppe à la main ?
— Oui.
— À quoi ressemblait l'enveloppe ?
— Qu'est-ce que ça... Elle était... marron. Assez grande. A... A quelque chose, on appelle ça. Mais vous le savez déjà. Vous l'avez prise dans la boîte.
Ils avaient trouvé une enveloppe de format A5 vide dans la boîte à gants de la voiture.
— Comme celle-ci ? demanda Winter en lui présentant une enveloppe blanche de format A5. Vous pouvez la toucher si vous voulez.
Jakobsson prit l'enveloppe et la tint devant lui.
— C'est la même taille. Mais l'autre était marron.
— Elle vient vers vous. Elle tient cette enveloppe, dites-vous. Vous pouviez donc voir l'enveloppe ?
— Oui.
— A-t-elle dit quelque chose ?
— Elle m'a demandé si je voulais gagner un peu d'argent. Non, d'ailleurs, pas un peu. Elle a juste demandé si je voulais gagner de l'argent.
— Qu'avez-vous répondu ?
— Rien. Je l'ai regardée comme une martienne.
— Vous avez regardé cette femme ?
— Oui, je viens de le dire.
— Décrivez-la.

— On ne voyait pas grand-chose. Elle avait des lunettes noires, un chapeau sur la tête. Un pull et un fute. C'est ce que je me rappelle.

— Elle était blanche ?

— Comment ça, blanche ?

— Quelle était la couleur de sa peau ? Blanche ou noire ?

— C'était pas une nègre, si c'est ça que vous voulez savoir. Elle était bronzée, je crois, mais les lunettes étaient tellement énormes qu'elles lui couvraient presque toute la figure.

On y reviendra, pensa Winter. Il a d'autres choses à dire de son physique.

— Qu'a-t-elle dit ?

— Je vous l'ai déjà dit. Elle m'a demandé si je voulais gagner de l'argent.

— Qu'avez-vous répondu ?

— Rien. J'étais scié. C'était hyper bizarre, mettez-vous à ma place. Ça fait un sale effet de se faire aborder comme ça par quelqu'un, avec une enveloppe. Elle a dit que je pouvais gagner de l'argent si je lui rendais un petit service. Puis elle m'a dit ce que c'était. À la fin de chaque mois, je devais aller à la poste payer ce loyer et écrire le numéro de l'appartement. C'est tout.

— Pourquoi l'enveloppe ?

— Ben, y avait l'argent dedans. Et un papier avec le numéro de... CCP, et l'autre numéro. Celui de l'appart.

— Où est ce papier ?

— Je l'ai jeté.

— Pourquoi ?

— Je me rappelais les deux numéros. J'ai la mémoire des chiffres, voyez-vous. Et puis je ne suis pas crétin au point de ne pas comprendre que c'était bizarre. Dans ces cas-là, il faut pas garder de papiers. Ne garde jamais les papiers, c'est ma devise.

Jakobsson parut sur le point de sourire. Winter sentit le picotement à la racine des cheveux. L'impatience était là, mais il la réprimait sous le calme nécessaire pour procéder à cet interrogatoire avec la lenteur requise.

— Alors dites-nous le numéro. Le numéro de CCP.

— Quoi ?

— Vous avez la mémoire des chiffres. Vous nous avez dit tout à l'heure que vous deviez payer deux loyers, et que vous aviez reçu cinq billets de mille pour le travail lui-même. Alors vous avez dû mémoriser le numéro.

— Trois loyers, dit Jakobsson. Et dix billets de mille. Qui c'est qui a la mémoire des chiffres ici ?

Il regarda Cohen, qui hocha la tête.

— Il ne se souvient même pas s'il y avait deux ou trois loyers à payer.

Cohen hocha à nouveau la tête.

— D'accord, dit Winter. Le numéro de CCP ?

Jakobsson ne répondit pas. Il regardait fixement le magnétophone. Le ventilateur sifflait. Jakobsson s'éclaircit la voix.

— C'est l'interrogatoire. Ça me rend nerveux. Ça n'a rien de bizarre. Vous-même, vous vous souvenez pas du nombre de loyers.

— Vous n'avez pas mémorisé le numéro ?

— Si, mais là tout de suite, je ne m'en souviens plus. Je dois payer encore un loyer, pas vrai ? Alors je dois m'en souvenir. Puisque j'ai reçu l'argent.

— Où est l'argent ? demanda Winter, qui connaissait déjà la réponse.

— Vous êtes bête ou quoi ? Vous croyez que je l'ai mis à la banque ?

— Où est-il, alors ?

— Dépensé, commissaire. Consommé. Depuis longtemps.

— Et l'autre numéro que vous deviez noter sur le formulaire ?

— Quoi ?

— Vous deviez noter un autre numéro. Lequel ?

— Je le sais quand je suis à la poste.

— Vous n'y retournerez pas.

— Non... mais vous voyez ce que je veux dire. Quand il le faut, on le sait. C'est ma devise.

— Vous savez de quoi il retourne ? dit Winter en s'approchant imperceptiblement du bord de la table.

— On ne me dit rien, à moi.

— Un meurtre et un enlèvement.

— En quoi est-ce que ça me concerne ?

— Vous y êtes mêlé.

— Mêl... Comment je peux être... Qu'est-ce que vous avez dit ? Un meurtre ? Un enlèvement ? Put... Arrêtez, les gars, vous me connaissez ! Bon, peut-être pas vous, mais d'autres dans la maison me connaissent. Demandez-leur ! Comment pouvez-vous imaginer qu'Oskar Jakobsson... Non, il va falloir trouver autre chose, les gars.

— Où est le papier ?

— Je l'ai jeté, je vous l'ai déjà dit.

— Où ?

— Quoi ?

— Où avez-vous jeté ce bout de papier ?

— À la poubelle, merde. Chez moi.

— Quand ?

— Quand ? Il y a des années-lumière. Quand la bonne femme m'a donné le paquet.

Cohen se leva pour aller chercher du café. Jakobsson dit qu'il avait tellement envie de fumer qu'il n'en pouvait plus. Winter sortit le paquet de Prince qu'il avait acheté exprès. Il alluma la cigarette de Jakobsson et une Corps pour lui-même.

— Ça pue, dit Jakobsson en montrant le cigarillo.

Winter acquiesça. Cohen revint avec du café et des brioches à la cannelle. Jakobsson fumait entre deux bouchées.

— Je l'ai peut-être à la maison, dit Jakobsson.

— Vous ne l'aviez donc pas sur vous quand vous êtes allé payer le loyer ? Il va falloir nous aider un peu.

— D'accord, d'accord. Je l'ai jeté après.

— Vous l'avez jeté ? Quand ?

— Une fois que j'ai eu payé. Il y a une espèce de corbeille dans la pièce qu'on doit traverser avant d'arriver aux guichets. Je l'ai jeté là-dedans.

— Pourquoi l'avez-vous jeté ? Vous aviez encore un loyer à payer, pourtant.

Jakobsson regardait la fumée monter vers le plafond.

— Pourquoi l'avez-vous jeté ? insista Winter.

— C'est bon, c'est bon. Je n'avais plus de loyer à payer.

— Vous ne deviez plus payer de loyer ?

— Non, j'ai dit. Vous... vous aviez raison tout à l'heure, sans le savoir. Je ne devais payer que deux loyers.

— C'est la vérité ?

— Oui.

— Pourquoi devrions-nous vous croire, alors que vous avez menti jusqu'à présent ?

Jakobsson haussa les épaules.

— À cause de ce que vous avez dit tout à l'heure. Ça fout les jetons. On n'a pas envie d'être mêlé à un truc pareil. Quelle saloperie.

Il chercha un cendrier du regard. Cohen indiqua l'assiette d'où les brioches avaient disparu. Jakobsson fit tomber un long pilier de cendre.

— Je ne suis pas impliqué. Je n'ai rien fait.

— Alors pourquoi mentez-vous à propos de cette femme ?

— C'est quoi, ces conneries ? Je mens, moi ?

— Vous avez dit qu'elle s'est approchée alors que vous étiez descendu de la voiture. C'est exact ?

— Oui.

— Vous êtes là, elle vous tend l'enveloppe et elle vous fait cette proposition.

— Oui.

— Qu'a-t-elle dit ?

— Mais bord... je l'ai répété dix fois. Elle m'a demandé si je voulais gagner de l'argent et leur rendre service par la même ocas...

— Leur ?

— Quoi ?

— Vous avez dit *leur* rendre service.

— J'ai dit ça ? Ma langue a fourché.

— Tu ne veux pas nous aider, Oskar. Je propose qu'on arrête là et qu'on reprenne quand tu auras eu le temps de réfléchir un peu.

— Je n'ai pas besoin de réfléchir.

— Tu veux continuer ?

— Vous posez les questions, je réponds. C'est toujours pareil. Posez une bonne question, et vous aurez une bonne réponse.

— Ce n'est pas un jeu. Une petite fille de quatre ans a disparu. Elle est peut-être encore en vie, et on a déjà perdu beaucoup de temps.

Jennie n'avait pas cinq ans. Ils avaient pu établir son âge. Elle avait quatre ans et demi.

Jakobsson gardait le silence. Le mégot gisait, tordu, sur l'assiette. Winter tenait son cigarillo éteint entre deux doigts.

— La suite dépend peut-être de toi, dit Winter. Tu comprends ce que je dis ?

Jakobsson ne répondit pas.

— Tu comprends ?

— Je n'ai rien fait.

— C'est une enquête pour meurtre et tu es l'un des suspects.

— Putain, tous les gars d'ici peuvent jur...

— Personne ne t'aidera. Le seul qui peut t'aider ici, c'est moi. Et c'est maintenant ou jamais.

— On peut avoir une autre cigarette ?

Winter lui tendit le paquet et le laissa allumer sa cigarette lui-même.

— Tout le monde sait que je n'ai rien à voir avec... des meurtres, dit Jakobsson. Tout le monde le sait.

— Nous ne savons rien, dit Winter. Tu es soupçonné.

— Non !

— C'est toi qui l'as fait ?

— Qui a fait quoi ?

— Qui as tué la femme ?

— Put...

— Dis-le tout de suite. Ça aidera tout le monde, et surtout toi.

— Oskar Jakobsson assassin ? Tout le monde serait mort de rire...

— Où as-tu rencontré cette femme ?

— Quoi ?

— La femme qui t'a fait cette proposition, d'après ce que tu dis. Où l'as-tu rencontrée ?

— Ça avance à toute allure ici, dis donc... Sur le parking, je l'ai déjà dit mille fois.

— Je ne pense pas que ce soit la vérité. Si tu ne dis pas la vérité, je ne peux pas croire au reste de ce que tu racontes.

Jakobsson regarda Cohen, qui hocha la tête d'un air encourageant.

— D'accord d'accord. Il y avait un café là-bas, et j'avais eu une conversation avant.

— Une conversation ? Au téléphone ?

— Oui.

— Avec qui ?

— Avec elle. Celle que j'ai retrouvée après, au café.

— Elle t'a appelé ?

— Oui.

— Où étais-tu ?

— Où j'étais ? Chez moi, évidemment. Je n'ai pas de portable, moi.

— Tu étais seul ?

— Quoi ? Quand elle a appelé ? Euh... mon frangin était peut-être sorti... je me souviens pas.

— Qu'a-t-elle dit ?

— Qu'elle avait une proposition à me faire et que je pouvais lui rendre service... Et merde à la fin ! On l'a déjà répété cinquante fois.

— Quoi donc ?

— Ce qu'elle a dit. J'ai déjà dit qu'elle l'avait dit, mais c'était... à un autre endroit. Au café.

— Quel café ?

— Jacky's pub.

— C'est un café ?

— Pour moi, oui. Je ne bois que du café là-bas. La bière est trop chère et de toute façon j'ai arrêté.

— Qui a proposé ce lieu de rendez-vous ?
— Moi.
— Tu en es sûr ?
— No-on... c'était peut-être elle. C'est tellement... on peut faire une pause bientôt ? Ça me fatigue, toutes ces salades.
— On arrête bientôt, dit Winter. Essaie de te rappeler. Qui a proposé ce lieu de rendez-vous ?
— C'est elle.
— C'est elle qui l'a proposé ?
— Oui.
— Pourquoi voulait-elle te voir ?
— J'ai pas la force de le répéter encore une fois.
— Quelle est la première chose qu'elle a dite ?
— Je me souviens plus, merde.
— Comment s'appelle-t-elle ?
— Aucune idée. Je ne l'avais jamais vue avant.
— Tu la connais.
— Pas du tout.
— Pourquoi t'aurait-elle appelé, alors ?
— Aucune idée.
— Ce n'est pas très habituel qu'une inconnue appelle pour demander un service.
— Comment voulez-vous que je sache pourquoi j'ai été choisi ?
— Tu as dit tout à l'heure que tu étais quelqu'un de serviable.
— J'ai dit ça ? Oui, c'est peut-être pour ça.
— Tu es connu comme quelqu'un de serviable ?
— C'est pas à moi qu'il faut le demander. Mais c'est peut-être ça. Quelqu'un a dû lui dire que je pouvais rendre service, et elle m'a appelé.
— Qui aurait pu lui dire ça ?
— Quoi ?
— Que tu étais prêt à rendre service ?
— Cent gusses, au moins.
— Vas-y, on t'écoute, dit Winter en sortant de sa poche un nouveau bloc-notes ainsi qu'un crayon mal taillé.

— Ça va pas, non ? Je dois pisser.

— Tout à l'heure.

— Non, tout de suite. Vous ne comprenez pas. Ça me prend d'un coup. Si je peux pas pisser dans la minute qui vient, ça va être marrant pour personne.

— Comment s'appelle-t-elle ?

— Je n'en sais rien. On peut continuer l'interrogatoire aux chiottes si vous voulez, mais je ne peux...

— Donne-nous un nom.

— Je ne sais pas, merde !

— Qui peut lui avoir dit que tu rendais service ?

Jakobsson ne répondit pas. Il s'était levé et Winter et Cohen purent voir, à la tache qui se répandait lentement sur son pantalon, qu'il venait, pour la première fois peut-être depuis le début de l'interrogatoire, de dire la vérité.

40

Ringmar lisait la transcription des interrogatoires de Jakobsson. Lui aussi était saisi par le sérieux de la situation, la possibilité qui s'offrait, brusquement, d'avancer dans cette enquête. Ils s'étaient rapprochés du but. Comme quand on flaire une odeur, pensa Winter, en sachant que le pire reste à venir.

— Je ne crois pas qu'il comprenne dans quoi il est tombé, dit Ringmar.

— Il a de l'expérience.

— Pas assez. Pas pour *ça*. Jakobsson est un petit joueur.

— Les petits joueurs peuvent eux aussi être pris de panique.

— Certes. Mais.. non, ça ne colle pas.

— Möllerström travaille sur son cercle de relations.

— Ça doit faire un sacré paquet de gens.

— Pas autant qu'on aurait pu s'y attendre.

— Question de point de vue... Sais-tu qu'Oskar a fait de la moto, dans le temps ?

— Oui. Mais c'est difficile à croire.

— Il faisait partie d'un gang de motards. Une variante locale des anges de l'enfer. Même eux ont fini par le fiche dehors, je crois.

— J'entends le fracas depuis le début de cette enquête, dit Winter.

— Que dis-tu ?

— Rien. Un fracas du ciel.

Ringmar regarda son jeune chef. Winter avait les yeux cernés, comme assombris avant la bataille. Ses cheveux frôlaient maintenant ses épaules.

— Je réfléchis trop, dit Winter. Jakobsson n'est peut-être qu'un messager innocent.

— Il n'y a pas de messager innocent. On l'exécute ?

— D'accord. Mais d'abord, on laisse Cohen le torturer un peu.

Winter feuilletait les retranscriptions. Les mots lui sautaient au visage. Depuis deux ou trois ans, il lisait les interrogatoires avec une vague réticence, comme s'il s'agissait d'une fiction tirée d'une réalité inaccessible pour lui. L'échange de répliques était un jeu. Les protagonistes le savaient. C'était une guerre, mais la réalité elle-même restait absente – jusqu'à ce que l'épuisement ait raison de l'un ou de l'autre. Alors la fiction tombait, et on voyait, l'espace d'un instant, scintiller le mal. C'était un éclair très bref, capable de s'enfouir à nouveau dans la fiction en quelques secondes. Si Winter ou un autre responsable d'interrogatoire ne s'en emparait pas dans l'instant, s'ils ne comprenaient pas ce qu'ils avaient sous les yeux, ils étaient perdus – sur le moment et peut-être pour toujours.

Il se rappelait les mots retranscrits lors de sa précédente chasse à l'homme. Il était sidéré par la ressemblance des voix : un vent qui charriait la puanteur de la destruction. Les voix étaient le vent et les mots étaient les pierres arrachées par la tempête. C'était exactement ça. Les mots étaient les pierres, les voix étaient le vent. En fermant les yeux, on entendait le souffle et il fallait se protéger pour ne pas être blessé par les mots.

— Il dit que la femme pouvait avoir quarante ans ou vingt-cinq.

— Ça tenait peut-être aux lunettes de soleil, dit Ringmar. À supposer qu'elle en ait porté. À supposer qu'elle existe.

— Ça n'a rien d'inhabituel en soi. Quelqu'un, comme Jakobsson, se voit assigner une mission par quelqu'un, à son tour mandaté par quelqu'un d'autre, à son tour contacté par... l'origine. Le tueur.

— Oui, c'est le procédé habituel.

— Il faut remonter la chaîne.

— Il aurait dû le dire d'emblée. Comment et par qui il a été contacté.

— C'est aussi mon avis.

— S'il ne faisait que rendre service, sans plus, il nous l'aurait dit d'entrée de jeu.

— Oui.

— Autrement dit, il connaît la personne qui lui a confié cette mission. La femme, si c'est une femme.

— Peut-être.

— Si ça se trouve, il n'y avait pas d'argent en jeu.

— Non.

— Il va falloir lui remettre la pression, dit Ringmar. Mais cette fois, on lui permettra de se soulager à temps.

L'avis de recherche était lancé. Wellman avait justifié le retard, et il l'avait fait avec talent. Winter le considérerait peut-être différemment, après cet épisode.

Tous les événements du mois écoulé lui revenaient à présent. Winter voyait son enquête décrite dans une prose journalistique variée. Il rangeait les journaux au fur et à mesure. L'article de Bülow était relativement bien informé, mais cela n'avait rien d'étrange puisque sa source était Winter lui-même. Accord tacite entre eux.

Winter avait accepté de participer à la conférence de presse le lendemain matin. Le lendemain, pas avant.

Il était seul dans son bureau. Après avoir demandé au standard de diriger les appels vers Ringmar d'abord, vers Möllerström ensuite. Ils étaient à leur place, presque à portée de voix. Il ferma les yeux, expira par saccades, to to to to to to, cela pouvait peut-être aider à lui nettoyer les pensées. Il reprit les dessins, mais ferma à nouveau les yeux, pour faire le noir et le silence dans son esprit.

On draguait le lac de Delsjön. On explorait une nouvelle fois les parties boisées autour du lac. On interrogeait à nouveau les voisins, avec des questions encore plus précises qu'avant.

Des photographies de l'appartement de Helene Andersén avaient été distribuées par l'intermédiaire des médias et imprimées sur des affiches. On avait pris d'autres renseignements. Helene Andersén avait vécu trois ans à Norra Biskopsgården et, auparavant, dans un appartement à Backa. Jennie était née à la maternité d'Östra Sjukhuset. De père inconnu, d'après les papiers. Helene s'était occupée seule de son enfant dès le premier jour.

Elle avait été en relation avec les services sociaux ; ou l'inverse, plus exactement. Les autorités l'avaient tenue à l'œil, avaient fait des visites d'inspection à son domicile, mais elle avait apparemment été jugée capable de s'occuper de sa fille. Personne, parmi les fonctionnaires à qui Winter avait parlé, ne se souvenait de quoi que ce soit.

Elle n'avait pas de travail et ne touchait pas d'allocations familiales. Ça ne collait pas. Elle payait ponctuellement ses factures, alors qu'elle n'avait pas de source de revenus. Personne ne peut faire ça, pensa Winter en rouvrant les yeux. Même en vivant à l'économie. L'argent venait de quelque part. Dans ses déclarations fiscales, elle affirmait disposer d'une fortune personnelle, mais on n'avait trouvé trace de cet argent sur aucun compte ou coffre bancaire. Ce travail-là n'était pas encore terminé.

Ce qu'il voulait savoir maintenant, c'était où elle habitait auparavant. Ils étaient allés à l'appartement de Backa, et comptaient rendre à nouveau visite au jeune couple qui, à leur arrivée, semblait avoir été surpris en flagrant délit.

Il voulait aussi savoir ce qu'elle avait fait. Aucun employeur n'avait encore donné signe de vie. Aucune école, aucun centre de formation. Et aucun parent, pensa-t-il. Elle était encore complètement seule au monde.

Il y avait cent quarante-cinq Andersén dans l'annuaire de Göteborg, mais aucun d'entre eux n'avait jusqu'à présent contacté la police.

Helene avait fait installer le téléphone trois mois plus tôt. C'était son premier abonnement.

On était au mois d'octobre. L'abonnement téléphonique avait été pris le 10 août ; elle avait acheté un appareil quelque part, ils ne savaient pas encore où. Une femme de vingt-neuf ans qui achetait peut-être son premier téléphone. Pourquoi l'avait-elle fait ? Pourquoi n'en avait-elle pas eu auparavant ? Par manque d'argent ? Quelqu'un lui avait-il donné ce téléphone ?

Il s'était passé quelque chose. Elle avait soudain éprouvé le besoin d'entrer en contact avec quelqu'un, rapidement si nécessaire. Avait-elle peur ? Avait-elle acheté le téléphone comme une protection ? Lui avait-on ordonné d'être joignable... à toute heure du jour et de la nuit ?

Sept jours après la prise d'effet de l'abonnement, elle était morte. Elle avait passé deux coups de fil, à des cabines. L'une se trouvait à Vågmästarplatsen. Elle avait appelé là-bas à dix-huit heures trente, le 14 août. La deuxième cabine se trouvait à la station de bus de Heden, elle l'avait appelée le lendemain soir, le 15 août. À supposer que ce soit elle. Durée de communication presque identique, dans les deux cas : deux minutes trente. Ce n'était pas long. Winter avait parlé avec Ringmar pendant deux minutes trente en regardant sa montre ; ils n'avaient pas eu le temps d'échanger grand-chose.

Helene avait reçu trois appels sur son téléphone neuf. Deux d'entre eux précédaient immédiatement ses propres appels, et provenaient des mêmes cabines téléphoniques. Quelqu'un s'était trouvé sur place et avait apparemment attendu qu'elle rappelle. Pourquoi ?

Le troisième appel provenait d'un appartement du quartier de Majorna. Seize heures trente, le 16 août. La conversation avait duré une minute. L'auteur de l'appel était une femme du nom de Maj Svedberg et elle ne se souvenait pas du tout d'avoir passé ce coup de fil. Le 16 août ? Ah oui, elle avait fait un faux numéro. Un enfant avait décroché, puis une femme avait répondu que c'était un faux numéro. Qui cherchait-elle à joindre ? Le dispensaire de dentisterie, s'ils voulaient vérifier, elle avait le numéro, mais cet autre numéro, celui qu'elle avait composé par erreur, elle ne l'avait pas.

Ils avaient contrôlé le numéro du dispensaire. Un seul chiffre le distinguait de celui de Helene.

— Renseigne-toi sur cette femme, avait dit Winter à Möllerström.

La pile de dessins avait rétréci. Winter poursuivit son travail de tri. Certains étaient plus aboutis, ou plus nets. Ce n'était pas nécessairement une question d'âge, la fillette fatiguait peut-être parfois.

Les motifs revenaient : des bateaux, des voitures, des visages derrière une vitre. Une forêt, ou seulement quelques arbres... Pas facile à déterminer. Une route marron, parfois noire. Soleil et pluie, presque toujours soleil et pluie. Toujours dehors. Winter n'avait pas encore vu de dessins d'intérieur.

Il en prit un et le tint devant lui pour mieux voir. Une maison au toit pointu avec un drapeau danois.

Drapeau danois, pensa Winter. Croix blanche sur fond rouge. La maison se trouvait dans un pré suggéré par quelques traits verts. Les murs de la maison étaient blancs comme le papier.

Pendant la demi-heure qui suivit, il parcourut le reste de la pile et trouva un autre drapeau danois.

Il y avait deux dessins avec un drapeau danois.

Plus d'une vingtaine de dessins représentant un bateau sur l'eau.

Trois dessins d'une voiture conduite par un homme à la barbiche noire.

Il posa les deux dessins avec le drapeau danois côte à côte et les examina, l'un après l'autre. Il cherchait la signature « jeni ». Soudain il se figea. Le dessin de gauche était signé « helene ». Il chercha la signature sur l'autre. Il se trouvait en bas à droite : « helene » à nouveau. Il avala sa salive et feuilleta les autres dessins. L'un d'eux, qui représentait une voiture, était signé « helene ». Impossible de le distinguer des autres. Cinq des dessins représentant des bateaux étaient signés « helene », de la même écriture enfantine que « jeni ». Les motifs étaient les mêmes, l'exécution identique.

Winter sentit ses cheveux se hérisser.

Il se leva et s'étira. Corps raide et engourdi, après sa longue station immobile sans souci d'ergonomie. Une tension au niveau de l'épaule. La pluie contre la vitre. Il entendit le vrombissement d'une moto et le cri d'une mouette qui passait en zigzag au-dessus du parc.

À la périphérie de son champ de conscience, un autre détail entrevu au cours de l'heure écoulée... Un détail qui revenait, qu'il avait enregistré sans réagir, comme une tache dans un coin, qu'on observe vaguement sans la fixer dans la mémoire.

Il approcha de la table où se trouvaient les dessins déjà triés. Un deux trois quatre cinq six sept... là... La route qui traversait la feuille de papier d'un coin à l'autre. Cela pouvait être une route, puisqu'elle contournait quelques arbres et s'arrêtait devant une maison, qui avait une porte et des fenêtres, mais pas de toit.

Il continua à feuilleter les dessins. Là. La route, à nouveau. La maison sans toit, une fenêtre à gauche de la porte. Et là... à droite de la maison : comme un rectangle debout, surmonté d'une croix oblique.

Winter regarda à nouveau le premier dessin. La même petite boîte à peine visible dans un coin mort, les traits en diagonale.

Un moulin, pensa-t-il. Elle a peut-être représenté un petit moulin.

Les deux dessins étaient signés « jeni ».

— J'ai apporté un panier, dit Angela en le soulevant pour qu'il puisse mieux voir.

— C'est vendredi ? fit Winter.

— Vendredi soir, vingt heures.

— Alors je ne peux pas te laisser sur le palier.

— Tu peux sortir.

— Et rater le solo de trompette ? Écoute, ça commence.

— Pas mal.

— Mais entre alors, avant que ça finisse.

— Je te prends par surprise ?

— C'est juste que je...

— Travaillais ? Réfléchissais ? Avais oublié que je devais venir ?

— Tout cela et rien.

— Mais encore ?

Il ne répondit pas, prit le panier, le posa par terre et l'aida à enlever son lourd manteau qui sentait bon – son parfum à elle – et moins bon – l'âcre odeur de la rue.

— Ça fait un bail que je ne suis pas venue chez toi, dit-elle dans le salon.

— Moi aussi.

— J'avais cru comprendre.

— Vous permettez ?

Winter lui prit la main et l'entraîna sur le parquet aux reflets laqués, dans la lumière de la lampe posée près des fenêtres.

— Qu'est-ce que c'est ?

— Donald Byrd.

— Je veux dire *ça*. La danse.

— La vie est pleine de surprises.

— Qu'est-ce qui t'arrive ? Tu as bu ?

— Tais-toi. Danse.

Il la fit tournoyer tandis que Trane entrait, après le solo de Byrd, puis Byrd revint et il la serra contre lui sans cesser de tourner.

— Et si je n'ai plus envie de danser ?

— *Shut up*, dit-il, les yeux fermés.

Ils dansaient. Elle n'avait pas souvenir de la dernière fois où cela s'était produit. Pas mal. Bonne manière d'inaugurer un vendredi soir. La danse, le vin qu'elle avait apporté, les écrevisses et...

— Tu dictes les conditions autant que moi, murmura Winter dans son oreille.

— *Shut up*.

La musique se tut, pour cette fois. Ils allèrent à la cuisine et elle déballa son panier. Winter prépara deux martinis dry.

— Quand as-tu bu un martini dry pour la dernière fois ? demanda-t-elle.

— Il y a... cinq ans. Remué à la main ou au shaker ?

— Au shaker, bien sûr.

— D'accord. Mais ce sera peut-être l'un et l'autre.

Elle le regarda. Le visage de Winter était comme écorné, plus pâle que lors de leur dernière rencontre. Sa chemise était déboutonnée, elle voyait les tendons de son cou. Il leva la tête et sourit.

— Tu fêtes quelque chose, Erik ?

Il finit d'agiter le cylindre couleur de glace et le posa sur le plan de travail.

— Ce serait plutôt le contraire.

— Comment ça ?

— Je crois que j'avais besoin... d'autre chose.

— Autre chose que l'affaire sordide sur laquelle tu travailles ?

— Bof... Oui, quelque chose de brillant, qui étincelle un peu... Comme ce truc-là, dit-il en indiquant le shaker.

— Sers-nous alors.

Il remplit les verres.

— Très bon, dit-elle après avoir goûté. Froid et sec.

— Il n'y a pas trop de vermouth ?

— Si, mais ça va.

— Tu es une snob.

— Et toi, qu'en penses-tu ?

— Il aurait pu être un peu plus sec.

— Mais c'est quand même... autre chose.

— Oui.

— Alors ? On met la table, on s'assied et on parle de la semaine écoulée ?

— Ta semaine à toi, dit Winter. D'accord.

— C'est surtout toi qui as besoin de parler, je crois.

41

L'été était revenu lorsqu'il sortit dans la rue. Été de la Saint-Martin. Ou été indien. Il n'avait jamais bien saisi la différence, à supposer qu'il y en ait une, en dehors de l'appellation.

Il n'était pas encore huit heures. La nuit s'attardait dans l'ombre des immeubles. Un engin de nettoyage rampait de l'autre côté de la place, aspirant les restes de brume matinale dans ses balais tournants. Les gens attendaient le tram. Tout était comme d'habitude. Une camionnette livrait du pain frais chez Wasa Källare. Winter sentit les odeurs. Il avait faim. Il s'était contenté d'un café avant de sortir. Angela dormait encore. Winter avait tiré le drap sur son corps désarmé dans la lumière qui balayait l'appartement. Lumière de l'été ressuscité.

Quatre heures plus tôt, après un temps de somnolence plein de pensées agitées, il s'était retrouvé dans une forêt au milieu des arbres. Pluie filtrée par les feuillages, soleil un peu plus loin. Sur le sentier, devant lui, une voiture blanche aux proportions délirantes. Une voix d'enfant cria son nom. Soudain, la mère se matérialisa au bout du sentier. Il vit un navire, comme arraché à un dessin, et un visage qu'il ne reconnaissait pas. Le visage se tourna vers lui, c'était un visage d'enfant, qui avait grandi jusqu'à déborder la vitre de la voiture. Winter se tenait sur le pont du navire, une chaussure flottait sur l'eau. Il y avait un phare à l'horizon. En approchant, il vit que c'était un moulin dont les ailes tournaient, et il vit un autre visage qui se transforma en horloge dont les aiguilles étaient des lèvres. Le soleil brillait à travers la pluie. Un drapeau flottait au vent au-dessus du moulin, une horloge, en fait, qui tirait des flèches vers la forêt. Il tenait par la main une petite fille qui lui indiquait la route qu'ils avaient prise. Il regarda ses pieds. L'un d'eux était chaussé d'un soulier d'enfant. La bride lui comprimait les orteils.

Cette dernière vision lui revint à l'esprit, tandis qu'il traversait la place de Kungstorget. Des caisses de légumes et de fruits déchargées des camionnettes trouvaient leurs places sur les étals. Winter sentit la promesse de chaleur dans les parfums matinaux. Il entra dans un café de l'autre côté de Kungsportsplatsen, commanda un café au lait et deux petits pains au fromage. Par la fenêtre, il voyait les bureaux de la rédaction du journal du soir. Une jeune femme affichait les gros titres sur le trottoir. Il ne pouvait les déchiffrer de l'endroit où il était, mais il devinait leur contenu. Les médias avaient traité le meurtre et la disparition de la fillette « in a big way » comme l'avait dit Wellman la veille, au cours d'une brève réunion. Bien sûr. Le contraire aurait été impossible. Il ne pouvait qu'espérer que cela ne saboterait pas trop la suite de l'enquête. Jusqu'à présent, la couverture médiatique avait poussé des centaines, voire des milliers de gens à contacter la police. Winter avait travaillé sur ces informations avec une énergie décuplée, en essayant de prendre au sérieux ce qui semblait en valoir la peine. Il y avait un désir d'aider la police, mais aussi un effroi. Ce qui s'était produit pouvait se reproduire...

Il se leva, prit la direction de Brunnsparken et s'arrêta à l'arrêt de la ligne 2. Jennie avait dessiné un tram portant le chiffre 2. Elle avait vraisemblablement emprunté cette ligne, sans doute aussi avec sa maman... Helene.

Ils avaient interrogé des conducteurs de tramway, sans succès. Ils ne regardaient pas les voyageurs qu'ils transportaient à travers la ville. Pour se protéger, peut-être. C'était un métier exposé. On avait aussi fait circuler les photos dans le quartier de Norra Biskopsgården, mais personne n'avait reconnu Jennie.

Il y avait une série de portraits de la fillette réalisés dans un atelier de Vågmästarplatsen, un an plus tôt. Le photographe s'en souvenait, mais sans plus. Les rares autres images retrouvées dans l'appartement de Helene avaient été prises avec un ou plusieurs appareils qu'ils n'avaient pas retrouvés.

Quelqu'un avait fait ces photos. Helene seule, et avec sa fille.

Sur certains clichés, elles étaient ensemble. Était-ce le père de Jennie qui avait pris les photos ? Il n'y avait qu'une seule image de Jennie bébé. Les autres – sept ou huit en dehors des photos d'atelier – étaient relativement récentes. Deux d'entre elles avaient une date imprimée au dos. Cela pouvait être une aide.

Il n'y avait aucune photographie de Helene enfant.

Winter regarda autour de lui. Une dizaine de personnes attendaient différents tramways. Le 2 arriva. Mû par une impulsion, il monta, en compagnie de quatre hommes noirs – des Éthiopiens ? – et d'un ivrogne tout à fait suédois. La voiture s'ébranla en direction de la gare centrale. L'ivrogne cria quelques commentaires racistes. Winter se leva et s'approcha de lui. Il pouvait avoir trente-cinq ans. Winter regretta soudain de n'être pas suffisamment hors de lui pour lui balancer son poing dans le plexus. Il est malheureux, pensa-t-il. C'est pour ça qu'il crie. Il faut le comprendre. Mais je ne le supporte pas. Ce n'est pas la première fois. J'ai un problème avec les racistes, y compris quand ils sont ivres morts et malheureux.

Le tram s'arrêta à Drottningtorget. L'ivrogne se leva, sans avoir vu Winter, et descendit. Les hommes noirs commentèrent son départ dans leur langue. Les portes ne s'étaient pas refermées. Soudain, deux d'entre eux descendirent à leur tour. L'ivrogne s'éloignait en chancelant vers la gare. Ils le suivirent. Il va se faire tabasser, pensa Winter. Ces deux types sont peut-être des professionnels. On n'est pas gentil simplement parce qu'on est noir.

Le tramway traversa le pont. Les grues tournaient en contrebas, dans le port de Frihamnen, agrippant des conteneurs remplis de fruits. Le soleil brillait sur les bananes ; comme si elles étaient revenues au pays. Plusieurs personnes montèrent. Iraniens, Indiens, Noirs... ils se déplaçaient toujours en groupe. Winter se demanda s'il avait jamais vu un Noir ou un Arabe marcher seul dans la rue.

Les terrains, après Rambergsvallen, étaient parsemés d'enfants qui jouaient au football ou pourchassaient leur ombre. Des drapeaux surmontaient l'entrée des bains de Lundbybadet. Au centre, le drapeau danois. Il faut qu'on s'occupe de ça, pensa Winter. Il y a une raison au fait qu'elle... que toutes les deux ont représenté le drapeau danois. Est-ce ici qu'elles l'ont vu, comme moi en ce moment ? Bon Dieu, il faut analyser les signatures, les différences entre les dessins... s'il y en a.

Allaient-elles régulièrement aux bains ? La fillette est peut-être inscrite à un cours de natation. Est-ce qu'on a vérifié ça ? Je n'ai rien lu dans les rapports.

Peut-être Helene retrouvait-elle quelqu'un là-bas. Ou au Danemark. Elle a pu prendre le ferry... Il a pu se passer quelque chose au Danemark... On a contacté Interpol, mais bon, on sait ce que ça donne en général. A-t-il pu se passer quelque chose au Danemark ? Avait-elle de la famille là-bas ?

Il descendit à l'arrêt de Friskväderstorget. Le soleil remplissait les paraboles, qui pointaient hors des immeubles comme des oreilles tournées de-ci de-là, à l'affût des sons d'un village du passé. Il entendit de la musique. Un John Coltrane avec fez et narguilé. Jazz turc, pensa-t-il. Pas mal.

Ernst Lundgren était avec les enfants sur le terrain

de jeux devant la crèche des retraités. Penché d'une manière qui ne pouvait que renforcer la musculature de son long dos, ou alors le démolir en peu de temps.

— Du nouveau ? demanda-t-il lorsque Winter l'eut salué.

Winter lui raconta les dernières nouvelles.

— De notre côté, dit Lundgren, nous n'avons rien encore. Elle ne faisait pas partie de notre petite communauté.

— Personne ne l'a reconnue, parmi les autres parents ?

— Les autres mères, vous voulez dire. Non, personne.

— Elle semble avoir été complètement seule au monde.

— Ça n'a rien d'étrange. Rien ne m'étonne.

— Je ne vous croyais pas cynique.

— Je ne suis pas cynique. C'est juste que je ne m'étonne pas.

— De... la solitude ?

— Il y a tellement de gens seuls. On peut sans doute dire qu'ils sont en majorité.

Winter regardait l'enregistrement vidéo du dernier interrogatoire d'Oskar Jakobsson. La voix de Cohen était celle d'un prêtre recevant la confession d'un pécheur inconséquent. Mais Jakobsson ne confessait rien. Le responsable d'interrogatoire décrivait un long virage sur l'aile vers le cœur du sujet. Jakobsson volait avec lui.

— Je ne l'ai pas revue et je ne changerai pas d'avis là-dessus, disait Jakobsson.

— Je n'ai pas bien compris.

— On parle de celle qui m'a donné les numéros, hé hé... les enveloppes et l'argent.

— Je parle de Helene Andersén.

— Je ne l'ai jamais rencontrée.

— Vous avez payé son loyer deux fois.

— Et quelle est ma récompense ?

— Ne fais pas l'idiot, Oskar.

— Je ne sais pas qui elle est. Je dois le répéter combien de fois ?

Et ainsi de suite. Winter regardait la vidéo avec un sentiment de vide croissant.

L'appartement sentait le vent et le bois. Angela approcha en tenant un verre de vin.

— J'ai fait le ménage, dit-elle. Une vraie femme au foyer.

— À part le verre, dit Winter.

— Tu en veux ?

— Non. Plutôt un gin tonic maintenant que tu as pris les devants en commençant à boire.

— C'est toi qui as commencé

— Il n'est jamais trop tard.

Elle le suivit dans la cuisine.

— Je suis restée là toute la journée, dit-elle.

— Ah ? Je crois bien que ça ne m'est jamais arrivé.

— C'était très agréable. Si tu veux, je te fais faire le tour du propriétaire.

— Où est le dîner ?

— Quoi ?

— Le dîner devrait être servi !

— J'ai pensé qu'on pourrait dîner dehors.

— Une vraie femme au foyer. Mais si on doit sortir, je veux d'abord prendre une douche.

Il déboutonna sa chemise.

— Je suis raide de partout. J'ai passé trop de temps devant la vidéo.

— Vous ne faites rien que vous amuser.

— Oui.

Elle lui apporta son gin et lui prit la chemise des mains.

— Comment ça va, Erik ?

— Bonne question. Ça avance, je crois. Mais je me fais du souci pour la petite.

— Vous avez vérifié, aux urgences ?

— Que dites-vous, docteur ? Oui, bien entendu. On a interrogé les hôpitaux.

— Je pensais plutôt à... la maman. Helene.

— Comment cela ?

— Elle a bien dû grandir quelque part.

— Dès qu'on a obtenu son nom, c'est-à-dire tout récemment, on l'a diffusé dans toutes les paroisses de l'univers. Ça inclut les orphelinats, les pensionnats et ainsi de suite.

— D'accord. Mais j'ai pensé aujourd'hui que... Helene a pu être hospitalisée quand elle était enfant. Elle est peut-être passée par les urgences pour une raison ou pour une autre. Je sais que tu t'es interrogé sur ce nom. Andersén.

— Oui, dit Winter. Continue.

— Imagine qu'une petite Helene quelque chose ait été hospitalisée autrefois. Si c'est le cas, il y a forcément une trace.

42

Winter croisa Bergenhem sur le parking du commissariat. Bergenhem avait pris une matinée de congé. Il portait sa fille sur le dos, dans une espèce de sac. Winter contourna Bergenhem pour saluer Ada, qui écarquilla les yeux.

— On s'est déjà rencontrés, dit-il.

— Hier, si je ne m'abuse, dit Bergenhem.

— Ce n'est pas à toi que je parle.

— Ah bon.

— Comment ça va ?

Winter effleura du doigt la joue de l'enfant. Sensation étonnante, comme d'une douceur dont il n'aurait eu aucun souvenir.

— Ça va, dit Bergenhem.

— Ce n'est pas à toi que je parle.

— Elle a perdu sa langue. Tu l'impressionnes. Tu peux la sortir du sac, s'il te plaît ?

— Tu crois que j'ose ?

— Je peux m'agenouiller, si tu veux.

Winter leva les mains vers Ada, qui se mit à hurler.

— Elle ne veut pas.

— T'en fais pas. C'est un test.
— D'accord.
Winter la souleva. Elle cessa de crier.
— Et maintenant, qu'est-ce que je fais ?
Il la tenait serrée contre lui.
— Rien, dit Bergenhem.
Winter conserva la posture peu familière. La fillette le dévisageait.
— J'ai entendu dire que certains jeunes de l'âge de cette demoiselle s'imaginent parfois qu'il n'est pas amusant de dormir la nuit, dit-il.
— Où as-tu entendu ça ?
— J'ai dû le lire. Dans un livre peut-être.
— Ada n'en a pas entendu parler.
Winter jeta un regard furtif à Bergenhem. Le jeune inspecteur avait dix ans de moins que lui – ou onze ? En cet instant, il avait plutôt le sentiment inverse. Lars a des connaissances dans un domaine où je ne pourrais même pas assurer un rôle de stagiaire. Heureusement qu'Angela n'est pas là.
Winter déposa Ada sur le sol avec d'infinies précautions.
— À cet après-midi, dit-il.
— Je fais équipe avec Janne. On a presque fini la première tournée.
— Ce n'est que la première.
— Oui. Le contraste avec... avant est énorme. On dirait que les gens n'attendaient que l'occasion de parler.
— Par moments, j'ai j'impression qu'il s'est écoulé des années depuis le début de cette enquête.
— Hier on a eu plusieurs appels de gens qui savaient exactement où se trouve la petite. Et certains ont profité de l'occasion pour tout avouer.
— Avant-hier aussi.
— Il nous faudrait une centaine de flics supplémentaires sur le coup.
— Hm.
— On n'est pas censé dire ça, peut-être.

— Tu dis ce que tu veux.

Winter s'était accroupi devant Ada. Il essaya une grimace, pour la faire rire.

— Merci, dit Bergenhem.

— Ce n'est pas à toi que je parle.

Le bureau de Birgersson reluisait, comme d'habitude. Le chef de la brigade criminelle fumait, fenêtre ouverte. Winter laissa ses cigarillos dans la poche de sa veste. Le visage de Birgersson semblait bruni à la lumière du jour, comme s'il l'avait tenu au-dessus d'un feu.

— Ce dragage a mobilisé tous les journalistes du pays, dit-il.

— C'est peut-être une bonne chose.

— Maintenant tu as des informations à leur déverser. Par seaux entiers.

— Alors il s'agit de ne pas être trop ambitieux.

— Tu es encore vexé pour cette histoire ?

— Oui.

Birgersson sourit et fit tomber sa cendre dans le cendrier qu'il avait sorti du tiroir de son bureau. *Same procedure*, pensa Winter. Birgersson leva la tête, comme un chien aux aguets.

— Tu entends ? Les vélos dans la ville.

— Il y en a moins, maintenant que la chaleur est partie.

— Mais elle est revenue.

— Pas de la même façon.

— À propos de la fusillade de Hisingen. Comment s'appelle-t-il déjà ? Bolander... Il nous a filé entre les doigts. Ça me déplaît. On ne pourrait pas l'épingler ?

— Tu sais ce qu'il en est, Sture.

— Oui, oui, c'était une question rhétorique. Mais on doit faire un effort. Je sais que tu as beaucoup de travail... mais enfin, on ne peut pas tolérer des manières pareilles. Des manières de bandits !

— Mais c'est ce qu'ils sont. Des gangsters.

— On ne dit pas des bandits ?

— Des gangsters.

— C'est bien ce que je dis. Un élément étranger dans notre pays.

— Ils sont là depuis longtemps.

— Ils auraient dû rester au Danemark. C'est un phénomène danois. Éventuellement scanien.

— Américain, dit Winter.

— C'est pire pour les Danois, dit Birgersson. Dans certaines villes, il y a les deux, les anges et les bandidos. Regarde ce qui s'est passé à Aalborg. Ils se sont tiré dessus devant la gare. Devant la gare de chemin de fer !

— J'ai entendu.

— Qu'est-ce qui se passe, fils ?

Möllerström vint à sa rencontre devant la salle de réunion. Il était excité. Ses lunettes étaient neuves. On aurait dit des écrans d'ordinateur. Ou alors c'était le visage de Möllerström qui ressemblait à un écran d'ordinateur.

— L'hôpital de Sahlgrenska a fait une recherche, dit-il. 1972, octobre. On n'a pas pu établir la date exacte.

Winter imagina Angela dans sa blouse blanche, penchée sur une silhouette enveloppée de bandages.

— Une petite fille serait entrée. Seule. D'une manière ou d'une autre.

— Entrée ?

— Aux urgences, ou dans un service ouvert.

— À Sahlgrenska...

— Oui. Elle était assez amochée.

— C'était donc Helene.

Möllerström parut déçu par cette interruption de son récit chronologique.

— Oui, dit-il.

— Que s'est-il passé ?

— Ils ont fait des recherches pour savoir si elle avait de la famille. Quelqu'un avait reconnu l'enfant.

— Mais pas la famille.

Möllerström parut à nouveau déçu.

— C'est le même schéma, Janne. C'est pour ça que je dis ça.

— Elle a été reconnue par des voisins de Frölunda.
— Et alors, ils ont pu lui donner un nom ?
— Oui. Helene Dellmar. Elle vivait avec sa mère à Frölunda, dans un appartement.
— Mais ce n'est pas la mère qui s'est manifestée...
— Non.
— Alors où est-elle ?
— Je ne sais pas, dit Möllerström. Apparemment, personne ne le sait.

Winter regardait la copie du papier que Helene avait tenu entre les mains, à deux âges différents de sa vie. Les empreintes moites de l'enfant étaient plus nettes que celles de l'adulte.
— Ce papier se trouvait donc dans la robe qu'on a découverte dans un carton à la cave, résuma Ringmar. Que portait-elle à son arrivée à l'hôpital ?
— Aucune idée.
— Quelqu'un peut-il répondre à cette question ?
— Aucune idée, Bertil.
— Je m'interroge sur cette robe.
— Oui.
— J'ai du mal à croire que la petite Helene ait demandé à l'emporter, après. En sortant de l'hôpital.
— Oui.
— Il y a plusieurs questions. D'où vient ce papier ? Comment s'est-il retrouvé dans la poche de cette robe ? Combien de temps est-il resté là ? Qui l'y a mis ?
— Autre question, dit Winter. Qu'est-ce que cela signifie ?

L'appartement sentait l'ail et les herbes fraîches. Angela tenait un verre de vin.
— J'ai préparé le dîner, dit-elle. Une vraie femme au foyer.
— À part le verre, dit Winter.
— Tu en veux ?
— Non, plutôt un gin tonic maintenant que tu as pris les devants. Non, d'ailleurs. Je ne veux rien.

Elle le suivit dans la cuisine.

— Ça devient une habitude, dit-il.

— Je viens d'arriver. Tu entends la musique ?

London Calling. Les Clash. Bom bom bom bom bom bom bom bom bom bom bom.

— Ton premier disque de rock, Erik.

— Peut-être aussi le dernier.

Il s'assit sur une chaise de la cuisine.

— Tu avais raison, dit-il.

— Quoi ?

— Une petite Helene a bien été hospitalisée autrefois. Il y avait une trace.

43

Ils avaient fait l'amour, et Winter sentait dans tout son corps l'épuisement délicieux, comme une fatigue créative chassant l'autre, la destructrice. Ces derniers jours, son corps avait été un outil prêt à tous les mauvais usages.

— Tu penses à la petite ? demanda Angela.

— Oui. Mais pas comme avant.

— Pourquoi ?

— Tu connais le balancier. Tantôt on voit les possibilités, tantôt les obstacles.

— Ça me paraît une bonne description de la vie.

— Et du travail, malheureusement. Il y a quelques heures encore, j'étais découragé, par rapport aux recherches, l'espoir de la retrouver.

— Tu penses... au pire ?

— Je préfère ne pas le dire.

— Il y a de l'espoir. Tu l'as dit toi-même plusieurs fois.

— Il y a de l'espoir en ce sens qu'on n'a pas affaire à la disparition classique, quand un enfant disparaît d'un terrain de jeux et qu'on soupçonne un salaud de l'avoir enlevé. Dans ces cas-là, on ne le retrouve pas. À moins qu'un psychopathe ne passe aux aveux et ne nous montre le chemin de la tombe.

— Là, c'est différent.

— Oui. Ce n'est pas un schéma classique. Ou alors, c'est pire que tout ce qu'on a pu voir jusqu'à maintenant.

— Ne dis pas ça. À moins que tu n'en éprouves la nécessité.

Il ne répondit pas.

— La nécessité de parler à quelqu'un, je veux dire. En dehors de tes collègues.

— Oui. C'est peut-être ça.

— Je t'écoute.

— Il y a aussi autre chose, dit-il en se redressant sur un coude. Une... solitude qui plane sur toute cette histoire. Il nous a fallu longtemps pour retrouver son nom, son domicile... et pour obtenir confirmation de nos soupçons sur la disparition de l'enfant. S'il n'y avait pas eu la vieille dame, on en serait peut-être encore à tâtonner. Tu comprends ? Une solitude immense. Nous avons son nom, mais seulement quelques fragments de son passé.

— Vous allez en savoir plus maintenant que vous avez lancé un avis de recherche.

— Oui, bien sûr. À moins que... C'est ce que j'essaie de dire. Cette solitude épouvantable dans laquelle elle vivait, apparemment.

— Oui.

— Personne à qui parler, tu comprends ? Comme on se parle en ce moment, toi et moi.

— Comme toi et moi...

Intérieurement, elle ajouta : Pour combien de temps ? Mais je ne peux pas lui dire ça maintenant. C'est impossible. Il paraît plus vulnérable que je ne l'ai jamais vu. Plus jeune... et pas seulement à cause des cheveux longs. Ce n'est pas le moment de lancer un ultimatum. Peut-être dans une heure. Ou dans deux jours.

Elle lui caressa les cheveux.

— Combien de temps ça va continuer à pousser ?

— Ça pousse tout le temps.

— Mais quand vas-tu te couper les cheveux ?

— Quand on aura retrouvé la petite.

— C'est pour ça ? Tu es devenu... superstitieux ?

— Non. Je le sens comme ça, c'est tout. Et puis, ça me plaît.

— Mais ne commence pas à les attacher. Ça ne t'irait pas.

— D'accord.

— Le seul homme que j'ai vu à qui ça allait, c'est ton collègue de Londres.

— Macdonald.

— Je ne l'ai pas vu longtemps, mais il n'avait pas l'air d'un ahuri avec sa queue de cheval.

— Moi, j'en aurais l'air ?

— Non. Mais tu n'as pas la même... dureté du visage, ou comment dire...

— Merci.

— C'est un compliment. Tu lui parles, des fois ?

— À qui ? Macdonald ?

Elle hocha la tête. Elle avait retiré la main de ses cheveux.

— Une carte postale, c'est tout. Je vais peut-être l'appeler. Il peut éventuellement me donner un conseil.

— Collaboration au-delà des frontières...

— Ce ne serait pas la première fois.

Winter posa les pieds par terre et se retourna vers elle.

— Angela.

— Oui ?

— On a appris que Helene avait peut-être séjourné à Lillhagen pour dépression.

— Aïe.

— Quelqu'un de chez nous a fait des recherches, et c'est peut-être elle. Sous un autre nom. Puis elle est sortie de l'hôpital et elle n'est pas revenue.

— C'est courant maintenant, dit Angela.

— Que les gens ne reviennent pas ?

— Tu le sais bien. Les hôpitaux psychiatriques ferment. Les patients ne reviennent pas, parce qu'il n'y a pas d'endroit où revenir.

— Oui.

— On reçoit aux urgences des gens qui se sont blessés en accomplissant les gestes quotidiens les plus simples.

— Hm.

— C'est terrible, dit-elle.

— Souvent, ils se mettent à hurler dans la rue. Ou par la fenêtre.

— Ça, je n'en sais rien. Mais c'est aussi... la solitude. Le fait de n'avoir personne.

— Le fait de n'avoir personne... C'est ça qui nous attend ?

— Je ne sais pas.

— Y a-t-il un remède ?

— À quoi ?

— À la solitude dans cette société. Je sais que ça peut paraître excessif. Mais parfois je m'interroge. Et c'est toi le médecin.

— La solitude en tant que maladie incurable de cette société ? C'est une idée effrayante.

— Tu n'as pas eu de cours là-dessus, pendant tes études ?

— On n'en était pas encore là, à l'époque.

— Le mouvement s'accélère. Tu veux un sandwich ?

L'appel arriva juste après la réunion quotidienne. Winter le prit dans son bureau. Il était prêt. Il l'avait attendu la veille déjà, et même l'avant-veille. Ils étaient au courant, pour l'orphelinat. Mais il ne connaissait le nom de la femme que depuis quelques minutes. Louise Keijser. Elle l'appelait maintenant. À croire qu'elle l'avait pressenti.

— C'est au sujet de Helene... Andersén, dit-elle.

— D'où m'appelez-vous ?

— De Helsingborg. J'ai téléphoné à la police d'ici, ils m'ont dit de vous contacter.

— Oui. On m'en a informé à l'instant.

— Je suis... J'étais... l'une d'entre elles, devrais-je dire.

— Parlez-moi de vous seulement, dit Winter. Vous avez reconnu Helene Andersén ?

— Oui...

— Comment ?

— Eh bien... j'ai vu la photo dans le journal. Puis ils en ont parlé à la télé et j'ai deviné que c'était... elle.

Il y eut un silence.

— J'habite à Helsingborg, ajouta-t-elle.

— Quand avez-vous vu Helene pour la dernière fois ?

— Oh... il y a plusieurs années.

— Combien ?

— On n'a pas été en contact depuis... laissez-moi réfléchir... longtemps avant la mort de Johannes. Johannes, c'était mon mari... Helene est partie de chez nous il y a douze ans peut-être... J'ai les papiers quelque part, je peux aller les chercher.

— Vous l'avez reconnue d'après la photo dans la journal ?

— Oui... je ne savais pas qu'elle avait une fille. Elle lui ressemble d'une façon incroyable.

— Je voudrais que vous veniez ici, madame Keijser. Est-ce que c'est possible ?

— À Göteborg, vous voulez dire ?

— Oui.

— Je ne suis plus toute jeune. Mais je peux prendre le train. Bien sûr. Si c'est nécessaire.

Winter regarda sa montre.

— On peut vous réserver une place dans le prochain train et vous accueillir à la gare. On peut aussi vous réserver une chambre d'hôtel.

— J'ai des connaissances à Göteborg...

— Comme vous voudrez.

Une piste vers le passé. Quelques pistes. Suffisamment nombreuses pour commencer à entrevoir un schéma.

Birgersson et Wellman lui avaient accordé du personnel supplémentaire pour mener les recherches du côté des archives. On travaille contre la montre, avait dit Birgersson. Le meurtrier, c'est une chose, mais arrangez-vous pour retrouver la petite. C'est pareil, avait répondu Winter.

Helene avait été placée dans trois maisons d'accueil successives. À leur connaissance, elle n'avait jamais été adoptée. Auparavant, elle avait transité par un foyer. Avant cela : l'épisode de l'hôpital Sahlgrenska. Une petite fille de quatre ans, à moitié inconsciente, déposée par une personne inconnue dans une salle d'attente déserte. Aucun message. Rien que la petite, qui s'était soudain mise à crier. Pneumonie. Elle avait survécu de justesse.

Tout cela, il le savait maintenant. La fillette était restée muette pendant des semaines. On avait mis du temps à l'identifier.

Elle s'appelait Helene Dellmar. Sa mère, Brigitta Dellmar, avait disparu depuis trois semaines du domicile où elle vivait seule avec sa fille.

L'appartement, situé dans un immeuble sur la place centrale de Frölunda, avait eu treize locataires depuis.

Brigitta Dellmar était connue de la police. Elle avait été arrêtée en 1968, dans le cadre d'un réseau spécialisé dans l'escroquerie. On l'avait relâchée faute de preuves. Elle était enceinte à ce moment-là. Son nom était ensuite cité dans le cadre du braquage d'une agence bancaire à Jönköping en 1971, mais seulement en raison de sa liaison avec l'un des auteurs, qui avait déjà passé quatre ans en prison pour un autre hold-up.

L'homme s'appelait Sven Johansson. Ce nom-là, c'est John Smith en suédois, pensa Winter en continuant à lire la pile de documents apportés par Möllerström.

Sven Johansson était mort d'un cancer du poumon sept ans plus tôt. Était-il le père de Helene ? Il n'y avait aucun Andersén dans les papiers. Mais ils ne connaissaient pas encore le nom des trois familles d'accueil.

L'histoire se répétait. C'était étrange, mais pas exceptionnel. Les filles de mères seules avaient à leur tour des enfants avec des hommes qui disparaissaient. Disparaissaient, pensa Winter. C'est impossible de disparaître. Nous retrouvons tous ceux que nous cherchons. Nous avons retrouvé Helene. Maintenant nous avons retrouvé sa mère, et nous allons retrouver son père. Nous allons retrouver le père de Jennie. Nous allons retrouver Jennie.

Qu'était-il arrivé à Brigitta Dellmar ? Ils auraient bientôt la réponse. C'était le travail de la police. C'était son travail. C'était une traque. Ou une chasse, à distance. Une longue distance, pensa-t-il.

— Il est haut, ton appart, dit Halders en jetant un regard par la fenêtre du salon. Je vois jusqu'à Exercishuset.

— Ça te donne le vertige ?

— Oui. J'ai toujours le vertige quand je vois les terrains de foot de Heden.

— Mauvais souvenirs ?

— Mauvais sens de la balle, dit Halders en se retournant vers Aneta Djanali, accroupie devant le lecteur de CD.

— Quelle surprise de te voir ici, dit-elle.

— Ben quoi, tu as déménagé.

— Et alors ?

— Tu avais peut-être besoin d'aide pour porter des affaires. Après ton accident.

— Je ne porte pas avec mes dents, Fredrik.

— Non, c'est vrai.

— Qu'est-ce que tu écoutes comme musique chez toi quand tu te détends ?

— Je ne me détends pas.

— Qu'est-ce que tu écoutes quand tu ne te détends pas ?

— J'ai emprunté quelques disques de jazz à Winter, mais je m'en suis lassée. Lui ne s'en lasse pas.

— Non.

— Même s'il paraît fatigué en ce moment.

— Tu t'es regardé ?

— Je l'ai vu dans un bar la semaine dernière avec Bülow. C'est louche.

— Bülow ?

— Le reporter de GT. Il passe son temps au commissariat en se donnant des airs de ministre.

— Comme toi, alors.

— Exactement.

— Et toi, tu faisais quoi dans ce bar ?

— Je me détendais.

— Ça doit te revenir cher.

— Winter n'avait pas l'air de se détendre, lui.

— Tu parles beaucoup d'Erik.

— Tu as vu ses cheveux ?

— Arrête, Fredrik.

— Il se prend pour un rockeur.

— Tu es jaloux.

— De quoi ?

— De ses cheveux.

— Moi ? Je pourrais me promener avec une perruque de caniche si je voulais.

Aneta Djanali considéra la brosse de Halders et la calvitie qui brillait comme une tache de soleil sous le plafonnier.

— Bien sûr, dit-elle. C'est ça, ta préférence ? Le hard rock ? Tout ce que je peux te proposer, c'est les Stones.

— Tu n'as pas de jazz ?

— Non.

— Tant mieux.

— Allez Fredrik, dis-moi ce que tu aimes.

— Quelle importance ?

— Je suis curieuse.

— Tu penses que ça doit être de la musique blanche ?

— Oui.

— Genre Vam, c'est ça ?

— Seulement quand tu te détends.

— Je vois que tu es vraiment curieuse.

— Je m'intéresse à toutes sortes de cultures très éloignées les unes des autres. La tienne. Et la mienne.

— Bruckner, dit Halders.
— Quoi ?
— Bruckner. Voilà ma musique. *Te Deum*.
— Mon Dieu, c'est pire que je ne le pensais.
— Wagner. Je suis un fan de Wagner.
— Arrête, n'en dis pas plus.
— Et Uffe Lundell, bien sûr. Tu as un disque de lui ?
— Non.
Halders se tourna à nouveau vers la ville.
— La rue est loin, dis donc. Les gens ressemblent à des fourmis.
— À des scarabées.
— À des cafards.
— C'est ta vision de l'humanité ?
— Je suis flic, merde.
— Un représentant de la corporation.
— Bien sûr. On est une corporation soudée, uniforme contre uniforme.
Halders regardait encore par la fenêtre.
— Comment ça va, Fredrik ?
Il se tourna vers elle.
— Que dis-tu ?
— Tu ne peux pas être sérieux une seconde ?
— J'allais te dire la même chose.
— Ce n'est pas moi qui ai commencé.
— Bien sûr que si.
— Fredrik. Essaie de te détendre.
— Je ne me détends qu'au bistrot. Je croyais l'avoir déjà dit. On sort ?
— Éloigne-toi de cette fenêtre, Fredrik.
— Tu as peur que je saute ?
— Je n'ai pas dit ça.
— Mais tu y as pensé ?
— Ça m'a traversé l'esprit, oui.
— Tu as raison.

Winter laissa la voiture devant la maison de Benny Vennerhag. Chez les voisins, un chien aboyait comme un fou en tirant sur sa chaîne.

Le perron était dans l'ombre. Winter sonna et attendit. Il redescendit les marches et longea la façade peinte. Le parfum des cassis avait disparu.

Il n'y avait plus de soleil dans la piscine, derrière la maison. Il n'y avait plus d'eau. La piscine était un trou de béton bleu, quiconque aurait tenté d'y plonger se serait tué.

Benny Vennerhag élaguait des arbustes. Il se tourna à demi et aperçut Winter, mais ne fit pas mine d'interrompre son travail.

— En fait, on devrait faire ça au printemps, dit-il. Je n'ai pas eu le temps, cette année.

— Tu suis tes propres règles, de toute façon.

Vennerhag ne répondit pas. Le sol à ses pieds était jonché de branchages. Il s'essuya le front et posa son sécateur.

— Il m'a semblé entendre sonner.

— Alors pourquoi n'es-tu pas allé ouvrir ?

— Tu vois bien, tu as trouvé le chemin tout seul.

— J'aurais pu être quelqu'un d'autre.

— Tant mieux, dit Vennerhag. Tu n'as pas l'impression d'avoir déjà entendu cet échange ?

— Si. Mais là, c'est encore plus sérieux que l'autre fois.

— Je suis d'accord.

Winter fit un pas dans sa direction.

— Tu ne vas pas m'agresser à nouveau ? dit Vennerhag en ramassant son sécateur.

— Tu connais un Sven Johansson ?

— Pourquoi pas un John Smith, tant que tu y es ?

— Auteur de braquages. Entre autres. Mort d'un cancer il y a sept ans.

— Je sais qui c'est. Je réfléchissais un peu, c'est tout. C'était avant mon... époque, si je puis dire, mais Sven n'était pas un inconnu. Pour vous non plus, alors je ne vois pas pourquoi tu viens me voir.

— Il a pu avoir une liaison avec une certaine Brigitta Dellmar. Ça te dit quelque chose ?

— Birgit… non. Jamais entendu.

— Brigitta. Pas Birgitta. Brigitta Dellmar.

— Jamais entendu ce nom-là.

— Tu es sincère, Benny ? Tu sais de quoi il retourne ?

— Dans les grandes lignes, oui. Mais pas ce que ces noms-là ont à voir avec ton meurtre.

— Et avec une petite fille qui a disparu.

— Oui, je sais.

— Brigitta Dellmar est la mère de la victime.

— Hum. Et que dit-elle ?

— Elle a disparu, Benny.

— Merde, alors. Ça fait beaucoup de disparitions.

— Ça en fait deux.

— Vous n'avez qu'à lancer un avis de recherche.

— Elle a disparu il y a vingt-cinq ans.

— Ça ne devrait pas trop vous compliquer la tâche.

— Ah bon ?

— Les gens laissent des traces. Surtout s'ils sont liés à Svenne Johan.

— Il faut que tu me dises tout ce que tu sais.

— Ça suffira ?

— J'ai encore quelques noms en réserve.

44

Le dragage du lac avait donné des résultats. En recevant l'appel, Winter prit immédiatement sa voiture. Comme aveugle à la circulation. Le ciel s'était à nouveau ouvert. Lorsqu'il reprit conscience d'être sur la route, il mit ses lunettes de soleil.

Une chaussure d'enfant gisait dans l'herbe, près du rivage. La chaussure était pleine de cailloux, comme si on avait voulu la faire couler. Elle pouvait avoir traîné dans l'eau un mois, ou plus, ou moins. Elle pouvait appartenir à n'importe qui, mais Winter savait.

Ils avaient trouvé beaucoup de choses, mais rien qui ait pu appartenir à un enfant. Jusqu'à maintenant. La trouvaille avait eu lieu au nord de la langue de terre qui se rétrécissait comme un doigt pointé vers l'endroit à explorer.

Winter transpirait sous sa veste. Le ciel s'était complètement ouvert et le soleil balançait sur l'eau des grenades de lumière. Le lac était immobile. Comme fixé au rivage par des poids. Winter sentait l'épouvante, une sensation glacée s'agrippant à sa raison : il fallait interrompre le dragage avant de devenir fou. Qu'y aurait-il après la chaussure ? Il voyait le visage des hommes et des femmes autour de lui. Tous lui disaient que la petite gisait au fond.

Louise Keijser avait soixante ans, mais en paraissait davantage.

— Je vous suis reconnaissant d'être venue, dit Winter.

— C'était la moindre des choses. Si j'avais su...

Winter ne répondit pas. Il attendait qu'elle soit assise dans le fauteuil.

— Si j'avais su... Je suis presque heureuse que Johannes ne soit plus en vie.

Elle sortit un mouchoir et s'essuya les yeux.

— J'étais si triste dans le train.

— Quel âge avait Helene quand elle est partie de chez vous ?

— Dix-huit ans. À sa majorité. On ne voulait pas qu'elle parte, mais que pouvait-on faire ?

— Quand avez-vous eu de ses nouvelles pour la dernière fois ?

— Il y a plusieurs années. Avant qu'elle ne... devienne maman, dit-elle en reprenant son mouchoir. Je ne le savais pas. Mais je l'ai peut-être déjà dit.

Elle se moucha.

— La petite ressemble à... Helene. Pas les cheveux, mais pour le reste, on voit bien que c'est la même... c'est terrible... Vous ne savez rien... pour la petite ?

— Non. On pourra en reparler après. Dans l'immédiat je voudrais vous interroger sur Helene. Êtes-vous d'accord ?

— Oui, bien sûr. Pardonnez-moi.

— Combien de temps a-t-elle passé... dans votre famille ?

— Il n'y avait que Johannes et moi. Elle est restée presque trois ans. J'ai apporté les documents, si vous voulez les voir. Des services sociaux et tout ça.

— Trois ans. Et depuis ?

Il parlait d'une voix stable, calme.

— Vous disiez que cela faisait des années que vous n'aviez pas été en contact.

— Oui. Ça peut paraître bizarre... affreux oui, mais c'était ainsi. On a essayé, mais elle... elle ne voulait pas entendre parler de nous.

Elle s'essuya à nouveau les yeux. Winter voyait de petits grains noirs à l'endroit où les larmes avaient dissous le mascara.

— Pourriez-vous décrire votre relation à Helene quand elle vivait chez vous ? Comment cela se passait-il ?

— Bien. Je l'ai toujours pensé. C'était une fille spéciale... avec son passé et tout ça... Mais on s'entendait bien. Elle était très silencieuse bien sûr, et Johannes a essayé parfois de parler de... bon, de ce qui lui était arrivé, mais elle n'était pas d'accord, si je peux dire. C'est surtout Johannes qui a essayé. Pour moi, ce... silence dans la maison me convenait mieux.

— Elle est d'abord partie à Malmö, dit Winter. C'est ce que nous savons.

— Oui. Ce n'est pas très loin, Malmö. On s'est vus quelquefois, mais ce n'était pas bien. On a bien essayé de l'inviter à la maison, mais elle ne voulait pas. Elle est venue une seule fois, mais c'était... comme si elle n'avait jamais mis les pieds... chez nous. Ça peut paraître bizarre. Mais d'une certaine façon, ça cadrait bien avec Helene.

— Ensuite elle a déménagé ici, à Göteborg. Elle a eu trois adresses successives.

— Elle ne nous a pas prévenus, quand elle est partie de Malmö. On a essayé de l'appeler, mais elle n'avait pas le téléphone.

— Non.

— Elle n'aimait pas le téléphone. Ne me demandez pas pourquoi, je ne suis pas psychologue. Ça se trouve peut-être dans les papiers.

— Quels papiers ?

— Ses entretiens avec les psychologues. Ils avaient commencé, mais ça s'est arrêté assez vite, je crois.

— On attend encore ces documents.
— Ils ne sont pas au nom d'Andersén.
— Non.
— Elle s'appelait Dellmar, à l'époque. Vous le saviez ?
— Oui.
— Chez nous aussi, elle s'appelait Dellmar. Je ne sais pas quand elle a pris le nom d'Andersén. Vous le savez, vous ? La police le sait ?
— Elle a changé de nom il y a quatre ans.
— Pourquoi ?
— Nous ne le savons pas.
— Quand elle a eu la petite, peut-être ? Le père s'appelle peut-être Andersén ?
— Nous n'en savons rien, dit Winter. C'est pour ça que je vous pose toutes ces questions.
— Le père est inconnu ? C'est terrible. Et il n'a pas donné de ses nouvelles... maintenant ?
— Pas encore.
— C'est terrible. C'est exactement comme pour Helene. Elle a grandi sans savoir qui était son papa.
— Vous en parliez ?
— De son papa ? Non. Elle ne le voulait pas, ou elle ne le pouvait pas. Je ne sais pas ce que vous savez de ses... problèmes, son diagnostic ou comment dire.
— Je vous écoute.
— Johannes et moi étions, je crois, sa troisième... famille d'accueil. Elle avait des trous de mémoire, par rapport à sa petite enfance. Tout à coup, elle se souvenait de quelque chose, et ça la tourmentait affreusement, puis ça disparaissait comme s'il n'y avait jamais rien eu. Elle était très seule de ce point de vue. Seule avec elle-même, ou comment dire. On a essayé de l'aider, mais c'était comme un cocon autour d'elle.
Winter hocha la tête.
— Il y avait eu des problèmes avec les autres familles d'accueil... Je ne me suis pas renseignée, mais je suppose qu'elle n'a jamais fait... vraiment partie d'une famille. Je

ne sais pas. Qui peut le savoir ? Mais ça a dû jouer un rôle.

— Comment cela ?

— Elle n'a jamais été adoptée. Nous voulions le faire, mais elle n'était pas d'accord. On peut dire que de cette manière, elle n'a jamais eu de famille.

— Elle ne parlait pas de ce qui lui était arrivé... petite ?

— Jamais. Et jamais non plus de ce qui lui était arrivé après, je veux dire dans les autres familles d'accueil.

— Elle ne vous a jamais interrogée sur sa mère ?

— Jamais. Johannes non plus. Il faudra poser la question aux autres, mais nous... on n'en parlait pas. Je me demande si elle savait.

— Pardon ?

— Que savait-elle ? Vous le savez, vous ?

— Non. Pas encore.

— Et maintenant ce n'est plus possible, dit Louise Keijser en s'essuyant les yeux. Maintenant c'est trop tard.

— On trouvera peut-être quelques réponses, dit Winter.

— Vous devez retrouver la petite. Je me sens comme une grand-mère, dit-elle en regardant Winter droit dans les yeux. Vous pensez que je ne devrais pas ?

— Bon sang de bois, dit Ringmar. Tu veux dire que le nom de Brigitta Dellmar est impliqué dans cette affaire-là ?

— Oui. Möllerström a sorti tout ce qu'on a sur elle, et elle était recherchée à ce moment-là.

— Sven Johansson aussi ?

— On l'a interrogé, mais il n'y avait pas de preuve contre lui. Aucune. Il avait un alibi en béton.

— Mais le nom de Brigitta a été cité ?

— Plusieurs personnes l'ont identifiée, d'après les photos. On savait qu'il y avait des Suédois impliqués dans le braquage. Et un employé de la banque a vu un enfant.

— Que dis-tu ? Il y avait un enfant ? Au moment des faits ?

— Je ne sais pas encore, mais il y a des témoins. C'est écrit ici.

— Dieu puissant. Où cela va-t-il nous mener ?

— À une solution. En passant par une complication supplémentaire.

— Ou à une dissolution. Elle avait *emmené sa gamine* ?

— C'est possible.

— Ça me donne le vertige.

— Tu te souviens de l'affaire ?

— Oui, vaguement. Un policier a été tué, je crois.

— Un policier et deux des braqueurs.

— Eh oui, bon sang. C'est bien ça.

— Trois complices au moins ont réussi à s'enfuir. Avec la petite – si petite il y avait.

Ringmar secoua la tête en silence. Il prit les documents, sans les lire.

— Ce n'est pas possible.

— Quoi ?

— On n'entraîne pas un enfant dans un vol à main armée.

— Il y a pu avoir un imprévu, dit Winter. Elle devait peut-être leur servir de chauffeur, le temps s'est écoulé, et personne n'est venu s'occuper de la petite. Je ne sais pas.

— Que disent les Danois ?

— Ils y travaillent.

— Quand ?

— Aujourd'hui, demain et après-demain si nécessaire. Ils sont aussi engagés que nous dans cette affaire.

— Danske Bank, à Aalborg, lut Ringmar. Lundi 2 octobre 1972, à dix-sept heures quinze.

— Oui. Pas de clients, mais plein d'employés qui s'occupaient de l'argent.

— Plein d'argent.

— Sept millions.

— Un gros coup à Aalborg.

— Un gros coup tout court. Il y a autre chose.

— Quoi ?

— Helene est venue ici, au commissariat.

— Quoi ? !

— Quand on a commencé à chercher dans nos fichiers, on a trouvé tout ce qui existait en relation avec Brigitta Dellmar.

— Oui, bien sûr.

— Ce nom nous a ouvert toutes les portes. Nous n'avions pas de Helene Andersén. Mais nous avions une Helene Dellmar.

— Mais pourquoi dis-tu qu'elle est venue ici ?

— Préparation à l'interrogatoire, puis interrogatoire... Qu'y a-t-il, Bertil ? On dirait que tu vois des fantômes.

— J'entends des fantômes.

— Je l'ai appris il y a quelques minutes.

— Qu'est-ce que tu as appris, merde ?

— On a le rapport ici. Ce n'est pas grand-chose, mais tout de même. Quand la fillette s'est retrouvée à Sahlgrenska, ou juste après – je parle de la petite Helene, qui avait quatre ans à l'époque – bon... Il y a eu des soupçons du côté danois. On a fait le rapprochement avec sa mère... qui a peut-être disparu au moment du braq...

— Comment l'a-t-on identifiée ?

— Des voisins se sont manifestés, semble-t-il. Et sa mère était recherchée.

— Il faudra vérifier ce point. On lui aurait donc parlé... Qui était le responsable d'interrogatoire ?

— Sven-Anders Borg, d'après les papiers.

— Il est à la retraite depuis cinq ans.

— Mais il est en vie ?

— Oui. Pas d'alzheimer, à ma connaissance. Mais on ne pouvait tout de même pas exiger qu'il donne l'alerte.

— Si on avait eu le nom plus tôt...

— Je l'appelle.

— Dis-lui de venir le plus vite possible.

Ringmar s'empara du téléphone. Winter reprit sa lecture, mais fut distrait par la conversation qui se déroulait à côté de lui. Ringmar couvrit le combiné avec la main.

— Il a mal à la jambe, mais il dit qu'on est les bienvenus. Il habite Påvelund.

— Il se souvient de quelque chose ?

— Il dit qu'il va réfléchir, le temps qu'on arrive.

— On y va.

La lumière sur le fleuve était plus aiguë que jamais. Les grues de l'autre côté paraissaient phosphorescentes. Deux ferries se croisèrent, au large, et Winter pensa au Danemark.

— Elle a dessiné le drapeau danois, dit-il à Ringmar qui conduisait.

— Qui ? Helene ?

— Oui. Et sa fille aussi. Elles ont dessiné le drapeau danois.

La distance augmentait entre les deux ferries. Le plus grand se dirigeait vers la haute mer.

— Quoi ? Qu'est-ce que tu dis ?

Winter lui parla des deux signatures.

— Tu as envoyé les dessins au labo ?

— C'est en cours.

— Bon Dieu.

Winter suivait du regard la route du ferry vers l'ouest.

— Elles sont peut-être allées là-bas, dit Ringmar. Au Danemark. Tout est possible maintenant.

— C'est tout le temps comme ça, commissaire.

— D'abord il n'y a rien, puis tout arrive d'un coup.

— Tu es surpris ?

— Non. Un peu ému, plutôt.

— C'est maintenant que ça commence, dit Winter. Tu sens le vent ?

Aneta Djanali se présenta, ainsi que Halders. L'homme les invita à entrer. La maison semblait avoir un siècle. Petite, de l'extérieur mais en entrant dans le salon, Aneta pensa que c'était une impression trompeuse. Par les fenêtres, elle apercevait le pré. Deux chevaux à la lisière de la forêt, le nez dans l'herbe. Sérénité.

— Jolie vue, dit-elle.

L'homme suivit son regard comme s'il voyait la forêt et la prairie pour la première fois. Ils savaient qu'il avait soixante-neuf ans. Ils avaient son nom, son adresse, son numéro de sécurité sociale. D'après le registre, il possédait une Ford Escort blanche dont le numéro d'immatriculation commençait par un H. Voilà ce qu'ils savaient de cet homme. On ne l'avait pas encore recherché dans le fichier criminel. Halders avait posé la question à un collègue. Réponse négative. Il n'avait pas voulu attendre. Pourtant il aurait fallu le faire. On le faisait avec tous les propriétaires de voitures. Mais le bonhomme paraissait gentil. Georg Bremer avait le sommet du crâne aussi lisse que Halders. Mais sa moustache sombre ne semblait pas teinte. Il portait une chemise bleu ciel, ouverte sur un cou fripé par l'âge. Pantalon noir, ceinture marron. L'homme était mince. Plus petit que Fredrik. Quelque chose de desséché, pensa Aneta Djanali. Les endroits visibles de son corps étaient sillonnés de tendons.

Georg Bremer continuait de regarder par la fenêtre. Le soleil disparut, et son profil sembla brusquement se durcir. Deux secondes plus tard, le soleil reparut et rendit au visage sa douceur. Étrange, pensa Aneta Djanali. Cette ombre lui a comme gommé le menton. C'est idiot. Je suis obsédée par les mâchoires maintenant.

— Nous avons essayé de vous joindre, dit Halders. Vous n'écoutez pas votre répondeur ?

— J'étais absent. Je suis rentré hier et je n'ai pas pensé à le faire.

Ce satané respect des gens, pensa Halders. Ce n'était pas ainsi qu'il aurait fallu s'y prendre. Le mieux aurait été de faire irruption dans les familles, sans prévenir, quand tout le monde était à table, et demander ce que la voiture de papa ou de maman faisait dans le secteur de Delsjön au petit matin. Que les gens avalent de travers. De honte, à défaut d'autre chose.

— Il s'agit donc de la voiture, dit Halders. Simple visite de routine.

— Vous ne voulez pas vous asseoir ?

— Volontiers, dit Aneta Djanali.

Elle s'assit dans un canapé vert usé jusqu'à la corde. Halders resta debout, tout comme Georg Bremer.

— Que voulez-vous savoir au sujet de la voiture ?

— Vous conduisez une Ford Escort blanche de 92 ?

— Elle est de cette année-là ? Je ne le savais pas. Il faudrait que je regarde dans les papiers.

— Nous interrogeons les propriétaires de voiture susceptibles de nous aider à résoudre un... une affaire.

— Quelle affaire ?

— Un meurtre.

— Quel rapport avec ma voiture ?

— Une Ford Escort a été aperçue à proximité du lieu de la découverte du corps, au cours de la nuit du meurtre. Le conducteur a pu remarquer quelque chose.

— Quoi par exemple ? Et où ?

Halders jeta un regard à Aneta Djanali, assise dans le canapé avec son bloc-notes.

— Nous parlons de la nuit du 17 au 18 août, dit Halders. Il faisait encore très chaud.

— Ça ne s'oublie pas. J'étais au bord de l'apoplexie.

— Nous aussi.

— En tout cas, j'étais ici à cette date, dit Georg Bremer. Et la voiture aussi.

— D'accord, dit Halders.

— Personne ne pourra vous le confirmer, puisque je vis seul. Mais je n'ai pas l'habitude de rouler la nuit. Ma vue n'est pas assez bonne pour ce genre d'aventure.

— Je n'ai pas remarqué de voiture dans la cour, dit Aneta Djanali.

— Elle est au garage depuis vendredi. Une fuite d'huile comme à travers une passoire. Vous pourrez le constater par vous-mêmes si vous allez dehors.

— Quand était-ce ? dit Halders.

— Quoi donc ?

— Quand avez-vous déposé la voiture au garage ?

— Avant-hier. J'ai essayé de m'en occuper moi-même, mais ça me donne des vertiges de rester trop longtemps sous une voiture.

— Pourtant vous disiez tout à l'heure que vous aviez été absent...

— Et alors ? C'est un interrogatoire ?

— Non, non. Je me pose juste la question puisque vous vivez dans un endroit un peu... isolé. Il faut un véhicule, je suppose.

— Oui, c'est sûr que je ne vais pas aller à pied jusqu'à l'arrêt de bus. Mais j'ai une moto, que je dépoussière de temps en temps. Elle est dans la grange, si vous voulez la voir.

— Où est la voiture ? demanda Aneta Djanali.

Georg Bremer indiqua le nom du garage. Aneta Djanali le nota, ainsi que l'adresse.

— C'est n'est pas la porte à côté, dit-elle.

— Il faut privilégier ceux qui proposent un bon prix.

— Alors vous avez comparé ? demanda Halders.

— Bon, on a des connaissances. Là, on peut dire que c'est la relation d'une relation.

— Où habitent les voisins les plus proches ?

— Eux aussi, vous allez les interroger sur leurs voitures ?

— On ne voit pas de maisons, quand on vient par la route.

— Il y en a quelques-unes dans la forêt. Mais je suis assez seul ici. En prenant à droite, au croisement, il y a une ferme un kilomètre plus loin. Je crois qu'elle sert surtout de maison de vacances. Je connaissais le précédent propriétaire, mais les nouveaux... on se dit juste bonjour quand on se voit, deux ou trois fois dans l'année.

— Vous n'entendez rien de ce qui se passe alentour ?

— Ce serait les avions, dans ce cas.

45

Sven-Anders Borg ouvrit la porte, en appui sur une béquille.

— Tu joues au foot ? dit Ringmar.

— Hélas non. Mauvaise circulation. Si ça continue, il faudra la couper.

— Tu exagères, Sven.

Le policier retraité se contenta de hausser les épaules.

— Et maintenant, dit-il, on est de retour dans l'affreuse réalité. Que voulez-vous que je vous dise ? Entrez.

Ils le suivirent dans un séjour éclairé par le jardin, derrière. Les vitres mal lavées ne parvenaient pas à exclure complètement la lumière du soleil. La pièce sentait le tabac et l'oignon frit. Une radio était allumée dans une autre pièce. Borg se laissa tomber dans un fauteuil, sous la fenêtre, et agita la main vers le canapé.

— Allez, allez. On s'assoit.

Ils s'assirent. Ringmar prit la parole.

— J'ai réfléchi, coupa Borg. Sale affaire. Un cauchemar pour un enquêteur. Rien tout d'abord, puis tout arrive d'un coup. On n'a même pas le temps de trier la merde.

— Non, dit Ringmar. On en parlait en venant.

— Si j'avais su... avant, je vous aurais appelé. J'aurais fait le rapport entre le prénom Helene et ce nom de famille – c'était quoi déjà ? Dellmer ?

— Dellmar.

— Oui. Dellmar. Mais vous ne l'avez pas rendu public encore.

— On n'a pas eu le temps, dit Winter. On est en train de... trier, comme tu le disais à l'instant.

Borg émit comme un soupir. Il regarda le plafond, puis Ringmar.

— Alors, voilà comment ça s'est passé, dit-il. On a entendu parler de la petite qui avait été laissée à l'hôpital... Puis on a obtenu le nom de la mère. Dellmar. Elle avait un passé. Vous êtes au courant, bien sûr. Une fois qu'on a eu son nom, on l'a cherchée, mais elle n'était pas dans son appartement. Ni ailleurs. *Verschwunden*.

— Elle n'a jamais reparu. Et vous n'aviez pas de piste, d'après ce que j'ai compris.

— D'une certaine façon, on en avait beaucoup. Ce hold-up n'est pas passé inaperçu, si je puis dire.

— Elle a donc été identifiée dans ce cadre-là, dit Winter. Avec quel degré de certitude ?

Borg le regarda comme si le jeune blanc-bec venait de lui poser une colle. Il était parti à la retraite avant que ce garçon-là ne devienne commissaire, et c'était peut-être une bonne chose. Commissaire, on ne le devenait qu'à cinquante ans. Quel spectacle ! Les vêtements encore, ça pouvait aller, mais les cheveux ! Pour qui se prenait-il ? Un chanteur pop ?

— Tu n'as qu'à poser la question aux Danois. Non, sérieusement, c'est clair qu'on y croyait. Il n'y avait pas de caméras vidéo à l'époque, mais deux employés de l'agence ont vu la voiture démarrer, et ils ont vu la femme. Elle s'était retournée, ou quoi. Je n'ai pas tout en tête. Il faudra regarder le dossier par vous-mêmes.

— Bien sûr, dit Ringmar.

— Mais quelques citoyens l'avaient aussi vue... avec

la petite. Et puis quand nous... les Danois, plutôt... ont commencé à poser des questions, ils ont découvert que plusieurs personnes les avaient remarquées, les jours précédents.

— Comment avez-vous relié Brigitta Dellmar au hold-up ? intervint Winter. La présence de l'enfant n'était pas le seul élément, j'imagine ?

— En partie, si. C'était décisif. Mais on a fait comme on fait toujours. Quand l'alerte est arrivée du Danemark, on a commencé par examiner nos célébrités. Elle en faisait partie, mais elle n'était pas en haut de la liste, si je puis dire. On n'était pas encore arrivé à elle quand on a reçu le message de Sahlgrenska.

— Et vous saviez qu'un enfant était impliqué. À Aalborg.

— C'est écrit dans le rapport. Mais ce n'était pas si clair que ça. En tout cas, des voisins ont donné signe de vie. Ils ont reconnu la petite. Du coup, on a pu faire le lien.

— Je comprends, dit Ringmar.

— Puis il a fallu un moment pour relier ça au braquage d'Aalborg. Les photos, les témoins, tout ça.

— Oui, dit Ringmar.

— Brigitta Dellmar avait disparu.

— Oui, dit encore Ringmar.

— Exécutée.

— *Quoi* ?

Ringmar était devenu livide.

— Exécutée, bien sûr, dit Borg. Ou peut-être rendue folle de terreur. Ou encore, troisième hypothèse, morte des suites de blessures qu'elle avait pu recevoir lors du braquage, à notre insu.

— Pourquoi y avait-il des policiers là-bas ? demanda soudain Winter. Au moment même du hold-up ?

— Une histoire d'alarme, il me semble. Le système d'alarme de la banque se serait déclenché *avant* que les choses sérieuses ne commencent. Un court-circuit, ou si l'un des employ... Non, c'était un truc technique. Vous pourrez le vérifier auprès des Danois, si nécessaire. Quoi qu'il en soit, une patrouille est arrivée juste après le début de la représentation, et le reste appartient à l'Histoire. Une saloperie d'histoire.

— Tu veux donc dire qu'elle aurait pu être tuée par l'un de ses complices ?

— Pourquoi pas ? Deux d'entre eux ont réussi à s'enfuir, avec elle. Ils avaient l'argent. Ils ont épargné la petite, car il y a peut-être une limite quelque part. Je ne sais pas. Tout ce que je sais, c'est qu'elle n'est pas venue se présenter au commissariat. Pourtant, elle avait un enfant, pas vrai ?

Ringmar acquiesça en silence.

— Vous savez que les gangs de motards, dans leur variante dure, ont commencé à marquer leur territoire pour de bon à cette époque, après un petit démarrage en douceur. On n'a jamais pu le prouver, mais pour moi il ne fait pas de doute que c'était eux.

— J'ai lu ça dans les papiers, dit Winter.

— Brigitta Dellmar avait des contacts parmi eux. On a fait ce qu'on a pu pour remonter le fil de sa triste vie, et elle avait flirté avec les gangs locaux. Avec quel degré d'innocence, ou de culpabilité, c'est une autre question.

Ringmar hocha à nouveau la tête.

— Elle n'était pas parmi eux, en tout cas. On l'a cherchée. Les Danois ont travaillé de leur côté, mais elle avait disparu. Disparu purement et simplement. Ensuite le cadavre d'un motard relativement connu resurgit dans le eaux de Limfjorden, ou Dieu sait où, et quand l'employée de la banque voit la photo, elle le reconnaît. Sûre et certaine qu'il faisait partie des braqueurs d'Aalborg.

— Tu as bonne mémoire, Sven, dit Ringmar.

— Je n'ai pas de problème de circulation du côté du cerveau, merci. Ça me revient, maintenant que j'y repense.

— On n'a pas réussi à prouver qu'il était impliqué ?

— Non. Mais on savait que c'était lui. Intime conviction. Un Danois, disparu au moment du hold-up. Il a fini par resurgir dans l'eau, comme un poisson mort.

— Oui.

— Bon. Ensuite la petite s'est retrouvée ici, à Göteborg. Nous avions de bonnes raisons de penser qu'elle avait été présente... au moment des faits. De bonnes raison de lui parler, autrement dit. À plusieurs titres. Alors on lui a parlé.

— On a lu les comptes rendus d'audition.

— Alors vous savez tout. Elle n'a rien pu nous dire précisément. Elle était à l'évidence tourmentée par ce qui s'était passé. Mais de quoi il s'agissait au juste... Un psychiatre assistait aux entretiens. Vous lui avez parlé ?

— Non, dit Winter.

— Ça fait froid dans le dos. De penser qu'on l'a vue quand elle était petite. Et maintenant, à trente ans, elle se fait tuer.

— Comment s'est passée l'audition ? dit Ringmar.

— La petite était effr... Non ce n'est pas le bon mot. Elle demandait sa maman. Elle parlait d'une voiture... Elle avait pris une voiture... changé de voiture. Ça coïncidait avec les événements.

Borg souleva sa jambe gauche, la massa quelques instants, la déplia et continua son massage pendant trente secondes. Le soleil avait disparu derrière les nuages. La poussière ne tourbillonnait plus dans la pièce.

— Vous avez lu le rapport. Elle parle d'une chambre. Peut-être une cave, où elle aurait passé un certain temps. Les Danois supposaient qu'ils s'étaient retirés dans une maison.

— Qui ? Les braqueurs ?

— Qui d'autre ? Je parle des braqueurs. Ils auraient passé du temps dans une maison, en dehors de la ville, à affûter leurs préparatifs. Il faudra demander aux Danois.

Borg regarda Winter en recommençant à masser sa jambe.

— Peut-être se sont-ils retirés là, après le hold-up – je parle des survivants. La petite était peut-être avec eux. Et sa mère aussi. On n'a pas réussi à reconstituer toute l'histoire.

— En partie, quand même, dit Ringmar.

— Tout ce que je sais, c'est qu'elle a de quoi vous donner des frissons sous le crâne. Mais c'est comme ça, ajouta-t-il en regardant à nouveau Winter. Celui qui s'engage dans la voie du crime paie un prix élevé.

— L'enfant aussi a dû payer, observa Ringmar.

— C'est comme ça, le crime. On rembourse pour le restant de ses jours.

— Tu as pensé à autre chose ?

— Ce serait quoi ?

— N'importe quoi qui pourrait nous aider. Encore plus, je veux dire.

— Presque tout ce que je viens de dire se trouve dans les rapports que vous avez déjà lus. Mais vous devriez reparler aux Danois.

— Oui.

— Ce serait peut-être une bonne idée d'aller là-bas.

— Oui, dit Winter. Je commence à le comprendre.

— Un voyage peut donner des ouvertures.

Borg le fixait d'un regard aigu.

— J'ai entendu parler de ton excursion londonienne, au printemps.

Winter hocha la tête.

— Un voyage dans le temps, dit Borg. Ça devient un voyage dans le temps.

Winter hocha à nouveau la tête, tout en regardant les fenêtres, qui semblaient couvertes de suie. Borg suivit son regard.

— Les vitres ont besoin d'être lavées, dit-il. Ma fille doit venir tout à l'heure, justement, pour accomplir cette mission. On pourra à nouveau voir le jardin.

Winter sourit. Borg s'était penché comme s'il hésitait à poursuivre.

— Il y a encore une chose... à donner la chair de poule. Du moins je le crois. Mais vous avez dû vous en occuper déjà.

— De quoi parles-tu, Sven ?

Ringmar s'était penché, lui aussi.

— De mon temps, on n'avait pas de vidéo. Mais il y a eu un essai, à peu près à cette époque, pour filmer les interrogatoires. On a dû garder les bobines, peut-être même les copier en VHS. Vous avez vérifié ?

— *Un film ! ?*

— Les bobines servaient plusieurs fois, mais si ça se trouve, celle-là est intacte. L'enregistrement de notre entretien avec la petite Helene.

— Il n'y a aucune trace écrite, dit Ringmar.

— De quoi ? Du fait qu'elle aurait été filmée ? Ou qu'on ait conservé le film ?

— Ni l'un ni l'autre. C'est la première fois que j'en entends parler.

— Et tu n'étais pas parmi nous, à cette époque. Que veux-tu que je te dise ? Quelqu'un a fait preuve de négligence, ou alors le film a été pilonné tout simplement. Ce sont des choses qui arrivent trop souvent, hélas.

Ils découvrirent le film parmi d'autres cassettes d'entretiens filmés et transposés en vidéo avant d'être oubliés dans un coin. Il y avait une référence, mais pas dans le dossier Dellmar.

Ils l'emportèrent dans le bureau de Winter, qui l'inséra dans le magnétoscope. Ringmar fit un geste – un signe de croix ? Winter sentit un casque d'acier se visser lentement sur son crâne.

Un Borg plus jeune, doué d'une meilleure circulation sanguine, apparut à l'écran. Il était assis derrière une table. La pièce aurait pu être n'importe quelle salle du commissariat, à n'importe quelle date. Presque rien n'avait changé.

L'enfant était assise en face de lui. On ne voyait que son visage. Elle dit quelques mots en regardant le bord de table, puis elle leva la tête, droit vers la caméra, vers Ringmar et Winter. Celui-ci sentit la pression s'accentuer sur son crâne. C'était peut-être ça, le plus terrible... Être là, être obligé de faire ce satané voyage dans le temps, avec des faits effroyables comme unique pont par-dessus la longue distance.

Il pensa au visage de Helene dans l'amphithéâtre. D'autres images lui vinrent à l'esprit, tandis que la fillette baissait à nouveau son regard vers la table massive.

— Je sais pas si je peux supporter ça, dit Ringmar.

Winter vit la fillette se lever de sa chaise et regretta que la bande n'ait pas été détruite.

Ringmar se leva.

— Allez viens, dit-il. On va retrouver Jennie.

46

Winter lisait le rapport d'audition de l'enfant Helene. Un psychologue expérimenté, à présent décédé, avait tenté de découvrir quelque chose dans les souvenirs dont elle ne voulait, ou ne pouvait pas parler. C'était une lecture courte et douloureuse, comme le film un peu plus tôt, le film montrant une enfant qui, de toute évidence, souffrait.

Winter lut les conclusions du psychologue, mais elles ne lui apprirent pas grand-chose. Une note précisait que la fillette aurait besoin d'être suivie régulièrement par un psychiatre. Jusqu'à l'âge adulte. Et après ? pensa Winter. N'était-ce pas à l'âge adulte que le cauchemar des souvenirs s'intensifiait ?

Il n'avait retrouvé aucune trace indiquant que Helene eût bénéficié de ce genre de suivi, une fois adulte. Il n'y avait eu aucun suivi du tout, en dehors d'un entretien de contrôle un an après... les événements. Winter griffonna une note : Quelle était la famille d'accueil à ce moment-là ?

Il lut : « À l'âge adulte, elle risque de prendre conscience de l'enfer qu'elle a vécu. Plusieurs signes montrent clairement qu'elle a effectivement connu un enfer. Mais il est possible qu'elle ne puisse récupérer que de très rares images spécifiques. »

Lesquelles ? s'interrogea Winter. Il avait lu des comptes rendus de cas similaires. Pour ceux qui avaient vécu des événements traumatiques dans l'enfance, le seul moyen de mener par la suite une existence normale était d'oublier. Se distancer, se couper des souvenirs. À cette condition seulement, il devenait possible de fonctionner avec d'autres êtres humains.

Winter pensa à la femme seule avec son enfant dans l'appartement où lui-même avait erré avec une sensation si puissante d'effroi. Ici, il y avait peu de souvenirs. Les souvenirs étaient fermés, comme des trappes.

Et les trappes pouvaient soudain s'ouvrir sur l'abîme.

Il y avait des exemples de patients frappés d'amnésie au beau milieu d'une conversation. Soudain, le patient devenait un autre. Par exemple, son moi pouvait se fractionner en plusieurs identités distinctes. Winter reprit sa lecture.

« La conscience tend à protéger la personne des souvenirs d'expériences insoutenables. » C'était une phrase effrayante. À quoi pouvait penser une personne, dans cette situation ? Helene avait-elle été dans ce cas ? Le peu que l'enquête avait révélé de son destin semblait l'indiquer, mais comment savoir ?

Un bruit dans le couloir lui fit lever la tête. Le silence revint. Un silence occupé par la seule trompette de Don Cherry, qui faisait partie de l'air même qu'il respirait, dans son bureau.

Il s'était remis à pleuvoir, crépitement rythmé contre la vitre. Winter considéra un instant les dessins d'enfant fixés au mur. Des drapeaux, des moulins à vent, des hommes barbus conduisant des voitures. Pluie et soleil. Le ciel montre deux identités différentes en même temps, pensa-t-il.

« Vers la trentaine, la personne exposée à des expériences traumatiques dans l'enfance peut prendre soudain une conscience accrue de l'enfer qui se déroule au présent. » Encore une phrase effroyable. Les amnésies durables... Lorsque la conscience revenait, la personne pouvait se découvrir en un tout autre lieu, sans savoir comment elle était arrivée là.

Identités distinctes. Un autre lieu.

Était-ce possible ? Était-ce cela qui était arrivé à Helene ? Et dans ce cas... qui s'était occupé de son enfant ?

Quelqu'un lui avait-il donné les clefs du passé ? Des clefs secrètes, qu'il aurait mieux valu ne pas toucher ?

Une pensée le frappa soudain. Ils n'avaient pas établi la date de la disparition de la petite. Ils ignoraient quand Helene et Jennie avaient été vues ensemble... pour la dernière fois. La petite avait-elle disparu avant Helene ? Helene avait-elle été consciente du lieu où elle se trouvait ? Elle était peut-être en proie à la confusion depuis un long moment. Était-ce possible ?

Il griffonna une note. Il fallait reparler à Ester Bergman.

Winter se leva, s'approcha des rayonnages à droite de la porte et prit un livre consacré aux crimes violents dans une perspective affective et mémorielle. Il lut : « Dans sa tête, il lui arrive d'entendre des voix. Certaines voix se font parfois entendre très distinctement, et l'exhortent à accomplir des actes. Mais, la plupart du temps, elles restent à l'arrière-plan, comme une rumeur. Les voix discutent entre elles. »

Halders se leva et alla à la salle de bains. Il alluma et se pencha vers le miroir au-dessus du lavabo. Ses cheveux commençaient à repousser sur les côtés. Il décida d'aller chez le coiffeur pendant le week-end et de laisser la tondeuse faire à nouveau son œuvre.

Il plaça la main à côté de son œil gauche et regarda la peau tendue. Sous l'œil, et le long de la pommette. Il retira sa main. Les taches blanches se fondirent très progressivement dans la chair. Tu commences à vieillir, dit-il.

Il envisagea de prendre un bain, mais cela lui apparut comme un grand effort. Une bière à Bolaget ? Le trajet était trop long. Se faire à manger ? Il n'en avait pas la force.

Enfer et damnation. J'ai à peine la force d'aller me recoucher.

Il pensa à appeler quelqu'un, mais ne trouva personne à qui il aurait eu envie de parler, ou qui l'aurait écouté. À part Aneta.

Debout derrière la fenêtre, il regardait les érables qui seraient bientôt tout nus. Il sentit le vide de son corps croître à la vue des arbres noirs.

Quelqu'un à qui parler. Ce n'est pas trop demander. Mais je n'en ai pas besoin. Merde, j'ai le boulot.

Il alla dans la cuisine, ouvrit la porte du frigo et prit une bière.

Il était assis devant la télé, la télécommande à la main. Il se demanda s'il allait appuyer sur le bouton.

— On ne peut plus prolonger la garde à vue de Jakobsson, dit Ringmar.

— Non, je comprends, répliqua Winter. C'est... la poisse.

— Il a juste payé le loyer de quelqu'un.

— Il faudra le garder à l'œil.

— Après ce coup-là, il va faire le plein d'alcool et disparaître pendant deux semaines.

— Je crois qu'on peut relier l'un d'entre eux à l'arme et à la fusillade, dit Winter.

— Bolander, dit Birgersson. Parfait.

— Il n'avoue rien, bien sûr, mais il était là.

— On ne sait toujours pas pourquoi ça s'est produit. À moins que ce ne soit encore une démonstration de pouvoir délirante.

— Ce n'est peut-être pas faux.

— Ou un avertissement, mais ça revient au même. Dans un cas comme dans l'autre, ça a failli coûter la vie à l'un de nos policiers.

— Oui.

— Il y a encore eu du grabuge en Scanie. À croire que ces salauds préparent quelque chose. C'est un mauvais présage. Ce gang a quelque chose d'effroyable. Ne serait-ce que par le contrôle qu'il exerce sur ses membres.

— Oui, dit Winter. Le contrôle.

— C'est une saloperie de dictature. Vers l'extérieur et vers l'intérieur. Comme une secte surgie de l'enfer.

— C'est ce que leur nom suggère, je crois.

— Hum.

— C'est un peu plus calme au Danemark, en ce moment.

— À ce propos, j'ai parlé à Wellman. Tu as le feu vert.

— Je partirai dès que j'aurai fini de lire les documents que nous ont envoyés les Danois.

— Tu connais quelqu'un à Aalborg ?

— Parmi les collègues ? Non. Et toi ?

— Plus maintenant. Que penses-tu, au fait, de ce machin psychologique ? Helene enfant, et comment ça a pu la rendre une fois adulte.

— Rien encore. Rien du tout. Et ne dis pas « machin ». Je déteste ce mot-là.

Winter buvait un café avec Beier dans la belle salle de détente de la brigade technique. Ils étaient seuls. Du coup, la pièce paraissait deux fois plus grande que d'habitude.

— Maintenant, dit Beier, il nous faut juste de quoi comparer. On a plusieurs fragments d'empreintes lisibles, et ce ne sont pas celles de la fille ou de la mère.

— Elles n'étaient pas les premières locataires.

— En effet.

— Mais elles peuvent avoir reçu de la visite.

— D'après ce que tu m'en as dit, non. Personne ne venait en visite dans cet appartement.

Halders entra dans le bureau de Winter avec l'expression de quelqu'un qui serait à la fois furieux et délivré d'un certain poids.

— On peut abandonner l'une des pistes.

Winter était déjà debout.

— Je t'écoute.

— La marque sur l'arbre. C'est bien ce que je pensais. Le coup d'un sale môme.

— Un sale môme ?

— Les gars du bateau, si tu t'en souviens, ont bien voulu, un peu à contrecœur, se rappeler à qui ils avaient prêté le rafiot. Ça faisait pas mal de monde.

— Oui.

— On a décortiqué cette liste. La réponse se trouvait tout en bas. Comment dis-tu, déjà ? Les réponses sont toujours en bas. On aurait dû commencer par là.

— Alors pourquoi ne l'a-t-on pas fait ?

— C'est bon, c'est bon. Deux garçons, plus jeunes que ceux du bateau, l'avaient emprunté, et ce sont eux qui ont peinturluré le tronc.

— Ils sont venus te le dire ?

— J'ai parlé à l'un d'entre eux, au téléphone. Il m'a paru un peu bizarre, alors j'ai pris la voiture et je suis allé le voir dans son école. Il avait une heure creuse. Il a dit qu'il en avait plein, des heures creuses.

— Il a reconnu les faits ?

— Tout de suite. Il a dit que ça leur était passé par la tête comme ça. Un truc marrant à faire.

— Quand était-ce ?

— Quoi donc ?

— Quand l'as-tu su ?

— À l'instant, merde. Je sais, ça a pris du temps d'éplucher cette liste, mais ce n'était pas vraiment le boulot qui manqu...

— Ils savaient qu'on cherchait des informations à ce sujet ?

— Il affirme que non.

— Il ment ?

— Bien sûr. Mais sans doute pas à propos du marquage de l'arbre.

La soirée était sombre et tiède. Winter traversait à vélo le centre de Kungsten, éclairé par de rares lampadaires. Bruit de la mer. Odeur de la mer. Les rochers affleuraient au bord de la route, qui descendait en pente douce vers Hagens Plan. Une zone résidentielle récente brillait de toutes ses lignes néo-modernes sur les rochers. Ce serait possible d'habiter là, pensa Winter. Si on était une famille.

La rue de Lotta était pleine de voitures en stationnement. Les bruits de la fête lui parvenaient par les fenêtres ouvertes. Bim et Kristina avaient suspendu une pancarte au-dessus de la porte : « Bon anniversaire, petite mère. » Il y avait aussi des ballons de baudruche blancs et bleus. Winter ôta ses pinces de vélo et monta les marches du perron. Puis il inspira profondément et poussa la porte entrebâillée.

Le hall d'entrée était rempli de gens qu'il n'avait jamais vus. Il leur adressa un signe de tête et accrocha sa veste en cuir par-dessus trois mille autres vêtements. Il portait un costume noir. Il lissa sa veste et rentra son polo dans le pantalon. Son paquet, il le portait sous le bras.

La musique était assourdissante. Ce n'était pas les Clash. Par la porte du séjour, il vit des gens danser. Les Beatles, pensa-t-il. Je reconnais ça. Les Beatles.

— Erik !

Lotta était apparue sur le seuil de la cuisine.

— Salut, petite sœur.

— Alors tu as pu te libérer !

— Je te l'avais promis. Et j'avais envie de venir.

Elle l'embrassa et lui effleura la joue. Elle avait la même odeur que le soir, dehors, et aussi un peu l'odeur du vin.

— Bon anniversaire, dit Winter en lui tendant le paquet.

— J'ai reçu des ordres. Les cadeaux doivent être rassemblés dans un coin et ouverts tous ensemble dans la liesse générale.

— Quand ?

— Mais... c'est quoi, cette question ?

— Pardonne-moi.
— Tu n'es tout de même pas pressé à ce point ?
— Non, non.
— C'était une idée des filles.
— Arrête. Tu aimes ça. Les feux de la rampe.
— On ne peut pas en dire autant de toi.
Elle recula et l'examina des pieds à la tête.
— Pas mal, le costume.
— Oscar Jacobsson, dit-il en pensant à l'homme qui célébrait sans doute en ce moment même la fin de sa garde à vue. Il est plus cher qu'il n'en a l'air.
— Mais Angela n'a pas pu venir, dit Lotta.
— Elle était de garde.
— Oui, c'est dommage. Elle m'a appelée.
— Ah bon ?
— Elle t'embrasse. C'est apparemment à moi de transmettre les messages.
— Ce n'est pas si catastrophique. C'est... mieux que ça.
— Que veux-tu boire - elle agita la main vers la cuisine - vin, bière, alcools...
— Pas d'eau ?
— Un jour comme celui-ci ? Bien sûr que non.
— Oncle Erik !
Bim et Kristina s'emparèrent de lui et l'entraînèrent dans la cuisine.

— Voici donc l'homme providentiel.
— Pardon ?
— *Troubleshooter of crime*.
L'homme agita son verre.
— Vu dans la presse, à la radio et à la télé...
D'où sort-il, celui-là ? pensa Winter. Je ne l'ai pas vu venir. Et je ne suis pas une célébrité.
— Je te reconnais, dit l'homme. Tu étais à la télévision hier soir.
Il sembla fouiller dans sa poche intérieure, comme s'il cherchait le bloc-notes pour l'autographe. Winter vit Lotta lui faire signe.

— Excusez-moi, dit-il à son fan.

Il se fraya un passage entre les invités.

— C'était qui, celui-là ? demanda Lotta lorsqu'il l'eut rejoint.

— Ce serait plutôt à moi de te le demander.

— Connais pas. Je ne l'ai même pas vu arriver.

Ils regardèrent l'homme, qui se dirigeait vers la cuisine dans l'espoir manifeste de remplir son verre.

— Il a dû venir avec quelqu'un, commenta Winter.

— À mon avis, il passait dans la rue.

— Ici ? Dans ce quartier ?

— Bon, je m'en fiche, dit Lotta en se tournant vers l'homme extrêmement bronzé qui se tenait à ses côtés. Qu'en dis-tu, Peter ?

— Absolument.

— Tu connais Erik...

— Ça fait un bail.

— Peter Krumlinde, dit Winter en lui serrant la main. Je croyais que tu faisais encore le tour du monde à la voile.

— Je suis rentré cet été.

— Alors, quel effet ça te fait ?

— Merveilleux. Toutes ces odeurs, la sensation de la terre ferme sous les pieds, tout ça.

— Tu t'en lasseras, dit Lotta.

— Je reprendrais bien un whisky.

— J'y vais, dit-elle. Donne-moi ton verre.

— Pas question. C'est ton anniversaire, après tout.

— J'adore recevoir, dit-elle en s'éloignant avec un sourire tous azimuts.

47

Les tables avaient été disposées en T, dans la salle à manger plus vaste que le séjour. Enfant, Winter avait passé des heures assis là, à attendre la fin des interminables repas réunissant parents et amis des parents pour pouvoir retourner dans sa chambre.

Ce n'était plus tout à fait pareil. Le repas pouvait se prolonger encore un peu. Avec plaisir même. Ensuite, il pourrait regagner sa « chambre » avec vue sur le canal et poursuivre sa chasse dans les paysages solitaires. Le contraste entre l'atmosphère chaleureuse de cet intérieur et les existences mutilées au-dehors était comme... comme la frontière séparant le soleil et la pluie sur les dessins de la petite. Une ligne de démarcation à l'intérieur d'un même monde.

— Tu parais *lost in space*, dit la voix de Krumlinde à côté de lui.

— Quoi ?

Winter avait presque sursauté.

— C'est bien ce que je disais. Complètement parti.

— *Lost in the world* plutôt.

— Tu es capable de t'occuper de toi, au moins ?

— Je ne sais pas.

Krumlinde, qui mâchonnait une olive, retira le noyau avec deux doigts.

— Je vois. Tu ne peux pas oublier ce dont tu t'occupes en ce moment sous prétexte que c'est la fête – il prit une autre olive – je peux comprendre ça. Mais pense à ta sœur. Fais un effort.

— Ma présence lui suffit, je crois. Et je suis content d'être ici. Sinon, faire la fête n'est pas une priorité pour moi.

— Alors quelle est ta priorité ? dit Krumlinde en lui tendant une assiette. Les olives peut-être ?

— Oui, dit Winter. Les olives et les anchois.

— Moi aussi. Et un sax ténor.

Winter ne répondit pas. La musique lui manquait brusquement.

— Tu t'aides encore des notes bleues pour résoudre tes affaires ?

— Plus que jamais.

— Et la trompette ?

— Non.

— Tu en jouais pourtant, dans ta folle jeunesse.

— Ce n'était pas grand-chose.

Le soleil hissait lentement le jour par-dessus les toits. Petit matin pâle. Winter buvait du café au lait en feuilletant les journaux. Le son de Michael Brecker soufflait dur dans la pièce, mais à faible volume.

Le plus gros de l'agitation s'était calmé, constata Winter en lisant les déclarations du chef de police Wellman à propos de l'enquête préliminaire. Wellman était doué pour les déclarations officielles lorsqu'il n'y avait rien à dire. De ce point de vue, il était un chef parfait. Je n'atteindrai jamais ce poste, pensa Winter. D'ailleurs, je ne le supporterais pas.

L'agitation était réduite à trois colonnes, avec une amorce discrète en première page. Brigitta Dellmar était inconnue des journalistes. Du moins, ils n'écrivaient rien à son sujet. Oskar Jakobsson, lui, était connu depuis l'arrestation de Mölnlycke, mais son identité n'avait pas été dévoilée.

Ce n'est pas comme au Danemark, pensa Winter. Leurs journalistes sont bien moins respectueux de l'anonymat.

Brigitta Dellmar... Son nom avait-il été publié dans les journaux danois au moment des faits ?

Ils n'avaient rien dit du lien avec le Danemark. Ils ne pourraient pas garder longtemps le secret là-dessus. Peut-être même auraient-ils intérêt à lâcher certaines informations. Mais Winter voulait d'abord se rendre là-bas en personne pour... se faire une image des faits... *sentir* ce qui s'était passé.

Il était de plus en plus clair que les événements d'Aalborg avaient une importance dans cette affaire, peut-être même une importance décisive, comme une ombre portée du passé sur le présent, ou un cri venu de très loin, ou une voix... la voix de Helene, celle de Brigitta, et maintenant aussi celle de la petite. Jennie.

Winter se refit un café. Il avait quitté la fête vers une heure du matin, à vélo. Les trois verres de vin bus au cours de la soirée s'étaient dissipés sans laisser de trace.

Lorsqu'il était parti, Lotta l'avait serré contre elle, à sa manière dure. À travers les cheveux de sa sœur, il avait eu un dernier aperçu du séjour, où la fête entrait dans sa troisième ou sa quatrième phase.

Winter se leva, coupa le son de Brecker et composa le numéro noté dans son petit agenda relié de cuir rouge.

— Hello ? fit une voix d'enfant.

— Hello. *I would like to speak to Steve, please. My name is Erik.*

— *Daaaaady* !

Le cri résonna à travers la maison du Kent, au sud de Londres. Macdonald avait deux filles. Des jumelles. Fracas dans l'écouteur, puis la voix de Macdonald.

— *Steve speaking.*

— C'est Winter, dit Winter.

— Quelle surprise !

— J'étais en train d'écouter les Clash, et j'ai pensé à t'appeler pour te le dire.

— Comme c'est intéressant. Un snob qui n'écoute que du jazz et qui commence enfin à apprécier la musique de la réalité.

— Je ne te dérange pas ?

— Pas du tout. Je me préparais pour le match.

Le commissaire Steve Macdonald jouait au foot chaque dimanche avec l'équipe du pub, et circulait en boitillant dans les rues de Croydon chaque lundi matin.

— Vous avez fini en coupe du monde, dit Winter.

— Quoi, l'équipe du pub ? Non, sérieusement. Tu ne parles pas de l'Angleterre, j'espère.

— Je parle de l'Écosse.

— Je ne peux malheureusement pas te rendre le compliment.

— Que faire ?

— J'ai vu Brolin à la télé, l'autre jour. Je n'aurais jamais cru qu'un ex-joueur de classe mondiale finirait dans le trou noir de Selhurst Park, à un kilomètre de mon bureau.

— Que faire ? répéta Winter.

— Il avait quelques kilos à perdre, pourtant c'était le meilleur joueur sur le terrain. Ça en dit long sur la décadence des équipes de Premier League.

— Ou de celle du Cristal Palace...

— Si un gars avec ce physique-là était venu nous voir au pub en demandant à faire partie de notre équipe, on aurait refusé direct. Et tu n'as pas vu l'état de l'équipe du pub.

— Je n'en ai pas eu l'occasion.

— Quand reviens-tu ?

— Je ne sais pas. Peut-être avant Noël.

— Pour renouveler ton stock de chaussures et de chemises ? Il y a un joli petit magasin dans Tottenham Court Road qui vend des parapluies pour homme. Deux cents livres à peine.

— C'est un prix élégant. Mais je dois d'abord aller au Danemark.

Il lui raconta toute l'histoire. Macdonald réagit.

— Comment ont-ils pu passer en Suède, après le hold-up ? Il devait y avoir des barrages partout. Sans parler des contrôles aux ferries.

— Ça fait partie des questions que je dois poser aux collègues danois.

— D'un autre côté, si on veut vraiment traverser le détroit, ça ne doit pas être difficile. Un petit bateau qui attend quelque part, quelques heures de traversée à peine... J'imagine que c'est une route de contrebande traditionnelle ?

— Oui. Pendant la guerre, beaucoup de juifs danois ont pu fuir en Suède par ce biais-là.

— Avez-vous pensé à interroger les gens de la côte ? C'est un énorme boulot, mais quelqu'un peut avoir vu quelque chose. Un bateau mystérieux dans la nuit...

— Les gens de la côte ont pour tradition de la boucler.

— Les gens de la côte sont une bande de brigands, tous autant qu'ils sont, dans le monde entier.

— Y compris la population de Göteborg ?

— Oui. Et celle de Brighton, dont les fiers et sanguinaires représentants, *The Lamb Football Club*, doivent nous retrouver pour un noble combat dans une demi-heure.

— Alors il faut que tu ailles faire ton stretching, Steve.

— Il faut que j'y aille, en tout cas. Mais je vais réfléchir à ton histoire en buvant mon thé. Les enfants qui disparaissent, c'est le pire de tout.

— Et les meurtres, dit Winter.

— Les meurtres non élucidés. Je n'ai jamais connu ça. Ce doit être une expérience horrible pour un commissaire.

— *Fuck off.*

— *All the best to you too, sir*, dit Macdonald en raccrochant.

Macdonald avait raison. C'était un sentiment affreux. Winter travaillait à sa table. Il était presque midi. Le soleil entrait à flots par la porte ouverte du balcon, d'où lui parvenait la rumeur d'une circulation dominicale clairsemée. Quelques mouettes passèrent, discussion animée dans le ciel. Bande de brigands... Winter sourit en repensant à l'expression de Macdonald.

Son sourire se figea lorsqu'il regarda à nouveau la photographie qu'il tenait devant lui. Brigitta Dellmar. Elle avait disparu le lundi 2 octobre 1972, peu après dix-sept heures. Cette photo avait été prise dans un atelier des quartiers ouest de Göteborg trois semaines auparavant, jour pour jour. On l'avait retrouvée dans l'appartement de Västra Frölunda, qu'elle partageait avec sa fille Helene. Pourquoi la photo avait-elle été prise à ce moment-là ? Y avait-il une raison particulière ? Winter examina attentivement le portrait. Brigitta Dellmar avait le regard baissé. Vers sa fille ? Était-ce Helene qui se tenait là, hors champ ?

La ressemblance était frappante. La bouche large, les lèvres charnues, les yeux très écartés. Les cheveux blonds. Les pommettes hautes. Ces deux femmes étaient belles. Et elles avaient disparu à la même époque de leur vie.

Jennie avait hérité le visage de sa mère et de sa grand-mère, et les cheveux de quelqu'un d'autre. Comment pouvait-on abandonner son enfant ? Où était le père de Jennie ? Et qui était le père de Helene ? L'un de ceux qui avaient trouvé la mort lors du braquage ? Ou l'un de ceux qui en avaient réchappé ? L'homme qui avait resurgi, mort, dans les eaux de Limfjorden ?

Qui était le père de Helene ?

Cette question renfermait une partie de la solution de l'énigme. Peut-être la solution tout entière. Le passé jetait une ombre dure sur le présent.

Brigitta portait un pull étroit, caractéristique de cette époque, coupé par le cadre au niveau des épaules. Savait-elle ce qui l'attendait ? Pas tout, bien sûr... mais ce qui allait se passer trois semaines plus tard ? Le projet de hold-up ? Y avait-elle réellement pris part ? Winter avait encore un doute là-dessus, même si, au fond de lui, il savait.

Elle avait la tête un peu penchée, sur la photo. Quelque chose de fuyant, dans tout son maintien. Aucun accessoire. Elle était seule. Une solitude absolue. La photo était en noir et blanc, mais il n'y avait pas de couleurs, de toute façon. Il ne voyait aucune couleur en regardant Brigitta Dellmar. Quand il pensait à Helene il voyait du rouge, et du bleu de glace – celui de la salle d'autopsie. Quand il pensait à Jennie, il ne voyait que du noir.

Winter se rendit au commissariat à vélo. Des étudiants jouaient au foot sur le terrain boueux de Heden.

Un fax l'attendait dans son bureau. Les collègues danois se réjouissaient de sa visite. Ce n'était peut-être pas un mensonge. Le hold-up jamais élucidé qui avait entraîné la mort d'un policier tourmentait la police d'Aalborg depuis des années.

— Tu sais qu'au Danemark, commissaire se dit « inspecteur » et inspecteur se dit « commissaire », dit Ringmar après la réunion matinale.

— Alors je dois me présenter en tant qu'inspecteur ?

— Juste pour ta gouverne.

— Je leur traduirai. Mais ça ne me cause pas trop de souci.

— Quand pars-tu ?

— Demain matin, avec le hovercraft.

Ringmar remua son café en silence.

— C'est nécessaire, Bertil. Il me semble que je peux me rendre plus utile là-bas qu'ici.

— Sans doute. C'est juste... comme si tu allais là-bas pour constater les faits et que nous pendant ce temps... eh bien, on continue de travailler sans trouver la bonne piste. On n'est plus très nombreux sur l'affaire. Même les recherches commencent à... refroidir. Les gens sont découragés.

— Je ne sais pas quoi dire. Je ne suis pas découragé. Toi non plus.

Bergenhem entra dans la cafétéria.

— Lars non plus.

— Quoi ? fit Bergenhem devant la cafetière électrique.

— On est content de voir que personne dans cette équipe n'est découragé, dit Ringmar.

48

Winter embarqua le lendemain. Il verrouilla les portières de la Mercedes, prit sa serviette et monta sur le pont des passagers. L'hydroglisseur quitta le quai. La lumière était un mélange de jour et de nuit. Les restes du petit matin flottaient sur le fleuve et disparaissaient entre les bâtiments déchiquetés au nord du pont. Le vent soufflait.

Il retourna à l'intérieur et passa par le bar, où certains passagers attaquaient déjà la première bière de la journée. Les volutes de fumée glissaient sur les visages froissés de sommeil.

Winter s'assit au bord d'une rangée de fauteuils vides et se tourna vers les vitres. Le bateau prit de la vitesse en dépassant Dana Fjord. La lumière aiguë heurtait les rochers. L'archipel s'étendait sous le soleil matinal, nuances de pierre se transformant peu à peu en acier, en terre, en granit. Quelques nuages à l'horizon.

Deux voiliers se croisèrent. Voiles rouges sur une surface liquide de plomb figé. La vitre reflétait le monde. Une eau nordique, de plus en plus immobile à l'entrée de l'hiver.

À hauteur de Vinga, l'hydroglisseur passa à une

vitesse de quarante nœuds. Winter vit trois canards voler parallèlement au bateau pendant un long moment. Leurs ailes fouettaient le vent. Puis les oiseaux décrivirent un virage à angle droit et furent enveloppés par le soleil.

Les îles avaient disparu. Il n'y avait plus, droit devant, que la mer et un horizon sans limites. Des éclats de vie à la surface de l'eau. Des débris de ciel entre de pâles nuages. Un ferry en route vers l'ouest. Des bateaux de pêche immobiles.

Le soleil l'éblouissait. Il retourna au bar, acheta un sandwich au fromage et un café.

Les voix étaient plus nombreuses que tout à l'heure. L'alcool avait lissé les visages. Épaisse fumée de tabac. Winter avait envisagé de retourner sur le pont et d'allumer une Corps. Mais ce n'était plus nécessaire.

Il retourna à sa place, avala le sandwich et le café. Il pensait à la conversation qui s'était déroulée la veille au soir.

— Je te promets de faire ce que je peux pour t'aider à retrouver la petite, avait dit Benny Vennerhag. Mais notre monde n'est plus ce qu'il était.

— De quel monde parles-tu ?

— Ce n'est plus si facile d'obtenir des... renseignements. Les gens ne disent que le strict minimum.

— C'est le monde de la petite qui m'intéresse. Celui de sa mère. Et de sa grand-mère.

— Ce n'est pas un monde joyeux.

— Que veux-tu dire ?

— Les âmes en miettes, ce n'est pas ça qui manque. Les gens livrés à eux-mêmes, démolis pour une raison ou pour une autre. Pour qui le sens de la vie, ce serait de la quitter rapidement. Mais je ne suis pas assistante sociale. Ni psychologue.

— On pourrait le croire, à t'entendre.

— Parfois, on se demande de quel côté on est, au fond. Je ne suis pas pauvre et j'ai une belle maison, mais pour le reste... Pour le reste je suis sur les routes, avec les laissés-pour-compte.

— Arrête, Benny des Bois.

— Avec ceux qui ne toucheront jamais d'indemnités de départ. Ou alors si, mais au sens propre.

— Tu as beaucoup réfléchi.

— Quel mal y a-t-il à réfléchir sur son époque ?

— Aucun. Mais tu es aussi un voleur. Ce monde-là n'est pas très vaste. Il y a forcément des gens qui ont connu Brigitta Dellmar.

— Peut-être. Mais je n'en faisais pas partie à l'époque.

— Tu as pu entendre des choses.

— Ça ne s'est pas passé en Suède, Winter. Tu y as pensé ?

— Ils sont venus ici après. Tu y as pensé ?

— Combien étaient-ils ? Un, deux, trois, quatre ?

— Je l'ignore.

— Tu sais ce que j'ai offert à Lotta pour ses quarante ans ?

— Non.

— Tu n'étais pas à la fête ?

— Si. Mais je ne crois pas qu'elle ait ouvert ton... cadeau.

— Bien sûr. Ce n'était pas un cadeau qu'on peut ouvrir.

— Ah bon.

— Tu n'es pas curieux ?

— Non.

— Je ne te le dirai pas. Mais tu poseras la question à Lotta.

— Non.

— Avant la fin de l'automne, tu lui poseras la question.

Winter ferma les yeux. Vibrations régulières. Son corps se détendit. Il pensa qu'il allait se lever, se rendre à la boutique tax free et peut-être acheter quelque chose... Soudain, il se retrouva sur une île de granit scintillant. Il traînait un objet venant d'un bateau que deux garçons avaient tiré au sec. Les garçons peignaient des signes chinois sur les rochers. Une femme apparut à ses côtés et saisit la corde qu'il portait sur l'épaule. Il voulut lui crier de ne pas y toucher, c'était sa chaîne d'indices ! mais la femme s'en empara. Soudain, elle se retrouva en haut d'un phare. « C'est ma chaîne à moi ! criait-elle. Les maillons sont à moi ! » Puis elle se laissa tomber, les bras fouettant l'air comme des hélices. Elle lâcha la corde sur lui. Il leva les mains pour se protéger, mais la corde l'entravait et...

Sa main s'abattit sur la tablette. Le gobelet vide tomba et il se réveilla avec la sensation de vulnérabilité qui accompagne le sommeil involontaire.

Il s'étira et regarda vers la mer. L'hydroglisseur approchait de la côte. Il sentit la vitesse décroître et la vibration se transformer dans son corps, comme si son propre sang voyageait lui aussi à vitesse réduite.

Il prit l'autoroute E45 vers Aalborg et sortit après le tunnel sous Limfjorden. Il n'était pas venu depuis des années. La ville paraissait plus grande que dans son souvenir. Le route longeait la zone portuaire, dont les entrepôts cachaient le soleil. La vapeur s'échappant de l'usine où se fabriquait le célèbre aquavit rendait le ciel blanc, comme passé à la craie.

Winter laissa la voiture devant la gare, traversa la place John F. Kennedy et se dirigea vers l'hôtel. Le jeune homme de la réception finit par trouver son nom dans le registre. La chambre se trouvait au deuxième étage. Il prit l'ascenseur avec sa valise et sa serviette. Il n'avait pas eu la force de se rendre à la boutique tax free.

La chambre était petite et sentait le tabac froid. Elle donnait sur une cour sombre, encombrée de cartons empilés. Le ventilateur, accroché devant la fenêtre comme une vigne vierge d'aluminium tressé, bourdonnait aussi fort que le moteur du bateau qu'il venait de quitter.

Il reprit sa valise et redescendit à la réception, en résistant à l'envie de prendre son portable et d'appeler la place Ernst Fontell pour demander qui lui avait réservé une chambre dans cet hôtel et pourquoi. Peut-être était-ce Wellman en personne. Restrictions budgétaires à tous les niveaux.

— Je veux une autre chambre.

Le jeune homme hocha la tête comme si la réapparition d'un client après cinq minutes était un phénomène archi normal.

— Nous n'avons plus de chambre simple.

— Alors donnez-moi une chambre double.

— Ça coûte...

— Peu importe. Je veux une chambre au troisième étage avec vue sur la place.

Le jeune homme consulta ses papiers. Puis il se tourna vers le tableau où des clefs étaient suspendues par rangées entières à des crochets, sur fond de feutrine rouge. J'ai franchi une limite temporelle au milieu du détroit, et je suis maintenant au XIXe siècle, pensa Winter en fermant les yeux. Lorsqu'il les rouvrit, le jeune homme lui tendait une clef.

— Vous avez de la chance. Troisième étage, chambre double, avec vue sur la place.

Winter reprit l'ascenseur et ouvrit la porte à l'aide de la clef, qui était en bronze ou en plomb doré et pesait dans les sept kilos.

La chambre était vaste et paraissait propre. Il alla à la fenêtre. À travers les voilages, il entrevit la place en contrebas et le bâtiment de la gare, en face, où deux soldats se tenaient en faction, comme s'ils gardaient sa voiture. Des bus passaient. Winter vit un homme tenant une saucisse, et sentit qu'il avait faim. Le bâtiment de la gare abritait une bodega, à hauteur de sa Mercedes. Il alla aux toilettes. En se lavant les mains, il se regarda dans le miroir. Les petits fils rouges de ses yeux avaient été balayés par le vent de la mer. Il repoussa ses longs cheveux derrière les oreilles et retourna dans la chambre. Coup d'œil circulaire. Puis il ferma la porte et remit sa clef à quelqu'un qui avait pris la place du jeune homme à la réception. Dehors, le soleil tombait à pic sur la place. Il faisait encore chaud pour un mois d'octobre.

Winter commanda deux saucisses rouges avec du pain et des oignons grillés, et une Hof. Il mangea, debout à une table haute. Il était seul dans la bodega. Ça sentait la friture et le malt.

Il ressortit. À droite de la gare routière, quatre motos, comme enchaînées les unes aux autres, bloquaient l'accès du parking. Leurs propriétaires bavardaient à côté. Ils étaient vêtus de cuir noir, de denim bleu et de bottes noires aux talons biseautés. Des hommes sans exception. Barbes noires, cheveux aussi longs que ceux de Winter. Deux queues de cheval. Ils buvaient des bières. Les voitures étaient contraintes de faire un détour pour contourner le QG des motards, mais Winter ne vit aucun automobiliste s'énerver, klaxonner ou leur demander de dégager. Au contraire, on aurait dit une scène banale, intégrée au paysage. Peut-être était-ce une ville où les gens se côtoyaient avec bonheur.

Winter finit son déjeuner. Sur les conseils du réceptionniste, il reprit sa voiture, fit le tour du pâté de maisons et la laissa dans la rue à sens unique qui longeait l'hôtel. Après avoir verrouillé les portières, il retraversa la place et dépassa la gare. Les motos avaient disparu. Leur vrombissement s'attardait sur le fjord. Winter continua dans Jyllandsgade. Le commissariat central apparut sur sa gauche comme un palais futuriste en charbon et argent. Il savait qu'il y avait eu récemment des travaux d'agrandissement et de rénovation, mais à ce point... Un vaste escalier menait à la façade de verre noir. Pourquoi la police suédoise ne s'accordait-elle pas des projets architecturaux somptueux ?

Le palais envoyait des éclairs vers le soleil. La ville, au nord du fjord, se reflétait dans le verre sombre. Les bandits qui entrent ici ont intérêt à bien s'habiller, pensa Winter.

En face, on apercevait l'église de Bethaniakirken, les bureaux de la société Securitas et le bâtiment de AA-Gaarden, devant lequel les alcooliques anonymes réchauffaient leurs visages fêlés au soleil.

À l'intérieur, tout n'était que cuir noir, acier, et marbre. Les murs transparents laissaient entrer la ville entière. Winter s'annonça auprès d'un policier en uniforme, qui le pria de patienter et lui indiqua un fauteuil en chrome.

Au lieu de s'asseoir, Winter s'aventura dans la vaste salle d'accueil, dont le comptoir mesurait au moins quinze mètres de long. Des gens remplissaient des formulaires, debout à des pupitres. Espace et lumière. Il songea à l'étroit réduit qui, à Göteborg, accueillait les citoyens désireux de rendre visite à la police. Il approcha d'un pupitre et choisit une poignée de formulaires. Demande de permis de conduire. Demande de passeport danois. Demande d'enregistrement de motocyclette. Il pensa aux motos qu'il avait vues devant la gare. Un autre formulaire portait uniquement le mot « Demande ». Winter le rangea dans sa poche intérieure, à tout hasard.

Il retourna dans le hall principal, où une femme en chemisier noir et jean noir avait rejoint le policier en uniforme. Un paquet de cigarettes dépassait de la poche de sa chemise. La femme en noir était mince. D'épais cheveux blonds coiffés en arrière. Des yeux bleus qui reflétaient la lumière des murs de verre. Elle semblait si possible plus jeune que lui. Personne ne peut être plus jeune que moi à un poste aussi exposé, pensa Winter en serrant la main qu'elle lui tendait.

— Soyez le bienvenu, inspecteur Winter.

— Merci... Inspecteur Poulsen ?

— C'est ça. Appelez-moi Michaela.

— En Suède, je suis commissaire. J'ai cru comprendre qu'ici, on inversait les appellations.

— Ici on inverse beaucoup de choses, dit Michaela Poulsen.

Elle suivit le regard de Winter.

— Pas mal non ? Je ne parle pas des wagons tordus là-bas dans le coin. Mais le bâtiment.

— Je suis épaté, dit Winter.

— On l'est tous. Épatés par le courage des autorités. On manque d'ordinateurs, mais les vieux nous ont donné une belle maison où supporter ce manque. C'est votre première visite à Aalborg ?

— Non. Mais je ne suis pas venu depuis des années.

— On est resté en contact avec les Suédois. Avec les collègues, je veux dire.

Michaela Poulsen indiqua les ascenseurs disposés comme des portiques entre les escaliers.

— Je propose qu'on monte au deuxième.

49

Les locaux de la brigade criminelle se composaient de longs couloirs et de petits bureaux. De ce point de vue, ils ne se distinguaient guère de ceux de Göteborg.

Les couloirs étaient encombrés de cartons.

— Excusez le désordre, dit Michaela Poulsen par-dessus son épaule. On s'informatise enfin. Ça prend du temps. Et de la place.

— On a connu ça il n'y a pas si longtemps.

— Ici, ça va nous coûter deux cent soixante-cinq postes. Au Danemark, je veux dire. D'ici l'an 2000.

Elle le fit entrer dans un bureau. Un ordinateur sur une table surchargée de dossiers. Un téléphone. Par la fenêtre, Winter aperçut les alcooliques anonymes.

— Ça fait un bail, dit Michaela Poulsen. J'ai fait venir de Viborg les rapports d'archives qu'on n'avait pas ici.

Elle indiqua l'ordinateur, muet et gris.

— J'ai bien peur que vous ne trouviez pas grand-chose d'intéressant là-dedans. Comme je le disais, on est en train de s'informatiser.

— La paperasse ne me dérange pas.

— Si les Suédois peuvent nous aider à éclaircir cette

vieille affaire, on sera très content. Je n'étais pas encore là, à cette époque. Mais il y a des gens ici qui n'ont pas oublié. Jens Bendrup entre autres. Il est prêt à vous parler quand vous voudrez.

— Merci.

— Pas de quoi. C'était une sale histoire.

Michaela Poulsen s'était assise sur une chaise minimaliste près de la fenêtre. Elle fit un geste comme pour balayer une frange inexistante. Elle était passée par son bureau pour prendre une veste à petits carreaux blanc et noir. Là, à la lumière de la fenêtre, sa veste semblait d'une autre couleur. Son regard fixé sur Winter était toujours aussi bleu.

— C'est pour ça que je suis venu, dit-il. J'écoute volontiers les détails.

— Alors je vais chercher Jens.

Elle se leva. Winter prit sur le bureau un dossier portant un numéro d'archive. Il y en avait cinq en tout, ainsi que des enveloppes marron de format A4, qui pouvaient contenir des photographies et d'autres éléments.

Winter leva la tête. Michaela Poulsen était de retour avec le « commissaire » Jens Bendrup. Un homme costaud à la nuque épaisse, plus petit que Michaela Poulsen, habillé de façon informelle, chemise, pull-over et jean. Winter devina qu'il était à deux ou trois ans de la retraite. Il lui serra la main. Bendrup sentait le cigare. Peut-être aussi la bière, il avait dû en prendre deux au déjeuner.

— Bienvenue sur le lieu du crime, dit Bendrup.

— Merci de votre accueil.

— J'ai besoin de fumer. C'est votre bureau maintenant, dit-il à Winter. Alors à vous de décider.

Bendrup sortit un cigare qui paraissait mortel. Winter jeta un coup d'œil à Michaela Poulsen, qui hocha la tête.

— Le chef n'aime pas ça d'habitude, dit Bendrup, en agitant son allumette vers elle. Alors je vous suggère de profiter de la permission.

Winter décida de laisser ses Corps dans la poche de

sa veste. Autant profiter du tabagisme passif. Bendrup s'assit. Son visage avait perdu sa douceur.

— Un jeune aspirant y a laissé la vie, commença-t-il. C'est moi qui ai annoncé la nouvelle à sa fiancée. C'est le genre de truc qu'on n'oublie jamais. En plus, elle était enceinte.

— Que s'était-il passé ?

— C'était l'œuvre d'un *insider* bien sûr, mais on n'a jamais pu le prouver. C'est peut-être ça qui m'exaspère le plus.

Il aspira et souffla la fumée. Winter pensa à une locomotive.

— Il y avait sept millions à la banque cet après-midi-là, et les braqueurs étaient au courant.

— Pourquoi tant d'argent ?

— Ils étaient en train de réviser les systèmes manuels. Ça coïncidait avec une sorte d'inventaire. Et une réfection du coffre, en plus.

Bendrup haussa les épaules en regardant son cigare.

— C'est le genre de chose qui n'arrive qu'au Danemark.

— La banque n'était-elle pas fermée ?

— Officiellement oui. Mais pas à clef. Notez bien que ce n'est pas ça qui me fait croire à l'existence d'un *insider*. Personne ne pensait à verrouiller les portes, à cette époque. Les gens savaient que l'agence était fermée, alors on n'essayait pas d'entrer, même si on voyait du monde à l'intérieur.

— C'est pourquoi ils n'ont eu qu'à pousser la porte, dit Michaela Poulsen. Quatre hommes, avec des cagoules. Trois sont entrés, le quatrième surveillait la rue.

— Comment le savez-vous avec tant de précision ?

— Il y avait une caméra, dit Bendrup. Pour le reste, on aurait pu se croire au XIXe siècle. Mais il y avait une caméra.

Winter acquiesça en silence.

— C'est après que ça a dérapé, dit Bendrup en tirant sur son cigare. Droit dans le mur. Parce qu'on est arrivé avant que les bandits aient eu le temps de ressortir.

— C'est ce que j'ai cru comprendre. Alors ?

— C'est le genre de mésaventure qui n'arrive qu'aux fous et aux génies. Ces ahuris d'ouvriers qui rénovaient l'installation électrique dans le coffre ont déclenché par erreur l'alarme reliée au commissariat central. Le commissariat se trouvait au même endroit que maintenant, mais il n'était pas aussi joli à l'époque.

Winter hocha la tête. Michaela Poulsen était debout, appuyée contre le bureau. Un camion faisait ronfler son moteur sous la fenêtre. Winter entendit un train. Le camion se tut avec un hoquet.

— Pendant ce temps le personnel était là, avec les sept millions en vieilles coupures. On a rappelé la banque tout de suite. Pas moi, je n'étais pas de service. Bref, on a rappelé, mais on n'a pas obtenu de réponse, car les ahuris avaient par erreur coupé le téléphone en même temps qu'ils déclenchaient l'alarme. Une première voiture a été envoyée sur place. Les gangsters étaient en train de quitter les lieux. La patrouille est arrivée sur les chapeaux de roue. Søren Christiansen a été le premier à sortir. Il s'est fait descendre. Ces salauds étaient armés. Des AK-4. De quoi déchiqueter quelqu'un, même quand on est très mauvais tireur.

Bendrup détourna son regard de la fenêtre. Il continuait de sucer son cigare, qui s'était éteint pendant qu'il parlait. Il regarda Winter.

— Avec un peu d'imagination, on peut encore voir le sang de Søren sur le trottoir.

— Il y a donc eu un échange de coups de feu ?

— Oui. Les collègues se sont planqués derrière la voiture et ils se sont mis à tirer. Une autre voiture a surgi au même moment de Ved Stranden... Je vous montrerai l'endroit tout à l'heure... Ils ont vu ce qui se passait, et ils ont pris les salauds à revers. Il y a eu une fusillade. Des gars d'ici ont surnommé l'affaire « Bonnie and Clyde », après coup, dit Bendrup en regardant Michaela Poulsen. Moi non. C'était trop grave.

— Deux des braqueurs ont été tués, dit Winter.

— L'un est mort sur le coup. Une balle dans l'œil. Un pur coup de chance, si vous me permettez l'expression. L'autre vivait encore à la fin de la fusillade, mais il était dans un sale état. On a cru qu'il s'en sortirait, mais il est mort sans avoir repris connaissance. Les médecins ont dit qu'il avait fait une embolie graisseuse. Vous savez ce que c'est ?

— Vaguement.

— Moi aussi, mais du coup j'en ai appris davantage. Il avait été touché à plusieurs endroits. Les fractures ont libéré de la moelle osseuse qui est passée dans le sang en formant des caillots mortels. C'était... dommage. On n'avait plus personne à interroger.

— Les deux autres ont réussi à s'enfuir...

— Oui. Avec la personne qui conduisait la voiture, et peut-être l'enfant. Le conducteur était une femme. Deux inspecteurs et un aspirant ont juré avoir vu un visage d'enfant quand les portières se sont ouvertes, juste avant qu'ils ne prennent la fuite. L'enfant était recroquevillée par terre, à l'arrière.

— Ils l'ont affirmé avec certitude, dit Michaela Poulsen. Tout comme le fait que le conducteur était une femme.

— Brigitta Dellmar, dit Winter.

— Elle a été identifiée plus tard.

— Ici, elle était inconnue, ajouta Bendrup.

— Ils ont donc réussi à s'enfuir...

Winter avait conservé un ton neutre. Bendrup lui jeta un regard méfiant.

— C'est peut-être embarrassant, dit-il. Je ne sais pas. Les policiers présents ont donné la priorité à Christiansen. On ignorait que Søren était déjà mort. L'autre voiture avait deux pneus crevés. Quand les collègues se sont aperçus qu'il y avait une troisième voiture, les fuyards avaient déjà traversé le pont de Limfjorden et disparu dans les quartiers pourris de Nørresundby.

Winter hocha la tête. Le camion au-dehors démarra en grondant.

— Voilà l'histoire, dans les grandes lignes. L'épilogue, c'est qu'ils se planquaient dans une maison de vacances du côté de Blokhus. Et que le troisième homme a resurgi dans le fjord quelques semaines plus tard. On croit du moins que c'était lui. C'était un pote des deux morts.

— Quel rapport avec les gangs de motards ?

Bendrup essayait de rallumer son cigare. Winter attendit. Michaela Poulsen s'était approchée de la fenêtre, irritée par le bruit.

— Bon... l'organisation était en plein essor ici, à cette époque. Ça venait de Californie, comme les Beach Boys et toute cette merde. Ils se sont implantés au Danemark plus solidement que dans d'autres pays d'Europe, Dieu sait pourquoi. Quoi qu'il en soit, deux au moins de ces braqueurs de malheur faisaient partie des pionniers. C'est à peu près tout ce que nous *savons*. Ce que nous *croyons*, c'est une autre histoire.

— Que croyez-vous ?

— Nous croyons... Je crois que c'était une pure mission de financement décidée par l'organisation. Sept millions en 1972, ça représentait beaucoup d'argent. Celui qui veut constituer une armée solide a besoin de capitaux. Ce hold-up faisait sans doute partie d'une série programmée. Il y en a eu d'autres. Celui-ci n'était pas le premier. Même si c'était le plus important. Et le plus sanglant.

— Ce qui conforte cette théorie, c'est que l'un des braqueurs a sans doute été tué... par les siens, dit Michaela Poulsen.

— Comment cela ?

— Il a été exécuté parce qu'on n'avait plus besoin de lui. Ça peut paraître choquant, mais on en a vu d'autres, par ici. Ou alors, ils ont jugé que c'était un maillon faible. Selon leurs critères. Un élément sur lequel on ne pouvait pas compter.

— Ou alors ils ont pu se disputer, dit Bendrup. Si ça se trouve, ils travaillaient en free-lance. Liés à l'organisation, mais pas commandités par elle. C'est possible.

Winter sentit ses battements de cœur s'accélérer.

— À quel sujet se seraient-ils disputés ?

— Je crois presque voir à quoi vous pensez, dit Bendrup. Ce n'est pas une pensée agréable.

— Peut-être fallait-il que... que la femme et l'enfant... disparaissent.

— Oui, dit Bendrup. J'y ai beaucoup réfléchi, et c'est possible. Soit il y a eu une décision en haut lieu, disant que les faibles devaient disparaître, soit il y a eu un règlement de compte interne. Les hommes se sont peut-être bagarrés au sujet de la vie de la femme et de l'enfant. Peut-être étaient-ils tous menacés. Peut-être est-ce un hasard, si les choses se sont passées comme elles se sont passées, mais je ne le pense pas. Tout ce qu'on peut dire, c'est que c'était un cauchemar.

— Que les choses se soient passées ainsi... c'est-à-dire que l'un d'entre eux ait été tué, c'est cela ?

— Oui. Celui qu'on a retrouvé dans le fjord. Il avait été abattu. Mais pourquoi lui ?

Winter ne répondit pas. Il s'était levé et cherchait ses cigarillos.

— D'accord, dit-il en allumant une Corps. Ils s'enfuient, parviennent à s'échapper. Ils se planquent quelque part. Certains membres d'une éventuelle organisation savent peut-être où ils sont. Ensuite quelque chose se passe. L'un d'eux est tué. Restent un homme et une femme, et peut-être l'enfant. La femme est suédoise. Ils parviennent à gagner la Suède.

— Oui, dit Bendrup. On a fait ce qu'on a pu, mais ce n'était pas *good enough*. Ils devaient avoir des contacts, quelqu'un leur a fait traverser le détroit.

— Ou alors ils ont trouvé un contact, ajouta Michaela Poulsen. Ils avaient de l'argent, pas vrai ?

— S'il restait de l'argent, répliqua Bendrup. Chez eux, je veux dire. L'argent se trouvait peut-être déjà aux mains du trésorier de l'organisation.

— Mais l'enfant... en supposant qu'elle ait été présente au Danemark... a finalement été... découverte dans un hôpital de Göteborg. La question est : qui a fait le voyage, à part elle ?

— Peut-être personne, dit Bendrup. Ce n'est pas inimaginable que la femme et l'homme... restant, si on peut l'appeler ainsi – qu'eux aussi aient été tués après le hold-up. Exécutés.

— Ou alors, ils ont fait le voyage eux aussi, dit Michaela Poulsen.

— On n'a donc pas réussi à identifier le dernier homme, dit Winter.

— Non. Il pouvait être suédois. La femme était suédoise. Il l'était peut-être aussi.

— Alors pourquoi sont-ils venus ici au Danemark ? Pourquoi ont-ils pris part à ce hold-up ?

— Il y avait peut-être une organisation sœur à Göteborg, mais on n'a jamais réussi à l'établir. Je veux dire après que nous avons été informés de la présence de l'enfant à Göteborg et du lien avec Brigitta Dellmar. Qui avait été vue ici au moment des faits.

— Vous n'avez trouvé aucun lien entre elle et les Danois tués ?

— Non. Ni avec quelqu'un d'autre de l'organisation. Mais c'est une possibilité. Amour par-delà les frontières. Comme une collaboration par-delà les frontières. Répartir les risques, etc.

— On les a vraiment recherchés, dit Michaela Poulsen. La femme et l'homme.

— Elle n'a jamais reparu. Pourtant elle avait une petite fille. Il n'y a à vrai dire qu'une explication à cela.

— Et la maison ? Où était-elle ? Je ne me souviens pas de ce que disait le rapport.

— Blokhus. Sur la côte. C'est une villégiature.

— Vous avez pu établir qu'ils avaient séjourné dans une maison ?

— Des témoins les auraient vus là-bas. On a fouillé la maison bien sûr, mais elle était vide. Vide comme une tombe.

— Il faut préciser que c'était longtemps après les événements, dit Michaela Poulsen.

— Quoi ?

— Ils avaient un passe, ou une clef. Personne n'y a rien vu de suspect sur le moment. Cette maison est isolée en ce sens que personne n'y habite à l'année. Maintenant c'est différent, mais à l'époque, il n'y avait que des maisons de vacances dans cette rue. Ils n'ont laissé aucune trace. Les propriétaires sont arrivés quelques semaines plus tard pour continuer la rénovation de la maison. Papier peint, peinture... Finalement, c'est un voisin qui a réagi, longtemps après les faits. Ça ne va pas vite.

— C'est rien de le dire, ajouta Bendrup. Les gens de la côte ferment leurs gueules dans toutes les situations. Ce sont des brigands, tous autant qu'ils sont.

— Comment a-t-on pu faire le lien avec les braqueurs ?

— Les propriétaires de la maison avaient trouvé quelque chose.

Bendrup se leva, fouilla parmi les dossiers, se mit à feuilleter des pages.

— Ils étaient en train de rénover la maison...

Bendrup posa le dossier et en prit un autre.

— Ça devrait se trouver ici.

— C'était juste un bout de papier enveloppé dans un tricot d'enfant, dit Michaela Poulsen. Ils étaient prêts à attaquer le plancher, il y avait une lame disjointe, près de la fenêtre. C'est là qu'ils ont trouvé le pull et, quand ils l'ont pris, le bout de papier est tombé. Un petit bout de papier couvert de signes. Comme une carte.

— Le voici ! ajouta Bendrup.

Winter avait la nausée.

— Qu'est-ce qui vous arrive ? Ça ne va pas ?

Winter secoua la tête et prit la chemise plastifiée. À l'intérieur, la même carte, ou le même message, qu'il avait tant de fois étudié à Göteborg, la même combinaison de chiffres et de lettres et un dessin qui aurait pu représenter n'importe quoi : 20/5, — 16.30, 4 – 23 ?, L.v – H,F.

— Je l'ai déjà vu.

Winter s'expliqua. Ils l'écoutèrent avec attention. Michaela Poulsen avait enlevé sa veste.

— Bon Dieu, dit-elle lorsqu'il eut fini.

— Oui, dit Bendrup. On n'a pas réussi à déchiffrer le message. Mais c'est quand même une avancée.

— Avez-vous retrouvé des empreintes ?

— Surtout celles des propriétaires de la maison. Mais aussi une série qui collait avec les empreintes d'Andersén.

— Andersén ? Je n'ai rien vu à ce nom dans les rapports d'ici.

— Quoi ? Excusez-moi, je ne suis pas assez clair. Celui qu'on a retrouvé dans le fjord s'appelait Møller. Il doit porter ce nom-là dans tous les documents, mais quand on a vérifié auprès de ses potes en ville, il avait un nom de code, si on veut, et c'était Andersén. Toute la bande avait un double nom, à vrai dire.

Winter avait la bouche sèche. Il s'obligea à déglutir.

— Le... la femme morte à Göteborg s'appelle Andersén, dit-il. Helene Andersén. Elle a pris ce nom-là il y a quelques années. L'enfant pouvait donc être elle.

— Mon Dieu, répéta Michaela Poulsen.

— Quand avez-vous appris ça ? demanda Bendrup. Son identité je veux dire. Son nom. Andersén.

— Il y a quelques jours seulement. Tout est allé très vite. On ne vous a pas transmis le dossier ? Mon procédurier devait tout vous envoyer avant mon arrivée.

Michaela Poulsen jeta un regard à Bendrup.

— Et merde ! J'étais de congé ces trois derniers jours. Je ne suis revenu que ce matin. Le dossier était sur mon bureau. Personne n'a dû le regarder.

— C'est ma faute, dit Michaela Poulsen. J'aurais dû contrôler le courrier de plus près. Mais on a peut-être fait un grand pas. Bon, ajouta-t-elle en se tournant vers Winter. Je propose qu'on se tutoie.

Il hocha la tête.

— Et qu'on aille faire un tour en ville. Si tu veux voir où ça s'est passé.

— Mais d'abord, dit Bendrup, il nous faut une bière.

50

Le bar de la Strada était situé en face de l'agence de Danske Bank, à l'angle de Østerågade et Bispensgade. Il y avait beaucoup de monde dans la rue piétonne. Winter et Bendrup buvaient une Hof, Michaela Poulsen de l'eau minérale avec une rondelle de citron. Ils étaient seuls, mais parlaient à voix basse. Le barman avait disparu derrière une tenture.

— Des Suédois essentiellement, dit Bendrup avec un signe de tête vers la rue.

— C'est une ville très aimée des Suédois, approuva Winter d'une voix neutre.

Michaela Poulsen leva la tête, comme pour déceler une éventuelle ironie, mais Winter regardait son verre.

— Les Suédois se tiennent bien en général, dit Bendrup. Vous avez un drôle de rapport à l'alcool, mais pour le reste, il faut prendre le bon avec le mauvais.

— C'est quoi le bon ? demanda Michaela Poulsen.

— Eh bien, comme disent les Suédois... la Suède est fantastique.

— Et le mauvais ?

— Les Suédois sont trop nombreux.

Winter eut un sourire poli.

— Je demande pardon au nom de mon subordonné, dit Michaela Poulsen.

— Pas de quoi. C'est plutôt drôle.

Il regarda la banque à la faveur d'une éclaircie provisoire dans le flot des trop nombreux Suédois. La banque était logée dans un bâtiment qui aurait pu être une église du Moyen Âge tardif. On aurait dit qu'il se dressait là depuis toujours. Blocs de pierre massifs, fenêtres immenses. Une cabine téléphonique se trouvait à côté de l'entrée principale, juste en face de l'endroit où était assis Winter.

— Je me demande combien de fois ils sont passés ici, au moment des préparatifs...

— Le coup a pu être préparé par d'autres, dit Bendrup. Ou par un seul homme.

— Nous pensons aussi que le conducteur... la femme... a d'abord essayé de prendre vers l'est, mais ce chemin-là était barré, dit Michaela Poulsen. Je te montrerai en sortant.

— Tu veux dire que la fuite par-dessus le pont n'était pas prévue ?

Elle eut un geste évasif.

— Peut-être que oui, mais avec un autre point de départ. Nous ne le savons pas au juste. Ce que je veux dire, c'est que tout n'était peut-être pas hyper organisé.

— Mais ce n'est tout de même pas une idée qui leur a traversé l'esprit en passant dans la rue, dit Bendrup.

La banque avait fermé. Ils étaient seuls à l'intérieur avec deux membres du personnel. La foule de l'autre côté des fenêtres était de plus en plus compacte. Le crépuscule tombait, prélude à tous les divertissements. Winter reconstituait en pensée le fil des événements tandis que Bendrup et son chef lui décrivaient sur le vif les différents moments du drame. Winter vit les caméras fixées aux murs et pensa au bureau de poste de Mölnlycke. L'épisode était tout récent, mais semblait remonter à une autre époque.

Ils avaient déboulé là, trois individus avec des cagoules noires, selon le scénario mille fois répété de l'histoire criminelle qui unissait les nations. Vols à main armée. Armes vraies ou fausses. Menaces vraies ou fausses. Argent vrai ou faux.

Morts vraies.

Le jeune policier était tombé dans la rue. Christiansen. Et deux des malfaiteurs. Dont le nom et le curriculum vitae se trouvaient dans les documents que Winter avait récupérés au commissariat pour les lire dans sa chambre d'hôtel.

Bendrup lui montrait où les gens s'étaient tenus, où ils étaient tombés. Tout finissait par se confondre et Winter sentait monter la fatigue. La conscience affaiblie, comme la lumière du jour qui se glissait dans les murs des bâtiments de ce coin de rue du monde où des gens étaient morts pour de l'argent. Ou bien était-ce aussi autre chose ? Il pensa qu'il pouvait s'agir d'une idée... Une idée terrible de pouvoir et de contrôle, de terreur nue.

— ... vers le nord, conclut Bendrup.

Winter suivit son geste discret par-delà une devanture qui ressemblait à la copie d'un pub anglais.

— On a traîné, mais ça je l'ai déjà dit. La nuit tombait, comme maintenant. C'était presque la même époque de l'année.

Winter se languissait de son hôtel. Une heure de sommeil, ensuite travail et dîner. Il avait besoin d'être seul à nouveau.

Mille hirondelles passèrent au-dessus de la place comme un nuage noir entraînant la nuit derrière elles. Les immeubles commençaient à briller à la lumière des réverbères et des panneaux publicitaires électrifiés. La banque Jyske Bank de l'autre côté de la rue était éclairée par le Burger King situé dans un bâtiment en forme de fer à repasser. Des bus tournaient dans tous les sens.

— Bon... dit Bendrup. Y a-t-il autre chose qu'on puisse te montrer maintenant ? Que tu aies envie de voir, je veux dire.

— Pas dans l'immédiat. Vous m'avez beaucoup aidé.

— Pur égoïsme. Tu résous l'affaire et on récolte l'honneur.

— Bien entendu.

Winter commençait à se lasser de la loquacité de Bendrup.

— Alors on y va, dit Michaela Poulsen. On peut te déposer à ton hôtel.

— Je préfère marcher. Ce n'est pas très loin, il me semble.

— Bien sûr que non, dit Bendrup. Tu suis la rue et tu arrives à la place Kennedy. L'hôtel est là-bas.

— Je passerai vous voir demain matin.

Michaela Poulsen hocha la tête. Bendrup se dirigeait déjà vers la voiture.

Il fut réveillé par le vrombissement des moteurs. « À la fin, on les remarque à peine, avait dit Michaela Poulsen. C'est comme de vivre à côté d'une voix ferrée. » Ici, il avait les deux. Les moteurs et la voix ferrée. Il s'approcha de la fenêtre. La place Kennedy était un rectangle éclairé par endroits, jusqu'au bâtiment de la gare, d'où venait le vrombissement. Les motards démarrèrent à l'instant où il les aperçut. Comme s'ils avaient guetté l'apparition de sa silhouette à la fenêtre. Ce n'était évidemment pas le cas. Mais ça coïncidait.

Il entendit des voix claires et se pencha. Trois filles s'étaient entassées dans l'une des deux cabines téléphoniques. Elles parlaient à des garçons. Forcément, pensa Winter. Ça s'entend à leur façon de rire.

La circulation des bus était intense de l'autre côté de la place. Sur sa droite, il voyait la lumière tamisée du Mallorca Bar. Deux hommes entrèrent en chancelant, un autre sortit en chancelant.

Winter tira les rideaux et se déshabilla en laissant les vêtements en vrac par terre.

La douche atteignit presque aussitôt la bonne température. Il resta longtemps debout sous le jet avant de savonner son corps et de le rincer, le visage levé vers l'eau ruisselante.

Il écarta à nouveau les rideaux, ouvrit la fenêtre et inspira les parfums du soir. Retournant dans la chambre, il prit le Powerbook dans sa serviette et le plaça sur la table à droite de la fenêtre.

Je devrais peut-être manger d'abord, pensa-t-il au moment de l'allumer. Deux saucisses et deux bières, ça ne suffit pas.

Il se rhabilla. Avant d'enfiler ses boots noires et sa veste en laine marron, il passa un coup de fil à Ringmar.

Winter commanda un bifteck haché avec des pommes sautées et une salade. Il n'avait pas l'intention ce soir d'errer d'un restaurant à l'autre en examinant les menus.

Il avait pris le boulevard vers le nord et tourné à gauche un peu avant la banque. Le premier restaurant en vue s'appelait Jensen's Bøfhus. Il fut conduit à l'une des rares tables libres par une serveuse dont le regard s'attarda un peu au-delà des deux secondes réglementaires. Désirait-il boire quelque chose ? Il se contenta d'un verre de vin et d'une eau minérale. Puis il parcourut le menu et choisit la viande. Il n'y avait que ça, d'ailleurs.

Les clients affluaient. La serveuse revint avec le vin et l'eau, et lui demanda si tout allait bien. Ça dépend de ce qu'elle entend par là, pensa Winter. Il répondit oui et but une gorgée d'eau.

Le restaurant, qui sentait le vin et la viande grillée au charbon de bois, possédait plusieurs salles d'après ce qu'il pouvait en voir. Un jeune couple danois se tenait la main à la table voisine. C'était un moment spécial pour eux. Une famille suédoise commandait un peu plus loin. Des enfants circulaient entre les tables et le comptoir des glaces, qui était self-service. Une petite fille se mit à courir, sa glace comme une tour devant elle. Elle trébucha. La glace décrivit un arc gracieux et atterrit sur la botte de

Winter, qui venait de se tourner pour allumer une Corps. La fillette fondit en larmes. Une jeune femme accourut. La fillette montra Winter du doigt. La femme vit la glace sur la botte de Winter. Il n'avait pas bougé. L'allumette intacte dans sa main gauche, le cigarillo entre les lèvres. La fillette pleurait. La femme dit quelque chose, mais Winter ne put lui répondre car il s'était mis à rire. Son rire redoubla en voyant le mince cigarillo tombé de sa bouche atterrir au milieu de la glace comme une décoration.

— Nous sommes désolés, dit la serveuse en approchant avec une serviette. Certains enfants ne peuvent pas se retenir dès qu'il s'agit des glaces. Et c'est notre faute, avec ce comptoir self-service.

— Il n'y a pas de quoi, dit Winter en essuyant sa bottine. Ça va la rendre encore plus brillante.

— Peut-on vous offrir quelque chose ? demanda-t-elle en le scrutant du regard. Il lui tendit la serviette.

— Non, je vous remercie.

— Peut-être quelque chose avec le café ?

— Ou avec la glace...

Elle éclata d'un rire bref et beau.

Il but son café sans digestif. La serveuse trouva un prétexte pour revenir à sa table. Elle pouvait avoir une trentaine d'années et elle était blonde à la manière danoise, pensa Winter. Avec des mèches couleur de sable. Peut-être parut-elle déçue lorsqu'il quitta le restaurant.

Il y avait encore beaucoup de monde dans les rues. Winter remonta le boulevard. La foule se clairsemait à mesure qu'il approchait de la gare. La soirée était si douce qu'il n'avait pas même dû fermer sa veste.

Il aperçut deux hommes debout devant le bar en face de l'hôtel. À son approche, ils entrèrent dans la bodega, dont le brouhaha lui parvenait par les fenêtres ouvertes. Il traversa la rue. L'un des deux était planqué derrière la vitre. Winter alluma un cigarillo, pour se donner la possibilité de jeter à nouveau un bref regard. L'homme était encore là, dans la pénombre, à moitié caché par le voilage.

Je me fais peut-être des idées. À supposer que ce soit les mêmes que j'ai vus manger des hamburgers devant l'agence de Jyske Bank... La ville n'est pas si grande.

Il était arrivé à hauteur de sa voiture. Il l'ouvrit et fit semblant de fouiller dans la boîte à gants. L'homme était toujours à la fenêtre, mais sa silhouette s'était déplacée, comme pour mieux suivre les mouvements de Winter.

Winter se redressa, tourna au coin de la rue et entra dans l'hôtel. On lui remit sa clef. L'ascenseur était bloqué quelque part. Il monta rapidement l'escalier et attendit devant sa chambre, la clef à la main, jusqu'à ce que la minuterie replonge le corridor dans le noir. Alors il ouvrit la porte, passa très vite d'une obscurité à l'autre et referma immédiatement. Les lumières de la place baignaient la chambre d'une lueur argentée. Winter s'accroupit et approcha de la fenêtre à quatre pattes.

Il se redressa lentement, à l'abri des lourdes tentures, et jeta un coup d'œil par la fente. Il entendit un cri venant du Mallorca Bar. Un homme en sortit, d'une démarche mal assurée. Il ne voyait pas l'entrée du Boulevard Café. Il attendit. L'homme devant le Mallorca fut rejoint par un autre ivrogne qui hurlait quelque chose en danois.

Puis un mouvement dans le coin droit de son champ de vision. Winter recula sans quitter la rue du regard.

Les deux hommes apparurent. Ils traversèrent la place et passèrent devant l'hôtel. C'étaient ceux qu'il avait repérés un peu plus tôt, devant la bodega. Il était pratiquement sûr de les avoir déjà vus, du côté de Nytorv. Et à un autre moment aussi. Sa vigilance se relâchait rarement. Ça faisait partie du boulot. De la raison qui le poussait à faire ce qu'il faisait, en essayant de le faire bien.

Les deux hommes levèrent la tête en passant sous sa fenêtre. Ils ne peuvent pas me voir. Le regard de l'un s'attarda. Winter resta tout à fait immobile.

Puis ils passèrent leur chemin. La dernière chose à faire serait de les suivre, pensa Winter. Je ne crois pas qu'ils se doutent que je les ai repérés. Ou alors ce n'est qu'une coïncidence. Ou la surveillance routinière d'un commissaire suédois débarqué en ville.

51

Les bruits hurlaient dans la tête de Winter comme des charbons ardents. Pas de rêve cette nuit. La fatigue de la veille avait exercé ses droits et il s'était reposé. Il s'attarda deux minutes dans le lit pour mieux se préparer au lever. Quand il ouvrit les yeux, la chambre était baignée de clarté matinale. Soudain, elle se mit à vibrer sous l'effet de ce qu'il identifiait à présent comme un raffut d'enfer. L'espace d'une seconde il crut que c'était les motards, mais le bruit était différent. Il regarda sa montre. Six heures trente. Au même instant le réveil sonna sur la table de chevet.

En écartant les tentures il vit, stationné à côté des cabines téléphoniques, un camion-citerne relié au monde souterrain par des tuyaux. Parfois quand on est à l'hôtel, les camions-citernes travaillent sous votre fenêtre aux aurores, pensa-t-il. Mais j'allais me lever de toute façon.

Le ciel était couleur d'acier sale. Les bus emmenaient les premiers malheureux de la journée. Les soldats étaient toujours en faction devant la gare. Ils sont peut-être là en permanence, pensa-t-il.

Les vibrations cessèrent quelques secondes après la

fin du tintamarre. Les ouvriers actionnèrent des manettes, enfoncèrent des boutons et se dirigèrent vers leurs petits déjeuners.

Winter perçut soudain les bruits du petit matin, fragiles et limpides.

Les couloirs de l'hôtel étaient couverts d'une moquette rouge ornée de monogrammes. Par endroits usée jusqu'à la corde, par endroits non. Les marches de l'escalier grinçaient. Au mur, on pouvait admirer les œuvres assourdies d'Eline Herts Jespersen, peintes entre 1918 et 1919. Églises abandonnées, arbres, paysages marron tirant sur le jaune, capables de rendre n'importe quel spectateur affolé par le néant de la vie, pensa Winter qui s'était arrêté pour lire le nom de l'artiste. Il les examina tous, à la recherche d'un être vivant, mais les humains dans les toiles de Jespersen semblaient avoir été avalés par les bâtiments et la nature pétrifiée. C'était sans doute la collection la plus lugubre qu'il eût jamais vue. Elle méritait un léger sourire. Pourquoi ce choix, de la part de la direction de l'hôtel ? Cela avait quelque chose de profondément sympathique. Un commentaire à la question concernant le sens de la vie. Le sens de la vie, c'est qu'on va mourir, avait dit Winter un jour à Angela, et cela l'avait désespérée. Il pensa à elle, en entendant grincer sous ses pas l'avant-dernière marche. Je l'appelle ce soir. Maintenant, je prends mon petit déjeuner.

Winter fut escorté dans son bureau du deuxième étage par un aspirant muet. Michaela Poulsen arriva une minute plus tard.

— Je suis surveillé, dit-il.

— Ça ne m'étonne pas.

Winter prit note qu'elle ne lui avait pas demandé s'il en était certain.

— Ton arrivée n'est pas un secret.

— C'est une mesure de routine ?

— Pas vraiment, mais d'un autre côté... un commissaire de Suède...

— Ils savent donc que je suis là ?

— Tu es tout au moins un visage inconnu. Mais je pense qu'ils savent qui tu es.

— Qui ça « ils » ?

— Pour te répondre, il faudrait que je voie un ou deux visages.

— Alors je t'invite à dîner ce soir. Tu pourras regarder discrètement par-dessus ton épaule.

— D'accord. Après vingt heures.

— Une organisation de motards aurait donc reçu un message du côté suédois...

— Ou un signal d'alarme.

— Ça peut nous apprendre des choses.

— Tu dois savoir qu'ils sont extrêmement... susceptibles, dans cette organisation. Ou cette sous-culture, pour parler comme certains romantiques, y compris quelques criminologues danois.

— Il y a aussi autre chose... Le nom Andersén. Ou Møller. Celui qui a été tué après coup.

— Kim Møller.

— Appelons-le Kim Andersén. J'ai lu des choses sur lui hier soir à l'hôtel. Ça m'a laissé perplexe. Il semble avoir été un... membre réticent. Un motard réticent. Il n'y avait pas grand-chose sur lui.

— Il n'était pas connu de la police auparavant.

— C'était la première fois ?

— La première et la dernière.

— Tu penses à des affaires de braquage ?

— Des gros trucs, oui.

— Ses parents n'étaient pas très causants, d'après ce que j'ai pu lire.

— Morts de peur. Au sens propre. Le père est décédé quelques mois plus tard, et ça pouvait être le cœur, mais aussi autre chose.

— La mère vit encore ?

— Oui.

Michaela Poulsen le regarda.

— Tu veux l'entendre ? Tu veux qu'on l'interroge à nouveau ?

— Bon, je n'ai aucun droit. Mais ne serait-ce pas une bonne idée ? S'il y a un lien...

— Avec la Suède et le meurtre de... Helene Andersén ? Bien sûr que c'est une bonne idée. J'y ai pensé moi-même hier. Et ce matin.

— Où est-elle ?

— Chez elle, je crois. Elle n'est pas si vieille... Soixante-cinq ans, par là. Son fils n'avait même pas trente ans quand il a été tué.

— Tu peux t'en occuper ?

— Je peux essayer. Mais si elle ne veut pas, il faudra aller voir le juge. Le cas échéant.

— Essaie chez elle.

Michaela Poulsen sortit et revint cinq minutes plus tard.

— Pas de réponse, et pas de répondeur.

— Tu as l'adresse ?

— Oui, mais ce n'est pas une bonne idée. Si on surgit chez elle, elle est capable de nier en bloc. Si elle avait peur à l'époque, elle a peur encore maintenant. On a été en contact avec elle une ou deux fois pendant ces années.

— Elle est surveillée ? Par *eux*, je veux dire.

— Je dirais que oui.

Winter était seul dans le bureau. Il regardait le papier qui ressemblait à la carte qu'il avait vue pour la première fois sur la table de Beier à Göteborg et dont il avait apporté une copie. À présent, il comparait les documents. L'écriture différait, mais le message était identique. Les traits suivaient les mêmes directions. Pour Winter, il s'agissait effectivement d'une carte. Des routes, peut-être une maison marquée en haut à gauche. Les chiffres pouvaient être des indications horaires et des quantités. De personnes ? D'argent ? Les lettres pouvaient être des initiales. Abréviation de noms de lieu ou de personnes ? Il sentait sous sa peau comme une fièvre discrète qui montait. C'était peut-être une percée.

L'incompréhensible prenait une forme plus nette,

potentiellement déchiffrable. Pour avancer, il fallait chercher en amont, dans le passé. C'était presque palpable. Sur la table devant lui, et dans les dossiers de l'ordinateur, il y avait des fragments de réponses. Dès son retour en Suède, il reprendrait à zéro tout le matériau disponible. Toute l'enquête préliminaire, du 18 août jusqu'à ce jour. Il regarda le portrait de Kim Andersén sous la feuille plastique qui lui comprimait le visage. Du 2 octobre 1972 jusqu'à ce jour, pensa-t-il. Le visage d'Andersén était vivant et chargé d'une sorte de poids qui pouvait signifier tout et rien. Winter savait que la photo avait été prise l'année précédant sa mort. Il était membre, à cette époque, d'une manière ou d'une autre. Il possédait une Harley, une 750. Ses yeux étaient noirs. L'ombre venant de la gauche obscurcissait son menton et rendait son visage flou. Winter resta longtemps à contempler la photo. Il savait ce qu'il cherchait, mais ne perçut aucune ressemblance directe entre Helene Andersén et la jeunesse de Kim Andersén, vingt-cinq ans plus tôt.

Il prit sa voiture, traversa le pont et tourna à gauche dans Vesterbrogade. Ils avaient emprunté cette route. Brigitta était au volant. Helene sur la banquette arrière, ou pressée contre le sol. Peut-être de force. Comment était-ce ? À quel point l'enfant avait-elle été terrorisée ? Et la mère ? Savait-elle où elle allait ? D'après Bendrup, quelques témoins avaient affirmé avoir vu une Fiat lancée à grande vitesse ici même, entre les immeubles. Des immeubles relayés par des villas de pierre grise là où la route prenait le nom de Thistedvej.

Winter jetait régulièrement un regard au rétroviseur, pour différentes raisons. La circulation, assez dense, s'éclaircit lorsque des champs commencèrent à apparaître le long de la route. Le paysage devenait plat, Winter entendait le bruit du vent. Ce bruit changeait de forme quand on passait de la ville à la campagne, avec une nuance plus claire venant de l'ouest, de la mer. Juste avant le pont d'Aarbybro il jeta un coup d'œil sur sa droite et vit des allées longues de plusieurs kilomètres ondulant entre les champs retournés.

L'une de ces allées courait parallèlement à la route. Il regarda à nouveau vers la droite : un mouvement entre les arbres, une vitesse identique à la sienne. Il regarda à nouveau : le mouvement continuait. Il pouvait y avoir trois cents mètres entre la route et l'allée. Il ne croisa aucune voiture. Aucun véhicule dans le rétroviseur. Il regarda à nouveau. Cette fois il n'y avait plus de doute. Le chrome étincelait régulièrement au soleil tandis que les deux motos doublaient un arbre après l'autre.

Puis l'allée cessa brusquement, comme lorsqu'un dessinateur fatigué lève son crayon. Les motos avaient disparu. Winter continua sur cinq cents mètres, mais il n'y avait plus de mouvement parallèle. Il freina brutalement, s'arrêta sur le bas-côté sans couper le moteur, et observa l'allée dans le rétroviseur. Ils ont dû s'arrêter pile au dernier arbre, pensa-t-il. Ils connaissent la route. Peut-être n'ont-ils pas vu que je les avais repérés. Peut-être n'était-ce pas *eux*. Du calme.

Il redémarra, suivit la route jusqu'à Pandrup et bifurqua à gauche en direction de Blokhus.

La villégiature ressemblait à un village quelconque, habité avec précaution, mais la sensation de vie s'amenuisait à mesure qu'il approchait de la mer, entre des maisons fermées pour la saison.

Winter tourna à droite au carrefour et s'arrêta après deux cents mètres devant l'hôtel Bellevue, une construction de bois et de verre tremblant sous le vent de la mer qui balayait les dunes voisines. Les balcons étaient des zones franches abandonnées en attendant l'été. Un fanion planté au sommet de l'une des tours de bois peintes en jaune s'effilochait sous le vent.

Winter prit le papier plié dans la poche intérieure de sa veste.

On les avait vus quitter Blokhus par le passage aménagé entre les dunes, qui existait déjà à cette époque.

Il descendit de voiture. Le vent souleva ses cheveux. Le col de sa veste battait contre son cou. Le sable accumulé dans la rue faisait comme des congères, de plus en plus hautes, de plus en plus près de l'une des rares boutiques ouvertes, où des vêtements suspendus à des cintres accueillaient les visiteurs en battant de leurs manches vides.

Un village fantôme.

Il n'avait pas encore vu âme qui vive. Soudain une voiture surgit au carrefour, le dépassa et disparut dans le passage. Il s'en approcha. Le passage débouchait sur une route qui s'étendait vers l'invisible, à l'est et à l'ouest. Des voitures étaient stationnées çà et là. Le sable s'élevant de la plage faisait comme des voiles, à dix centimètres du sol. Le fracas de la mer dominait tous les autres bruits. Un panneau indiquait la distance jusqu'à Rødhus, à l'ouest : six kilomètres. Jusqu'à Saltum, à l'est, il y avait cinq kilomètres le long de la côte. Ils avaient pris cette route-là, certains d'entre eux, ou l'un d'entre eux, le vent comme des griffes agrippant les vitres et la laque de la carrosserie. La terreur de l'enfant.

Les voitures disparaissaient dans un mélange de sable, de soleil, d'eau et de brume emporté par le vent. Un groupe, derrière le kiosque fermé, s'amusait à faire voler des cerfs-volants qui tournoyaient follement dans les courants d'air. Winter s'approcha du rivage. Les vagues de Jammerbugten étaient plus hautes qu'un homme. Il ramassa un galet et sentit le froid de l'eau. Il jeta le galet vers les vagues et le vit disparaître au sommet de l'écume immaculée. Ce galet a mis dix mille ans à sortir de là, et moi, je l'y rejette. Qu'ai-je fait ?

Une place de construction récente marquait le centre de Blokhus. Il y avait là un Cowboyland et un Skybar, réduits à des trous noirs maintenant que leurs fenêtres étaient dans l'ombre. Devant une autre boutique, des robes et des vestes gonflées par le vent le saluèrent. Il n'avait vu aucun oiseau de mer. Les épouvantails grotesques suspendus aux cintres dans cette ville faisaient peut-être fuir les oiseaux.

La maison se trouvait derrière la place, dans Jens Baerentsvej, la troisième rue à droite à partir du chemin de gravier qui conduisait à la mer par-dessus une herbe tourmentée. Avec sa peinture grise et tachée, la maison ressemblait davantage à une cabane.

Plus tard, Winter vit qu'il y avait une annexe, derrière la maison, qui abritait peut-être une chambre. L'annexe paraissait dater de la même époque que le reste. Il n'y avait pas de clôture. Une tondeuse rouillée traînait au centre de la petite pelouse, comme abandonnée en plein travail. Un vélo noir était appuyé contre le mur. Les pneus à plat. Des vêtements tournoyaient sur un séchoir devant la maison voisine. La cheminée avait dû autrefois être blanche. Aucune vie derrière les fenêtres. Winter pensa aux paysages désespérants d'Eline Herts dans l'escalier de l'hôtel.

C'était donc ici. C'était ici. *C'était ici.* Il ne pensait à rien d'autre maintenant. La petite Helene était venue ici. Avec quelqu'un. Peut-être la mère, peut-être pas. Peut-être le père, peut-être pas. Kim Andersén. Peut-être un père. Tu dois obéir à ton père. Tu dois prendre soin de ton père. Notre Père qui es aux cieux. Avait-il été assassiné ici ?

Sur la route du retour vers Aalborg il pensa au travail accompli à l'époque. Les fouilles dans la maison. Les techniciens danois avaient retrouvé une trace de Helene, mais de personne d'autre, en dehors des propriétaires de la maison. Ceux-ci l'avaient rénovée. C'était difficile à croire maintenant. Mais ils avaient posé des papiers peints neufs... Winter pensait aux empreintes... Le papier peint... Combien de fois la maison avait-elle été rénovée depuis lors ? De nouvelles tapisseries avaient été posées après que la police d'Aalborg et de Brønderslev avait acquis la certitude qu'ils étaient venus là... Les avaient-ils arrachées ? Il devait poser la question à Michaela. Il n'avait rien vu à ce sujet dans le dossier. Mais ils avaient dû le faire. À moins que...

Il aurait voulu entrer tout de suite, mais la décision relevait du juge de Hjørring. La maison avait changé trois fois de propriétaire. Il remonta en voiture.

Lorsqu'il parvint au niveau de l'allée, tout était calme entre les arbres. Le soleil déclinant transformait tout en or. Winter mit ses lunettes de soleil. En ville, il laissa la voiture devant le palais noir de la police, qui lui évoquait de plus en plus un vaisseau spatial qui aurait atterri au milieu de la joyeuseté danoise.

Michaela Poulsen était dans son bureau. L'écran de l'ordinateur brillait comme le soleil entrant par les fenêtres immaculées.

— Beate Møller n'a pas voulu entendre parler d'un entretien, dit-elle, en sauvegardant un document.

— Même pas une conversation ?

— Sincèrement, elle m'a priée d'aller me faire voir, en termes un peu plus polis.

— Ah bon.

— Son fils n'a jamais rien fait de mal. Tout le mal était dirigé contre lui.

— Et si on pouvait l'aider à préciser la nature de ce mal ?

— C'est ce que j'ai essayé de lui dire.

— Et si j'essayais, moi ?

— Je crois qu'elle sait que tu n'as aucun droit. Et ça ne changerait rien. Elle n'ose pas parler.

— Elle a peur ?

— Je le crois.

— Encore ?

— Ou à nouveau.

— Où habite-t-elle ?

— Pourquoi ? Tu n'as pas l'intention de faire une bêtise ?

— Jamais pendant le travail.

Michaela Poulsen sourit.

— Tu veux dire que tu es ici en tant qu'observateur, et que ce n'est donc pas du travail.

— C'est toi qui le dis. Au fait, j'ai vu des motards dans l'allée parallèle à la route de Blokhus.

— Surveillé à nouveau ?

— Je ne sais pas.

— Ils ont une passion pour la nature. Ça fait partie de leur culture.

Winter posa les questions auxquelles il avait pensé pendant le retour. Michaela Poulsen l'écouta attentivement.

— Je ne sais pas qui possède actuellement la maison, mais on peut le vérifier. Si on a suffisamment d'arguments, on peut obtenir un mandat de perquisition du juge de Hjørring. En ce qui concerne les pistes, je crois que tout est dans les dossiers qui sont dans ton bureau. Et je suis certaine que les techniciens ont bien fait leur travail.

— Y compris sous les papiers peints ?

— Je ne suis pas sûre de ce point précis. On peut vérifier en vitesse. On peut aussi appeler le CFI. Le bureau central d'identification, à Copenhague.

— D'accord. Quelle est l'ampleur de votre brigade technique ?

— Pourquoi ? Tu crois qu'ils n'ont pas le temps de faire leur travail ?

— Bien sûr que si. Simple... curiosité.

— Tu as raison. Ils n'ont parfois pas le temps. Les onze techniciens du service sont censés couvrir tout le nord de l'île de Jylland, jusqu'à Aarhus, comme me le rappelle régulièrement l'inspecteur adjoint Preben Bendtsen, leur chef. Mais ils font du bon travail. Ils ont aussi un photographe. Et des spécialistes de Copenhague les assistent parfois. Dans certains cas, pour des questions pointues de balistique, de traces de sang problématiques, etc., on fait appel à la police nationale.

Le téléphone sonna. Elle décrocha, écouta et lui tendit le combiné.

— C'est pour toi, dit-elle. Un appel de Suède.

52

Winter reconnut la respiration de Ringmar par-dessus le détroit de Kattegtatt avant même qu'il eût ouvert la bouche. Grésillement dans l'écouteur, comme si les fils téléphoniques bougeaient dans la tempête.

— Winter.

— Salut, Erik. C'est Bertil. J'ai essayé de te joindre sur le portable.

Michaela Poulsen fit un geste vers le couloir et sortit, laissant son bureau à Winter. Il prit son portable et l'examina.

— Il me semble normal.

— Je ne te parle pas des apparences.

— Il doit y avoir un problème, dit Winter en faisant apparaître les dernières communications sur le display. Rien depuis son arrivée au Danemark.

— Problème de batterie peut-être, ou autre chose depuis mon arrivée.

— On se parle, c'est l'essentiel. On n'a pas trouvé de Møller ici. Aucun qui colle en tout cas. Pas encore. Mais ce n'est pas pour ça que je t'appelle.

— Oui ?

— On a beaucoup travaillé ces dernières vingt-quatre heures à trier les témoignages concernant la fillette... Bon tu sais ce que c'est, mais il y en a deux qui peuvent être intéressants. L'un est arrivé il y a une heure. Un chauffeur de bus de Billdal affirme avoir vu la petite à bord de son bus.

— Seule ?

— En compagnie d'une femme, dit-il. Je lui ai parlé au téléphone. Il doit arriver d'un instant à l'autre.

— C'est bien. S'il est crédible. Ce n'est pas facile de reconnaître un passager après coup.

— Il a lu les journaux, mais ce n'est que maintenant, à ce qu'il dit, qu'il fait le rapprochement.

— Quand était-ce ?

— Quoi ? Quand il s'en est aperçu ?

— Quand a-t-il vu la petite ?

Nouveau grésillement dans le combiné.

— Il n'en est pas sûr. Mais c'était il y a longtemps.

— Combien de temps ?

— Des mois. Ça peut être au moment du meurtre.

— Ou avant.

— Quoi ?

— Rien. On en reparlera à mon retour.

— Quand rentres-tu ?

— Demain soir, je crois. En fait je devrais rester plus longtemps, mais il est toujours possible de revenir.

— Comment ça s'est passé aujourd'hui ?

— Je ne le sais pas encore. Mais il y a des réponses ici, sur ce qui s'est passé après le hold-up. Il y a quelque chose... je dois réfléchir.

— Bien sûr.

— Je crois aussi que les motards me surveillent.

— Ils te suivent ?

— C'est possible. Mais ils ont l'air de vouloir que je m'en aperçoive. Ou alors ils ont commis une erreur.

— On travaille là-dessus, dit Ringmar. Le lien avec les motards paraît renforcé.

— Et pour le reste ?

— Halders, Aneta et les autres ont fini de vérifier toutes les voitures H. J'ai les rapports sous les yeux. Les cent vingt-quatre petites conversations. Ils ont fait un sacré boulot.

— Pas de surlignage ?

— Halders avait quelque chose... non, c'était en rapport avec la fusillade... je ne sais plus. C'est dans le dossier. Mais je n'ai plus trop le temps de lire, maintenant que le public nous submerge d'informations. Tu le liras toi-même. C'est ton travail. On ne peut pas passer sa vie à manger des petits pains danois.

— Je n'en ai pas mangé un seul.

— Alors il n'y a pas de raison de rester, n'est-ce pas ?

— Adieu petit père, dit Winter en raccrochant.

Une femme policier lui montra la sortie. Winter crut entendre des cris.

— C'est les cellules où on met les ivrognes, expliqua-t-elle.

— On dirait qu'ils sont nombreux.

Elle lui jeta un regard.

— C'est toujours plein à craquer chez nous. Que faire ? Les gens appellent et se plaignent. Alors on va chercher les clients dans les bodegas.

— Les gens aiment boire en compagnie. Ils cherchent le contact.

— Dans ce cas, ils retrouvent plein d'âmes sœurs ici.

Winter sortit. Le crépuscule tombait. Tintamarre du côté du chemin de fer. Il prit Jyllandsgade, en direction de son hôtel, au milieu des vélos et des voitures. Gros titres à la devanture d'un débit de tabac : *Bain de sang chez les prostituées – un forcené se déchaîne au couteau dans un bordel de Copenhague.*

Devant l'entrée de l'hôtel, il hésita. Puis il traversa le boulevard. Personne à la fenêtre du Boulevard Café. Il monta les quelques marches archi usées et poussa la porte. Forte odeur d'alcool. Fumée de cigarette comme un banc de brouillard. Deux grandes salles contiguës. Personne aux rares tables placées sous les fenêtres. Winter s'assit. Par la vitre couverte d'une solide couche de gras, il regarda la façade de l'hôtel. De rares fenêtres éclairées. Il ne voyait pas celle de sa chambre.

Le comptoir se trouvait au fond de la deuxième salle. Il vit quelques hommes plongés dans une mélopée où il était question de foi, d'espoir, d'amour et d'alcool. Une femme vêtue d'un chemisier blanc et d'une jupe noire mangeait à une table. En voyant Winter, elle se leva, s'essuya la bouche sur un torchon fixé au bord de sa jupe. Les vieux se tournèrent vers lui et se détournèrent à nouveau, sans cesser de chanter. La femme approcha. Il commanda une Hof. Elle se dirigea vers l'énorme réfrigérateur derrière le comptoir et revint avec une bouteille décapsulée et un verre. Winter paya. Il attendit qu'elle se soit rassise devant son dîner. Puis il vit que le verre avait le même aspect que la vitre. Il essuya le goulot et but sa bière à la bouteille, comme un Danois, en réalisant à mesure qu'il buvait combien il avait eu soif.

La fenêtre où s'était tenu l'homme la veille au soir se trouvait un peu plus loin. Là, il n'y avait personne. Il voyait les chanteurs, et la femme qui mangeait parmi eux, calmement et en silence, comme si elle était seule. C'était une vision étrange. Comme une scène de théâtre stylisée, ou un rêve.

Tout au fond de la bodega, un homme en pardessus marron regardait la bouteille de bière et la bouteille d'aquavit posées devant lui, parfaitement immobile, sauf quand il buvait. Il levait le coude à intervalles réguliers. Un professionnel. Quand la femme eut fini de manger, elle alla chercher une autre bouteille et la déposa devant lui. Aucune parole n'avait été échangée. Winter finit sa bière et se leva. Les hommes chantaient. Personne ne parut le suivre du regard.

Michaela Poulsen l'appela de la réception. Il était un peu plus de vingt heures. Winter était prêt. Il descendit l'escalier entre les tableaux lugubres.

Elle portait une veste droite, un pantalon droit, les

cheveux ramassés en queue de cheval. Elle paraissait jeune. Un groupe d'hommes suédois dînaient dans la salle à manger. Winter entendit distinctement sa langue maternelle.

— C'est vrai que la ville est pleine de Suédois. Et beaucoup d'entre eux descendent apparemment ici.

— Je me demande bien pourquoi, dit Michaela Poulsen avec un regard au XIXe siècle. Je propose qu'on sorte dans la réalité.

Ils longèrent le boulevard qui devenait un peu plus loin Østerågade. Beaucoup de gens étaient de sortie ce soir. Winter entendit du suédois et de l'allemand. Ils croisèrent plusieurs groupes de touristes. Un troubadour des rues chantait la jeunesse éternelle. Quand ils le dépassèrent, il en était à frapper aux portes du paradis.

Le vent soufflait, soulevant les cheveux de Winter. Ils étaient parvenus au croisement de Bispensgade.

— J'ai toujours un malaise quand je passe à cet endroit, dit Michaela Poulsen.

— Ça se comprend.

— Ça arrive tout le temps, dans ce métier.

— Je sais.

— Maintenant tu vas continuer à regarder droit devant toi pendant que je te parle, car il y a un type devant la librairie là-bas qui me paraît plus intéressé par nous que par la vitrine.

Winter dut faire un effort pour ne pas tourner la tête. Il contempla les pierres sombres de la façade de la banque devant lui. Ils tournaient le dos au bar de la Scala, les gens passaient derrière eux.

— Tu le reconnais ? demanda-t-il.

— Ce n'est pas facile, vu d'ici, mais j'ai un doute. Ils ne sont quand même pas idiots au point de nous envoyer une célébrité. Célébrité pour moi, je veux dire.

— Ils ne manquent pas de moyens, on dirait.

— Le recrutement ne s'arrête jamais. Et si tu regardais vers la droite, pour voir ce qui s'y passe ?

Ils firent quelques pas.

— Et on continue à parler comme avant. De quoi parlait-on déjà ?

— Du malaise qu'on éprouve dans ce métier.

Silence.

— Je peux t'annoncer que le gars de la librairie est parti, dit-elle. Tu n'es pas obligé de regarder, mais on peut y passer maintenant. Je commence à m'engourdir.

Ils s'arrêtèrent devant la librairie. Dans la vitrine voisine, des mannequins dévêtus les fixaient de leurs yeux de verre. La librairie affichait les derniers best-sellers danois.

— Il lit soit Ibn Michael, soit Suzanne Brøgger, constata Michaela Poulsen.

— Pourquoi pas les deux ?

— Et toi, que lis-tu ?

— Des rapports d'enquête préliminaire. Hélas.

— Parfois ça s'arrête là, pas vrai ? À l'enquête préliminaire.

— Pas cette fois-ci, dit Winter.

Ils étaient parvenus au quartier animé autour de la rue Jomfru Ane Gade. Ils durent se frayer un passage dans la foule qui circulait entre les bars et les restaurants. La musique sortait de partout. Winter pensa à la fête de Göteborg. C'était la même ambiance ici, pleine d'une angoisse dure et douce à la fois, ou...

— On s'assied ? Maintenant qu'on a constaté qu'on nous observait.

— On s'assied.

— Il y a une brasserie passable dans la rue voisine. Ou bien on peut rester dans la cohue.

— La cohue, c'est mieux. Plus facile de nous observer à notre insu.

— Il marche derrière nous depuis quelques minutes.

— Tu es très forte.

— Ici au Danemark on n'a pas le choix. Notre vie en dépend.

Une plaisanterie ? Winter n'en était pas sûr.

— Il est encore là, dit-elle.

— Alors il nous faut une table pour trois.

Elle rit.

Winter se retourna. Cent enseignes au néon brutal lui blessèrent les yeux : L.A. Bar, Fyrtøjet, RockNielsen, Down Under, Rendezvous, Faklen, Rockcaféen, Duty, Jules Verne, Sunrise, Dirch på Regensen, Fru Jensen, Gaslight, Pusterummet, Corner, Jomfru Ane's Dansbar, Giraffen, Musikhuset, Spirit of America. Ils s'engagèrent dans Sidegaden. Michaela Poulsen entra dans un bar nommé La nuit est à nous. Elle commanda deux Hof à la bouteille. Ils se serrèrent autour du comptoir. Les enceintes déversaient de la musique.

— Les Clash, dit Winter. *London Calling*.

— Je le savais ! Tu aimes le rock, tu ressembles à un chanteur rock. Moi, ce n'est pas trop mon truc.

Winter n'eut pas le temps de répondre.

— Il est passé tout à l'heure, et il repasse maintenant, dit-elle.

Winter but une gorgée au goulot et tourna légèrement la tête. Il voyait du monde dans la rue, c'était tout.

— Je ne le reconnais pas, dit Michaela Poulsen. Mais c'est sûr qu'il nous suit.

— Quelle conclusion devons-nous en tirer ?

— Que c'est un honneur pour toi. Et que c'est sérieux. Je crois que ton arrivée soulève un peu de poussière.

— On s'est approché de quelque chose.

— Oui. Cela m'effraie et me réjouit.

— Maintenant nous allons retrouver le dernier homme.

— Tu crois qu'il est en vie ?

— Il a tué le père de Helene Andersén et il a tué Helene.

Michaela Poulsen le regarda, sa bouteille à la main.

— Au bout de vingt-cinq ans ? Pourquoi ?

— C'est ce que j'essaie de découvrir. C'est entre autres pour ça que je suis là.

— Il aurait pu le faire... tout de suite.

— Non. C'était peut-être son intention, mais... les

choses ont tourné autrement. Kim Andersén l'en a peut-être empêché.

— Et la maman alors ? Brigitta ?

— Elle aussi. Il a tué Kim Andersén et Brigitta Dellmar, et l'enfant a été emmenée en Suède. Tout lien devait disparaître.

— Alors pourquoi tuer Helene après toutes ces années ?

— Je ne sais pas. Il s'est passé quelque chose. Elle a appris des choses. Elle a demandé des comptes. À l'homme qui avait tué sa mère et son père. C'est un tueur unique que je cherche, depuis le début.

— Et une autre enfant. C'est une histoire terrible.

Elle posa sa bouteille sur le comptoir.

— Ce sont des théories possibles, dit-elle, mais la question demeure : Nos bikers sont-ils impliqués, directement ?

— Pose la question au type qui nous suit.

— Ils savent peut-être. Mais au départ ? Combien étaient-ils au départ ? Cinq, ou davantage ?

— Six, dit Winter. Tu oublies l'enfant. Helene.

— Alors où se trouve ton tueur ? Est-il allé en Suède ou est-il encore ici au Danemark ? Peut-être ici même, à Aalborg ?

— Il est peut-être passé dans la rue tout à l'heure, dit Winter. Non, je ne sais pas. Tout ce que je sais, c'est qu'il était à Göteborg au mois d'août.

— À supposer que ce soit un homme.

Winter hocha la tête sans répondre.

— On peut imaginer une autre théorie, dit-elle. Il n'y a qu'un survivant... mais c'est une femme. Brigitta.

Winter hocha à nouveau la tête.

— Je crois bien que tu as blêmi, dit-elle. Je dois être aussi pâle que toi. C'est encore plus horrible à imaginer.

— Elle aurait laissé tuer son propre enfant ?

— Elle n'avait peut-être pas le choix. Elle ne savait peut-être pas. On marche au bord d'un abîme humain, ici.

— Oui, dit Winter, ça fait partie du travail.
— Mais ce n'est qu'une théorie.

Winter regarda autour de lui sur le boulevard. Personne ne l'attendait devant la bodega. Personne à la fenêtre. Beaucoup de monde et beaucoup de bruit devant le Mallorca Bar.

Il répéta son manège de la veille.

Lorsqu'il se retrouva dans la pénombre de la chambre au bord de la lumière de la place Kennedy, il vit les hommes de la veille passer sous sa fenêtre.

Le portable – qu'il avait gardé sur lui, bien qu'inutilisable – sonna soudain. Il le prit et lui jeta un regard perplexe. Le numéro d'Angela scintillait sur le display. Il répondit.

— Ce n'est que moi, dit-elle.
— Tu as essayé de m'appeler avant ?
— Non, pourquoi ?
— Il ne fonctionne pas depuis que je suis ici.
— Ça arrive peut-être quand on change de pays ?
— Seulement si l'abonnement est neuf.
— Maintenant il fonctionne, en tout cas. Comment vas-tu, Erik ? Comment ça se passe à Aalborg ?

Que répondre ? Il y avait beaucoup de réponses possibles.

— C'est lugubre, dit-il.

53

Il fut réveillé avant l'heure par le bruit de la pluie contre la vitre. Il n'y avait plus de ciel au-dehors pour éclairer le chemin du lit aux toilettes.

En se levant, il se cogna l'orteil contre la table de chevet. Ça lui arrivait une fois par saison.

Il se rassit en jurant pour masser son orteil blessé. La douleur rétrécit jusqu'à n'être plus qu'une note basse et sourde qui lui permit de se relever et d'accomplir sa mission.

De retour dans le lit, il se mit à regarder le plafond en pensant à Beate Møller, qu'il n'avait pas vue. Allait-il le faire ? Prendre la voiture et dénicher sa maison, simplement pour la voir, de loin, entrer et sortir de chez elle ?

Il ne serait pas seul. Il y aurait une autre voiture en stationnement, ou une moto, invisible ou non. Ce serait une provocation. De part et d'autre. La femme serait prise en tenaille. Que pourrait-il en sortir de bon ?

Mieux vaut laisser Michaela lui parler, pensa-t-il. Je ne veux pas faire d'histoires.

— Nous avons encore deux autres meurtres non élucidés qui nous rongent le cœur, dit Jens Bendrup, perché sur la table dans le bureau de Winter. Qui errent comme des revenants dans les catacombes de notre âme.

— Pardon ? Winter leva la tête de son ordinateur.

— De vieux meurtres, dit Bendrup. Pour ne pas parler des vieux vols à main armée. Je suppose que tu sais qu'il y a prescription pour le hold-up de Danske Bank. Tout ce qui justifie de plus de huit ans d'emprisonnement ici au Danemark est prescrit au bout de vingt ans. Y compris les meurtres. Mais cela perd de son importance dans un cas comme celui qui nous occupe. Où le passé est relié au présent, pas vrai ?

— Je l'espère. C'était quoi, ces meurtres ?

— Des bikers, je crois, dans le premier cas. Mais comme d'habitude, impossible de transformer les soupçons en preuves.

— Que s'est-il passé ?

— Une femme de vingt-quatre ans a été retrouvée égorgée dans les toilettes de la gare. Dans son sac à main, un billet pour Fredrikshavn. Le train est parti une demi-heure plus tard, sans elle. C'était il y a quatorze ans, en 1984. Ce soir-là, d'ailleurs, ils ont passé *French Connection* à la télé. J'ai toujours associé ce titre à ce meurtre. C'est comme l'affaire qui nous occupe. On pourrait l'appeler « Swedish Connection ».

— Ou « Danish Connection », dit Winter.

— Une fois par an, en moyenne, je ressors le dossier. Le cas Jutte. La fille s'appelait Jutte. C'est mon affaire, j'ai toute l'enquête préliminaire sous le coude. Maintenant elle va être intégrée dans l'ordinateur, et c'est peut-être un bien. Je n'oublie jamais. L'affaire est en attente et je ne l'oublie pas.

— Aucune nouvelle piste ?

— De petites choses tous les ans, bien sûr, mais rien de sérieux. Et puis il y a Pedersen de Ringsted qui nous appelle régulièrement pour tout avouer. Vous devez aussi connaître ce problème.

— Oui. Ça prend du temps, dit Winter en éteignant

l'ordinateur. Tu penses donc que le meurtre de... Jutte peut être rattaché aux gangs de motards ?

— Les bandidos. Elle était ce qu'on pourrait appeler un membre passif. Son copain était mécanicien et membre passif, lui aussi. Mais il n'existe rien de tel dans ce contexte-là. C'est peut-être le message que nous... qu'elle a reçu dans ces chiottes de malheur. En tout cas, ce n'est pas son mec qui l'a fait.

— D'autres suspects ?

— Rien qui tienne le coup. Sauf une fois, une lettre d'adieu où le suicidaire avouait, mais on n'a jamais réussi à établir si c'était vraiment lui qui avait écrit la lettre. Tu sais ce qu'il en est. Le travail consiste aussi à prouver qu'un aveu est authentique...

Bendrup se tut, comme pour mieux réfléchir à l'absurdité de ce travail. La pluie cognait contre la vitre, plus dure, plus lourde qu'avant, dominant tous les autres bruits.

— Tu as parlé d'un autre meurtre, dit Winter.

— Quoi ? Oui. Mme Bertelsen. Il y a quatre ans. Elle est sortie seule d'une auberge et elle a disparu. Huit mois plus tard, un animal domestique a déterré le squelette dans un terrain vague de la zone portuaire. On n'a trouvé aucune affaire personnelle. Rien. Elle avait été nue et là, elle l'était encore plus. Mais comme elle avait été portée disparue, on a pu l'identifier à partir des dents. On n'a rien trouvé d'autre.

Winter pensait à Helene. Il revoyait le lac, l'étroit fossé creusé comme une tombe. Le marécage derrière. Un oiseau de mer criait. C'était une mise en garde.

Il avait encore une chose à faire. Avant, il appela les bureaux du Sea Cat de Fredrikshavn et modifia sa réservation. On lui donna l'une des dernières places au départ de quinze heures quinze. Il avait payé sa note à l'hôtel. Sa valise était dans la voiture, sur le parking en face des alcooliques anonymes. Il était midi. Winter longea le couloir jusqu'au bureau de Michaela Poulsen. La porte était ouverte. Il la vit, penchée sur la table ; les cheveux lâchés aujourd'hui. Winter frappa. Elle leva la tête et lui fit signe d'entrer.

— Je m'en vais, dit-il.

— Du nouveau en Suède ?

— Un chauffeur de bus a vu la petite. Peut-être. Et je voudrais relire le dossier de l'enquête préliminaire.

— Tu l'as dit hier.

— On se reparle bientôt ?

— Je l'espère. J'essaie d'obtenir un entretien avec Beate Møller. Pour commencer. Ensuite je vais voir le juge à propos de la maison de Blokhus. Et de son actuel propriétaire.

Elle regarda les documents étalés devant elle et secoua la tête.

— Quand j'en aurai fini avec cette soupe.

— De quoi s'agit-il ?

— De la soupe. Littéralement. Quatre-vingt mille litres d'alcool de contrebande découverts dans une ferme, entre ici et Fredrikshavn. Quatre-vingt mille litres ! C'est un joli chiffre.

— Et pas de propriétaire ?

— Pas même l'État. Ça te donne une idée de notre quotidien. Trafic de drogue, et d'alcool surtout, c'est le quotidien de la petite Aalborg. Vers la Suède, et d'autres coins du monde. Mais surtout vers la Norvège.

— C'est une bonne nouvelle.

Winter traversa les couloirs de la brigade criminelle pour la dernière fois. Quarante-quatre enquêteurs luttaient contre le malaise dans ces bureaux. Escroqueries, stupéfiants, vols, cambriolages, violences aggravées, viols et meurtres. Le pays était différent, mais les crimes étaient les mêmes.

Winter était seul dans la salle des microfilms au rez-de-chaussée du commissariat central d'Aalborg. Il plaça la bobine dans l'appareil et se leva pour ouvrir la fenêtre. Dehors, un passage piétons. Le petit bonhomme était rouge. Lorsqu'il releva la tête, il l'était encore.

Il lut la une du quotidien *Aalborgs Stiftstidende*, qui n'avait pas lésiné sur les moyens : le gros titre annonçant le hold-up et la mort du policier couvrait plus de la moitié de la page. Le chapeau détaillait les autres victimes.

Le papier proprement dit remplissait deux pages presque dépourvues de réclame. Puisque l'événement s'était produit dans l'après-midi, il y avait plus de vérités et moins de mensonges que d'habitude dans l'édition du lendemain. Jens Bendrup s'y exprimait et Winter ne put s'empêcher de sourire en voyant la photo : le jeune Bendrup avec des cheveux longs et d'étranges rouflaquettes. Tous les hommes pris en photo le 3 octobre 1972 avaient les mêmes.

Bendrup mentait en partie, et disait la vérité quand c'était nécessaire. Winter, lui, connaissait la vérité, du moins en partie. Les chefs de Bendrup racontaient le peu qu'ils savaient ou ne savaient pas. « On doit toujours garder un atout pour la fin », avait-il dit à Winter le matin même.

Dans ce cas précis, ils l'avaient vraiment gardé jusqu'au bout. La question était : cette carte d'atout existait-elle, et où ?

L'article laissait entrevoir une confusion déterminée, reflétant les premières heures de l'enquête préliminaire. C'était toujours ainsi, pensa Winter. Il vit des photographies du policier mort et du braqueur qui avait été tué sur le coup. Le Danemark avait une éthique journalistique particulière. N'était-on pas un peu plus prudent en Suède ? Du moins on l'avait été. Lui semblait-il. Il faudrait interroger Bülow à l'occasion.

Winter lut, mais ne trouva rien qu'il ne sût déjà. Il cessa de faire défiler le film. Le mouvement horizontal cessa. Il avait vaguement la nausée. Cela pouvait tenir à l'air confiné de la pièce, mais aussi au film, les changements de vitesse qui lui donnaient la sensation d'être dans une voiture en train de regarder défiler un paysage imprimé sur papier.

Il se leva et approcha de la fenêtre. Le bonhomme

était toujours rouge et le passage clouté abandonné depuis longtemps par les piétons de la ville.

Winter retourna s'asseoir devant l'appareil. Lentement, il déroula les événements. Comment était-ce à l'époque ? Quand Helene et Brigitta étaient ici... Brigitta avait-elle lu les articles qu'il lisait en ce moment ? Ou bien tout était-il déjà fini pour elle ? Il passa sur un papier racontant que les employés du journal avaient dit « non » à l'Europe, tandis que l'écrivain Leif Panduro avait dit « oui » par égard pour les « socialement défavorisés ».

Ça s'est vraiment amélioré depuis, pensa Winter, en continuant sa lecture. Un bandit de grand chemin avait pris cinq ans. Un gardien de nuit avait été blessé par un homme armé. Winter pensa aux récits des collègues danois sur les hold-up réalisés par les confréries de motards.

Il continua son lent voyage dans la machine du temps. Le Danemark était en 1972 premier exportateur mondial de bière. Un croquis montrait l'infrastructure probable d'Aalborg en 1990 : métro, et métro aérien sur un rail unique autour d'une ville dessinée d'après le modèle d'un parc d'attractions. Transports collectifs par hélicoptère. Winter sentit comme un pincement d'envie devant cette foi en l'avenir. Il avait eu douze ans à l'époque. Lui aussi, il était en route vers quelque part, toujours à son poste dans la cabane du jardin de Hagen.

Reprise des bombardements sur le Vietnam du Nord. 19:50 pour le buffet au restaurant Faklen. Une équipe de cantonniers préparait les accotements pour l'hiver. Une femme blonde, les seins nus, était assise sur le capot d'une Jaguar V-12 au salon de l'automobile à Paris. Ça commence à revenir, pensa Winter. Les années soixante-dix sont de retour.

Le capitaine anglais Alf Ramsey s'accrochait à ses vieilles gloires, malgré la pression en vue de la coupe du monde de football de 1974. Bobby Moore était photographié, ainsi qu'un jeune Ray Clemence et un Kevin Keegan de vingt et un ans, dont les rouflaquettes étaient encore pires que celles de Jens Bendrup sept pages auparavant.

Paul et Linda Mac Cartney avaient ouvert un zoo, et on avait mis un frein à l'abus de pouvoir des étudiants dans les universités.

Le papillonnement de l'écran aggravait la nausée. Winter regarda sa montre. Il était temps de partir. Il avait fait avancer le film tout en regardant sa montre, et lorsqu'il releva la tête il vit une page d'informations locales concernant Pandrup et ses environs. Il vit le nom de Blokhus en tête de rubrique, au-dessus d'un article apparemment consacré à la construction du grand hôtel devant lequel il était passé la veille, sur la place déserte. Il crut le reconnaître. L'image représentait la solitude de l'après saison, la même atmosphère qu'il y avait perçue la veille. Il n'y avait personne dans le cadre.

Il y avait encore un article consacré à Blokhus. Winter n'était pas sûr de tout comprendre, mais il semblait s'agir d'une opération de drainage. Une photo avait été prise, non loin de la place, d'une route qui s'appelait Sønder I By. Winter examina la photo et se figea. Il crut voir à quel endroit exact s'était tenu le photographe. Il relut le chapeau et la légende, qui décrivaient la répartition des terrains concernés. Il y avait sept ou huit maisons de part et d'autre de la rue. Jens Baerentvej. Winter le savait, parce qu'il reconnaissait la troisième maison à droite, le long de ce chemin qui conduisait à la mer par-dessus une herbe tourmentée. Avec sa peinture grise et tachée, la maison ressemblait à une cabane. Il n'y avait pas de clôture. Aucune trace de vie derrière les fenêtres. La photo aurait pu être faite à n'importe quel moment au cours des vingt-cinq dernières années, mais Winter *savait* qu'elle avait été prise sur le vif, au moment du reportage, en guise d'illustration générale. Il le savait. La pression s'accentua, dans sa tête et dans son ventre. Une voiture était garée devant la bicoque. La photo avait été prise à une distance de cinquante mètres ou davantage. On entrevoyait deux silhouettes devant la maison, en train d'entrer ou de sortir. Impossible de distinguer les visages. Mais c'était un adulte et un enfant.

Après un court débat intérieur, il prit la route de Fredrikshavn. Avant cela, il avait appelé Michaela Poulsen pour lui parler de la photo.

— On devrait pouvoir nous dire quand elle a été prise, conclut-il.

— Bien sûr. J'appelle le journal. Et le photographe, s'il vit encore.

— Pourrais-tu m'envoyer un agrandissement ? Le plus vite possible. Pour qu'on puisse continuer à travailler, nous aussi.

— Bien sûr, répéta-t-elle.

Le vent lui arrachait les cheveux. Debout sur le pont, il vit le Danemark rétrécir et disparaître. Le crépuscule tombait sur la mer. Il avait cessé de pleuvoir dans les eaux internationales. Winter sentait comme une fièvre dans tout son corps, un pouls accéléré. Il entra dans le bar, peuplé de gens aux yeux brillants, qui buvaient encore, après les heures passées à Fredrikshavn. Plusieurs dans des fauteuils roulants – ce qui n'est pas un inconvénient, pensa-t-il, pour qui est sérieusement déterminé à boire.

Les montagnes de bouteilles et de canettes grandissaient sur les tables. Les gens semblaient perdre leurs contours, se dissoudre et rejoindre l'Histoire en ce sens qu'on les aurait crus, de plus en plus, surgis du Moyen Âge, bouffons ou lépreux.

La fumée épaisse n'arrangeait pas les choses. Winter ressortit sur le pont, le temps d'aspirer suffisamment d'air frais pour avoir envie de fumer un cigarillo. L'hydroglisseur dépassa Vinga. Des canards volaient, noirs contre le ciel sombre. Le phare balayait l'eau de ses quilles lumineuses. Winter fumait. Son pouls ralentit peu à peu. Après Arendal, il vit les grands ferries amarrés dans le port de Skandia. Il pensa aux murs d'enceinte du quartier de Biskopsgården. Ici, les paraboles étaient remplacées par mille regards tournés vers l'espace.

Winter entra dans son bureau à l'étage de la brigade criminelle. Les dessins brillaient sur le mur. Il alluma le plafonnier et la lampe de travail, et se plaça à deux mètres des dessins. Il lui sembla que le drapeau danois avait maintenant un autre sens.

La route traversait encore la forêt. Un moulin faisait tourner ses ailes.

Le tramway roulait quelque part.

Winter se passa la main sur le visage. Il se sentait fatigué, excité aussi, après le voyage ; une sensation contradictoire, comme le motif récurrent dans les dessins de la petite. Soleil et pluie.

Ringmar frappa à la porte ouverte et entra.

— Bienvenue à la maison.

Winter se retourna.

— Merci. Comment ça va ?

— C'est plutôt à moi de le demander.

— Comment ça s'est passé, avec le chauffeur de bus ?

— C'est peut-être elle.

— Dans ce cas, ça nous donne un secteur délimité pour les recherches.

— Pas si délimité que ça. Cette ligne de bus est assez longue. Mais... bien sûr.

— J'ai vécu un truc étrange, dit Winter. J'ai vu une photo dans un journal de l'époque... 1972. C'était peut-être Helene, mais je ne voyais que celle-ci.

Il indiqua de la tête les dessins au mur.

— Je voyais Jennie.

— Ce n'est pas si étrange.

— Tu ne comprends pas ? Tout se confond. Bientôt je ne saurai plus qui est qui. Ou c'est peut-être juste maintenant. La fatigue.

— C'est vrai que tu es drôlement pâle. Tu devrais rentrer chez toi et te reposer, Erik.

— Il faut que je lise.

— Rentre chez toi. Tu liras après.

— Tu as l'audition du chauffeur de bus ?

Halders tambourinait contre la table. Il n'avait pas fait tout le travail lui-même, mais la responsabilité lui en incombait. Executive inspector. Tout cela est de ma responsabilité.

Les rapports étaient méticuleusement rangés dans des pochettes de plastique transparent. Il était le premier à les voir dans leur ensemble. Cent vingt-quatre propriétaires de Ford Escort dont le numéro d'immatriculation commençait par un H.

Ils n'avaient interpellé personne. Ils n'avaient à vrai dire rien constaté d'anormal. L'une des voitures volées n'avait pas été retrouvée, mais le propriétaire avait un alibi et un passé immaculé.

Ce n'était pas le cas de tout le monde. Un huitième des cent vingt-quatre personnages avait été condamné pour des vétilles, ou autre chose, mais Halders était policier depuis trop longtemps pour déterminer si ce pourcentage était fort ou faible. Peut-être était-il d'une faiblesse réconfortante. Mais il ne leur était pas d'un secours immédiat. Le fait d'avoir été condamné pour infraction au code de la route, ivresse au volant, ivresse tout court, vol à la tire ou cambriolage ne transformait personne en meurtrier. Au contraire, ces gens-là étaient plutôt source d'ennuis, de perte de temps.

Il pensait à autre chose. L'un des condamnés... Bremer. Georg Bremer. Le bonhomme avait été en tôle pour cambriolage. Six mois ferme, vingt ans plus tôt. Halders se rappelait la maison à la campagne. La route solitaire qui y menait. Les chevaux à la lisière de la forêt. Les avions qui se dirigeaient vers Landvetter et Härlanda avec un bruit de tonnerre.

Et zut, pensa Halders. Qu'est-ce que c'était, déjà ? Le truc que je n'ai pas vérifié... que j'ai remis au lendemain...

Il feuilleta le rapport.

Le garage.

Aneta avait pris des notes. Lui, Halders, avait rédigé le rapport, mais qui avait contrôlé le garage où Bremer faisait réparer sa voiture ? Aurait-il dû s'en occuper lui-même ? Non. Cette mission était échue à quelqu'un d'autre. Qui ? Ce n'était pas écrit là. Pas plus que le nom du garage. Halders avait pourtant noté le nom. C'était un nom vague, Auto Service, un truc comme ça. Mais le boulot n'avait pas été fait. Ou bien si, mais il n'y avait pas eu de rapport. Il regarda sa montre et appela Möllertström, qui décrocha après trois sonneries.

— C'est Fredrik. Tu peux m'aider pour un truc ?

Halders relut son propre rapport d'audition. C'était Veine Carlberg qui s'était occupé du garage. Il n'avait rien découvert d'alarmant. Le bonhomme Bremer avait fait réparer sa voiture du côté de Hisingen. Les dates coïncidaient. Un peu bizarre tout de même de traîner sa passoire jusqu'à l'autre bout de la ville, mais le propriétaire du garage était une connaissance à lui.

C'était aussi une connaissance de Fredrik Halders. Il y avait eu un petit interrogatoire. Jonas Svensk. Il se rappelait la quasi-totalité de leur échange, à l'aide de sa mémoire et du protocole qu'il avait sous les yeux. Svensk avait un passé de motard, par rapport auquel il avait pris ses distances. Halders n'y avait pas cru.

Devait-il parler à Winter de Bremer et de Svensk ? Devait-il d'abord se renseigner un peu plus de son côté ? Winter était rentré du pays des petits pains garnis avec des histoires à dresser les cheveux sur la tête. Des ombres dans des allées. Winter avait pris une bonne décision en allant là-bas et Halders allait peut-être prendre une bonne décision, lui aussi.

Il tenta de réfléchir. Leurs pistes partaient dans plusieurs directions, il fallait en privilégier certaines. Pour l'instant c'était le chauffeur de bus. Billdal, la piste traversant Billdal. Au cours de la réunion matinale, Winter avait parlé de la maison sur la côte danoise, et du lien avec le dénommé Andersén.

Halders réfléchissait. La propriété de Bremer était vaste. Aneta avait considéré l'endroit comme une maison de vacances.

54

Winter était dans son bureau avec Christina Wallin, psychologue et psychothérapeute. Il avait déjà fait appel à elle pour deux autres affaires.

Il avait tenté d'assembler les fragments de puzzle dans les documents où l'expérience de l'enfant Helene ne figurait pas. Ou figurait peut-être, mais entre les lignes. Il aurait tellement voulu qu'un thérapeute ait eu une conversation avec Helene adulte.

— Elle en aurait eu besoin, dit Christina Wallin.

— Elle l'a peut-être fait, sans que nous le sachions.

— Vous n'avez pas vérifié ?

— Il existe des centaines de thérapeutes privés. On les appelle, mais jusqu'à présent ça ne donne rien. Et les gens peuvent mourir. Même les thérapeutes.

Elle lui jeta un drôle de regard.

— Désolé. Mais tu comprends, je n'ai presque aucun élément qui me permette d'avancer.

— Elle a subi un trauma. Autrement dit, elle – ou son instinct de survie – a décidé qu'elle ne devait plus se souvenir de quoi que ce soit. C'est mon interprétation.

— Elle ne s'en souvenait donc pas ?

— Sur un certain plan, non. Sur un autre plan, elle était consciente. Il s'agit d'une personne malade. Mais quel était son état psychique au moment de sa mort ? On ne peut rien en dire.

— Pouvait-elle avoir conscience... non pas de ce qui s'était passé, mais du fait qu'elle était... malade ?

— Je pense que oui. Elle savait sans doute que ses émotions étaient bloquées. Enfouies.

Winter écoutait attentivement. Debout, appuyé contre le mur.

— Peut-être savait-elle aussi que... le fait d'affronter ces émotions barrées pourrait la... guérir. Ce pouvait être une clef.

— N'aurait-il pas fallu qu'un thérapeute le lui explique ?

— Les gens en savent long sur eux-mêmes, dit Christina Wallin.

— Est-ce que des souvenirs peuvent surgir brusquement chez une personne comme elle ?

— Oui.

— Qu'est-ce qui se passe alors ?

— Difficile à dire. Ça peut être terrible. Ou une... clef, comme je le disais. Un fragment de clef. Cela dépend aussi des souvenirs. Des événements du passé auxquels ils correspondent.

— Elle portait donc des souvenirs fortement chargés avec lesquels elle ne voulait pas entrer en contact.

— Oui et non. Elle devait être très clivée. Ensuite, c'est aussi une question d'entourage. Avoir quelqu'un à qui parler. Avoir quelqu'un.

— On a parlé aux différentes familles d'accueil, dit Winter. Je ne crois pas que le contact se soit fait. C'est sans doute pour cela que ça n'a pas marché, à la longue.

— Certains enfants s'inventent un confident. Ce peut être une poupée... ou un vêtement.

— Un vêtement ?

— Oui. C'est triste, n'est-ce pas ? Avoir un vêtement pour meilleur ami.

Elle jeta un regard en biais à Winter, qui ne portait pas de costume aujourd'hui. Je sais à quoi elle pense en cet instant, songea-t-il.

— Sa vie était donc une sorte de... fragment ?

— Je le crois.

— Mais elle se débrouillait. Elle vivait seule avec son enfant.

— On peut s'acquitter de la vie quotidienne. Et si ça se trouve, elle était aidée.

Winter pensa à l'argent. D'une manière ou d'une autre, Helene avait suffisamment d'argent pour vivre. Qu'en était-il d'autres formes... d'aide ? Une aide thérapeutique ? Qui aurait fini par dénouer... quelque chose ?

— Quelqu'un a-t-il pu lui dévoiler son passé ?

— Que veux-tu dire ?

— Je ne sais pas au juste... Quelqu'un a pu lui dire ce qui s'était passé. À la fin. Quelqu'un qui savait, et qui lui aurait fourni des informations.

— Ou une confirmation, dit la thérapeute.

— Oui. Une confirmation. L'horreur est devenue réalité. Pas seulement un fragment de souvenir. Elle aurait enfin compris réellement ce qui s'était passé et dans quel état cela... l'avait laissée.

— Et à quoi cela aurait-il abouti, Erik ?

— À sa mort.

Un peu plus tard, Winter lui montra les dessins.

— Qu'en penses-tu ? dit-il après un moment. Il avait en tête le double message, la pluie et le soleil.

— Je n'ose rien dire.

— Dans quelle mesure peut-on être sûr que cela représente des choses qu'elle a réellement vues ?

— À cent pour cent. Mais elles sont deux à avoir dessiné. Ne disais-tu pas que ces dessins auraient pu être faits par le même enfant, mais qu'on voyait bien malgré tout les différences ?

— Oui. Helene a dessiné comme un enfant. Est-ce compréhensible ? Qu'elle serait soudain devenue une enfant ?

— Cela fait partie des fragments dont nous parlions tout à l'heure. Mais je dois examiner tout cela de plus près avant d'oser en dire davantage.

— Mais les dessins ne seraient donc pas des travaux d'imagination ?

— Non.

— Dans ce cas il faut les interpréter.

— Si on y est contraint. Ça, c'est une forêt, et ça, c'est de l'eau, dit Christina Wallin en montrant le mur.

— Et ça ?

Elle suivit son geste.

— Quoi ?

— Ça. À droite de ce qui doit être une maison. C'est quoi ?

— Je trouve que ça ressemble à un petit moulin.

55

Winter était à nouveau seul dans son bureau. Il relisait lentement le dossier de l'enquête préliminaire, en prenant des notes au fur et à mesure, et en buvant du café. De temps à autre, il sortait pour fumer et interrompre le cours de ses pensées.

Il attendait l'appel de Michaela Poulsen. Il croyait déjà entendre leur échange.

— J'ai pensé un moment qu'on était plus nuls qu'on ne l'est, dirait-elle.

— Sans commentaire, répliquerait-il.

— Un inspecteur malin avait feuilleté le journal à l'époque et repéré les articles sur Blokhus, tout comme toi.

— Il n'y a rien à ce sujet dans les rapports que j'ai lus.

— Probablement parce que ça n'en valait pas la peine.

— Comment le sais-tu ?

— J'ai posé la question à Jens Bendrup.

— C'est sans doute une explication suffisante.

— Oui. Il s'en souvenait lui-même. La femme et l'enfant devant la maison. Bien sûr que c'était intéressant.

— Mais ce n'était donc pas les bonnes personnes. Pour vous. Pour nous.

— Oui. C'était les vois...

Le téléphone sonna. Le central lui annonça un appel d'Aalborg. Winter attendit.

— J'ai cru un moment qu'on était encore plus nuls qu'on ne l'est, dit Michaela Poulsen. Et ça s'est révélé exact.

Winter se redressa et tourna la page de son bloc-notes.

— Je n'ai rien trouvé, concernant cette photo, poursuivit-elle.

— Oui. Je n'ai rien vu dans les rapports d'enquête.

— C'est épouvantable. Je ne sais pas quoi dire.

— Tu n'y étais pas, à l'époque.

— Je ne suis pas coupable, c'est ça ?

— On ne cherche pas à établir les responsabilités.

— Un flic suédois débarque ici et repère tout de suite ce qu'on aurait dû voir il y a vingt-cinq ans. Ce n'est pas drôle à admettre.

— Ne l'admets devant personne, dans ce cas.

— Jens est au courant. Et il se taira. Mais j'ai essayé de rattraper le coup, en partie.

— Je t'écoute.

— Le photographe est retraité, mais vivant. C'était le localier de l'époque. Donc, pas un photographe professionnel. Bref, on s'en fout. Je lui ai parlé. Il se souvenait de l'histoire du drainage et des lotissements, mais pas de la photo proprement dite. Je suis allée chez lui avec une copie de la page de journal. Il ne se rappelait toujours pas l'avoir prise, tout en admettant qu'il avait bien dû la prendre, puisqu'elle était dans le journal.

— Quand était-ce ?

— Il n'a pas pu le dire au jour près. Mais ce devait être un peu avant la parution de l'article. Comme la décision communale est intervenue trois jours avant la publication, il a dû prendre la photo au cours de ces trois jours-là. Ou de ces deux jours-là.

— A-t-il des copies ?

— Non. Écoute la suite. Il avait l'habitude de confier son rouleau de pellicule chaque après-midi à un fermier du coin, ou parfois au car local, qui le déposait au bureau de la rédaction en ville. Tout est archivé au journal. Dans un ordre impeccable. Je le sais parce que c'est de là que je t'appelle.

— As-tu vu une copie ?

— Ils ont fait une copie rapide et j'ai les négatifs. Il y a plusieurs clichés. Je les rapporte au commissariat et je les donne au photographe du labo. Dès qu'on aura de bons agrandissements, je te rappelle.

— C'est parfait.

— J'ai aussi parlé au juge de Hjørring. Il est très sceptique quant à une perquisition dans la maison de Blokhus. Il m'a renvoyée avec raison au paragraphe 794. Il faut qu'il y ait une raison valable de soupçonner qu'on puisse découvrir au domicile des traces de crime ou d'effraction, ou des objets susceptibles d'être emportés.

— Qui est propriétaire de la baraque ?

— Les propriétaires habitent à Aarhus et ne sont pas allés là-bas depuis longtemps.

— Comment as-tu dit ? « Raison valable » ? Il ne reste plus qu'à la trouver.

— Je te rappelle dès que j'ai les photos.

— Jakobsson a disparu, dit Ringmar. Son frère croit qu'il y a du crime là-dessous.

— Ce type est un crime en soi, répliqua Halders. Il a dû s'enfermer quelque part pour picoler jusqu'à ce que mort s'ensuive.

— Mais il a disparu, dit Winter. Il est sorti de chez lui avant-hier, et maintenant son frère l'a porté disparu.

— Qu'en pensez-vous ? demanda Bergenhem, sans s'adresser à quelqu'un en particulier.

— On croit le pire, dit Ringmar.

Winter se tourna vers Sara Helander et Aneta Djanali.

— Personne n'a encore rien vu du côté de Billdal, si j'ai bien compris.

— C'est la campagne là-bas. De belles maisons neuves. Et des vieilles bicoques. Mais les gens ne se connaissent pas.

Aneta Djanali jeta un regard à Sara Helander.

— Notre groupe est parti du point nord. Personne n'a vu de petite fille rousse.

— Pas davantage à l'arrêt de bus où le chauffeur pense les avoir laissées, dit Sara Helander.

— On a passé en revue toutes ces maisons-là, précisa Börjesson, en se levant pour délimiter une zone sur la carte punaisée au mur. D'ici... Jusque-là.

— On va peut-être devoir attaquer les champs, fit Halders. À la pelle. C'est comme ça, ajouta-t-il en se tournant vers Aneta Djanali.

— Je n'ai rien dit.

Le groupe se dispersa. Halders s'attarda dans la salle. Il avait dit deux mots à Winter juste avant le début de la réunion.

— On va dans mon bureau, proposa ce dernier.

Dans le bureau, Halders regarda les dessins en silence, en se caressant le crâne comme pour marquer la différence entre celui-ci et la chevelure échevelée de son chef. Winter eut un geste, comme pour lisser ses cheveux derrière les oreilles.

— Tu as eu le temps de regarder tous les rapports sur les propriétaires de voitures ?

— Non. Ils sont ici, répondit Winter en indiquant la table chargée de dossiers et de documents. Les paniers respectivement marqués « *in* » et « *out* » appartenaient désormais au passé.

— Il y a un nom..., dit Halders.

Georg Bremer. Winter lut son curriculum vitae. La nuit était tombée au-dehors. À l'intérieur, une lampe brûlait et Charlie Eden jouait un solo dans l'ombre sous la fenêtre. Faible volume. La basse d'Eden faisait partie des murs.

Bremer avait été incarcéré pour cambriolage et déprédations. Il s'était bien tenu à Härlanda. Pas d'abus de drogue ou d'alcool. Après sa libération, il avait disparu du monde des policiers et des voleurs. Il possédait une Ford Escort, mais ce n'était pas un crime. Il connaissait vaguement un, pour reprendre son expression, ci-devant motard. Sa voiture avait pu rouler ou ne pas rouler sur la route de Borås pendant la nuit du meurtre. Winter avait rangé la cassette vidéo sur une étagère neuve qu'on venait de lui installer. Il dirigea le faisceau de la lampe vers l'étagère. La boule de lumière se reflétant dans l'écran du téléviseur faisait miroiter le dos de la cassette.

Il se leva, prit l'annuaire et le feuilleta à la lettre B dans le secteur de Hindås. Il y avait bien un Bremer, Georg. Son adresse : Ödegård, Härlanda.

Il prit le téléphone et s'immobilisa, le doigt sur les touches du clavier. Non. Mieux valait attendre le lendemain. En fait, il voulait juste entendre la voix. Peut-être pour s'assurer que c'était encore une piste subsidiaire qu'ils n'avaient pas le temps d'explorer. Pourtant, il savait qu'il allait se rendre là-bas le lendemain matin.

— Tu as l'air de quelqu'un qui a besoin de dormir, dit Angela.

— Serre-moi contre toi. Non, d'ailleurs. Massage.

— D'abord je te serre, dit-elle.

Elle l'enlaça. Ils restèrent ainsi, immobiles, un long moment.

— Maintenant tu t'assieds.

Elle se plaça derrière lui et commença à lui pétrir la nuque et les épaules.

— Je suis raide ou je suis raide ?

— Ne parle pas.

Winter se tut, ferma les yeux et sentit les mains fortes d'Angela activer son sang et assouplir un peu ses muscles. Elle continua.

— Ça fait presque pas mal.

— Ça doit faire mal. Tu es comme un bout de bois. Pire.

— Je me crispe quand je lis.

— Pourtant tu rapportes ta serviette à la maison.

Il ne répondit pas. Il n'y avait rien à ajouter. Il sentait une odeur de nourriture. De l'air froid entrait par la porte du balcon.

— Je crois que ça suffit, dit-il. Maintenant tu peux aller chercher mes chaussons.

— Je ne suis pas une femme au foyer. Masseuse oui. Femme au foyer non.

— Tu ne le supporterais pas.

— Alors on y est, une fois de plus.

— Où sommes-nous ?

— Nous sommes provisoirement ici dans ton appartement ensemble, mais ce n'est que provisoire.

— Angela...

— Non. Je sais que tu es rentré du Danemark avec de nouveaux sujets de souci, et que vous recherchez la petite fille et... le meurtre, tout ça. Je sais. J'essaie de rester discrète.

— Angela...

— On en a déjà parlé. De nouveaux... cas surgissent. De nouvelles horreurs. Mais si je ne dis rien, tout continue comme avant. C'est toi qui le veux. Si je me tais, ça ne changera jamais. Pour finir on se regarde dans la glace et on est devenu retraité.

Il ne savait pas quoi dire. C'était vrai. Le temps passait, on devenait vieux.

— Je ne veux pas... rabâcher, tu sais que je ne le veux pas. Mais là, c'est sérieux. C'est sérieux à nouveau, insista-t-elle en retirant ses mains. Et je ne suis pas à la veille d'avoir mes règles, si c'est ce que tu crois.

Il était assis et elle debout. Il se leva. Elle lui tournait le dos.

— Je rentre chez moi maintenant, déclara-t-elle. Je veux que tu prennes une décision. Ne me dis pas que ça vient comme une surprise.

Lorsqu'elle se retourna, il vit qu'elle avait les yeux humides.

— C'est toujours le mauvais moment, dit-elle. Tu es fatigué. Tu as beaucoup de choses à régler. Mais moi aussi. *Nous* avons beaucoup de choses à régler. Je ne veux plus être… seule. Je ne veux pas. Je ne veux pas !

Elle était déjà dans le hall. Winter cria son nom, mais n'obtint aucune réponse. Il ne parvenait pas à bouger. Lorsqu'il retrouva l'usage de ses jambes et voulut la rattraper, la porte s'était refermée. Il entendit son pas s'éloigner dans l'escalier.

Sa serviette était appuyée contre le seuil de la porte. Le cuir bâillait, laissant voir un bout de papier blanc. Il donna un coup de pied à la serviette, qui valsa contre le mur avec un bruit mouillé.

Troisième partie

Le vent lui fouettait le visage sur le pont du bateau. Le soleil était bas, un mince trait bordant la fin du monde. C'était le dernier voyage. La pluie se mit à tomber, mais elle ne s'en aperçut qu'en détournant le regard du jour qui tombait derrière l'horizon. Il y eut un éclair, puis encore un. Comme ses propres éclairs de mémoire qui, tout aussi brusques, lui laissaient de grands trous dans les pensées, comme si elle avait été précipitée hors d'un rêve et qu'elle se fût réveillée dans une autre vie. Les cris étaient encore dans sa tête, comme des échos.

Chercher le mal pour détruire le mal. C'était une voix en elle, qui revenait et lui racontait.

La cour manquait de lumière. Derrière sa fenêtre, la vieille dame levait la main comme une aile d'oiseau. On entendait quelque chose du côté des balançoires.

Les premiers jours elle avait marché en cercle autour de la table du salon. Il faisait chaud, mais elle n'ouvrait pas la fenêtre. Elle était descendue à la cave, elle était tout de suite remontée. Elle ne pouvait pas être là.

Le soleil était là, puis il disparaissait. Tout se passait en même temps. J'ai froid, maman. Ça va s'arranger. Il y avait eu une odeur de nuit et de pluie, puis à nouveau, c'était devenu plus facile de bouger.

Elle était restée longtemps dans la voiture avec sa maman. Elle avait dormi un peu à l'arrière. Puis elle s'était glissée entre les deux sièges. Il faisait froid. Sa maman avait allumé puis éteint le moteur. Elle lui avait posé une question. « Tais-toi », avait dit sa maman d'une voix dure. Alors elle s'était tue.

Il était tout près d'elle. Il lui avait pris les ciseaux des mains. Elle voulait poser encore une question. Puis il n'y avait plus eu de question. Le coucou chantait. Il la tenait entre ses mains. Elle entendait le coucou et le vent qui battait dans ses ailes. Le ciel criait.

56

Halders conduisait, Aneta Djanali à l'avant, Winter à l'arrière. Ils quittèrent l'autoroute et s'enfoncèrent dans la forêt.

— J'y crois pas, dit Halders. Bientôt on va voir sortir un type avec un fusil et un caleçon long.

— Silence, Fredrik, fit Aneta.

La forêt s'éclaircissait et s'épaississait tour à tour. Des coupes claires commençaient à repousser, jusqu'à la prochaine fois. La forêt primitive poussait dans d'étroites réserves.

— Regardez ! s'exclama Aneta Djanali.

Une biche traversa la route et disparut dans la forêt. Son arrière-train tout blanc faisait comme des vagues refluant vers le large.

Encore un croisement.

— C'est le dernier, précisa Halders en tournant à gauche.

Un kilomètre plus loin, la route aboutissait à un talus avant de s'arrêter net devant la maison. Halders coupa le contact. Ils descendirent. La maison paraissait un peu oblique, mais solide. Winter la regarda. Il lui semblait la reconnaître. Il avait la bouche atrocement sèche. Le jardin se réduisait à la pente devant la maison. Derrière, on apercevait la forêt, et des fragments de prairie. Soudain il entendit un bruit mat de sabots frappant la terre. Des chevaux couraient quelque part derrière la maison, peut-être inquiétés par le bruit de la Volvo de Halders. Il l'avait laissée à côté de l'Escort de Bremer, qui avait depuis longtemps perdu sa blancheur d'opale à force de rouler dans la forêt en cette fin de mois d'octobre. Winter ne put déchiffrer la plaque minéralogique.

Le silence succéda au bruit des sabots. Personne n'était sorti pour les accueillir. Winter s'attardait près de la voiture.

Sur la gauche, à dix mètres de la maison et à dix mètres de la lisière de la forêt, il y avait un moulin.

Il était jaune. Les ailes immobiles. Il pouvait faire un mètre cinquante de haut.

Les dessins étaient fidèles. Du calme, Erik.

Il s'approcha. Du calme.

Halders frappa à la porte, qui avait une partie vitrée masquée par un rideau. Personne ne vint ouvrir. Ils n'avaient pas prévenu de leur visite.

— De quoi s'agit-il ?

L'homme avait surgi de derrière la maison.

— Ah ! C'est encore vous.

Il approcha et indiqua la voiture.

— Elle est là, si c'est ça que vous cherchez.

Winter lui serra la main. Bremer était grand, sa main sèche. Ses yeux regardaient un point derrière Winter. Il portait un mince gilet par-dessus sa chemise. Des bottes en caoutchouc. Une déchirure dans le caoutchouc, au niveau du pied. Un bonnet tricoté sur la tête. Winter savait qu'il avait soixante-neuf ans et qu'il était chauve sous son bonnet. Sa moustache était sombre. Il était mince et desséché, comme l'avait dit Aneta pendant le trajet.

— Qu'est-ce que vous voulez maintenant ? La voiture encore ?

— Pourrions-nous entrer un moment ?

Winter indiqua le ciel bas par-dessus la clairière.

— On dirait qu'il commence à pleuvoir, dit-il.

— Et alors ? Un peu de pluie ne fait pas de mal. Mais on peut entrer, bien sûr.

Aneta Djanali croisa le regard de Winter.

Le vestibule était plongé dans le noir. Bremer ôta ses bottes. Les policiers enlevèrent leurs chaussures et le suivirent dans une pièce dont les fenêtres donnaient sur l'arrière de la maison, la prairie et la forêt. Winter vit les chevaux qu'il n'avait qu'entendus jusque-là. Bremer se tenait debout au centre de la pièce. Personne ne s'était assis.

Winter pensa à ce qu'il allait dire. Il ne s'était pas préparé pendant le trajet. Il avait surtout regardé la forêt et la lumière entre les arbres.

— Qu'est-ce que vous voulez ?

Winter regarda par la fenêtre. Les chevaux avaient disparu. Il se tourna vers Bremer et avança d'un pas.

— C'est encore la voiture, dit-il. Et deux ou trois autres choses.

— Qu'est-ce qu'elle a, la voiture ?

— On est en train de parler de façon un peu plus approfondie aux propriétaires de ce modèle de voiture précis. Dans l'espoir que quelqu'un se rappellera quelque chose qui puisse nous aider.

— Vous aider comment ?

— Notre enquête concerne un meurtre. Et une disparition liée à ce meurtre. Vous ne l'aviez pas compris ?

Bremer jeta un regard à Halders.

— Lui là-bas a dit quelque chose dans ce goût-là.

— C'est tout ce que vous avez entendu dire ?

— Peut-être à la radio ou à la télé. Je ne sais pas. Je m'occupe de mes affaires.

Winter prit sa décision en voyant les chevaux sortir des fourrés. Ils avançaient avec une symétrie parfaite, planant par-dessus l'herbe haute.

— Connaissez-vous un certain Jonas Svensk ?

— Quoi ?

— Je vous demande si vous connaissez un certain Jonas Svensk, répéta Winter avec un regard rapide à Halders.

— Svensk ? Oui... C'est chez lui que je laisse ma voiture quand elle est en panne. Pourquoi ?

— Nous sommes en train d'élucider divers liens, répondit Winter en s'en tenant à un langage aussi crypté que possible. On aimerait en parler avec vous.

— Qu'est-ce que c'est que ces liens ? Quel rapport avec ma voiture ?

— Je n'ai rien dit à ce propos.

— Ah bon ? Vous parliez du garage à l'instant.

Winter inspira.

— Je veux que vous nous accompagniez au commissariat pour poursuivre notre entretien là-bas.

Ce fut comme si un ciel noir passait sur le visage de Bremer. Il fit un pas en direction de Winter. Halders broncha. Mais Bremer s'était immobilisé.

— Qu'est-ce que c'est que cette histoire ? Je ne peux pas venir avec vous maintenant. J'ai autre chose à faire.

— Cela nous serait d'une grande aide.

— Mais de quoi s'agit-il ? Si vous croyez que ma voiture sert à un trafic ou je ne sais quoi, allez-y. Vous pouvez regarder.

Winter demeura silencieux.

— Vous croyez que vous pouvez me prendre la tête à perpétuité ? Je me suis bien tenu depuis que je suis sorti. Vous pouvez demander à n'importe qui. C'est Svensk ? Il n'a rien fait. C'est la fusillade ? C'est pour ça ?

— Nous aimerions que vous veniez avec nous, insista Winter.

Bremer regarda Halders et Aneta Djanali comme s'ils avaient eu le pouvoir de dissoudre la décision de Winter. Il refit un pas et s'arrêta. Comme si son corps coulait, pensa Winter. Sa peau s'affaisse.

— Combien de temps ?

Bremer semblait brusquement résigné. Il l'est peut-être depuis le début, pensa Aneta Djanali.

Winter ne répondit pas.

— Six heures, dit Bremer en réponse à sa propre question.

Il ne semblait s'adresser à personne en particulier.

Six plus six, pensa Aneta Djanali. Si ça en reste là.

Ringmar attendait. Il entra dans le bureau de Winter, qui avait laissé Bremer seul un instant.

— Je ne fais qu'exercer mon droit, déclara Winter en levant les mains.

— Je n'ai rien dit.

— La voiture est là-bas. Aneta aussi. Je veux qu'on ramène la voiture ici pour l'examiner.

— La désosser, tu veux dire.

— *Whatever it takes*.

— Je ne te demande pas si tu crois qu'elles ont pris cette voiture.

— On regarde le film, fit Winter en glissant la cassette vidéo dans la fente.

La voiture passait dans un sens, puis dans l'autre.

— Si c'est lui, il ne devrait pas se diriger vers la ville mais dans la direction opposée, vers chez lui.

— Il rend visite à quelqu'un, suggéra Winter. Non. Il va à l'appartement de Helene.

— Qui ça « il » ? Ce ne sont pas les empreintes de Bremer qu'on a retrouvées à l'appartement.

— Ce serait trop facile.

Winter figea l'image. Appuya sur « lecture ». Nouvel arrêt sur image.

— Il y a toujours un bonhomme dedans et c'est toujours une Ford.

— Mais maintenant on a une vraie voiture pour comparer. Ça peut donner quelque chose. Il faudra désosser ce film comme on désosse la voiture.

— Je veux tout sur Svensk, dit Winter. Tout.

— Je veux tout sur la fraternité, renchérit Ringmar. Tout.

— Je veux savoir où est Jakobsson.

— Tu veux une perquisition chez Bremer ?

Winter secoua la tête.

— Trop tôt ?

— On attend. Je veux une décision du procureur. Ensuite on démolira la maison de fond en comble.

— Tu as pris ta décision.

— Tu ne penses pas qu'il était temps ?

Winter s'occupa lui-même de l'interrogatoire. Il avait lu le rapport sur le dragage du lac avant de se rendre dans la salle.

Bremer était assis sur une chaise. Il ne semblait pas regarder quelque chose de précis. Lorsqu'il levait la tête vers Winter, c'est comme s'il n'était pas là. La lumière était blessante. Winter avait choisi de ne pas utiliser la caméra vidéo. Il enfonça la touche d'enregistrement du magnétophone et prononça dans le micro le prologue habituel. L'interrogatoire débuta.

Bremer se reposait en garde à vue. À la tombée de la nuit, Winter sentit la pression monter d'un cran sous son crâne. Il avait allumé la lampe de travail. Assis dans le cercle de lumière, il fumait, et la fumée était un mince brouillard entre lui et les photographies posées sur la table. Michaela avait été rapide, aussi rapide que le photographe et que le copiste. Les images avaient pris l'avion jusqu'à Copenhague, puis jusqu'à Landvetter.

Winter ferma les yeux, repoussant de trente secondes le moment d'ouvrir l'enveloppe. Il tira une bouffée et écrasa son mégot. Peut-être pour la dernière fois. Il n'y avait pas de place pour les fumeurs dans un monde moderne.

Il alluma un nouveau cigarillo avant de se lever et de se diriger vers le mur où étaient fixés les dessins.

Landvetter. Au moment où ils quittaient la ferme de Bremer, un Boeing était passé avec fracas au-dessus de la maison. Bremer n'avait pas réagi. Aneta, elle, avait sursauté. Winter avait levé le regard et vu le ventre de l'avion remplir le ciel alors que le bruit avait déjà atterri de l'autre côté de la forêt.

Il l'avait vu sur l'un des dessins de Jennie... Celui-ci n'était pas accroché au mur. Il se dirigea vers la table où les dessins étaient rangés par piles, et dans la troisième à partir de la gauche, celle qui contenait des véhicules de toutes sortes, il en trouva deux qui représentaient un objet allongé planant au-dessus de la forêt et de la maison. C'était une bonne image. Winter crut presque entendre le cri quand l'avion transperçait la pluie et le soleil.

Il retourna à son fauteuil et ouvrit l'enveloppe. Il y avait cinq photos. La première montrait les deux personnages à hauteur de la maison, s'apprêtant à entrer. La femme tenait l'enfant par la main. Toutes deux regardaient droit devant elle. On ne voyait pas leur visage.

Sur la deuxième photo, l'enfant s'était retournée. Avait-elle aperçu le photographe ? Winter avait vu ce visage tout récemment, en regardant la vidéo avec la psychologue. C'était Helene. On ne voyait toujours pas le visage de la femme.

La troisième photographie était la même, mais agrandie. Winter pensa à un film qu'il avait vu à la cinémathèque dix ans plus tôt. Il y pensait déjà en discutant au téléphone avec Michaela Poulsen. C'était un film tourné à Londres dans les années soixante. Un photographe professionnel reconstituait un meurtre en agrandissant des photographies prises au hasard. C'était ainsi que Winter se rappelait ce film. Des photos prises sans aucune idée de ce qu'elles allaient représenter en dernier lieu, de ce qu'elles *montraient* vraiment.

Pareil ici. Une photo faite autrefois dans un contexte anodin se transformait vingt-cinq ans plus tard en documentation d'un crime. *Blow up*. C'était le titre du film. L'agrandissement, pensa-t-il. Des images agrandies de façon grotesque.

Sur cette troisième photo, le visage de la fillette apparaissait de façon encore plus nette. La femme était de profil. Il aurait voulu pouvoir mettre un nom sur ce profil, mais il n'était pas sûr de lui.

Un détail capta son attention. Il ferma les yeux, les rouvrit. À droite de la porte, il y avait une fenêtre. On entrevoyait une silhouette. Winter ferma les yeux, les rouvrit. La silhouette était encore là, derrière un mince voilage. Un visage et un torse. Tout était dans l'ombre. Winter sentit la sueur sous ses longs cheveux. Je vais les couper, pensa-t-il l'espace d'une demi-seconde.

Il contempla la silhouette. Les Danois l'avaient-ils repérée ? Évidemment. Winter farfouilla dans l'enveloppe et trouva la lettre, collée à l'intérieur. Il lut très vite. Elle parlait de la silhouette à la fenêtre. « On continue le *blow up*. On ne sait pas qui c'est. »

La quatrième image avait été prise quelques secondes plus tard, alors que la femme et l'enfant étaient parvenues à la porte. La silhouette à la fenêtre avait disparu. Winter voyait les deux personnages de dos.

La cinquième photographie – le plus important agrandissement, grossier et sale – représentait la maison. Elle avait été prise une minute plus tard peut-être. Le localier avait marqué une pause dans la description des drainages de l'avenir, avant d'appuyer une dernière fois sur le déclencheur. À la fenêtre, un homme avait tiré légèrement le rideau pour voir ce qui se passait dehors. Sans réfléchir, il s'était exposé.

L'homme pouvait être un jeune Georg Bremer. Une moustache, un bonnet enfoncé au ras des sourcils. Je voyage en enfer, pensa Winter. Je peux voyager en enfer sans bouger de mon bureau.

Le téléphone sonna. C'était sa mère.

— Papa ne va pas bien, annonça-t-elle.

— Je suis désolé.

Il rangea les photos dans l'enveloppe et la lettre dans une chemise, à part, et glissa le tout dans un tiroir.

— Que s'est-il passé ?

— Il ne se sentait pas bien cet après-midi. On a demandé à Magnergår... bon, un médecin qui habite par ici de venir, et il nous a suggéré d'aller à la clinique, en ville.

Winter tenta de se représenter Marbella, en vain. Il avait tout juste vu un plan de la ville sur Internet.

— Quel est le problème ?

— C'est de là que je t'appelle. Les médecins l'ont examiné et fait un électrocardiogramme. Il n'y avait rien.

— Tant mieux.

— Mais il a mal au thorax.

— Et maintenant ?

— Il se repose. Si c'est le cœur, il doit rester tout à fait tranquille.

— Ce doit être un excès de fatigue, dit Winter.

Sur le terrain de golf, pensa-t-il. Il essayait de penser léger, mais la nausée persistait, augmentait.

— Il ne s'est pas fatigué, précisa sa mère. On n'a rien fait de plus que d'habitude.

— Non.

— Je suis inquiète, Erik. Si ça empire, il faudra que tu viennes.

Il ne répondit pas. Quelqu'un frappait à la porte. Il cria : « Attendez un instant. »

— Qu'est-ce c'est ? demanda-t-elle.

— Quelqu'un à la porte, c'est tout.

— Tu es au bureau ? Ben oui, bien sûr, on n'est qu'en début de soirée.

— Oui.

Il entendit les pas s'éloigner dehors. Elle ajouta quelque chose.

— Excuse-moi, maman, je n'ai pas bien entendu.

— Si ça empire, il faudra que tu viennes.

— Il ne va rien se passer du tout. Il faut juste vous calmer un peu. Plus de voyages inopinés à Gibraltar.

— Tu me le promets, Erik ? Tu me promets de venir si ça empire ? J'ai parlé à Lotta et elle trouve aussi que tu dois venir. Vous viendrez tous les deux.

— Je te le promets.

— Ça y est, tu as promis. Je te rappelle ce soir. Toi aussi, tu peux m'appeler.

Elle lui donna le numéro de la clinique.

— Je serai là tout le temps.

— Vous allez peut-être rentrer chez vous dans peu de temps.

— Il faut que j'y aille, Erik.

Il resta assis, le portable à la main. On frappa de nouveau. « Entrez », cria-t-il. Ringmar apparut.

— Sa sœur habite Västergatan, déclara-t-il en s'asseyant. C'est à Annedal.

— Je sais.

— Greta Bremer. Notre Georg n'avait pas la bonne adresse.

— Il a dit qu'ils ne s'étaient pas vus depuis des années.

— Si j'ai bien compris, il ne veut pas du tout parler d'elle.

— Bof. C'est plutôt qu'il n'a pas l'air de comprendre pourquoi on tient à parler à ses proches. Il n'a même pas proposé un alibi.

— Alors qu'est-ce qu'on fait ?

Winter regarda sa montre. Il était presque dix-huit heures. Georg Bremer avait à contrecœur évoqué sa seule parente, sa sœur Greta. Rien d'autre, personne d'autre. Ils pouvaient le retenir toute la soirée, jusqu'à minuit. Inutile d'aller voir le procureur maintenant.

— Sérieusement, Erik...

— Quoi, sérieusement ?

— On est obligé de le relâcher.

— Pas avant minuit. Et la voiture ?

— Ils travaillent comme des fous.

— Il veut rentrer chez lui au volant de sa voiture, et c'est son droit.

— Je le sais. Ils le savent.

— Je ne veux plus lui parler maintenant, fit Winter. On le laisse rentrer chez lui et, après-demain, on le fait revenir.

— Tu en es sûr ?

— Non.

Ringmar croisa ses jambes enveloppées de kaki.

Ringmar ressemblait à un adepte de la vie en plein air. On croirait qu'il escalade une montagne, pensa Winter.

— Tu veux que je te dise ce que j'attends depuis un mois ?

— Oui, Bertil.

— Que le père de la petite donne de ses nouvelles. Merde. Sa... son ex est morte, l'enfant a disparu. On la cherche, tout le pays est au courant. Mais lui ne donne pas signe de vie.

— Peut-être parce qu'il ne le peut pas.

— Il est peut-être mort, c'est vrai. Mais je n'en suis pas sûr.

— Ou alors il a peur.

— On dirait que c'est un thème récurrent dans cette enquête.

— Ou alors il ne sait pas qu'il a un enfant.

Ringmar changea de position sur sa chaise.

— Ce n'est pas facile de reconstituer le passé de Helene. On n'a presque rien.

— C'est ça, dit Winter en se redressant. C'est de ça qu'il s'agit. Son passé n'a pas existé, puis tout à coup il existe. Il lui revient. Il devient un élément de la suite. Un facteur déclenchant.

Il inspira profondément. Ringmar ne répondit pas.

— Elle arrive dans cette ville et sa vie cesse. Sa vie d'adulte. D'abord la connaissance de la vie cesse. Puis la vie elle-même.

Winter prit la route de Hagen. Lotta ouvrit au premier coup de sonnette. Elle l'embrassa. Il la retint, la serra contre lui.

— J'ai entendu ton message sur le répondeur, dit-elle. Je viens de rentrer.

— Où sont les filles ?

— Bim nage et Kristina fait ses devoirs chez une copine. C'est ce qu'elle m'a dit ce matin, en tout cas – Lotta eut un pâle sourire –, tu as parlé à maman, si je comprends bien.

— Oui. Ça ne paraît pas si grave.

— Elle m'a appelée à ma consultation. J'ai essayé de joindre le médecin, mais on ne s'est pas compris. Apparemment, c'est un gardien de l'hôpital que j'ai eu au bout du fil.

Winter sourit.

— ¿ *Que* ?

— Je n'ai donc pas encore parlé au médecin, mais je crois que c'est pire que maman ne le pense.

— Elle veut qu'on y aille. Si ça s'aggrave.

— Tu le feras ?

— Oui. Bien sûr. Je ne peux pas en ce moment, mais si je n'ai pas le choix, j'irai.

— Je vais rappeler la clinique dans un moment. Tu veux un café ?

Winter regarda sa montre.

— Tu sors ce soir ? demanda-t-elle.

— Je veux rentrer chez moi pour réfléchir.

— Comment ça se passe ?

— On se rapproche d'une solution.

Il lui raconta une partie des événements des derniers jours.

— Parfois, dit-il, c'est comme un film.

— Tu ne me parais pas aussi... possédé que d'autres fois.

— Je le suis. Mais c'est différent. J'essaie de réfléchir, malgré la pression. La pression augmente, diminue, on essaie de garder la pensée au même niveau. Tu comprends ?

— C'est une histoire effrayante, dit-elle.

57

Quelques minutes après minuit, Bremer quitta le commissariat au volant de sa voiture. Il ne parla pas, et Winter ne l'accompagna pas dans le garage. Tout de suite après, il reçut la visite de Beier, qui était resté jusqu'au bout.

— Il y avait beaucoup de saletés dans la voiture, annonça-t-il.

— Tu ne peux pas dire si on y a... fait le ménage ?

— Sans doute que oui. Mais quand ? Il s'est passé un automne depuis le 18 août.

— Alors c'est impossible ?

— Je n'ai pas dit ça. Seulement qu'il y avait beaucoup de saletés dans cette voiture. Dans le coffre, par terre, dans la boîte à gants, etc.

— Ah.

— Il y avait des mégots dans les cendriers, et un autre mégot coincé loin sous la structure du siège. Je me demande bien pourquoi.

— Que dis-tu ?

— Un petit mégot. Il nous a fallu du temps pour le découvrir. Il faut être professionnel pour trouver ça.

— Tu veux dire qu'il avait été caché là ?

— Peut-être. C'est juste un bout de filtre. Tu ne sais pas quelle marque de cigarettes fumait Helene Andersén ?

— Non. Ça peut être à elle alors ?

— J'essaie juste d'être optimiste. En tout cas on l'a trouvé, et il part ce soir au laboratoire de Linköping.

— L'analyse d'ADN va leur prendre des mois !

— Tu veux la faire toi-même ?

— Il nous faut obtenir la priorité sur ce coup-là. Tu as bonne réputation à Linköping, Göran.

— Je vais faire ce que je peux, dit Beier. La flatterie marche toujours avec moi. Mais en principe, il faut prendre son tour dans la file d'attente.

— Merde ! On a de quoi comparer. Dis-le-leur. Ce n'est pas une analyse à l'aveugle. On n'a pas besoin d'attendre une décision du procureur pour l'expertise corporelle.

Le corps, nous l'avons, pensa-t-il. Ça fait un bail maintenant.

Winter retourna dans son bureau. Une autre pensée avait tourné dans sa tête toute la soirée, grandissant à mesure que la fatigue prenait le dessus. Ces derniers temps, il n'avait pas eu le temps de réfléchir sérieusement à la raison pour laquelle Helene avait été... laissée à cet endroit précis. Pourquoi le fossé au bord du lac ? C'était loin de son domicile. Loin aussi du domicile de Bremer. À supposer que Bremer soit un suspect. Winter ferma les yeux et pensa au lieu. Loin de chez Helene, loin de chez Brem...

Il se leva et sortit. Dans la salle de réunion, il se planta devant la grande carte de la ville et de ses alentours. À l'aide d'un post-it, il marqua la position approximative de l'immeuble de Helene à Biskopsgården. Puis son regard se déplaça vers l'est et découvrit la ferme de Bremer, qui était nommément désignée. Il y plaça un deuxième post-it.

Il marqua le lieu de la découverte du corps au bord de Stora Delsjön.

Il mesura la distance de Biskopsgården au lac. Puis la distance de la ferme de Bremer au lac.

À vol d'oiseau, la distance était exactement la même.

Winter attendit que le tramway soit passé et prit vers le sud. Il était vingt et une heures. Il composa le code qu'il connaissait depuis la veille. La lourde porte s'ouvrit avec un déclic. Il monta au deuxième étage. Le nom « Greta Bremer » était gravé sur une plaque au-dessus de la boîte aux lettres. Il sonna et attendit. Bruits de pas. La porte s'ouvrit doucement. Il ne vit qu'une ombre.

— Oui ?

— Mon nom est Erik Winter. Commissaire de la brigade criminelle de Göteborg. J'ai appelé hier.

— C'est lui, dit une voix à l'intérieur de l'appartement. C'est lui qui devait venir.

La porte s'ouvrit. La femme pouvait avoir cinquante ans ou un peu moins. Elle portait un tablier. Ses cheveux étaient cachés par une sorte de fichu. À la main elle tenait une petite brosse, peut-être une brosse à vêtements.

Elle recula de quelques pas. Winter entra et aperçut une femme dans la pénombre. Elle était assise dans un fauteuil roulant. Il ne distinguait pas ses traits. Elle semblait avoir de longs cheveux. L'appartement avait l'odeur de la rue. Elles viennent d'aérer, pensa Winter très vite.

— Mais entrez donc, dit la voix.

Empoignant les roues de son fauteuil, elle le fit reculer d'un geste habile. Winter se pencha pour enlever ses chaussures.

— Ce n'est pas nécessaire. Entrez donc, qu'on en finisse.

Winter la suivit dans le séjour. La femme qui lui avait ouvert s'excusa.

— C'est mon auxiliaire de vie, dit Greta Bremer. Sans cela, on ne s'en sort pas quand on est impotente comme je le suis.

Winter voyait maintenant son visage, du moins en partie. Elle portait des lunettes sombres, plutôt brunes que noires, qui laissaient juste deviner ses yeux. Des cheveux gris en désordre. La peau fine et friable, comme fissurée de façon irrégulière. Winter devina qu'elle avait soixante-dix ans ou plus – mais la maladie avait pu ajouter bien des années à ce visage.

— Et maintenant on va me la retirer, dit Greta Bremer.

— Pardon ?

— Ils vont supprimer l'auxiliaire de vie et m'envoyer dans un foyer.

— C'est à ce point ?

Elle ne répondit pas. Winter vit ses mains entrelacées. Des doigts pâles et minces. Un tramway passa au-dehors avec un sifflement amplifié par la façade de l'immeuble d'en face, si proche que les rails se réduisaient à un étroit passage.

— Il s'agit donc de mon frère, dit-elle sans regarder Winter. Mais asseyez-vous donc.

Elle n'avait toujours pas tourné son visage vers lui. Elle se comportait comme une aveugle, Winter se demanda si elle l'était en effet. Il ne voulait pas l'interroger. Elle le lui dirait bien par elle-même.

— Vous voulez m'interroger sur mon frère. Je ne pense pas pouvoir répondre à une seule question.

— Je voudrais...

— Nous ne nous sommes pas vus depuis des années.

— Pourquoi ?

— Pourquoi ? fit-elle en écho.

Elle avait tourné son visage vers lui, mais il ne voyait pas ses yeux.

— Nous n'avons rien à nous dire. Dans ce cas, il vaut mieux ne pas se voir.

— Vous ne vous parlez jamais ? Au moment des... des fêtes par exemple ?

— Jamais. J'en ai décidé ainsi. Je ne veux plus jamais le voir.

Le ton était neutre, ce qui rendait ses paroles encore plus terribles. Il n'y avait aucune amertume, rien que cette voix qui aurait pu émaner du mur.

— Que s'est-il passé ?

— Est-ce vraiment nécessaire ? Ça n'a rien à voir avec la raison de votre présence chez moi.

Elle ne le regardait pas. Son profil était éclairé par la fenêtre.

— Pourquoi êtes-vous ici, commissaire ?

— Je vous en ai touché deux mots au téléphone.

Il en dit un peu plus maintenant. Il lui parla des rares indices, en percevant lui-même le peu de crédibilité de ses propos.

— Je n'ai rien à vous apprendre par rapport à tout ça, répliqua-t-elle. Je ne sais rien de lui.

— Quand l'avez-vous vu pour la dernière fois ?

Elle resta silencieuse. Winter répéta sa question.

— Je ne sais pas.

— Plus de dix ans ?

— Je ne sais pas.

— Depuis combien de temps êtes-vous... malade ?

— Je ne suis pas malade. Je suis dans un fauteuil, je ne peux pas lever les bras, mais je ne suis pas malade. La preuve, c'est qu'ils vont me retirer mon auxiliaire de vie.

Winter jeta un regard vers l'entrée. La femme n'eut pas le temps de se fondre dans les ombres. Elle épie la conversation, pensa Winter. J'aurais sans doute fait pareil à sa place.

— Il a été en prison, dit Greta Bremer. Mais ça vous le savez.

Winter acquiesça.

— Vous avez tout dans vos archives, il me semble.

— Pardon ?

— Vous pouvez voir tout ce que les gens font et ce qu'ils ont fait, pas vrai ?

— Je ne comprends pas très bien, madame Bremer.

— Mademoiselle Bremer.

— Pouvez-vous... je ne com...

— Vous êtes obligé de venir me voir avec des questions auxquelles je ne peux pas répondre ? N'y a-t-il pas des listes d'ordinateurs que vous pouvez consulter ? N'avez-vous pas d'archives ?

— Nous avons des archives.

Cette conversation est de plus en plus bizarre, pensa-t-il. Elle ne veut pas en dire plus, ou elle ne le peut pas.

— Je ne l'ai pas vu depuis des années et j'en remercie Dieu, affirma-t-elle.

— Êtes-vous allée dans sa maison ?

— Oui. Mais c'était il y a très longtemps.

— Quand était-ce ?

— Ce n'est pas la peine de me poser la question. Interrogez vos archives.

Encore les archives. Winter griffonna quelque chose dans son carnet. Il tourna la tête vers l'entrée, mais le visage de la femme n'était plus visible.

— Depuis combien de temps y habite-t-il ?

— Vous ne le savez pas ?

— Je vous pose la question.

— Ce n'est pas à moi qu'il faut la poser.

Winter se leva et s'approcha. Greta Bremer n'avait pas changé de position. Winter était tout près. Il toucha le fauteuil avec précaution.

— C'est un modèle récent ?

— Quelle importance ?

— J'ai vu que vous le manœuvriez avec aisance.

— C'est plus facile que de laisser quelqu'un d'autre le faire. Essayez, vous verrez comme c'est lourd.

Winter se plaça derrière le fauteuil. Elle débloqua le frein. Ses cheveux bougeaient sous le regard de Winter. Il y avait des cheveux épars sur le tissu de sa robe et sur le coussin mince et large qui lui soutenait le dos.

— Essayez de le déplacer.

Winter fit reculer le fauteuil de deux mètres.

— Lourd, pas vrai ?

— Très.

— Vous pouvez me mettre dans l'entrée, dit-elle. Je suppose que vous allez partir maintenant.

En sortant, il vit l'auxiliaire de vie penchée sur l'évier de la cuisine, lui tournant le dos.

Dans la rue, le portable sonna. Le display affichait le simple mot « conversation », mais il savait qui c'était.

— État stationnaire depuis hier soir, dit la voix de sa mère.

— Qu'est-ce que c'est, alors ?

— Au moins, ce n'est pas un infarctus, Dieu merci.

— Oui.

— Mais c'est un genre d'inflammation. Papa doit rester à l'hôpital sous surveillance.

— Ils doivent savoir ce qu'ils font.

— Parfois on s'interroge.

— Vous avez choisi d'habiter là-bas.

— Ne parlons pas de ça. L'important maintenant, c'est que papa se rétablisse.

— Oui.

— Je te rappellerai cet après-midi. On aura le résultat de certains examens. J'ai parlé à Lotta. Je suis si contente que vous vous voyiez un peu plus souvent.

— Moi aussi, dit Winter.

— Tu peux encore venir si ça devient... nécessaire ?

— Je te l'ai promis.

— Tout va peut-être s'arranger pour le mieux.

— Je l'espère.

Winter entra dans le bureau de Ringmar, qui parlait au téléphone Il agita la main en indiquant le fauteuil. Winter attendit.

— D'après ce qu'on a pu trouver, déclara Ringmar lorsqu'il eut raccroché, ils sont frère et sœur. Les papiers coïncident. Elle a soixante-six ans. Trop vieille pour être soupçonnée.

— Amour entre un frère et une sœur, dit Winter.

— Quoi ? Oui. Il y a toutes sortes de destins. Vous avez dû avoir une drôle de conversation.

— Elle paraissait très loin.

Winter exhiba la copie du bout de papier découvert dans la cave de Helene.

— C'est pour ça que je viens te voir, dit-il. Si j'ai bien

compris, on l'a retrouvé sur Helene enfant quand elle est arrivée à l'hôpital de Sahlgrenska.

— Oui. Organisés comme ils le sont, ils l'ont rangé dans une enveloppe au milieu de ses affaires, qui se réduisaient à une culotte, un pull, la robe, et deux ou trois bricoles.

— Elle l'a gardé toute sa vie.

— Ça, on n'en sait rien. On ne sait même pas si c'est elle qui l'a mis dans la robe.

— Mais il ne figure dans aucun des rapports de police de cette époque.

— On n'y peut rien.

— Quelqu'un peut le lui avoir donné récemment, dit Winter. Elle a pu l'oublier. Ensuite quelqu'un le lui a donné. Le lui a fait voir.

— Où veux-tu en venir ?

— Je ne sais pas. Mais je n'arrive pas à le lâcher, comme tu vois. Je l'ai là, dans ma main. Il y a aussi autre chose.

— Oui ?

— J'ai réfléchi à ce code... non, on verra ça après. J'ai regardé ces lignes que tu vois, là. C'est peut-être une carte. Quand on a trouvé le chemin de la maison de Bremer... j'ai regardé la carte au mur de la salle de réunion et j'ai comparé avec ce bout de papier. Tu vois ? Si on quitte l'autoroute à hauteur de Landvetter – le bourg, pas l'aéroport – et qu'on suive l'ancienne route parallèle à l'autoroute... si on prend à gauche là où nous avons tourné à gauche... et si les croisements dans la forêt avaient la même allure à l'époque... alors ça colle avec la maison de Bremer. Elle est même marquée. Regarde. Là, tout en haut à gauche, après la dernière croix.

— Bon... je ne sais pas quoi dire.

— Tu penses sans doute que j'ai une imagination débordante. Mais ça peut parfois servir.

Winter regarda à nouveau le bout de papier.

— Je ne sais pas quoi dire, moi non plus. Mais ça colle. Dans ce cas, « L » serait Landvetter et « H » serait Härryda.

— Et « F » serait « la Ferme » ?

— Peut-être.

— Un lieu de rendez-vous ? Un accord verbal n'aurait-il pas suffi ?

— Ce papier devait sans doute être détruit après.

— Mais les choses ne se sont pas passées ainsi.

— Non. Les empreintes de Helene enfant s'y trouvent. C'est un fait.

— Oui. Bon sang de bonsoir.

Ringmar regardait les lettres et les chiffres.

— Mais le reste alors ?

— Je ne sais pas. Il peut s'agir de nombre de personnes, de somme d'argent, de...

— Qu'y a-t-il, Erik ?

— Je réfléchis... Ce chiffre, « 23 », avec un point d'interrogation. Est-ce que ça pourrait être un horaire de départ ? Pour un ferry par exemple ?

— Ils n'étaient quand même pas bêtes au point de prendre tranquillement le ferry après l'un des plus grands gros hold-up jamais commis au Danemark ?

— Non. Mais peut-être quelqu'un d'autre. Quelqu'un qui n'était pas là au moment des faits... ou qui ne pensait pas être reconnu. Peux-tu vérifier auprès de Stena s'il y avait des ferries vers vingt-trois heures au départ de Fredrikshavn à l'époque ?

— Et Sessan, dit Ringmar. Sessan était ma ligne de ferries préférée.

Un nouvel agrandissement arriva du Danemark dans l'après-midi. La silhouette à la fenêtre était un homme, et ce pouvait être un jeune Georg Bremer. Ça ne tiendrait jamais aux yeux du procureur, encore moins aux yeux du tribunal. Mais un autre procureur avait tout de même donné son feu vert. Winter l'apprit en recevant un coup de fil de Michaela Poulsen.

— Ce sont les agrandissements qui l'ont convaincu, dit-elle. On y va cet après-midi. On a aussi un gars du CFI, le Bureau central d'identification de Copenhague, qui est chez nous pour l'instant. Alors on n'aura pas besoin de tout envoyer là-bas pour analyse. Si on trouve quelque chose. C'est l'un des meilleurs experts du pays en matière d'empreintes digitales.

— Il peut y avoir plusieurs couches de papier peint, dit Winter.

— Le gars du CFI s'est contenté de secouer la tête. Ce genre d'attitude nous rend encore plus déterminés en tant qu'enquêteurs, n'est-ce pas ?

— Oui. Mais c'est une autre affaire... as-tu réussi à comprendre comment ils ont osé rester si longtemps dans cette maison ? Ça paraît pour le moins bizarre.

— Pas quand on sait qui étaient les propriétaires de la baraque. On vient d'obtenir l'info. Ceux qui sont arrivés plus tard, qui ont commencé à coller des papiers peints et qui ont trouvé... bon, les preuves, j'espère... n'étaient là qu'en deuxième main.

Winter avait déjà pris sa décision lorsque Halders arriva, hors d'haleine. C'était comme une confirmation. C'*était* une confirmation.

— On le fait revenir, dit Winter.

58

Georg Bremer était sous la lampe de la salle d'interrogatoire. Il n'avait pas voulu de la présence d'un avocat. Il n'avait pas dit un mot à Winter depuis son retour en garde à vue. Winter avait choisi de conduire lui-même l'interrogatoire. Cohen était d'accord. Gabriel Cohen n'était pas investi du même prestige.

Winter avait des picotements dans les doigts. Il se frotta les mains en entrant dans la salle. C'est peut-être la circulation qui se fige, pensa-t-il. Puis il s'assit et l'interrogatoire commença.

EW : Nous vous avons demandé de revenir pour répondre à quelques questions supplémentaires.

GB : Oui, c'est ce que je vois.

EW : Vous avez déjà manifesté un désir de nous aider dans cette affaire.

GB : Ah bon ?

EW : C'est ce que j'ai cru comprendre.

GB : Vous n'avez rien compris.

EW : Pouvez-vous m'expliquer ce que vous entendez par là ?

GB : Par quoi ?

EW : Par le fait de dire que je n'ai rien compris.

GB : Il n'y a rien à comprendre.

EW : On essaie vraiment. On fait tout notre possible pour comprendre ce qui s'est passé.

GB : Bonne chance. C'est tout ce que je peux dire.

EW : C'est tout ce que vous pouvez dire ?

GB : C'est tout. Je m'occupe de mes propres affaires.

EW : Je comprends. Mais vous connaissez du monde. C'est là que nous avons besoin de votre aide. Si vous pouvez demander à l'une de vos connaissances de parler avec nous.

GB : J'ai...

EW : Je n'ai pas bien perçu la réponse.

GB : Ce n'était pas une réponse. Je n'ai rien répondu.

EW : Si l'une de vos connaissances peut nous dire ce que vous faisiez ce soir-là, ce sera une grande aide pour nous tous.

GB : J'ai dit que j'étais seul.

EW : Vous êtes resté chez vous toute la soirée ?

GB : Oui.

EW : Qu'avez-vous fait pendant la nuit ?

GB : Quelle nuit ?

EW : La nuit du 18 août de cette année.

GB : J'étais chez moi.

EW : Avez-vous l'habitude de prêter votre voiture ?

GB : Quoi ?

EW : Avez-vous l'habitude de prêter votre voiture ?

GB : Jamais. Comment pourrais-je sortir de chez moi ?

EW : Vous avez une moto.

GB : Et alors ?

EW : Vous avez un autre véhicule.

GB : Elle ne marche pas. Elle est en pièces. Si je veux aller quelque part, je dois la remonter et ça prend des semaines.

EW : Êtes-vous un bon mécanicien ?

GB : Je peux démonter une moto et la remonter.

EW : Depuis combien de temps avez-vous une moto ?

GB : Depuis longtemps. Depuis ma jeunesse, et c'était il y a longtemps.

EW : À l'époque de vos cambriolages, vous rouliez à moto.

GB : Quoi ?

EW : À l'époque de vos cambriolages, vous rouliez à moto.

GB : Peut-être. Mais j'ai payé ma dette. Ma dette à la société.

EW : Vous n'étiez pas seul à cette époque.

GB : Quoi ?

EW : Vous étiez plusieurs à rouler à moto et à opérer des cambriolages.

GB : Je n'en sais rien. J'ai payé ma dette. Depuis, je m'occupe de mes affaires. Avant aussi, d'ailleurs.

EW : Il vous reste des amis de cette époque.

GB : Non.

EW : Vous avez laissé votre voiture à un ami. Jonas Svensk.

GB : Ce n'est pas un ami.

EW : C'est quoi alors ?

GB : C'est...

EW : Je n'ai pas bien perçu la réponse.

GB : Il est mécanicien. Il répare des voitures.

EW : On a parlé de votre voiture la dernière fois. Elle a été vue la nuit du 18 août.

GB : Et puis quoi encore ? Où ça ?

EW : Récusez-vous le fait que votre voiture ait été vue la nuit du 18 août ?

GB : J'étais chez moi en train de dormir. Si ma voiture a été vue, c'est que quelqu'un l'a volée et l'a remise à sa place avant mon réveil.

EW : Vous dites que la voiture a pu être volée et restituée ?

GB : Je dis que c'est un mensonge que ma voiture ait été volée. Je voulais juste montrer que ça ne tient pas debout.

EW : Des témoins ont vu votre voiture sur la route cette nuit-là.

GB : Quels témoins ? Ça doit être vous, dans ce cas. La police se transforme en témoin quand ça l'arrange.

EW : Que voulez-vous dire par là ?

GB : Je veux dire que vous inventez.

EW : Je n'invente pas que des témoins vous ont vu conduire votre voiture avec des passagers à bord.

GB : C'est quoi ça ? C'est une nouveauté maintenant ?

EW : Avez-vous eu de la visite dans votre maison au cours des trois derniers mois ?

GB : Quoi ?

EW : Avez-vous eu de la visite dans votre maison au cours des trois derniers mois ?

GB : Peut-être. Trois mois ? Peut-être.

EW : Qui vous a rendu visite ?

GB : Un voisin est passé. C'est le genre de chose qui arrive.

EW : Votre voisin le plus proche habite à trois kilomètres.

GB : Oui, ce n'est pas souvent que quelqu'un passe.

EW : Qui avez-vous invité à entrer ?

GB : Personne. Je n'ai invité personne à entrer.

EW : Des témoins vous ont vu rentrer chez vous en voiture avec des passagers. Une femme et un enfant.

GB : C'est un mensonge.

EW : Nous avons des gens qui l'affirment.

GB : Ce serait un voisin qui affirme ça ? Qu'avez-vous dit tout à l'heure ? Que les voisins le plus proches habitaient à trois kilomètres ? Alors ils doivent avoir de bons yeux.

EW : Il y a des maisons près de la route.

GB : Personne n'y habite.

EW : Des gens habitent dans des maisons proches de la route.

GB : Ah bon ? Je n'ai jamais vu quelqu'un.

EW : Mais quelqu'un vous a vu.

Bremer avait été vu. Halders et Aneta Djanali avaient rendu visite aux voisins, permanents ou saisonniers. La plupart des maisons se trouvaient au sud et à l'est de la ferme.

— J'ai vu le bonhomme passer quelquefois en voiture. Deux ou trois fois, il y avait d'autres gens à bord.

L'homme était séparé depuis peu de sa femme. Il avait obtenu de louer pour pas cher cette cabane où il passait son temps à méditer sur le chagrin. Il buvait pas mal et déambulait longuement dans la forêt dans un état de gueule de bois nerveuse qui aiguisait l'attention.

— On ne voit pas la route de chez moi. Pourtant elle n'est qu'à quelques centaines de mètres. Une fois, je suis monté jusque chez lui. Ça devait être sa maison, parce que j'ai reconnu la voiture dehors.

— Y avait-il d'autres personnes ?

— Non, pas ce jour-là. Mais deux ou trois fois j'ai vu passer la voiture avec du monde dedans. Je sais qu'il y avait un enfant et peut-être une dame. Ou peut-être un mec. Les cheveux étaient assez longs et blonds.

— À quel moment était-ce ?

— Cet été. Quand exactement ? J'ai divor... ah, bref. Il faisait chaud en tout cas. Juillet, août. C'était au mois d'août. Avant les pluies.

— Vous habitez toujours dans la cabane ?

— J'y viens parfois. Mais plus très souvent.

— Avez-vous vu cet homme après l'été ? Disons... après le mois d'août ?

— Bien sûr.

— Recevait-il de la visite ?

— Il y a eu du monde là-bas. Pas souvent, mais il y en a eu. Des voitures, des motos.

— Des motos aussi ?

— Il a lui-même une moto. En tout cas, je l'ai vu rouler à moto au moins une fois. Ou deux fois. Il y a eu des gens à moto là-haut.

— Des gens à moto ?

— Une ou deux fois. Mais je ne suis pas franchement allé leur serrer la main.

— Les reconnaîtriez-vous si vous aviez la possibilité de les revoir ?

— Jamais de la vie. Je me suis enfui dès que je les ai vus arriver.

— Et l'enfant alors... dans la voiture, et la personne qui était peut-être une femme... quand les avez-vous vues pour la dernière fois ?

— Il y a longtemps. Cet été, comme je le disais.

— Quand il faisait chaud ?

— Quand il faisait une chaleur d'enfer.

Winter retrouva Vennerhag dans un lieu anonyme. De la voiture où ils étaient assis, ils pouvaient voir les bateaux et entendre les bruits du pont au-dessus de leurs têtes.

— Ne reviens plus chez moi, dit Vennerhag. Ça fait mauvaise impression.

— Oui. Que vont dire les voisins ?

— La ville est inquiète, et je n'ai pas envie de passer pour un in...

— Tu es un informateur, Benny. Et un beau-frère, presque.

— Ah bon. C'est la nouvelle musique ?

— Que veux-tu ?

— La rumeur circule que Jakobsson a été liquidé. C'était un petit joueur, alors tout le monde est surpris. Son frère est dans tous ses états. Il a dû passer chez vous.

— Oui.

— Voilà, c'est tout. Jakobsson. Mais c'est une rumeur.

— D'où vient-elle ?

— Aucune idée. Tu connais les rumeurs.

Winter se demanda brièvement si la BMW où il était assis avait été volée. Peut-être dans un autre pays ? Le pont chanta tout là-haut lorsqu'un tramway le traversa en direction de Hisingen. Parmi les voitures qui les entouraient, on pouvait estimer à dix pour cent celles qui avaient été laissées là, en panne d'essence, par les toxicos qui, entre-temps, en avaient volé d'autres pour circuler entre le centre commercial voisin et les grands ensembles de la banlieue nord. Halders était au courant.

— Les anges du démon se sont divisés, une fois de plus. Une nouvelle fraternité a vu le jour, reprit Winter après une minute de silence. Ça te dit quelque chose ?

Vennerhag remua sur son siège.

— Je ne sais rien sur ces psychopathes. Absolument rien. Tu me connais.

— Aucune rumeur de ce côté-là ? Ou à leur sujet ?

— Je me boucherais les oreilles. C'est dangereux. Crois-moi. Moins on en sait, etc.

— Il n'y a pas grand monde qui sait.

— Ça fait partie de leur idée du business.

— Et eux font partie de la société. C'est ça ?

— Vous, vous faites bien partie de la société, répliqua Vennerhag. La police fait partie de la société et... et l'autre pouvoir fait aussi partie de la société.

— Tu es philosophe, Benny.

— Pourtant, ta sœur n'a pas voulu de moi.

— Tu fais malgré tout partie de la société, toi aussi.

— Merci.

— Pourquoi ? Je ne pensais pas à une société enviable.

— Non. Dans celle-là, il n'y aurait de place que pour les flics. Mais je vais te dire une chose. Nous sommes aussi interchangeables l'un que l'autre, Erik. Nous sommes aussi pitoyables. Exactement aussi pitoyables l'un que l'autre.

— Va te faire foutre.

— Pourquoi ? J'ai touché un point sensible ?

— Tu es pitoyable, Benny. Tu es interchangeable, mais pas moi.

— N'oublie pas mes paroles. Tu penseras comme moi un jour. Hélas.

Winter ne voulait plus écouter. Il vit une patrouille passer devant la station Shell. Peut-être avaient-ils déjà noté le numéro d'immatriculation de la voiture où il était assis.

— Si tu ne sais rien sur les anges de l'enfer, il faudra tout de même que tu m'aides, pour Georg Bremer.

— Je te répète que ce type n'est rien. S'il affirme qu'il est *clean* depuis sa sortie de prison, c'est la vérité. En tout cas, je n'ai jamais rien entendu. Je n'avais même jamais entendu parler de lui avant que tu prononces son nom.

— Je parle de tes… relations d'affaires. Quelqu'un est peut-être au courant. Il n'a pas nécessairement fait des bêtises. Je veux seulement savoir où il a été. Si quelqu'un l'a vu. Quelque part. Et s'il connaissait Jakobsson.

La soirée était toute jeune lorsque Winter appela Angela chez elle.

— Que fais-tu ?

— Je récupère après la dernière garde. En musique, avec du vin.

— Coltrane ?

— Oui. Sven Coltrane Boogie Woogie Band.

— Pas mal.

— C'est mieux que les Clash.

— Je les écoute en ce moment même.

— Dans ton bureau ?

— Oui. Mais je ne devrais sans doute pas te le dire.

— Dis ce que tu veux.

Elle se tut, comme pour rendre sa voix différente. Lorsqu'elle reprit la parole, sa voix était en effet changée.

— Je suis désolée pour ton père. J'ai su par Lotta.

— Tu lui as parlé ?

— Elle a appelé à l'instant pour savoir comment ça allait et pour me remercier une nouvelle fois de mon cadeau, que tu as laissé chez elle le lendemain. Non, le surlendemain.

— Je sais.

— C'est mesquin de ma part, pardonne-moi, Erik. Mais il va apparemment mieux.

— Inflammation du muscle cardiaque.

— Ah oui, quand même.

— Je crois que ma mère m'appelle sur le portable. Tu entends ?

— Il vaut mieux que tu répondes.

— Je dois travailler ce soir, dit-il. Je dois... lire. Je te rappelle après.

— Parle à ta maman maintenant.

59

Le procureur Velde fit connaître sa décision dans la matinée. Bremer pouvait être retenu en garde à vue place Ernst Fontell pendant une durée maximale de quatre jours en attendant la délivrance d'un éventuel mandat d'arrêt.

— Fais de ton mieux, dit Winter.

Sous-entendu : prends ton temps, néglige la directive concernant la diligence, etc.

— Même la garde à vue ne me paraît pas très motivée, déclara Velde.

— Pourtant tu l'as ordonnée.

— Pour vous, commissaire. Il en sortira peut-être quelque chose de bon.

— Rien de bon ne peut sortir de cette histoire.

— La petite alors ? Elle doit bien être quelque part ? On doit y croire, non ?

Winter ne répondit pas.

— La main sur le cœur, Erik. Tu crois que la petite est vivante ?

Winter se retourna comme si un être invisible s'était glissé dans le bureau pour attendre sa réponse.

— Non. Je crois que c'est exclu.

Il vit que Ringmar partageait sa conviction. Le visage cinquantenaire de son adjoint semblait pâle et très abîmé dans la lumière vague posée sur le paysage urbain comme un préparatif à l'hiver.

— On retrouvera le corps si on obtient quelque chose de Bremer. Ou d'un autre.

— Ou d'un autre, fit Ringmar en écho.

— Tu es fatigué, Bertil ?

— Mortellement.

— C'est l'automne, dit Winter avec un regard par la fenêtre. Il faudra bientôt se visser des lampes sur le front.

— N'essaie pas de me remonter le moral. Tu sais ce qu'il en est.

Winter se passa la main sur le visage.

— Elle a caché le mégot exprès.

— Quoi ?

— Je crois que ce mégot appartenait à Helene. Elle savait qu'il allait se passer quelque chose. Elle l'a enfoncé le plus loin possible, là où personne ne pouvait le retrouver à moins de s'y prendre comme la bande à Beier.

— Elle était voyante, alors ?

— C'est bien possible. Elle vivait un enfer, et elle devinait peut-être que le pire était encore à venir.

— Si c'est sa salive, on le saura bientôt.

Avant de mettre en œuvre la perquisition chez Bremer, Winter échangea quelques mots avec Beier. Le chef de la brigade technique était sous pression, et las d'engueuler les gars du laboratoire de Linköping. Ou plutôt, de les influencer par un long travail de persuasion douce. Il ignorait comment son attitude était interprétée là-haut.

— Velde est d'accord ?

— J'ai un feu vert préliminaire.

Winter frotta une allumette et alluma une Corps.

— Mince alors, dit Beier.

— La question est : est-ce que c'est possible ? C'est toi l'expert.

— Là tout de suite, ça me semble presque un fardeau.

— Ressaisis-toi, Göran. Donne-moi une probabilité.

— Des empreintes digitales au bout de vingt-cinq ans... Tu veux donc qu'on arrache les papiers peints et qu'on mette au jour je ne sais pas combien de couches successives, trois ou peut-être cinq, pour voir s'il reste des empreintes là-dessous...

— Il n'y a peut-être qu'une seule couche. La première. Dans ce cas, le problème est résolu.

— N'oublie pas qu'on doit s'occuper de la baraque en entier.

— Bien sûr. Mais si – j'ai bien dit si – tu fais ce travail, penses-tu pouvoir trouver quelque chose là-dessous ?

— Honnêtement, Erik, tu me poses une colle. Je n'ai jamais entendu parler de ça. Qu'on puisse obtenir des empreintes, ou des traces d'empreintes, de cette manière. Je crois que la probabilité est faible, peut-être infime.

— Pourquoi ?

— Parce que la colle à tapisserie aura tout détruit. Surtout sur une si longue période. C'est humide, ça s'infiltre.

— Mais tu ne peux pas en jurer ?

— Je jure rarement.

— Alors je veux qu'on essaie. Tu veux bien essayer, Göran ?

— Je pensais à autre chose... Imagine qu'on ait colmaté des planches avec du papier journal ou autre il y a vingt-cinq ans. Si une main un peu moite a tenu ce papier, l'empreinte peut très bien subsister pendant vingt-cinq ans. Dans ce cas-là, on a une bonne méthode chimique dont tu te souviens peut-être pour en avoir entendu parler à l'école de police. La méthode ninhydrine.

— Parfait. Je suis très reconnaissant. Mais tu n'as pas répondu à ma question.

— D'accord. On essaie.

— Les Danois font la même chose.

— Quoi ?

— Ils ne t'ont pas encore appelé ? Alors ils vont le faire d'une minute à l'autre. Ils sont en train de désosser la baraque de Blokhus.

— Qu'espèrent-ils y trouver, concrètement ?

— Des traces de cette époque, dit Winter. Nous savons que Helene a été là-bas. Imagine que Georg Bremer y ait été aussi ? Et qu'on puisse le prouver ?Et prouver de la même manière qu'elle aurait séjourné dans la maison de Bremer ?

— Dans ce cas, on pourra aller faire des conférences au FBI à Washington. *Je* pourrai y aller.

— C'est mieux que Sundsvall, dit Winter.

Enveloppant la ferme en un mouvement circulaire, le vent criait aussi fort que les murs qui cédaient à l'intérieur. Le ciel était noir en plein jour. Nuit en plein jour, pensa Winter debout devant le moulin. Les ailes tournaient dans tous les sens, sans but. La forêt s'était rapprochée depuis la dernière fois, elle se penchait vers lui et vers tous ceux qui étaient venus là pour chercher des traces. Parmi les spectateurs il y avait Birgersson, qui était venu avec Wellman – ce qui était en soi sensationnel.

— Comment t'y es-tu pris pour qu'il n'y ait pas de journalistes ? demanda Wellman.

— Je croyais que c'était toi qui t'en étais occupé.

Wellman laissa la réponse de Winter s'envoler avec le vent. Il regarda autour de lui.

— Cet endroit me donne les jetons.

Des bruits leur parvenaient de l'intérieur de la maison. Une scie. Peut-être des pelles.

— Quelqu'un a creusé dans la cave, annonça Birgersson.

— Que dis-tu ?

— Quelqu'un a creusé récemment dans la cave.

Birgersson leva la tête vers le ciel au moment où un avion apparut, énorme, prêt à atterrir.

— Mon Dieu, s'écria Wellman. Je rêve ou je suis éveillé ?

— Ceci est la réalité, dit Birgersson comme s'il y avait personnellement son séjour.

Tu ne sais rien de la réalité, pensa Winter. Elle te parvient sur papier. Des papiers que je te donne et que tu caches dans des endroits secrets.

— Et ça alors ? C'est quoi ? demanda Wellman, comme pour faire diversion.

— Tu ne vois pas que c'est un moulin à vent ? répliqua Birgersson. N'importe qui est capable de voir ça.

— Je ne suis pas n'importe qui.

Wellman paraissait sur le point de fondre en larmes.

— Je rentre avec toi, dit Birgersson à Winter. Wellman était déjà parti.

Ils reprirent la route de la forêt. Winter la voyait dessinée aux crayons de couleur, de façon naturaliste, telle qu'elle était réellement.

— Tu sais qu'on ne pourra pas retenir ce salaud si on n'a rien de neuf, dit Birgersson.

Winter serra à droite dans le gravier en croisant une voiture de police qui se dirigeait vers la ferme.

— Une enquête consiste aussi à éliminer des suspects, déclara Winter. C'est toi qui me l'a appris, Sture.

— Tu essaies de te préparer mentalement à un échec ?

— Une grande partie du travail revient à ça.

— Tu es en train de mettre en place une élégante chaîne d'indices, mais elle reste quand même mince.

— C'est bien dit.

— Arrête, Erik.

Sur l'autoroute, Winter prit de la vitesse et Birgersson remonta sa vitre. On ne voyait des autres voitures que leurs feux. Le brouillard s'intensifiait au-dessus des champs, à l'approche de la ville. Winter fut dépassé par le bus de l'aéroport qui oscillait dangereusement, cherchant visiblement à décoller.

— Ce salaud de chauffeur doit croire à la réincarnation, remarqua Birgersson. En fait, on devrait l'arrêter tout de suite.

— J'ai interrogé Bolander hier, dit Winter. L'homme qui sera condamné pour la fusillade de His...

— Je sais qui est Bolander. Je suis ton chef, Erik.

— Il n'a rien dit, évidemment, mais il reste un lien avec les gangs de motards. J'ai essayé de me concentrer là-dessus en relisant le dossier. Plusieurs noms, dans cette affaire, sont reliés d'une façon ou d'une autre.

— À quoi ?

— À ces organisations. Je parle au pluriel puisqu'il y en a plusieurs.

— Oui ?

— C'est... tout. On ne peut pas aller au-delà. Je te donnerai tout ça sur un bout de papier que tu pourras archiver, Sture. Nous voyons un lien possible, mais c'est tout. On a lu les dossiers dans tous les sens, on a cherché dans le passé... oui, tu sais bien, Brigitta Dellmar, le Danemark, les menaces contre moi. Les éventuelles menaces.

— Tu n'as rien remarqué ici ?

— Non. Si on peut découvrir ce qui est arrivé à Jakobsson... bon, ça nous fait une disparition de plus.

Birgersson parut s'enfoncer dans son siège. Ils approchaient du croisement du lac de Delsjön. Birgersson jeta un regard au lac et au parking en contrebas.

— La presse commence à se désintéresser de la petite. Ce n'est pas bien. Avec la presse, ce n'est jamais bien. Au début d'une enquête, on les a comme un furoncle au cul, et quand l'enquête se poursuit et qu'ils commencent à s'intéresser à autre chose, c'est le signe qu'on ne trouvera peut-être jamais la solution.

— On trouvera la solution, assura Winter. Et les médias ont renchaîné. Depuis Bremer.

— Je compte là-dessus. J'espère que tu as raison, Erik.

Winter sonna à l'improviste chez la sœur de Bremer. Le tramway passa dehors au son d'une masse d'eau envoyée en gerbe par une force puissante. L'automne entrait en pleuvant dans le mois de novembre. Winter sentait l'humidité sur son front et sur ses mains.

Il sonna à nouveau. Pas un bruit dans l'appartement. Il sonna une troisième fois. Bruit de serrure. La porte s'ouvrit doucement. Elle le toisa.

— Encore vous ?

— J'avais encore quelques questions.

Il crut entendre la vieille dame pousser un profond soupir.

— Je dormais, dit-elle. J'ai l'habitude de dormir dans mon fauteuil quand l'auxiliaire de vie est ailleurs en train de s'occuper d'autres vieux croûtons.

— Je peux entrer ?

— Non. Si ce n'est que quelques questions, vous pouvez les poser ici.

— Il s'agit de votre frère... autrefois.

— J'ai tout oublié. Ce n'est pas la peine de m'interroger. Je dormais.

— Je peux revenir plus tard.

— Ça n'a pas de sens.

— C'est important, insista Winter. Je reviendrai plus tard. Je vous appellerai et on conviendra d'un rendez-vous.

Un jour et demi plus tard, Winter conduisit un nouvel interrogatoire avec Georg Bremer. Après coup, il eut l'impression que c'était... absurde. Des mots échangés comme des balles, sans force. Il relut les rapports des derniers mois. Il attendit. Il parla à Beier, qui lui dit qu'il devait apprendre à patienter.

Puis il y eut un coup de fil de Beier, de la ferme.

— Il y a une deuxième couche. Je ne sais pas de quand elle date, mais il y a des empreintes. Peut-être celles de Bremer, si c'est lui qui a posé les papiers peints et dans ce cas on aura fait du surplace sur la case départ.

Mais si ça se trouve, elles appartiennent à quelqu'un d'autre. Elles sont petites.

— Petites ?

— Petites. Je ne peux pas en dire plus. Ça peut tenir au temps qui passe, à la colle, à l'humidité. Maintenant tu es au courant, alors fiche-nous la paix. On va travailler vite, je te le promets. N'attends aucun résultat.

— N'oublie pas Washington.

60

Michaela Poulsen donna de ses nouvelles alors que Winter préparait son interrogatoire quotidien avec Bremer. Elle s'exprima d'une voix neutre.

— La deuxième couche de papier peint portait peut-être des empreintes, mais les techniciens disent que le temps et la colle ont tout détruit.

— Oui. Un autre résultat aurait peut-être été un peu trop satisfaisant.

— Et de votre côté ?

— Notre colle n'est pas aussi bonne que la vôtre. Ils ont trouvé quelque chose.

— C'est vrai ?

Il crut deviner une vibration d'excitation dans sa voix.

— Alors ? Qu'ont-ils trouvé ?

— Je ne le sais pas encore.

— Les nôtres n'ont pas tout à fait fini. On a dégagé des trucs lourds, vraiment lourds. Des métaux lourds. Du blanc de céruse. Qui a une capacité d'adhérence phénoménale par exemple sur les surfaces grasses.

— Du blanc de céruse ? Mais c'est interdit...

— En Suède oui. Pas chez nous. Ça devrait l'être, et ça l'est peut-être en pratique. Mais cette fois, nous sommes prêts à prendre des risques.

Winter écoutait, en retrait. Cohen conduisait l'interrogatoire. Bremer paraissait perdu dans un autre monde, un monde personnel qu'il avait peut-être créé il y a longtemps.

GC : Vous nous avez dit hier que vous aviez eu des collaborateurs pour les cambriolages dont nous parlions.

GB : C'était hier ?

GC : C'était hier. Vous avez confirmé le fait que vous étiez membre d'une organisation.

GB : Je n'ai jamais été membre de quoi que ce soit.

GC : C'est ce que vous avez dit hier.

GB : Alors je me suis mal exprimé. Je ne voulais pas dire membre.

GC : Est-ce que vous avez l'habitude de rouler en voiture dans la ville ?

GB : Quoi ?

GC : Est-ce que vous avez l'habitude de rouler en voiture dans la ville ?

GB : C'est quoi, cette question ?

GC : Vous voulez que je la précise ?

GB : Oui.

GC : Avez-vous l'habitude de rouler en voiture dans la ville sans but particulier ?

GB : Je ne comprends pas.

GC : Certaines personnes roulent en voiture. Pour se détendre. Ça m'est arrivé.

GB : Ça a dû m'arriver aussi.

GC : Y a-t-il des endroits que vous préférez, dans ces cas-là ?

GB : Non.

GC : Vous ne pouvez en citer aucun ?

GB : Bon... je ne sais pas où vous voulez en venir... Ça a dû m'arriver d'aller à la mer. De regarder la mer. Quand on vit dans la forêt, on a parfois envie de regarder la mer.

Winter vit Bremer regarder le mur à sa droite, comme s'il y avait là une fenêtre par laquelle il pouvait voir la mer. Le visage figé de Bremer était dépourvu de contours. Comme s'il était devenu flou à force d'être ici, pensa Winter. Ce n'est pas mon regard. C'est lui.

GC : Vous vous souvenez qu'on a dit que des gens vous avaient vu conduire votre voiture avec des passagers à bord ?

GB : Oui.

GC : Vous reconnaissez avoir eu des passagers dans votre voiture ?

GB : Ce n'est pas à cette question que j'ai répondu.

GC : À quelle question avez-vous répondu ?

GB : Je ne me rappelle pas. Si, je... si je me rappelle que vous avez dit que quelqu'un m'avait vu.

GC : Plusieurs personnes vous ont vu avec des passagers dans la voiture.

GB : Qui ça ? Ce n'est pas vrai.

Winter savait que Cohen allait maintenant donner un tour de vis supplémentaire. Si c'était possible à l'intérieur du monde où se trouvait Bremer.

GC : Pourquoi ne reconnaissez-vous pas les faits ?

GB : Quoi ?

GC : Pourquoi ne reconnaissez-vous pas que vous avez eu Helene Andersén et sa fille Jennie comme passagères dans votre voiture ?

GB : Ce n'est pas vrai.

GC : Ce n'est pas un crime de conduire quelqu'un.

GB : Je le sais.

GC : Dites-le alors.

GB : Que dois-je dire ?

GC : Que ces deux personnes sont montées dans votre voiture. Qu'elles sont venues chez vous.

GB : On n'est pas allé chez moi. Il n'y a que moi, chez moi.

Winter tenta de déchiffrer le visage de Bremer. Il y avait quelque chose dans... dans les yeux, qu'il avait aussi perçu chez sa sœur. Une brillance, mais aussi autre chose.

Un chagrin... ou un savoir... ou n'était-ce que de la peur ? Il n'y avait pas de profondeur, ces yeux étaient des lacs asséchés.

Greta Bremer était dans son salon et l'auxiliaire de vie attendait dans le vestibule le début de la conversation. Il n'y avait pas de porte entre les deux pièces. Winter ne pouvait tout de même pas enfermer la femme dans la cuisine.

Greta Bremer semblait encore plus malade cet après-midi-là. La lumière du jour avait disparu et son visage était éclairé par une lampe au sol de faible puissance.

— Que voulez-vous, maintenant que vous m'avez obligée à vous laisser entrer ?

— J'ai juste quelques questions. Il s'agit de votre frère.

— Il s'en sort toujours. Vous connaissez son histoire.

— Pardon ?

— Vous avez regardé dans vos archives, non ?

— Nous... regardons. Mais il y a deux ou trois choses...

Il attendit que le tramway soit passé pour poursuivre.

— Quelles choses ?

— Savez-vous si... Georg avait l'habitude de se rendre au Danemark ?

— Au Danemark ? Pourquoi serait-il allé au Danemark ?

— Je veux juste savoir s'il l'a fait.

— Je n'ai pas besoin de réfléchir. Je ne sais pas.

— Je pense à... avant. Il y a vingt-cinq ou trente ans.

— Je ne sais pas ce qu'il faisait à l'époque. Des cambriolages, je suppose. Et autre chose.

— Que voulez-vous dire ?

— Je ne sais pas. Vous le savez peut-être.

— Je vous pose la question à vous, mademoiselle Bremer.

— Il cambriolait les gens.

— Au Danemark ?

— Ça, vous le savez mieux que moi.
— Que voulez-vous dire ?
— Vous êtes de la police, n'est-ce pas ? Vous savez.

Le juge n'avait pas trouvé de raison suffisante pour écrouer Bremer. « Il est libre ! Saloperie de tribunal, avait dit Halders au cours de la réunion de l'après-midi. Ils devraient aller voir sa bicoque, ils comprendraient tout de suite. » Ses yeux étaient plus dilatés que jamais.

— C'est le juge lui-même qui a tranché, intervint Ringmar.

Winter resta silencieux. Il a l'air perdu dans son propre monde, pensa Aneta Djanali.

— Je l'ai vu, quand il est sorti de la salle, répliqua Halders. Il regardait droit devant lui.

Il se tourna vers Winter.

— Qu'est-ce que je vais faire maintenant ?

Winter ne répondit pas. Halders répéta sa question.

— C'est la petite, fit Winter après un court silence. C'est de la petite qu'il s'agit maintenant.

Halders se leva et quitta la pièce. Je tombe en morceaux, pensa-t-il.

Une autre journée passa. Winter appela l'Espagne et se tint prêt au cas où son père décrocherait. Ce fut sa mère qui répondit.

— Comment ça va ?

— Beaucoup mieux, Erik. C'est gentil à toi d'appeler. Nous sommes rentrés à la maison, comme tu le vois.

— C'est une inflammation ?

— Plutôt un excès de fatigue, comme je le pensais. Papa n'est plus tout jeune.

— Je suis content que ça aille mieux.

— Tu parais un peu fatigué, Erik.

— Je suis un peu fatigué. Pas beaucoup.

— J'ai lu que vous aviez un suspect. Hier, je crois. Le journal datait de... bon, je ne me souviens plus. Je n'ai pas eu le temps de tout suivre ces derniers jours.

— Ça n'a rien d'étonnant.

— Mais vous avez un suspect derrière les barreaux, si j'ai bien compris.

— Plus maintenant. On a dû le relâcher. Mais il est toujours soupçonné.

— Ah. C'est possible, ça ?

— Oui. C'est la loi.

— Quand tout ça sera fini, il faudra que tu viennes te reposer un peu chez nous. Papa serait tellement content.

Winter marmonna une réponse.

Il se leva. Novembre était là, sans plus l'ombre d'un doute. Les phares des voitures balayaient l'espace, à l'extérieur. Bientôt Noël. Angela serait de garde. Et je n'aurai peut-être plus Angela. Faut-il commencer à me préparer sérieusement à cette éventualité ?

Il monta au laboratoire de Beier. Bengt Sundlöf était penché sur ses loupes. La posture semblait inconfortable. L'expert des empreintes digitales était si concentré qu'il n'avait pas entendu Winter entrer. Celui-ci regarda les papiers où Sundlöf dessinait ses boucles et ses fourches. En levant la tête pour rapprocher son œil de la deuxième loupe, il s'aperçut enfin qu'il avait de la visite. Winter garda le silence.

— Tu veux savoir où j'en suis ?

— Où en es-tu ?

— Il y en a, mais je ne peux pas encore affirmer qu'on va parvenir à douze points. Ni même à dix.

— Combien en as-tu pour l'instant ?

— Je préfère ne pas répondre. Mais c'est... spécial, comme sensation.

— Que veux-tu dire ?

— Bon, le fait que ce soit possible. Je n'y croyais pas, je dois le reconnaître.

— Moi non plus, reconnut Winter.

— Mais ne sois pas trop optimiste.

— C'est vraiment une enfant ?

— On dirait. J'ai les deux séries sous les yeux et je compare avec celles de la femme... et avec ses empreintes d'enfant.

Winter se retourna pour partir.
— Ça fait réfléchir à la vie, dit Sundlöf.

Winter tressaillit. La lampe au-dessus de la tête de lit brillait. Il tenait encore les documents à la main. Le réveille-matin indiquait trois heures. Le téléphone sonnait sans interruption.
— Allô ?
— C'est Göran. Il faut te lever.
— Que se passe-t-il ?
— Deux choses. Le labo de Linköping en a fini avec l'analyse ADN. Mogren me devait un service, il a appelé il y a une demi-heure. Il est à elle. Helene. Le mégot. Elle a tenu cette cigarette entre ses lèvres.
— On le savait, pas vrai ?
— On ne sait rien tant que ce n'est pas prouvé. Maintenant c'est prouvé. Autre chose. Sundlöf est ici avec moi, je te le passe.
Voix de Sundlöf dans l'écouteur.
— J'ai l'identité. Douze points.
Winter eut soudain la sensation que son visage avait été trempé dans le feu. Comme si ses cheveux n'étaient plus là.
— Notre chance, c'est que l'empreinte appartenait à la pulpe des doigts, précisa Sundlöf. Sinon ça n'aurait jamais marché.
— Tu en es sûr ?
— Oui, Winter. On a des empreintes ici qui montrent qu'elle... nom d'un chien, je les mélange... que Helene, donc, est venue dans cette maison quand elle était enfant.
Sundlöf se tut pour reprendre son souffle.
— Le bonhomme a essuyé tout ce qui se trouvait sur la première couche de papier peint, mais il n'a pas réussi à éliminer ce qu'il y avait en dessous.
— Non, fit Winter à voix basse. Il n'a pas réussi.
— Je te repasse Göran.
— Toute l'équipe est ici, dit Beier. Tu comptes aller là-bas tout de suite ?

— Tu parles, dit Winter, qui commençait à sentir la fraîcheur entrant par la porte entrebâillée du balcon dans sa chambre en passant par le hall d'entrée.

— Je t'accompagne, proposa Beier.

Halders conduisait. Winter l'avait immédiatement prévenu. Halders avait appelé Aneta, qui était maintenant assise à côté de lui, à l'avant. Winter et Ringmar à l'arrière, Beier dans la voiture de police derrière eux.

La forêt était incolore. Quatre heures trente du matin. Aucun avion ne fendait l'air au-dessus d'eux. Aucune lumière électrique visible à l'œil nu. Ils roulaient comme dans un espace sans étoiles. La lumière de la ville ne parvenait pas jusque-là.

— Je n'ai jamais rien vu d'aussi noir, dit Aneta Djanali, en espérant que Fredrik ne répondrait pas « à part toi peut-être », ou une connerie du même acabit. Mais Halders ferma sa gueule.

Une lanterne éclairait le perron. La Ford de Bremer était dehors, garée de travers comme par un conducteur pressé. Elle luisait d'un éclat mat dans la vague lumière enveloppée de brouillard.

— C'était quoi, le bruit ? demanda Aneta Djanali quand ils furent sortis de la voiture.

— Les chevaux derrière. Ils sont inquiets.

— Pas autant que moi.

La voiture de police freina. Beier et les hommes en uniforme descendirent. Comme dans un vrai État policier, pensa Winter. Arrestation à l'aube.

On n'entendait rien. Aucune lampe ne s'alluma dans la maison. Elle ressemble encore plus aux dessins de Jennie et de Helene, pensa Winter. Les proportions changent quand la lumière s'absente.

Les policiers s'apprêtèrent. Winter frappa à la porte. Le bruit résonna à l'intérieur de la maison. Bruit concave. Il frappa à nouveau, avec le poing, mais personne n'apparut en chemise de nuit. Il tâta la poignée. La porte s'ouvrit vers l'intérieur.

— Georg Bremer ! cria-t-il.

Pas de réponse.

Il entendit Halders siffler derrière lui : « Baissez-vous, merde ! » Ringmar était là, tout près. Il entendait sa respiration. C'était comme de se tenir dans un espace sous vide.

— On entre, dit Winter. Bertil et moi. Je veux deux hommes derrière la maison. Fredrik et Aneta attendent ici.

Ils pénétrèrent dans le vestibule. Odeur de terre, et peut-être de cheval.

— Ça pince, murmura Ringmar. Il n'a pas le chauffage ?

Il faisait froid. Pas autant que dehors, mais froid comme quand une maison n'a pas été chauffée depuis plusieurs jours. Un froid humide. Peut-être pire qu'à l'extérieur, tout compte fait.

— Il a été en garde à vue pendant quatre jours, remarqua Winter à voix basse.

— Il est chez lui depuis trois jours. Ça laisse le temps de rebrancher le chauffage.

Ils étaient dans la cuisine. Winter tâta le poêle. Glacé. Par la fenêtre il voyait la prairie derrière la maison. Le ciel était plus vaste de ce côté-là. Plus lumineux. Le matin allait venir. Il entendit un oiseau. Peut-être au sud. On aurait dit le sud.

— Il n'est pas au rez-de-chaussée.

— Il n'est peut-être pas là du tout.

— On monte, dit Winter en revenant sur ses pas pour informer les autres.

— Je vous accompagne, déclara Halders.

Ils montèrent l'escalier, qui grinçait toutes les trois marches. « Georg Bremer ! » Winter tenait son arme levée. L'acier brillait dans celle de Halders, là-haut sur le palier. La lune. Winter suivit le rayon de lune du regard, de droite à gauche. Le rayon glissait sur le palier, entrait par une porte ouverte un peu plus loin et s'arrêtait sur deux pieds nus qui semblaient flotter dans les airs.

« Merde ! » cria Ringmar, qui venait de voir la même chose et s'était précipité le premier. Winter le vit soulever les pieds, les jambes et le corps pendu dans l'ombre de la chambre.

— Où est l'interrupteur ? hurlait Halders.

Soudain la lumière explosa. Winter cligna des yeux et s'obligea à voir. Ringmar soutenait le corps, pendu à une corde fixée à un grossier crochet de fer vissé dans la charpente à côté du plafonnier que venait d'allumer Halders. Winter eut la sensation que ses yeux s'enflammaient au contact de la lumière.

Halders tenta de soulever la corde par-dessus le visage noirci de Georg Bremer. Mais c'était impossible. Il sortit son couteau, trancha le nœud. Ensemble, Winter et Ringmar posèrent le corps à terre. Winter perçut enfin l'odeur qui régnait dans la chambre. Halders aussi. Son visage était comme plâtré, son crâne rasé ressemblait à une tête de mort dans la lumière blanche. Winter ne voyait pas le visage de Ringmar, penché sur le corps. Ringmar leva la tête. Il lui indiquait quelque chose. Winter regarda. Sur la poitrine de Bremer, il y avait une feuille de papier de format A4. Fixée à sa peau avec des épingles, à travers le pull-over. L'une des épingles avait cédé quand ils avaient détaché le corps. La feuille pendait de travers. Winter dut pencher la tête pour lire le texte écrit en grosses capitales, au feutre noir. J'AI TUÉ L'ENFANT. SEIGNEUR AIE PITIÉ DE MON ÂME. Winter lut deux fois, sans vraiment comprendre ce qu'il lisait. Il entendit la respiration de Ringmar comme un vent sifflant. Puis l'estomac de Halders se vidant sur le seuil. Il lut à nouveau et ferma les yeux. Des voix lui parvenaient du rez-de-chaussée. Il crut voir des silhouettes dans la pénombre, à l'extérieur de la chambre. Il vit Aneta Djanali penchée sur Halders qui s'était allongé de tout son long en travers du seuil, la tête dans le couloir. Il entendit Ringmar dire quelque chose à quelqu'un. La deuxième fois il perçut les paroles :

— Faites venir du personnel et des machines. Il faut creuser ! Il faut creuser le sol !

61

Les machines hurlaient. Sous le sol cimenté de la cave, ils avaient découvert des vêtements. Chacun tentait de se préparer, mentalement et d'autres manières.

Sur le chemin de la ville, il sembla à Winter que le monde avait perdu sa profondeur, qu'il avait rétréci jusqu'à n'être plus qu'un champ plat nappé de brouillard qui s'étendait entre la vie et la mort. La ferme était la mort, le reste était la vie. Les lumières de la ville se devinaient vingt kilomètres plus loin à travers la pluie fine et la matinée grise, comme de la pisse sur une neige sale.

Il monta voir Beier après avoir lu le message que celui-ci avait laissé sur sa table de travail. C'était la dernière fois.

Winter rentra chez lui et laissa la voiture dans le garage. Puis il se rendit là-bas à pied et sonna à la porte. Personne ne lui ouvrit. Comme la fois précédente. Il sonna à nouveau. Il y eut un déclic et il vit les yeux de la vieille femme scintiller en bas, dans l'ombre. Il n'avait pas entendu approcher le fauteuil roulant.

— Encore, dit-elle.

— Cette fois il faut me laisser entrer.

— Il n'y a que moi.

— Je veux que vous ouvriez la porte pour que je puisse entrer.

— Pourquoi est-ce que je ferais ça ?

— C'est fini maintenant, Brigitta.

— Ça donne une vraisemblance un peu moindre, avait dit Beier.

— Mais ça suffit ?

— Oui. Sinon ces tests ne seraient pas si chers et ne prendraient pas autant de temps.

— Combien de tests ont-ils fait ?

— Ne me le demande pas. Reviens me voir quand il y aura un fichier informatique. Dès cette année, peut-être.

Elle l'avait précédé, dans son fauteuil, dans la pièce qui tremblait sous le contrecoup du passage d'un tramway. Ce n'était pas une pièce à vivre. Peut-être ne vit-elle pas d'ailleurs, pensa Winter. Elle vit, mais pas une vie.

— Comment m'avez-vous appelée ?

— Par votre nom. Brigitta.

— Jamais entendu parler.

— C'est fini maintenant. Il n'y a plus de raison d'avoir peur.

— Ha.

— Je peux vous aider.

Elle ne répondit pas. Son visage était dans l'ombre fine du jour.

— Vous m'entendez, Brigitta ?

— Pourquoi m'appelez-vous ainsi ?

— C'est votre nom.

— Pourquoi vous mettez-vous soudain à m'appeler Brigitta ? Pourquoi croyez... croyez-vous cela.

— Je ne crois pas. Je sais.

— Comment ?

— Ce ne sont pas les papiers de Greta Bremer. Ils

sont bien faits. Personne n'aurait pu affirmer que c'étaient des faux.

Elle hocha la tête. C'est du moins ce qu'il sembla à Winter.

— Et puis votre... physique. Brigitta Dellmar aurait eu cinquante-cinq ans. Ce ne pouvait pas être vous.

— Tiens donc. En plus, je peux à peine bouger.

— Je voulais croire que vous étiez Brigitta. Mais cela paraissait... impossible. Et je n'avais aucun indice par ailleurs.

Elle leva son visage vers lui, pour la première fois.

— Et alors ? Comment avez-vous fait ?

Winter approcha tout près du fauteuil roulant, avança doucement la main vers elle et prit quelque chose sur l'oreiller qui soutenait son dos.

— Ceci, dit-il.

— Qu'est-ce que c'est ? Mes cheveux ?

— L'un de vos cheveux. Vous avez entendu parler de l'ADN ?

— Non.

— Jamais entendu parler d'ADN ?

— Si.

Winter laissa tomber le cheveu et s'assit dans un fauteuil.

— Il y a l'ADN normal, dans le noyau cellulaire. Puis il y en a un autre... qu'on appelle mitochondrie, et qu'on trouve dans le cytoplasme. Celui-là est plus difficile à identifier.

Elle marmonna quelque chose, mais se tut aussitôt.

— Il est héréditaire, dit-il. Il se transmet de la mère à l'enfant.

Elle tourna à nouveau la tête, comme un oiseau guettant un bruit.

— Vous inventez.

— Non. C'est vrai. On le trouve à certains endroits du corps, où il n'y a pas d'ADN normal. Par exemple dans les cheveux.

— Vous m'avez pris un cheveu quand vous êtes venu

la première fois. Quand vous vous êtes placé derrière moi pour déplacer le fauteuil.

— Oui. J'ai profité de l'occasion.

— Saleté de fauteuil.

— Vous êtes bien Brigitta Dellmar ?

— Vous l'avez dit.

— Je veux l'entendre de votre bouche.

— Est-ce que ça a une importance ?

— Oui.

Elle se mit à masser ses jambes déformées. Silence.

— Je suis Brigitta Dellmar, dit-elle enfin. Je suis Brigitta Dellmar, mais ça ne rend personne plus heureux pour autant.

— Georg Bremer n'est pas votre frère.

— Ce n'est pas mon frère.

— Pourquoi nous a-t-il raconté cela ?

— Il pensait pouvoir me faire peur. Et j'ai passé pour sa sœur… pendant toutes ces années. J'ai dû jouer ce rôle. *Ils* l'ont décidé.

Elle regarda Winter droit dans les yeux.

— Mais il n'a pas réussi à me faire peur.

Le téléphone sonna. Elle prit le combiné à la troisième sonnerie et prêta l'oreille. « Attends », dit-elle. Elle se tourna vers Winter.

— Vous en avez pour longtemps ?

Winter ne répondit pas à cette question délirante.

— Je te rappelle, fit-elle avant de raccrocher.

— Vous avez téléphoné d'ici à Bremer il y a deux jours.

— Comment savez-vous que c'était moi ?

— Ce n'était pas vous ?

— Si. Je l'ai appelé quand il est rentré chez lui après sa dernière garde à vue.

— Vous ne saviez pas qu'on retracerait toutes ses communications ?

— Peut-être.

— Pourquoi l'avez-vous appelé ?

— C'était le moment pour lui de mourir. Il avait vécu trop longtemps. Il a tué mon enfant.

Il vit son visage se fissurer. Elle s'affaissa dans le fauteuil, comme morte. Sous les yeux de Winter, elle avait soudain cent ans. Elle murmura une parole inaudible.

Lorsqu'elle se redressa, Winter vit les larmes sur son visage.

— Je le lui ai dit. Qu'il avait tué mon enfant. Il ne savait pas que je savais – sa voix soudain monta, augmentant en puissance comme un cri au loin qui se serait soudain rapproché – il ne savait pas que C'ÉTAIT MOI, LA RESPONSABLE, LA CAUSE DE TOUT...

Elle se tut. Elle regarda Winter. Je ne peux rien faire d'autre qu'attendre, pensa-t-il. Elle avait à nouveau incliné la tête contre la poitrine. Elle reprit lentement la parole.

— Je lui ai dit qu'il avait tué son enfant. JE LUI AI DIT !

Winter garda le silence. Le tramway dehors passa sans faire aucun bruit. L'horloge au mur s'était arrêtée.

— Je lui ai dit qu'il avait tué son propre enfant. Que Helene était sa fille.

Elle regarda Winter droit dans les yeux.

— La chose la plus horrible qu'on puisse faire, c'est de tuer un autre être humain. Qu'est-ce que c'est alors de tuer son propre enfant ?

— Vous lui avez dit que Helene était sa fille ?

— Oui.

— C'était vrai ?

— Non.

— Mais c'est ce que vous lui avez dit ?

— Je voulais qu'il souffre pour ce qu'il avait fait. Il n'avait pas souffert. Il ne sait pas ce que c'est de souffrir. Il ne sait pas. Il ne savait pas.

— Pourquoi dites-vous que vous êtes la cause de tout ?

— C'était ma petite fille, dit Brigitta Dellmar comme transportée dans un autre temps. Helene était ma petite fille. Elle n'était pas comme les autres. On n'a jamais été comme les autres.

— C'est votre fille.

— Ça a été tellement dur pour elle...

Brigitta Dellmar avait saisi les mains de Winter entre les siennes.

— Elle a souffert, vous comprenez, et c'était ma faute, et à la fin je n'ai pas pu m'empêcher de... lui raconter. Je lui ai raconté.

— Que lui avez-vous dit ? Que vous étiez sa mère ?

— Quoi ? Que je... Non. Elle savait que j'étais sa mère.

Les doigts de Brigitta Dellmar s'agrippaient aux siens. Le contact était à la fois chaud et froid, il sentait battre son pouls...

— Depuis quand le savait-elle ?

Winter s'était penché vers elle. Il répéta sa question.

— Elle l'a toujours su. Elle a touj... depuis qu'elle était petite fille.

— Mais elle avait vécu... dans des familles d'accueil pendant des années. Elle était... seule quand elle est... revenue ici.

— Elle savait, dit Brigitta Dellmar. En elle-même, elle le savait. Quand elle est revenue ici, alors qu'elle était déjà grande, elle l'a appris de nouveau.

Winter l'interrogea et elle lui raconta. Elle avait été blessée. Ils l'avaient retenue cachée. Ensuite elle s'était tenue à l'écart du monde pendant si longtemps que le monde avait cessé d'exister. Il n'y avait aucune substance dont elle n'ait abusé pour tenter d'en finir. Déception à chaque fois. Combien d'années ? Elle ne savait pas. Ils lui avaient donné un peu d'argent, ils lui avaient fabriqué une identité et elle était revenue en Suède, chez son soi-disant frère. Ha !

Quand Helene avait essayé de se faire une vie et qu'elle avait donné naissance à la petite, sa mère avait resurgi. Soudain, elle avait été là.

— Qui est le père de Jennie ? demanda Winter.

— Personne ne le sait.

— Pas même vous ?

— C'était comme si elle voulait que je sois la dernière à le savoir.

— Pourquoi ?

Elle haussa les épaules. La respiration de Winter commençait à revenir. Le duvet de sa nuque était trempé de sueur.

— Tout est ma faute. J'ai repris contact avec elle. Avant, elle avait eu beaucoup de mal à fréquenter les gens, mais là... c'est devenu carrément impossible. Elle était de plus en plus enfermée en elle-même.

— Combien de fois vous êtes-vous vues ?

— Pas souvent.

— Ici ?

— Parfois. Je l'ai aidée à retrouver la mémoire et ça a causé sa mort.

— Pardon ?

— Sa mémoire. Est devenue sa mort.

— Que voulez-vous dire ?

— Je lui ai raconté des choses qu'elle ne savait plus. Et des choses qu'elle n'avait jamais sues et auxquelles elle avait pourtant beaucoup réfléchi. Ce qui s'était passé.

Winter hocha la tête.

— Bremer a tué son père. Le meurtre. C'est lui qui l'a exécuté.

— Son père ?

— Kim. Mon Kim.

— Kim Andersén ? Vous voulez dire Kim Andersén ? Kim Möller ?

— Bremer l'a assassiné.

— Vous avez dit ça à Helene ?

— Je lui ai tout dit. Je lui ai tout raconté. Elle est allée le voir. Je savais où il habitait. Elle y est allée plusieurs fois. À la fin, elle le lui a dit. J'avais peur, affreusement peur. Helene, elle, a paru terrorisée en apprenant... ce qui était arrivé à son père... Kim. Que Bremer l'avait tué. Et en apprenant ce qu'elle-même avait subi...

La tête de Brigitta Dellmar retomba. Elle paraissait épuisée d'avoir tant parlé, mais elle poursuivit.

— Je voulais mon argent, aussi. Ça me faisait peur, mais j'en avais besoin... Helene en avait besoin. Nous avions droit à... notre argent. Et Jennie aussi. On avait droit à l'argent qui restait. La plus grande partie a disparu... *Ils* ont presque tout pris. Mais il en reste.

Winter prit une grande inspiration.

— Où est Jennie ?

Elle le regarda sans le voir. Son regard était comme liquéfié.

— Il pouvait tuer à nouveau. Il l'a fait.

— Il l'a fait ? Il a tué Jennie ?

Winter avait la bouche tellement sèche qu'il n'était même pas sûr d'avoir réellement parlé.

— Il pouvait le faire à nouveau, répéta Brigitta Dellmar. Il était fou. Il a tué Oskar. Le pauvre Oskar. Ça aussi, c'était ma faute. C'est forcément lui qui l'a fait.

— Oskar ? Oskar Jakobsson ? Bremer a tué Jakobsson ?

Elle n'avait pas bougé, mais Winter n'aurait su dire quelle part d'elle était encore avec lui dans la pièce. Elle secoua la tête.

— Bremer a tué Jakobsson ? insista-t-il.

— Ça ne peut être que lui. Oskar était encore une menace. Tout comme... Helene. Helene a pris contact avec Bremer, je ne sais pas exactement quand. Il a dû regretter de ne pas avoir... de ne pas a... à l'époque...

— Quoi ? Regretter quoi ? De ne pas avoir fait quoi ?

— Elle voulait savoir. C'était tout. Elle voulait juste savoir. Elle m'a raconté, un peu, pas grand-chose. Puis ça a été trop tard.

— Qu'est-ce qui a été trop tard ?

— Je ne sais pas ce qui s'est passé, dit Brigitta Dellmar, comme en réponse à une question différente, comme si une autre conversation se déroulait en parallèle dans sa tête.

— C'était peut-être une erreur malgré tout. Un accident. Je ne sais pas... comment ça s'est passé. Je sais juste que ça s'est passé. Mon Helene n'est plus revenue. Maintenant mon Helene ne revient plus.

— Où est Jennie ? Vous devez me répondre.

— Pauvre Oskar. Il ne savait rien. Il était gentil. Ils se connaissaient. Vous ne saviez pas ? C'étaient de vieilles... connaissances.

— Il y avait beaucoup de gens qui se connaissaient, dit Winter.

Bremer lui donnait l'argent pour payer le loyer, pensa-t-il fébrilement. Peut-être pour nous faire croire à la culpabilité de Jakobsson. Non. Autre chose. Peut-être pour que nous le retrouvions, lui, Bremer, et que nous le punissions de ce qu'il avait fait à l'enfant.

— On a cherché, dit-il. On a essayé d'obtenir des réponses.

— Moi je n'ai pas osé.

Soudain, elle était *là* à nouveau. Le regard avait retrouvé toute son acuité.

— Je n'osais pas. Je n'ose pas. Je porte ma faute. Ils savent. *Ils* voient.

— Qui ça, « ils » ?

— Vous le savez.

— On le sait et on ne le sait pas. On ne peut rien prouver.

— Ça a toujours été comme ça. Personne ne peut se libérer d'eux.

— Bremer est mort, dit Winter en la regardant en face.

— Il est mort ?

— Oui.

— Il est enfin mort ? C'est vrai ?

Winter comprit qu'elle l'ignorait.

— On ne l'a pas encore annoncé mais il... n'est plus. Il s'est pendu.

— Il m'a écoutée.

— Où est Jennie ? demanda Winter pour la troisième fois.

— J'ai essayé de la protéger. J'ai essayé de la protéger quand j'ai compris que Helene voulait... tout savoir.

— La protéger de qui ?

— De lui. D'eux tous. J'ai essayé de la protéger. Elle aussi, elle était... seule. Elle avait besoin d'être protégée.

— Pourquoi n'avez-vous pas signalé la disparition de Helene ? Vous auriez pu le faire de façon anonyme.

— Je ne savais pas.

— Vous ne saviez pas qu'elle avait disparu ?

— Pas tout d'abord. Nous n'avions plus de contact... à ce moment-là. Je ne l'avais pas vue depuis longtemps. C'était comme ça, avec Helene... Soudain elle ne voulait plus entendre parler de moi. Et je peux la comprendre.

Elle regarda Winter droit dans les yeux.

— C'est peut-être un rêve, dit-elle. Un conte. Rien de tout cela n'est vraiment arrivé.

Un conte cruel, pensa Winter. Je ne peux pas demander que tout me soit expliqué. Mais je dois savoir au moins *ça*. On peut retourner toute la terre autour de la ferme, mais où va-t-on chercher si on ne trouve rien là-bas ?

Le téléphone sonna.

— Laissez-le sonner, dit-elle. Vous avez une voiture ? Vous pouvez me porter ?

Elle lui indiqua la route. Vers le sud, vers l'île de Särö. On voyait la mer. Elle ne disait plus un mot. Après vingt kilomètres, alors qu'ils avaient dépassé Billdal, elle lui signifia d'un geste qu'il devait tourner à droite à la prochaine sortie. Le revêtement de la route se transforma en gravier. Winter pensa à nouveau à la ferme de Bremer, mais la route ici longeait un paysage maritime d'où s'envolaient des bandes d'oiseaux. Winter avait le souffle dur, comme si l'air devait être expulsé de force de ses poumons. Il baissa sa vitre. Plus ils approchaient de la mer, plus l'air se remplissait de sel humide.

Elle lui fit signe de tourner à gauche. La route rétrécit encore. Elle lui demanda son portable, fit un numéro, dit quelques mots. La route n'était plus qu'un étroit chemin. Les nuages avaient disparu. Le soleil était lointain, pourtant présent. La maison se trouvait au creux d'un repli de terrain. Une clôture l'entourait. Winter s'arrêta devant un grand portail. Un homme approcha de la voiture. Il tenait une mitraillette. Brigitta Dellmar lui adressa un signe de tête. Le portail s'ouvrit. Winter s'engagea dans l'allée et freina devant la maison. La présence de la mer était encore plus forte maintenant, comme une rumeur à l'intérieur de sa tête. Le soleil commençait à sombrer à l'horizon. Brigitta Dellmar lui indiqua l'ouest. Winter sortit de la voiture, avança de quelques pas, se retourna. Elle lui fit un signe de la main. Elle est folle, pensa-t-il. Je suis fou. L'homme était toujours près du portail avec son arme. Winter était parvenu à l'angle de la maison. Il escalada le talus et vit les champs qui s'ouvraient vers le rivage. Le soleil droit dans les yeux. Il entendit des voix. Mit sa main en visière pour mieux voir. L'enfant venait de la mer. Elle se dirigeait vers lui. Une femme marchait à ses côtés. L'enfant tenait quelque chose dans les mains. Elles avançaient vers lui, l'une à côté de l'autre. La femme était blonde. Elles n'étaient plus qu'à vingt-cinq mètres. Elles continuaient d'avancer. Winter ne voyait que les contours du visage de la femme, découpés par le soleil.

Enfin ils furent face à face. Jennie tenait dans ses mains des galets et des bandelettes qui pouvaient être des algues. Winter était aveuglé par le soleil, l'humidité dans ses yeux, le sel qui coulait sur son visage. Il s'accroupit devant l'enfant. La femme restait immobile. Il ferma les yeux. Quand il les rouvrit, la femme avait disparu. Comme dissoute dans la brume. Winter avança la main avec précaution et effleura l'épaule de la petite. C'était comme d'effleurer un oiseau. Elle n'avait pas peur.

— Tu es qui ? demanda-t-elle.

Alexander McCall Smith

Les enquêtes de Mma Ramotswe

Precious Ramotswe naît et grandit au Botswana, pays d'Afrique australe où les habitants jouissent d'une vie plus libre que certains de leurs voisins. Comme si tout y était possible, elle décide d'y fonder la première agence féminine de détectives privés. L'entreprise est risquée, mais sa première enquête se voit couronnée de succès. Dès lors, cette femme au caractère bien trempé enchaîne cas d'adultère, crimes, histoires de sorcellerie à résoudre, aidant ses concitoyens dans leurs problèmes quotidiens comme dans les plus délicats, tout en portant sur le vieux continent un regard poétique et méditatif.

n° 3573 – 6,90 €

Cet ouvrage a été imprimé par

FIRMIN DIDOT

GROUPE CPI

Mesnil-sur-l'Estrée

pour le compte des Éditions 10/18
en août 2004

Imprimé en France
Dépôt légal : septembre 2004
N° d'édition : 3627 – N° d'impression : 69288